WITHDRAWN
UTSA LIBRARIES
LA ESPUMA

clásicos **C** *castalia*

COLECCIÓN FUNDADA POR
DON ANTONIO RODRÍGUEZ-MOÑINO

DIRECTOR
DON ALONSO ZAMORA VICENTE

Colaboradores de los volúmenes publicados:

J. L. *Abellán*. F. Aguilar Piñal. G. Allegra. A. ~~Amorós~~.
F. *Anderson*. R. Andioc. J. Arce. I. Arellano. E. Asensio.
R. *Asún*. J. B. Avalle-Arce. F. Ayala. G. Azam. P. L. Barcia.
G. Baudot. H. E. Bergman. B. Blanco González. A. Blecua.
J. M. Blecua. L. Bonet. C. Bravo-Villasante. J. M. Cacho Ble-
cua. M.ª J. Canellada. J. L. Cano. S. Carrasco. J. Caso Gon-
zález. E. Catena. B. Ciplijauskaité. A. Comas. E. Correa Cal-
derón. C. C. de Coster. D. W. Cruickshank. C. Cuevas.
B. Damiani. G. Demerson. A. Dérozier. J. M.ª Díez Borque.
F. J. Díez de Revenga. R. Doménech. J. Dowling. A. Duque
Amusco. M. Durán. H. Ettinghausen. A. R. Fernández. R. Fe-
rreres. M. J. Flys. I.-R. Fonquerne. E. I. Fox. V. Gaos. S. Gar-
cía. L. García Lorenzo. M. García-Posada. A. A. Gómez Ye-
bra. J. González-Muela. F. González Ollé. G. B. Gybbon-
Monypenny. R. Jammes. E. Jareño. P. Jauralde. R. O. Jones.
J. M.ª Jover Zamora. A. D. Kossoff. T. Labarta de Chaves.
M.ª J. Lacarra. C. R. Lee. I. Lerner. J. M. Lope Blanch.
F. López Estrada. L. López-Grigera. L. de Luis. F. C. R. Mal-
donado. N. Marín. E. Marini-Palmieri. R. Marrast. F. Mar-
tínez García. M. Mayoral. D. W. McPheeters. G. Mercadier.
W. Mettmann. I. Michael. M. Mihura. J. F. Montesinos. E. S.
Morby. C. Monedero. H. Montes. L. A. Murillo. A. Nougué.
G. Orduna. B. Pallares. E. Paola. J. Paulino. M. A. Penella.
J. Pérez. M. A. Pérez Priego. J.-L. Picoche. J. H. R. Polt.
A. Prieto. A. Ramoneda. J.-P. Ressot. R. Reyes. F. Rico. D.
Ridruejo. E. L. Rivers. E. Rodríguez Tordera. J. Rodríguez-
Luis. J. Rodríguez Puértolas. L. Romero. J. M. Rozas. E. Ru-
bio Cremades. F. Ruiz Ramón. C. Ruiz Silva. G. Sabat de
Rivers. C. Sabor de Cortazar. F. G. Salinero. J. Sanchis-Banús.
R. P. Sebold. D. S. Severin. D. L. Shaw. S. Shepard. M. Smer-
dou Altolaguirre. G. Sobejano. N. Spadaccini. O. Steggink.
G. Stiffoni. J. Testas. A. Tordera. J. C. de Torres. I. Uría
Maqua. J. M.ª Valverde. D. Villanueva. S. B. Vranich. F. We-
ber de Kurlat. K. Whinnom. A. N. Zahareas. I. de Zuleta.

ARMANDO PALACIO VALDÉS

LA ESPUMA

Edición,
introducción y notas
de
GUADALUPE GÓMEZ-FERRER MORANT

clásicos castalia

Madrid

Copyright © Editorial Castalia, S. A., 1990
Zurbano, 39 - 28010 Madrid - Tel. 319 89 40

Cubierta de Víctor Sanz

Impreso en España - Printed in Spain
Unigraf, S. A. Fuenlabrada (Madrid)

I.S.B.N.: 84-7039-582-3
Depósito legal: M. 46.342-1990

SUMARIO

A Ignacio

INTRODUCCIÓN BIOGRÁFICA
Y CRÍTICA

A LOS veintidós años comienza Palacio Valdés a escribir de manera regular en las páginas de la "Revista Europea" [1]; en 1881 publica su primera novela *El señorito Octavio,* y en 1941 ve la luz su último libro —libro póstumo— *Álbum de un viejo.* Durante este período de más de sesenta años se inscribe una obra densa y variada que resulta un excelente indicador de la vida española de la época. La estrecha relación entre literatura y sociedad a que se han referido Hauser, Goldmann, Escarpit o Salomon se hace patente en la creación valdesiana.

Su obra, fiel a la técnica realista, no carece de unidad; pero es indudable que manifiesta las inflexiones de la vida cultural del período y se hace eco de los problemas existentes en el país. Durante las seis largas décadas en que escribe Palacio Valdés, es posible y relativamente fácil rastrear estas conexiones, pero es fundamentalmente en los treinta primeros años de su carrera, cuando la obra del escritor se convierte en un archivo de gran utilidad para el historiador.

En efecto, *La Espuma,* independientemente de su valor literario, constituye una excelente vía de acerca-

---

[1] Entre 1875 y 1878 colabora en esta revista de la que es nombrado jefe de redacción. Desde ella denuncia el alicorto horizonte cultural de los sectores tradicionales de la sociedad española y aborda algunos de los problemas fundamentales que tiene planteados el país.

miento a la vida social de la España de la Restauración, de la que Palacio Valdés resulta un testigo excepcional. La mentalidad de los distintos grupos que componen la clase dirigente, el juego de relaciones que se da entre ellos en virtud del papel que se asigna al dinero, a la sangre, a la religión o a los prestigios sociales; las pautas de conducta por las que se rige la vida pública o privada; los distintos componentes de la vida material..., son algunos de los aspectos de la España canovista para los que una lectura detenida de *La Espuma* constituye una cantera de datos, sugerencias y puntos de reflexión. A ello me he referido en otro lugar y a él remito al lector interesado en este tema; en algunas ocasiones, incluso, me permitiré transcribir algún aspecto ya tratado que juzgo indispensable recordar aquí para el buen entendimiento de esta obra [2].

Mi acercamiento a la obra literaria se ha hecho preferentemente desde la postura de un historiador de oficio; por ello, mi intención se ha centrado primero, en el hombre que escribe; considerando por una parte, su trayectoria biográfica y por otra, su obra literaria; después, en el horizonte intelectual del escritor, destacando aquellos aspectos de la realidad que a mi entender, ayudan a explicar la génesis y la misma estructura de la obra. Por fin, he dedicado un capítulo amplio al propio texto, centrado en la consideración de la bisagra literatura-sociedad. Precisar los elementos y problemas de la realidad que llaman la atención del novelista e indicar cuál es su enfoque y visión de los mismos, ha constituido en esta ocasión la vía de acercamiento a una obra que juzgo de gran interés tanto para la comprensión de la trayectoria intelectual y novelística de Palacio Valdés, como para el conocimiento de las mentalidades y de la vida cotidiana de la España de la Restauración.

---

[2] G. Gómez-Ferrer Morant, *Palacio Valdés y el mundo social de la Restauración.* Oviedo, IDEA, 1982. Se trata, fundamentalmente, de una contribución al conocimiento de las mentalidades y de la vida cotidiana de la sociedad española, hecha a través de una fuente literaria.

I. "LA ESPUMA" EN LA TRAYECTORIA BIOGRÁFICA DE ARMANDO PALACIO VALDÉS

1. El hombre

Algunos historiadores de la literatura han creído ver en la obra de Palacio Valdés una muestra de literatura regional, y ello no sólo porque en ciertas novelas de este autor aparezcan escenarios, formas de vida y hasta giros lingüísticos específicos de su tierra natal asturiana sino por razones más profundas, referibles a "algo más hondo que afecta no a lo externo —circunstancial y deformable por el tiempo— sino a la misma manera de ser propia de la región, que podríamos llamar alma de ésta"[3]. Asturias es para don Armando un universo entrañable cuyos recuerdos se desbordan en sus obras. Asturias será el mundo mítico recreado por la pluma del novelista en el momento en que el desengaño le empuje hacia la evasión.

De ascendencia hidalga por vía materna, y burguesa y urbana por la paterna, don Armando nos da cuenta de su propia familia en *La novela de un novelista* (1921). Su abuelo materno había sido militar, pero había abandonado aún muy joven la carrera de las armas para recluirse en una tranquila y ordenada vida provinciana que repartía entre Avilés y Entralgo, entregado al cuidado de sus numerosos bienes. El novelista no conoció a este abuelo, muerto poco antes de su nacimiento, pero sin duda percibió y vivió durante su infancia todo el sistema de relaciones sociales que aquél había mantenido. Su abuelo paterno, residente en Oviedo, es evocado por el escritor con enorme simpatía: fue "un honrado

---

[3] M. Baquero Goyanes, *La literatura narrativa asturiana en el siglo XIX*, Revista de la Universidad de Oviedo, VII, 1953, p. 83. H. Pesseux-Richard —*Armando Palacio Valdés*, en "Revue Hispanique", XLII, 1918, pp. 310 y ss.— se refiere a una serie de rasgos valdesianos: exquisita sensibilidad, talante liberal, fina ironía..., que, en su opinión, guardan estrecha relación con su marco geográfico de procedencia.

burgués". De él heredó su amor a la región, su equilibrio y su gran optimismo.

En Palacio Valdés se conjugan ambas herencias. Su
padre, don Silverio Palacio, abogado, abandona Oviedo
—donde había comenzado a ejercer su profesión brillan-
temente—, para dedicarse, tras su matrimonio, a la
administración de las tierras que su mujer poseía en
Avilés. Fue don Silverio hombre sencillo y espontáneo
que gozó de gran simpatía y prestigio en su ciudad.
Católico, de talante liberal, de gran inteligencia y exquisita sensibilidad, dejó profunda huella en sus hijos a los
que educó en un ambiente de tolerancia, según confiesa
el propio novelista [4]. La madre, Eduarda Valdés, era de
carácter enérgico y de temperamento activo, a pesar de
la afección pulmonar que padeció largos años. Por ello,
tal vez gustaba del trato social, y su casa se veía
concurrida por tertulias permanentes que sirvieron sin
duda de inspiración al novelista.

Armando Palacio Valdés, el mayor de los tres hijos
que tiene el matrimonio, nace en Entralgo el 4 de
octubre de 1853. Entralgo, Avilés y Oviedo serán los
tres escenarios en que discurra la infancia y adolescencia
del novelista. ¿Qué recibió de cada uno de ellos? Entralgo, donde pasa algunos veranos, le dejó unos recuerdos
imborrables rememorados más tarde en sus obras de
ambiente campesino. En Avilés, pequeña villa costera de
unos 8.000 habitantes, transcurre la mayor parte de la
infancia del escritor, muchacho travieso y alegre, carente de prejuicios sociales, que pasa sus horas libres
correteando con sus compañeros de escuela por las
calles de la ciudad. Pensamos que, si en Entralgo Palacio Valdés interioriza las vivencias del mundo campesino, en Avilés se siente atraído por la vida del hombre de
mar. Los pescadores y marineros que aparecen en sus
obras, tienen rasgos que, de seguro, había empezado a
archivar desde su infancia.

---

[4] A. Palacio Valdés, *La novela de un novelista*. Madrid, Victoriano
Suárez, 1921, cap. XVI.

A los doce años marcha a Oviedo para estudiar el bachillerato, instalándose en casa de su abuelo paterno. Con cierto orgullo e ironía recuerda la brillantez con que comenzó su vida en el Instituto [5], y con cierta dosis de nostalgia recuerda también sus aventuras amorosas de adolescente. Rica y fecunda adolescencia la del futuro novelista, que inicia por aquellas fechas su amistad con Tuero y con Leopoldo Alas. Durante estos años adquiere Palacio Valdés su afición a la lectura; primero el gusto por la literatura de folletín, luego por las grandes obras europeas, finalmente por la literatura clásica [6]. Resultado de todo este conjunto de lecturas y reflexiones será una profunda inquietud intelectual. Inquietud que le llevará a Madrid desoyendo los consejos familiares [7] y desatendiendo también el gran tirón que debió ejercer el propio Clarín, que cursaba su licenciatura en la facultad ovetense.

El primero de octubre de 1870 llega Palacio Valdés a Madrid, donde estudia Leyes y Administración. Su paso por las distintas casas de huéspedes ha quedado recogido en algunas de sus novelas, muy especialmente en *Años de juventud del Doctor Angélico* (1918); de su vida universitaria, en cambio, apenas contamos más que con una divertida y desenfadada anécdota [8], que nos autoriza a imaginar la decepción que debió de producirle en un primer momento la vida universitaria de la capital. Él, que había dejado ciudad y familia, que había perdido su

---

[5] *Ibidem*, p. 227.

[6] *Ibidem*, caps. XVIII y XXXI. A ellos se refiere M. Baquero Goyanes en "Estudio, notas y comentario de texto" a *Tristán o el pesimismo*. Madrid, Narcea, 1971, pp. 13-18.

[7] No sabemos con exactitud cuáles fueron las últimas motivaciones que impulsaron a Palacio Valdés a ir a Madrid salvando la resistencia familiar y superando el clima de escasa simpatía que la Universidad Central tenía entre algunos profesores ovetenses —véase "La Unión", núm. 32, 1-IX-1878—. Seguramente se debió a una decisión personalísima de don Armando, deseoso de ampliar sus horizontes y satisfacer la curiosidad intelectual que sus múltiples lecturas le habían despertado.

[8] A. Palacio Valdés, *Años de juventud del doctor Angélico*. Madrid, Victoriano Suárez, 1918, pp. 7-8.

fe religiosa y llegaba a Madrid ávido y receptivo, no encuentra acomodo fácil ni en el horizonte ideológico ni en el ambiente político del momento.

En el comienzo de los años sesenta, el pensamiento krausista impera todavía en el mundo universitario, que empieza a verse aireado por entonces por los primeros vientos positivistas. Completa este panorama una fuerte corriente de pensamiento tradicional, alimentado por las directrices que venían de Roma: recordemos que son los años de la encíclica "Quanta Cura", del Syllabus y del Concilio Vaticano I. En medio de este contexto, no es difícil explicar la insatisfacción y el desconcierto que parecen dominar por esos años el ánimo del joven universitario. A los veinte años, uno antes de obtener su licenciatura, se hace Palacio Valdés socio del Ateneo, en cuya biblioteca dedica diariamente ocho o diez horas al estudio. Nombrado Secretario de la Sección de Ciencias Morales y fundador junto a otros intelectuales en ciernes de la Cacharrería[9], Palacio Valdés mantiene una presencia activa en el Ateneo. Puede afirmarse que el joven asturiano se constituye en testigo de excepción de la vida intelectual de los primeros años de la Restauración, que encuentra en este centro madrileño el marco adecuado para reflexiones y debates[10].

El objetivo de don Armando por esas fechas no es la vida literaria; son el razonamiento filosófico y la carrera

---

[9] A. Palacio Valdés en el Prólogo a *Semblanzas literarias* —Madrid, 1908— cuenta cómo nació la Cacharrería en el viejo Ateneo de la calle de la Montera.

[10] La Restauración creó un clima de represión y de censura que contrastaba con la atmósfera de libertad que se respiraba en el Ateneo madrileño —"la Holanda de España"—. En él se había refugiado la democracia del país. Una democracia por lo demás, que era, salvo excepciones, de corte castelariano o posibilista. Véase A. Ruiz Salvador, *El Ateneo científico, literario y artístico de Madrid (1835-1885)*. Londres, 1971, pp. 129-151. La excelente obra de F. Villacorta, *El Ateneo científico, literario y artístico (1885-1912)*, Madrid, CSIC, 1985, nos permite conocer una serie de aspectos fundamentales para la reconstrucción de nuestra historia intelectual.

docente las que constituyen sus primeras ilusiones[11]; de
ellas se verá desviado, sin embargo, según nos confiesa
él mismo, sin apenas darse cuenta. Jefe de redacción de
la "Revista Europea" en 1875 —que disputaba por
aquel entonces a la "Revista de España" el primer
puesto en el horizonte intelectual—, comienza a escribir
una serie de artículos sobre temas de actualidad. El
interés con que son acogidos por el público, será factor
importante en esa inflexión que experimenta la trayectoria valdesiana, orientada primero hacia la crítica, pero
fijada definitivamente en la novela, en 1881. No es
posible afiliar a don Armando a ninguna de las corrientes que dominan la vida intelectual española en los años
setenta, pero creemos que fue con los discípulos de Sanz
del Río con quienes estableció mayor sintonía y entendimiento. Por otra parte, y aunque se negó a aceptar
—como él mismo señala— lo que de materialismo había
en la corriente positivista, es indudable que recibió,
como todos los krausistas, una fuerte influencia de la
misma. Con todas las reservas que se quiera, pensamos
que don Armando participa de esa "positivación" del
krausismo estudiada por Diego Núñez[12], que tiene en el
posibilismo su expresión política. La estrecha amistad
que le unía a Castelar le llevó a afiliarse a su partido, si
bien rehuyó participar directamente en la política: invitado a presentarse por Cuba, dejó pasar la oportunidad
de obtener un escaño para el partido, con gran disgusto
del expresidente de la República[13].

[11] Antes de obtener la licenciatura, desempeña como interino la
cátedra de Economía Política en la escuela mercantil del Instituto de San
Isidro. Licenciado ya, sustituye durante un invierno a Aramburu en la
cátedra de Derecho Civil de la Universidad de Oviedo. Véase A. Cruz
Rueda, *Armando Palacio Valdés. Su vida y su obra*. Madrid, Saeta, 1949,
2.ª ed., cap. VIII.
[12] D. Núñez, *La mentalidad positiva en España: desarrollo y crisis*.
Madrid, Túcar, 1975, p. 82.
[13] Palacio Valdés sentía una gran simpatía y admiración por Castelar, al que considera como "paladín de la libertad" durante los primeros
años de la Restauración; véase "Don Emilio Castelar", en *Semblanzas
literarias*. Madrid, 1908.

El talante de Palacio Valdés creo que responde a la imagen que hoy tenemos del krausista: hombres que profesan un profundo respeto y amor hacia el hombre, hacia la libertad, hacia el libre examen... Y todo ello enmarcado en una actitud militante de denuncia. La simpatía y la esperanza que despierta en su ánimo la Institución Libre de Enseñanza, aparecen en su reseña del acto inaugural de aquélla, publicado en la "Revista Europea"[14]. La misma actitud política de don Armando, incluso su primera reacción ante los acontecimientos del 68, nos recuerda la de don Francisco Giner[15].

Apenas iniciada la Restauración, el escritor muestra su distanciamiento hacia los excesos del Sexenio y expresa su reserva frente a aquélla por lo que ésta supone de represión y de recorte de las libertades individuales. Las reservas y el distanciamiento hacia el partido conservador y el pensamiento tradicional, guiarán la pluma del novelista tanto en estos artículos como en sus primeras novelas, de marcado carácter crítico. Don Armando cuestiona desde una postura liberal y eticista, bastante cercana a la Institución Libre de Enseñanza, los grandes temas de la vida española: el comportamiento de la elite, el talante de las clases medias, la sordidez de la vida provinciana, el funcionamiento de los partidos políticos, el catolicismo oficial, la asunción del positivismo por una sociedad escasamente preparada... Durante los tres primeros lustros de su estancia en Madrid, el escritor frecuenta diversas tertulias: el Café Suizo, la Iberia, la Cervecería Inglesa, y forma parte de grupos conocidos y temidos por su ingenio[16]. En estos años entra en contacto con diversas elites madrileñas; muy significativo resulta, para medir su grado de integración en el mundo de la capital, el que fueran nada menos que Castelar, Pereda y Galdós los que presidieran el entierro de su primera mujer en 1885.

[14] "Apuntes críticos" en *Revista Europea,* núm. 141, 5-XI-1876.
[15] Cfr. el cap. XXXIV de *La novela de un novelista* de A. Palacio Valdés y *Spencer y las buenas maneras* de F. Giner.
[16] A. Cruz Rueda, *Armando...,* cap. XV.

Los últimos años ochenta debieron ser duros para el escritor, a la pérdida de su mujer —que idealizará en *Maximina*—, se sumará la quiebra de su fe en el sistema político creado por Cánovas. El hecho de que Palacio Valdés haga de *Riverita* y *Maximina* (1886-1887) una sola novela, cuyo protagonista pierde casi al mismo tiempo la esposa y la confianza en la vida pública, no deja de ser significativo. Sobre este último tema insiste el novelista al año siguiente, en 1888, en *El cuarto poder*. Los años 1890-1893 debieron significar un momento clave en la vida del novelista; fruto de sus dudas, de sus reflexiones y de sus utopías serán dos novelas: *La Espuma* y *La Fe*. La primera es una reflexión sobre un tema sociopolítico, la segunda tiene un carácter más filosófico. La crisis del padre Gil, protagonista de esta última obra, no es seguramente más que una manifestación de la honda crisis religiosa que está padeciendo el escritor. Una crisis de fe, larga y dolorosamente vivida durante los años noventa, que constituye una expresiva muestra de las dimensiones que adquiere en la Península la crisis finisecular[17]. Tanto en estas dos novelas como en *El origen del pensamiento* y en *El Maestrante,* escritas entre 1890 y 1893, aparecen junto a los habituales elementos naturalistas —acentuados incluso en algunas de estas obras—, otros que anuncian el nuevo quehacer literario de don Armando. Será a partir del último lustro del siglo, cuando el escritor se oriente hacia posturas eticistas alejadas de todo compromiso y utopía política.

Como he tenido ocasión de escribir en otro lugar, "Palacio Valdés, que había presenciado muy joven el movimiento del Sexenio y que había mantenido una postura de denuncia hacia la Restauración, no supo ni quiso sin embargo asumir posiciones políticas ajenas a su marco social de procedencia. Su inconformismo político de fines de siglo tenderá a buscar una solución

---

[17] A. Palacio Valdés, *Testamento literario.* Madrid, Victoriano Suárez, 1929, pp. 25 y ss.

en la posición conservadora, común a la pequeña burguesía urbana, que apela a la educación del individuo y
al apoyo de las masas campesinas para salvar la democracia. Precisamente por su inhibición política, por la
refracción de reflejos sociales que se observa en sus
novelas a partir del siglo XX, por su militancia católica
enteramente conformista desde fines de los años noventa, y por la repulsa instintiva que tuvo durante toda su
vida a presentar en sus universos de ficción situaciones
que subvertieran los valores tradicionales, ha sido enca-
sillado en bloque, dentro del sector conservador y reaccionario" [18]. Ahora bien, pensamos que, al margen de la
valoración que pueda merecer el novelista, Palacio Valdés resulta ser un intelectual muy representativo' de
amplios sectores de la pequeña burguesía que, desen-
gañados y escépticos ante la clase dirigente, pero teme-
rosos también del reto que las demandas del mundo
obrero suponen, se mantienen en su horizonte de clases
medias sin buscar ni proponer otras soluciones. Ello si
bien explicaría la valoración apuntada de que ha sido
objeto el novelista, resulta sin duda un juicio demasiado
superficial y apresurado. Creo que la persona y la obra
de don Armando requieren una mayor atención, y sobre
todo exigen un juicio más ajustado a las diversas etapas
de su biografía. Una biografía larga —ochenta y cinco

---

[18] G. Gómez-Ferrer Morant, op. cit., pp. 73-74. Creo interesante
recordar su postura aliadófila durante la primera guerra mundial, véase
La guerra injusta. 1917. Por otra parte, Antón Olmet, uno de sus
mejores biógrafos, le califica de "liberal entusiasta", de "demócrata
convencido y actuante", y reproduce una conversación mantenida con
don Armando que sirve para aproximarnos a la imagen que daba el
novelista en 1918: "Yo soy católico, pero huyo de las pasiones de los
católicos, contrarias enteramente a la doctrina de Jesucristo. Aquí en
casa he tenido curas y frailes que vinieron a sondear mi espíritu y a
inclinarme hacia finalidades políticas, que están lejos de mi corazón. No
me explico al católico germanófilo. Es una aberración. Y es que muchos
católicos lo son por reaccionarios. Yo por católico soy liberal y
republicano si me aprieta un poco"; véase L. Antón Olmet y J. Torres
Bernal, *Los grandes oradores españoles: A. Palacio Valdés*. Madrid,
Pueyo, 1919, p. 164.

años—, que presenció acontecimientos tan diversos como la Revolución del 68, el falseamiento del sistema
democrático, la pérdida de nuestras colonias, el adveni-
miento de la Dictadura o el triunfo de la II República y
el comienzo de la guerra civil.

2. "La Espuma" en el contexto general de la obra de Palacio Valdés

Tras haber hecho algunas observaciones acerca de la
biografía de Palacio Valdés, centradas muy especialmente en la etapa que precede a la redacción de *La
Espuma*, con el fin de entender al hombre que escribe,
voy a tratar de contextualizar esta novela en el conjunto
de la obra valdesiana con el objeto de poder precisar
qué lugar ocupa dentro de su pensamiento y de su
quehacer literario.

En los años ochenta comienza don Armando su
carrera novelística en el seno de un naturalismo incipiente. Adopta una postura moderada ante la corriente
venida de Francia, y queda encuadrado desde 1881 entre
los principales representantes españoles de esta escuela,
siendo el propio Clarín el que le coloque en 1882, junto
a Ortega y Munilla, entre los que encabezan el grupo
naturalista, presidido según Alas, por Pereda y Galdós [19]. Por lo demás, tanto su presencia como redactor
de "Arte y Letras" —julio de 1882—, revista que
representa la tendencia naturalista en el panorama literario del momento, como el tono de sus artículos en *La
literatura de 1881,* escrito conjuntamente con Alas, o su
Prólogo a *Marta y María* (1883), así lo atestiguan
también.

A fines de los años ochenta, se observa una inflexión
en su manera de novelar, que no es sino la manifestación literaria del cambio de sensibilidad que se advierte
en los últimos lustros del siglo XIX. Cambio de sensibili-

[19] L. Alas, *Sermón perdido*. Madrid, 1884.

dad que hay que poner en conexión con los primeros síntomas de la crisis finisecular que hacen acto de presencia en España a partir de ese momento. La inflexión en la obra galdosiana es de todos conocida; en lo que se refiere a Pardo Bazán, Nelly Clemessy ha señalado el viraje que suponen *Una Cristiana* (1890) y *La Prueba* (1890), con respecto a *La madre naturaleza* (1887) e *Insolación* (1889). En el caso de Palacio Valdés, la frontera tal vez no sea tan nítida, si bien el viraje es innegable y puede señalarse en torno a 1896-1899. La primera etapa tendrá un marcado carácter realista y naturalista, advirtiéndose ya en el comienzo de los años noventa un cierto despegue de la escuela de Zola y una influencia de Bourget y de Maupassant; pero será en el último lustro del siglo cuando se constate claramente el cambio de horizonte cultural en la obra del escritor asturiano[20].

Las técnicas naturalistas marcan en los años ochenta la obra de don Armando, cuyas novelas materializan unos universos burgueses. La revolución del 68 había hecho posible nuevos planteamientos en el terreno literario[21], y la producción valdesiana se beneficia del nuevo horizonte. El escritor asturiano muestra desde su primera novela las tensiones y dificultades que existen entre los personajes y su medio, y pone de manifiesto las diversas resistencias que dificultan la modernización de la sociedad española. La obra de Palacio Valdés tiene un

[20] Roca Franquesa señala dos épocas en la obra de Palacio Valdés separadas por la aparición en 1896 de *Los majos de Cádiz;* véase J. M. Roca Franquesa, "La novela de Palacio Valdés: clasificación y análisis", en *Boletín del Instituto de Estudios Asturianos,* Oviedo, VII, 1953, p. 426. Entrambasaguas, en cambio, cree que pueden distinguirse tres: una primera que llega hasta 1889; una segunda que se abre con *La Espuma* y se cierra con *La alegría del capitán Ribot,* y una tercera que se iniciaría con *La aldea perdida* en 1903; véase J. de Entrambasaguas, *Obras selectas de Armando Palacio Valdés.* Selección, introducción y prólogo del autor citado, Barcelona, Planeta 1963-1969, 3 vols.

[21] L. Alas, "El libre examen en nuestra literatura presente", en *Solos,* apud. S. Beser, *Teoría y crítica de la novela española.* Barcelona, Laia, 1972.

carácter fundamentalmente crítico en esta década. En su primera novela, *El señorito Octavio* (1881), presenta la vida de un medio provinciano, casi rural —Vegalora—, que da fe de la pervivencia del Antiguo Régimen a través de todo el entramado social que evidencia. El desarrollo de una campaña electoral en pleno Sexenio democrático, dará ocasión al escritor para expresar su punto de vista acerca de la distinta ética que informa el *modus operandi* de los candidatos conservador y republicano, dejando también constancia, a la altura de 1881, de su escepticismo acerca de la posibilidad real de hacer efectivo el sistema democrático propuesto en el Sexenio. En *Marta y María* (1883) señala las nefastas consecuencias que tanto desde un punto individual como social puede acarrear una religiosidad mal entendida. El autor trata de poner en guardia a la sociedad española frente a este peligro, y entre líneas puede verse la tensión entre neos y liberales, tan real por lo demás, en la vida española de comienzos de la Restauración. Tensión que irá creciendo en los años ochenta, para culminar en 1889, centenario de la Revolución Francesa, en una verdadera crispación[22].

El idilio de un enfermo (1884) y *José* (1885), novelas campesina y marinera respectivamente, no pueden emparejarse sin embargo. La primera presenta la mezquindad del hombre rural en medio de un canto a la naturaleza que es considerada como fuente de vida y salud, mientras que en la segunda, el autor, tal vez mediatizado por unos recuerdos personales, en propor-

---

[22] M. V. López Cordón ha llamado la atención sobre el clima de crispación existente por estas fechas, véase "La mentalidad conservadora durante la Restauración", en AAVV, *La España de la Restauración: política, economía, legislación y cultura*. Madrid, Siglo XXI, 1985, pp. 81 y ss. La prensa más conservadora ofrece buenas muestras de este clima con motivo de la celebración del Centenario de la Revolución Francesa. Vid. G. Gómez-Ferrer Morant, "La Revolución Francesa en la prensa española de 1889" en Actas del Congreso Internacional *"Repercusiones de la Revolución Francesa en España"*. Noviembre 1989 (en prensa).

ción que es difícil precisar [23], tiende fundamentalmente
a exaltar la bondad y el sentido de solidaridad del
hombre del mar [24]. El protagonista de esta obra tiene un
carácter colectivo: el pueblo de Rodillero empeñado en
una lucha cotidiana con el océano. La tensión indivi-
duo-naturaleza es el verdadero tema central de la obra,
tema por lo demás, de claro abolengo naturalista. Tras
una colección de cuentos, *Aguas Fuertes* (1884), anterior
a *José, Riverita* y *Maximina* (1886-1887) constituyen en
realidad una única obra con la que se inaugura el ciclo madrileño. Aunque las coordenadas temporales del
mundo de ficción se corresponden a los años sesenta
—época isabelina y Sexenio democrático—, es evidente
que el autor está enfocando, mediados los años ochenta,
el mundo de la Restauración. La tensión vida pública-
privada que proyecta sobre dos dualismos superpuestos:
corrupción-ética, mediocridad-inteligencia, es uno de los
grandes temas de estas dos obras, y constituye una clave
para entender el desengaño político que experimenta el
novelista en la década liberal de los años ochenta. El
otro gran tema de estas obras es el papel que corresponde a la mujer en el seno de la sociedad, a la mujer de
clase media en concreto. El tema había sido ya apuntado anteriormente en *Marta y María,* pero ahora, nuevos
factores de índole diversa, dan al tema otra dimensión.
En primer lugar, el autor ha quedado viudo y con un
hijo, apenas iniciado su matrimonio; en segundo lugar,
sus esperanzas en la vida política aparecen frustradas y
su desencanto se orienta hacia la inhibición política y el
recogimiento familiar [25]. Por todo ello, la figura de
Maximina se agranda y se convierte en un arquetipo

[23] Parece ser que el Rodillero novelístico se corresponde con *Candás,*
pequeño pueblo de la costa asturiana en el que el novelista pasó algún
verano y en el que conoció a su primera mujer, Luisa Maximina
Prendes.

[24] Véase J. Campos, ed. crítica de *José (novela de costumbres marítimas).* Madrid, Cátedra, 1975.

[25] G. Gómez-Ferrer Morant, *Palacio Valdés y el mundo..., op. cit.,*
pp. 224 y ss.

femenino que será constante a lo largo de su novelística. Dentro de este contexto se insinúa el tema del repliegue en el hogar como ideal que se propone a la pequeña burguesía restauracionista, ideal que toma cuerpo definitivo en sus novelas del siglo XX. Por lo demás, es muy posible que el tipo de Maximina, muy repetido en su obra, se corresponda con el ideal de la clase media tradicional y esté inspirado en su propia esposa, Luisa Maximina Prendes.

El cuarto poder, aparecida en 1889, continúa la crítica de la vida pública, centrada esta vez en un medio provinciano cuya mezquindad y estrechez de miras son objeto de la fina ironía valdesiana. En esta obra como en las anteriores, pero tal vez de manera más clara, se manifiesta la corrupción de la vida política y se explicita que aquélla es común a los dos partidos que dominan la vida española. A fines de 1890 aparece *La Espuma,* que participa de la temática y técnica naturalistas y en las que apenas se advierte la nueva forma de novelar preconizada por el propio don Armando en el Prólogo de *La hermana San Sulpicio* (1889). Esta última es una novela diferente a todas las anteriores por varias razones; por su técnica: está narrada en primera persona; por su escenario: se trata de una novela andaluza protagonizada por un gallego; por la intrascendencia del tema... Pero lo importante de esta obra es su Prólogo que bien debiera formar parte de cualquier Antología de la Teoría literaria [26]. Don Armando teoriza en él acerca del cambio que se está produciendo en la técnica novelesca, se presenta como decidido defensor de la novela psicológica y muestra su distanciamiento y sus reservas al carácter científico de la novela indicado por Zola. El escritor se hace eco de las ideas expuestas por doña Emilia Pardo Bazán en el Ateneo madrileño en 1887 [27],

---

[26] M. Pascual Rodríguez —*Armando Palacio Valdés. Teoría y práctica novelística.* Madrid, SGEL, 1976— ha sistematizado la preceptiva del novelista asturiano dispersa en distintas obras.

[27] E. Pardo Bazán, *La revolución y la novela en Rusia.* Madrid, 1887.

recibe la influencia de la novela rusa a través de las
directrices francesas y se convierte en uno de los escasos
teorizadores españoles del naturalismo espiritual que
caracteriza, según Patisson, el panorama literario español desde fines de los años ochenta[28].

Un naturalismo que es la manifestación en el terreno
de la novela, de la inflexión que se advierte en la trayectoria de la cultura en los últimos lustros del siglo XIX,
coincidiendo con la aparición en la Península de los
primeros signos de la crisis finisecular. Crisis que encuentra en la obra de Palacio Valdés un excelente eco[29].
Dentro de estas coordenadas va surgiendo en España un
tipo de novela, en la que los factores psíquicos aparecen
como determinantes de la acción y en la que se multipli-
can los elementos de carácter no racional que viene a
expresar la disconformidad de los autores ante la primacía exclusiva que el positivismo había conferido a la
observación y a la experimentación como única vía de
conocimiento. Recordemos el papel concedido a la in-
tuición y la importancia cada vez mayor que adquieren
los aspectos espirituales y hasta religiosos en los personajes de ficción. Es evidente que se está produciendo un
cambio en el quehacer literario y que en la novela se
advierte una orientación metafísica bien distinta de la
crítica social o política que había predominado en los
años ochenta. El viraje de la generación del 98 entre su
juventud y su madurez ha sido apuntado por diversos
autores[30], pero la inflexión de los escritores realistas
está en buena medida por analizar.

---

[28] W. T. Pattison, *El naturalismo español. Historia externa de un
movimiento literario*. Madrid, Gredos, 1965, pp. 190 y ss.

[29] G. Gómez-Ferrer Morant, "Palacio Valdés en los años noventa: la
quiebra del positivismo" en *Clarín y La Regenta en su tiempo*. (Actas del
Simposio Internacional). Oviedo, 1987, pp. 1053-1066.

[30] Sin ánimo de ser exhaustivos, recordemos tan sólo por su especial
incidencia en este tema, las obras de R. Pérez de la Dehesa, *Política y
sociedad en el primer Unamuno (1894-1902))*. Madrid, Ciencia Nueva,
1966; de E. Inman Fox, *La crisis intelectual del 98*. Madrid, Edicusa,
1976; de C. Blanco Aguinaga, *Juventud del 98*. Barcelona, Crítica, 1978;

La obra valdesiana se hace eco de este cambio; el escritor, sin renunciar a las técnicas adquiridas y al carácter realista de sus descripciones y de su inspiración, atiende cada vez en mayor medida a destacar los factores psicológicos, y en vez de poner de relieve, como hace la escuela naturalista —y el propio autor en otras ocasiones—, la dependencia del hombre respecto a factores fisiológicos, subraya precisamente la importancia de los factores espirituales como determinantes del comportamiento, dejando bien claro que el ser humano no puede entenderse exclusivamente en función de su fisiología o de sus circunstancias, por más que éstas deban ser justamente valoradas. Este explícito desenganche de Palacio Valdés respecto a la normativa naturalista lo encontramos bastante consumado en *La Fe,* cuyo protagonista es, en cierto modo, la negación del naturalismo determinista. Determinismo que, si bien el autor no siguió nunca de manera rígida, sí utilizó en medida diversa en muchas ocasiones.

A lo largo de los años noventa, la obra de Palacio Valdés se muestra oscilante: la actitud del padre Gil, protagonista de *La Fe,* no se puede entender a partir de la fisiología, mientras que la de Raimundo, personaje principal de *La Espuma,* puede ser explicada en buena parte por su misma constitución física. Pero es sobre todo la conducta del conde de Onís en *El Maestrante* (1893), la que encuentra su razón de ser en los factores hereditarios y educacionales recibidos. Palacio Valdés rechaza la biología como único factor determinante del comportamiento humano; convendría señalar también el papel que asigna a la conciencia, a una conciencia que no depende de la fisiología, que representa la instancia más elevada del hombre, y que a través del sentimiento se convierte en el imperativo que dirige la conducta. El tema del remordimiento se insinúa por primera vez en

o de M. D. Gómez Molleda, *El socialismo español y los intelectuales.* Salamanca, 1980.

El Maestrante y se hace omnipresente en *La alegría del capitán Ribot* (1899). En fin, en las obras del período intersecular aparecen acentuados los factores psicológicos, pero no se percibe todavía, salvo en *La Fe,* la incidencia de componentes religiosos que juegan ya un importante papel en *Tristán o el pesimismo,* publicada en 1906, cuando el escritor asturiano ha superado enteramente su crisis espiritual. Por lo demás, es evidente que tanto *La Fe* como *El origen del pensamiento* (1893), constituyen una buena muestra de la desconfianza valdesiana hacia la ciencia como única clave de progreso que había presidido la era positivista.

Tras la crisis del positivismo en los últimos lustros del siglo XIX, el mundo de lo intangible tiene cada vez mayor cabida en las obras literarias, y los escritores echan mano de los diversos recursos que la quiebra de la fe en la razón y en la ciencia han determinado: el misticismo cristiano, la ensoñación, la mitificación del pasado o la recreación de la propia biografía, dando lugar a la aparición de unos entes de ficción, *alter ego* del novelista [31], en los que se entrecruzan las aspiraciones y los ideales del escritor [32].

En fin, el olvido progresivo de los ideales revolucionarios del 48 por parte de la burguesía europea y la situación a que ha llevado el capitalismo creciente, conduce al "distanciamiento de los mejores intelectuales de las posiciones políticas y culturales de su propia clase"; se trata para Micheli, de quien es la cita que antecede, de un distanciamiento que durante largo tiempo les "llevará a vivir una protesta hecha, sobre todo, de evasión (...). El rechazo del mundo burgués se vuelve un hecho concreto: es el rechazo de una sociedad, de unas costumbres, de una moral y de un modo de vida (...). Es

---

[31] J. C. Mainer, *Literatura y pequeña burguesía en España (notas 1890-1950).* Madrid, Cuadernos para el Diálogo, 1972, p. 79.
[32] A. Ortí Benlloch, "Estudio introductorio" a *Oligarquía y caciquismo como forma actual de gobierno en España. Urgencia y modo de cambiarla.* Madrid, Revista de Trabajo, 1975, pp. XCVIII-XCIX.

la fuga de la civilización"[33]. La versión española de este fenómeno ha sido ampliamente estudiada en lo que se refiere a los noventayochistas y a los modernistas; también convendría analizarlo en los viejos novelistas de la Restauración. En don Armando, esta protesta frente al orden burgués se expresa, primero, por medio de una crítica hacia la clase dirigente, y después, cuando el desencanto ha devenido en desengaño, por medio de formas escapistas. Precisamente, esta nueva manera de novelar, que incorpora algunas de las técnicas modernistas, ha permitido hablar de una "tercera época" en la novelística de don Armando[34].

Palacio Valdés, en ella, está influido por la sensibilidad y los gustos del momento. La adopción de las nuevas formas estéticas da a algunas de sus obras un carácter simbólico. El símbolo se manifiesta no sólo bajo formas de resonancia artística, sino más comúnmente por medio de mitos y leyendas que sirven de preámbulo a la ficción novelesca o de clave para entender su significado[35]. Recordemos *La aldea perdi-*

[33] M. Micheli, *Las vanguardias artísticas del siglo XX*. Madrid, Alianza, 1983, pp. 50-51.

[34] Entrambasaguas se ha referido al giro que experimenta la obra de Palacio Valdés en el comienzo del siglo XX. Escribe a este respecto: "Si del naturalismo supo aprovechar más que sugerencias nuevas, confirmaciones de matices que ya él, por tradición novelesca o por sus condiciones de escritor, había adoptado, al advenir el movimiento modernista, que salvo contadas excepciones arrolló a la literatura del novecientos, no pudo por menos de descubrir en él, nuevas tendencias y nuevos motivos y expresiones literarias que había que ensamblar con sus permanentes teorías sobre la elaboración novelesca que le era peculiar. Pero además y sobre todo, la valoración literaria de las sensaciones y de las asociaciones de las mismas, características del Modernismo, le llevó sin duda —tras un íntimo y demorado examen de lo efímero y perdurable de aquel período fundamental de las letras contemporáneas—, a una revisión de los recuerdos autobiográficos..."; véase J. Entrambasaguas, *Obras selectas*. Selección, introducción y prólogo del autor citado, Barcelona, Planeta, 1963, p. 689.

[35] Una serie de mitos que ya se han hecho tópicos en la generación del 98, aparecen también en la producción valdesiana a partir de 1896; véase G. Gómez-Ferrer Morant, "Armando Palacio Valdés en la transición del XIX al XX", en *Revista de la Universidad Complutense*. Madrid, 1980, pp. 258-259.

da (1903), ejemplo de novela mítica, o *Santa Rogelia* (1926), subtitulada por el mismo autor "de la leyenda de oro". El mismo Germán Reinoso, importante personaje de *Tristán o el pesimismo,* es en cierta manera un héroe quijotesco, como lo es también Ribot. Junto a la adquisición de nuevas formas y recursos expresivos, lo fundamental de la novelística valdesiana del siglo XX es la respuesta dada por el autor a los interrogantes que se plantean sus personajes de la primera época. En estas obras se advierte también el movimiento individualista que subyace a la literatura de comienzos de siglo, y los personajes en una actitud que recuerda a los héroes gideanos, aunque sin llegar a sus extremos, conocen las inquietudes de "los seres egoístas sedientos de goces extraños". A veces fracasan y perecen víctimas de la ambición: es el caso de Alfonso en *Los cármenes de Granada* (1927); otras, en cambio, encuentran su plenitud en el camino que conduce a la divinidad: como Rogelia o Reinoso; finalmente, algunos personajes, como Ángel Jiménez, con el que de alguna manera se identifica el escritor —*Años de juventud del Doctor Angélico* (1918), *La hija de Natalia* (1924)—, encuentran en un eticismo laico —apelación al amor y la solidaridad— una satisfacción a la medida de sus deseos. Podríamos decir que Palacio Valdés supera el "tú" emotivo señalado por Tuñón de Lara refiriéndose al 98 [36] y se abre a un "tú" o a un "nosotros" fraternal y solidario [37]. También América, tema que adquiere en la

---

[36] M. Tuñón de Lara, "La superación del '98' por Antonio Machado", en *Bulletin Hispanique,* t. LXXVII, núms. 1-2, 1975, pp. 53-57.

[37] Así lo manifiesta uno de los personajes más repetidos en sus novelas del siglo XX —Ángel Jiménez—, con el que de alguna manera se identifica el escritor: "nacimos todos para ser útiles. Cuando ponemos en actividad nuestras facultades para servir a los demás es cuando elevamos nuestro destino sobre la tierra: entonces viene a nosotros la seguridad, la paz, la alegría. Mientras vivimos tan sólo para nosotros mismos, para satisfacer nuestros gustos y caprichos, advertimos vagamente que robamos el sustento y sentimos en el corazón la inquietud del malhechor... Nadie goza de la vida, nadie es capaz de embellecer sus días

época intersecular una gran resonancia, aparece en la obra de don Armando como lugar de esperanza: Velázquez, el protagonista de *Los majos de Cádiz* (1896), o el mismo Reinoso, constituyen ejemplos significativos. En fin, dentro de este repaso dado al conjunto de la obra de Palacio Valdés, no podemos olvidar el papel salvador que se asigna al mundo rural, bien patente en *La aldea perdida* (1903) o en *Sinfonía pastoral* (1931). No es ocasión de entrar en ello, pero sí conviene señalar la posible relación entre el tema regional o campesino de estas obras, primero con el mismo despertar del regionalismo en la vida española, y segundo, con la corriente de "menosprecio de corte y alabanza de aldea" de tan honda significación en nuestra literatura [38], corriente que hay que encuadrar en estas precisas fechas, en el marco de una ola de literatura fisiocrática que aparece en la Europa mediterránea [39].

Dentro de esta rica y larga trayectoria, *La Espuma*, publicada en diciembre de 1890 [40], pocos meses después de que viera la luz el Prólogo a *La hermana San Sulpicio,* es tal vez la obra más naturalista de Palacio

---

más que el que gana el pan con el trabajo de su cabeza o de sus manos"; cfr. A. Palacio Valdés, *La hija de Natalia*. Madrid, Victoriano Suárez, 1927, pp. 253-254.

[38] La clásica contraposición campo-ciudad encuentra ahora oportunidad de manifestarse. El tema campesino es un tema recurrente en nuestra literatura que suele aparecer cuando los problemas urbanos impulsan, por reacción, hacia la evasión o la huida; en esos momentos, muchos escritores vuelven sus ojos con nostalgia hacia la vida sencilla de la naturaleza. La presencia campesina en el teatro del Siglo de Oro ha sido objeto de un excelente análisis por parte de Nöel Salomon —véase *Le thème paysan dans la "comedia" au temps de Lope de Vega*. Bordeaux. Feret Fils, 1965—. En lo que se refiere a la literatura finisecular, carecemos de un estudio semejante, si bien está siendo objeto de análisis parciales que la ponen en relación con la evolución agraria, el crecimiento capitalista y la expansión urbana.

[39] Recordemos las obras de Julio Diniz, *A morgadinha dos caniaviais;* de J. M. Eça de Queiroz, *A cidade e as serras,* o la de Giulio Caprin, *Citta e campagna.*

[40] Armando Palacio Valdés, *La Espuma. Novela de costumbres contemporáneas.* Barcelona, Imp. Henrich y Compañía, 1890. Ilustración de M. Alcázar y José Cuchy, 2 vols.

Valdés; sus personajes están en gran parte condiciona-
dos por la fisiología y por el medio. En función de estos
elementos logramos entender a Clementina: tanto su
aspecto físico —"mezcla de razas"—, como muchos de
sus caracteres morales, aparecen explicados por su herencia y por su ambiente. Otro tanto podría decirse del
duque de Requena o de Raimundo Alcázar, cuya constitución enfermiza e infantil pudiera ser una de las claves
para entender su degradación y su aniquilamiento. No
fue don Armando esclavo del determinismo francés —el
mismo fracaso de Raimundo tiene su explicación por
otras vías, a las que más adelante me referiré—, pero sí
mostró su inclinación por las técnicas naturalistas. Incluso llegó a verse influido por los principios de la
escuela lombrosiana, frente a los que, por otra parte,
expresó su repulsa con mordaz ironía en *El origen del
pensamiento*. En fin, conviene señalar que, en todo caso,
no resulta extraño encontrar en los mundos de ficción
creados por don Armando una estrecha correspondencia entre el aspecto físico y el comportamiento de sus
personajes[41].

El naturalismo de *La Espuma* puede observarse en
dos vertientes: en el contenido temático y en las formas
de expresión. El estilo valdesiano en esta novela se
muestra en la línea de la escuela francesa. La minuciosidad y el detallismo descriptivos son utilizados por el
escritor asturiano para reproducir la textura física de sus
personajes en mayor medida que para dar cuenta de su
medio. El novelista concede una gran importancia al
primer escenario en que aparecen los entes de ficción,
escenario que viene a ser un buen indicador de la
posición social de los mismos. Los dos primeros capítulos de *La Espuma* tienen lugar en el salón de un piso

---

[41] A pesar de la repulsa de Palacio Valdés hacia Lombroso, la huella
de la escuela italiana es evidente en el escritor asturiano. Sobre ello han
llamado la atención J. L. Peset y M. Peset en su *Estudio preliminar a
Lombroso y la escuela positivista italiana*. Madrid, CSIC, 1975, pp. 191-
197.

principal de la calle Mayor, habitado por un prestigioso banquero: Julián Calderón; la reunión sirve para trazar las coordenadas sociales en que se desarrolla la obra: la alta clase madrileña. El narrador pasa revista a los asistentes y saltando de uno a otro traza un breve retrato físico y moral de los mismos; retrato que, unido a las actividades y conversaciones que sostienen a lo largo de la tertulia, ayuda a fijar en el lector la personalidad de los personajes.

Las figuras novelescas son sorprendidas en un momento de su vida: una tertulia en este caso. El autor podría haber arrancado la acción de ese momento, es decir, del presente novelesco, haciendo caso omiso del pasado. Pero no es así, Palacio Valdés, dando un paso atrás en el tiempo, nos pone al corriente de los antecedentes de sus protagonistas —capítulos III, IV, V—, antecedentes que vienen a explicar y a subrayar la imagen que el lector ha fijado ya en su cabeza a lo largo de los dos primeros capítulos. Obviamente, será un narrador omnisciente el encargado de hacer estas observaciones de carácter retrospectivo; narrador que, por otra parte, trata de dar a sus criaturas la más completa autonomía.

Sería muy difícil señalar cuál es el héroe de *La Espuma*, ya que el verdadero protagonista de la obra, como su propio título indica, es un personaje colectivo: la elite madrileña de la Restauración, de cuya fisonomía, vida material y pautas de conducta trata el autor de dejar constancia. Madrid, la gran ciudad española del último cuarto del siglo XIX, pero concretamente un sector del Madrid de "los que mandan", es también el gran protagonista de la novela, si bien conviene precisar que, las observaciones que se hacen sobre la ciudad, tienen fundamentalmente un carácter sociológico.

En cuanto a su temática, *La Espuma* se inscribe en la llamada novela antiburguesa propia del naturalismo [42].

---

[42] J. I. Ferreras, *Introducción a una sociología de la novela española del siglo XIX*. Madrid, Cuadernos para el Diálogo, 1973, pp. 114-117.

El autor realiza una crítica feroz de la clase dirigente. La obra responde al clima de inquietud que afecta a distintos sectores intelectuales de la sociedad española que se cuestionan desde diversos ángulos ideológicos algunos de los problemas que afectan al país. Escritores de la política o de la economía se interesan vivamente por el tema, y la literatura, que ha adquirido una clara función social, se hace también eco del mismo [43]. Por lo demás, conviene tener en cuenta otro componente que está en la base de este cuestionamiento; me refiero al cambio de sensibilidad que se percibe a medidados de los años ochenta. La situación histórica es por supuesto, más compleja, y el conjunto de factores que he dejado someramente apuntados no bastan para un análisis global. Mi deseo ha sido únicamente llamar la atención sobre el momento histórico en que don Armando escribe *La Espuma*, señalando las coordenadas y la génesis de una preocupación, que se manifiesta en distintos sectores de la sociedad española y muy especialmente, en el seno del mundo intelectual. He tratado, en esta primera aproximación a la obra de Palacio Valdés, de contextualizar *La Espuma* en el conjunto de su trayectoria biográfica y literaria. A precisar algunos aspectos del horizonte intelectual en que se gesta la obra dedicaré las páginas que siguen.

II. EL HORIZONTE DE LOS AÑOS NOVENTA Y LA GÉNESIS DE "LA ESPUMA"

1. En los umbrales de la crisis: el cambio de horizonte histórico

a) *El escritor y su circunstancia*

Los acontecimientos del 68 sorprenden al joven Palacio Valdés en Oviedo. Sus años de experiencia revolucio-

---

[43] En la década de los años ochenta, la creciente polarización social llamó la atención de políticos y pensadores. La literatura, que había

naria en Asturias se dejan traslucir en *La Novela de un novelista*. Conviene retener dos impresiones valdesianas que ayudan a entender la fácil sintonía que establece con el grupo krausista que encuentra en la Universidad en octubre de 1870. Me refiero a su instintivo rechazo a cuanto de violencia, desorden o grosería pudiera advertirse en los movimientos populares de aquellos años, y a su completa e incondicional simpatía por el lema revolucionario que propugnaba la igualdad, la libertad y la fraternidad[44]. De la lectura de las páginas que dedica al tema de la Revolución en la obra señalada, creemos puede inferirse que Palacio Valdés, durante estos primeros meses, no entiende el alcance de la misma ni se siente comprometido con ella. Después, tras su llegada a Madrid, tanto su inmersión en el mundo de la Universidad y del Ateneo, como la cercanía a los acontecimientos de la vida política nacional, le harán tomar una actitud más consciente y responsable ante lo que suponen esos sucesos en la vida española. Durante este período se afianza su amor a la libertad, y comienza a sentir un cierto escepticismo político —afín seguramente al del propio Giner— fruto, tal vez, de lo que juzga incoherencia de la clase política[45].

La Restauración sobreviene en 1875. Se trata como es sabido, de una solución ecléctica, de un moderantismo más doctrinario que el de Isabel II, en la que debían tener cabida, sin embargo, las antiguas fuerzas de la oposición con tal de que estuvieran dispuestas a aceptar

---

adquirido una función social, en Europa desde 1848, y en España después de la revolución de 1868, encarna en sus mundos de ficción algunos de los grandes problemas contemporáneos. Durante estos años en los que el mal funcionamiento del sistema se imputa, cada vez en mayor medida, a la "oligarquía y el caciquismo", surgen una serie de novelas —*Lo prohibido* (1885), *La Montálvez* (1887), *Pequeñeces* (1890)...—, que ponen en pie el mundo de la alta clase y tratan de interpretar a partir de la misma la realidad española.

[44] A. Palacio Valdés, *La novela de un novelista*, cap. XXXIV.
[45] A. Palacio Valdés, "Don José Carvajal", en *Revista Europea*, núm. 169, 20 de mayo de 1877.

el principio dinástico[46]. Ante el régimen canovista, Palacio Valdés se muestra escéptico y desconfiado, y se sirve de la "Revista Europea" para expresar, a través de una serie de artículos, su compromiso con lo que él mismo llama "la causa de la libertad". Aunque el tema es complejo para despacharlo con la brevedad que la ocasión exige, quisiera llamar la atención acerca de la ambigua posición del novelista por estas fechas. Ambigüedad por lo demás, que es común a amplios sectores liberales de las elites del mundo intelectual. Por su pertenencia a las clases medias, los desórdenes del Sexenio han distanciado a don Armando de la causa popular —su profundización en el pueblo a que me referiré más adelante sobrevendrá años más tarde—; como hombre liberal perteneciente a la elite de orientación, las medidas represivas de Cánovas en los años setenta que, "amenazan perpetuar en España el atraso y la incultura" —según palabras del propio escritor— le preocupan. Testimonio de esta preocupación son los mencionados artículos en la "Revista Europea", y su participación en diversas tertulias literarias de carácter liberal. Testimonio, por otra parte, de su rechazo del régimen canovista es su distanciamiento de los conservadores, su crítica de los portavoces del pensamiento tradicional[47] y su misma negativa a participar directamente en la política, a la que fue invitado en fecha temprana por Romero Robledo.

La divergencia de Palacio Valdés respecto a la moral social y política de la Restauración se va agudizando, y encuentra un cauce de expresión a través de una serie de novelas en las que manifiesta sin ambages su denuncia

[46] J. M. Jover, "La época de la Restauración. Panorama políticosocial, 1875-1902", en *Revolución burguesa, oligarquía y constitucionalismo (1834-1923)*, tomo VIII de la Historia de España dirigida por M. Tuñón de Lara. Barcelona, Labor, 1981, pp. 271 y ss.

[47] Cfr. A. Palacio Valdés, *Semblanzas literarias*. Madrid, 1908. En esta obra se recogen una serie de artículos publicados en la "Revista Europea" entre 1875 y 1878, en los que el autor manifiesta abiertamente sus discrepancias y sus reservas respecto a la Restauración.

del sistema político, su crítica de la clase dirigente, su desacuerdo con la actitud de la Iglesia oficial y su repulsa de la mezquindad y sordidez que preside la vida provinciana. Ahora bien, la crítica valdesiana tiene un carácter fundamentalmente ideológico, y no cuestiona durante estos años la estructura socioeconómica del país. Palacio Valdés, desilusionado del giro que toman los acontecimientos durante el Sexenio, y disconforme con el quehacer de Cánovas, muestra en cambio su adhesión a las propuestas de la Institución Libre de Enseñanza en la que ve un camino "para reformar y regenerar el país". Veinte años más tarde —a mediados de los años noventa— desilusionado definitivamente de lo que puede ofrecer el régimen de la Restauración, renuncia en buena medida a la crítica social y se orienta, como ya he señalado, hacia planteamientos eticistas. Esta actitud común a amplios sectores intelectuales en la etapa finisecular, se debe, para Mainer, a una doble causa: por una parte, a la "frustración producida por una política plutocrática que congeló en 1875 las posibilidades de una revolución burguesa (...), por otra, a las crisis de autoridad y de ideas que había arrastrado el partido liberal desde su arribada a las poltronas ministeriales en 1881"[48]. Ahora bien, entre la actitud crítica de Palacio Valdés en 1876 y la eticista de fines de los años noventa, se inscribe todo un conjunto de novelas que es necesario poner en conexión con esa crisis de la conciencia española que se produce entre 1868 y 1898, crisis que para López Morillas es "en muchos sentidos más honda que la que ya un tanto rutinariamente se viene atribuyendo a la generación del 98"; para este autor, "muchas de las actitudes que se juzgan privativas del 98 son meros predicados de esa crisis y, por consiguiente, sólo inteligibles en relación con ella"[49]. Suscribo las

---

[48] J. C. Mainer, *Literatura y pequeña burguesía en España (1890-1950)*. Madrid, Edicusa, 1972, p. 148.

[49] J. López Morillas, *Hacia el 98: literatura, sociedad e ideología*. Barcelona, Ariel, 1972, p. 7.

observaciones de López Morillas, y creo que en el caso de Palacio Valdés las manifestaciones de esta crisis se advierten de forma clara y progresiva desde su primera novela en 1881.

Dentro de este contexto, *La Espuma* tiene un gran valor significativo por la utopía sociopolítica que don Armando sugiere[50]. Palacio Valdés, que está contribuyendo con su obra a "la erosión ideológica" del sistema de la Restauración, que está reflexionando sobre el problema de España, insinúa en este texto nuevos planteamientos de carácter económico-social; planteamientos que, yendo más allá de los puramente ideológicos, denuncian la inviabilidad de un sistema que posibilita el engrandecimiento de los más poderosos a costa de la miseria de los más débiles.

b) *La crisis del positivismo*

En diciembre de 1890 aparece *La Espuma*. En esa fecha, ya se perciben en España algunos componentes de la crisis finisecular. No es ocasión de profundizar en ello, pero conviene retener, sin embargo, dos elementos de la misma que resultan especialmente útiles para entender la génesis de esta obra; me refiero tanto al cambio de sensibilidad que se advierte en la sociedad, como a la quiebra del positivismo que se observa desde mediados de los años ochenta. Cambio de sensibilidad que se inicia en torno a 1887, y que tiene una incidencia clara en la literatura, coadyuvando a un cierto distanciamiento del naturalismo francés. Una nueva sensibilidad por lo demás, que presenta unas manifestaciones muy concretas en el ámbito de la literatura y del arte. En ambos se observa una clara orientación hacia el mundo de las clases trabajadoras y un cordial intento de com-

---

[50] G. Gómez-Ferrer Morant, "La clase dirigente madrileña en dos novelas de 1890", en *Madrid en la sociedad del siglo XIX*. Madrid, 1986, p. 552.

prensión del sufrimiento humano. Toda una corriente de pintura social aparece en esta época, y se mantiene a lo largo de los años noventa, incluso cuando ya el arte europeo se encamina hacia posiciones vanguardistas. En lo que respecta a la literatura, se advierte también una preocupación por el pueblo, y es fácil detectar una estética de lo popular; a ello se ha referido Lily Litvak [51]. Y junto a esta nueva sensibilidad, se hace presente una crisis de certezas. El positivismo, el cientificismo, la creencia en un progreso indefinido que había presidido el horizonte cultural europeo desde los años cincuenta del siglo XIX, van a recibir un desafío directo —un "asalto a la razón"—, que pone al descubierto las limitaciones de los métodos empleados y manifiesta la eficacia de vías que no son estrictamente racionales. La insuficiencia del saber científico para dar cuenta de la existencia humana se va evidenciando, y cada vez en mayor medida, se siente la necesidad de recurrir a factores de carácter vital-afectivo para entender la realidad humana.

Nos encontramos en presencia de una inflexión dentro de la historia del pensamiento que, desde posiciones basadas en la primacía de la razón, se orienta hacia actitudes que dan cabida a componentes de carácter no racional. Por lo demás, es obvio que no se puede hablar sin más de crisis del positivismo, ya que si el Romanticismo legó a la cultura occidental un conjunto de actitudes visible hasta nuestros días [52], el Positivismo enriqueció también con nuevas aportaciones el horizonte cultural posterior. Jover ha hecho un lúcido análisis distinguiendo entre unos elementos que perviven tras la crisis del positivismo, tales como el impulso de la revolución burguesa y el desarrollo de las ciencias naturales, y otros que quiebran como la fe en la ciencia. Por

[51] L. Litvak, *Transformación industrial y literatura en España (1895-1905)*. Madrid, Taurus, 1980, pp. 107 y ss.
[52] A. Hauser, *Historia social de la literatura y el arte*. Madrid, Guadarrama, 1954, t. II, p. 881.

lo demás, si tenemos presente que el positivismo había sido la filosofía de la burguesía, resulta coherente que, cuando el protagonismo burgués comience a verse amenazado por nuevas fuerzas sociales, se resienta también el esquema filosófico que le había servido de base [53].

Creo necesario tener en cuenta estas breves observaciones en torno a la crisis del positivismo y a la aparición de una nueva sensibilidad para entender adecuadamente, tanto la aparición del mundo proletario en el capítulo XIII de *La Espuma* —también de los obreros que en distintos momentos de la obra resultan injustamente tratados— como para medir el alcance de ese asalto a la gran burguesía —encarnada en las elites financiera y política madrileña— que Palacio Valdés efectúa a lo largo de su novela. En fin, es evidente que todo este conjunto de factores que componen la crisis finisecular actúan como estímulo sobre los intelectuales, orientándolos a tomar unas determinadas actitudes mentales e ideológicas que es necesario tener presente para comprender la trayectoria de la cultura y de la misma vida política de la etapa intersecular.

2. La postura de los intelectuales

a) *La demofilia*

Inman Fox, buen conocedor del mundo intelectual de los últimos lustros del siglo XIX, observa que los intelectuales de esos años, al enfrentarse con una realidad que no les gusta y que desearían cambiar, emprenden una lucha en tres ámbitos: "la lucha por la justicia socioeconómica, lucha de clases; la lucha entre la conciencia social y la vida artística e intelectual; y la lucha metafísica que transciende nuestra existencia diaria" [54]. Creo

---

[53] J. M. Jover Zamora, "Contexto histórico del Doctor Simarro", en *Investigaciones Psicológicas*. Madrid, Universidad Complutense, 1984, n.º 4.

[54] I. Fox, *La crisis intelectual del 98*. Madrid, Edicusa, 1976, p. 236.

que Palacio Valdés, a lo largo de su vida participa de estas tres actitudes, si bien, en 1890, pienso que el novelista asturiano tiene en un primer plano la preocupación por la búsqueda de la justicia.

Sin perjuicio de volver más adelante sobre este tema, desearía llamar la atención acerca de dos aspectos que juzgo de interés para entender no sólo *La Espuma* sino al propio Palacio Valdés. Me refiero, por una parte, a la profundización que hacen los intelectuales a fines de los años ochenta en el mundo de las clases trabajadoras, y por otra, a la primacía que mantiene en estos años la ética sobre la ideología en el seno de amplios sectores de las elites de orientación. Tratemos de aclarar brevemente estas dos observaciones.

En algunas novelas del último lustro de los años ochenta, el protagonismo de las clases medias deja paso al de la clase dirigente que se convierte en el blanco de la crítica; en esta misma época surgen también en los mundos de ficción, aunque sin llegar a tener el rango de figuras principales, una serie de personajes del mundo de las clases populares. En ellos se encarnan unas actitudes colectivas de solidaridad, de sinceridad, de generosidad, de sentido de la justicia..., que sirven de contrapunto y permiten diagnosticar indirectamente y por vía refleja, los defectos que se repudian en la clase dirigente e incluso en el seno de las clases medias. La demofilia valdesiana, tan general por lo demás a los intelectuales de estos años —y de la cual Galdós ha de ser considerado como el máximo exponente—, tiene sin embargo algunos rasgos peculiares. Me referiré a uno que juzgo muy indicativo de la actitud radicalmente democrática de don Armando, cuya clave ha de buscarse en la concepción igualitaria de la sociedad que parece mantener el autor por esas fechas. Resulta interesante constatar que Palacio Valdés, a diferencia de Galdós o de Pardo Bazán, presta su asentimiento en muchas ocasiones al matrimonio entre las clases populares y las clases medias; asentimiento que está lleno de reticencias y reservas cuando se trata de matrimonios entre las clases medias y la clase dirigente. Ante el hecho cabe preguntarse, ¿constituía el mundo de las clases populares una reserva ética para la sociedad española, en la óptica de Palacio Valdés? Con toda la prudencia a que la escasez de datos nos obliga, creemos que éste debe de ser el camino para profundizar en el tema. Por lo demás, el hecho de que don Armando contraiga matrimonio en 1899 con doña Manuela Vela, muchacha de extracción popular, modesta trabajadora cuando entabla relación con el escritor —parece ser que a comienzos de los años noventa—, creo que da cumplido testimonio de la sinceridad del talante de la demofilia valdesiana.

Ahora bien, esta simpatía popular, típica de los años ochenta, es objeto de una profundización y de una nueva consideración por parte del escritor. El novelista, testigo del proceso de urbanización y testigo de la miseria a que se ven sometidos amplios sectores de la sociedad, intercala en ciertas obras algún capítulo que tiene como tema central el pueblo madrileño, el artesanado provinciano o el barrio obrero de Triana [55]; en ellos deja constancia de la pobreza y el desamparo que amenaza a estos grupos populares. Especial interés merece, desde este punto de vista, un episodio de *El cuarto poder* en el que el autor subraya la vejación de que es objeto el mundo artesanal por parte de las elites locales, y plantea el problema en unos términos que dejan el camino abierto a la comprensión y a la aprobación de las reivindicaciones de justicia y de igualdad que se dejan oír en la vida real del país. Si la aceptación del matrimonio interclasista abogaba por la abolición de las pervivencias estamentales, el capítulo a que me estoy refiriendo aboga por la dignidad e igualdad de la persona al margen de su extracción social. El episodio, aún sin llegar a explicitarlo, nos deja en el umbral de un enfrentamiento de clase que el autor parece justificar.

Durante estos años, don Armando, como otros inte-

---

[55] Me refiero a *Riverita*, cap. XVII; *El cuarto poder*, cap. XII; *La hermana San Sulpicio*, cap. XI.

lectuales va profundizando en el conocimiento del pueblo, y observa la transformación de amplios sectores del mismo en un mundo proletario, sometido a unas condiciones de trabajo que, muchas veces resultan infrahumanas. En *La Espuma* tras dejar constancia de la frivolidad y la incapacidad de la elite para arbitrar soluciones de equidad y subrayar la explotación de que son objeto los mineros de Riosa, plantea un tema sociopolítico insólito hasta entonces en la novela naturalista: da cuenta de la lucha entablada entre el capital y el trabajo, encuadrando el problema en unas coordenadas de darwinismo social que aseguran el triunfo del más fuerte. La plasticidad de las imágenes utilizadas ponen de manifiesto la indefensión material y moral de los mineros. El novelista toma partido por ellos y parece justificar la labor de organización y las medidas de fuerza a que aquéllos están recurriendo en la vida real. En suma, en el capítulo XIII de *La Espuma*, titulado "Viaje a Riosa", el escritor ya no se limita a una crítica de carácter ideológico o a expresar sueños de armonía social, sino que profundiza en el terreno socioeconómico. Ante la injusticia, ante la desigualdad, Palacio Valdés parece orientarse en 1890 hacia soluciones que quedan muy cerca de la utopía socialista.

Por lo demás, si bien el autor deja constancia de que la clase trabajadora necesita apoyos, muestra también su desconfianza ante el mundo intelectual que debía ser su natural aliado. Esta desconfianza valdesiana se manifiesta en la ficción, tanto por la deserción de Raimundo a los principios de su propio grupo —víctima del contagio social de las formas de vida de "la espuma"—, como por la posición subalterna que el viejo profesor Peñalver recibe en el seno de la elite. Desconfianza que tiene, en aquel año de 1890, un cierto carácter premonitorio de lo que ocurriría unos años después. Y digo premonitorio, porque en la década de los noventa se observa una toma de postura por parte de novelistas y pensadores que van desde el compromiso reaccionario de Coloma hasta las actitudes socialistas o anarquistas de los jóvenes noventayochistas. Conviene recordar sin embargo, que como es sabido, las actitudes de estos últimos serán relativamente efímeras. Tan efímeras, que sólo en fechas bastante recientes han sido puestas de manifiesto. El tema requeriría un análisis detenido para precisar la actitud del escritor asturiano; pero por el momento, y en cuanto a mí se refiere, no dispongo de otro material que sus novelas si bien es cierto que en ellas, se hace evidente su desenganche de un compromiso sociopolítico apenas insinuado, así como su orientación hacia planteamientos de carácter ético. ¿Cuál puede ser la causa? Sin entrar en el análisis de aspectos que desbordarían mi propósito y sin perjuicio de continuar reflexionando y allegando material para esclarecer el tema, quisiera señalar dos factores, que tal vez puedan constituir una vía de aproximación a la nueva actitud valdesiana: de una parte, hay que tener en cuenta su pertenencia a unas clases medias que se sienten amenazadas tanto por arriba como por abajo, y que se refugian en posturas esteticistas o reformistas en los años finiseculares [56]; por otra, el materialismo que por aquellas fechas parecía entrañar el socialismo [57] —materialismo al que siempre fue visceralmente opuesto el escritor asturiano [58]—, debió de constituir un serio obstáculo, en aquel momento, para cualquier intento de acercamiento o compromiso con esta línea de pensamiento.

b) *La primacía de la ética*

"La sociedad industrial toma brutal conciencia, a través de la amenaza que ella misma parece segregar, de

[56] Inman Fox ha hecho unas agudas observaciones acerca del fundamento estructural de la "clase intelectual" en la etapa finisecular, *op. cit.*, pp. 217-218.

[57] Conviene tener presente la ambigüedad que el pensamiento socialista ofrecía por aquellas fechas. Tal vez sea bueno recordar aquí el estudio de C. Blanco Aguinaga sobre Unamuno, muy especialmente, su correspondencia con Múgica; véase *La juventud del 98, op. cit.*, pp. 57-116.

[58] A. Palacio Valdés, *Testamento literario*. Madrid, Victoriano Suárez, 1929, p. 32.

una novedad: la existencia de sus víctimas. Es comprensible que la primera reacción sea de emoción ambigua, mezcla de temor y piedad" [59]. La observación de Lequin hecha para la Europa de los años cuarenta del siglo XIX, creo que puede ser válida, en buena medida, para la España de fin de siglo en la que aparece una literatura de descubrimiento y compasión del sufrimiento humano, y también de rechazo de la injusticia. El lento despegue de la economía española, lleno de contradicciones, va creando un nuevo panorama en el que se agudiza la dicotomía social. En este contexto, los intelectuales se afanan por encontrar, ha señalado Inman Fox, una base ideológica que responda a la nueva estructura sociomaterial que va adquiriendo el país; "para los nuevos disidentes —escribe este autor—, que creían en una nueva España, la ideología dominante que había venido a parar en las ideas de Menéndez Pelayo no estaba a la altura de la época" [60].

En este horizonte surge un regeneracionismo ideológico que cuestiona el sistema de la Restauración. Ahora bien, en la búsqueda de explicaciones y respuestas, un sector de la pequeña burguesía tiende a proponer soluciones hechas desde arriba, mientras otro se orienta hacia posturas más radicales, sin dejar por otra parte de contemplar ciertas medidas regeneracionistas [61].

En todo caso, el cambio moral se convierte en una medida urgente, en un objetivo ineludible para lograr la regeneración del país. Que este cambio venga por la vía de la confrontación social, por el camino de la reforma

---

[59] I. Lequin, "Las jerarquías de la riqueza y el poder", en *Historia económica y social, dirigida por P. León, t. IV, La dominación del capitalismo (1840-1914)*. Madrid, Encuentro, 1978, p. 300.

[60] I. Fox, *op. cit.,* p. 228.

[61] La utilización del término regeneracionismo comporta cierto riesgo por su amplio significado. Aquí está empleado obviamente, en su sentido restringido; es decir, como movimiento de una burguesía media, crítica hacia el sistema de la Restauración que, tras pasar revista a sus deficiencias y limitaciones propone una serie de remedios empíricos, véase M. Tuñón de Lara, *Medio siglo de cultura española (1885-1936)*. Madrid, Tecnos, 1970.

universitaria, por el ideal regionalista o por la apelación a las masas campesinas, es indiferente desde nuestro punto de vista; lo que sí nos interesa destacar es la aparición de una opinión generalizada en favor de la reforma moral.

La postura de Palacio Valdés responde a este patrón general; tres etapas pueden advertirse, desde este punto de vista, en la obra del escritor asturiano: primero, una preocupación por el mundo de las clases trabajadoras; luego, un precoz desenganche de cualquier atisbo de compromiso sociopolítico; finalmente, una clara primacía de la ética. Como ocurre en la mayoría de los intelectuales, también se advierte en Palacio Valdés una clara primacía de la ética sobre la ideología: *La Fe, La alegría del capitán Ribot, La aldea perdida* o *Tristán o el pesimismo* dan buena cuenta de esta trayectoria, y marcan una inflexión con respecto al capítulo XIII de *La Espuma.*

Ante los nuevos tiempos, ante la nueva experiencia histórica, el novelista refuerza su escepticismo político y sufre una profunda crisis espiritual. A su repudio de la clase dirigente se suma ahora una creciente desconfianza en los valores populares y en su virtualidad política. En estos años finiseculares la confianza regeneradora en los valores morales pasa a ser el eje de su pensamiento. Un pensamiento que se ha visto alimentado de manera inmediata por el legado krausista, y en el fondo, por un humanismo cristiano al que siempre estuvo cercano el novelista.

III. EL TEXTO

1. La estructura de la obra

La Espuma es una novela excepcional dentro de la obra valdesiana. En ella el autor pone en pie el mundo de la elite al que somete a una crítica implacable. El título del primer capítulo "Presentación de la farándula", resulta bien indicativo. El hecho de que aparezca el mismo año que *Pequeñeces*, 1890, puede ser un indicio de que ha cristalizado —en diferentes sectores ideológicos—, una imagen negativa de la clase dirigente de la Restauración, a la que se hace responsable del fracaso del régimen canovista. Creemos que efectivamente, ésta puede ser una razón que ayude a explicar por qué el autor monta la obra sobre un dualismo que, si bien se intuye en alguna novela anterior, nunca se ha explicitado ni se explicitará en lo sucesivo de manera tan clara. Nos referimos al binomio alta clase-clases medias. Dos grupos de distinta ética, incapaces de fundirse sin que el segundo sufra una degradación manifiesta. El contrapunto del mundo obrero que aparece a lo largo de la novela, sirve para subrayar la corrupción de la clase dirigente, y señalar la función que corresponde a las clases medias, las cuales, tal vez, deben orientarse hacia este sector explotado, para lograr su dignificación por medio de la denuncia de la injusticia. Ningún afán subversivo sin embargo, aparece en *La Espuma*; el médico Quiroga subraya la explotación y la injusticia de que son objeto los trabajadores de la mina, pero no tiende a despertar una conciencia de clase ni a aprestarlos para ejercitar sus derechos. Es significativa la función que Palacio Valdés atribuye a este profesional que rehúye todo compromiso activo y se limita a adoptar una actitud crítica.

El protagonista de la obra es el mundo del estrato superior: sus distintos grupos y el Madrid habitado por ellos. La alta clase aparece en bloque, formando un mundo completo y acabado. Las figuras novelescas transcienden su propia individualidad y se convierten en arquetipos de su propio grupo. Los rasgos intelectuales, éticos, religiosos y las formas de vida connaturales a la clase dirigente, son las que hacen incompatible su amalgama con el mundo de las clases medias, cuyo "buen sentido", "honradez de corazón" y sanos reflejos morales, vienen a ensanchar la distancia existente entre sus respectivos mundos. Existe, pues, un marcado dualismo en *La Espuma* que corresponde a la oposición entre los dos grupos señalados y que se manifiesta tanto en la estructura argumental como en las actitudes de los personajes.

La narración se centra en la presentación del comportamiento colectivo de la clase dirigente, integrada por *parvenus* opulentos, más o menos mezclados con la aristocracia, apuntalada por los políticos y por el clero, y rodeados de un enjambre de aprovechados y parásitos, de gentes que saben guardar las formas y para las cuales la estricta observancia de las convenciones sociales tiene valor de ley moral. Los dos capítulos iniciales son una indicación somera del contenido de la obra, tanto respecto de la trama novelesca como del contenido ideológico y sociológico de la misma. En ellos se presenta el conjunto de una oligarquía y se explicitan las tensiones y relaciones existentes, de cara a la consolidación dentro del grupo, de los tres poderes que aseguran la supremacía: el político, el económico y el social; para ello es indispensable la conexión y el apoyo mutuo entre la burguesía, los políticos, la aristocracia y el clero. El autor deja constancia de la imbricación de las elites. Los capítulos I y II constituyen desde este punto de vista, un verdadero conjunto antológico. Ahora bien, incardinado en este discurso que se orienta hacia la historia de una experiencia colectiva, encontramos apuntada, también en el primer capítulo, una historia de relaciones personales que constituyen la peripecia novelesca: los amores de Raimundo y de Clementina. Este argumento, que ocupa una posición secundaria dentro de la narración, adquiere en algunos momentos unos perfiles muy definidos. La relación amorosa de Raimundo comportará su degradación —capítulos IX y X—; en efecto, Raimundo adquiere los prestigios y las formas de la alta clase, aunque pagándolos con algo que significa honradez y seguridad —fundamentos de la "burguesía hogareña"—, en este caso la fidelidad a las normas de vivir propias de su grupo de procedencia; y, en cuanto se refiere a la seguridad económica —única garantía de un *status* social— teniendo que vender los Títulos de la Deuda legados por sus padres a su hermana y a él mismo. Junto a la deserción de estos valores propios de su grupo, señala Palacio Valdés su dificultad y su incapacidad para integrarse en el sector que le hubiera correspondido: en la *intelligentsia*. Don Armando subraya las resistencias mentales y estructurales de este artificial "cambio de clase": la resistencia de Aurelia, su hermana, que personifica el mundo de las clases medias; la resistencia de su propia conciencia durante la fiesta, cuando permanece en "un rincón apartado" —capítulo XI—; la resistencia de los "jóvenes salvajes" a considerarlo como uno de los suyos. El fracaso del joven que se ve abandonado por Clementina, no viene presentado de una manera dramática, como bien lo indica el título del capítulo que se refiere al desenlace de esta peripecia: "Amor que se extingue". Final, pues, ni trágico ni dramático sino de puro aniquilamiento. Los otros dos capítulos dedicados al desenlace de la historia colectiva: "Una que se va", "Genio que se apaga", subrayan esta idea, tanto por la repetición de la construcción sintáctica, como por la reiteración bajo formas léxicas distintas de la idea de extinción.

La misma estructura abierta de la obra parece acentuar el carácter conyuntural que tiene el relato: la desviación clasista de Raimundo es contraria, divergente con respecto a la dialéctica de la vida misma. Por lo demás, este final no dramático sino de extinción, queda expresamente simbolizado en los párrafos finales de la novela. El desenlace intenta demostrar, que el protagonista, por no haber sabido mantenerse dentro de la misma clase, privilegiada por no corrompida, no puede lograr el triunfo ni la felicidad. No hay "milagro", no hay componenda para el joven de las clases medias que se aproxima a la alta clase. Siguiendo con la metáfora de la luz y del fuego —"lo que se apaga", "lo que se extingue"—, podríamos decir que Raimundo ha quemado sus alas al acercarse al foco luminoso de la clase dirigente.

El otro polo de la novela es la historia de "la espuma", historia que gira en torno a Clementina y a su padre, el duque de Requena, rico banquero proveniente del arroyo, que ha conseguido amasar una gran fortuna por medios no siempre lícitos. La presentación de estos dos personajes en los capítulos III y IV viene hecha desde tres planos distintos. El capítulo III es, en sí mismo, una contraposición muy bien trabada dialécticamente: primero, la mujer en su "espejo oscuro", en su papel de amante de un sietemesino, al que encima proporciona dinero; segundo, un *excursus* retrospectivo, biográfico, que nos ayuda a entender y a comprender a la mujer; tercero, el retorno a la actualidad, la mujer en el anverso —sórdido y frustrado— de su hogar oficial. El capítulo IV viene a definir el *modus operandi* del duque de Requena tanto en su vida privada como en su vida pública. Los tres ambientes en que aparece, su propio despacho, la oficina de Calderón y el hotelito de su querida ayudan a caracterizarle: encontramos brutalidad doblada de astucia que utiliza en el manejo de hombres, y encontramos también una avaricia sin límites que sólo cede ante la fuerza de su lujuria. El capítulo X insiste sobre este mismo motivo: su total corrupción tanto en el orden privado como en el público.

Junto a la historia de Clementina y su padre, una serie de episodios secundarios permiten a Palacio Valdés dejar bien definido el comportamiento de "la espuma". La biografía de Pepe Castro, de los "jóvenes salvajes", del general Patiño o de las damas de la elite, así como la recreación de las formas de vida y la presentación de sus intereses e ideales, dan ocasión al novelista para mostrar con todo lujo de detalles la imagen que el propio autor tiene del estrato superior. Los capítulos, generalmente en bloques de dos y hasta de tres, forman unidades temáticas muy bien trabadas que desarrollan algunos de estos episodios. Así, por ejemplo, el VII y el VIII, tienen un carácter complementario —"Comida y tresillo en casa de Osorio" y "Cena en Fornos"— como indican sus mismas rúbricas: son la comida, la sobremesa y la cena. Por debajo de esta jornada hay una continuidad dialéctica que tiende: primero, a afirmar los valores de la clase media; segundo, a presentar el mundo de la alta clase en su estructura formal y en su trabazón de grupo, y tercero, a poner de relieve el reverso ético de la clase alta en lo que se refiere al decoro y a la moral familiar.

Los capítulos XI y XII completan el propósito del autor de pasar revista a las elites de poder. En el XI, aparecen caricaturizados en el palacio del duque de Requena distintos sectores de la elite hasta en sus jóvenes generaciones; en el siguiente, el novelista presenta la acción del único grupo que por motivos obvios, no ha aparecido en la fiesta: el clero. Y no deja de ser significativo que la transición se establezca a partir del ápice de la inmoralidad que supone el episodio final del capítulo XI. En fin, obsérvese cómo el diagrama del estrato superior aparece presidido por la suprema elite —las personas reales— en el marco de una fiesta celebrada en el palacio de una de las primeras fortunas madrileñas.

El desenlace de la obra tiene lugar en los tres últimos capítulos y viene a poner de manifiesto la jerarquía de valores que orienta el comportamiento de este grupo social: la primacía del dinero. Clementina abandona a Raimundo por la necesidad de ganar el pleito que le hará dueña de la fortuna de su madrastra. Es por ello por lo que buscará una nueva *liason* de conveniencia con Escosura, recién nombrado ministro. El duque, totalmente dominado por su querida, terminará perdiendo la razón. Se diría que estamos ante la revancha de Palacio Valdés frente al banquero, calificado de genio de las finanzas —capítulo XII—. Conviene subrayar que el término genio lo había empleado hasta entonces para referirse a la *intelligentsia*; y ahora vuelve loco al personaje que había usurpado esta denominación.

La Espuma marca un hito en la producción novelística de Palacio Valdés. En ella encontramos no sólo al escritor en plena madurez, sino al intelectual decepcionado cuya orientación ideológica se muestra un tanto ambigua. Se denuncia la corrupción de la elite, se insinúa la alianza de la Iglesia con el Poder, se explicita la explotación de que es objeto el mundo obrero, se apunta un naciente odio de clase y se presenta en Quiroga, el médico socialista —personaje que habla en clave positivista y hasta en términos darwinistas—, una de las más nobles figuras del relato. Tras esta obra, el escritor pudo orientarse hacia una novela antiburguesa dirigida a criticar las estructuras establecidas, bien desde una posición comprometida o desde un ángulo intelectual orientado al ideal de "reforma social". No será así; Palacio Valdés sufrirá a lo largo de los años noventa una crisis personal —muy conectada y en perfecta sintonía con la experimentada por otros intelectuales en los años noventa—, tras la cual se situará claramente en una línea eticista si bien sobre la base de una identificación social con el mundo de las clases medias profesionales. Esta opción por la pequeña burguesía y por la primacía de la ética sobre la ideología, será una clave fundamental para entender la futura obra valdesiana [62]. Pero antes de insistir en este punto, quisiera hacer unas breves observaciones acerca de los aspectos de la realidad que atraen la atención de Palacio Valdés por estas fechas, concretamente, en esta novela.

2. La selección de elementos novelescos en una realidad social

Una de las repercusiones más directas del Sexenio democrático tiene lugar en el campo de la literatura; para algunos autores, como Ferreras, es inmediatamen-

---

[62] Actitud que no fue exclusiva de Palacio Valdés, sino que debió ser común a varios intelectuales del momento. Precisamente Yvan Lissorgues ha escrito a propósito de Clarín, que la ética fue "la idea fundamental del 'ideario' de Alas". Vid. "El intelectual Clarín frente al movimiento obrero (1890-1901)" en *Clarín y La Regenta..., op. cit.,* p. 56.

te después de éste cuando se produce el nacimiento de la novela moderna de carácter burgués. Sin terciar en esta cuestión, lo que sí resulta evidente es la preferencia de los escritores por una novela urbana que tenga como protagonista a las clases medias. Las tensiones y vacilaciones de unos conjuntos sociales que tratan de afirmarse en España tras la Revolución del 68, en el seno de una sociedad en proceso de modernización pero llena de pervivencias tradicionales, constituye uno de los grandes temas de la novela realista; paralelamente la ciudad, lugar donde se asientan las clases medias más evolucionadas, se convierte en el marco habitual de las mismas. Conviene no olvidar que, durante esta época, la ciudad experimenta una doble transformación; paralelamente al ensanche físico que se produce por el derribo de sus murallas, tiene lugar una apertura de su horizonte ideológico. Desde este punto de vista, a Madrid le corresponde un papel decisivo. La capital de España y el mundo de las clases medias son elegidos por muchos novelistas para centrar espacial y socialmente sus obras. Madrid, pues, y la clase media componen en buena medida escenarios y personajes de la novela realista.

En 1890, Palacio Valdés publica *La Espuma*, novela que contiene toda una interpretación de la España de la Restauración a partir de su clase dirgente madrileña. ¿Qué elementos selecciona el escritor para componer su visión de la España canovista?

a) En primer lugar, Madrid, que constituye junto con Barcelona una de las dos grandes ciudades españolas del último cuarto del siglo XIX. Pero Madrid, ciudad administrativa que concentra a la mayor parte de la elite del momento, es la capital del país, y es, evidentemente, el gran centro político, económico y social de la España de la Restauración. Por ello, no deja de ser altamente significativo que, cuando don Armando se propone dar fe de la incapacidad e ineficacia de la clase dirigente de esta época, elija Madrid como escenario de su obra y de alguna manera, lo convierta en protagonista de la misma. Su enfoque de la ciudad es, sin embargo, harto reducido. En función de su objetivo, el escritor se olvida del Madrid popular y proletario tratado primero por Galdós y más tarde por Baroja y Blasco Ibáñez, y se centra en el Madrid de "los que mandan". No interesan al autor las descripciones detalladas, sino que selecciona exclusivamente aquellos elementos urbanísticos que le son indispensables para llevar al lector a la comprensión de sus personajes y al papel que podían desempeñar en la España del momento. Conviene señalar el afán del novelista, por precisar la calle y el piso en que viven los entes de ficción, así como los lugares y centros de reunión que constituyen el marco de su trabajo o de su ocio. Creo que a partir del enfoque valdesiano, podemos reconstruir con gran provecho una buena parte del plano sociológico del Madrid de la Restauración y de la vida material de sus elites. Por lo demás, si bien la capital todavía no aparece como "símbolo de lo caduco" o como "la imagen viva del denostado siglo que la hizo como ciudad" [63], sí aparece como el símbolo de la corrupción, ineficacia y falta de ética que se ampara bajo el régimen de la Restauración.

b) Una serie de personajes pertenecientes en su inmensa mayoría a la clase dirigente: nobleza, gran burguesía, políticos, militares y alto clero se dan cita en las páginas valdesianas; la corrupción y el egoísmo de la gran burguesía, la vanidad e incapacidad manifiesta de los políticos, la frivolidad e ineficacia del militar, la caducidad e inmovilismo de la nobleza, la sagacidad y capacidad del clero para adaptarse a la sociedad burguesa, están personalizados en unos entes de ficción —Antonio Salabert, Jiménez Arbós, general Patiño, marquesa de Alcudia, padre Ortega—, en los que el novelista ha querido encarnar los distintos grupos que componen el estrato superior de la Restauración.

[63] J. C. Mainer, *La Edad de Plata (1902-1931)*. *Ensayo de interpretación de un proceso cultural*. Barcelona, Frontera, 1975, p. 30.

Las clases medias aparecen escasamente representadas, si bien los miembros seleccionados por el novelista —un funcionario: Pinedo; un empleado: Llera; un intelectual: Raimundo; un médico: Quiroga; una muchacha de dieciocho años: Aurelia, y poco más—, están lo suficientemente diversificados como para establecer el papel desempeñado por aquéllos en el contexto social presentado —en la España del último cuarto del siglo XIX—, y para señalar el juego de relaciones existentes entre las clases medias y la clase dirigente, apuntando las contradicciones y paradojas que atenazan a esta pequeña burguesía.

Por último, don Armando, da cabida en su obra a un sector de las clases trabajadoras. Ahora bien, a pesar de centrar su novela en Madrid, apenas pertenecen a este ambiente los tipos elegidos, salvo el cochero y los hombres de la mudanza. El autor enfoca un grupo muy representativo del mundo proletario: el de los mineros; los mineros de Riosa en este caso. El obrero novelesco, desnutrido, enfermo y explotado, aparece, sin embargo, tímido e inhibido ante los poderosos. El tema, tratado brevemente —tan sólo en un capítulo— presenta con garra situaciones insostenibles de injusticia que conducen por su fuerza plástica a la justificación racional y ética del compromiso social que se dio por aquellas fechas en muchos intelectuales. Desde el punto de vista novelístico, sin embargo, el capítulo supone un inciso traído más por la voluntad del autor que por exigencias de la trama. Pensamos que, en buena medida, obedece al deseo valdesiano de pasar revista al comportamiento de las elites y poner de manifiesto el juego de relaciones que éstas mantienen con los distintos sectores del cuerpo social. El tema, como he señalado más arriba, tiene garra, pero la individualidad del minero no es objeto de la atención del escritor.

c)   Un conjunto de reacciones que dan ocasión para presentar el esquema de ideas y actitudes que preside el comportamiento de la clase dirigente de la Restauración, señalando los sistemas de jerarquización y priori-

dades que parecen advertirse en su seno [64]. Un conjunto
de reacciones que, en lo que se refiere a las clases medias
sirven al escritor para señalar los riesgos que se ciernen
sobre ellas y para apuntar los medios de eludirlos. Un
conjunto de reacciones en fin, que en el caso del proletariado viene a poner de manifiesto la explotación material y moral de que está siendo objeto.

¿Se corresponde realmente lo narrado por Palacio
Valdés con la realidad social del momento? En lo que
respecta al trazado urbano enfocado por don Armando,
sí parece que se da, al menos en líneas generales, una
correspondencia, y ello nos induce a creer —teniendo
también presente las normas que guían el hacerse de la
novela realista/naturalista— que el análisis de la casa,
la calle, la tertulia, el club o la *matinée* religiosa hechos
por el novelista, pueden constituir un buen camino de
aproximación para el conocimiento de la vida material
del último cuarto del siglo XIX. En cuanto a los personajes, si bien algunos, como el duque de Requena,
parece ser que respondía a rasgos muy concretos de dos
o tres figuras del momento, creo que lo que tiene interés
desde nuestra posición de historiadores, no es tanto la
identificación de los mismos, como su valor representativo de todo un grupo social y ello, por supuesto, a
través de la óptica de un escritor muy significativo del
mundo pequeño burgués del cual procede. Dentro de
estas coordenadas, *La Espuma* se convierte en una
excelente cantera de observaciones para aproximarse al
conocimiento de la vida material y de las mentalidades
de la España de la Restauración cuyo "tejido creencial"
descubre sin pudor el novelista.

3.   Unas claves para el entendimiento
     de *La Espuma*

He tratado en las páginas que anteceden de situar *La
Espuma* en el contexto de la obra de Palacio Valdés y en

[64] G. Gómez-Ferrer Morant, "Literatura y sociedad: reflejos y actitudes sociales en el mundo de la Restauración", en *Homenaje a José*

la trayectoria biográfica e intelectual del escritor, señalando los aspectos de la realidad que selecciona el autor
asturiano y la manera que tiene de organizarlos en una
estructura novelesca. Por otra parte, acabo de referirme
a la estrecha relación literatura-sociedad que preside el
quehacer de don Armando, y ello nos autoriza a establecer una cierta homologación entre el mundo real y los
mundos de ficción, cuyos temas, problemas y personajes
parece que le fueron suministrados por el entorno.
Ahora bien, es indudable que el escritor, al tratar de
corporeizar sus novelas, pasa por un doble proceso:
uno, de carácter irracional, no consciente, en el que en
función de sus "demonios personales" selecciona unos
datos del conjunto que le ofrece la realidad que le rodea;
y otro, racional y consciente, de estructuración del
material seleccionado, valiéndose de unos recursos que
constituye la técnica novelesca. Pues bien, en presencia
de *La Espuma* conviene preguntarse, ¿por qué elige un
determinado tema y unos determinados personajes?,
¿cómo enfoca el problema que plantea? Creo que unas
breves reflexiones que traten de dar respuesta a estos
interrogantes pueden proporcionarnos unas claves para
la lectura de *La Espuma*.
  Lo primero que llama la atención es la voluntad del
escritor de presentarnos una sociedad claramente burguesa en la que el dinero constituye el primer elemento
de valoración. La gran burguesía financiera orientada
también hacia la actividad industrial, posee el poder
económico y tiene una cierta capacidad de mediatiza-
ción del poder político, si bien el poder social se mantiene todavía en buena medida en manos de la aristocracia:
el prestigio de la marquesa de Alcudia en los salones no
tiene competencia. Por otra parte, el autor subraya la
seducción que el dinero ejerce sobre ciertos sectores de
una nobleza amante del ocio y del derroche, que ve
menguar su riqueza: la boda de Pepe Castro, formal-

Antonio Maravall. Madrid, Centro de Investigaciones Sociológicas,
1985, pp. 199-214

mente alentada por la misma marquesa, resulta altamente significativa al respecto.

Segunda observación: esta elite económica y política,
movida por su afán de lucro y por su vanidad, se
muestra divorciada de uno de los grandes problemas del
país: la miseria de ciertos sectores sociales. En realidad
creo que la sugerencia de Palacio Valdés es más amplia:
el egoísmo de esta clase dirigente le lleva a cerrarse a
todo aquello que no redunde en su propio beneficio.
Esta sociedad que se llama burguesa y que dice basarse
en la igualdad de todos los individuos ante la ley,
desconoce, sin embargo en la práctica, el valor de la
dignidad humana. La figura de Antonio Salabert, la
más representativa de la nueva elite, creo que es muy
indicativa de la intencionalidad del novelista. Los capítulos IV y XIII se complementan para presentar una
estampa negra del duque de Requena.

El capítulo IV explicita cómo Antonio Salabert maneja a Llera su secretario, sin mostrar jamás respeto o
consideración hacia su persona, a pesar de ser éste el
que realmente pone en marcha sus empresas. La mezquindad del banquero se explicita al señalar, cómo un
pequeño error de Llera, continuamente recordado por el
duque, servía a este último "de arma para despreciar sus
planes, aunque después los utilizase lindamente, y a ellos
debiese un aumento considerable de su hacienda", teniéndole de esta forma "sumiso, ignorante de su valer y
presto a cualquier trabajo por enojoso que fuera".

El capítulo X, dividido en tres partes, define el *modus
operandi* de Salabert al margen de cualquier norma
jurídica o moral; en el primer episodio —el de las
quinientas pesetas burladas al vendedor de caballos—,
por su informalidad rayana en el cinismo y por la
resolución con que miente implicando a sus subordinados en la mentira. Y ello con el objeto de evitar un pago
justo. La sórdida avaricia del duque queda remachada
mediante expresiones que traducen su apego al dinero y
su resistencia a desprenderse de él, aunque sea en pago
justo. Anteriormente, en el capítulo IV, el episodio de la

cartera perdida y devuelta había puesto de manifiesto esta resistencia aunque fuera en detrimento de su propio decoro o de su sentido de la gratitud. Ahora —en el capítulo X— incluso cuando está en juego un compromiso formal, un contrato; aun cuando anda por medio el "derecho civil". La avaricia del duque queda definida, pues, incluso dentro del ordenamiento jurídico que obliga a distinguir al ciudadano honrado del delincuente. El segundo episodio —la entrevista con unos banqueros acerca del asunto del ferrocarril—, en cierto sentido, es una repetición intensificada del tema anterior, como una nota que se repite en tono mayor. Sólo que aquí cambia el desenlace, y este cambio es significativo. En efecto, si en el asunto de las quinientas pesetas del caballo, la víctima era un comerciante consciente de que "nada adelantaría (...) con llevar el asunto a los tribunales", ahora los antagonistas son cuatro banqueros ante los cuales ha de hacer marcha atrás, resolviendo en una escena teatral su tentativa de vulnerar un compromiso que, aún no determinado en escritura, estaba basado en una palabra expresa dada. De esta forma, queda apuntada una de las connotaciones de la agresividad financiera del duque: sus posibilidades de triunfo no en función de condicionamientos éticos o jurídicos, sino en función de la fortaleza y capacidad material de defensa de la presunta víctima.

A esta luz, la relación duque-mineros —presentada en el capítulo XIII— significa un caso límite por la absoluta indefensión del minero. En la tercera parte del capítulo, la entrevista del duque de Requena con su mujer para tratar del testamento de esta última, sirve de antecedente remoto a un elemento esencial del desenlace: el pleito entre el duque de Requena y su hija a propósito de la herencia de la duquesa a que se hace referencia en el capítulo XIV. Este tema sirve también para remachar la sórdida personalidad del duque y evidenciar una vez más, la utilización que pretende hacer de cualquier persona que se interfiera en el camino de sus propios intereses. Da lo mismo que se trate de un

obrero, de un empleado, de un cliente, de un amigo o de
la propia mujer.

La existencia de una sociedad burguesa con elites
incapaces de encarar y aun de entender siquiera, alguno
de los grandes problemas que tiene el país en este
momento, es tal vez la primera idea que subraya el
planteamiento de don Armando. Contrapunto de esta
agresividad e insolidaridad burguesa es el talante del
cochero; contrapunto de su poder económico es la
pobreza física y moral de los mineros de Riosa, conde-
nados a ser "esclavos no por la ley sino por el hombre".
El propósito del autor al contraponer en el capítulo XIII
la miseria de las clases trabajadoras con la opulencia de
los excursionistas plantea el segundo gran tema de la
novela en sus justas coordenadas: el novelista expresa
ahora su repulsa hacia la oligarquía y muestra su
indignación ante la injusticia que vulnera no sólo la
dignidad de la condición humana, sino que es también
capaz de llegar a la propia explotación del hombre.

Una tercera cuestión presentada por don Armando es
el papel que las clases medias desempeñan en el seno de
la sociedad española. El autor hace distinciones. La
supeditación de ciertos sectores de las mismas a la clase
dirigente, dificulta en buena medida su independencia o
su capacidad de iniciativa. Los casos de Pinedo, Llera, y
hasta de Ramoncito Maldonado resultan bien indicativos. Otros miembros de las clases medias —Raimundo
en el universo novelesco— son también capturados en
calidad de parásitos por el marco y el mundo del estrato
superior. Por lo demás, la pertenencia de Raimundo al
sector intelectual puede dar a su actitud un carácter
simbólico: la deserción de la *intelligentsia*. Sólo dos
miembros de las clases medias concitan la simpatía
valdesiana: Aurelia y Quiroga. En Aurelia, arquetipo de
la conciencia de clase de la burguesía hogareña, encarna
Palacio Valdés la resistencia de algunos sectores de la
misma frente al mundo del estrato superior: pero no
deja de ser una clase media pasiva, inhibida frente a
cualquier repulsa activa de los sectores que se orientan

hacia "la espuma". Por último, Quiroga atrae la admiración y simpatía de Palacio Valdés: el apasionado entusiasmo con que arremete en solitario contra el estrato superior —congregado en bloque con motivo de la excursión preparada por el duque—, en defensa de la dignidad y la justicia, entraña un componente de solidaridad, de generosidad, de valentía y coraje que el objetivismo frío de la técnica naturalista no acierta a contener. Quiroga es sin duda, el personaje presentado —junto con Aurelia— con más cálida y cordial admiración. Por lo demás, creo que es muy significativo del punto de observación en que se coloca el novelista, el hecho de que sea precisamente un médico de ideas socialistas, y no un miembro de la clase media tradicional o de la *intelligentsia,* el que haga la denuncia ante la elite, y exprese una apasionada defensa de la dignidad y de los derechos de la persona humana. Ni la clase dirigente, ni las clases medias —salvo excepciones— son capaces de enfrentarse con el problema socioeconómico que la modernización ha planteado a la sociedad española.

Es significativa también la presencia de la Iglesia oficial —personalizada en la ficción por el padre Ortega—, dentro del marco de las reuniones y tertulias de los que mandan, así como su ausencia en el mundo minero de Riosa. La estampa del padre Ortega definida en el capítulo II, se completa con su protagonismo en el capítulo XII —"Matinée religiosa"— y su ausencia en el capítulo XIII —"Viaje a Riosa"—. La doctrina social de la Iglesia, parece insinuar el novelista, no ha logrado cambiar los planteamientos tradicionales de una Iglesia que continúa tronando "contra la revolución" y apela a "la religión, la propiedad y la tradición" como bases de la familia cristiana. Vale la pena subrayar la fina ironía que subyace a esta plática del escolapio; recordemos que su auditorio estaba compuesto por un amplio sector de la clase dirigente que burlaba cínicamente la moral familiar y que utilizaba la religión como prestigio social.

En fin, el novelista, en presencia del tema sociopolítico que plantea, insiste en la incapacidad de la elite para

abordarlo tanto por su falta de ética como por la
ignorancia, frivolidad e irresponsabilidad que preside su
vida cotidiana, expuesta a lo largo de varios capítulos.
Don Armando llama la atención sobre los riesgos que se
ciernen sobre el mundo de las clases medias en estrecha
dependencia de la clase dirigente, bien por motivaciones
económicas, bien por razones de mimetismo social. El
autor señala la indefensión de los grupos que resisten
a la asimilación —es el caso de Aurelia, y también el
de Pinedo, recordemos su actitud hacia su hija—, y
subraya las dificultades de ese sector que lucha por la
justicia y la libertad de la persona, con el cual parece
identificarse el novelista. Su visión es harto pesimista; la
gran burguesía es castigada con la locura: su incapacidad resulta manifiesta. El intelectual aniquilado y frustrado tampoco puede ofrecer soluciones al país. Por su
parte, Quiroga, aislado en el poblado minero, tiene por
el momento un largo camino que recorrer en su lucha
por la justicia.

En suma, la escasa altura moral y cultural de la elite,
la utilización por esta clase dirigente de los prestigios
sociales de la Iglesia, la justificación por parte de esta
última del orden socio-económico propuesto por aquélla, la inseguridad de las clases medias, los riesgos que
las amenazan en el mantenimiento de sus *mores,* su
escasa capacidad crítica, las condiciones de vida y trabajo en que se encuentra el mundo obrero y la propues-
ta —aunque ciertamente ambigua— del novelista de
una alianza entre éste y ciertos sectores de la pequeña
burguesía, creemos que son algunas cuestiones que
conviene tener presente al iniciar la lectura de *La
Espuma.*

GUADALUPE GÓMEZ-FERRER MORANT

NOTICIA BIBLIOGRÁFICA

I. OBRAS

a) *Novelas y relatos cortos* [1]

Los oradores del Ateneo, 1878.
Los novelistas españoles, 1878.
Nuevo viaje al Parnaso. Poetas contemporáneos, 1879.
El señorito Octavio, 1881.
La literatura de 1881 (en colaboración con Clarín), 1882.
Marta y María, 1883.
El idilio de un enfermo, 1884.
Aguas fuertes, 1884.
José, 1885.
Riverita, 1886.
Maximina, 1887.
El cuarto poder, 1888.
La hermana San Sulpicio, 1889.
La Espuma, 1890.
La Fe, 1892.
El Maestrante, 1893.
El origen del pensamiento, 1893.

---

[1] Los primeros trabajos literarios de Palacio Valdés fueron críticas y narraciones cortas —muchas de ellas perdidas—, publicadas en el "Eco de Avilés", "Rabagás", "El Cronista", "Revista Europea", "Revista de Asturias", "Arte y Letras", "La España Moderna". Algunos de los artículos aparecidos en la "Revista Europea" los publicó con el título de *Los oradores del Ateneo* (1878), *Los novelistas españoles* (1878) y *Nuevo viaje al Parnaso* (1879). Posteriormente recogió estas tres obras en un solo volumen: *Semblanzas literarias.*

Los majos de Cádiz, 1896.
La alegría del capitán Ribot, 1899.
La aldea perdida, 1903.
Tristán o el pesimismo, 1906.
Papeles del Doctor Angélico, 1911.
Seducción, 1914.
La guerra injusta, 1917.
Años de juventud del Doctor Angélico, 1918.
*Qué es un literato, qué papel representa y debe representar en la
    sociedad*, 1920 (discurso leído ante la Real Academia Es-
    pañola).
*La novela de un novelista. Escenas de la infancia y de la ado-
    lescencia*, 1921.
Cuentos escogidos, 1923.
La hija de Natalia. Últimos días del Doctor Angélico, 1924.
El pájaro de nieve y otros cuentos, 1925.
Santa Rogelia, 1926.
Los cármenes de Granada, 1927.
A cara o cruz, 1929.
Testamento literario, 1929.
Sinfonía pastoral, 1931.
El gobierno de las mujeres. Ensayo histórico de política femenina,
    1931.
Tiempos felices, 1933.
Álbum de un viejo, 1940 (obra póstuma).

b)   *Recopilaciones*

Páginas escogidas. Madrid, Alrededor del mundo, 1917.
Obras escogidas, con prólogo de Luis Astrana Marín. Madrid,
    Aguilar, 1933 (hay 2.ª ed. de 1940 y 3.ª de 1942).
Obras completas. Madrid, Victoriano Suárez, 1896-1941, 28
    vols.
Nueva edición de Obras Completas. Madrid, Imprenta Helénica,
    1925, 3 vols. [2]

---

[2] No he podido localizar esta edición. Aparece en el Catálogo de la
Biblioteca Nacional con una sigla que no se corresponde con la actual
clasificación de la misma. Además, ha desaparecido del fichero la ficha
correspondiente. En fin, pienso que debe tratarse de una edición distri-
buida por la librería de Victoriano Suárez, ya que según he podido
comprobar esta librería distribuye las obras de distintas imprentas:
Ricardo Fe, Manuel Ginés Hernández. Hijos de M. G. Hernández,
Helénica y otras.

Obras completas. Madrid, Marsiega, 1943, 5 vols.

Obras completas. Madrid, Aguilar, 1943. [3]

Las mejores novelas contemporáneas. Selección y estudios de Joaquín de Entrambasaguas. Con la colaboración de M.ª Pilar Palomo, Barcelona, Planeta, 1958.

Obras selectas. Selección, introducción y prólogo de Joaquín de Entrambasaguas, Barcelona, Planeta, 1963. [4]

Obras completas, edición definitiva. Madrid, Fax, 1946-1957, 31 vols.

c) *Epistolarios*

Menéndez Pelayo, Unamuno, Palacio Valdés: *Epistolario a Clarín,* prólogo y notas de Adolfo Alas, Madrid, Escorial, 1941.

"Epistolario de Palacio Valdés", en *Boletín del Instituto de Estudios Asturianos.* Oviedo, 1953, VII, pp. 340-359.

Arboleya Martínez, M., *Balmes político...* Con prólogo de Amando Castroviejo y cartas de Fr. Conrado Muiños y don Armando Palacio Valdés. Barcelona, Librería de don Eugenio Subirana, 1911.

II. SOBRE "LA ESPUMA"

a) *Ediciones y traducciones*

La Espuma. Novela de costumbres contemporáneas. Ilustración de M. Alcázar y José Cuchy. Barcelona, Imprenta de Henrich y Cía. Sucesores de Ramírez y Cía., 1890, 2 vols.

La Espuma, Madrid, Victoriano Suárez, 1902 [5] (se corresponde al tomo VII de obras completas).

[3] Existen varias ediciones pero no son todas idénticas. En lo que se refiere a *La Espuma,* unas siguen el texto de la primera edición de 1890, y otras el de 1902. Todas mantienen la división en dos partes, tal como aparece en la primera edición, y modernizan —aun las que siguen el texto de 1890— la ortografía y puntuación.

[4] *La Espuma,* en esta edición —aparece en el primer volumen— sigue el texto de 1902. Conviene, sin embargo, señalar que Entrambasaguas modifica las abreviaturas y, en ocasiones la puntuación, llegando a dividir algunos párrafos en dos.

[5] Esta edición sigue el texto de 1902, si bien modificando alguna abreviatura.

——, Madrid, Fax, 1947 (se corresponde al tomo X de obras completas).

Froth. A novel, traducido por C. Bell, con prólogo de Edmundo Gosse. London, William Hein, 1891.

b) *El horizonte histórico*

Blanco Aguinaga, C., *Juventud del 98.* Barcelona, Crítica, 1978.

Eoff, S. H., *El pensamiento moderno y la novela española. Ensayos de literatura comparada: la repercusión filosófica de la ciencia sobre la novela.* Barcelona, Seix Barral, 1965.

Iglesias, M. C., y Elorza, A., *Burgueses y proletarios. Clase obrera y reforma social en la Restauración (1884-1889).* Barcelona, Laia, 1973.

Inman Fox, E., *La crisis intelectual del 98.* Madrid, Edicusa, 1976.

Jover, J. M., *Política, diplomacia y humanismo popular. Estudios sobre la vida española en el siglo XIX.* Madrid, Turner, 1976.

——, "La época de la Restauración: panorama político-social (1875-1902)", en *Revolución burguesa, oligarquía y constitucionalismo (1834-1923),* vol. VIII de la Historia de España dirigida por M. Tuñón de Lara. Barcelona, Labor, 1981.

López Morillas, J., *El krausismo español. Perfil de una aventura intelectual.* México. Fondo de Cultura Económica, 1956.

Mainer, J. C., *Literatura y pequeña burguesía (notas 1890-1950).* Madrid, Cuadernos para el Diálogo, 1972.

Mayer, A., *La persistencia del Antiguo Régimen.* Madrid, Alianza, 1984.

Pattison, W. T., *El naturalismo español. Historia externa de un movimiento literario.* Madrid, Gredos, 1965.

Tuñón de Lara, M., *Estudios sobre el siglo XIX español.* Madrid, Siglo XXI, 1971.

Zavala, I. M., *Ideología y política en la novela española del siglo XIX.* Madrid, Anaya, 1971.

——, *Romanticismo y Realismo,* vol. V, de *Historia crítica de la literatura española.* Barcelona, Crítica, 1982.

c) *Estudios críticos*

No abundan los estudios críticos sobre *La Espuma.* Prescindiendo de las referencias ocasionales con motivo de su publicación, por ejemplo, las aparecidas en "La Época", el 9-I-1891: "Autores y libros. *La Espuma*", firmado por E. G. de B.; el 12-I-1891: *La Espuma*, y el 14-I-1891: "Crónicas literarias. La alta sociedad en la literatura española. A propósito de *La Espuma*", firmado por Luis Alfonso, pueden consultarse:

Pardo Bazán, E., *La Espuma* en *Nuevo Teatro Crítico*. Año I, núm. 22. Madrid, 1891, pp. 68-76.

Gómez-Ferrer Morant, G., "Literatura y sociedad: reflejos y actitudes sociales en el mundo de la Restauración", en *Homenaje a José Antonio Maravall*. Madrid, Centro de Investigaciones Sociológicas, 1985, pp. 199-214.

——, "La clase dirigente madrileña en dos novelas de 1890", en *Madrid en la sociedad del siglo XIX*. Madrid, 1986, pp. 533-556.

Miranda, Soledad, "La cuestión social en la novela española: *La Tribuna, La espuma* y *El intruso*", en Actas de las Jornadas sobre el Instituto de Reformas Sociales. Córdoba, 1987.

BIBLIOGRAFÍA SELECTA

a) Biografías

Antón Olmet, L. y Torres Bernal, J., *Los grandes españoles. Armando Palacio Valdés*. Madrid, Pueyo, 1919.
Cruz Rueda, A., *Armando Palacio Valdés. Su vida y su obra*. Madrid, Saeta, 1949.
Narbona, R., *Palacio Valdés o la armonía*. Madrid, Victoriano Suárez, 1941.

b) Selección de estudios críticos

Balseiro, J. M., *Novelistas españoles modernos*. Nueva York. Las Américas Publishing Company, 1933, pp. 380-443.
Baquero Goyanes, M., *El cuento español en el siglo XIX*. Madrid, 1949, pp. 474-476; 536-538; 611-613.
——, *Estudio, notas y comentarios de texto a "Tristán o el pesimismo" de A. Palacio Valdés*. Madrid, Narcea, 1971.
——, "La literatura narrativa asturiana en el siglo XIX", en *Revista de la Universidad de Oviedo*. 1953, pp. 81-94.
Barberis, P., *Palacio Valdés: le roman posible. Théories, thémes, techniques*. París, Corti, 1969.
Barja, C., *Libros y autores modernos. Siglos XVIII y XIX*. Nueva York, Las Américas Publishing, 1933, pp. 376-390.
Bordes, L., "Armando Palacio Valdés", en *Bulletin Hispanique*, 1899, pp. 45-76, t. I.
Campos, J., edición crítica de *José (Novela de costumbres marítimas)*. Madrid, Cátedra, 1975.
Capellán Gonzalo, A., *Williams Dean Howells and Armando*

Palacio Valdés: a literary friend-ship. University of Alabam Press, 1976.

Collangeli, R. M., *Armando Palacio Valdés romanziere.* Lecce, Milella, 1962.

Drake, W. A., "Armando Palacio Valdés", en *Contemporary European Writers,* New York, 1928.

García Blanco, M., "El novelista asturiano Palacio Valdés y Unamuno", en *Archivum-Oviedo.* 1958, t. VIII, pp. 1-13.

Glascock, C. C., "A esthetic Elements in the Art of Fiction as advocated by Juan Varela, Pardo Bazán and Palacio Valdés", en *Hispania.* California, 1927, t. X, pp. 409-418.

——,"Two Modern Spanish Novelists: Emilia Pardo Bazán and Armando Palacio Valdés", en *University of Texas Bulletin,* 1926, julio, núm. 2625.

Gómez-Ferrer Morant, G., *Palacio Valdés y el mundo social de la Restauración.* Oviedo, IDEA, 1983.

——, "Armando Palacio Valdés en la transición del XIX al XX", en *Revista de la Universidad Complutense de Madrid.* 1980, pp. 231-260.

——, "Apoliticismo y fisiocracia entre las clases medias españolas de comienzos del siglo XX", en *Cuadernos de Historia Moderna y Contemporánea.* Universidad Complutense. Madrid, 1980, vol. I, pp. 187-209.

——, "Palacio Valdés en los años noventa: la quiebra del positivismo", en *Clarín y La Regenta en su tiempo (Actas del Simposio Internacional. Oviedo, 1984).* Oviedo, 1987, pp. 1053-1066.

González-Blanco, A., "Armando Palacio Valdés. Juicio crítico de sus obras", en *La Novela Corta.* Madrid, 1928, año V, núm. 237.

Goodman, P., "The novelistic style of Palacio Valdés", en *University of Texas Bulletin,* IX, 1971, pp. 65-89.

Graciano Martínez, P., "Palacio Valdés y «Tristán o el pesimismo»", en *De paso por las Bellas Letras,* t. I (s.a), pp. 252-277.

Martínez Cachero, J. M., "«Clarín», crítico de su amigo Palacio Valdés", en *Boletín del Instituto de Estudios Asturianos.* Oviedo, VII, 1953, pp. 401-411.

Melón y Ruiz de Gordejuela, S., "Tipos psico-patológicos en la literatura de Palacio Valdés", en *Revista de la Universidad de Oviedo,* 1943, pp. 201-228.

Miranda, S., *Religión y clero en la gran novela española del siglo XIX.* Madrid, Pegaso, 1982.

Palumbo Caravaglios, B., *Armando Palacio Valdés, vita e opera*. Aquila, 1938.

Pascual Rodríguez, M., *Palacio Valdés. Teoría y práctica novelística*. Madrid, SGEL, 1975.

Peres, R., *A dos vientos. Críticas y semblanzas: Armando Palacio Valdés*. Barcelona, Librería Española de López, 1892.

Pesseux-Richard, H., "Armando Palacio Valdés", en *Revue Hispanique*, 1918, XLII, pp. 305-480.

Pitollet, C., "Don Armando Palacio Valdés", en *Bulletin Hispanique*, 1938, XL, pp. 201-208.

——, "Recuerdos de Palacio Valdés", en *Boletín de la Biblioteca Menéndez Pelayo*. 1957, XXXIII, pp. 72-120.

Roca Franquesa, J. M., *Palacio Valdés. Técnica novelística y credo estético*. Oviedo. Diputación de Asturias. IDEA, 1951.

——, "La novela de Palacio Valdés: clasificación y análisis", en *Boletín del Instituto de Estudios asturianos*. Oviedo, 1953, pp. 426-458.

——, *Clases sociales y tipos representativos en la novelística de Armando Palacio Valdés*. Oviedo, IDEA, 1980.

Showerman, G. A., "A Spanish Novelist", en *Sewance Review Quarterly*, 1914, XXII, pp. 385-403.

Vezinet, M., *Les maîtres du roman espagnol contemporain*. París, 1907.

Valis, N. M., *Palacio Valdés first novel* en "Romance Notes", volume XX, number 3, 1980.

——, *Una opinión olvidada de Palacio Valdés sobre Pardo Bazán*. Oviedo, 1982.

Wagenheim, L. R., "A chat with Armando Palacio Valdés, on Feminism", en *Hispania*. California, 1929 (nov.), t. XII, pp. 439-446.

Wells, L. Ch., *Palacio Valdés. Vision of women in his novels and essays*. University microfilms international (tesis doctoral). University Kentucky, 1985.

Williams, S. T., *La huella española en la literatura norteamericana*. Madrid, Gredos, 1957, 2 vols.

NOTA PREVIA

Como ha podido observar el lector en la nota biblio-
gráfica, *La Espuma* ha sido editada cada vez que se han
publicado las obras completas de don Armando; sin
embargo, no ha sido objeto de ediciones populares
como otras novelas del escritor asturiano —*José, Riverita, Maximina, La hermana San Sulpicio, La alegría del
capitán Ribot...*— ni tampoco ha sido llevada a la
pantalla como *Marta y María, La aldea perdida* o *La
hermana San Sulpicio*. Ello ha contribuido a que sea una
novela poco conocida dentro de la amplia producción
valdesiana.

La presente edición reproduce la segunda, publicada
doce años después de que viera la luz *La Espuma*, y
corresponde a un volumen de las OBRAS COMPLE-
TAS / DE / D. ARMANDO PALACIO VALDÉS /
TOMO VII / LA ESPUMA / MADRID / LIBRERÍA
DE VICTORIANO SUÁREZ / PRECIADOS, núm. 48
/ 1902. El texto que ahora aparece ha sido cotejado
siempre con la primera edición: ARMANDO PALA-
CIO VALDÉS / LA ESPUMA / NOVELA DE COS-
TUMBRES CONTEMPORÁNEAS / ILUSTRACIÓN
DE M. ALCÁZAR Y JOSÉ CUCHY / BARCELONA
- 1890 / IMPRENTA DE HENRICH Y COMP.ª EN
COMANDITA / SUCESORES DE N. RAMÍREZ Y
COMP.ª / PASAJE DE ESCUDILLERA, núm. 4. Dos
volúmenes de 293 y 279 páginas respectivamente. Ni en
la primera ni en la segunda edición se precisa el número

de tirada; conviene sin embargo advertir, que el propio Victoriano Suárez vuelve a editar *La Espuma* en 1917 y en 1922 con texto idéntico al de 1902.

Se ha preferido para esta edición el texto de 1902, y no el de 1890, por haber sido aquélla minuciosamente corregida por el autor y notablemente modernizada en cuanto a ortografía y a sintaxis. No tengo ninguna prueba —salvo el propio texto— para afirmar que fuera don Armando el autor de estas correcciones; la índole de las variantes que se advierten nos lleva, sin embargo, a esta conclusión. Se observan numerosas correcciones de léxico, de puntuación y hasta de sintaxis; abundan también las supresiones de frases y aun de párrafos. Creo que esta amplia gama de modificaciones no puede ser obra de un corrector ajeno al novelista, máxime teniendo en cuenta que el escritor vive, que es todavía relativamente joven, que se encuentra en plena actividad literaria y que es un hombre pulcro y meticuloso como he tenido ocasión de comprobar al ver muchos de sus manuscritos —*La Fe, La aldea perdida, Testamento literario*—, si bien, por desgracia, no he tenido la suerte de encontrar *La Espuma*.

Tanto por su carácter como por su número, resulta de gran interés el conjunto de variantes que aparece en la segunda edición, para tomar nota del empeño de Palacio Valdés en seguir la evolución del quehacer literario durante los años finiseculares, y en mantener la sintonía con la orientación de los nuevos tiempos. *La Espuma*, escrita en 1890 en términos muy naturalistas, precisamente cuando el naturalismo empieza a hacer crisis, queda anticuada en 1902 en algunos aspectos de su factura. Consciente de ello, el autor introduce una serie de cambios en la segunda edición. Hay fundamentalmente tres tipos de modificaciones. En primer lugar, la modernización de la ortografía: elimina los acentos de los monosílabos —á, fué, vió, etc.—, suprime los guiones finales cuando se inicia un diálogo y utiliza generalmente la palabra completa en vez de la abreviatura —el ustedes por el V. el don por la D.—. Otra, de orden

estilístico: don Armando se esfuerza por conseguir un
estilo más conciso, de frase más corta, con puntuación
más abundante; un estilo, diríamos hoy, más azorinia-
no. Por ello elimina muchas conjunciones, pone en su
lugar un punto y cambia a menudo una serie de comas
por el punto y coma. En tercer lugar, se observan
modificaciones de orden temático: las frases y párrafos
suprimidos hacen referencia bien a un alarde de documentación técnica muy propia del naturalismo pero en
desuso a comienzos de siglo —véase capítulo XIII—, o
bien a aspectos de crudeza física o moral —véanse
capítulos IV y I—, muy propios de la escuela de Zola,
pero innecesarios y hasta de mal gusto a la altura de
1902, siempre sobre la base de la peculiar evolución
de Armando Palacio Valdés.

En cuanto a las notas, he distinguido dos grupos.
Unas hacen referencia a las variantes y van colocadas al
final con indicación de la página y la línea a que
corresponde cada una de ellas. Debo advertir que sólo
se indican los cambios de palabras; no se hace constar la
supresión de conjunciones, las diferencias de puntuación, de minúsculas por mayúsculas o viceversa y la
sustitución de la abreviatura por la palabra completa,
salvo si la modificación afecta a la cadencia de la frase.
Como observará el lector, su número es grande. Aunque
soy consciente de que al lector no especializado pueden
resultarle un tanto engorrosas, he creído necesario con-
signarlas para salvar la integridad del texto.

El segundo grupo de notas tiene fundamentalmente
un carácter explicativo e intentan aclarar o puntualizar
aspectos históricos, literarios, sociológicos y, en alguna
ocasión, estilísticos. Con bastante frecuencia —tal vez
por deformación de oficio voluntariamente asumida—,
tienden a ilustrar la bisagra literatura/sociedad, inten-
tando buscar una aproximación a la mentalidad y a la
vida material de la España de la Restauración. En fin,
en otras ocasiones he tratado de contextualizar determinados aspectos del relato en la trayectoria biográfica e
intelectual del escritor.

Tal vez hay demasiadas observaciones de pie de página que pueden entorpecer el placer de la lectura y dificultar la creación personal a que tiene derecho cada lector. Por ello, es bueno que las olvide en su primer contacto con la novela, y sólo en una segunda relectura las tome en consideración.

* * *

Quiero aprovechar estas líneas para dar las gracias a Rafael, Fuensanta y Paloma, que me han ayudado en la ingrata tarea del cotejo de los textos de las dos ediciones. A ellos y a Ignacio van dedicadas estas páginas.

G. G.-F. M.

LA ESPUMA

I

PRESENTACIÓN DE LA FARÁNDULA

A las tres de la tarde el sol enfilaba todavía sus rayos por la calle de Serrano bañándola casi toda de viva y rojiza luz, que hería la vista de los que bajaban por la acera de la izquierda más poblada de casas. Mas como el frío era intenso, los transeúntes no se apresuraban a pasar a la acera contraria en busca de los espacios sombreados: preferían recibir de lleno en el rostro los dardos solares, que al fin, si molestaban, también calentaban. A paso lento y menudo, con el manguito [1] de rica piel de nutria puesto delante de los ojos a guisa de pantalla, bajaba a tal hora y por tal calle una señora elegantemente vestida. Tras sí dejaba una estela perfumada que los tenderos plantados a la puerta de sus comercios aspiraban extasiados, siguiendo con la vista el foco de donde partían tan gratos efluvios. Porque la calle de Serrano, con ser la más grande y hermosa de Madrid, tiene un carácter marcadamente provincial: poco tráfago; tiendas sin lujo y destinadas en su mayoría a la venta de los artículos de primera necesidad; los niños jugando delante de las casas; las porteras sentadas formando corrillos, departiendo en voz alta con los mancebos de las carnicerías, pescaderías y ultra-

---

[1] Manguito: rollo con abertura en los extremos que utilizaban las señoras para llevar abrigadas las manos. Generalmente era de piel y se tenía por un signo de distinción. El hecho de que el personaje lo lleve de "rica piel de nutria" constituye su primera carta de presentación.

marinos [2]. Así que, no era fácil que la gentilísima dama
pasara inadvertida como en las calles del centro. Las
miradas de los que cruzaban como de los que se estaban
quietos posábanse con complacencia en ella. Se hacían
comentarios sobre los primores de su traje por las
comadres, y se decían chistes espantosos por los nauseabundos mancebos, que hacían prorrumpir en rugido de
gozo bárbaro a sus compañeros. Uno de los más salvajes y pringosos vertió en su oído, al cruzar, una de
esas brutalidades [3] que enrojecería súbito el cutis terso
de una *miss* inglesa y le haría llamar al *policeman* y hasta
quizá pedir una indemnización. Pero nuestra valiente
española, curada de melindres, no pestañeó siquiera:
con el mismo paso menudo y vacilante de quien pisa
pocas veces el polvo de la calle, continuó su carrera
triunfal. Porque lo era a no dudarlo. Nadie podía
mirarla sin sentirse poseído de admiración, más aún que
por su lujoso arreo, por la belleza severa de su rostro
y la gallardía de la figura. Llegaría bien a los treinta y
cinco años. El tipo de su rostro extremadamente original. La tez morena bronceada; los ojos azules; los
cabellos de un rubio ceniciento. Pocas veces se ve tan
extraña mezcla de razas opuestas en un semblante. Si a

[2] Calle de Serrano: en 1890 era la más importante del barrio de
Salamanca, barrio del Ensanche puesto en marcha por Real Orden de
Isabel II en 1857. La normativa del plan prevé una cierta zonificación y
reserva precisamente para la burguesía este barrio. El carácter provinciano que Palacio Valdés le atribuye, coincide con la visión que Enrique
de Sepúlveda tiene del mismo, recordemos que lo llama "un pueblo
grande". Me interesa señalar el valor significativo de la calle de Serrano
como tema inicial de la novela: se trata de un escenario burgués en el
que don Armando presenta unos protagonistas observados desde fuera,
sin identificarlos ni atender más que a su condición de transeúntes
siguiendo la más depurada técnica realista.

[3] Obsérvese la serie de palabras con significación peyorativa que
Palacio Valdés acumula en pocas líneas para referirse al empleado del
pequeño comercio, grupo especialmente maltratado a lo largo de la
novelística valdesiana; obsérvese también la referencia al mundo victoriano —a través de repetidas voces inglesas— para establecer el contraste entre la vulgaridad a que puede dar lugar el castizo piropo y la
exquisita cortesía que se atribuye a lo británico.

alguna se inclinaba era a la italiana, donde tal que otra, suele aparecer esta clase de figuras que semejan *ladies* inglesas cocidas por el sol de Nápoles. En ciertos cuadros de Rafael hay algunas que pueden dar idea de la de nuestra dama.

La expresión predominante de su rostro en aquel momento era la de un orgulloso desdén. A esto contribuía quizá la luz del sol, que le obligaba a fruncir su frente tersa y delicada. Hay que confesarlo; en aquel rostro no había dulzura. Debajo de sus líneas correctas y firmes se adivinaba un espíritu altivo, sin ternura. Aquellos ojos azules no eran los serenos y límpidos que sirven de complemento adorable a ciertas fisonomías virginales que pueden admirarse alguna vez en nuestro país y más a menudo en el norte de Europa. Estaban hechos, sin duda, para expresar un tropel de vivas y violentas pasiones. Quizá alguna vez tocara su turno al amor ardiente y apasionado, pero nunca al humilde y mudo que se resigna a morir ignorado. Llevaba en la cabeza un sombero apuntado, de color rojo, con pequeño y claro velo, rojo también, que le llegaba solamente a los labios. Los reflejos de este velo contribuían a dar al rostro el matiz extraño que impresionaba a los que a su lado cruzaban. Vestía rico abrigo de pieles, con traje de seda del color del sombero, cubierta la falda por otra de tul o granadina, que era por entonces la última moda [4].

Llevaba, como hemos dicho, el manguito levantado a la altura de los ojos: éstos posados en el suelo, como quien nada tiene que ver ni partir con lo que a su alrededor acaece. Por eso, hasta llegar a la calle de Jorge Juan, no advirtió la presencia de un joven que desde la

---

[4] Tanto el aspecto físico del personaje como la indumentaria están presentados con una técnica casi cinematográfica. Es tal vez uno de los mejores retratos hechos por el novelista. La descripción recompone admirablemente la escena, pero a su vez nos introduce tanto en el mundo interior de la protagonista —frío, distante, orgulloso—, como en la situación socioeconómica de la misma: las prendas que lleva la sitúan entre "la espuma" madrileña.

acera contraria y caminando a la par con ella la miraba con más admiración aún que curiosidad. Al llegar aquí, sin saber por qué, levantó la cabeza y sus ojos se encontraron con los de su admirador. Un movimiento bien perceptible de disgusto siguió a tal encuentro. La frente de la dama se frunció con más severidad y se acentuó la altiva expresión de sus ojos. Apretó un poco el paso: y al llegar a la calle del Conde de Aranda se detuvo y miró hacia atrás, con objeto sin duda de ver si llegaba un tranvía. El mancebo no se atrevió a hacer lo mismo: siguió su camino, no sin dirigirla viva y codiciosas ojeadas, a las que la gentil señora no se dignó corresponder. Llegó al fin el coche[5], montó en él dejando ver, al hacerlo, un primoroso pie calzado con botina de tafilete, y fue a sentarse en el rincón del fondo. Como si se contemplase segura y libre de miradas indiscretas, sus ojos se fueron serenando poco a poco y se posaron con indiferencia en las pocas personas que en el carruaje había; mas no desapareció del todo la sombra de preocupación esparcida por su rostro, ni el gesto de desdén que hacía imponente su hermosura.

El juvenil admirador no había renunciado a perderla de vista. Siguió, cierto, por la calle de Recoletos abajo; mas en cuanto vio cruzar el tranvía se agarró bonitamente a él y subió sin ser notado. Y procurando que la dama no advirtiese su presencia, ocultándose detrás de otra persona que había de pie en la plataforma, se puso con disimulo a contemplarla con un entusiasmo que haría sonreír a cualquiera. Porque era grande la diferen-

---

[5] Por iniciativa del marqués de Salamanca, el 31 de mayo de 1871 se inauguró el primer tranvía madrileño. Se trataba de un coche de dos pisos —el superior descubierto— tirado por tres caballos, en cuyos laterales se podía leer el itinerario: "Tranvía de Madrid. Puerta del Sol. Barrio de Salamanca". La finalidad perseguida por su promotor era clara: dar vida y poner en comunicación con el centro, el nuevo barrio de la capital. Es precisamente a este primer tranvía al que se refiere el novelista, ya que el segundo —destinado a unir Claudio Coello con Ferraz, es decir, los dos nuevos barrios de Salamanca y Argüelles—, no aparece hasta mayo de 1891.

cia de edad que había entre ambos. Nuestro muchacho
aparentaba unos diez y ocho años. Su rostro imberbe,
fresco y sonrosado como el de una damisela: el cabello
rubio; los ojos azules, suaves y tristes. Aunque vestido
con americana y hongo, por su traje revelaba ser una
persona distinguida. Iba de riguroso luto, lo cual realzaba notablemente la blancura de su tez. Por esa influencia magnética que los ojos poseen y que todos han
podido comprobar, nuestra dama no tardó mucho tiempo en volver los suyos hacia el sitio donde el joven
vibraba rayos de admiración apasionada. Tornó a nublarse su rostro; volvió a advertirse en sus labios un
movimiento de impaciencia, como si el pobre chico la
injuriase con su adoración. Y ya desde entonces empezó
claramente a dar señales de hallarse molesta en el coche,
moviendo la hermosa cabeza ora a un lado, ora a otro,
con visibles deseos de apearse. Mas no lo hizo hasta
llegar a San José, frente a cuya iglesia hizo parar y bajó,
pasando por delante de su perseguidor con una expresión de fiero desdén capaz de anonadarle [6].

O muy temerario era o muy poca vergüenza debía de
tener éste cuando saltó a la calle en pos de ella y
comenzó a seguirla por la del Caballero de Gracia,
caminando por la acera contraria para mejor disfrutar
de la figura que tanto le apasionaba. La dama seguía
lentamente su marcha haciendo volver la cabeza a
cuantos hombres cruzaban a su lado. Era su paso el de
una diosa que se digna bajar por un momento del trono
de nubes para recrear y fascinar a los mortales, que al
mirarla se embebían y daban fuertes tropezones.

—¡Madre mía del Amparo, qué mujer! —exclamó en
voz alta un cadete agarrándose a su compañero como si
fuese a desmayarse del susto.

---

[6] Queda bien claro tras la presentación impersonal de los dos protagonistas que pertenecen a dos esferas sociales distintas: alta clase y clase
media. En la relación que se establece se adivina ya la tensión social que
subyace al relato y la posición subalterna que la clase media tendrá en
toda la novela.

La hermosa no pudo reprimir una levísima sonrisa, a
cuya luz se pudo percibir mejor la peregrina belleza de
que estaba dotada. En carruaje descubierto bajaban dos
caballeros que le dirigieron un saludo reverente, al cual
respondió ella con una perceptible inclinación de cabeza. Al llegar a la esquina, en la misma red de San Luis,
se detuvo vacilante, miró a todas partes, y percibiendo
otra vez al rubio mancebo le volvió la espalda con
ostensible desprecio y comenzó a descender con más
prisa por la calle de la Montera, donde su presencia
causó entre los transeúntes la misma emoción. Tres o
cuatro veces se detuvo delante de los escaparates, aunque se advertía que más que por curiosidad se paraba
por el estado nervioso en que la persecución tenaz del
jovencito la había puesto. Cerca de la Puerta del Sol, sin
duda para huirla, resolvióse a entrar en la joyería de
Marabini [7]. Sentóse con negligencia en una silla, levantó
un poquito el velo del sombrero y se puso a examinar
con distracción las joyas recién llegadas que el dependiente de la tienda fue exhibiendo. Era lo peor que pudo
hacer para librarse de las miradas de su adolescente
adorador. Porque éste, con toda comodidad, sobre seguro, se las enfilaba por los cristales del escaparate con
una insistencia que la encolerizaba cada vez más.
La verdad es que aquella tiendecita primorosamente
adornada, donde brillaban por todas partes los metales
y las piedras preciosas, era digno aposento para la bella;
el estuche que mejor convenía a joya tan delicada. Así
debió de pensarlo el joven rubio, a juzgar por el éxtasis
apasionado de sus ojos y la inmovilidad marmórea de su
figura. Al fin la dama, no pudiendo vencer la irritación
que esto la producía, alzóse bruscamente de la silla y
despidiéndose con una frase seca del dependiente, que le
guardaba extraordinarias consideraciones, salió del co-

---

[7] Se trata de una joyería de gran prestigio entre la alta clase
madrileña de la época; conviene recordar lo frecuente que era en aquel
momento el regalo de un objeto de lujo, de un objeto que ni era práctico
ni era funcional, pero que era sobre todo, exponente de una situación
social.

mercio y llegó hasta la Puerta del Sol a toda prisa. Aquí
se detuvo; luego dio algunos pasos hacia un coche de
punto, como si fuese a entrar en él; pero de pronto
cambió de rumbo, y con paso firme se dirigió hacia la
calle Mayor, escoltada siempre y no de lejos por el
joven. Al llegar a la mitad de ella próximamente, entró
en una casa de suntuosa apariencia, no sin lanzar antes
una rápida y furibunda mirada a su perseguidor, que la
recibió con entera y rara serenidad [8].

El portero, que estaba plantado en el umbral atusán-
dose gravemente sus largas patillas, despojóse vivamente de la gorra, le hizo una profunda reverencia y corrió a
abrir la puerta de cristales que daba acceso a la escalera,
apretando en seguida el botón de un timbre eléctrico.
Subió lentamente la escalera alfombrada, y al llegar al
principal la puerta estaba ya abierta y un criado con
librea al pie de ella esperando.

La casa pertenecía al Excmo. Sr. D. Julián Calderón,
jefe de la casa de banca *Calderón y Hermanos,* el cual
ocupaba todo el principal de ella [9], sirviéndose por
escalera distinta de los demás pisos, que tenía alquila-
dos. Este Calderón era hijo de otro Calderón muy
conocido en el comercio de Madrid, negociante al por
mayor en pieles curtidas, que con ellas había hecho una
buena fortuna y que en los últimos años de su vida la

---

[8] Es extraordinaria la fidelidad con que el autor sigue el trazado
urbano desde la calle de Serrano hasta la calle Mayor. Los nombres de
las calles y los edificios señalados responden a la realidad. *Vid.* P. de
Répide, *Las calles de Madrid.* Madrid, Afrodisio Aguado, 1971.
    [9] Es de notar el valor sociológico que tiene el piso principal en unos
barrios en los que la compartimentación social es de carácter vertical, es
decir, según planos o pisos. En estos casos, el piso principal está
habitado por la persona que tiene más categoría social en la casa,
contando en ocasiones con escalera propia o con decorado especial en el
tramo que le corresponde —alfombra y timbre eléctrico en este caso—.
Suele observarse también en la fachada exterior una degradación orna-
mental a medida que se va ascendiendo desde el principal a la buhardilla. El hecho, pues, de que Julián Calderón habite en un cuarto principal
de la calle Mayor, es significativo en la presentación del personaje. *Vid.*
L. Benévolo, *El arte y la ciudad contemporánea,* México, Gili, 1979.

había acrecentado, dedicándose, a la par que al comercio, al giro y descuento de letras. Fallecido él, su hijo Julián continuó su obra sin apartarse un punto, manejando con el suyo el haber de sus dos hermanas casadas, la una con un médico, la otra con un propietario de la Mancha[10]. A su vez estaba casado, bastantes años hacía, con la hija de un rico comerciante de Zaragoza, llamado D. Tomás Osorio, padre también del conocido banquero madrileño del mismo nombre, que tenía su hotel con honores de palacio en el barrio de Salamanca, calle de Don Ramón de la Cruz. Las hermosa dama que acaba de entrar en la casa es la esposa de este banquero, y hermana política, por lo tanto, de la señora de Calderón[11].

Pasó por delante del criado sin aguardar a que éste la anunciase, avanzó resueltamente como quien tiene derecho a ello, atravesó tres o cuatro grandes estancias lujosamente decoradas, y alzando ella misma la rica cortina de raso con franja bordada, entró en una habitación más reducida donde se hallaban congregadas varias personas[12]. En el sillón más próximo a la chimenea estaba arrellanada la señora de la casa, mujer de unos cuarenta años, gruesa, facciones correctas, ojos negros, grandes y hermosos, pero sin luz, la tez blanca, los

[10] Julián Calderón aparece desde su presentación novelesca como un arquetipo de ciertos sectores de la burguesía de la Restauración. Hijo de un comerciante que se dedica al préstamo, Calderón mantiene la doble actividad, convirtiéndose en un importante banquero de Madrid. Perteneciente, pues, a la alta burguesía comercial y financiera, denota a la legua, sin embargo, su proximidad a una generación que amasó la fortuna a base de orden y economía. Nótense los rasgos con que don Armando va presentando al personaje: su horizonte limitado y su falta de espíritu de empresa y de audacia son buenos índices para medir su cercanía al mundo de la clase media de la que procede.

[11] Palacio Valdés explica la relación entre Calderón y Osorio —dos familias de la elite, protagonistas de la obra— a la manera galdosiana.

[12] El autor tiene interés en poner de manifiesto desde el primer momento, las coordenadas sociales de su novela: calle de Serrano, calle Mayor, piso principal, zona amplia —"lujosamente decorada"— dedicada al recibimiento. El lector tiene la certeza desde el comienzo de la obra de que va a introducirse en el mundo de la alta clase madrileña.

cabellos de un castaño claro excesivamente finos. Al lado de ella, en una butaquita, estaba otra señora, que formaba contraste con ella; morena, delgada, menuda, de extraordinaria movilidad, lo mismo en sus ojillos penetrantes que en toda su figura. Era la marquesa de Alcudia, de la primer nobleza de España[13]. Las tres jóvenes que sentadas en sillas seguían la fila, eran sus hijas, muy semejantes a ella en el tipo físico, si bien no la imitaban en la movilidad: rígidas y silenciosas, los ojos bajos, con modestia y compostura tan afectadas, que pronto se echaba de ver el régimen severo a que las tenía sometidas su viva y nerviosa mamá. Con una de ellas hablaba de vez en cuando en voz baja la hija de los señores de Calderón, niña de catorce o quince años, carirredonda, de ojos pequeños, nariz arremolachada y algunos costurones en el cuello, pregoneros de un temperamento escrofuloso. Esta niña gastaba aún los cabellos trenzados, con un lacito en la punta de la trenza, lo mismo que la última de las de Alcudia, con quien sostenía tímida e intermitente conversación. Ésta, y sus hermanas, llevaban en la cabeza sendos y caprichosos sombreros, mientras Esperancita (que así nombraban a la hija de los amos) andaba con su cabecita redonda al descubierto. El traje una *matinée* azul, demasiadamente corta para sus años. Los señores de Calderón sólo tenían esta hija y un niño de dos años. Frente a la señora, reclinado en una butaca igual, estaba el general Patiño, conde de Morillejo. Hállase entre los cincuenta y sesenta, pero conserva en sus ojos el fuego de la juventud; sus cabellos grises están esmeradamente peinados;

---

[13] A lo largo de la era isabelina ha tenido lugar una ola de ennoblecimientos que se continúa durante la Restauración, no sólo por concesión real o pontificia, sino por la política matrimonial de apertura a la burguesía. Palacio Valdés destaca el carácter de nobleza de viejo cuño de la marquesa de Alcudia en la que se manifiesta claramente el poder social y el sentido de casta a que se ha referido el profesor Jover. *Vid.* J. M. Jover, "Situación social y poder político en la España de Isabel II", en *Política, diplomacia y humanismo popular*. Madrid, Turner, 1976, p. 203.

los largos bigotes a lo Víctor Manuel, la perilla apuntada, la nariz aguileña le dan un aspecto simpático y
gallardo. Es el tipo perfecto del veterano aristócrata[14].
A su lado, en otra butaca, estaba Calderón, hombre de
unos cincuenta años, grueso, de cara redonda y sonrosada, adornada por cortas patillas grises; los ojos redon-
dos, vagos y mortecinos. Cerca de él una señora ancia-
na, que era la madre de la esposa de Calderón, aunque
mucho se diferenciaba de ella en el rostro y la figura:
delgada al punto de no tener más que la piel sobre los
huesos, morena, ojos hundidos y penetrantes, revelando
en todos los rasgos de su fisonomía inteligencia y
decisión. Hablando con ella está Pinedo, el inquilino del
cuarto tercero. Aunque su bigote no tiene canas, se
adivina fácilmente que está teñido: su rostro es el de un
hombre que anda cerca de los sesenta: fisonomía bonachona, ojos saltones que se mueven con viveza, como los
que poseen un temperamento observador. Viste con
elegancia y manifiesta extraordinaria pulcritud en toda
su persona.

Al ver en la puerta a nuestra bellísima dama, la
tertulia se conmovió. Todos se alzan del asiento, excepto la señora de Calderón, en cuyo rostro parado se
dibujó una vaga sonrisa de placer.

—¡Ah, Clementina! ¡Qué milagro el verte por aquí,
mujer!

La dama se adelantó sonriente, y mientras besaba a
las señoras y daba la mano a los caballeros, respondía
a la cariñosa represión de su cuñada.

—¡Anda! Aplícate la venda, hija, tú que no pareces
por mi casa más que por semestres.

—Yo tengo hijos, querida.

—¡Miren ustedes qué disculpa! Yo también los tengo.

—En Chamartín.

---

[14] Es significativo el afán de Palacio Valdés por convertir a su
personaje en arquetipo del grupo del que forma parte. Patiño es "el tipo
perfecto del veterano aristócrata".

—Bueno; el tener hijos no te priva de ir al Real y al paseo.

Clementina se sentó entre su cuñada y la marquesa de Alcudia. Los demás volvieron a ocupar sus asientos.

—¡Ay, hija! —exclamó aquélla respondiendo a la última frase.—¡Si vieras qué catarrazo he pillado la otra noche en el teatro! El tonto de Ramoncito Maldonado es el que ha tenido la culpa. Con tanto saludo y tanta ceremonia, no acababa de cerrar la puerta del palco. Aquel aire colado se me metió en los huesos.

—Ha tenido fortuna ese aire —manifestó con sonrisa galante el general Patiño.

Todos sonrieron menos la interesada, que le miró con sorpresa abriendo mucho los ojos.

—¿Cómo fortuna?

Fue necesario que el general le diese la galantería mascada; sólo entonces la pagó con una sonrisa.

—¿No es verdad que ha estado muy bien Gayarre? —dijo Clementina.

—¡Admirable! como siempre —respondió su cuñada.

—Yo le encuentro falto de maneras —expresó el general.

—¡Oh, no, general!... Permítame usted...

Y se empeñó una discusión sobre si el famoso tenor poseía o no poseía el arte escénico, si era o no elegante en su vestir. Las señoras se pusieron de su parte. Los caballeros le fueron adversos.

Del tenor pasaron a la tiple.

—Es toda una hermosa mujer —dijo el general con la seguridad y el acento convencido de un inteligente.

—¡Oh! —exclamó Calderón.

—Pues yo encuentro a la Tosi bastante ordinaria, ¿no le parece a usted, Clementina?[15]

---

[15] El Teatro Real, lugar de encuentro que articula la vida social de "la espuma" madrileña, será uno de los temas preferidos en las reuniones de la alta clase, cuya finalidad, obviamente, no es el intercambio de ideas. El Teatro Real de Madrid, construido siguiendo el plano de don Antonio López Aguado, se inauguró el 17 de noviembre de 1850.

Ésta corroboró la especie.

—No diga usted eso, marquesa; el que una mujer sea alta y gruesa no indica que sea ordinaria, si tiene arrogancia en el porte y distinción en las maneras —se apresuró a decir el general, echando al mismo tiempo una miradita a la señora de Calderón.

—Ni yo sostengo eso, general; no tome usted el rábano por las hojas —manifestó la marquesa con extraordinaria viveza, atacando después con brío y un poquillo irritada la gracia y buen talle de la tiple.

Generalizóse la disputa, y sucedió lo contrario que en la anterior. Los caballeros se mostraron benévolos con la cantante mientras las señoras le fueron hostiles. Pinedo la resumió, diciendo en tono grave y solemne, donde se notaba, sin embargo, la socarronería:

—En la mujer, las buenas formas son más esenciales que en el hombre.

Clementina y el general cambiaron una sonrisa y una mirada significativas. La marquesa miró al pulcro caballero con dureza y después se volvió rápidamente hacia sus hijas, que seguían con los ojos bajos, en la misma actitud rígida y silenciosa de siempre [16]. Pinedo permaneció grave e indiferente, como si hubiese dicho la cosa más natural del mundo.

—Pues yo, amigo Pinedo, creo que los hombres deben tener también buenas formas —manifestó la pánfila señora de Calderón.

Al decir esto se oyó un resuello débil, como de risa reprimida con trabajo. Era la última niña de la marquesa de Alcudia, a quien su mamá dirigió una mirada pulverizante. La fisonomía de la niña volvió instantáneamente a su primitiva expresión tímida y modesta.

---

[16] Hay que señalar la existencia de una serie de temas tabúes en la conversación de la mujer soltera. A lo largo del capítulo el hecho será subrayado por don Armando en varias ocasiones, indicando el autor la divertida complacencia o el malicioso interés de las jóvenes por el tema sexual en sus más diversas expresiones. Palacio Valdés deja entrever así la hipocresía moral que preside estas tertulias y reuniones.

—Es una opinión... —respondió Pinedo, inclinándose respetuosamente.

Este Pinedo, que ocupaba uno de los cuartos terceros de la misma casa propiedad de Calderón, desempeñaba un empleo de bastante importancia en la Administración pública. Los vaivenes de la política no lograban arrancarle de él. Tenía amigos en todos los partidos, sin que se hubiese jamás decidido por ninguno. Hacía la vida del hombre de mundo; entraba en las casas más aristocráticas de la corte; trataba familiarmente a la mayoría de los personajes de la banca y la política; era socio antiguo del *Club de los Salvajes,* donde se placía en bromear todas las noches con los jóvenes aristócratas que allí se reunían, quienes le trataban con harta confianza que no pocas veces degeneraba en grosería. Era hombre afable, inteligente, muy corrido y experto en el trato de los hombres; tolerante con toda clase de vanidades por el mismo desprecio que sentía hacia ellas. No obstante, con la apariencia de hombre cortés e inofensivo, guardaba en el fondo de su alma un fondo satírico que le servía para vengarse lindamente, con alguna frase incisiva y oportuna, de las demasías de sus amiguitos los sietemesinos del *Club.* Éstos le profesaban una mezcla de afecto, desprecio y miedo. Nadie conocía su procedencia, aunque se daba por seguro que había nacido en humilde cuna. Unos le hacían hijo de un carnicero de Sevilla; otros le declaraban granuja de la playa de Málaga en su juventud. Lo que se sabía de positivo, era que hacía ya muchos años había aparecido en Madrid como parásito de un título andaluz, el cual, después de haber disipado su fortuna, se saltó los sesos. En la compañía de éste, nuestro Pinedo adquirió gran número de relaciones útiles, llegó a conocer y tratar a toda la gente que hacía viso, entre la cual era popular. Tenía el buen tacto de echarse a un lado cuando tropezaba con un hombre inflado y soberbio, dejándole paso. No excitaba los celos de nadie y esto es medio seguro de no ser aborrecido. Al mismo tiempo su ingenio, su carácter socarrón, que procuraba mantener siempre dentro de ciertos lími-

tes, despertaba a menudo la alegría en las tertulias;
bastaba para darle en ellas cierta significación, que de
otro modo no hubiera disfrutado[17].

No tenía más familia que una hija de diez y ocho años
llamada Pilar. Su mujer, a quien nadie conoció, había
muerto muchos años hacía. Su sueldo era de cuarenta
mil reales, y con él vivían económicamente padre e hija,
en el tercero que Calderón les dejaba por veintidós
duros al mes. Los gastos mayores de Pinedo eran de
representación. Como frecuentaba una sociedad muy
superior a la que, dada su posición, le correspondía, era
preciso vestir con elegancia y asistir a los teatros.
Comprendiendo la necesidad absoluta de seguir cultivando sus relaciones, que eran las pilastras en que su
empleo se sustentaba, imponíase tales dispendios sin
vacilar, ahorrándolo en otras partidas del presupuesto
doméstico. Vivía, pues, en situación permanente del
equilibrio. El empleo le permitía frecuentar la sociedad
de los prepotentes, mientras éstos le ayudaban inconscientemente a mantenerse en el empleo. Ningún ministro
se atrevía a dejar cesante a un hombre con quien iba a
tropezar en todas las tertulias y saraos de la corte.
Luego Pinedo tenía el honor de hablar alguna vez con
las personas reales: ciertas frases suyas corrían por los
salones y se celebraban más quizá de lo que merecían,
por lo mismo que en los salones suele haber poco
ingenio: tiraba bastante bien con carabina y con pistola
y era inteligentísimo y poseía una copiosa biblioteca
tocante al arte culinario. Los más altos personajes se
sentían lisonjeados cuando oían decir que Pinedo elogiaba a su cocinero.

---

[17] Pinedo es el burócrata que despliega toda una hábil estrategia para
evitar la cesantía. Enquistado en la elite, vende a ésta su ingenio —del
que aquélla no anda muy sobrada—, a cambio del cual recibe seguridad.
La necesidad de alternar en un mundo que no es el suyo, le obliga a
mantener un tren de vida que no corresponde a sus ingresos, pero que
a su vez le asegura la estabilidad en el puesto. Pinedo establece una clara
división entre su vida privada —en el marco de la clase media— y su
vida social en torno a la elite.

—¿Cuándo has estado en el colegio, Pacita? —le preguntó en voz baja Esperanza a la menor de la marquesa de Alcudia.

—Pues el viernes; ¿no sabes que mamá nos lleva todos los viernes a confesar? ¿Y tú?

—Yo hace lo menos tres semanas que no he estado. Mamá y yo nos confesamos cada mes.

—¿Y se conforma con eso el padre Ortega?

—A mí no me dice nada... No sé si a mamá...

—No le dirá, no: ya sabes muy bien dónde pone el pie. ¿Has visto a las de Mariani?

—Sí; hace pocos días, en el Retiro.

—¿No sabes que María se ha echado un novio?

—No me ha dicho nada.

—Sí, de caballería... hijo del brigadier Arcos... ¡Un tío más desgalichado! Feo no es; pero le tiemblan las piernas cuando anda como si saliese del hospital... Ya ves, como la mamá es querida del brigadier... todo queda en casa [18].

—Y tú, ¿sigues con tu primo?

—No te lo puedo decir. El lunes se marchó enfadado y no ha vuelto por casa. Mi primo no es lo que parece; no es una mosquita muerta, sino un pillo muy largo, que si le dan el pie se toma la mano... ¡Anda! pues si no anduviese yo con ojo, no sé adónde hubiera parado con la marcha que llevaba... ¿Sabes que estaba empeñado en que le regalase mis ligas?

—¡Jesús! —exclamó la niña de Calderón riendo.

—Lo que oyes, hija... Por supuesto que yo le puse de sucio y de gorrino que no había por dónde cogerle... Se marchó muy amoscado, pero ya volverá.

—Tu primo monta muy bien. Le he visto ayer a caballo.

—Lo único que sabe hacer. Las letras le estorban. Se ha examinado ya seis veces de Derecho romano y siempre ha salido suspenso.

---

[18] Se inicia un tema ya apuntado que se hará omnipresente en la obra: la falta de moral familiar. No se trata de la doble moral, sino de la ausencia de ética.

—¡Qué importa! —exclamó la niña de Calderón con un desprecio que hubiera estremecido a Heinecio [19] en su tumba. Y añadió en seguida:

—¿Esos sombreros os los ha hecho Mme. Clement?

—No, los ha encargado mamá a París por la señora de Carvajal, que ha llegado el sábado.

—Son muy bonitos.

—Más que los que hace Mme. Clement ya son [20].

Y se enfrascaron por breves momentos en una plática de moda.

La niña de Calderón, que era bastante fea, poseía, no obstante, cierto atractivo que provenía acaso de sus cortos años, acaso también de una boca de labios gruesos y frescos y dientes iguales y blancos, donde la sensualidad había dejado su sello. La última de Alcudia era una chicuela de temperamento enfermizo, que no tenía más que huesos y ojos.

—Oye —le dijo Esperanza cuando se hubieron cansado de hablar de sombreros—, ¿sabes que el último día que he estado en el colegio les llevé el retrato de mi hermanito?... Verás qué paso más gracioso. Lo han retratado desnudo, y como tiene aquello descubierto, la hermana María de la Saleta no quería enseñarlo a las niñas. Las chicas comenzaron a gritar: "¡queremos verlo! ¡queremos verlo!" ¿Sabes lo que hizo entonces? Pues lo fue enseñando con la mano puesta encima, dejando sólo ver el pecho y la cabeza.

—¡Chica, qué gracia tiene eso! —exclamó Pacita soltando la carcajada.

Esperanza la secundó, riendo ambas de tan buena gana que concluyeron por llamar la atención de la

---

[19] Heinecio: jurisconsulto alemán —cuyo verdadero apellido era Heinecke—, nacido en Eisenberg el 11 de septiembre de 1681. Gozó de gran prestigio internacional, y su obra traducida al castellano tuvo amplia resonancia en el siglo XIX. Algunas de sus obras fueron libros de texto en las universidades europeas.

[20] El prestigio de lo francés en lo que a la moda femenina se refiere es grande. Conviene tener presente que si Londres era la capital de la moda masculina, París lo era de la femenina. *Vid.* T. Zeldin, *France 1848-1845. Taste and Corruption,* Oxford University Press, 1980, pp. 80 ss.

tertulia, sobre todo de la marquesa, que volvió a dirigir a su hija una mirada severísima.

Entraba en aquel momento una señora que representaba cuarenta años; el rostro, hermoso aún, pintado, con señales imprecisas más que de los años, de una vida agitada y galante.

—Aquí está Pepa Frías —dijo sonriendo Mariana, la esposa de Calderón.

—Eso es; aquí está Pepa Frías —respondió con afectado mal humor la misma—. Una mujer que no tiene pizca de vergüenza al poner los pies en esta casa.

Los tertulios rieron.

—¿Tú te crees por lo visto que soy de la Inclusa? ¿que no tengo casa? Pues sí que la tengo, Salesas, 60, principal... Es decir, la tiene el casero... Pero le pago, lo que no harán seguramente todos tus inquilinos. Perdone usted, Pinedo; no le había visto... Y también tengo mis sábados... [21] y no hay tanto calor como aquí ¡uf! y doy chocolate y té, y conversación y todo... lo mismo que aquí.

Mientras decía esto, iba saludando a los circunstantes con semblante furioso. Pero como todos sabían a qué atenerse, reían.

Era una mujer metida en carnes, los cabellos artificialmente rubios, los ojos un poco saltones, pero hermosos, la boca fresca y sensual; una mujer agradable, en suma, que había tenido y que seguía teniendo, a pesar de sus años, muchos apasionados.

—Lo que no hay —añadió acercándose a la señora de Calderón y dándole dos sonoros besos en las mejillas— es una mujer tan ingrataza y tan insignificante como tú... Por supuesto, que yo no vengo ya a verte a ti, sino a mi señor D. Julián, que alguna vez que otra sube a

---

[21] Era frecuente que las señoras que gozaban de gran prestigio social tuvieran un día fijo durante la semana en el que permanecían en casa y recibían visitas. Esto daba lugar a tertulias concurridas y prestigiadas. *Vid.* C. Burgos Seguí, *Arte de vivir, prácticas sociales.* Valencia, F. Sempere y Compañía (s.a.).

darme las buenas tardes y a decirme cómo anda la cotización... Y a propósito de cotización, Clementina, dile a tu marido que suspenda aquello hasta que le avise... Mejor dicho, no le digas nada; yo pasaré esta noche por tu casa.

—¡Pero hija, qué líos traes siempre con el papel y la Bolsa y las acciones! —exclamó Mariana.

—Pues los mismos que tú traerías si no tuvieses un marido tan activo que se encarga de calentarse la cabeza para que tú la tengas fresca y descansada...

—Vaya, Pepa, no me eche usted piropos, que voy a ponerme colorado —dijo Calderón.

—No digo más que la verdad. ¡Si creerán que es plato de gusto estar pensando en si baja o si sube el papel, escribir cartas y endosos y andar camino del Banco!

—Imagino yo, Pepa —manifestó el general con sonrisa galante—, que por más que diga, usted tiene afición a los negocios.

—¿Imagina usted? ¡Qué raro!

—No tengo tanta imaginación como usted, pero alguna sí —respondió el general un poco molestado por la risa que la frase de Pepa había producido.

Esta Pepa era una mujer que gozaba fama de chistosa en sociedad, aunque realmente su gracia se confundía a menudo con la desvergüenza. Hablar siempre con rostro enojado, llamar a las cosas por su nombre, por crudo que fuese, decir una fresca al lucero del alba; tales eran las cualidades que habían logrado darle popularidad en los salones. Había quedado viuda bastante joven, con dos hijos, un varón que había seguido la carrera de marino y que a la sazón estaba navegando, y una hija a quien había casado hacía un año. Su marido había sido comerciante, y en los últimos años jugaba en la Bolsa con fortuna. En esta temporada, Pepa contrajo la misma pasión. Una vez viuda siguió alimentándola[22]. La

---

[22] Se parte de una clara división de esferas de influencia entre el hombre y la mujer. Ahora bien, la viudez de Pepa Frías le da acceso al mundo de los negocios, que es la esfera propia del hombre.

prudencia, o por mejor decir la timidez que caracteriza a las mujeres en los negocios, la habían librado de la ruina, que suele ser, tarde o temprano, inevitable para los apasionados al juego. Algo se había mermado su fortuna, pero aún disfrutaba de un envidiable bienestar.

—Pepa, el asunto marcha admirablemente —dijo Pinedo—. De Zaragoza han pedido un volcán y en la Coruña ha resuelto el Ayuntamiento establecer dos, al oriente y al poniente de la ciudad.

—Me alegro, me alegro muchísimo. ¿De manera que no suelto las acciones?

—Nunca; el sindicato tiene seguridad de que antes de un mes subirán a trescientos.

Los pocos que estaban en la broma rieron. Los demás fijaron en ellos sus ojos con curiosidad.

—¿Qué es eso de los volcanes, Pinedo? —preguntó la esposa de Calderón.

—Señora, se ha formado una sociedad para establecer volcanes en las poblaciones.

—¡Ah! ¿Y para que sirven esos volcanes?

—Para la calefacción, y además como objeto de adorno.

Todos comprendieron ya la burla menos la linfática señora, que siguió preguntando con interés los pormenores del negocio. Los tertulios reían, hasta que Calderón entre risueño y enojado, exclamó:

—¡Pero mujer, no seas tan cándida! ¿No ves que es una guasa que se traen Pepa y Pinedo?

Éstos protestaron afectando gran formalidad, pero la primera dijo al oído del segundo:

—Si será pánfila esta Mariana, que hace ya tres meses que el general Cruzalcobas le está haciendo el amor y aún no se ha enterado.

Pienso que el caso novelesco constituye un buen ejemplo del fenómeno señalado por Pitt-Rivers, acerca de la posición de poder "manifiesto" que alcanza la mujer en la viudez en lo que se refiere al manejo de los negocios. *Vid.* Pitt-Rivers, *Antropología del honor o política de los sexos.* Barcelona, Crítica, 1979, p. 129.

Así llamaba Pepa al general Patiño, y no sin fundamento. A pesar de su apuesta figura un tanto averiada,
y de su continente marcial, Patiño era un veterano fal-
sificado[23]. Sus grados habían sido ganados sin derramar una gota de sangre. Primero como ayo instructor
del arte militar de una persona real; miembro después de
algunas comisiones científicas, y empleado últimamente
en el ministerio de la Guerra, cultivando la amistad de
todos los personajes políticos; diputado varias veces;
senador por fin y ministro del Tribunal Supremo de
Guerra y Marina, no había estado en el campo de
batalla sino persiguiendo a un general revolucionario, y
eso con firme propósito de no alcanzarle nunca. Como
había viajado un poco y se jactaba de haber visto todos
los adelantos del arte de la guerra, pasaba por militar
instruido. Estaba suscrito a dos o tres revistas científicas; citaba en las tertulias, cuando se tocaba a su
profesión, algunos nombres alemanes; para discutir empleaba un tono enfático y sacaba voz de gola que
imponía respeto a los oyentes. Pero la verdad es que las
revistas se quedaban siempre por abrir sobre la mesa de
noche, y los nombres alemanes, aunque bien pronunciados, no eran más que sonidos en su boca. Preciábase
de militar a la moderna por esto y por vestir siempre de
paisano. Amaba las artes, sobre todo la música: abona-

[23] Dos observaciones creo que son necesarias para entender y situar a
este personaje. Por una parte, la actitud de Cánovas respecto a los
militares con el objeto de reducir su esfera de influencia: recordemos la
Real Orden de 4 de febrero de 1875. Patiño, desde este punto de vista,
responde perfectamente al modelo de general de la Restauración apartado de las actividades militares pero integrado en la elite. Por otra parte,
creo que es significativa la ironía y la zumba con que Palacio Valdés
trata a su personaje, para tomar nota del antimilitarismo existente en
ciertos sectores de las clases medias. La misión represiva que se le ha
confiado al ejército y el carácter ocioso de las guarniciones establecidas
en las ciudades son factores que ayudan a entender esta mentalidad. *Vid.*
S. G. Payne, *Los militares y la política en la España contemporánea.*
Ruedo Ibérico, 1968, p. 55. En algunas obras de Palacio Valdés
encontramos claras muestras de antimilitarismo en el mundo de las
clases medias, *vid.* espec. *El Maestrante.*

do constante al teatro Real y a los cuartetos del Conser-
vatorio. Amaba también las flores y las mujeres, muy
especialmente a la mujer del prójimo. Era catador
insaciable de la fruta del cercado ajeno. Su vida se
deslizaba modesta y feliz, regando las gardenias de su
jardincito de la calle de Ferraz y seduciendo a las
esposas de los amigos. Hacía esto último por vocación,
como se deben hacer las cosas, y ponía en ello todo el
empeño y concentraba todas las fuerzas de su lúcida
inteligencia, lo cual es de absoluta necesidad para hacer
algo grande y provechoso en el mundo. Sus conocimientos estratégicos, que no había tenido ocasión de aplicar
en el campo de batalla, servíanle admirablemente para
entrar a saco en el corazón de las bellas damas de la
corte. Bloqueaba primero la plaza con miradas lánguidas, acudiendo a los teatros, al paseo, a las iglesias que
ellas frecuentaban. En todas partes el sombrero flaman-
te y reluciente de Patiño se agitaba en el aire declarando
la ardiente y respetuosa pasión de su dueño. Estrechaba
después el cerco intimando en la casa, trayendo confites
a los niños, comprándoles juguetes y libros de estampas,
llevándoles alguna vez a almorzar. Se hacía querer de
los criados con regalos oportunos. Venía después el
asalto; la carta o la declaración verbal. Aquí desplegaba
nuestro general una osadía y un arrojo singulares que,
contrastaban notablemente con la prudencia y habilidad
del cerco. Esta complejidad de aptitudes ha caracterizado siempre a los grandes capitanes, Alejandro, César,
Hernán Cortés, Napoleón.

Los años no conseguían ni calmar su pasión por las
altas empresas ni mermar sus extraordinarias facultades.
O por mejor decir, lo que perdía en vigor ganábalo en
arte, con lo que se restablecía el equilibrio en aquel
privilegiado temperamento. Mas la fortuna, según ha
tenido a bien comunicar a varios filósofos, se niega a
ayudar a los viejos. El insigne capitán había experimentado en los últimos tiempos algunos descalabros que no
podían atribuirse a falta de previsión o valor, sino a la
versatilidad de la suerte. Dos jóvenes casadas le habían

dado calabazas consecutivamente. Como sucede a todos los hombres de verdadero genio en quien los reveses no producen desmayos femeniles, antes sirven para concentrar y vigorizar las fuerzas de su espíritu, Patiño no lloró como Augusto sobre sus legiones. Pero meditó, y meditó largamente. Y su meditación fue de fecundos resultados. Un nuevo plan estratégico, asombroso como todos los suyos, surgió del torbellino de sus pensamientos elevados. Dándose cuenta perfecta del estado y cantidad de sus fuerzas de ataque y calculando con admirable precisión el grado de resistencia que podían ofrecerle sus dulces enemigos, comprendió que no debía atacar las plazas nuevas, cuyas fortificaciones son siempre más recias, sino aquellas que por su antigüedad empezasen ya a desmoronarse. Tal viva penetración del arte y tal destreza en la ejecución como el general poseía, anunciaban desde luego la victoria. Y, en efecto, a consecuencia del nuevo y acertado plan de ataque, comenzaron a rendirse una en pos de otra, a sus armas, no pocas bellezas de las mejor sazonadas y maduras de la capital. Y en los brazos de estas Venus de plateados cabellos siguió recogiendo el merecido premio a su prudencia y bravura.

Como el cartaginés Aníbal, Patiño sabía variar en cada ocasión de táctica, según la condición y temperamento del enemigo. Con ciertas plazas convenía el rigor, desplegar aparato de fuerza. En otras era necesario entrar solapadamente sin hacer ruido. A una dama le gustaba el aspecto marcial y varonil del conquistador: se deleitaba escuchando las memorables jornadas de Garrovillas y Jarandilla, cuando iba persiguiendo a los sublevados. A otra le placía oírle disertar en estilo correcto, con su hermosa voz de gola, acerca de los problemas políticos y militares. A otra, en fin, le extasiaba oírle interpretar alguna famosa melodía de Mozart o Schumann en el violoncelo. Porque nuestro héroe tocaba el violoncelo con rara perfección y fuerza es confesar que este delicadísimo instrumento le ayudó poderosamente en las más de sus famosas conquistas. Arrastraba

las notas de un modo irresistible, indicando bien claramente que, a pesar de su arrojado y belicoso temperamento, poseía un corazón sensible a las dulzuras del
amor. Y por si este arrastre oportunísimo de las notas
no lo decía con toda claridad, corroborálo un alzar de
pupilas y meterlas en el cogote, dejando descubierto sólo
el blanco de los ojos, cuando llegaba al punto álgido o
patético de la melodía, que realmente era para impresio-
nar a cualquier belleza por áspera que fuese.

La maliciosa insinuación de Pepa Frías tenía fundamento. El bravo general hacía ya algún tiempo "que
estaba poniendo los puntos" a la señora de Calderón,
aunque ésta no daba señales de advertirlo. Jamás en sus
muchas y brillantes campañas se le había presentado un
caso semejante. Disparar contra una plaza durante
algunos meses cañonazos y más cañonazos, meter dentro de ella granadas como cabezas y permanecer tan
sosegada, durmiendo a pierna suelta como si le echasen
bolitas de papel. Cuando el general le soltaba algún
requiebro a quemarropa, Mariana sonreía bondadosamente.

—Cállese usted, pícaro. ¡Buen pez debió usted de
haber sido en sus buenos tiempos!

Patiño se mordía los labios de coraje. ¡Los buenos
tiempos! ¡Él, que pensaba que nunca los había tenido
mejores! Pero con su inmenso talento diplomático sabía
disimular y sonreía también como el conejo.

—¿Cuándo te han comprado esa pulsera? —preguntó
Pacita a Esperanza, reparando en una caprichosa y
elegante que ésta traía.

—Me la ha regalado el general hace unos días.

—¡Ah! ¿El general, por lo visto, te hace muchos
regalos? —dijo la de Alcudia con leve expresión irónica
que su amiga no entendió.

—Sí; es muy bueno, siempre nos trae regalos. A mi
hermanito le ha comprado una medalla preciosa.

—¿Y a tu mamá no le hace regalos?

—También.

—¿Y qué dice tu papá?

—¿Mi papá? —exclamó la niña levantando los ojos con sorpresa—, ¿qué ha de decir?

Pacita, sin contestar, llamó la atención de una de sus hermanas.

—Mercedes, mira qué pulsera tan bonita le ha regalado el general a Esperanza.

La segunda de Alcudia perdió su rigidez por un momento, y tomando el brazo de Esperanza la examinó con curiosidad.

—Es muy bonita. ¿Te la ha regalado el general? —preguntó cambiando al mismo tiempo con su hermana una mirada maliciosa.

—Aquí está Ramoncito —dijo Esperanza volviendo los ojos a la puerta.

—¡Ah! Ramoncito Maldonado.

Un joven delgado, huesudo, pálido, de patillas negras que tocaban en la nariz, como las gastaba entonces el rey, y a su imitación muchos jóvenes aristócratas, entró sonriente y comenzó a saludar con desembarazo a todos, apretándoles la mano con leve sacudida y acercándola al pecho, del modo extravagante que se estilaba hace algunos años entre los pisaverdes [24] madrileños. En cuanto él entró esparcióse por la habitación un perfume penetrante.

—¡Jesús, qué peste! —exclamó por lo bajo Pepa Frías después de darle la mano—. ¡Qué afeminado es este Ramoncito!

—¡Hola, barbián! —dijo el joven tomando de la barba con gran familiaridad a Pinedo—. ¿Qué te has hecho ayer? Pepe Castro ha preguntado por ti...

—¿Ha preguntado por mí Pepe Castro? ¡Tanto honor me confunde!

Causaba cierta sorpresa ver a Maldonado tutear a un hombre ya entrado en años y de venerable aspecto.

---

[24] Pisaverde: "hombre presuntuoso y afeminado, que no conoce más ocupación que la de acicalarse, perfumarse y andar vagando todo el día en busca de galanteo" (DRAE).

Todos los mozalbetes del *Club de los Salvajes* hacían lo mismo, sin que Pinedo se diese por ofendido.

—Ahí tienes a Mariana —siguió éste— que acaba de hablar perrerías de ti, y con razón.

—¿Pues?

—No haga usted caso, Ramoncito —exclamó la señora de Calderón asustada.

—Y Pepa también.

—¿Usted, Pepa? —preguntó el mancebo queriendo demostrar desembarazo, pero inquieto en realidad, porque la de Frías era con razón temida.

—Yo, sí. Vamos a cuentas, Ramoncito, ¿qué se propone usted echando sobre sí tanto perfume? ¿Es que pretende usted seducirnos a todas por el órgano del olfato?

—Por cualquier órgano me agradaría seducir a usted, Pepa.

La tertulia celebró la respuesta. Se oyó una espontánea carcajada. Pacita la había soltado. Su mamá se mordió los labios de ira y encargó a la hija que tenía más cerca que hiciese presente a la otra, para que a su vez lo comunicase a la menor, que era una desvergonzada y que en llegando a casa se verían las caras.

—¡Hombre, bien! choque usted —exclamó la de Frías, dando la mano a Ramoncito—. Es la única frase regular que le he oído en mi vida. Generalmente no dice usted más que tonterías.

—Muchas gracias.

—No hay de qué.

—Ya hemos leído la pregunta que usted hizo en el Ayuntamiento, Ramoncito —dijo la señora de Calderón, mostrándose amable para desvirtuar la acusación de Pinedo.

—¡Ps! cuatro palabrejas.

—Por ahí se empieza, joven —manifestó Calderón con acento protector.

—No; no se empieza por ahí —dijo gravemente Pinedo—. Se empieza por *rumores*. Luego vienen las *interrupciones... (¡Es inexacto! ¡Pruébemelo su señoría!*

La culpa es de los amigos de su señoría.) En seguida llegan los ruegos y las preguntas. Después la explicación de un voto particular o la defensa de una proposición incidental. Por último, la intervención en los grandes debates económicos... pues bien, Ramón se encuentra ya en la tercera categoría, en la de los ruegos [25].

—Gracias, Pinedito, gracias —respondió el joven algo amoscado—. Pues ya que he llegado a esa categoría, *te ruego* que no seas tan guasón.

—¡Hombre, tampoco está mal eso! —exclamó Pepa Frías con asombro—. Ramoncito, va usted echando ingenio.

El joven concejal fue a sentarse entre la niña de la casa y la menor de Alcudia, que se apartaron de mala gana para dejarle introducir su silla. Este Maldonado, muchacho de buena familia, no enteramente desprovisto de bienes de fortuna y elegido recientemente concejal por la Inclusa [26], dirigía desde hace algún tiempo sus obsequios a la niña de Calderón. Era un matrimonio bastante proporcionado, al decir de los amigos. Esperanza sería más rica que Ramoncito, porque la hacienda de D. Julián era sólida y considerable; pero aquél, que tampoco estaba en la calle, tenía ya comenzada con buenos auspicios su carrera política. Los padres de la chica ni se oponían ni alentaban sus pretensiones. Con el aplomo y la superioridad que da el dinero, Calderón apenas fijaba la atención en quién requería de amores a

---

[25] Palacio Valdés señala, no sin ironía, uno de los caminos que conduce a la vida pública. La plasticidad y la divertida sorna del escritor son indicativas de su propia actitud ante el político.

[26] Se refiere a uno de los diez distritos en que estaba dividido Madrid: Palacio, Universidad, Correos, Hospicio, Aduana, Congreso, Hospital, Inclusa, La Latina y Audiencia. La Inclusa comprendía las calles de Rastro, Peñón, Arganzuela, Huerta del Rayo, Encomienda, Cabestreros, Embajadores, Caravaca y Comadre. *Vid.* P. Madoz, *Diccionario Geográfico-Estadístico...* Madrid, 1848, reim. 1981, p. 161. Por otra parte, conviene llamar la atención acerca de la representatividad municipal que muestra el novelista: el hecho de que Maldonado aparezca como concejal por un distrito popular no obedece, seguramente, a un mero capricho del autor.

su hija, abrigando la seguridad de que no le faltarían buenos partidos cuando quisiera casarla. Y en efecto, cinco o seis pollastres de lo más elegante y perfilado de la sociedad madrileña zumbaban en los paseos, en las tertulias y en el teatro Real alrededor de la rica heredera, como zánganos en torno de una colmena. Ramoncito tenía varios rivales, algunos de consideración. No era lo peor esto, sino que la niña, tan apagada de genio, tan tímida y silenciosa ordinariamente, sólo con él era atrevida y desenfadada, autorizándose bromitas más o menos inocentes, respuestas y gestos bruscos que mostraban bien claro que no le tomaba en serio. Por eso le decía a menudo Pepe Castro, su amigo y confidente, que se hiciese valer un poco más; que no se manifestase tan rendido ni ansioso; que a las mujeres hay que tratarlas con un poco de desdén.

Este Pepe Castro no sólo era el amigo y el confidente de Maldonado, pero también su modelo en todos los actos de la vida social y privada. Los juicios que pronunciaba acerca de las personas, los caballos, la política (de esto hablaba pocas veces), las camisas y los bastones eran axiomas incontrovertibles para el joven concejal. Imitábale en el vestir, en el andar, en el reír. Si el otro compraba una jaca española cruzada, ya estaba Ramoncito vendiendo la suya inglesa para adquirir otra parecida; si le daba por saludar militarmente llevándose la mano abierta a la sien, a los pocos días Ramoncito saludaba a todo el mundo como un recluta; si tomaba una chula por querida, no tardaba mucho nuestro joven en pasear por los barrios bajos en busca de otra. Pepe Castro se peinaba echando el pelo hacia adelante, para ocultar cierta prematura calva. Ramoncito, que tenía un pelo hermoso, se peinaba también hacia adelante. Hasta la calva hubiera imitado con gusto por parecerle más *chic*. Pues bien, a pesar de tan devota imitación no había podido obedecerle en lo tocante a sus incipientes amores. Y esto porque, aunque parezca raro, Ramoncito había llegado a interesarse de verdad por la niña. El amor pocas veces es un sentimiento simple. A menudo

contribuyen a formarle y darle vida otras pasiones,
como la vanidad, la avaricia, la lujuria, la ambición. Así
formado apenas se distingue del verdadero amor: inspira el mismo vigilante cuidado y causa las mismas
zozobras y penas. Ramoncito se creía sinceramente
enamorado de Esperancita, y acaso tuviera razón para
ello, pues la apetecía, pensaba en ella a todas horas,
buscaba con afán los medios de agradarla y aborrecía de
muerte a sus rivales. Por más que se esforzaba en seguir
los consejos del admirado Pepe Castro, procurando
ocultar su inclinación o al menos la vehemencia con que
la sentía, no lo lograba. Había empezado por cálculo a
festejarla, con el dominio sobre sí de un hombre que
tiene libre el corazón: había llegado pronto, gracias a la
resistencia desdeñosa de la chica, a preocuparse vivamente, a sentirse aturdido y fascinado en su presencia [27]. Luego la competencia de otros pollos le encendía
la sangre y los deseos de hacerse pronto dueño de la
mano de la niña. En obsequio a la verdad, hay que decir
que se había olvidado "casi" de los millones de Calderón, que amaba ya a la hija "casi" desinteresadamente.

—¿Conque ha hablado usted en el Ayuntamiento,
Ramón? —le preguntó Pacita—. ¿Y qué ha dicho usted?

—Nada, cuatro palabras sobre el servicio de alcanta-
rillas —respondió con afectado aire de modestia el
joven.

—¿Pueden ir las señoras al Ayuntamiento?

—¿Por qué no?

—Pues yo quisiera mucho oírle hablar un día... Y
Esperancita tiene más deseos que yo, de seguro.

—¡No, no!... Yo no —se apresuró a decir la niña.

---

[27] La principal preocupación del padre respecto al futuro de sus hijas
se centra en el matrimonio de éstas. El matrimonio es "la carrera" más
importante abierta a las mujeres durante esta época. Ahora bien, la gran
burguesía puede estar tranquila, su dinero atraerá "buenos partidos" y
sus hijas podrán escoger marido, evitando así la soltería. No ocurre lo
mismo en el mundo de las clases medias; recordemos, sin salirnos de los
universos de ficción, el caso de don Benicio Neira en *Doña Milagros* y en
Memorias de un solterón de Emilia Pardo Bazán.

—Vamos, chica, no lo disimules. ¿No has de tener ganas de oír hablar a tu novio?

Esperanza se puso como una amapola y exclamó precipitadamente:

—Yo no tengo novio, ni quiero tenerlo.

Ramoncito también se puso colorado.

—¡Pero qué cosas tan horribles tienes, Paz! —siguió aturdida y confusa—. No vuelvas a hablar así porque me marcho de tu lado.

—Perdona, hija —dijo la maliciosa niña, que se gozaba en el aturdimiento de su amiga y del concejal—. Yo creía... Hay muchos que lo dicen... Entonces, si no es Ramón será Federico...

Maldonado frunció el entrecejo.

—Ni Federico ni nadie... ¡Déjame en paz!... mira, aquí está el padre Ortega; levántate.

II

MÁS PERSONAJES

Un clérigo alto, de rostro pálido y redondo, joven aún, con ojos azules y mirada vaga de miope, apareció en la puerta. Todos se levantaron. La marquesa de Alcudia avanzó rápidamente y fue a besarle la mano. Detrás de ella hicieron lo mismo sus hijas, Mariana y las demás señoras de la tertulia.

—Buenas tardes, padre—. Buenos ojos le vean, padre—. Siéntese aquí, padre.— No, ahí no, padre; véngase cerca del fuego.

El sexo masculino le fue dando la mano con afectuoso respeto [1]. La voz del sacerdote, al preguntar o responder en los saludos era suave, casi de falsete, como si en la pieza contigua hubiese un enfermo; su sonrisa era triste, protectora, insinuante. Parecía que le habían arrancado a su celda y a sus libros con gran trabajo, que entraba allí con repugnancia, sólo por hacer algún bien con el contacto de su sabia y virtuosísima persona a aquellos buenos señores de Calderón, de quienes era director espiritual. Sus hábitos y sotana eran finos y elegantes:

---

[1] En la acogida que la tertulia dispensa al padre Ortega, contrasta la extrema solicitud que muestran las damas con la convencional cortesía de que hacen gala los caballeros. ¿Puede ser interpretada aquélla como expresión de la mayor cercanía de éstas al clero? También resulta significativo que sea precisamente la marquesa de Alcudia —representante del estamento nobiliario en la reunión—, y no la dueña de la casa, la primera que cumplimente al sacerdote.

los zapatos de charol con hebilla de plata; las medias de
seda.

Le dieron la enhorabuena calurosamente por una
oración que había pronunciado el día anterior en el
oratorio del Caballero de Gracia. Él se contentó con
sonreír y murmurar dulcemente:

—Dénsela a ustedes, señoras, si han sacado algún
fruto.

El padre Ortega no era un clérigo vulgar, al menos en
la opinión de la sociedad elegante de la corte, donde
tenía mucho partido. Sin pecar de entremetido frecuentaba las casas de las personas distinguidas. No le gustaba hacer ruido ni llamar la atención de las tertulias
sobre sí. No daba ni admitía bromas, ni tenía el temperamento abierto y jaranero que suele caracterizar a los
sacerdotes que gustan del trato social. Si era intrigante,
debía de serlo de un modo distinto de lo que suele verse
en el mundo[2]. Discreto y afable, humilde, grave y
silencioso cuando se hallaba en sociedad, procurando
borrar y confundir su personalidad entre las demás,
adquiría relieve cuando subía a la cátedra del Espíritu
Santo, lo que hacía a menudo. Allí se expresaba con
desenfado y verbosidad sorprendentes. No lograba conmover al auditorio ni lo pretendía, pero demostraba un
talento claro y una ilustración poco común, en su clase.
Porque era de los poquísimos sacerdotes que estaban al
tanto de la ciencia moderna, o al menos semejaba
estarlo. En vez de las pláticas morales que se usan y de
las huecas y disparatadas declamaciones de sus colegas
contra la ciencia y la razón, los sermones de nuestro

[2] Palacio Valdés comienza la presentación del padre Ortega, señalando "lo que no es"; es decir, a partir de un clisé clásico vigente en el
mundo de las clases medias. Es distinto este personaje del sacerdote
"avariento y codicioso", o "altivo y soberbio", más preocupado por
lograr el poder y la influencia social que por cumplir su misión pastoral,
arquetipo que es frecuente encontrar en la novela de la época. *Vid.*
J. Becarud, *La Regenta de Clarín y la Restauración*. Madrid, Taurus,
1969. F. Gutiérrez, *El problema religioso en la generación de 1868*.
Madrid, Taurus, 1973. S. Miranda, *Pluma y altar en el siglo XIX. De
Galdós al cura Santa Cruz*. Madrid, Pegaso, 1983.

escolapio trascendían fuertemente a lecturas modernísimas: en todos ellos procuraba demostrar directa o indirectamente que no existe incompatibilidad entre los adelantos de la ciencia y el dogma. Hablaba de la evolución, del transformismo, de la lucha por la existencia, citaba a Hegel alguna vez, traía a cuento la teoría de Malthus sobre la población, el antagonismo del trabajo y el capital. De todo procuraba sacar partido en defensa de la doctrina católica. Para rechazar los nuevos ataques era necesario emplear nuevas armas. Hasta se confesaba, en principio, partidario de las teorías de Darwin, cosa que tenía sorprendidos e inquietos a algunos de sus timoratos amigos y penitentes, pero esto mismo contribuía a infundirles más respeto y admiración [3]. Cuando hablaba para las señoras solamente, prescindía de toda erudición que pudiera parecerles enfadosa; adoptaba un lenguaje mundano. Les hablaba de sus tertulias, de sus saraos, de sus trajes y caprichos, como quien los conoce perfectamente; sacaba comparaciones y argumentos de la vida de sociedad, y esto encantaba a las damas y las postraba a sus pies. Era el confesor de muchas de las principales familias de la capital. En este ministerio demostraba una prudencia y un tacto exquisitos. A cada persona la trataba según sus antecedentes, posición y temperamento. Cuando tropezaba con una devota es-

[3] A la altura de 1890, la sociedad española vive el problema de la compatibilidad ciencia-fe. El propio Palacio Valdés, en los umbrales de su crisis espiritual de los años noventa, está vitalmente interesado en el tema. No sorprende, pues, que eche mano de un personaje culto que trata de familiarizar a sus feligreses con las nuevas corrientes de pensamiento. Obsérvese, incluso, que el padre Ortega aparece como el hombre más culto de la reunión. Por otra parte, resulta indicativo que sea un escolapio en vez de un jesuita el personaje elegido. Con ello don Armando parece más atento a la realidad que otros novelistas de la época, ya que si bien la orden ignaciana había sido desde antiguo un "islote de ilustración en un mar de ignorancia", las difíciles circunstancias por las que había atravesado aquélla durante el siglo XIX no le había permitido recuperar la sintonía intelectual con el horizonte cultural del momento. A pesar de ello, la opinión conservadora seguía considerando a esta orden como el *summum* del saber dentro del conjunto eclesiástico. Por ello, tal vez haya que destacar también la elección valdesiana.

crupulosa, viva y ardiente como la marquesa de Alcudia, el buen escolapio apretaba de firme las clavijas, se
mostraba exigente, tiránico, entraba en los últimos pormenores de la vida doméstica y los reglamentaba. En
casa de Alcudia no se daba un paso sin su anuencia. Y
en estos sitios, como si se gozase en mostrar su poder,
adoptaba un continente grave y severo que en otras
partes no se le conocía. Cuando daba con alguna familia
despreocupada, con poca afición a la iglesia, ensancha-
ba la manga, se hacía benigno y tolerante, procurando
nada más que guardasen las formas y no diesen mal
ejemplo a los otros. Hacía cuanto le era posible por
afianzar esa alianza dichosa establecida de poco tiempo
a esta parte entre la religión y el "buen tono" en nuestro
país[4]. Cada día sacaba una moda que a ello contribuye-
se, traducidas unas del francés, otras nacidas en su
propio cerebro. En la capilla u oratorio de alguna
familia ilustre reunía ciertos días del año por la tarde a
las damas conocidas. Eran unas agradabilísimas *mati-
nées,* donde se oraba, tocaba el órgano expresivo la más
hábil pianista, decía el padre una plática familiar, departía después amigablemente con las señoras acerca de
asuntos religiosos, se confesaba la que quería, y por
último, pasaban al comedor, donde se tomaba té, cambiando de conversación. Cuando fallecía alguna persona
de estas familias, el padre Ortega se hacía poner en las
papeletas de defunción como director espiritual, rogan-
do que la encomendasen a Dios. Luego repartía entre
todos los amigos unos papelitos impresos o memorias
con oraciones, donde se pedía al Supremo Hacedor con
palabras encarecidas y melosas que por tal o cual mérito
que resplandeció en su sagrada pasión perdonase al

---

[4] Es sabido que, tras la caída del Antiguo Régimen, la Iglesia trata de
hacerse indispensable a la nueva sociedad burguesa aun a costa de ciertas transigencias. El tema, apuntado sagazmente por García de Cortázar
—vid. "La iglesia española y la nueva sociedad burguesa de la Restauración (1876-1923)", en *Revista de Fomento Social,* núm. 126, pp. 165-
175—, encuentra una plasticidad insuperable en estas líneas. Cfr. espec.
caps. X, XII de la presente novela.

conde de T*** o a la baronesa de M*** el pecado de soberbia o de avaricia, etc. Generalmente no era aquel en que más había sobresalido el difunto, lo cual hacía el padre con buen acuerdo para evitar el escándalo y una pena a la familia. También se encargaba de gestionar la adquisición del mayor número posible de indulgencias, la bendición papal *in articulo mortis,* las preces de algún convento de monjas, etc. Siendo su amigo y penitente se podía tener la seguridad de no ir al otro mundo desprovisto de buenas recomendaciones. Lo que no sabemos es el caso que Dios hacía de ellas, si escribía encima de las memorias con lápiz azul, como los ministros, "hágase", o si preguntaba al padre Ortega, como la señora del cuento: "¿Y a usted quién le presenta?" [5]

Cuando hubo cambiado algunas palabras corteses con casi todos los tertulios, haciendo a cada cual la reverencia que dada su posición le correspondía, la marquesa de Alcudia le tomó por su cuenta, y llevándole a uno de los ángulos del salón y sentados en dos butaquitas, comenzó a hablarle en voz baja como si estuviese confesando. El clérigo, con el codo apoyado en el brazo del sillón, cogiendo con la mano su barba rasurada, los ojos bajos en actitud humilde, la escuchaba. De vez en cuando profería también alguna palabra en voz de falsete, que la marquesa escuchaba con profundo respeto y sumisión, lo cual no impedía que al instante volviese a la carga gesticulando con viveza, aunque sin alzar la voz.

Había entrado poco después que el padre un joven gordo, muy gordo, rubio, con patillitas que le llegaban

---

[5] Estamos, seguramente, en presencia del origen de los recordatorios: estampas que reproducen por lo general motivos religiosos del arte barroco y en cuyo reverso se imprimía el nombre del difunto y de los familiares, así como una serie de oraciones y jaculatorias cuya repetición suponía el logro de unas indulgencias para el fallecido. Estos recordatorios han sido hasta fechas muy recientes uno de los componentes del rito de la muerte, de manera análoga a la que todavía constituyen las estampas de primera comunión. Por lo demás, conviene anotar, el distanciamiento y la ironía de Palacio Valdés frente a esta actitud de la elite que trata de conservar sus privilegios hasta más allá de la muerte.

poco más abajo de la oreja, mucha carne en los ojos y fresco y sonrosado color en las mejillas. La ropa le estallaba. Su voz era levemente ronca y la emitía con fatiga. Al entrar nublóse la descolorida faz de Ramoncito Maldonado. El recién llegado era hijo de los condes de Casa-Ramírez y uno de los pretendientes a la mano de la primogénita de Calderón. Jacobo Ramírez o Cobo Ramírez, como se le llamaba en sociedad, pasaba por chistoso por el mismo motivo que Pepa Frías, aunque con menos razón. Caracterizábale una libertad grosera en el hablar, un desprecio cínico hacia las personas, aun las más respetables, y una ignorancia que rayaba en lo inverosímil. Sus chistes eran de lo más burdo y soez que es posible tolerar entre personas decentes. Alguna vez daba en el clavo, esto es, tenía alguna ocurrencia feliz; mas, por regla general, sus chuscadas eran pura y lisamente desvergüenzas.

La tertulia, no obstante, se regocijó con su entrada. Una sonrisa feliz se esparció por todos los rostros, menos el de Ramoncito.

—Oiga usted, Calderón —entró diciendo, sin saludar—. ¿Cómo se arregla usted para tener siempre criados tan guapos?... A uno de ellos, el de la entrada, con la poca luz que había y la voz de mezzosoprano que me gasta, le he confundido con una muchacha.

—¡Hombre, no! —exclamó riendo el banquero.

—¡Hombre, sí! A mí no me importa nada que usted traiga todos los Romeos que guste... ¿Viene por aquí su amigo Pinazo?

Los que entendieron adónde iba a parar, que eran casi todos, soltaron la carcajada[6].

—¡No viene! ¡no viene! —dijo Calderón casi ahogado por la risa.

---

[6] El horizonte mental y el talante que Palacio Valdés atribuye a este joven de la nobleza, puede ser indicativo de la realidad observada y de la posición del autor ante las nuevas generaciones de la aristocracia. La imagen que transmite a los lectores —en buena parte pertenecientes a las clases medias todavía seducidas por los prestigios estamentales—, no puede ser más negativa y desmitificadora de la vieja mentalidad.

—¿De qué se ríen? —preguntó Pacita por lo bajo a Esperanza.

—No sé —respondió ésta con acento de sinceridad, encogiéndose de hombros.

—De seguro Cobo ha dicho una barbaridad. Se lo preguntaré después a Julia que no dejará de haberla cogido.

Volvieron ambas la vista hacia la mayor de Alcudia y la vieron inmóvil, rígida, con los ojos bajos como siempre. En el ángulo de sus labios, sin embargo, vagaba una leve sonrisa maliciosa que mostraba que no sin razón la hermanita fiaba en sus profundos conocimientos.

—Hola, Ramoncillo —dijo acercándose a Maldonado y dándole una palmada en la mejilla con familiaridad—. Siempre tan guapote y tan seductor.

Estas palabras fueron dichas en tono entre afectuoso e irónico, que le sentó muy mal al joven.

—No tanto como tú..., pero en fin, vamos tirando —respondió Ramoncito.

—No, no, tú eres más guapo... Y si no que lo digan estas niñas... Un poco flacucho estás, sobre todo desde hace una temporada, pero ya doblarás en cuanto se te pase eso.

—No tiene que pasarme nada... Ya sé que nunca podré ser de tantas libras como tú —replicó más picado.

—Pues tienes más hierbas.

—Allá nos vamos, chico; no vengas echándote de *fanciullo* [7], porque es muy cursi, sobre todo delante de estas niñas.

—¡Pero hombre, que siempre han de estar ustedes riñendo! —exclamó Pepa Frías—. Acaben ustedes pronto por batirse, ya que los dos no caben en el mundo.

—Donde no caben los dos —le dijo por lo bajo Pinedo— es en casa de Calderón.

—Nada de eso —manifestó Cobo en tono ligero y

---

[7] *Fanciullo:* término italiano que significa 'muchacho gracioso'.

alegre—. Los amigos más reñidos son los mejores amigos. ¿Verdad, barbián?

Al mismo tiempo tomó la cabeza de Ramoncito con ambas manos y se la sacudió cariñosamente. Éste le rechazó de mal humor.

—Quita, quita, no seas sobón.

Cobo y Maldonado eran íntimos amigos. Se conocían desde la infancia. Habían estado juntos en el colegio de San Antón [8]. Luego en la sociedad siguieron manteniendo relaciones estrechas, principalmente en el *Club de los Salvajes,* adonde ambos acudían asiduamente. Como ambos ejercían la misma profesión, la de pasear a pie, en coche y a caballo; como ambos frecuentaban las mismas casas y se encontraban todos los días en todas partes, la confianza era ilimitada. Siempre había habido entre ellos, sin embargo, una graciosa hostilidad, pues Cobo despreciaba a Ramoncito, y éste, que lo adivinaba, manteníase constantemente en guardia. Esta hostilidad no excluía el afecto. Se decían mil insolencias, disputaban horas enteras; pero en seguida salían juntos en coche como si no hubiera pasado nada, y se citaban para la hora del teatro. Maldonado tomaba las cosas de Cobo en serio. Éste se gozaba en llevarle la contraria en cuanto decía, hasta que conseguía irritarlo, ponerlo fuera de sí. Mas el afecto desapareció en cuanto ambos pusieron los ojos en la chica de Calderón. No quedó más que hostilidad. Sus relaciones parecía que eran las mismas; reuníanse en el club diariamente, paseaban a menudo juntos, iban a cazar al Pardo como antes. En el fondo, sin embargo, se aborrecían ya cordialmente. Por detrás decían perrerías el uno del otro; Cobo con más gracia, por supuesto, que Ramoncito, porque le tenía, fundada o infundadamente, un desprecio verdadero.

[8] Colegio regentado por los padres escolapios, situado en la calle de Hortaleza, número 69. Según Madoz, el centro gozaba de buenas instalaciones, impartía una enseñanza moderna y contaba entre su alumnado a numerosos personajes de la clase dirigente. *Vid.* P. Madoz, *op. cit.,* p. 289.

—Vamos, les pasa a ustedes lo que a mi hija y su marido... —dijo la de Frías.

—¡No tanto! ¡no tanto, Pepa! —interrumpió Ramírez afectando susto.

—¡Pero qué sinvergüenza es usted, hombre! —exclamó aquélla tratando de contener la risa, que no cuadraba a su mal humor característico—. Se parecen ustedes en que siempre están regañando y haciendo las paces.

Y se puso a describir con bastante gracia la vida matrimonial de su hija. Lo mismo ella que el marido eran un par de chiquillos mimosos, insoportables. Sobre si no la había pasado el plato a tiempo o no la había echado agua en la copa, sobre los botones de la camisa, o si no cepillaron la ropa, o tenía la ensalada demasiado aceite, armaban caramillos monstruosos. Los dos eran igualmente susceptibles y quisquillosos. A veces se pasaban seis u ocho días sin hablarse. Para entenderse en los menesteres de la vida se escribían cartitas y en ellas se trataban de usted—. "Asunción me ha pasado un recado diciéndome que vendrá a las ocho para llevarme al teatro, ¿Tiene usted inconveniente en que vaya?" —escribía ella dejándole la carta sobre la mesa del despacho—. "Puede usted ir adonde guste" —respondía él por el mismo procedimiento—. "¿Qué plato quiere usted para mañana? ¿Le gusta a usted la lengua en escarlata?" —"Demasiado sabe usted que no como lengua. Hágame el favor de decir a la cocinera que traiga algún pescado, pero no boquerones como el otro día, y que no fría tanto las tortillas". Ninguno de los dos quería humillarse al otro. Así que, esta tirantez se prolongaba ridículamente, hasta que ella, Pepa, los agarraba por las orejas, les decía cuatro frescas y les obligaba a darse la mano. Luego, en las reconciliaciones, eran extremosos.

—¿Sabe usted, Pepa, que no quisiera estar yo allí en el momento de la reconciliación? —dijo Cobo haciendo alarde nuevamente de su malignidad brutal.

—Tampoco yo, hijo —respondió, dando un suspiro de resignación que hizo reír—. Pero ¡qué quiere usted!

Soy suegra, que es lo último que se puede ser en este mundo, y tengo esa penitencia y otras muchas que usted no sabe.

—Me las figuro.

—No se las puede usted figurar.

—Pues, querida, a mí me gustaría muchísimo ver a mis hijos reconciliados. No hay cosa más fea que un matrimonio reñido —dijo la bendita de Mariana con su palabra lenta, arrastrada, de mujer linfática.

—También a mí... pero después que pasa la reconciliación —respondió Pepa, cambiando miradas risueñas con Cobo Ramírez y Pinedo.

—¡De qué buena gana me reconciliaría yo con usted, Mariana, del mismo modo que esos chicos! —dijo en voz muy baja el almibarado general Patiño, aprovechando el momento en que la esposa de Calderón se inclinó para hurgar el fuego con un hierro niquelado. Al mismo tiempo, como tratase de quitárselo para que ella no se molestase, sus dedos se rozaron, y aun puede decirse, sin faltar a la verdad, que los del general oprimieron suave y rápidamente los de la dama.

—¡Reconciliarse! —dijo ésta en voz natural—. Para eso es necesario antes estar enfadados y, a Dios gracias, nosotros no lo estamos.

El viejo tenorio no se atrevió a replicar. Rió forzosamente, dirigiendo una mirada inquieta a Calderón. Si insistía, aquella pánfila era capaz de repetir en voz alta la atrevida frase que acababa de decirle.

—Por supuesto —siguió Pepa— que yo me meto lo menos posible en sus reyertas. No voy apenas por su casa. ¡Uf! ¡Me crispa el hacer el papel de suegra!

—Pues yo, Pepa, quisiera que fuese usted mi suegra —dijo Cobo, mirándola a los ojos codiciosamente.

—Bueno, se lo diré a mi hija, para que se lo agradezca.

—¡No, si no es por su hija!... Es porque... me gustaría que usted se metiese en mis cosas.

—¡Bah, bah! déjese usted de músicas —replicó la de Frías medio enojada.

Un amago de sonrisa que plegaba sus labios pregonaba, no obstante, que la frase la había lisonjeado.

Ramoncito volvió a sacar la conversación del teatro Real, la liebre que sale y se corre en todas las tertulias distinguidas de la corte. La ópera, para los abonados, no es un pasatiempo, sino una institución. No es el amor de la música, sin embargo, lo que engendra esta constante preocupación, sino el de no tener otra cosa mejor en qué ocuparse. Para Ramoncito Maldonado, para la esposa de Calderón y para otros muchos, los seres humanos se dividen en dos grandes especies: los abonados al teatro Real y los no abonados. Los primeros son los únicos que expresan realmente de un modo perfecto la esencia de la humanidad. Gayarre y la Tosti fueron puestos otra vez a discusión [9]. Los que habían llegado últimamente dieron su opinión, tanto sobre el mérito como sobre la disposición física de los dos cantantes.

Ramoncito se puso a contar en voz baja a Esperanza y a Paz que la noche anterior había sido presentado a la Tosti en su *camerino*. "Una mujer muy amable, muy fina. Le había recibido con una gracia y una amabilidad sorprendentes. Ya había oído hablar mucho de él, de Ramoncito, y tenía deseos vivos de concerle personalmente. Cuando supo que era concejal, quedó asombrada por lo joven que había llegado a ese puesto. ¡Ya ven ustedes que tontería! Por lo visto, en otros países se acostumbra a elegir sólo a los viejos. De cerca era aún mejor que de lejos. Un cutis que parece raso; una dentadura preciosa: luego una arrogante figura; el pecho levantado y ¡unos brazos!..."

La vanidad hacía a Ramoncito no sólo torpe, porque es regla bien sabida que cuando se galantea a una mujer no debe alabarse con demasiado calor a otra, sino un

---

[9] Gayarre —Julián Gayarre, 1843-1890— fue un célebre cantante de renombre internacional; figura imprescindible y obligada en todas las temporadas de ópera de las grandes capitales europeas: Londres, Viena, Petersburgo, Madrid, Barcelona... En torno a su persona hubo una fuerte polémica que dividía al público entre *gayarristas* y *masianistas*.

tantico atrevido dirigiéndose a niñas. Éstas se miraban sonrientes, brillándoles los ojos con fuego malicioso y burlón que el joven concejal no observaba.

—Y diga usted Ramón, ¿no se ha declarado usted a ella? —le preguntó Pacita.

—Todavía no —respondió haciéndose cargo ya de la intención burlona de la pregunta.

—Pero se declarará.

—Tampoco. Estoy ya enamorado de otra mujer.

Al mismo tiempo dirigió una mirada lánguida a Esperanza. Ésta se puso repentinamente seria.

—¿De veras? Cuente usted... cuente usted.

—Es un secreto.

—Bien, pero nosotras lo guardaremos... ¿Verdad Esperanza que tú no dirás nada?

Y la escuálida chiquilla miraba maliciosamente a su amiga gozándose en su mal humor y en la inquietud de Ramoncito.

—Yo no tengo gana de saber nada.

—Ya lo oye usted, Ramón. Esperanza no tiene gana de oír hablar de sus novias. Yo bien sé por qué es, pero no lo digo...

—¡Qué tonta eres, chica! —exclamó aquélla con verdadero enojo.

El joven concejal quedó lisonjeado por tal advertencia que venía de una amiga íntima. Creyó, sin embargo, que debía cambiar la conversación a fin de no echar a perder su pretensión, pues veía a Esperanza seria y ceñuda.

—Pues no crean ustedes que es tan difícil declararse a la Tosti y que ella responda que sí... Y si no... ahí tienen ustedes a Pepe Castro, que puede dar fe de lo que digo.

—Es que Pepe Castro no es usted —manifestó la niña de Calderón con marcada displicencia.

Maldonado cayó de la región celeste donde se mecía. Aquella frase punzante dicha en tono despreciativo le llegó al alma. Porque cabalmente la superioridad de Pepe Castro era una de las pocas verdades que se imponían a su espíritu de modo incontrastable. Pudiera ofrecer reparos a la de Homero, pero a la de Pepito, no. La seguridad de no poder llegar jamás, por mucho que le imitase, al grado excelso de elegancia, despreocupación, valor desdeñoso y hastío de todo lo creado, que caracterizaba a su admirado amigo, le humillaba, le hacía desgraciado. Esperanza había puesto el dedo en la llaga que minaba su preciosa existencia. No pudo contestar; tal fue su emoción.

Clementina estaba triste, inquieta. Desde que había entrado en casa de su cuñada, buscaba pretexto para irse. Pero no lo hallaba. Era forzoso resignarse a dejar transcurrir un rato. Los minutos le parecían siglos. Había charlado unos momentos con la marquesa de Alcudia, mas ésta la había dejado en cuanto entró el padre Ortega. Su cuñada estaba secuestrada por el general Patiño, que le explicaba minuciosamente el modo de criar a los ruiseñores en jaula. Las dos chicas de Alcudia que tenía al lado parecían de cera, rígidas, tiesas, contestando por monosílabos a las pocas preguntas que las dirigió. Una sorda irritación se iba apoderando poco a poco de ella. Dado su temperamento, no se hubieran pasado muchos minutos en echar a rodar todos los miramientos y largarse bruscamente. Mas al oír el nombre de Pepe Castro levantó la cabeza vivamente y se puso a escuchar con ávida atención. La reticencia de Ramoncito la puso súbito pálida. Se repuso no obstante en seguida, y, entrando en la conversación con amable sonrisa, dijo:

—Vaya, vaya, Ramón; no sea usted mala lengua... ¡Pobres mujeres en boca de ustedes!

—No se habla mal sino de la que lo merece, Clementina —respondió éste animado por el cable que impensadamente recibía.

—De todas hablan ustedes. Me parece que su amiguito Pepe Castro no es de los que se muerden la lengua para echar por el suelo una honra.

—Clementina, hasta ahora no le he cogido tras de ninguna mentira. Todo Madrid sabe que es hombre de mucha suerte con las mujeres.

—¡No sé por qué! —replicó con un mohín de desdén la dama.

—Yo no soy inteligente en la hermosura de los hombres —manifestó el joven riendo su frase—, pero todos dicen que Pepito es guapo.

—¡Ps!... Será según el gusto de cada cual... y que me dispense Pacita, que es. su pariente. Yo formo parte de esos *todos* y no lo digo.

—La verdad es —apuntó Esperancita tímidamente— que Pepito no pasa por feo... Luego, es muy elegante y distinguido, ¿verdad tú?

Y se dirigió a Pacita, poniéndose al mismo tiempo levemente colorada.

Clementina le dirigió una mirada penetrante que concluyó de ruborizarla.

—¿De qué se habla? —preguntó Cobo Ramírez acercándose al corro.

Casi nunca se sentaba en las tertulias. Le placía andar de grupo en grupo, resollando como un buey, soltando alguna frase atrevida en cada uno. La faz de Ramoncito se nubló al aproximarse su rival. Éste no dejó de notarlo y le dirigió una mirada burlona.

—Vamos, Ramoncillo, di; ¿cómo te arreglas para tener tan animadas a las damas? Me acaba de decir Pepa que vas echando ingenio.

—No, hombre; ¿cómo voy a echarlo si lo tienes tú todo? —profirió con irritación el concejal.

—Vaya, chico, si es que te azaras porque yo me acerco, me voy.

Una sonrisa irónica, amarga y triunfal al mismo tiempo, dilató el rostro anguloso de Ramoncito. Había cogido a su enemigo en la trampa. Ha de saberse que pocos días antes averiguó casualmente, por medio de un académico de la lengua, que no se decía *azararse,* sino *azorarse.*

—Querido Cobo —dijo echándose hacia atrás con la silla y mirándole con fijeza burlona—. Antes de hablar entre personas ilustradas, creo que debieras aprender el castellano... Digo... me parece...

—¿Pues? —preguntó el otro sorprendido.

—No se dice azarar, sino *azorar,* queridísimo Cobo. Te lo participo para tu satisfacción y efectos consiguientes.

La actitud de Ramoncito al pronunciar estas palabras era tan arrogante, su sonrisa tan impertinente, que Cobo, desconcertado por un momento, preguntó con furia:

—¿Y por qué se dice azorar y no azarar?

—¡Porque sí!... ¡Porque lo digo yo!... ¡Eso!... —respondió el otro sin dejar de sonreír cada vez con mayor ironía y echando una mirada de triunfo a Esperanza.

Se entabló una disputa animada, violenta, entre ambos. Cobo se mantuvo en sus trece sosteniendo con brío que no había tal *azorar,* que a nadie se lo había oído en su vida y eso que estaba harto de hablar con personas ilustradas. El joven y perfumado concejal le respondía brevemente sin abandonar la sonrisilla impertinente, seguro de su triunfo. Cuanto más furioso se ponía Cobo, más se gozaba en humillarle delante de la niña por quien ambos suspiraban.

Pero la decoración cambió cuando Cobo irritadísimo, viéndose perdido, llamó en su auxilio al general Patiño.

—Vamos a ver, general, usted que es una de las eminencias del ejército, ¿cree que está bien dicho azorarse?

El general, lisonjeado por aquella oportuna dedada de miel, manifestó dirigiéndose a Maldonado en tono paternal:

—No, Ramoncito, no: está usted en un error. Jamás se ha dicho en España azorar.

El concejal dio un brinco en la silla. Abandonando súbito toda ironía, echando llamas por los ojos, se puso a gritar que no sabían lo que se decían, que parecía mentira que personas ilustradas, etc., etc... Que estaba seguro de hallarse en lo cierto y que inmediatamente se buscase un diccionario.

—El caso es, Ramoncito —dijo D. Julián rascándose la cabeza—, que el que había en casa hace ya tiempo que ha desaparecido. No sé quién se lo ha llevado...

Pero a mí me parece también, como al general, que se dice azarar... [10].

Aquel nuevo golpe afectó profundamente a Maldonado, que, pálido ya, tembloroso, lanzó con voz turbada un último grito de angustia.

—¡Azorar viene de *azor,* señores!

—¡Qué azor ni qué coliflor, hombre de Dios! —exclamó Cobo soltando una insolente carcajada—. Confiesa que has metido la patita y di que no lo volverás a hacer.

El despecho, la ira del joven concejal no tuvieron límites. Todavía luchó algunos momentos con palabras y ademanes descompuestos. Pero como se contestase a sus enérgicas protestas con risitas y sarcasmos, concluyó por adoptar una actitud digna y despreciativa, mascullando palabras cargadas de hiel, los labios trémulos, la mirada torva. De vez en cuando dejaba escapar por la nariz un leve bufido de indignación. Cobo estuvo implacable: aprovechó todas las ocasiones que se ofrecieron para dirigirle indirectamente una pullita envenenada que causaba el regocijo de las niñas y hacía sonreír discretamente a las personas graves. Nadie en el mundo padeció más hambre y sed de justicia que Ramoncito en aquella ocasión.

La llegada de un nuevo personaje puso fin o suspendió por lo menos su tormento. Anunció el criado al señor duque de Requena. La entrada de éste produjo en la tertulia un movimiento que indicaba bien claramente su importancia. Calderón salió a recibirle dándole las dos manos con efusión. Los hombres se levantaron apresuradamente y se apartaron de los asientos para salir a su encuentro sonrientes, expresando en su actitud

[10] La falta de un Diccionario de la Lengua en una casa de la burguesía no parece un dato traído ingenuamente por el autor, más bien puede ser indicativo de su deseo de poner de manifiesto la falta de cultura entre la gran burguesía madrileña. El tema poco explorado todavía, cuenta con una excelente aportación para el conocimiento de la época isabelina. *Vid.* J. Martínez Martín, *Lecturas y lectores en la España isabelina (1833-1868).* Universidad Complutense. Col. Tesis Doctorales, 1986, 2 vols.

la veneración que les inspiraba. Las damas volvieron también sus rostros hacia él con curiosidad y respeto, y Pepa Frías se levantó para saludarle. Hasta el padre Ortega abandonó a su marquesa y se adelantó inclinado, sumiso, dirigiéndole un saludo almibarado, sonriéndole con sus ojos claros al través de los fuertes cristales de miope que gastaba. Por algunos instantes apenas se oyó en la estancia mas que "querido duque", "señor duque". "¡Oh, duque!"

El objeto de tanta atención y acatamiento era un hombre bajo, gordo, la faz amoratada, los ojos saltones y oblicuos, el cabello blanco, y el bigote entrecano, duro y erizado como las púas de un puercoespín. Los labios gruesos y sinuosos y manchados por el zumo del cigarro puro que traía apagado y mordía paseándolo de un ángulo a otro de la boca sin cesar. Podría tener unos sesenta años, más bien más que menos. Venía envuelto en un magnífico gabán de pieles que no había querido quitarse a la entrada por hallarse acatarrado. Mas al poner los pies en el saloncito de Calderón, sintióse malamente impresionado por el calor que allí hacía. Sin contestar apenas a los saludos y sonrisas que a porfía le dirigían, murmuró en tono brutal, con la voz gruesa y ronca a la vez que caracteriza a los hombres de cuello corto [11]:

—¡Puf! ¡Esto echa bombas!...

Y lo acompañó de una interjección valenciana que principia por f. Al mismo tiempo hizo ademán de despojarse del abrigo. Veinte manos cayeron sobre él para ayudarle y esto retrasó un poco la operación.

Representóse en la tertulia de Calderón la escena de los israelitas en el desierto que más se ha repetido en el mundo, la adoración del becerro de oro. El recién

[11] La presentación del duque de Requena responde a una técnica naturalista: objetividad y minuciosidad descriptiva junto a imágenes de carácter sensorial; además hay que anotar un cierto determinismo de influencia posiblemente lombrosiana: la estampa física del duque se corresponde, y en cierta manera explica, el carácter moral del personaje que el lector irá descubriendo a lo largo de la obra.

llegado era nada menos que D. Antonio Salabert, duque
de Requena, el célebre Salabert rico entre los ricos de
España, uno de los colosos de la banca y el más
afamado, sin disputa, por el número y la importancia de
sus negocios. Había nacido en Valencia. Nadie conocía
a su familia. Decían unos que había sido granuja del
mercadal, otros que empezó de lacayo de un banquero y
luego fue cobrador de letras y zurupeto, otros que había
sido soldado de Cabrera en la primera guerra civil, y
que el origen de su fortuna estuvo en una maleta llena
de onzas de oro que robó a un viajero. Algunos llegaban
hasta a filiarle en una de las célebres partidas de
bandoleros que infestaron a España poco después de la
guerra. Pero él explicaba del modo más sencillo y
gráfico la procedencia de su fortuna, que no bajaba de
cien millones de pesetas [12]. Cuando se enfadaba con los
empleados de su casa, lo cual sucedía a menudo, y
notaba que se ofendían con sus palabrotas injuriosas,
solía decirles gritando como un energúmeno:

—¿Sabéis, f..., cómo he llegado yo a tener dinero?...
Pues recibiendo muchas patadas en el trasero. Sólo a
fuerza de puntapiés se logra subir arriba. ¿Estamos?

Hay que confesar que este dato adolece de ser un
poco vago; pero la perfecta autenticidad de que se halla
revestido, le da un valor inapreciable. Tomándolo como
base de la investigación, acaso se puede llegar a definir
el carácter y a historiar la vida y las empresas del
opulento banquero.

—Hola, chiquita —dijo avanzando hasta Clementina
y tomándole la barba como se hace con los niños—.
¿Estás aquí? No he visto tu coche abajo.

—He salido a pie, papá.

—Es un milagro. Si quieres, puedes llevarte el mío.

[12] La llegada del duque de Requena —"célebre (...) rico entre los
ricos de España"— paraliza la reunión. El poder del dinero se impone.
Hasta el clero aparece deslumbrado. Y es que, seguramente, en el seno
de una sociedad que ya puede llamarse burguesa, son compatibles las
consideraciones que la clase dirigente guarda hacia los viejos estamentos
con la fuerte seducción que ejerce sobre ellos el poder del dinero.

—No; tengo deseos de caminar. Estoy estos días muy pesada.

El duque de Requena había prescindido de todos los presentes y hablaba a su hija con toda la afabilidad de que era susceptible. La veía pocas veces. Clementina era su hija natural, habida allá en Valencia, cuando joven, de una mujer de la ínfima clase social, como él lo era al parecer. Luego se había casado en Madrid, ya en camino de ser rico, con una joven de la clase media, de la cual no tuvo familia. Esta señora, extremadamente delicada de salud desde su matrimonio, había cedido o, por mejor decir, había ella misma propuesto que la hija de su marido viniese a habitar la misma casa. Clementina se educó, pues, aquí y fue amada de la esposa de su padre como una verdadera hija[13]. Ella la quiso y la respetó también como a una madre. Después que se casó solía visitarla a menudo; pero como su padre estaba siempre muy ocupado, no entraba en sus habitaciones, y desde las de su madre (así la llamaba) se iba a la calle. Sólo en los días de banquete o recepción, o cuando casualmente le tropezaba en las casas o en la calle departía un rato con él.

Después de preguntarle por su marido y por sus hijos, el duque se puso a hablar, sin sentarse, con Calderón y Pepa Frías. Un hombre rudo y campechanote en la apariencia: sonreía pocas veces: cuando lo hacía era de modo tan leve que aun podía dudarse de ello. Acostumbraba a llamar las cosas por su nombre y a dirigirse a las personas sin fórmulas de cortesía, diciéndoles en la cara cosas que pudieran pasar por groserías: no lo eran porque sabía darles un tinte entre rudo y afectuoso que les quitaba el aguijón. No era muy locuaz. Generalmente se mantenía silencioso mordiendo su cigarro y examinando al interlocutor con sus ojos oblicuos, impenetrables. Mostraba al hablar una inocencia falsa y socarrona

---

[13] A diferencia del clima que rodea la presentación del duque de Requena, obsérvese la atmósfera de simpatía creada en torno a la figura de su esposa, mujer procedente de las clases medias, que se mantendrá fiel a lo largo del relato, a los *mores* de su grupo social de procedencia.

que no le hacía antipático. Detrás se veía siempre al
antiguo granuja del mercadal de Valencia, diestro, burlón, receloso y marrullero.

Pepa Frías le habló de negocios. La viuda era incan-
sable en esta conversación. Quería enterarse de todo,
temiendo ser engañada, ávida siempre de ganancias y
temblando con terror cómico ante la perspectiva de la
baja de sus fondos. Se hacía repetir hasta la saciedad los
pormenores. "¿Soltaría las acciones del Banco y compraría *Cubas*? ¿Qué pensaba hacer el Gobierno con el
amortizable? Había oído rumores. ¿Se haría en alza la
próxima liquidación? ¿No sería mejor liquidar en el
momento con treinta céntimos de ganancia que aguardar a fin de mes?"

Para ella las palabras de Salabert eran las del oráculo
de Delfos. La fama inmensa del banquero la tenía
fascinada. Por desgracia, el duque, como todos los
oráculos antiguos y modernos, se expresaba siempre que
se le consultaba, de un modo ambiguo. Respondía a
menudo con gruñidos que nadie sabía si eran de afirmación, de negación o de duda. Las frases que de vez en
cuando se escapaban de su boca entre el cigarro y los
labios húmedos y sucios eran oscuras, cortadas, ininteligibles en muchos casos. Además, todo el mundo sabía
que no era posible fiarse de él, que se gozaba en
despistar a sus amigos y hacerles caer de bruces en un
mal negocio. Sin embargo, Pepa insistía aspirando a
arrancar de aquel cerebro luminoso el secreto de la
mina: bromeaba tomándole de las solapas de la levita,
llamándole viejo, cazurro, zorro, haciendo gala de una
desvergüenza que en ella había llegado a ser coquetería.
El banquero no daba fuego. Le seguía el humor respondiendo con gruñidos y con tal cual frase escabrosa que
hacía reír a Calderón, aunque no tenía muchas ganas de
hacerlo viéndole echar sin miramiento alguno tremen-
dos escupitajos en la alfombra. Porque el duque con el
picor del tabaco salivaba bastante y no acostumbraba a
reparar dónde lo hacía, a no ser en su casa donde
cuidaba de ponerse al lado de la escupidera. Calderón

estaba inquieto, violento, lo mismo que si se los echase
en la cara. A la tercera vez, no pudiendo contenerse, fue
él mismo a buscar la escupidera para ponérsela al lado.
Salabert le dirigió una mirada burlona y le hizo un
guiño a Pepa. Ya tranquilo Calderón se mostró locuaz y
pretendió sustituirse al duque dando consejos a Pepa
sobre los fondos[14]. Pero aunque hombre prudente y
experto en los negocios, la viuda no se los apreciaba ni
aun quería oírlos. Al fin y al cabo, entre él y Salabert
existía enorme distancia: el uno era un negociante vulgar, el otro un genio de la banca. Sin embargo, éste
asentía con sonidos inarticulados a las indicaciones
bursátiles del dueño de la casa. Pepa no se fiaba.

Salabert se apartó un poco del grupo y se dejó caer
sobre el brazo de un sillón adoptando una postura
grosera, para lo cual sólo él tenía derecho. En vez de ser
mal vistos aquellos modales libres y rudos, contribuían
no poco a su prestigio y al respeto idolátrico que en
sociedad se le tributaba. Lejos nuevamente de la escupidera volvió a salivar sobre la alfombra con cierto goce
malicioso, que a pesar de su máscara indiferente y
bonachona se le traslucía en la cara. Calderón tornó
igualmente a nublarse y fruncirse hasta que, resolvién-
dose a saltar por encima de ciertos miramientos sociales,
le acercó otra vez la escupidera sin tanto valor como
antes, pues lo hizo con el pie. Pepa sentóse en el otro
brazo y siguió haciendo carocas al duque. Éste comen-

[14] La ironía de Palacio Valdés —mezcla de burla y piedad— al
referirse a este personaje hace sonreír al lector. Nótese la utilización del
contraste —por una parte la situación socioeconómica de Calderón, y
por otra sus sórdidas preocupaciones— y nótese también el humor con
que está narrado el episodio. Algunos críticos afirman que el humor
valdesiano se debe a una influencia cruzada del humor inglés y alemán;
otros, como Baquero Goyanes creen que predomina el ingrediente
británico; otros en fin, como Altamira, juzgan que la sátira de don
Armando es genuinamente española. Puede ser que cada uno tenga su
parte de razón; de todas maneras conviene tener presente la influencia
de Cervantes, tan citado por Palacio Valdés, si bien, es evidente, que las
notas valdesianas difieren notablemente del tono cervantino, menos
aparente y más profundo que el que atraviesa las páginas del novelista
asturiano.

zaba a fijar más la atención en ella. Sus miradas frecuentes la envolvían de la cabeza a los pies, notándose que se detenían en el pecho, alto y provocador. Pepa era una mujer fresca, apetitosa. Al cabo de algunos minutos el banquero se inclinó hacia ella con poca delicadeza, y acercando el rostro a su cara, tanto que parecía que se la rozaba con los labios, le dijo en voz baja:

—¿Tiene usted muchas *Osunas*?

—Algunas, sí, señor.

—Véndalas usted a escape.

Pepa le miró a los ojos fijamente, y dándose por advertida, calló. Al cabo de unos momentos fue ella quien acercando su rostro al del banquero le preguntó discretamente:

—¿Qué compro?

—Amortizable —respondió el famoso millonario con igual reserva.

Entraban a la sazón un caballero y una dama, ambos jovencitos, menudos, sonrientes, y vivos en sus ademanes.

—Aquí están mis hijos —dijo Pepa.

Era un matrimonio grato de ver. Ambos bien parecidos, de fisonomía abierta y simpática, y tan jóvenes, que realmente parecían dos niños. Fueron saludando uno por uno a los tertulios. En todos los rostros se advertía el afecto protector que inspiraban.

—Aquí tienes a tu suegra, Emilio. ¡Qué encuentro tan desagradable! ¿verdad?... —dijo Pepa al joven.

—Suegra, no; mamá... mamá —respondió éste apretándole la mano cariñosamente.

—¡Dios te lo pague, hijo! —replicó la viuda dando un suspiro de cómico agradecimiento.

Volvió la tertulia a acomodarse. Los jóvenes casados sentáronse juntos al lado de Mariana. Clementina había dejado aquel sitio y charlaba con Maldonado: el nombre de Pepe Castro sonaba muchas veces en sus labios. Mientras tanto Cobo aprovechaba el tiempo, haciendo reír con sus desvergüenzas a Pacita; pero aunque intentaba que Esperanza acogiese los chistes con igual placer, no lo conseguía. La niña de Calderón, seria, distraída, parecía atender con disimulo a lo que Ramoncito y Clementina hablaban. Pinedo se había levantado y hacía la corte al duque. Y el general, viendo a su ídolo en conversación animada con los jóvenes casados, fatigado de que sus laberínticos requiebros no fuesen comprendidos, ni tampoco sus restregones poéticos, vino a hacer lo mismo. La marquesa y el sacerdote seguían cuchicheando vivamente allá en un rincón, ella cada vez más humilde e insinuante, sentada sobre el borde de la butaca, inclinando su cuerpo para meterle la voz por el oído; él más grave y más rígido por momentos, cerrando a grandes intervalos los ojos como si se hallase en el confesionario [15].

—¡Qué par de bebés, eh! —exclamó Pepa en voz alta dirigiéndose a Mariana—. ¿No es vergüenza que esos mocosos estén casados? ¡Cuánto mejor sería que estuviesen jugando al trompo!

Los chicos sonrieron mirándose con amor.

—Ya jugarán... en los momentos de ocio —manifestó Cobo Ramírez con retintín.

—¡Hombre, ca! —exclamó Pepa, volviéndose furiosa hacia él—. ¿Le han dado a usted cuenta ellos de sus juegos?

Aquél y Emilio cambiaron una mirada maliciosa. Irenita, la joven casada, se ruborizó.

—Te están haciendo vieja, Pepa. Acuérdate que eres abuela —respondió la señora de Calderón.

—¡Qué abuela tan rica! —exclamó por lo bajo Cobo, aunque con la intención de que lo oyese la interesada.

Ésta le echó una mirada entre risueña y enojada, demostrando que había oído y lo agradecía en el fondo. Cobo se hizo afectadamente el distraído.

---

[15] Si bien la tertulia tiene un carácter plenamente burgués, don Armando hace continuas llamadas a lo largo de estos primeros capítulos, acerca de los estrechos vínculos que todavía pueden percibirse entre la nobleza y el clero.

—¿Os ha pasado ya la berrenchina? —siguió la viuda
dirigiéndose a sus hijos—. ¿Cuánto durarán las paces?...
¡Jesús, qué criaturas tan picoteras!... Mirad, yo no voy a
vuestra casa porque cuando os encuentro con morro me
apetece tomar la escoba y romperla en las costillas de
los dos...

Los tertulios se volvieron hacia los jóvenes esposos
sonriendo. Esta vez se pusieron ambos fuertemente
colorados. Después, por la seriedad que quedó bien
señalada en el rostro de Emilio, se pudo comprender
que no le hacían maldita la gracia aquellas salidas harto
desenfadadas de su suegra.

El general Patiño, por orden de la bella señora de la
casa, puso el dedo en el botón de un timbre eléctrico [16].
Apareció un criado; le hizo el ama una seña: no se
pasaron cinco minutos sin que se presentase nuevamente
y en pos de él otros dos con sendas bandejas en las
manos colmadas de tazas de té, pastas y bizcochos [17].
Momento de agradable expansión en la tertulia. Todos
se ponen en movimiento y brilla en los ojos el placer
del animal que va a satisfacer una necesidad orgánica. Esperancita deja apresuradamente a su amiga y a
Ramírez y se pone a ayudar con solicitud a su madre en
la tarea de servir el té a los tertulios. Ramoncito
aprovecha el instante en que la niña le presenta una
taza, para decirla en voz baja y alterada "que le sorprende mucho que se complazca en escuchar las patochadas
y frases atrevidas de Cobo Ramírez". Esperanza le mira

[16] El autor no es aficionado a los inventarios minuciosos; en general
prefiere fijarse en algunos detalles —a veces uno solo como en el
presente caso—, a los que da un alto valor significativo. En esta ocasión,
el timbre eléctrico es un signo inequívoco de la posición social de los
dueños de la casa. Recordemos que la luz eléctrica aparece por primera
vez en Madrid en 1881, y la ficción comienza en 1885.

[17] Ofrecer el té en las reuniones —en vez de refrescos— es una
costumbre que se introduce en España durante esta época, y que
constituye una muestra de elegancia y de buen tono. La ceremonia
consta de un ritual preciso que la dueña de la casa debe dominar.
Conviene anotar, una vez más, que el autor se vale de un hecho
simbólico para subrayar la alta posición de sus personajes.

confusa, y al fin dice "que ella no ha oído semejantes patochadas, que Cobo es un chico muy amable y gracioso". Ramoncito protesta con voz débil y lúgubre entonación contra tal especie y persiste en desacreditar a su amigo, hasta que éste, oliendo el torrezno, se acerca a ellos bromeando según costumbre. Con lo cual, a nuestro distinguido concejal se le encapota aún más el rostro y se va retirando poco a poco: no sea que al insolente de Cobo se le ocurra cualquier sandez para hacer reír a su costa.

Llegó el momento de hablar de literatura, como acontece siempre en todas las tertulias nocturnas o vespertinas de la capital. El general Patiño habló de una obra teatral recién estrenada con felicísimo éxito y le puso sus peros, basados principalmente en algunas escenas subidas de color. Mariana manifestó que de ningún modo iría a verla entonces. Todos convinieron en anatematizar la inmoralidad de que hoy hacen gala los autores. Se dijeron pestes del naturalismo. Cobo Ramírez, que había tomado té y luego unos emparedados y se había comido una cantidad fabulosa de ensaimadas y bizcochos, expuso a la tertulia que recientemente había leído una novela titulada *Le journal d'une dame* (en francés y todo), preciosa, bonitísima, la más espiritual que él hubiera leído nunca. Porque Cobo, en literatura —¡caso raro!—, estaba por lo espiritual, lo delicado. No le vinieran a él con esas novelotas pesadas donde le cuentan a uno las veces que un albañil se despereza al levantarse de la cama (o los bizcochos y ensaimadas que se come un chico de buena sociedad), ni le hablaran de partos y otras porquerías semejantes. En las novelas deben ponerse cosas agradables, puesto que se escriben para agradar. Esto decía con notable firmeza, resollando al hablar como un caballo de carrera. Los demás asentían [18].

---

[18] En España, como había ocurrido en Francia, el naturalismo recibe la más dura repulsa por parte del gusto establecido. La burguesía muestra sus preferencias por una literatura idealista que armonice lo

La entrada de un caballero ni alto ni bajo, ni delgado ni gordo, alzado de hombros y cogido de cintura, la color baja, la barba negra y tan espesa y recortada que parecía postiza, cortó rápidamente la plática literaria. Nada menos que era el señor ministro de Fomento. Por eso llevaba la cabeza tan erguida que casi daba con el cerebelo en las espaldas, y sus ojos medio cerrados despedían por entre las negras y largas pestañas relámpagos de suficiencia y protección a los presentes. Hasta los veintidós años había tenido la cabeza en su postura natural; pero desde esta época, en que le nombraron vicepresidente de la sección de derecho civil y canónico en la Academia de Jurisprudencia, había comenzado a levantarla lenta y majestuosamente como la luna sobre el mar en el escenario del teatro Real, esto es, a cortos e imperceptibles tironcitos de cordel. Le hicieron diputado provincial; un tironcito. Luego diputado a Cortes; otro tironcito. Después gobernador de provincia; otro tironcito. Más tarde director general de un departamento; otro. Presidente de la Comisión de presupuestos; otro. Ministro; otro. La cuerda estaba agotada. Aunque le hicieran príncipe heredero. Jiménez Arbós ya no podía levantar un milímetro más su gran cabeza.

Su entrada produjo movimiento, pero no tanto como la del duque de Requena. Éste, cuyo rostro carnoso, sensual, no podía ocultar el desprecio que aquella asamblea le inspiraba, corrió a él sin embargo, y le saludó con rendimiento y servilismo sorprendentes, teniendo en cuenta la rusticidad y grosería con que generalmente se

---

bueno y lo bello. *Vid.* A. Hauser, *Historia social de la literatura y del arte.* Madrid, Guadarrama, 1954, pp. 1062-1089. Y es lógica esta postura. De todos es conocida la división que se produce en España a comienzos de los años ochenta, entre partidarios y críticos de la nueva escuela, aunque los verdaderos motivos de la tensión sean más ideológicos que literarios. A partir de esta realidad, es fácil entender que la burguesía, obviamente conservadora, muestre por estas fechas una serie de reservas hacia la literatura de corte zolesco. *Vid.* W. T. Pattison, *El naturalismo español.* Madrid, Gredos, 1965, pp. 84-125.

comportaba en el trato social. El ministro [19] comenzó a repartir apretones de manos de un modo tan distraído que ofendía. Únicamente cuando saludó a Pepa Frías [20] dio señales de animación. Ésta le preguntó en voz baja tuteándole:

—¿Cómo vienes de frac?

—Voy a comer a la embajada francesa.

—¿Vas luego a casa?

—Sí.

Este diálogo rapidísimo en voz imperceptible fue observado por el duque, quien acercándose a Pinedo le preguntó con reserva y haciendo una seña expresiva:

—Diga usted, ¿Arbós y Pepa Frías?...

—Hace ya lo menos dos meses.

La mirada que el banquero le echó entonces a la viuda no fue de la calidad de las anteriores. Era ahora más atenta, más respetuosa y profunda, quedándose después un poco pensativo. Calderón se había acercado al ministro y le hablaba con acatamiento. Salabert hizo lo mismo. Pero el personaje no tenía ganas de hablar de negocios o por ventura le inspiraba miedo el célebre negociante. La prensa hacía reticencia malévolas sobre los negocios de éste con el Gobierno. Por eso, a los pocos momentos, se fue en pos de Pepa Frías y se pusieron a cuchichear en un ángulo de la estancia.

[19] La ironía de Palacio Valdés manifiesta el contraste entre lo que es realmente el personaje y lo que cree ser, poniendo de relieve su pobreza personal y la vanidad de su función. Obsérvese también la valoración que de su persona hacen los distintos miembros de la tertulia: su presencia suscita menos entusiasmo que la del banquero o el clero, si bien es de notar la deferencia que le muestra el financiero. No sería, tal vez, mal camino, buscar la raíz de tal actitud en la necesidad que tiene éste de aquél. Nótese en fin, el aire de "suficiencia y protección" del ministro hacia el resto de las elites. Quizá una psicología del advenedizo nos diera alguna clave para entender la actitud social asumida por éste.

[20] Este personaje femenino, tanto por su pertenencia a la alta clase, como por su condición de viuda goza de una gran autonomía. Recuérdense a este respecto las observaciones de Pitt-Rivers, acerca de la función social de la viuda. *Vid. Antropología del honor o política de los sexos.* Barcelona, Grijalbo, 1979, p. 77.

Clementina estaba cada vez más impaciente, con unos deseos atroces de marcharse. Dejaba de hacerlo por el temor de que su padre la acompañase. El ministro se fue a los pocos minutos, repartiendo previamente otros cuantos apretones de manos con la misma distracción imponente, mirando, no a la persona a quien saludaba, sino al techo de la estancia. Entonces el duque se apoderó de Pepa Frías, mostrándose con ella tan galante y expresivo, como si fuese a hacerle una declaración de amor. El general, observándolo, dijo a Pinedo:

—Mire usted al duque, qué animado se ha puesto. De fijo le está haciendo el amor a Pepa.

—No —respondió gravemente el empleado—. A lo que está haciendo el amor ahora es al negocio de las minas de Riosa.

La viuda anunció al cabo en voz alta que se iba.

—¿Adónde va usted, Pepa, en este momento? —le preguntó el banquero.

—A casa de Lhardy[21] a encargar unas mortadelas.

—La acompaño a usted.

—Vamos; le convidaré a tomar unos pastelitos.

Al duque le hizo mucha gracia el convite.

—¿Vienes, chiquita? —le dijo a su hija.

Clementina aún pensaba quedarse un rato. Pepa, al tiempo de salir del brazo del banquero, dijo en alta voz volviéndose a los presentes:

—Conste que no vamos en coche.

Lo cual les hizo reír.

—Conste —dijo el duque riendo— que esto lo dice por adularme.

—Que se explique eso: no hemos comprendido... —gritó Cobo Ramírez.

---

[21] *Lhardy:* restaurante decimonónico que todavía existe en la carrera de San Jerónimo, número 8. Sus salones fueron muy famosos tanto por la calidad de su cocina como por la cualificación social de sus comensales y el prestigio de sus largas sobremesas. Ha sido objeto de distintas monografías, *vid.* J. Altabella, *Lhardy. Panorama histórico de un restaurante romántico 1939-1978.*

Pero ya el duque y Pepa habían desaparecido detrás de la cortina. Clementina aguardó sólo cinco minutos. Cuando presumió que ya no podía tropezar en la escalera a su padre, se levantó, y pretextando un quehacer olvidado, se despidió también.

III

LA HIJA DE SALABERT

Bajó con ansia la escalera. Al poner el pie en la calle dejó escapar un suspiro de consuelo. A paso vivo tomó la del Siete de Julio, entró en la Plaza Mayor y luego en la de Atocha[1]. Al llegar aquí vino a su pensamiento la imagen del joven que la había seguido y volvió la cabeza con inquietud. Nada; no había que temer. Ninguno la seguía. En la puerta de una de las primeras casas y mejores de la calle, se detuvo, miró rápida y disimuladamente a entrambos lados y penetró en el portal. Hizo una seña casi imperceptible de interrogación al portero. Éste contestó con otra de afirmación llevándose la mano a la gorra. Lanzóse por la escalera arriba. Subió tan de prisa, sin duda para evitar encuentros importunos, que al llegar al piso segundo le ahogaba la fatiga y se llevó una mano al corazón. Con la otra dio dos golpecitos en una de las puertas. Al instante abrieron silenciosamente: se arrojó dentro con ímpetu, cual si la persiguiesen.

—Más vale tarde que nunca —dijo el joven que había abierto, tornando a cerrar con cuidado.

Era un hombre de veintiocho a treinta años, de estatura más que regular, delgado, rostro fino y correcto, sonrosado en los pómulos, bigote retorcido, perilla apuntada y los cabellos negros y partidos por el medio

---

[1] Los nombres de las calles a que hace referencia el texto se corresponden con la realidad; también el itinerario seguido por Clementina es enteramente verosímil.

133

con una raya cuidadosamente trazada. Guardaba semejanza con esos soldaditos de papel con que juegan los niños; esto es, era de un tipo militar afeminado. También parecía su rostro al que suelen poner los sastres a sus figurines; y era tan antipático y repulsivo como el de ellos. Vestía un batín de terciopelo color perla con muchos y primorosos adornos; traía en los pies zapatillas del mismo género y color con las iniciales bordadas en oro. Advertíase pronto que era uno de esos hombres que cuidan con esmero del aliño de su persona; que retocan su figura con la misma atención y delicadeza con que el escultor cincela una estatua; que al rizarse el bigote y darle cosmético creen estar cumpliendo un sagrado e ineludible deber de conciencia; que agradecen, en fin, al Supremo Hacedor, el haberles otorgado una presencia gallarda y procuran en cuanto les es dado mejorar su obra [2].

—¡Qué tarde! —volvió a exclamar el apuesto caballero dirigiéndola una mirada fija y triste de reconvención.

La dama le pagó con una graciosa sonrisa, replicando al mismo tiempo con acento burlón:

—Nunca es tarde si la dicha es buena.

Y le tomó la mano y se la apretó suavemente, y le condujo luego sin soltarle al través de los corredores, hasta un gabinete que debía ser el despacho del mismo joven. Era una pieza lujosa y artísticamente decorada; las paredes forradas con cortinas de raso azul oscuro, prendidas al techo por anillos que corrían por una barra de bronce; sillas y butacas de diversas formas y gustos; una mesa-escritorio de nogal con adornos de hierro

---

[2] En la presentación de Pepe Castro, Palacio Valdés utiliza un procedimiento propio del naturalismo: enumera diversos rasgos físicos del personaje, sin aventurar apenas nada sobre su carácter; el escritor desea que el personaje se haga a través de su comportamiento; el narrador pretende ser objetivo, si bien en esta ocasión, como en otras, subraya algún rasgo significativo que anuncia su conducta: un cierto determinismo. Determinismo que en el naturalismo español apenas existe, y está, en todo caso, más pendiente de los factores ambientales que de los biológicos.

forjado; al lado una taquilla con algunos libros, hasta
dos docenas aproximadamente. Suspendidos del techo
por cordones de seda y adosados a la pared veíanse
algunos arneses de caballo, sillas de varias clases, comunes, bastardas y de jineta con sus estribos pendientes,
frenos de diferentes épocas y también países, látigos,
sudaderos de estambre fino bordados, espuelas de oro y
plata; todo riquísimo y nuevo. Las aficiones hípicas del
dueño de aquel despacho se delataban igualmente en los
pasillos, que desde la puerta de la casa conducían allí;
por todas partes monturas colgadas y cuadros representando caballos en libertad o aparejados. Hasta sobre la
mesa de escribir, el tintero, los pisapapeles y la plegade-
ra estaban tallados en forma de herraduras, estribos o
látigos. Al través de un arco con columnas, mal cerrado
por un portier hecho de rico tapiz en el que figuraban
un joven con casaca y peluca de rodillas delante de una
joven con traje Pompadour, veíase un magnífico lecho
de caoba con dosel[3].

Así que llegaron a esta cámara, la dama se dejó caer
con negligencia en una butaquita muy linda y volvió a
decirle con sonrisa burlona:

—¡Qué! ¿no te alegras de verme?

—Mucho; pero me alegraría de haberte visto primero.
Hace hora y media que te estoy esperando.

—¿Y qué? ¿Es gran sacrificio esperar hora y media a
la mujer que se adora? ¿Tú no has leído que Leandro
pasaba todas las noches el Helesponto a nado para ver a
su amada[4]?... No; tú no has leído eso ni nada... Mejor:
yo creo que te sentaría mal la ciencia. Los libros

---

[3] La elección de ciertos enseres para describir la casa de Pepe Castro,
muestra la técnica naturalista de Palacio Valdés que busca establecer la
relación entre el personaje y su medio. El cuarto de Castro es buen
exponente de su horizonte mental y de su situación social. Llama la
atención la pobreza de su biblioteca en contraste con la acumulación de
objetos ecuestres. Conviene tener presente que la posesión de caballos,
carruajes, etc., era un requisito indispensable para alternar con la elite.

[4] *Leandro:* griego legendario que se enamoró de Heros, sacerdotisa de
Afrodita, residente en Sestos, lugar situado precisamente en la orilla
opuesta del Helesponto a la que él vivía.

disiparían esos colorcitos tan lindos que tienes en las mejillas, te privarían de la agilidad y la fuerza con que montas a caballo y guías los coches... Además, yo creo que hay hombres que han nacido para ser guapos, fuertes y divertidos, y uno de ellos eres tú.

—Vamos, por lo que estoy viendo me consideras como un bruto, que no conoce ni la A —respondió triste y amoscado el joven, en pie frente a ella.

—¡No, hombre, no! —exclamó la dama riendo; y apoderándose de una de sus manos la besó en un repentino acceso de ternura—. Eso es insultarme. ¿Te figuras que yo podría querer a un bruto?... Toma —añadió despojándose del sombrero—, pon ese sombrero con cuidado sobre la cama. Ahora ven aquí, so canalla; ya que eres tan susceptible, ¿no consideras que has principiado diciéndome una grosería?... ¡Hora y media!... ¿Y qué?... Acércate, ponte de rodillas; deja que te tire un poco de los pelos.

El joven, en vez de hacerlo, agarró una silla-fumadora y se montó en ella frente a su querida.

—¿Sabes por qué he tardado tanto?... Pues por el dichoso niño, que me ha seguido hoy también.

Al decir esto, se puso repentinamente seria; una arruga bien pronunciada cruzó su linda frente.

—¡Es insufrible! —añadió—. Ya no sé qué hacer. A todas horas, salga por la mañana o por la tarde, traigo aquel fantasma detrás de mí. He tenido que refugiarme en casa de Mariana. Luego, una vez allí, no hubo más remedio que aguantar un rato. Vino papá, y porque no saliese conmigo esperé otro poquito a que se fuese... ¡Ahí ves!

—¡Tiene gracia ese chico! —dijo riendo el caballero.

—¡Mucha! ¡Si es muy divertido que le averigüen a una dónde va y lo sepa en seguida todo el mundo, y llegue a oídos de mi marido! ¡Ríete, hombre, ríete!

—¿Por qué no? ¿A quién se le ocurre más que a ti tomarse un disgusto por tener un admirador tan platónico? ¿Has recibido alguna carta? ¿Te ha dicho alguna palabra al paso?

—Eso es lo que menos importaba. Lo que me excita los nervios es la persecución. Luego es un mocoso capaz por despecho, si averigua mis entradas en esta casa, de escribir un anónimo... Y tú ya sabes la situación especial en que me encuentro respecto a mi marido.

—No es de presumir: los que escriben anónimos no son los enamorados, sino las amigas envidiosas... ¿Quieres que yo me aviste con él y le meta un poco de miedo?

—¡Eso no se pregunta, hombre! —exclamó la dama con voz irritada—. Mira, Pepe; tú eres hombre de corazón y tienes inteligencia; pero te hace muchísima falta un poco más de refinamiento en el espíritu para que comprendas ciertas cosas. Debieras dedicar menos horas al club y a los caballos y procurar ilustrarte un poco.

—¡Ya pareció aquello! —dijo el joven con despecho, muy molestado por la agria represión [5].

—Pues si quieres que no te diga ciertas cosas, procura callarte otras.

Pepe Castro se encogió de hombros con superior desdén y se alzó de la silla. Dio algunas vueltas distraídamente por la estancia y paró al fin delante de un cuadrito, que descolgó para sacudirle el polvo con el pañuelo. Clementina le miraba en tanto con ojos coléricos. Se puso en pie vivamente, como si la alzara un resorte: luego, refrenando su ímpetu y adquiriendo calma, avanzó lentamente hacia la alcoba, penetró en ella, recogió su sombrero de la cama y comenzó a ponérselo frente al espejillo de una cornucopia, con ademanes lentos, donde se adivinaba, sin embargo, en el levísimo temblor de las manos, la sorda irritación que la embargaba.

—¡Bueno! —exclamó por último en tono distraído e

[5] Se subraya la falta de sensibilidad y de educación —en el más amplio sentido del término— del joven perteneciente a la nobleza. El lector va tomando nota de que, la pérdida de privilegios de este estamento que tiene lugar en la realidad, se corresponde con un proceso de degradación moral de las jóvenes generaciones.

indiferente—. Me voy, chico... ¿Quieres algo para la calle?

El joven dio la vuelta y preguntó con sorpresa:

—¿Ya?

—Ya —repuso la dama con exagerada firmeza.

El joven avanzó hacia ella, le echó suavemente un brazo al cuello, y levantando con la otra mano el velito rojo le dió un beso en la sien.

—¡Que siempre ha de pasar lo mismo! Yo soy el descalabrado y tú te apresuras a ponerte la venda.

—¿Qué estás diciendo ahí? —replicó ella algo confusa—. Me voy porque tengo que hacer una visita antes de comer.

—Vamos, Clementina, aunque quieras no puedes disimular... Debes comprender que no se pueden escuchar con risa los insultos... y tú me estás insultando a cada momento.

—Te digo que no te comprendo. No sé a qué insultos ni a qué disimulos te refieres —replicó la dama con afectación.

Pepe intentó con mimo y dulzura quitarle de nuevo el sombrero. Ella le detuvo con gesto imperioso. Tomóla entonces por la cintura y la condujo hacia el diván. Sentóse, y cogiéndole las manos se las besó repetidas veces con apasionado cariño. Ella siguió en pie sin dejarse ablandar. Tan extremado estuvo, sin embargo, en sus caricias y tan sumiso, que al cabo, arrancando con violencia sus manos de las de él, Clementina dijo medio riendo, medio enojada aún:

—Quita, quita, que ya estoy hastiada de tus lamentos de perro de Terranova... ¡Eres un bajo!... Primero que yo me humillase de tal modo me harían rajas.

Volvió a quitarse el sombrero, y fue ella misma a colocarlo sobre la cama.

—Cuando se está tan enamorado como yo —replicó el joven un poco avergonzado—, no puede llamarse nada humillación.

—¿Es de veras eso, chico? —dijo acercándose a él sonriente y tomándole con sus dedos finos sonrosados la

barba—. No lo creo... Tú no tienes temperamento de
enamorado... Y si no, vamos a probarlo... Si yo te
mandase hacer una cosa que pudiera costarte la vida, o
lo que es aún peor, la honra... algunos años de presidio..., ¿lo harías?

—¡Ya lo creo!

—¿Sí?... Pues mira, quiero que mates a mi marido.

—¡Qué barbaridad! —exclamó asustado, abriendo los
ojos desmesuradamente.

La dama le miró algunos segundos fijamente, con
expresión escrutadora, maliciosa. Luego, soltando una
sonora carcajada, exclamó:

—¿Lo ves, infeliz, lo ves?... Tú eres un señorito
madrileño, un socio del *Club de los Salvajes*... Ni yo, ni
mujer ninguna te harían cambiar el frac y el chaleco
blanco por el uniforme de presidiario [6].

—¡Qué ideas tan extrañas!

—Sigue, sigue por donde te arrastra tu naturaleza de
sietemesino y no te metas en honduras. Ya comprenderás que te he hablado en broma. Así y todo me has
confirmado en lo que ya pensaba.

—Pues si tienes formada esa idea tan pobre de mi
cariño, no sé por qué razón me quieres —expresó el
joven volviendo a amoscarse.

—¿Por qué te quiero?... Pues por lo que yo hago casi
todas mis cosas... por capricho. Un día te he visto en el
Retiro revolviendo un caballo admirablemente y me
gustaste. Luego, a los dos meses, en Biarritz, te vi en

---

[6] Se pone de manifiesto otro de los rasgos del joven de alta clase: su
incapacidad para dejarse llevar por una pasión amorosa. Surge aquí un
elemento de contraste entre el joven de la elite y el de la clase media,
susceptible este último —por el amor que le inspira una mujer— de
echar por la borda todo cuanto tiene. Las actitudes de Pepe Castro y
de Raimundo Alcázar hacia Clementina son paradigmáticas a este
respecto. Conviene subrayar que, en el contexto novelesco, la pasión
amorosa no aparece menospreciada ni es considerada como persistencia
de un romanticismo trasnochado. Tal vez sea bueno recordar que *La
Espuma* está escrita en 1890, cuando el vitalismo y los elementos de
carácter no racional constituyen importantes factores del horizonte
cultural en los años de fin de siglo.

el asalto del casino tirando con un oficial ruso y concluí de encapricharme. Hice que me fueses presentado, procuré agradarte, te agradé en efecto... Y aquí estamos.

Pepe concluyó por sufrir con paciencia aquel tono entre cínico y burlón de su querida. A fuerza de charlar logró hacerlo desaparecer. Clementina, cuando estaba tranquila, era afectuosa, alegre, pronta a compadecerse y a los rasgos de generosidad; su rostro, tan bello como original, no adquiría nunca dulzura, pero sí una expresión bondadosa y maternal que lo hacía muy simpático. Mas por poco que sus nervios se excitasen o se viese contrariada en sus pensamientos y deseos, el fondo de altivez, de obstinación y aun crueldad que su alma guardaba, subía a la superficie y agitaba sus ojos azules con relámpagos de feroz sarcasmo o de cólera.

Pepe Castro, que no era hombre ilustrado ni ingenioso, sabía no obstante entretenerla agradablemente con cuentecillos de salón, murmuraciones casi siempre de las personas por quienes ella sentía marcada antipatía. El recurso era burdo, pero surtía admirable efecto. "La condesa de T***, señora a quien Clementina odiaba de muerte por un desaire que en cierta ocasión le había hecho, andaba necesitada de dinero; se lo pidió al viejo banquero Z*** y éste se lo había otorgado mediante un rédito muy poco apetitoso para la deudora. Los marqueses de L***, a quienes también ella profesaba aversión, cuando no estaban en el poder daban reuniones allá en su finca de la Mancha y ofrecían espléndido *buffet* a sus electores: cuando el marqués era ministro daban también reuniones, pero suprimían el *buffet*. Julita R***, una jovencita muy linda, que tampoco inspiraba simpatías a la altiva dama, había sido arrojada de casa de los señores de M*** por haberla hallado encerrada en el cuarto del primogénito, un chico de quince años". Estas y otras noticias del mismo jaez dejábalas caer el gallardo mancebo de sus labios con cierta displicencia cómica que despertaba el buen humor de la bella. Era todo el talento de Pepe Castro en el

orden moral. Los demás que poseía referíanse enteramente al físico.

Se habían disipado las nubes que cubrían la frente de
Clementina. Mostróse locuaz y risueña. Fue pródiga
de caricias con su amante en la hora que con él estuvo.
Quedó bien compensado de los alfilerazos que de ella
había recibido al principio de la entrevista, gozando de
toda la dicha que una mujer hermosa y enamorada
puede proporcionar cuando la soledad y la ocasión
convidan.

La noche había cerrado ya, tiempo hacía. El joven
encendió las dos lámparas de la chimenea sin llamar al
criado, que era su único servidor y el único ser viviente
asimismo que habitaba con él en aquel cuarto. Pepe
Castro era hijo de una ilustre familia de Aragón. Su
hermano mayor llevaba un título conocido y tenía una
hermana además casada con otro título. Se había educado en Madrid. A los veinte años quedó huérfano. Vivió
con su hermano primogénito una temporada. No tardaron en reñir porque éste, que era económico hasta la
avaricia, no podía sufrir con paciencia su despilfarro.
Trasladóse entonces a casa de su hermana; pero a los
pocos meses, existiendo incompatibilidad de caracteres
entre él y su cuñado, chocaron de modo tan violento,
que se contaba en el club y en los salones de la corte que
se habían abofeteado y aporreado bravamente. No llegó
a efectuarse un duelo entre ambos por la intervención de
algunos respetables miembros de la familia. Después
de vivir en fonda un poco de tiempo, decidióse a poner
casa. Tomó un criado, se hizo traer el almuerzo de un
restaurant y comía cuando en Lhardy, cuando en casa
de alguno de sus muchos amigos. Su cuadra la tenía
muy cerca, en la calle de las Urosas, y no estaba mal
provista: dos jacas de silla, inglesa y cruzada, un tiro
extranjero y otro español, berlina, *charrette, milord,
break* [7]. Era un chorro por donde se escapaba rápida-

---

[7] *Charrette*: carruaje ligero de cuatro ruedas y dos asientos. *Milord*:
vehículo de cuatro ruedas, muy largo, con capota, tirado por un solo

mente su hacienda, aunque no el más copioso. La mayor
parte la había dejado sobre el tapete de la mesa de juego
del club, y una porción, no insignificante por cierto,
entre las uñas de algunas lindísimas chulas transformadas por él de la noche a la mañana en espléndidas y
llamativas cortesanas. Esto último lo negaba con arrogancia pensando que su gloria de seductor podía con
ello menoscabarse; pero no importa: es exacto como
todo lo que aquí se puntualiza.

Quiere decir esto que Pepe Castro se hallaba arruinado a la hora presente. A pesar de lo cual, seguía
viviendo con la misma comodidad y aparato que antes.
Su trabajo y sus vueltas le costaba. Empréstitos a su
hermano hipotecándole alguna finca trasconejada en las
ventas y subastas, pagarés a algunos arrojados usureros
sobre la herencia de un tío viejo y enfermo reconociendo
tres veces la cantidad recibida, joyas que su hermana le
regalaba no pudiendo regalarle dinero, cuentas exorbi-
tantes con el importador de coches y caballos, con el
sastre, con el perfumista, con Lhardy, con el conserje del
club, con todo el mundo. Parecía imposible que un
hombre pudiera vivir tranquilo en tal estado de trampas
y enredos. Sin embargo, nuestro gallardo joven vivía
con la misma admirable serenidad de espíritu e idéntica
alegría de corazón, y como él otros muchos de sus
amigos y consocios según tendremos ocasión de ver, tan
arruinados aunque no tan gallardos [8].

—Te preparo una sorpresa —dijo Clementina con-
cluyendo de ponerse el sombrero y arreglarse el cabello
frente al espejo.

---

caballo. *Break*: coche abierto, de cuatro ruedas, con el asiento del
pescante muy alto, y asientos generalmente paralelos al eje; se guía con
dos o cuatro riendas.

[8] A la incultura y grosería señaladas, se añade ahora el desorden
económico como rasgo definitorio de este joven de la aristocracia. Tanto
su desprecio por cualquier ocupación productiva como su indiferencia
por la situación de su hacienda, constituyen elementos de contraste con
el talante de la gran burguesía o de las altas clases medias, atentas y
hasta obsesionadas —respectivamente—, tanto por la creación de riqueza como por el logro y mantenimiento de su seguridad.

El bello *gomoso* olfateó el aire como un perro que recibe vientos y se acercó a la dama.

—Si es agradable, veamos.

—Y si es desagradable lo mismo, groserazo. Todo lo que proceda de mí debe serte agradable.

—Convenido, convenido. Veamos —repuso disimulando mal su afán.

—Bueno, tráeme aquel manguito.

Castro se apresuró a obedecer el mandato. Clementina, cuando lo tuvo entre las manos se sentó con afectada calma en el diván, y agitándolo luego en el aire exclamó:

—¿A que no adivinas lo que contiene este manguito?

Sus ojos resplandecían de alegría y orgullo al mismo tiempo. Los de Castro chispearon de anhelo. Sus mejillas se colorearon y respondió con voz alterada entre dudando y afirmando:

—Quince mil pesetas.

La expresión alegre y triunfal del rostro de la dama se trocó instantáneamente en otra de cólera y despecho.

—¡Quita!, ¡quita allá, puerco! —exclamó furiosa dándole un fuerte golpe en la cara con el lujoso manguito—. No piensas más que en el dinero... No tienes ni pizca de delicadeza.

—¡Yo pensaba!...

También hubo cambio de decoración en la fisonomía de Castro. Se puso más triste que la noche.

—En la guita, sí; ya acabo de decírtelo... Pues no, señor; aquí no viene nada de eso. Sólo hay un alfilerito de corbata que yo ¡tonta de mí! he comprado al pasar, en casa de Marabini, como una prueba de que te tengo siempre en el pensamiento.

—Y yo te lo agradezco en el alma, pichona —manifestó el joven haciendo un esfuerzo supremo sobre sí mismo para vencer el repentino abatimiento y resultando de él una sonrisa forzada y amarga—. ¿Por qué te disparas de ese modo?... Dame eso... Bien se conoce que tienes muy mala idea formada de mí.

Clementina se negó a entregar el recuerdo. El joven

insistió humildemente. Había, no obstante, en sus ruegos un tinte de frialdad que dejaba traslucir, para el
espíritu penetrante de una mujer, el sordo disgusto y la
tristeza que en el fondo del alma sentía.

—Nada, nada; mi pobre alfilerito que estás despre-
ciando horriblemente... (¡se te conoce en la cara!)... irá a
la cajita donde guardo los recuerdos de los muertos.

Alzóse del diván; bajó el velo del sombrero. Pepe aún
insistía por mostrarse galante y desagraviarla. Al fin,
cuando ya estaba cerca de la puerta, volvióse repentinamente y sacó del fondo del manguito una primorosa
carterita, que le presentó, mirándole al mismo tiempo
fijamente a la cara. Los ojos del joven, después de
posarse en la cartera con ávida expresión de gozo,
chocaron con los de su amada. Contempláronse unos
instantes, ella con expresión maliciosa y triunfante, él
con gratitud y gozo reprimidos.

—¡Si siempre lo he dicho yo! ¡Si no hay otra como mi
nena para saber querer!... Ven aquí, deja que te dé las
gracias, rica mía; deja que te adore de rodillas.

Y la arrastró, embargado por el entusiasmo, hacia el
diván, la obligó a sentarse de nuevo y se dejó caer de
rodillas besando con fervor sus manos enguantadas.

—¡Jesús, qué locura! —exclamó la dama un tanto
confusa—. ¡Vaya una cosa para hacer tales extremos!

—No es por el dinero, nena mía; no es por el dinero;
es porque tienes una manera de hacer las cosas original;
porque tienes la gracia de Dios; porque eres una barbiana...¡Toma, toma, retemonísima!

Y le abrazaba las rodillas y se las besaba con caluro-
sos ademanes. No contento, se prosternó aún más y le
besó los pies o por mejor decir, el tafilete de sus zapatos.

—¡Qué bajo eres, Pepe! —exclamaba ella riendo.

—No importa que me llames lo que quieras. Soy
tuyo, ¡tuyo hasta la muerte! Te quiero más que a Dios.
Quiero a estos piececitos tan ricos y los beso. ¿Lo ves? A
ver; que venga alguien a decirme que no debo hacerlo.

Clementina le miraba risueña. No era fácil averiguar
si gozaba en realidad o se divertía simplemente con

aquella adoración o más bien aquel regocijo estrepitoso
de perro que se arrastra al sentirse acariciado y lame los
pies de su señor.

—No sólo te debo la felicidad, sino también la honra[9]. No sabes lo que he sufrido desde anteayer por la
maldita deuda —decía él con voz conmovida.

—¿Volverás a jugar, eh? ¿Volverás a jugar, perdido?
—preguntaba ella tirándole de los cabellos, borrando
aquella primorosa raya que los partía tan lindamente.

—No... particularmente sobre mi palabra te aseguro...

—Ni sobre tu palabra, ni sobre tu dinero, grandísimo
trasto... Me voy, me voy —añadió con un gesto de
mimo, levantándose y corriendo a mirar la hora al reloj
de la chimenea—. ¡Uf, qué tarde!... Adiós, chiquillo.

Y se precipitó a la puerta extendiendo la mano a su
amante sin mirarle. Éste no pudo besarle más que la
punta de los dedos. Corrió a abrir, pero ya ella había
echado mano al cerrojo; por cierto que se encolerizó
porque resistía a sus débiles tirones.

—Adiós, adiós; hasta el sábado —dijo en voz de
falsete.

—Hasta pasado mañana.

—No, no; hasta el sábado.

Bajó la escalera con la misma precipitación con que la
había subido, hizo otro gesto imperceptible de despedida al portero y salió a la calle. Siguió a pie hasta la
plaza del Ángel, y allí detuvo un coche de punto y se
metió en él.

Eran más de las seis. Hacía una hora que estaban
encendidas las luces de los comercios. Ocultóse cuanto

---

[9] El honor es el valor de una persona no sólo a sus propios ojos, sino
también de cara a la sociedad. *Vid.* Pitt-Rivers, *El concepto del honor en
la sociedad mediterránea.* Barcelona, Labor, 1968, pp. 22 ss. Es bueno
señalar que, en esta ocasión, la honra del señorito noble depende de la
necesidad de saldar una deuda de juego. Obsérvese el elemento elegido
por el autor para fijar el honor del joven aristócrata y nótese también
cómo, a medida que se va haciendo este personaje, se acentúa, por
acumulación de detalles —técnica preferida por Palacio Valdés— el
carácter negativo de su imagen.

pudo en un rincón y dejó vagar su mirada distraída sin curiosidad por las calles que iba atravesando. Su fisonomía adquirió la expresión altiva, desdeñosa, que la caracterizaba, a la cual se añadía ahora leve matiz de hastío y preocupación. Por su elegancia refinada, por su arrogante porte, y sobre todo por aquella severa majestad de su rostro peregrino, nadie vacilaría en diputar a Clementina por una de las más altas y nobles damas de la corte. No obstante, si lo era de hecho, dado que figuraba en todos los salones aristocráticos, en todas las listas de personas distinguidas que los periódicos publicaban al día siguiente de cualquier sarao, carreras de caballos, u otra fiesta cualquiera, de derecho distaba mucho de serlo por su origen. No podía ser más humilde. Su padre la había tenido en una inglesa, manceba de un tonelero irlandés que había llegado a Valencia en busca de trabajo. Llamábase Rosa Coote. Era espléndidamente bella y lo hubiera sido más a cuidar algo del adorno o aliño de su persona. La miseria, en que ordinariamente vivía aquel hogar ilícito, la había hecho sucia y andrajosa. El granuja del mercadal de Valencia y la bella inglesa se entendieron a espaldas del tonelero, dueño temporal de las gracias de ésta. Salabert era más joven, más gallardo: el vicio de la borrachera no le tenía dominado como a aquél. Rosa le siguió a su zaquizamí abandonando al primer amante. A los pocos meses de vivir juntos, Salabert, a quien se presentó ocasión de partir a Cuba como camarero de un vapor, la abandonó a su vez. La inglesa, que llevaba ya en sus entrañas el fruto de aquella pasajera unión, rodó algún tiempo sin protección, sin recursos, por las calles de la ciudad, hasta que entró en relaciones con un carpintero del Grao que la recogió y llegó a hacerla su legítima esposa. Clementina se crió como intrusa en aquel nuevo hogar. Su madre era una mujer violenta, irascible, con ráfagas de ternura, que sólo guardaba para sus hijos legítimos. A ella, por todas las señales, la aborrecía y en ella vengó injustamente el agravio de su padre. ¡Qué terrible infancia la de Clementina! Si en

Madrid se supiesen ciertos pormenores, si en rápida visión pudiesen ofrecerse a los ojos de la sociedad elegante algunas escenas por las que aquella altiva y encopetada dama pasó, pocos envidiarían su existencia. ¡Qué torturas, qué refinamientos de crueldad! A los cuatro o cinco años ya estaba obligada a ser la vigilante guardadora de otros dos hermanitos. Si en esta vigilancia decaía un punto, el castigo venía inmediatamente; pero no el castigo como quiera, el golpe pasajero, el estirón de orejas; no. El castigo era meditado con ensañamiento, procurando herir donde más doliera y donde más durase el dolor... Los vecinos habían acudido más de una vez a los lamentos de la infeliz criatura; habían increpado a la madre desnaturalizada. De ello no resultaba más que alguna reyerta fragorosa en que la feroz irlandesa, chapurrando el valenciano, se despachaba a su gusto contra las comadres del barrio, y con mayor encono después contra la causante de aquel disgusto. A todas horas gritaba que iba a meterla en la Inclusa. A esto se oponía el carpintero, que se jactaba de ser hombre de bien y compasivo, que alguna vez intervenía en los castigos para aplacarlos, pero que la mayor parte de las veces dejaba a su esposa "que enseñase a su hija", como él decía a los vecinos que le recriminaban. Sus ideas pedagógicas chocaban con sus instintos piadosos, y cuando lograban sobreponerse ¡ay de la desgraciada niña!

Aquella serie de inauditas crueldades terminaron al fin con otra mayor que trajo consigo la intervención de la justicia. La madre desnaturalizada, no sabiendo ya de qué modo atormentar a su hija, la hizo algunas quemaduras en el trasero con una bujía. Una vecina averiguó el hecho casualmente, lo comunicó a otras vecinas, se armó el consiguiente escándalo en el barrio, dieron parte al juez, se instruyó causa, y, probado el delito, la inglesa fue condenada a seis meses de cárcel y la niña recogida en un establecimiento de beneficencia.

Un año después llegó a Valencia Salabert, si no hecho un potentado, con alguna hacienda. Enteráronle de lo ocurrido. Fue a ver a su hija al colegio de niñas pobres. La sacó de allí y la puso en otro de pago, adonde por rara casualidad iba a visitarla. En la población, sin embargo, fue loado su rasgo de generosidad. Él sabía hacerlo valer en la conversación ofreciéndose a los ojos de sus conocidos como un ejemplo vivo de amor paternal y contraste notable frente a la perversidad de su antigua querida. Poco más tarde se casó en Madrid. Fue su esposa la hija de un comerciante en camas de hierro y colchones metálicos de la calle Mayor. Era una joven bastante feíta y enfermiza; pero buena, afectuosa y con cincuenta mil duros de dote[10]. Llamábase Carmen. A los tres o cuatro años de casados, ésta, viéndose cada vez más delicada de salud, perdió la esperanza de tener familia. Sabiendo que su marido tenía una hija natural en un convento de Valencia, le propuso, con generosidad no muy frecuente, traerla a casa y considerarla como hija de ambos. Salabert aceptó con gusto la proposición. Fue a buscar a Clementina, y desde entonces cambió por entero la suerte de este infeliz niña.

Tenía entonces catorce años y era ya un portento de hermosura, mezcla dichosa del tipo inglés correcto y delicado y de la belleza severa de la mujer valenciana. Su tez guardaba los reflejos suaves, nacarados de la raza sajona. En su mirada azul y sombría había la misma profundidad y misterio que en los ojos negros de las valencianas. Poco desarrollada aún por virtud de su crudelísima infancia, por la vida sedentaria, después, del convento, en cuanto cambió de clima y de forma de vida adquirió en dos o tres años la elevada estatura y las majestuosas proporciones con que hoy la vemos. Sus partes morales dejaban bastante más que desear. Era su

[10] El ascenso social de una familia de las clases medias se cifra en dar carrera al hijo y allegar una dote para la hija. En efecto, si la muchacha cuenta, en el momento de casarse con un dinero o unos bienes de su propiedad, puede aspirar a un marido de mayor nivel social que el de su propia familia. Belleza y, sobre todo dote, son fundamentalmente los dos medios de que dispone la joven de las clases medias para lograr su promoción social.

temperamento irascible, obstinado, desdeñoso y sombrío. Si nació con estos vicios o fueron el resultado de sus bárbaros martirios, de su tristísima infancia, no es fácil resolverlo [11]. En el convento, donde nadie la trataba mal, no fue bien querida de sus maestras y compañeras por su carácter receloso, por la ausencia de cariño que se notaba en su corazón. Los disgustos de sus compañeras, no sólo no la conmovían, sino que despertaban en sus labios una sonrisa cruel, que las dejaba yertas. Luego tenía, de vez en cuando, accesos de furor que la habían hecho temible y odiosa. En cierta ocasión, a una niña que le había dicho algunas palabras ofensivas le echó las manos al cuello y estuvo muy próxima a asfixiarla. Nunca fue posible después que le pidiese perdón, según exigía la superiora. Prefirió estar recluida un mes, a humillarse.

Los primeros meses que pasó en casa de su padre fueron de prueba para la buena D.ª Carmen. En vez de una niña alegre y agradecida al inmenso favor que la hacía, se encontró frente a frente de una fierecilla, un ser antipático sin afecto ni sumisión, extravagante y caprichosa hasta un grado sorprendente, cuya risa no brotaba ruidosa sino cuando algún criado se caía o el lacayo recibía una coz de los caballos. Pero no se desanimó. Con el instinto infalible de los corazones generosos, comprendió que si aquella tierra no daba amor era porque hasta entonces sólo se había sembrado odio. Los afectos dulces residen en todo ser humano, como en todo cuerpo la electricidad: mas para hacerlos vibrar, precisa someterlos a una fuerte corriente de cariño por algún tiempo. Y esto fue lo que hizo D.ª Carmen con su hijastra. Durante seis meses la tuvo envuelta en una

---

[11] Es posible que el autor tuviese presente la figura de Ana Ozores al crear a Clementina. Hay una serie de elementos comunes que inducen a establecer ciertos paralelos: la trayectoria biográfica de la hija de Salabert —mujer de gran personalidad, hija de madre europea y modesta— o su mismo ascenso social un tanto "milagroso". Es fácil advertir que muchos rasgos de este personaje encuentran su correspondencia en la protagonista de *La Regenta*.

atmósfera tibia de afecto, en una red espesa de atenciones delicadísimas, de testimonios constantes de vivo y afectuoso interés. Al fin, Clementina, que principió por mostrarse desdeñosa y luego indiferente a aquel cariño, que pasaba horas y horas encerrada en su cuarto y sólo iba a las habitaciones de su madrastra cuando la llamaba, que no tenía jamás con ésta una expansión viviendo en absoluta reserva, sucumbió repentinamente; sintió vibrar en su corazón ese algo maravilloso que une a las criaturas humanas como a todos los cuerpos del Universo. Cambió de un modo extraño, violento, como todo lo que procedía de su temperamento singular. Cayó, cuando menos se pensaba, de hinojos ante D.ª Carmen, dedicándole un respeto tan profundo, un cariño tan apasionado, que la buena señora quedó estupefacta y le costó gran trabajo creer en su sinceridad. En su alma se había operado al fin la revelación de la ternura. Al calor maternal de aquella bondadosa señora, su corazón de hielo se había derretido. La esencia divina del amor penetró donde, hasta entonces, sólo había entrado la esencia de Satanás.

Fue un verdadero milagro. En vez de pasar la vida en su cuarto, no sabía salir del de su madrastra a quien llamaba mamá, con un gozo, con un fuego, con una pronunciación tan decidida, como sólo se observa en los devotos sinceros al dirigirse a la Virgen. Devoción podía llamarse también lo que Clementina sentía por la esposa de su padre. Asombrada de que en el mundo existiese un ser tan dulce, tan tierno, no se hartaba de mirarla como si acabase de bajar del cielo. Quería adivinarle los pensamientos en los ojos, quería adelantarse a sus menores deseos, quería que nadie la sirviese más que ella, quería, en fin, como todo enamorado, la posesión exclusiva del objeto de su amor. Una levísima señal de descontento de D.ª Carmen bastaba para confundirla y sumirla en el más acerbo dolor. Aquella criatura tan altanera, que había llegado a hacerse odiosa a todos, se humillaba con placer intenso, a su madrastra. Era su humillación la del místico que se postra por una necesidad invencible del espíritu. Cuando sentía la mano de la señora acariciándole el rostro, pensaba sentir la de Dios mismo. Apenas se atrevía a rozar con sus labios aquellos dedos flacos y transparentes.

Sólo para su madrastra había cambiado tan radicalmente. Con los demás, incluso con su mismo padre, seguía mostrando la misma frialdad despreciativa, el mismo carácter obstinado y altivo. Si parecía alguna vez más dulce y tratable, no había que achacarlo a su voluntad, sino al mandato expreso de D.ª Carmen. En cuanto este mandato cesaba o se olvidaba, volvía a su primitivo ser malévolo. Los criados la aborrecían por el orgullo insufrible que comenzó a manifestar así que se dio cuenta de su estado de princesa heredera; por no encontrar tampoco en ella ninguna compasión para sus faltas. La que más padeció en su servicio fue la institutriz inglesa que su padre la había traído. Era ya entrada en años, pero tenía gusto en vestirse y aliñarse como una damisela. Esta inocente manía sirvió tantas veces de burla a la niña, que sólo la necesidad le pudo obligar a tolerarlo. ¡Pobre mujer! Todos sus secretos técnicos de tocador fueron entregados sin piedad a la befa de los criados. Sus imperfecciones físicas despertaban contrahechas por la doncella de la señorita, algazara en la cocina. En cierta solemne ocasión, un día de banquete, Clementina le escondió la dentadura, que tenía sobre el tocador para limpiarla. Cualquiera puede figurarse la desazón que esto produjo a la vieja *miss*. La cual se vengaba cándidamente de ella llamándola *señorita Capricho* y poniéndole por temas, en los ejercicios de inglés y francés, algunas máximas y aforismos que le escociesen, verbigracia: "La soberbia es la lepra del alma. La niña soberbia es una leprosa de quien todos deben apartarse con horror"—. "Quien no respeta a los mayores nunca llegará a ser respetado", etcétera. Clementina se reía de estos desahogos. Alguna vez llegó su insolencia hasta cambiar la sentencia de la profesora por otra de su invención. Donde decía: "Nada hay tan feo y despreciable como una joven altanera", ponía la discípula:

"Nada hay tan ridículo y digno de risa como una vieja
presumida". Alborotábase la *miss,* daba parte a D.ª Carmen, llamaba ésta a su hijastra, la reprendía dulcemente,
y al verla triste y acongojada desarrugaba el ceño y la
besaba cariñosamente. Y hasta otra. La verdad es que
tenía razón *miss* Ana y los demás criados al decir que la
señora era quien echaba a perder a la chica. D.ª Carmen,
viviendo en una espantosa soledad moral, estaba tan
cautivada y agradecida al vivo cariño que a todas horas
le demostraba su hijastra, que no tenía ojos para ver sus
faltas, y si los tenía carecía de fuerzas para corregirlas.

A los diez y ocho años era Clementina una de las
mujeres más bellas y uno de los mejores partidos de
Madrid. El caudal de su padre había crecido como la
espuma. Estaba considerado como uno de los banqueros importantes de la villa y no se le conocía otro
heredero ni era ya de presumir que lo tuviese. Comenzaron los jóvenes de la aristocracia, de la sangre y el
dinero, los socios más eminentes del *Club de los Sal-*
vajes, a festejarla apremiándola con vivas declaraciones.
Si iba a una tertulia, un grupo de muchachos la tenía
constantemente amurallada; si a la iglesia, otro grupo
mayor la esperaba en correcta formación a la salida; si
al paseo de la Castellana, apuestos caballeros galopaban
en las inmediaciones de su coche sirviéndola de escolta.
En el teatro veinte pares de gemelos estaban sin cesar
posados sobre ella. El nombre de Clementina Salabert
salía en todas las conversaciones de la juventud elegante, se veía impreso en todas las crónicas de salones,
sonaba en Madrid como el de una de las más brillantes
estrellas del firmamento aristocrático. Tuvo buena porción de amoríos o noviazgos que no produjeron huella
alguna en su corazón. Tomaba y dejaba los novios in-
consideradamente, con lo cual adquirió fama de coqueta
y casquivana. Pero esto no es obstáculo para que una
muchacha encuentre adoradores. Al contrario, el amor
propio de los hombres les incita a dedicar sus lisonjas a
tal clase de mujeres, siempre con la esperanza vanidosa
de ser el clavo que fije la rueda de la veleta. Tampoco

fue serio inconveniente para ella cierto murmullo grose-
ro y malicioso que se levantó y corrió por todo Madrid
con motivo de la amistad original que entabló con un
joven y célebre torero. La inocencia y debilidad de
D.ª Carmen tuvo buena parte en ello. No sólo consintió
esta buena señora que el torero entrase en la casa y se
sentase a su mesa, sino también que las acompañase en
público en más de una ocasión. Con esto y con brindarle
la muerte de algunos toros, la maledicencia, que anda
suelta en la capital como en las provincias, tuvo suficiente pretexto para ensañarse ferozmente con la envi-
diada beldad. Mas como no pudo aportar otra cosa que
sospechas atrevidas y vagas conjeturas, y como por otra
parte existían dos datos positivos que las contrapesaban
sobradamente, a saber, la hermosura y la riqueza excepcionales de la joven, la calumnia no produjo merma en
los adoradores; sólo sirvió para que algún desengañado
escupiese con más facilidad su bilis [12].

Clementina ofrecía en sus modales y discursos, en esta
edad, y la ofreció siempre después, cierta tendencia al
flamenquismo, o sea a las formas desenvueltas, a la
serenidad burlona, al desgarro especial de las chulas de
Madrid. Semejante tendencia se hallará más o menos
exagerada en toda la alta sociedad madrileña. Es un
signo que la caracteriza y la distingue de la de otros
países. Hay en esta inclinación que se observa en Madrid, en el alcázar como en la zahurda, algo de bueno:
no es todo malo. Por lo pronto significa una protesta
contra esa continua mentira que el refinamiento y la
complicación de las fórmulas sociales trae siempre consigo. Es loable la corrección en los modales y a la medida en las palabras; pero exageradas producen la frial-

---

[12] Si bien "la honra" debe de ser patrimonio inexcusable de toda
joven que aspira al matrimonio, conviene subrayar la observación hecha
por el novelista: el poder del dinero es capaz de flexibilizar estos criterios
basados no tanto en normas religiosas como en factores de mentalidad.
La observación de Palacio Valdés encuentra buena fundamentación
teórica en los estudios de Pitt-Rivers, *op. cit.,* pp. 63-70.

dad tediosa que nuestros diplomáticos observan en los salones extranjeros.

Clementina exageraba un poco su afición a las palabras y a los gestos flamencos. El gusto le había venido no se sabe cómo, por contagio tal vez de la atmósfera, dado que las señoras de su categoría no suelen alternar mucho tiempo con las chulas. Había tenido una doncellita nacida y criada en Maravillas. Esta fue en sus ratos de expansión quien le proporcionó mayor cantidad de vocablos y modismos. Luego su amistad con el torero que hemos mencionado; las relaciones que mantuvo después con algunos señoritos cultivadores del género; los teatros por horas, donde se copian, no sin gracia, las costumbres de la plebe madrileña; la amistad con Pepa Frías y otras aristocráticas *manolas* fueron iniciándola poco a poco y la introdujeron al cabo en pleno flamenquismo. Fue entusiasta admiradora de los toros. Por milagro dejaba de asistir a una corrida desde su palco, ataviada con la consabida mantilla blanca y los consabidos claveles rojos. Y discutía las suertes, y fulminaba censuras, y tributaba aplausos, y era tenida entre los aficionados por acérrima y fervorosa *lagartijista*. El espectáculo nacional, animado y sangriento, estaba muy conforme con su naturaleza violenta, indómita. Cuando veía a otras señoras taparse los ojos o hacer otros melindres ante las peripecias de la corrida, reía sardónicamente, como si dudase de la sinceridad de su espanto.

Entre los varios adoradores y solicitantes que su mano tuvo, y que entraban y caían de su gracia alternativa y rápidamente, llegó uno que logró fijar algo más su atención. Llamábase Tomás Osorio. Era un joven de veintiocho a treinta años de edad, rico, exiguo y delicado de figura, de rostro agraciado y genio vivo y resuelto. Supo hacerse valer más que los otros, o por cálculo o por verdadera independencia de carácter. Al entrar en amores con ella no se entregó por completo ni abdicó su voluntad. En cuantas reyertas de alguna importancia tuvieron durante sus largas relaciones, pues no duraron menos de dos años, mantuvo con energía su dignidad.

Era de temperamento bilioso, soberbio, despreciativo
como ella, confiado en su dinero, y poseía un donaire
maligno que le daba prestigio entre las damas. Gracias a
estas cualidades, Clementina no se cansó de él tan
pronto como de los otros. Al cabo de dos años, sin
embargo, cuando faltaban sólo algunos días para realizarse el matrimonio, rompieron de un modo sonado y
hasta escandaloso. Todo Madrid se enteró. Los comentarios fueron infinitos. De ellos resultaba que quien
había tomado la iniciativa para cortar las relaciones
había sido el novio. Tales dichos, exactos o no, llegaron
a oídos de Clementina e hirieron su orgullo tan vivamente, que le faltó poco para enfermar de ira.

Pasó un año. Tuvo algún noviazgo de poca importancia. Osorio también galanteó a otras jóvenes. En ambos
se conservaba vivo, no obstante, el recuerdo de sus
amores. A ella la agitaba un deseo punzante de venganza. Mientras aquel hombre anduviese en sociedad tan
contento como aparentaba, se sentía humillada. En él, a
pesar de su disfraz de indiferencia, ardía el fuego del
amor o por lo menos del deseo. Clementina había
fascinado sus sentidos, había penetrado en su carne: por
más esfuerzos que hacía no podía arrancarla de sí. A
todas horas soñaba con ella, la veía ante sus ojos cada
vez más incitante y apetecible. Cuanto más tiempo
pasaba más crecía el fuego que le consumía y más
esfuerzo y dolor le costaba adoptar un continente altivo
e indiferente al encontrarse con ella en cualquier sarao.
Clementina, con la sagacidad bastante común en las
mujeres, llegó al cabo a adivinar que su antiguo novio
seguía adorándola en secreto y sintió un regocijo maligno. Desde entonces no se vistió, no se adornó más que
para él; para aturdirle, para fascinarle, para hacerle
beber la amarga copa de los celos.

De esta época data la fama ruidosa que adquirió
como mujer elegante. Clementina en este punto era una
gran artista. Sabía vestirse de tal modo que las telas, ni
por sus vivos colores, ni por su riqueza, atrajesen
demasiado la vista en perjuicio de la figura. Compren-

diendo que el traje en la mujer no debe ser un uniforme
sino adorno, un medio de hacer resaltar las perfecciones
con que la naturaleza la hubiese dotado, no obedecía
ciegamente a la moda. En cuanto ésta atentase poco o
mucho a la exposición de su belleza, la esquivaba con
valor o la modificaba. Rehuía los colores chillones, la
profusión de lazos, los peinados complicados. Consideraba a su cuerpo como una estatua y la vestía como tal.
De aquí una cierta tendencia, que constantemente se
manifestaba en sus trajes, hacia el ropaje, esto es, hacia
la amplitud de los pliegues, hacia la vestidura larga. Su
figura gallarda, majestuosa, ganaba mucho de esta manera. Algo la pronunció después de casada, pero no
llegó a exagerarla, retenida por su buen gusto. Solía
vestirse de blanco. Con esto y con peinar sus cabellos
del modo sencillísimo que los tiene la Venus de Milo,
semejaba al parecer en los salones hermosa estatua que
llegase de la Grecia. Una cosa hacía muy digna de
censura en el terreno moral, aunque no lo sea en el del
arte: descotarse con exageración. Una de las sumas
bellezas que poseía era el pecho. Parecía amasado por
las Gracias para trastornar a los dioses. No había en
Madrid una garganta mejor modelada, ni un seno mejor
puesto, más delicado, más atractivo [13]. El deseo vanidoso de mostrarlo, no contenido por la vigilancia saluda-
ble de una madre, le hizo incurrir en más de una ocasión en las censuras de la sociedad. Porque la infeliz
D.ª Carmen, a más de no hallarse muy al tanto de los
usos sociales, era tan débil con los caprichos y fantasías
de su hijastra, que los tomaba sin inconveniente por
actos razonables, por expresión de su gusto indiscutible
y su elegancia. Algún disgusto le proporcionó tal vani-

---

[13] La descripción de la figura de Clementina tiene un cierto aroma
wagneriano. Aunque la penetración del vitalismo alemán tuvo lugar, en
fecha algo más tardía, es posible que Palacio Valdés muy en contacto
con el horizonte cultural francés recibiera su influencia anteriormente.
Por lo demás, la imagen de la protagonista de *Entre naranjos* se impone
también al lector, si bien la obra de Blasco Ibáñez, publicada en 1900, sí
coincide con la recepción del nuevo horizonte cultural.

dad. En cierta ocasión, al presentarse en noche de baile
en casa de Alcudia, la marquesa le dijo al saludarla:

—Muy linda, muy linda, Clementina. Está usted
admirablemente vestida... Pero me parece que la han
descotado mucho... Venga usted conmigo, ya arreglaremos eso [14].

Y la llevó a su tocador y con maternal solicitud le
puso en el pecho unos céfiros que ocultaron lo que en
realidad no debía mostrarse. La joven procuró disimular
su vergüenza achacando la falta a la modista. No
obstante se sintió tan humillada por aquella lección y
por la sonrisa compasiva que la acompañó, que nunca
más pudo ver desde entonces a la devota marquesa.

Con este soplar incesante y adecuado, la llama de
Osorio tomaba cada vez más incremento. Ya no era
poderoso por más tiempo a guardarla en el pecho. Al
cabo se confió a su hermana, que era amiga bastante
íntima de la joven. Rogóla que tantease el terreno a ver
si podía avanzar de nuevo el pie sin peligro de precipi-
tarse. Mariana dio el recado. Clementina escuchólo con
mal refrenada alegría y le metió los dedos en la boca
hasta que la pánfila señora de Calderón desembuchó lo
que tenía dentro y pudo convencerse de que Tomás
ardía en amores por ella. Cuando se cercioró bien,
respondió con palabras ambiguas y riendo: "Lo pensaría, lo pensaría... Estaba muy agraviada por lo que se
había dicho de la ruptura de sus relaciones... Pero en fin,
no le quitaba por completo las esperanzas".

Se puso a meditar con atención sobre el medio de
satisfacer las exigencias de su amor propio herido, y al
cabo de algunos días formuló a Mariana la siguiente
proposición: "Para que consintiese en dar su mano a
Tomás, era indispensable que éste la pidiese de rodillas

---

[14] La marquesa de Alcudia —representante en la obra de la nobleza
de viejo cuño— aparece a lo largo de *La Espuma* como la guardiana del
orden moral; de un orden moral orientado fundamentalmente a la defensa del sexto mandamiento. Recordemos la vigilancia ejercida por la
marquesa sobre sus hijas en los dos primeros capítulos de la presente
novela.

a sus padres delante de los testigos que ella elegiría a su gusto". A ninguna española de pura raza se le hubiera ocurrido semejante extravagancia. Precisa llevar en las venas sangre británica para concebir un refinamiento tan mostruoso de la soberbia. Cuando Osorio tuvo conocimiento de la resolución de su ex novia, se enfureció atrozmente; declaró con arrogancia que antes que pasar por tal humillación le harían cachos. No se volvió, pues, a hablar del asunto. Siguieron las cosas como antes. Mas como a pesar de sus rabiosos esfuerzos el gusano del apetito le roía cada vez con más crueldad las entrañas, el mísero, al cabo de dos meses, cayó en gran abatimiento. Sintióse desfallecer de amor y de deseo. No tuvo fuerzas para alejarse de Madrid. Volvió a rogar a su hermana que otra vez entablase las negociaciones. Clementina, que estaba bien penetrada ya de que le tenía en su poder, se mostró inflexible. O pasar por aquellas singulares horcas caudinas, o nada.

Y Osorio pasó. ¿Qué había de hacer? Efectuóse la extraña ceremonia una tarde en casa de la novia. Al llegar a ella Osorio se encontró con unas veinte personas del sexo femenino, que Clementina había elegido entre las conocidas más envidiosas, las que más habían murmurado con motivo de su ruptura. Adoptó la mejor actitud para semejante caso. Grave, solemne, suelto de lengua y ademanes, dejando traslucir un poco de ironía, como si estuviese representando una comedia por satisfacer la fantasía de una enferma. Dijo algunas palabras previamente acerca de la historia de sus relaciones. Reconocióse culpable. Elogió desmesuradamente a Clementina, con tan poca medida, que en ocasiones parecía estar burlando. Se confesó indigno de aspirar a su mano. Por fin manifestó que siendo ella tan digna de ser adorada y tan grande la ventura de poseer su mano, no creía hacer nada de más pidiéndola de rodillas a sus padres. Al propio tiempo dobló una. D.ª Carmen vino a levantarle riendo y le abrazó con efusión. Clementina también le dio un apretón de manos, más alegre al ver lo bien y dignamente que salía del paso, que satisfecha en

su orgullo. La verdad es que en aquella ocasión sintió
hacia él lo que nunca más volvió a sentir, una migaja de
amor. Si hubo humillación en semejante escena resultó
para ella, por la frescura y el aplomo desdeñoso con que
su novio la llevó a término. Pero no importa. La mujer
goza más viva y más íntimamente observando la superioridad del hombre que humillándole. Clementina fue
feliz aquella tarde.

Pero si Osorio salió bien del paso, no le perdonó
jamás la intención de humillarle; porque era tan orgulloso como ella. La pasión frenética que le había inspirado
sofocó por algún tiempo todo otro sentimiento. Su luna
de miel fue tan pegajosa como breve. El choque entre
aquellos dos caracteres, de igual obstinación y fiereza,
era ineludible. Vino pronto y vino con una serie de
pequeños desabrimientos que hicieron desaparecer en
un instante del corazón de la joven los fugaces destellos
de amor que su marido le había inspirado. En él duró
más tiempo la pasión. El conocimiento que cada cual
tenía del otro los hizo prudentes, rehuyendo un choque
formidable que había de ser funesto. Pero vino al fin. Se
dijo entre los murmuradores que Osorio, cansado de la
indiferencia y los desdenes de su esposa, en una hora
fatal de ira y desesperación la había ultrajado con su
misma doncella y en el mismo tálamo nupcial. Después
de esta escena, que no sabemos si se realizó con los
pormenores horrendos que algunos contaban, quedó
roto el matrimonio para siempre. Osorio, sin derecho ya
para intervenir en la conducta de su mujer, se vio
obligado a ser mero espectador de ella. Entregóse Clementina sin reserva, sin disimulo, puede decirse también
que sin pudor, a todos los galanteos que se le ofrecieron [15]. Él, por su parte, para contrarrestar el ridículo,

[15] Si bien la obra está escrita en una época en que prevalece la doble
moral sexual, cabe hacer una distinción entre la aplicación de ésta a la
esposa de la alta clase y a la de las clases medias. La vulneración de las
normas morales por parte de estas últimas compromete el honor del
marido y acarrea la deshonra familiar (Pitt-Rivers lleva a cabo un
espléndido análisis de las últimas motivaciones de este comportamiento,

que a causa de ellos pudiera tocarle, diose con más
descaro aún a la disipación. Extrajo mujeres de las
últimas clases sociales y las convirtió en señoras, ro-
deándolas de un lujo deslumbrador. La Felipa, la Socorro y la Nati, cortesanas famosas en la capital, que
fueron queridas de muchos personajes, ministros, banqueros y grandes de España, lo habían sido antes de él.
Él fue quien, por medio de sus celestinas, las había
sacado de la calle de la Paloma, del barrio de Triana en
Sevilla o del Perchel, de Málaga, y había gozado de sus
primicias [16].

Dentro de casa, marido y mujer se hablaban muy
poco, lo indispensable solamente. Para evitar la molestia
que les produciría sentarse solos a la mesa tenían
siempre algún convidado. Fuera se trataban con expansiva y natural confianza. Alguna vez Osorio iba a buscar
a su esposa a última hora a la reunión o teatro donde se
hallase. Pero esto era valor entendido en el mundo.
Todos sabían a qué atenerse respecto a sus relaciones.
Ordinariamente, Clementina salía del brazo de su amante. Charlaban largo rato en el *foyer* [17], a presencia de
todos, esperando el coche. Entraba al fin en éste. Antes
de partir todavía cambiaban en tono confidencial buena
copia de frases entreveradas, de alegres carcajadas. La
moral, la moral elegante quedaba a salvo con que el
amante no entrase en el mismo coche, aunque fuesen
pocos minutos después a juntarse en el dulce retiro de
un gabinete particular.

---

vid. Antropología..., op. cit., pp. 122 ss.). En cambio, para la mujer de la
alta clase la moral no es tan estricta y se reduce simplemente a guardar
las formas. Tal vez la presentación más descarnada del tema se encuentre en *La Montálvez* de José María de Pereda, parte I, cap. XVII.
  [16] Alude a barrios populares de Madrid, Sevilla y Málaga.
  [17] *Foyer*: lugar de encuentro existente en el teatro al que se acude en
los entreactos para saludar a los conocidos. Una mujer no podía
presentarse en él ni siquiera acompañada de dos o tres amigas, necesitaba a su lado la presencia de un caballero. Tampoco era correcto que una
señora quedara sola en la butaca durante los descansos; el marido, para
ausentarse, debía aprovechar el momento en que aquélla tuviese la
compañía de algún amigo de la familia.

Cuando Clementina llegó a su casa eran las seis y media. Silbó el cochero. Salió de su pabelloncito el portero a abrir la puerta de la verja y luego la del coche. Él mismo se encargó de pagar al cochero. La dama, sin decir una palabra, entró en el jardín, que era exiguo pero lindo y bien cuidado. Subió la escalera de mármol, debajo de una gran marquesina que ocupaba más de la mitad de la fachada del *hôtel*. No era éste muy grande, pero sí fabricado con lujo y arte, de piedra blanca de Novelda y ladrillo fino. Osorio lo había hecho construir hacía solamente cuatro o cinco años. Como los planos fueron largamente meditados y discutidos, ofrecía una adecuada distribución, que lo hacía más cómodo tal vez que el de su suegro, con ser este tres o cuatro veces mayor.

Halló a un criado en el recibimiento.

—Estefanía ¿dónde anda?

—Hace ya un buen rato que ha llegado, señora.

Atravesó un magnífico vestíbulo iluminado por dos grandes lámparas con bombas esmeriladas sostenidas por sendas estatuas de bronce, siguió por el corredor y tomó la escalera que conducía al principal sin tropezarse con nadie. Cerca ya del salón que daba ingreso a su *boudoir*[18], halló a Fernando, un criadito de catorce años vestido con librea muy cuca y adecuada a sus años.

—¿Estefanía?

—Debe de estar en la cocina.

—Que suba inmediatamente.

Entró en el *boudoir,* y yendo al espejo de cuerpo entero sostenido por dos pies derechos de madera dorada, se despojó del sombrero. Era el gabinete una pieza reducida, vestida toda ella de raso azul con cenefas de cartón-piedra imitando una guirnalda de flores. Sobre la chimenea, vestida también de raso, había dos magnífi-

---

[18] *Boudoir*: palabra tomada del francés que hace referencia al gabinete personal que poseían algunas damas de la alta clase. Se trata de una pieza de exquisita y refinada decoración a la que sólo tiene acceso un reducido número de personas que gozan de la confianza de la dueña de la casa.

cos candelabros y un reloj, obra de nuestros plateros del
siglo pasado. Los enseres de la chimenea eran igualmente de plata. La alfombra blanca con cenefa azul. En
medio un confidente forrado de tisú de oro. Butacas,
sillas doradas. En el suelo dos grandes almohadones de
pluma. En un rincón el espejo; en otro un escritorio
de madera taraceada estilo Pompadour; en los otros dos
unas columnas forradas de terciopelo azul sosteniendo
dos quinqués que esclarecían ahora la estancia. Comuni-
caba esta pieza por un lado con el tocador de la señora y
éste con su dormitorio; por el otro con un saloncito
donde solía recibir a sus amigos los martes por la tarde
o jugar al tresillo de noche con los íntimos. En el *boudoir*
sólo entraban algunas pocas amigas de confianza que
iban a visitarla en horas no señaladas. Aquí era donde
celebraba esos coloquios secretos, tan sabrosos para las
mujeres, donde su pensamiento se vacía por entero,
pasando de lo más escondido y profundo a las frivolida-
des del día, los pormenores del traje y de la moda.

Pocos segundos después de quitarse el sombrero apareció Estefanía. Era una jovencita pálida con hermosos
ojos negros. Vestía, dentro de su condición, con elegancia y primor. Por encima del traje traía un delantal color
gris orlado de puntilla blanca.

—¡Ya podías aguardarme, chiquilla! ¿Dónde estabas
metida? —dijo con tono de mal humor y distraído a la
vez la señora.

—Estaba en la cocina... Había ido a darle unas
puntadas a la falda de Teresa, que se le ha roto en un
clavo —repuso con afectada humildad la doncella.

Clementina guardó silencio, absorta sin duda en sus
pensamientos. Colocada frente al espejo se dejó despojar del abrigo, contemplándose al propio tiempo con
esa curiosidad eterna que las mujeres hermosas sienten
por sí mismas.

—¿Has estado en casa de Escolar? —preguntó al cabo
distraídamente.

—Sí, señora.

—¿Qué ha dicho?

—Que no tiene ahora una seda tan doble en ese color, pero que si la señora quiere enviará por ella.

—¡Puf! Para ese viaje no necesitamos alforjas... ¿Y en *La Perfección*?

—Sí, señora. Que el sábado enviarán los gorros.

—¿Has preguntado cómo seguía el padre Miguel?

—No he tenido tiempo... ¡Está tan lejos!...

—¿Cómo lejos? ¿Pues no has ido en coche?

—No, señora... Juanito me ha dicho que la yegua estaba desherrada...

—¿Por qué no te ha puesto uno de los caballos normandos?

—No sé... Siempre encuentra alguna disculpa cuando la señora me manda salir en coche.

—Tal me parece... Descuida, hija: ya arreglaré yo eso. ¡Bueno está el señor Juanito, con sus ínfulas de indispensable!

Al echar una mirada a su doncella reflejada en el espejo, creyó observar algo extraño en sus ojos. Se volvió para mejor verlo. En efecto, Estefanía los tenía enrojecidos.

—¡Tú has llorado, chica!

—¿Yo?... No, señora, no.

La manera de negarlo era hipócrita. La señora no tuvo necesidad de insistir mucho para que se lo confesase y aun la causa de su llanto.

—El jefe, señora —comenzó a gimotear—, el jefe, que las ha tomado de poco tiempo a esta parte conmigo... En cuanto digo cualquier cosa, suelta la carcajada o dice una porquería... Y los demás claro, los demás, como me tienen ojeriza porque la señora me quiere, y por adular al jefe, se ríen también... Porque le he dicho hoy que se lo diría a la señora, me ha llenado de insolencias y me ha echado de la cocina.

—¡Echado! ¿Y quién es él para echarte? —exclamó con ímpetu el ama—. Ve a llamarle. Es menester que yo caliente las orejas, lo mismo a ese necio que a Juanito. ¡Si nos descuidamos van a mandar en esta casa los criados más que los amos!

—Señora... yo no me atrevo. ¿Quiere que le envíe recado por Fernando?

—Haz lo que quieras, pero llámale.

Se había irritado vivamente al escuchar los sollozos de su doncella. Estefanía era su predilecta, a quien distinguía entre todos los criados y confiaba gran parte de sus secretos. Como todos los déspotas presentes y pasados, estaba dominada sin darse cuenta de ello. El carácter zalamero y adulador de la doncellita había ganado su corazón de tal manera, que con él, sin saberlo ella misma, le había entregado la voluntad. Estefanía era de hecho quien mandaba en la casa, pues que mandaba en la señora. El criado que no entraba en su gracia, podía prepararse a salir en plazo más o menos corto. Y sucedía lo que puede darse como regla segura en tales casos, que la preferida y amada de la señora era profundamente antipática a la servidumbre. No acaece esto solamente por esa pasión vergonzosa que en mayor o menor grado reside en todos los seres humanos, la envidia, sino también porque es condición precisa del hipócrita y adulador con el grande, ser al propio tiempo altanero y malévolo con el pequeño.

Llamado por Fernando, a quien Estefanía dio el encargo, no tardó en presentarse en la puerta del gabinete el cocinero, con los atavíos del oficio, esto es, con mandil y gorra blanca; todo blanquísimo. Era un mocetón de treinta años, de rostro fresco y no desgraciado, con largas patillas negras. En el ceño que contraía su frente, en la preocupación que se observaba en sus ojos, comprendíase que ya sabía a qué venía llamado. Clementina se había sentado en el confidente. Estefanía se había retirado a un rincón y puso los ojos en el suelo al entrar el jefe.

—Vamos a ver, Cayetano; acabo de saber que después de tratar con muy poca consideración a esta chica, la ha echado usted de la cocina. Le llamo para decirle que ni yo consiento que ningún criado trate mal a otro, ni usted está facultado para echar a nadie dentro de mi casa.

—Señora... yo no la he tratado mal... Es ella, la que nus trata mal a todus... pincha aquí, pincha allá, sin dejarnus en paz —tartamudeó el cocinero con marcado acento gallego.

—Bueno, pues si pincha aquí y pincha allí, ningunu de ustedes está facultadu para desvergonzarse con ella... Se me dice a mí y concluido —replicó vivamente la señora imitando el acento del jefe.

—Es que...

—Es que, nada. Ya sabe usted lo que le he dicho. Hemos concluido —manifestó el ama con gesto imperioso.

El cocinero, con la cara encendida y todo el cuerpo tembloroso, permaneció unos segundos inmóvil. Después, antes de retirarse, dirigió una larga mirada iracunda a la doncellita, que seguía con los ojos en el suelo con expresión hipócrita donde se traslucía el triunfo del amor propio.

—¡Chismosa! —le vomitó al rostro más que le dijo.

La señora se alzó de su asiento, y rebosando de cólera por tal falta de respeto, le dijo:

—¿Y cómo se atreve usted a insultarla en mi presencia? Márchese usted pronto... ¡Quítese de mi vista!

—Señora, lo que le digu es que ella tiene la culpa...

—Pues si tiene la culpa, mejor... Váyase usted.

—Todus nus iremus de la casa, señora, porque a esa mentecata no hay quien la sufra.

—Usted, por lo pronto, como si ya se hubiese ido. Puede usted buscar otro sitio donde servir, que yo no tolero que ningún criado se me quiera imponer.

El cocinero quedóse otra vez inmóvil y estupefacto ante aquella brusca despedida; pero reponiéndose en seguida giró sobre los talones, diciendo con dignidad:

—Está bien, señora; lo buscaré.

Clementina siguió murmurando después de haberse ido:

—¡Pero qué atrevido es este gallegazo! ¿Habrá mastuerzo? No creo que a nadie más que a mí le toquen semejantes criados...

Apaciguándose de pronto por virtud de otra idea que le acudió, dijo:

—Anda, ven a vestirme, que ya es tarde.

Entró en su tocador seguida de Estefanía. Contra lo que debía presumirse, ésta tenía el semblante grave y nublado. Comenzó a despojarse rápidamente de su traje de calle para ponerse el de media ceremonia con que comía y recibía a sus íntimos por la noche, más claro siempre, con un pequeño descote y los brazos cubiertos. La docnella, a una indicación suya, sacó un traje color fresa exprimida del gran armario de espejo que ocupaba enteramente uno de los lienzos de la pared. Antes de ponérselo le arregló el pelo y le quitó las botinas bronceadas, sustituyéndolas con el zapato adecuado. No había abierto su boca la pálida doncellita hasta entonces, reflejando en el rostro cada vez más tristeza y preocupación. Al fin, hallándose arrodillada a los pies de su ama, levantó los ojos para decirle tímidamente:

—Señora, voy a rogarle una cosa... que no despida a Cayetano.

Clementina la miró con sorpresa:

—¿Esas tenemos?... Conque después que has sido tú la que...

—Es que, señora —articuló Estefanía poniéndose todo lo colorada que permitía su tez—, si ahora le despide, me van los demás a tomar ojeriza.

—¿Y a ti qué te importa?

La doncella insistió con muchas veras y cada vez con palabras más suplicantes y persuasivas. La señora negó poco tiempo. Como el asunto era de poca monta y observaba no sin sorpresa el interés y aun ansiedad que su predilecta tenía en que el cocinero quedase, no tardó en concederlo, ordenándole que ella arreglase el asunto. Con esto el semblante de la chica se animó al instante, se puso como unas pascuas y comenzó a maniobrar en torno de su ama con extraordinaria presteza.

Dos golpecitos dados en la puerta las sorprendió a ambas.

—¿Quién es? —preguntó la señora.

—¿Te estás vistiendo, Clementina? —se oyó de fuera.

Era la voz de su marido. La sorpresa de la dama no disminuyó por esto. Osorio subía rarísima vez a su cuarto estando ella sola.

—Sí; me estoy vistiendo. ¿Hay gente abajo?

—Los de siempre: Lola, Pascuala y Bonifacio... Es que tengo que hablar contigo. Te espero aquí en el salón.

—Bien; allá voy.

Desde entonces hasta que terminó de arreglarse, Clementina guardó silencio obstinado, expresando en el rostro una preocupación sombría que no pasó inadvertida para su doncella. En sus dedos, al dar los últimos toques a los pliegues de la falda, había un ligero temblor, como el de las niñas que por primera vez se visten para ir a un baile.

Osorio la esperaba, en efecto, en el saloncito de arriba contiguo a su *boudoir*. Estaba sentado negligentemente en una butaca; pero al ver a su esposa se levantó, dejando caer previamente en la escupidera la punta del cigarro que fumaba. Clementina observó que estaba algo más pálido que de costumbre. Era el mismo hombrecillo de facciones correctas y mal color que cuando se casó; pero en los últimos doce años se había gastado bastante su naturaleza. Muchas arrugas en la cara; el cabello gris y la barba también; los ojos menos vivos.

Fue a cerrar la puerta que su mujer dejó abierta, y acercándose a ésta le dijo con afectada naturalidad:

—El cajero me ha entregado hoy un recibo tuyo de quince mil pesetas... Aquí está.

Sacó la cartera y de ella un papelito satinado y oloroso, que presentó a su esposa. Ésta lo miró un instante con semblante grave, sombrío, sin pestañear, y guardó silencio.

—Hace quince días me entregó otro de nueve mil... Aquí está.

La misma operación, y el mismo silencio.

—El mes pasado me presentó tres; uno de siete mil,

otro de once mil y otro de cuatro mil... Aquí los tengo
también.

Osorio agitó el puñado de papeles un instante delante
de los ojos de la dama. Viendo que ésta no despegaba
los labios, preguntó:

—¿Estás conforme?

—¿Con qué? —dijo secamente.

—Con que son exactas estas partidas.

—Lo serán si están firmados los recibos por mí. Tengo poca memoria, sobre todo en cuestiones de dinero.

—Es una gran felicidad —repuso sonriendo irónicamente Osorio, mientras volvía a guardar en la cartera
los papeles—. Yo también he intentado muchas veces
prescindir de ella. Desgraciadamente, el cajero se encarga siempre de refrescársela a uno... ¡Bueno! —añadió,
viendo que su mujer no replicaba—. Pues no he subido
a otra cosa más que a hacerte una pregunta, y es la
siguiente: ¿Crees que las cosas pueden seguir de este
modo?

—No entiendo.

—Me explicaré: ¿crees que puedes seguir tomando de
la caja cada pocos días cantidades tan crecidas como
éstas?

Clementina, que estaba pálida cuando entró, se había
puesto fuertemente encarnada.

—Mejor lo sabrás tú.

—¿Por qué mejor?... Tú debes de saber adónde llega
tu fortuna.

—Bien, pues no lo sé —replicó refrenando con trabajo su despecho.

—Nada más claro. Los seiscientos mil duros que tu
padre me ha entregado al casarme, como están en fincas
producen, según puedes enterarte de los libros, unos
veintidós mil duros. El gasto de la casa, sin contar con el
mío particular, suma bien tres veces esa cantidad... Saca
ahora, si quieres, la consecuencia.

—Si te pesa que se gaste de tu dinero, puedes vender
las casas —dijo Clementina con desdeñosa sequedad,
volviendo a ponerse pálida.

—Es que si se vendiesen, mañana sería yo responsable con mi dinero de su importe. ¿No sabes eso?

—Firmaré cualquier papel diciendo que no se te haga cargo de nada.

—No basta, querida, no basta. La ley no me exime nunca de responder de la dote mientras tenga dinero... Además, si tú te lo gastases *alegremente* (recalcó esta palabra), el negocio sería para ti muy bueno, pero para mí deplorable, porque siempre me quedaba en la obligación de... subvenir a tus necesidades.

—¿De mantenerme, verdad? —dijo ella con ironía amarga.

—Quería evitar esa palabra... pero, en efecto, es la más exacta.

Hablaba Osorio en un tonillo impertinente y protector que estaba desgarrando por varios sitios la soberbia de su esposa. Desde las feroces reyertas que habían producido su separación debajo del mismo techo, no habían tenido una entrevista de tal especie como la presente. Cuando por la convivencia se originaba algún rozamiento, resolvíanlo por una breve y seca explicación de pasada, en que ambos, sin deponer el orgullo, usaban de prudencia por temor del escándalo. Pero ahora el asunto tocaba en lo más vivo a Osorio. Para un banquero, por espléndido que sea, lo más vivo es el dinero. Además su amor propio, aunque otra cosa aparentase, había sufrido mucho en los últimos años. No basta fingir indiferencia y desdén ante los extravíos de una esposa; no basta pagarle en igual moneda paseándole por delante de los ojos las queridas, hacer gala de ellas ante el público. Las armas serán iguales, pero las heridas que la mujer causa son más profundas y más graves que las del hombre. El malestar que la conducta libre de su esposa le causaba no disminuía con el tiempo. El abismo que los separaba era cada vez más profundo. Por eso, la airada venganza cogía esta ocasión por los pelos.

Clementina le miró un instante. Luego, encogiéndose de hombros y haciendo con los labios una leve mueca de desdén, dio la vuelta y se dispuso a salir de la estancia. Osorio avanzó unos pasos colocándose entre ella y la puerta.

—Antes de irte quiero que sepas que el cajero tiene orden de no pagar ningún recibo que no vaya visado por mí[19].

—Enterada.

—Para tus gastos tendrás una cantidad fija, que ya determinaremos cuál ha de ser. No quiero más sorpresas en la caja.

Clementina, que iba a salir por la puerta de la antesala, retrocedió para hacerlo por la de su *boudoir*. Antes de desaparecer, teniendo el portier levantado con una mano y encarándose con su marido, le dijo con reconcentrada ira:

—Al fin resultas un puerco como tu cuñado; sólo que éste no se las echa como tú de generoso.

Dejó caer el portier y dio un gran portazo.

Osorio hizo un movimiento para arrojarse detrás de ella; pero reponiéndose instantáneamente gritó más que dijo para que le oyese bien:

—¡Es claro! Soy un puerco porque no quiero mantener señoritos hambrientos. ¡Que los mantengan las viejas que los utilizan!

Después de proferida esta ferocidad quedó satisfecho al parecer, porque en sus labios se dibujó una sonrisa de triunfo y sarcasmo.

Cinco minutos después ambos esposos estaban en el comedor riendo y bromeando con los tres o cuatro convidados que tenían.

---

[19] El Código Civil de 1889 establecía que el marido era el administrador de los bienes que poseyera el matrimonio, y el representante de la mujer, la cual necesitaba de su licencia para efectuar operaciones de compra, salvo, claro está, las de consumo habitual para la familia. *Vid.* arts. núms. 58, 59, 60. Esta situación explica que Osorio, a pesar de la cuantiosa dote aportada por Clementina se alarme ante sus dispendios y tenga autoridad para prohibirle estos gastos.

CÓMO ALENTABA A LA VIRTUD
EL SEÑOR DUQUE DE REQUENA

—A ver, a ver, explica eso.

—Señor duque, el negocio es clarísimo. Hoy he hablado con Regnault. La mina puede producir, cambiando los hornos, construyendo algunas vías y estableciendo maquinaria a propósito, una mitad más de lo que actualmente rinde. Puede llegar a producir sesenta mil frascos de azogue. El dinero necesario para lograr esto no pasa de ciento a ciento cincuenta mil duros.

—Me parece mucho.

—¿Mucho, para un resultado como ese?

—No; me parecen muchos frascos.

—Pues a mí no me cabe duda de que es verdad lo que dice Regnault. Es un ingeniero inteligente y práctico. Seis años ha estado explotando las de California. Además, el ingeniero inglés [1] que ha ido con él asegura lo mismo.

Los que así hablaban eran el duque de Requena y su secretario, primer dependiente o como quiera llamarse, pues en la casa no había apelativo designado para él. Llamábasele simplemente Llera. Era un mozo asturiano, alto, huesudo, de rostro pálido y anguloso, brazos y piernas larguísimos, grandes manos y pies, brusco y

[1] La alusión a ingenieros franceses e ingleses ha de entenderse a partir de la realidad del proceso de industrialización española. Es bueno tener en cuenta que fueron especialistas extranjeros los que mayoritariamente ocuparon los puestos clave en la dirección de nuestras primeras empresas industriales.

desgarbado de ademanes y con unos ojos grandes de
mirar franco y sincero donde brillaba la voluntad y la
inteligencia. Era un trabajador infatigable, asombroso.
No se sabía a qué horas comía ni dormía. Cuando
llegaba a las ocho de la mañana al escritorio, ya traía
hecha la tarea de cualquier hombre en todo el día. A las
doce de la noche áun se le podía ver muchas veces con la
pluma en la mano en su despacho [2]. Con ese don
especial para conocer a los hombres, que poseen todos
los que han de lograr éxito feliz en el mundo, Salabert
penetró, al poco tiempo de tenerle por ínfimo escriben-
te, el carácter y la inteligencia de Llera. Y sin darle gran
consideración en apariencia, porque esto no entraba
jamás en su proceder, se la dio de hecho acumulando
sobre él los trabajos de más importancia. En poco
tiempo llegó a ser el hombre de confianza del célebre
especulador, el alma de la casa. Su laboriosidad humillaba a todos los demás empleados y de ella se servía
Salabert para cargarlos de trabajo en horas excepcionales. Llera, a un mismo tiempo, era su secretario, su
mayordomo general, el primer oficial de su oficina,
el inspector de las obras que tenía en construcción y el
agente de casi todos sus negocios. Por llevar a cabo este
trabajo inconcebible, superior a las fuerzas de cuatro
hombres medianamente laboriosos, le daba seis mil
pesetas al año. El dependiente se creía bien retribuido,
considerábase feliz pensando que hacía seis años nada
más, ganaba mil quinientas. Todos los días, antes de dar
su paseo matinal y emprender sus visitas de negocios,
daba el duque una vuelta por el despacho de Llera, se
enteraba de los asuntos y conversaba con él un rato
largo o corto según las circunstancias.

El duque tenía las oficinas en los altos de su palacio
del paseo de Luchana, soberbio edificio levantado en
medio de un jardín que, por lo amplio, merecía el

---

[2] Llera aparece como el reverso —provinciano— del señorito madrileño. Pertenece a un sector de las clases medias que necesita de la gran
burguesía y vive sometido a ella.

nombre de parque. En el verano, los árboles, tupidos de follaje, apenas dejaban ver la blanca crestería de la azotea. En el invierno, las muchas coníferas y arbustos de hoja permanente que allí crecían, le daban todavía aspecto muy grato. Era el centro de reunión de todos los pajaros del distrito del Hospicio. Tenía acceso por una gran escalinata de mármol. Además del piso bajo donde se hallaban los salones de recibir y el comedor poseía otros dos. Parte del último era lo que ocupaban las oficinas, que no eran muy considerables. A Salabert le bastaba para la dirección de sus negocios con una docena de empleados expertos. El lujo desplegado en la casa era sorprendente: el mobiliario valía no pocos millones. Chocaba con la avaricia, que todo el mundo atribuía a su dueño. Esta y otras contradicciones parecidas se irán resolviendo según vayamos penetrando en su carácter, uno de los más curiosos y más dignos de fijar la atención del lector. Las cocinas estaban en los sótanos, que eran espaciosos y bien dispuestos. El comedor, que ocupaba la parte trasera del piso bajo, tenía por complemento un invernadero de excepcionales dimensiones, donde crecían gran número de arbustos y flores exóticas y donde el agua que manaba profusamente formaba estanquecillos y cascadas muy gratos de ver; todo imitando, en lo posible, a la naturaleza. Las cuadras estaban en edificio aparte al extremo del jardín, lo mismo que la habitación de algunos criados, no todos[3].

[3] Buena descripción de la estructura de un palacio de la España canovista. Conviene tomar nota del emplazamiento de la vivienda del duque, uno de los personajes más representativos de "la espuma" madrileña. El dato —calle de Luchana— es interesante: el palacio se encuentra situado en una de las zonas urbanísticas con más porvenir en aquel momento, en los alrededores de la proyectada plaza de Europa que debía de emular a la del Trocadero de París. *Vid.* P. Navascués, *Arquitectura y arquitectos madrileños del siglo XIX*. Madrid. Instituto de Estudios Madrileños, 1973, espec. cap. IV. Obsérvese por otra parte, cómo el narrador vulnera su objetivismo para advertir al lector acerca de la aparente incoherencia del comportamiento de Salabert.

El duque, repantigado en el único sillón que había en el despacho de Llera, mientras éste se mantenía frente a él de pie dando vueltas en la mano a unas grandes tijeras de cortar papel, paseó tres o cuatro veces de un ángulo a otro de la boca el negro y mojado cigarro, sin contestar a las últimas palabras de su secretario. Al fin gruñó más que dijo:

—¡Hum! El ministro está cada día más terco.

—¡Qué importa! ¿No sabe usted el secreto de hacerle ceder?... Telegrafíe usted a Liverpool y antes de quince días el frasco de azogue baja desde sesenta a cuarenta duros.

El duque de Requena había formado por iniciativa y consejo de Llera, hacía cuatro años, una sociedad o sindicato de azogues con el objeto de acaparar todo el mercurio que saliese al mercado. Gracias a ello, este producto había subido extraordinariamente. La sociedad se encontraba con un depósito inmenso en Liverpool. El plan de Llera era lanzarlo al mercado en un momento dado, produciendo una baja enorme que asustase al Gobierno. Esto, realizado en la época misma del pago del empréstito de cien millones de pesetas que el Gobierno había hecho hacía diez años a una casa extranjera, le empujaría a pensar en la venta de la mina de Riosa. Si por otra parte se ayudaba a la empresa sacrificando algunos millones, subvencionando periódicos y personajes, podía darse por seguro el éxito. Este plan, formado por Llera y madurado por el duque, venía desenvolviéndose con regularidad y tocaba a su término.

—Allá veremos —manifestó el opulento banquero quedándose unos instantes pensativo—. Cuando salga a subasta —dijo al cabo—, será necesario formar otra sociedad. La de azogues no nos sirve para el caso.

—¡Claro que se formará!

—El caso es que yo no quiero comprometer en este negocio más de ocho millones de pesetas.

—Eso ya es otra cosa —manifestó Llera poniéndose serio—. Apoderarse de un negocio de esa entidad con tan poco dinero me parece imposible. La gerencia irá a parar a otras manos y entonces queda reducido a un tanto por ciento mayor o menor... ¡es decir, a nada!

—Verdad, verdad —masculló Salabert quedándose otra vez profundamente pensativo. Llera también permaneció silencioso y meditabundo.

—Ya le he indicado a usted el único medio que hay para conseguir la dirección...

Este medio consistía en tomar una cantidad bastante crecida de acciones en la mina al ser comprada por la sociedad: seguir comprando todas las que se pudiesen; luego comenzar a venderlas más baratas, hasta llegar a producir el pánico en los accionistas. Comprar y vender perdiendo durante algún tiempo éste era el medio que proponía Llera para conseguir la baja de las acciones y poder adquirir con mucho menos dinero la mitad más una y apoderarse por completo del negocio. Salabert no lo veía tan claro como su secretario. Era la suya una inteligencia perspicaz, minuciosa, penetrante; pero le faltaba grandeza e iniciativa en los negocios, aunque otra cosa pensasen los que le veían acometer empresas de excepcional importancia. El pensamiento primordial, la que pudiéramos llamar idea madre de un negocio, casi nunca nacía en su cerebro; le venía de afuera [4]. Pero en él germinaba y se desarrollaba quizá como en ningún otro de España. Poco a poco lo iba analizando, disecando mejor, penetraba hasta las últimas fibras, lo contemplaba en sus múltiples aspectos, y una vez convencido de que le reportaría ventajas, se lanzaba sobre él con rara y sorprendente audacia. Esto era lo que acerca de sus dotes de especulador había producido el engaño del público. Estaba bien convencido de que una vez resuelto

---

[4] Se subraya el *modus operandi* de la burguesía monopolista y se pone de manifiesto —desconocemos la medida en que el caso pudiera ser arquetípico— que el espíritu de empresa y de iniciativa corresponden no tanto a la burguesía beneficiaria de los logros económicos, como a las clases medias situadas en la sombra y dominadas por aquélla.

a acometer la empresa, cualquier vacilación resultaba
perjudicial. Tal audacia no procedía, pues, directamente
de su temperamento, sino de la reflexión. Era una
muestra de su astucia incomparable.

Por lo demás, su fondo era tímido. Este defecto, en
vez de corregirse con la felicidad casi nunca interrumpi-
da de sus éxitos, se aumentaba cada día. La avaricia es
medrosa y suspicaz. Salabert era cada vez más avaro.
Además, con los años, el pesimismo va penetrando en el
espíritu del hombre. Acostumbrado a grandes resultados en sus especulaciones, nuestro banquero juzgaba
deplorable el negocio en que no percibía pingües ganancias. Si por acaso no obtenía ninguna o había leve
pérdida, creía el caso digno de ser lamentado largamente. Así que, sin el concurso de Llera, sin su carácter
osado y su imaginación fecunda en invenciones, el
duque de Requena haría ya tiempo que no se aventu-
raría en un negocio de mediana importancia. En cambio, lo que había perdido de inventiva y audacia habíalo
reemplazado por un tacto y habilidad verdaderamente
pasmosos, un conocimiento de los hombres que sólo la
edad y una atención constante pueden lograr. En tal
sentido puede decirse que Llera y él se completaban a
maravilla. Esta sagacidad y este conocimiento del corazón humano llegaban en Salabert a pecar de excesivos;
esto es, se pasaba de listo en ocasiones. En su trato con
los hombres, mirándoles siempre del lado de los intereses materiales, había llegado a formarse tan triste idea
de ellos, que resultaba monstruosa y le expuso a serios
percances. Quizá lo que veía en los otros no era más que
el reflejo de su propia imagen como nos sucede a todos
los humanos. Para él no había hombre ni mujer inco-
rruptibles. Un poco más caras o un poco más baratas
las conciencias, todas estaban a la venta. En los últimos
años el soborno llegó a ser en él una manía. Si tropezaba
con personas que no se dejaban comprar, nunca imaginaba que lo hacían de buena fe, sino porque se estima-
ban en mayor precio del que ofrecía. Era una de las
tareas más pesadas de Llera arrancarle de la cabeza los

proyectos de soborno cuando recaían en hombres que sin duda habían de rechazarlos con indignación. Si tenía un pleito, lo primero que pensaba era cuánto dinero iban a costarle los magistrados que habían de fallarlo. Si estaba interesado en un expediente gubernativo, separaba *in mente* la cantidad que debía destinar al ministro o al subsecretario o a los consejeros de Estado. Desgraciadamente este lápiz negro que tenía siempre en la mano para tiznar el rostro de la humanidad, se empleaba con resultado positivo en bastantes ocasiones.

El duque de Requena ni tenía sentido moral ni nunca lo había conocido. Su vida de granuja anónimo en Valencia, estaba señalada por una serie de travesuras y mañas chistosas, por una fecundidad tan grande en trazas para sacar al prójimo su dinero, que lo hicieron digno émulo del *Lazarillo de Tormes, El pícaro Guzmán de Alfarache* y otros héroes famosos de la novela española. Por cierto que antes de ir adelante conviene expresar que un grupo de socios del Ateneo había puesto a Salabert el sobrenombre de *El pícaro Guzmán* con que le conocían. Pero este apodo no salió del círculo de amigos. Mejor éxito tuvo una frase del presidente del Consejo de Ministros explicando las iniciales del duque. Decía que a estas iniciales A. S. debía ponérseles signo de admiración para que dijeran: *¡A Ese!*

Contábase con visos de verosimilitud que en Cuba, adonde había ido a buscar fortuna, compró un tabernucho en los arrabales de la Habana, con todo su mobiliario, incluyendo en él una negra destinada a su servicio. Esta negra, durante los años que tuvo aquel comercio, fue su criada, su ama de gobierno, su dependiente y su concubina. De ella tuvo varios hijos. Cuando hubo ahorrado algunos miles de duros para restituirse a España, liquidó sus cuentas vendiendo la taberna, el mobiliario, la negra... ¡y los hijos!

Luego comenzaron los equipos para la tropa, los negocios de tabacos, la subasta de carreteras, cediéndolas unas veces con primas, otras construyéndolas sin las condiciones exigidas por el contrato, los empréstitos al

Gobierno [5], etc., etc. En todos ellos desplegó nuestro negociante su rara sagacidad, su talento positivo y un "órgano de la adquisividad" tan poderoso, que con razón le hicieron célebre entre los personajes de la banca.

No era antipático su trato. Al revés de casi todos los que aspiran a las riquezas o al poder, ni era fino en los modales ni meloso en las palabras. Era más bien brusco que cortés; pero sabía admirablemente distinguir de personas y se suavizaba cuando hacía falta. Esta misma tosquedad nativa servíale para disfrazar lo astuto y sutil de su pensamiento. Parecía que aquel exterior burdo, rústico, aquellos modales exageradamente libres y campechanos no podían menos de guardar un corazón franco y leal. Era (por fuera nada más) el tipo acabado del castellano viejo, honradote, sincero e impertinente. Hablaba poco o mucho según le convenía, se expresaba con dificultad real o fingida (que esto nunca llegó a averiguarse), tenía de vez en cuando salidas chistosas, aunque siempre tocadas de grosería, y solía decir en la cara algunas cosas desagradables que le hacían temible en los salones. La preponderancia adquirida por sus riquezas había hecho crecer este último defecto. A la mayor parte de las personas, aun a las damas, solía hablarles con una franqueza rayana en el cinismo y la desvergüenza; signos del desprecio que en realidad le inspiraban. No obstante, cuando tropezaba con un personaje político de los que a él le convenía tener propicios, esta franqueza tomaba otro giro muy distinto y se transformaba en adulación y casi casi en servilismo. Mas esta farsa, aunque admirablemente desempeñada, no engañaba a nadie. El duque de Requena era tenido por un zorro de marca. Por milagro creía ya alguno en sus palabras ni se dejaba cautivar por aquel aspecto

----

[5] La vía de enriquecimiento seguida por Salabert es muy semejante en sus líneas generales a la de una serie de personajes destacados en la España de la Restauración: estancia americana, suministros al estado, orientación hacia el mundo de las finanzas, ennoblecimiento...

rudo y bonachón. Los que le hablaban estaban siempre
en guardia, aunque fingiendo confianza y alegría. Como
sucede a todos los que han conseguido elevarse, los
defectos que universalmente se le reconocían, mejor
dicho, la mala fama que tenía, no era obstáculo para
que se le respetase, para que todos le hablasen con el
sombrero en la mano y la sonrisa en los labios, aunque
nunca hubiesen de necesitar de él. Los hombres muchas
veces se humillan por el solo placer de humillarse.
Salabert conocía esta innata tendencia que tiene la
espina dorsal del hombre a doblarse y abusaba de ella.
Muchos que vivían con independencia, no sólo le tolera-
ban impertinencias que les hubieran parecido intolera-
bles en algún amigo de la infancia, sino que apetecían y
buscaban su trato.

—Veremos, veremos —repitió de nuevo cuando Llera
le recordó el medio de apoderarse de la gerencia—. Tú
eres muy fantástico; tienes la cabeza demasiado caliente.
No sirves para los negocios. A ver si nos pasa aquí lo
que con las alhóndigas.

Por consejo de Llera, el negociante había construido
alhóndigas en algunas capitales de España, las cuales no
habían tenido el éxito que esperaban. Como después de
todo el negocio no era de gran entidad, las pérdidas
tampoco fueron cuantiosas. A pesar de eso, el duque,
que las había llorado como si lo fuesen y no había
escaseado a su secretario frases groseras e insultantes, le
recordaba a cada instante el asunto. Servíale de arma
para despreciar sus planes, aunque después los utilizase
lindamente y a ellos debiese un aumento considerable de
su hacienda. Teníale de esta suerte sumiso, ignorante
de su valer y presto a cualquier trabajo por enojoso que
fuera.

Un poco avergonzado por el recuerdo, Llera insistió
en afirmar que el negocio de ahora era de éxito infalible
si se le conducía por los caminos que él señalaba.
Salabert cortó bruscamente la discusión pasando a otros
asuntos. Informóse rápidamente de los del día. La
pérdida de una fianza que había hecho por un pariente

de Valencia, le puso fuera de sí, bufó y pateó como un toro cuando le clavan las banderillas, se llamó animal cien veces y tuvo la desfachatez de decir, en presencia de Llera, que su bondadoso corazón concluiría por arruinarle. La pérdida, en total, representaba unas veintidós mil pesetas. Las fianzas que el duque hacía por sus más íntimos amigos o parientes eran del tenor siguiente: Las hacía generalmente en papel, exigía al afianzado un seis por ciento del capital depositado, y se encargaba además de cortar y cobrar los cupones. De suerte que el capital, en vez de redituarle lo que a todos los tenedores de valores del Estado, le producía un seis por ciento más. Así eran los negocios que el duque hacía, no tanto por interés como por impulso irresistible de su corazón.

Salió furioso del despacho de su secretario, fuese a la caja y aprendiendo allí que iban a mandar a cobrar al Banco nueve mil duros de cuenta corriente, él mismo recogió el *talón* después de firmarlo. Debía pasar por allá a celebrar una Junta como consejero, y de paso ningún trabajo le costaba hacerlo efectivo. Salió a pie como era su costumbre por las mañanas. En las hermosas coníferas que bordaban los caminos del jardín-parque cantaban alegremente los pájaros. Se comprendía que no habían puesto fianza alguna y la habían perdido. El señor duque maldita la gana que tenía de cantar ni aun escuchar sus regocijados trinos. Pasó de largo con el semblante torvo, sin responder a los saludos de los jardineros y del portero, mordiendo con más ensañamiento que nunca su enorme cigarro. En la calle no tardó en colorearse un poco su rostro. Tuvo un encuentro agradable y útil. El presidente del Consejo de Estado, a quien le gustaba también madrugar, le saludó en el paseo de Recoletos. Hablaron algunos momentos y los aprovechó para recomendarle, con la brusquedad calculada que le caracterizaba, un expediente de ciertas marismas en que estaba interesado. Después, a paso lento, mirando con sus ojos saltones, inocentes, a los transeúntes, deteniéndolos particularmente en las frescas domésticas que regresaban a sus casas con la cesta

de la compra llena y las mejillas más coloradas por el
esfuerzo, se dirigió al Banco de España. Era mucha la
gente que le quitaba el sombrero. De vez en cuando se
detenía un instante, daba un apretón de manos, y
cambiando con el conocido que tropezaba cuatro palabras en tono familiar y desenfadado, seguía su camino.

Era temprano aún. Antes de llegar al Banco se le
ocurrió subir a casa de su amigo y compariente Calderón. Tenía éste su almacén y su escritorio en la calle de
San Felipe Neri, tal cual su padre lo había dejado, esto
es, probrísimo de apariencia y hasta lóbrego y sucio [6].
En aquel local, donde la luz se filtraba con trabajo al
través de unos cristales polvorientos resguardados por
toscos barrotes de hierro, donde el olor de las pieles
curtidas llegaba a producir náuseas, el viejo Calderón
había ido amontonando con mecánica regularidad duro
sobre duro, onza sobre onza, hasta formar algunas pilas
de millón. Su hijo Julián nada había cambiado. A pesar de ser uno de los banqueros más ricos de Madrid, no
había querido prescindir del almacén de pieles, y eso que
este comercio, comparado con el de letras y efectos
públicos que la casa llevaba a cabo, poco le representaba. Calderón era un tipo de banquero distinto de
Salabert. Tenía un temperamento esencialmente conservador, medroso hasta el exceso para los negocios, prefi-
riendo siempre la ganancia pequeña a la grande cuando

---

[6] Este lugar no existía en la realidad; es muy posible, sin embargo,
que Palacio Valdés se inspirase en un almacén de colchones y pieles
curtidas —que se vendían como alfombras de pie de cama y aparecían
colgadas en la puerta— situado en el número 2 de dicha calle, y
trasladado al número 6 de la misma en 1899. El local novelesco fue
adquirido en 1899 por tres socios que instalaron en él un gran almacén
de paños. Uno de ellos, que acabó quedándose con todo el negocio,
tenía su vivienda en la cercana calle Mayor, en una magnífica casa de
moderna construcción en cuyos salones se reunían frecuentemente
conocidas elites madrileñas. Es interesante poder constatar el paralelo
entre la ficción de 1890 y la realidad de comienzos de siglo. Todavía
existe en la actualidad la colchonería a que acaba de hacerse referencia;
a la amabilidad de sus dueñas debo estos datos así como otros que
certifican la verosimilitud del relato.

ésta se logra con riesgo. De inteligencia bastante limitada, cauteloso, vacilante, minucioso. Toda empresa nueva le parecía una locura. Cuando veía fracasar a un
compañero en alguna, sonreía maliciosamente y se daba
a sí mismo el parabién por el gran talento de que estaba
dotado. Si rendía ganancias, sacudía la cabeza murmurando con implacable pesimismo: "Al freír será el reír".
Económico, avaro mejor dicho, hasta un grado escandaloso en su casa. Si la tenía puesta con relativo lujo había
sido a fuerza de súplicas de su mujer, de burlas de sus
amigos, y sobre todo porque había llegado a convencerse de que necesitaba gozar de cierto prestigio exteriormente si había de competir con los muchos e inteligentes
banqueros establecidos en la corte. Los tiempos habían
cambiado mucho desde que su padre acaparaba una
parte considerable de los giros de la plaza. Pero después
de comprados cuidaba con tal esmero de la conserva-
ción de los muebles, exigía tal refinamiento de vigilancia
a los criados, a su mujer y a sus hijos, que en realidad
eran todos esclavos de aquellos costosos artefactos. Pues
si vamos al coche, no es posible imaginarse los temores,
las agitaciones sin cuento que le costaba. Cada vez que
el cochero le decía que un caballo estaba desherrado, era
un disgusto. Tenía un tronco de yeguas francesas de
bastante precio. Las mimaba tanto o más que a sus
hijos. Sacábalas a paseo por las tardes; pero no le
conducían al teatro por miedo a una pulmonía. Prefería
que su mujer fuese a pie o en coche de alquiler, a
exponerse a la pérdida de una de ellas. No hay que
decir, si alguna se ponía enferma, lo que pasaba por
nuestro banquero. La preocupación, el abatimiento se
pintaban en su semblante. Visitábala a menudo, la
acariciaba, y no pocas veces ayudaba al cochero y al
veterinario a las curas, aunque consistiesen en ponerle
lavativas. Hasta que la enferma sanase no había buen
humor en la casa[7].

---

[7] La fina ironía de Palacio Valdés preside la caracterización de este
personaje. El humor cumple aquí una función de crítica social. Don

HENRICH Y Cía EN COMANDITA — EDITORES

SUCESORES DE N. RAMÍREZ Y Cía

ARMANDO PALACIO VALDÉS

LA ESPUMA

NOVELA

DE COSTUMBRES CONTEMPORÁNEAS

ILUSTRACIÓN DE

M. ALCÁZAR Y JOSÉ CUCHY

TOMO I

BARCELONA—1890

IMPRENTA DE HENRICH Y COMPª EN COMANDITA

SUCESORES DE N. RAMÍREZ Y COMPª

Pasaje de Escudillers, núm. 4.

Portada de la primera edición de *La espuma*.

Armando Palacio Valdés.

Era un marido cominero. Para eso tal vez no le faltaba razón. La apatía de su mujer era tan grande, que si él no se encargase de tomar la cuenta a la cocinera y manejar las llaves de los armarios, Dios sabe cómo andaría la casa. Mariana no disponía ni ejecutaba nada. Su papel era el de una hija de familia, y lo aceptaba sin pesar. Otra mujer cualquiera se creería humillada necesitando acudir a cada instante a su marido para los menesteres más insignificantes de la vida doméstica. Ella juzgábalo natural, sobre todo muy cómodo cuando la sórdida economía de Calderón no la apretaba demasiado. La que alguna vez protestaba solamente contra esta exclusiva centralización de las atribuciones administrativas era su madre, aquella señora delgadísima, de ojos hundidos, de quien hicimos mención en el primer capítulo. Tales protestas no eran, sin embargo, frecuentes ni duraderas. En el fondo había un acuerdo perfecto entre la suegra y el yerno. La vieja, como viuda de comerciante de provincia, a quien había ayudado a labrar su capital, era más amante aún del orden y la economía, mejor dicho, era todavía más tacaña que él. Por esto no había podido vivir jamás con su hijo: su excesivo gasto, y sobre todo el despilfarro, los caprichos escandalosos de Clementina, la irritaban, la amargaban todos los instantes de la existencia. En casa de Calderón, su papel era el de vigilante o inspector de la servidumbre, el cual desempeñaba a maravilla. Su yerno descansaba confiadamente en ella. Gracias a esto y a que esperaba que mejorase a Mariana en el testamento, la guardaba más consideraciones que a ésta.

Salabert era, en el fondo, tan avaro como Calderón y casi tan tímido, pero mucho más inteligente. Su timidez estaba contrapesada por una buena dosis de fanfarronería: su avaricia por un conocimiento profundo de los hombres. Sabía bien que el aparato, la ostentación de

---

Armando en vez de utilizar la sátira cruel y despiadada tan ajena a su temperamento, emplea un suave humorismo que disminuye la dureza formal de la crítica sin restringir un ápice el alcance de su repulsa.

las riquezas, influye notablemente hasta en el ánimo de los más despreocupados; contribuye en sumo grado a inspirar la confianza necesaria para acometer empresas importantes. De aquí el lujo con que vivía, su palacio, sus trenes, los bailes famosos que de vez en cuando daba a la sociedad madrileña. El carácter de Calderón le inspiraba un desprecio profundo: al mismo tiempo le despertaba el buen humor. Al ver la pequeñez de su amigo se crecía, contemplábase más grande de lo que en realidad era y experimentaba viva satisfacción. No se juzgaba solamente más hábil, más astuto (únicas ventajas que positivamente le llevaba), sino generoso y liberal, casi un pródigo.

Penetró resoplando en el tenebroso almacén de la calle de San Felipe Neri, dejando como siempre estupefactos, abatidos, aniquilados a los dependientes, para los cuales el duque de Requena no era sólo el primer hombre de España, sino un ser sobrenatural. Producíales su vista la misma impresión de espanto y entusiasmo, de temor y fervorosa adoración que a los japoneses el gran Mikado [8]. Y si no se prosternaban y hundían su frente en el polvo como aquéllos, por lo menos se ponían colorados hasta las orejas y no acertaban en algunos minutos a colocar la pluma sobre el papel ni prestaban atención a lo que el parroquiano les decía. Mirábanse con señales de pavor y decíanse en voz baja lo que de sobra sabían todos: "¡El duque!" "¡El duque!" "¡El duque!"

El duque pasó, como solía cuando por casualidad iba por allí, sin dignarse arrojarles una mirada, y se fue derecho al pequeño departamento donde Calderón solía estar. Mucho antes de llegar a él comenzó a decir en voz alta:

—¡Caramba, Julián! ¿cuándo saldrás de esta cueva? Esto no es una casa de banca: es una cuadra. No tiene vergüenza el que viene a visitarte. ¡Puf! ¿Pero desolláis aquí también las reses, o qué? Hay un hedor insufrible.

---

[8] *Mikado*: título del emperador del Japón.

Calderón ocupaba, al final del almacén, un rincón separado del resto por un biombo de tabla pintada con una puertecita de resorte. Pudo escuchar, pues, todas las palabras de su amigo antes que éste empujase la mampara.

—¡Qué quieres, hombre! —dijo algo amoscado por haberse enterado los dependientes de la filípica—; no todos somos duques ni se nos enredan los millones en los pies.

—¡Qué millones! ¿Se necesitan millones para tener un despacho limpio y confortable? Lo que debes confesar es que te duele gastar una peseta en adecentarle. Te lo he dicho muchas veces, Julián; eres un pobre y toda la vida lo serás. Yo con mil reales seré más rico siempre que tú con mil duros; porque sé gastarlos.

Calderón gruñó algunas protestas y siguió trabajando. El duque, sin quitarse el sombrero, dejóse caer en la única butaca que allí había forrada de badana blanca, o que debió de ser blanca. Ahora presentaba un color indefinible entre amarillo de ámbar, ceniza y verde botella, con fuertes toques negros en los sitios de apoyar la cabeza y las manos. Había además tres o cuatro banquetas forradas de lo mismo y en idéntico estado, una estantería de pino llena de legajos, una caja pequeña de valores, una mesa de escribir antiquísima de nogal y forrada de hule negro, y detrás de ella un sillón tosco y grasiento donde se hallaba sentado el jefe de la casa. Aquel pequeño departamento estaba esclarecido por una ventana con rejas. Para que los transeúntes no pudiesen registrarlo había visillos que, a más de ser de lo más ordinario y barato en el género, ofrecían la curiosa circunstancia de ser el uno demasiado largo y el otro tan corto que le faltaba cerca de una cuarta para tapar por completo el cristal de abajo [9].

---

[9] La descripción de la oficina de Calderón constituye un modelo de quehacer naturalista. El escritor, en su afán por reconstruir la realidad, utiliza el método analítico y procede a un verdadero inventario de los elementos que constituyen su escenario —la disposición, la materia, el

—Pero hombre, ya que no te mudas de casa deja ese dichoso comercio de pieles, que no es digno de un hombre de tu representación y tu fortuna.

—Fortuna... fortuna —masculló Calderón sin dejar de mirar el papel en que escribía—. Ya sé que se habla de mi fortuna... ¡Si fuésemos a liquidar, quién sabe lo que resultaría!

Calderón no confesaba jamás su dinero: gozaba en echarse por tierra. Cualquier alusión a su riqueza le molestaba en extremo. Por el contrario, a Salabert le gustaba dar en rostro con sus millones y representar el *nabab* [10]; por supuesto, a la menor costa posible.

—Además —siguió diciendo con mal humor—, todo el mundo se fija en lo que entra, pero nadie atiende a lo que sale. Los gastos que uno tiene son cada vez mayores. ¿A que no sabes lo que llevo gastado este año, vamos a ver?

—Poca cosa —respondió el duque con sonrisa despreciativa.

—¿Poca cosa? Pues pasa de setenta y cinco mil duros, y aún estamos en noviembre.

—¿Qué dices? —manifestó el duque con viva sorpresa—. No puede ser.

—Lo que oyes.

—Vaya, vaya, no me metas los dedos por los ojos, Julián... A no ser que en esos setenta y cinco mil duros estén incluidos los gastos de la casa que estás fabricando en el Horno de la Mata.

—Pues naturalmente.

Al duque le acometió al oír esto tal golpe de risa, que por poco se ahoga. Cayósele el cigarro. La faz, ordinariamente amoratada, se puso ahora que daba miedo. El golpe de tos que le vino, acompañando a la risa, fue tan vivo, que parecía que iba a desplomarse presa de la congestión.

---

color y el estado de los objetos...— hasta el punto de ofrecer una excelente imagen plástica del medio en que se desarrolla la acción.

[10] *Nabab*: gobernador de una provincia de la India mahometana; en sentido figurado se refiere a un hombre sumamente rico.

—¡Hombre, tiene gracia! ¡tiene muchísima gracia eso! —dijo al cabo entre los flujos de la risa y de la tos—. No se me había ocurrido hasta ahora... De aquí en adelante incluiré en los gastos de mi casa todas las compras de valores y todas las casas que edifique. Voy a aparecer con más gasto que un rey.

La risa tan franca y ruidosa del duque molestó y corrió extraordinariamente a Calderón.

—No sé a qué viene esa risa... Si sale de la caja, en el capítulo de gastos está... De todas maneras, Antonio, más sabe el loco en su casa que el cuerdo en la ajena.

El duque, de algún tiempo a esta parte, menudeaba las visitas a su amigo y compañero. Empezaba a hacerle la rosca para atraerle al negocio de las minas de Riosa. Se aproximaba el momento en que había de efectuarse la subasta. Necesitaba para entonces contar con algunos accionistas de consideración. D. Julián lo era, tanto por el capital que representaba, como por su carácter mismo. Gozaba en el mundo de los negocios fama de precavido, de receloso mejor. De suerte que el hecho de tomar parte en cualquier especulación la acreditaba de segura, y esto era lo que Salabert necesitaba. No quiso molestarle, pues, muy fuertemente y cambió la conversación. Con la gran flexibilidad, con la finura que poseía bajo su corteza ruda, supo ponerle de buen temple loando su previsión en cierto negocio fracasado donde no se dejó coger, desollando a otros negociantes enemigos y reconociéndole tácitamente sobre ellos superioridad de talento y penetración. Cuando le tuvo bien trastado, habló le por tercera o cuarta vez, en términos vagos, del negocio de la mina. Ofrecíalo como un ideal inaccesible para meterle en apetito. ¡Si algún día fuera posible comprar esa mina, qué gran negocio! No había conocido otro más claro en su vida. Lo peor era que el Gobierno no estaba dispuesto a soltarla. Sin embargo, f..., con un poco de habilidad y trabajándolo bien, acaso con el tiempo... Para entonces necesitábanse algunos hombres que no tuviesen inconveniente en invertir un buen capital. Si no los hallaba en España, iría al extranjero a buscarlos...

Calderón, al oír hablar de un negocio, se encogía como los caracoles cuando los tocan. El de ahora era tan gordo, por los datos indecisos que el duque le suministraba, que le obligó a meterse de golpe en la cáscara. Así que Salabert comenzó a precisar un poco, púsose torvo y sombrío, mostróse receloso e inquieto, como si entonces mismo le fuesen a exigir una cantidad exorbitante.

Cuando hubo concluido su largo discurso, un poco incoherente, que parecía más bien un monólogo, el duque se levantó bruscamente.

—Vaya, Julianito, me voy de aquí al Banco.

Al mismo tiempo sacó otro cigarro de la petaca, y sin ofrecerle, porque no fumaba, lo encendió por fórmula, pues los dejaba apagarse en seguida para seguir mordiéndolos.

D. Julián respiró con satisfacción.

—¡Tú siempre con esa actividad febril! —dijo, sonriendo y alargándole la mano.

—¡Siempre detrás del dinero!

Cuando ya iba a trasponer la puerta, Calderón se acordó de que podía utilizar aquella visita.

—Oye, Antonio: tengo ahí un montón de *londres*... ¿Las quieres? Te las doy baratas.

—No me hacen falta ahora. ¿Cómo las cedes?

—A cuarenta y siete.

—¿Son muchas?

—Ocho mil libras entre todas.

—Siento no necesitarlas. Es buena ocasión. Adiós.

Trasladóse al Banco, asistió a la reunión, y después de hacer efectivos los nueve mil duros del *talón,* salió con su amigo Urreta, otro de los célebres banqueros de Madrid. Al llegar cerca de la Puerta del Sol, se dieron la mano para despedirse.

—¿Adónde va usted? —le preguntó Salabert.

—Voy de aquí a casa de Calderón, a ver si puede facilitarme *londres.*

—Es inútil el paseo —repuso vivamente el primero—. Todas las que tenía acabo yo de tomárselas.

—Hombre, lo siento. ¿Y a cómo se las ha puesto?

—A cuarenta y seis, diez.

—No son baratas; pero me hacen mucha falta y aun así las tomaría.

—¿Le hacen a usted falta de verdad? —dijo Salabert echándole al mismo tiempo el brazo sobre los hombros.

—De verdad.

—Pues voy a ser su Providencia. ¿Qué cantidad necesita usted?

—Bastante. Diez mil libras lo menos.

—No puedo tanto; pero por ocho mil, puede usted enviar esta tarde.

El rostro de Urreta se iluminó con una sonrisa de agradecimiento.

—¡Hombre, no puedo permitir!... A usted le harán falta también...

—No tanto como a usted... Pero aunque así fuera... Ya sabe usted que se le quiere mucho. Es usted el único guipuzcoano con talento que he tropezado hasta ahora.

Al mismo tiempo, como le llevara abrazado, le daba afectuosas palmaditas en el hombro. Estrecháronse de nuevo la mano, y después que Urreta se deshizo en frases de gratitud, a las cuales contestaba Salabert en ese tono brusco y campechanote que tanto realza el mérito de cualquier servicio, se despidieron.

El duque tomó inmediatamente un coche de alquiler.

—A la calle de San Felipe Neri, número...

—Está bien, señor duque —repuso el cochero.

Alzó la cabeza el prócer para mirarle.

—¡Hola! ¿Me conoces?

Y sin aguardar la contestación se metió adentro y cerró la portezuela.

—Julián... Julián —gritó a su amigo antes de abrir la mampara del escritorio—. Vengo a hacerte un favor... ¡Qué suerte tienes, maldito! Mándame esas *londres* a casa.

—¡Hola! —exclamó el banquero con sonrisa triunfal—. ¿Las necesitas?

—¡Sí, f..., sí! Siempre me ha de hacer falta a mí lo que
a ti te conviene soltar... Adiós...

Y sin entrar en el despacho dejó libre la mampara de
resorte que tenía sujeta y se fue. Dio las señas al cochero
de un hotel situado en el barrio Monasterio y se reclinó
en un ángulo, mordiendo su cigarro y resoplando con
evidente satisfacción [11]. Experimentóla nuestro banquero después de cometer aquella granujada, después de
despojar a su amigo Calderón de unas cuantas pesetas,
como el justo al concluir un acto de justicia o de
caridad. Su imaginación, siempre alerta para los asuntos
donde hubiese dinero, vagó, mientras el carruaje le
conducía al Hipódromo, al través de los varios negocios
en que estaba comprometido; pero se detuvo muy
particularmente en el de la mina de Riosa. La combinación de Llera le iba pareciendo cada vez mejor. Sin
embargo, tenía sus puntos flacos. A reforzarlos se aplicó
con el pensamiento, hasta que el coche se detuvo delante
de la verja de un hotelito de construcción barata, con
muchos adornos de yeso y madera que le hacían semejar
a las obras de confitería.

Apresuróse el portero a abrirle con acatamiento.
Salvó en tres pasos el diminuto jardín. Al subir las pocas
escaleras del piso bajo salió a la puerta una criada joven.

—Hola, Petra: ¿y tu ama?

—Duerme todavía, señor duque.

—Pues ya son las doce —dijo sacando su cronóme-
tro—. Voy a subir de todos modos.

Y pasando por delante de ella, entró en la antesalita

---

[11] Situado entre la plaza de las Salesas, la calle de Almirante y el
paseo de Recoletos —hoy todavía existe la calle del marqués de Monasterio—, correspondía a un barrio que se localiza en el plano de Pedro
de Texeira de 1656 como uno de los límites y lugares apartados de la
ciudad. Quedaba al otro lado de la puerta de las Mercedarias, actual
plaza de Santa Bárbara, donde estaba situado el convento de esta orden.
Posiblemente el nombre del barrio surgió tras la construcción del
monasterio de las Salesas.

ochavada. Despojóse del gabán que la doméstica recibió y se encargó de colgar. Subió al piso principal. El dormitorio donde penetró era un gabinete con alcoba, separados por columnas y una gran cortina de brocatel. Estaba amueblado con lujo de gusto dudoso. En vez del sello que imprime cualquier persona, si no es enteramente vulgar, al decorado y adorno de sus habitaciones, observábase la mano del mueblista que cumple el encargo que le han dado, según el patrón corriente. Las puertas de madera del balcón estaban abiertas. La luz penetraba por un transparente que representaba un paisaje de color de chocolate. Las paredes estaban acolchadas con damasco amarillo; las sillas eran doradas igual que una mesilla de centro y un armario para colocar chucherías.

Observábase en aquella estancia, perteneciente a una mujer, el mismo desorden que suelen presentar los cuartos de los estudiantes o militares. Diversas prendas de vestir, enaguas, corsé, medias, andaban esparcidas por las sillas. Sobre la rica alfombra de terciopelo había algunos escupitajos y puntas de cigarro. En la delicada mesilla del centro una licorera con las botellas casi vacías y las copas fuera de su sitio. El duque echó una mirada torva a esta licorera y alzó suavemente la cortina de la alcoba. En primoroso lecho de ébano con incrustaciones de marfil, reposaba una joven de tez blanca, blanquísima, y cabellos negros, negrísimos. Reposaba con un abandono sin delicadeza, en una posición de animal bien cebado. Hasta en el sueño es posible conocer la condición y espiritualidad de la persona.

Salabert tuvo un momento la cortina suspendida. Luego la sujetó con cuidado, y sentándose en una butaquita que había al lado de la cama, se puso a contemplar con fijeza a la bella dormida. Porque era bella en efecto y en grado excelso. Sus facciones, notablemente correctas y delicadas: perfil griego, frente pequeña y bonita, nariz recta, labios rojos un poco gruesos: la tez, un prodigio de la naturaleza, mezcla de alabastro y nácar, de rosas y leche, debajo de la cual corría la vida abundante y rica. Los cabellos, negros y brillantes, estaban sueltos, manchando con el aceite perfumado la almohada de batista. A pesar de lo frío del tiempo, tenía un brazo y casi medio cuerpo fuera de las sábanas. Verdad que en el gabinete ardía, con vivo e intenso fuego la chimenea. El brazo estaba enteramente desnudo y era de lo más hermoso y mejor torneado que pudiera verse en el género. Pero la mano que estaba al cabo de este brazo no correspondía a su belleza. Era una mano donde la holganza presente no había conseguido borrar las huellas del trabajo pasado, mano pequeña, pero deformada, con los dedos macizos y aporretados, mano plebeya elevada de repente al patriciado.

Aunque el banquero no se movía, la fijeza y avidez de sus ojos posados sobre la joven ejercieron sobre ella la consabida influencia magnética. Al cabo de algunos minutos cambió de postura, suspiró con fuerza y abrió los ojos, que eran negros como la tinta. Fijáronse un instante con vaga expresión de asombro en el duque, y cerrándolos de nuevo murmuró una interjección de carretero, hundiendo al mismo tiempo su cara en la almohada [12]. Luego, como si repentinamente cruzara por su mente la idea de que había hecho una cosa fea, dio la vuelta, abrió de nuevo los ojos y dijo sonriendo:

—¡Hola! ¿Eres tú?

Al mismo tiempo le alargó la mano. El duque se la estrechó, y alzándose de la butaca le dio un sonoro beso en la mejilla, diciendo:

—Si quieres dormir más te dejaré. No he venido más que a darte un beso.

Pero no era uno, sino buena porción los que le estaba

---

[12] Obsérvese la correspondencia entre el medio, la herencia y la situación socio-moral del personaje. Se trata de una pieza lujosamente amueblada pero carente de calidades estéticas; de un cuarto que respira desorden y descuido, datos que sirven para connotar negativamente a una mujer de la época; se trata de una muchacha muy bella pero de rasgos físicos que denuncian claramente su humilde extracción social. El mismo lenguaje utilizado por Amparo confirma al lector en la idea que se va formando del personaje.

aplicando en ambas mejillas. La joven frunció el entrecejo, disgustada de aquellas caricias, que por venir de un
viejo no debían de serle agradables. Además, ya se ha
dicho que los labios del duque, por efecto de la manía de
morder el tabaco, solían estar sucios.

—¡Quita, quita! —dijo al fin rechazándole—. No me
sobes más. Bastante me has sobado ayer tarde. Me he
lavado tres veces. Eché sobre mí un frasco de rosa
blanca y todavía a las doce de la noche me olía mal.

—Olor de tabaco.

—No: el olor del tabaco me gusta. Olor de viejo.

Esta salida brutal no despertó la indignación del
duque como era de presumir. Soltó una carcajada y le
dio una palmadita cariñosa en la mejilla.

—Pues no me salen baratos los besos.

Tampoco esta cínica réplica alteró a la bella, que en
el mismo tono de mal humor dijo:

—Ya lo creo. Y cuantos más años tengas, más caros
te irán saliendo... Dame un cigarro.

El duque sacó la petaca.

—No traigo más que tabacos.

—No quiero eso... Ahí, sobre ese chisme de escribir,
debe de haber. Tráeme.

El banquero tomó de encima de un pequeño escritorio taraceado algunos cigarritos y se los presentó. La
joven preparó uno con la destreza de un consumado
fumador y lo encendió con el fósforo que el duque se
apresuró a sacar. Éste intentó otra vez aproximar sus
labios repugnantes al hermoso rostro de la fumadora,
pero fue rechazado con violencia.

—¡Mira, o te estás quieto o te vas! —dijo ella con
energía—. Siéntate ahí.

Y le señaló la butaquita próxima al lecho.

El banquero se dejó caer en ella, mirando a la joven
con sus grandes ojos saltones, que expresaban temor.

—Eres una gatita cada día más arisca. Abusas de mi
cariño, mejor dicho, de mi locura.

Poseía, en efecto, uno de los temperamentos más
lúbricos que pudiera encontrarse. Toda la vida había

sido, en achaque de mujeres, ardiente, voraz. En vez de corregirse con los años, esta afición fue creciendo hasta dar en una manía repugnante. Era notoria en Madrid. Sabíase que para satisfacerla, después que había llegado a la opulencia, tuvo mil extraños caprichos que pagó con enormes caudales. Se le habían conocido queridas de extraños y remotos países, entre ellas una circasiana y una negra. Era en realidad esta pasión la compuerta por donde se escapaba como un río su dinero. Pero era al mismo tiempo el único que no le dolía gastar. El boato de su casa le causaba dolor, un cosquilleo punzante: lo mantenía por cálculo y por fanfarronería, pero le pesaba en el alma, aunque aparentase otra cosa[13]. Allá, en las intimidades secretas de su casa, cuando no había de trascender al público, escatimaba, regateaba, sustraía de una cuenta cualquier cantidad por insignificante que fuese; no tenía inconveniente en mentir descaradamente para escamotear a un comerciante algunas pesetas. El dinero que las mujeres le costaban entregábalo sin vacilaciones ni remordimientos, como si todos sus trabajos y desvelos, sus grandes y continuos cálculos para extraer el jugo a los negocios no tuviesen otra significación ni otro destino que el de adquirir combustible para aumentar el fuego de su liviandad.

Entre las muchas queridas pagadas que había tenido, ninguna adquirió tanto ascendiente sobre él como la que tenemos delante. Era esta una joven de Málaga, llamada Amparo, que hacía tres o cuatro años vendía flores por los teatros y tenía su kiosco en Recoletos. Desde luego llamó la atención por su belleza y desenvoltura y se hizo popular entre los elegantes. Festejáronla, persiguiéronla, y aunque al principio resistió a los ataques, cuando éstos vinieron en forma positiva, se dejó vencer. Fue, durante algún tiempo, la querida del marqués de Dávalos, un

---

[13] Sordidez y avaricia resultan connotaciones de los dos banqueros que aparecen en este capítulo. Dos portillos, sin embargo, permiten resquebrajar estas actitudes: el afán de figurar —caso de Salabert y Calderón— y la pasión sexual presentada de forma muy plástica en el caso del duque de Requena.

joven viudo con cuatro hijos, que gastó con ella sumas cuantiosas que no le pertenecían. Por gestiones activas de su familia, por escasearle ya el dinero y por desvío de la misma Amparo, que halló otro pollo mejor para desplumar, se rompió esta relación, no sin sentimiento tan vivo del joven marqués que le produjo cierto trastorno intelectual. Después del sustituto de éste, tuvo Amparo otros varios queridos en la aristocracia de la sangre y el dinero. Fue conocida y popular en Madrid con el nombre de Amparo la malagueña. En los paseos, en los teatros, adonde acudía con asiduidad, constituyó durante tres o cuatro años un precioso elemento decorativo. Porque a más de su hermosura singular, había llegado a adquirir en poco tiempo, si no distinción, elegancia. Sabía vestirse, facultad que no es tan común como parece, sobre todo en esta clase de mujeres. Tenía bastante instinto para buscar la armonía de los colores, la sencillez y pureza de las líneas. No pretendía llamar la atención, como la mayor parte de sus iguales, por lo exagerado de los sombreros y el vivo contraste de los colores. Por esta razón había entre las damas madrileñas cierta indulgencia hacia ella. En sus ratos de murmuración le guardaban más consideraciones que a las otras; la reconocían un cutis muy fino, unos ojos muy hermosos, y gusto.

Fuera de esta dote natural que la acercaba a las señoras de verdad, Amparo era en su trato tan tosca, tan incivil, tan bestia y tan ignorante como lo son casi siempre en España las criaturas de su condición, al menos en el presente momento. Más adelante quizá lleguen a ser tan cultas y refinadas como las cortesanas de la Grecia. Hoy son lo que arriba se ha dicho, sin ánimo, por supuesto, de ofenderlas. Después de pertenecer al marqués de Dávalos y a otros tres personajes, sin perjuicio de los devaneos furtivos que se autorizaba, vino al poder del duque de Requena, o éste al poder de ella, que es lo más exacto. Salabert, según iba envejeciendo y menguando en energía (para todo lo que no fuese adquirir dinero, se entiende), crecía en sensualidad. El vicio se transformaba en desorden vergonzoso, en pasión desenfrenada, como suele acaecer a los viejos y a los niños viciosos. Amparo dio con él en esta última etapa y logró apoderarse de su voluntad sin premeditación. Era demasiado necia para concebir un plan y seguirlo. Su carácter desigual, brutalmente soberbio, su misma estupidez, que le hacía no prever las consecuencias de sus actos, la ayudaron a dominar al célebre banquero. Hacía un año que era su querida y que estaba instalada en aquel hotelito del barrio de Monasterio. Al principio procuraba refrenar su genio y tenerle contento mostrándose dulce y amable. Pero como esto le costaba un esfuerzo, y como, por otra parte, pudo cerciorarse en seguida de que los desdenes, el mal humor y hasta los insultos, lejos de enfriar la pasión del duque la encendían más, dio rienda suelta a su genio. Apareció la criatura salida del cieno, con su grosería, sus inclinaciones plebeyas, su carácter agresivo y desvergonzado. El duque, que hasta entonces había logrado mantener su independencia frente a sus queridas, y eso que de algunas llegó a prendarse fuertemente, se encaprichó de tal modo por ésta, que al poco tiempo le toleraba frases que ajaban su dignidad y tiempo adelante actos que aún más la escarnecían. Por supuesto, este dominio duraba solamente los momentos de sensualidad, las horas que consagraba al placer. Así que salía del templo de Venus, recobraba su razón el imperio, volvía a sus empresas con creciente ambición.

Amparo fumaba tranquilamente en silencio, enviando pequeñas nubes de humo al techo. De pronto hizo un movimiento brusco, e incorporándose dijo:

—Voy a vestirme. Toca ese botón.

El duque se levantó para cumplir el mandato. A los pocos instantes se presentó Petra a vestirla. Mientras lo llevaba a cabo, ama y doncella cambiaron algunas impresiones con excesiva familiaridad, mientras el banquero seguía con fijeza entre atento y distraído, los movimientos de la faena.

—Señorita, ¿ha visto usted ayer a la Felipa guiando

dos jaquitas que parecían ratones? Por aquí pasó... ¡Qué
preciosidad! No he visto cosa más mona en la vida... A
ver cuándo el señor duque le compra otra pareja así
—dijo Petra mirando con el rabillo del ojo al banquero,
mientras ataba las cintas de la bata a su ama.

—¡Ps! —exclamó ésta alzando los hombros con desdén—. No me ha dado nunca por guiar. Es oficio de los
cocheros. Pero si me diese, ¡ya lo creo que me compraría
un tronco igual!

Y al mismo tiempo se volvió un poco, con media
sonrisa, hacia el duque, que dejó escapar un gruñido
corroborante, pasando con su peculiar movimiento de
boca el cigarro al lado contrario.

—Pues son muy lindas para ir a los toros. ¡Y que no
estaría bien la señorita con su mantilla blanca guiando!

—¿Mantilla para guiar? ¡Estás aviada, hija!

—Bueno, pues de sombrero. El caso es que estaría de
mistó: no como esa desorejada de la Felipa que ya no
tiene carne para hartar a un gato...

La doncella, mientras le recogía el pelo, charlaba por
los codos. El fondo de su charla era constantemente
adulador. Amparo escuchaba con cierta complacencia.
Alguna vez la interrumpía con frase del mismo jaez que
las que la doméstica usaba, en más de una ocasión,
acompañadas de interjecciones que aquélla no se atrevía
a pronunciar. Contaba que el día anterior había tropezado en la calle con Moratini, y que el famoso torero le
había dicho al pasar: "Recuerdos a tu ama". Al mismo
tiempo la maligna doncella miraba de reojo al duque.
Amparo sonrió lisonjeada; pero hizo una fingida mueca
de desdén.

—Lo mismo da. Ya sabes que me carga.

—Pues tiene muchos partidarios.

—¡Calla! ¡calla! que ni tú ni él valéis un perro chico...
Anda; tráeme pronto esa gorra, y lárgate.

Así que la doncella se hubo marchado, el duque, en
quien los recuerdos del torero despertaron los celos y el
mal humor, dijo saliendo al gabinete y tendiéndose
groseramente en el sofá:

—Parece que esta noche has tenido media juerga. ¿Quién ha estado aquí?

Amparo dirigió la vista a la licorera, donde el duque la tenía posada.

—Pues han estado Socorro y Nati hasta cerca de las tres.

—¿Nadie más?

—Con sus amigos León y Rafael.

—¿Nadie más?

—Nadie más, hombre. ¿Me vas a examinar?

—Es que yo he sabido que ha estado también Manolito Dávalos.

El duque no lo sabía. Quiso sacar de mentira verdad.

—Cierto: también ha estado Manolo —replicó con indiferencia.

—Bueno, pues será la última vez —dijo mordiendo con rabia el cigarro.

—Eso será si a mí se me antoja —manifestó la bella ex florista levantando hacia él los ojos con expresión provocativa.

Salabert dejó escapar ciertos gruñidos que Amparo consideró ofensivos. Hubo una escena violenta. La bella reclamó con fiereza su independencia; le cantó lo que ella llamaba con clásica erudición "verdades del barquero". El banquero, excitado, contestó con su grosería habitual. Él era quien pagaba; por lo tanto, tenía derecho a prohibir la entrada en aquella casa a quien le pareciese. La disputa se fue agriando en términos que ambos levantaron bastante la voz, sobre todo Amparo, en quien a poco que la rascaran aparecía la criatura de plazuela. Cruzáronse frases de pésimo gusto, aunque pintorescas. La malagueña llamó al duque tío lipendi, gorrino, y concluyó por arrojarle del gabinete. Pero aquél no hizo maldito el caso, antes enfurecido la faltó abiertamente al respeto, empleando en su obsequio algunos epítetos expresivos de su exclusiva invención y otros recogidos con cuidado de su larga experiencia. Por último, quiso dejar sentado de un modo incontrovertible que allí era el amo. Con este fin, puramente lógico, dio

una tremenda patada a la mesilla dorada donde reposaba la aborrecida licorera, que se derrumbó con estrépito
y se hizo cachos. Amparo, que no se dejaba sobar por
nadie, según decía a cada momento, aunque a cada
momento se pusiese en contradicción consigo misma,
presa de un furor irresistible, con los ojos llameantes de
ira, alzó la mano tomando vuelo y descargó en las
limpias y amoratadas mejillas del prócer una sonora
bofetada.

Los cabellos del lector se erizarán seguramente al
representarse lo que allí pasaría después de este acto
bárbaro e inaudito. Acaso sería conveniente dejarlo en
suspenso como la famosa batalla del héroe manchego y
el vizcaíno. Sin embargo, para no atormentar su curiosidad inútilmente, nos apresuramos a decir lo que
pasó desdeñando este recurso de efecto. El caso no
fue trágico, por fortuna, si bien digno de atención y
de meditarse largamente. El duque se llevó la mano al
sitio del siniestro y exclamó sonriendo con benevolencia:

—¡Demonio, Amparito, no creí que tuvieras la mano
tan pesada!

Aquélla, que se había puesto pálida después de su
irreflexivo arranque, quedó estupefacta ante la extraña
salida del banquero. Tardó algunos segundos en darse
cuenta de su sinceridad.

—Eres una gran chica —siguió aquél echándole un
brazo al cuello y obligándola a sentarse de nuevo, y él
junto a ella—. Esta bofetada no la tasaría en menos de
cien pesos cualquier perito inteligente. Fuerte, sonora,
oportuna... Reúne todas las condiciones que se pueden
apetecer...

—Vamos, no te guasees, que tengo hoy muy mala
sangre —dijo la Amparo, escamada y presta otra vez a
enfurecerse.

—No es broma, y la prueba de ello es que voy a
pagártela en el acto. Pero mucho ojo con que vuelva por
aquí Manolito Dávalos, porque no vuelves tú a ver el
color de mis billetes.

—¡Si fue una casualidad, hombre! —dijo la Amparo
dulcificándose—. Vino esta noche porque había ido de
juerga con León y Rafael, y a última hora se le ocurrió a
Nati hacerme una visita.

—Pues basta de casualidades. Yo no aspiro a que
me adores, ¿sabes?; pero no quiero pagar las queridas
a esos perdularios de sangre azul. ¿Lo has oído, salero?

Al mismo tiempo llevó la mano al bolsillo en busca de
la cartera. Su semblante, que sonreía con la expresión
triunfal del que lleva en el bolsillo la llave de todos los
goces de este mundo, se contrajo de pronto. Una nube
de inquietud pasó súbito por él. Buscó con afán. La
cartera no estaba en aquel sitio. Pasó a los demás
bolsillos. Lo mismo.

—¡F...! ¡me han robado la cartera!

Amparo le miró con ojos donde se reflejaba la
duda.

—¡F...! ¡me han robado la cartera! —volvió a exclamar con más energía—. ¡Me han robado diez mil y pico
de duros!

—¡Vaya, vaya, qué guasoncillo está el tiempo! —dijo
Amparo ya enojada otra vez. No tuvo penetración para
distinguir el susto verdadero del fingido.

—¡Sí, sí; no ha sido mala guasa! ¡Maldita sea mi
suerte! ¡Si cuando un día principia mal!... Tres mil duros
de la fianza y cerca de once mil ahora... ¡Pues señor, no
ha sido mal empleada la mañana!

Se levantó bruscamente del sofá y principió a dar
vueltas por la estancia, presa de una agitación sorprendente en quien tantos millones poseía. Un torrente de
palabras, de gruñidos, de sucias interjecciones que expresaban demasiado a lo vivo su disgusto, se escapó de
sus labios. Arrojó con furia el cigarro, que en él era
signo de gravísima preocupación. Amparo, viéndole tan
excitado, se rindió a la evidencia, y preocupada también
por el caso le dijo:

—Quizá no te la hayan robado. Puede ser que la
perdieses... ¿Dónde has estado?

—¿Crees tú que alguna vez se hayan perdido once mil duros? —repuso en tono amargo parándose frente a ella—. Es decir, se pierden, sí; pero otros los encuentran antes de llegar al suelo.

Acabando de decir esto, quedó repentinamente suspenso, como si brillase una luz salvadora en su cerebro. Miró con ojos escrutadores por algunos instantes a su querida, y haciendo un esfuerzo por sonreír, dijo, tornando a sentarse al lado de ella:

—¡Pero qué animal soy! ¡Vaya una bromita salada, y qué bien que te habrás reído de mí!

—¿Qué dices? —preguntó la Amparo estupefacta.

—¡Venga esa cartera, picaruela! Venga esa cartera.

Y el duque, riendo sincera o fingidamente, la echó un brazo al cuello y comenzó por un lado y por otro a manosearla como buscando el sitio donde tuviera oculto el dinero.

Dando una fuerte sacudida la joven se desprendió de sus brazos y se levantó:

—Oye, tú... ¿Me tomas por una ladrona? —exclamó enfurecida.

—No, sino por una guasoncilla. ¿Te has querido reír de mí, verdad?

La joven replicó con energía que el guasón era él y que bastaba de bromas, que no estaba dispuesta a tolerarlas en esa materia. El duque insistió todavía; pero viendo la indignación real de su querida y no teniendo dato alguno para suponer que fuese ella quien le sustrajo la cartera, recogió velas. En cuanto perdió esta esperanza, su rostro se nubló de nuevo. Aunque dio satisfacciones a Amparo, no fueron éstas muy calurosas. Quedábale, en el fondo, la duda. Bien lo echó de ver ella, por lo que siguió enojada. Concluyó por decirle:

—Mira, lo mejor que puedes hacer es irte a almorzar. No quiero más historias... ¡Ah! y no dejes de traerme esta noche guita, que me está haciendo mucha falta... A no ser que prefieras que te mande a casa las cuentas...

Salió el duque echando pestes del coruscante hotelito. Como por las inmediaciones no había coches y no quería utilizar el de su querida, por más que él lo pagara, encaminóse a pie hacia su casa. Cayó en ella como una bomba, no de pólvora o dinamita, porque no entraban en su temperamento los procedimientos fragorosos, sino de ácido sulfúrico o sublimado corrosivo que se extendió por toda ella molestando y requemando a los habitantes. Su mujer, el portero, el cocinero, Llera y casi todos los empleados recibieron en mitad del rostro alguna frase grosera pronunciada en el tono cínico y burlón que caracterizaba su discurso. Después de almozar encerróse en el escritorio con su mal humor a cuestas. No hacía una hora que allí estaba, cuando entraron a avisarle que un cochero de punto deseaba hablar con él.

—¿Qué quiere?

—No lo sé. Desea hablar con el señor duque.

Éste, iluminado repentinamente por una idea, dijo:

—Que pase.

El cochero que entró era el mismo que le había conducido desde casa de Calderón a la de su querida. Salabert le miró con ansiedad.

—¿Qué traes?

—Esto, señor duque, que sin duda debe de ser de vuecencia —dijo presentándole la cartera perdida.

El banquero se apoderó de ella, la abrió prontamente y viendo el montón de billetes que contenía, se puso a contarlos con la destreza y rapidez propias de los hombres de negocios. Cuando concluyó dijo:

—Está bien: no falta nada.

El cochero, que, como es natural, esperaba una gratificación, quedóse algunos instantes inmóvil.

—Está bien, hombre, está bien. Muchas gracias.

Entonces, con el despecho pintado en el semblante, el pobre hombre dio las buenas tardes y se dirigió a la puerta. El duque le echó una mirada burlona, y antes de llegar a ella le dijo, sonriendo con sorna:

—Oye, chico. No te doy nada, porque para los

hombres tan honrados como tú, el mejor premio es la satisfacción de haber obrado bien [14].

El cochero, confuso e irritado a la vez, le miró de un modo indefinible. Sus labios se movieron como para decir lago; mas al fin salió de la estancia sin articular palabra.

---

[14] La mezquindad que rodea la presentación del personaje al comienzo del capítulo es también evidente en este episodio final. El autor, a lo largo del mismo, tiene interés en subrayar el desprecio de Salabert por la dignidad de la persona humana. En la mente de este personaje los individuos se convierten en instrumentos para conseguir sus propios designios. Salabert, buen conocedor de hombres, echa mano en cada momento de los resortes adecuados a su objetivo. El insulto, la brusquedad franca y campechana, el soborno o la adulación serán armas que pondrá al servicio de su astucia en cada coyuntura. Frente al cochero, situado en la base de la pirámide social, frente a un hombre del que no necesita nada, Salabert no tiene que esforzarse y se muestra en toda su desnuda sordidez.

V

PRECIPITACIÓN [1]

Raimundo Alcázar, que así se llamaba aquel joven rubio tan pertinaz y enfadoso que siguió a Clementina cuando hemos tenido el honor de conocerla al comienzo de la presente historia, recibió la mirada iracunda que aquélla le dirigió al entrar en casa de su cuñada con admirable sosiego y resignación. Esperó un momento a ver si sólo iba a dejar algún recado, y como no saliese se alejó tranquilamente en dirección a la plazuela de Santa Cruz. Se detuvo en un puesto de flores. La florista, al verle llegar, le sonrió como a un antiguo parroquiano y echó mano al ramo de rosas blancas y violetas que sin duda estaba ya preparado para él. Dirigióse a la Plaza Mayor y tomó el tranvía de Carabanchel. Dejólo donde se bifurca con el camino que conduce al cementerio de San Isidro y siguió hacia éste a pie [2]. Ascendió con rapidez la cuesta, llegó y penetró en el nuevo recinto, donde, como exige la ley, a los muertos se les da tierra, no se les encajona en largas y sombrías galerías. Con paso rápido avanzó hasta una sepultura con losa de

[1] Obsérvense la unidad y la contraposición dialéctica que se da entre los capítulos V y VI. Se presentan dos arquetipos de jóvenes, de miembros de la nueva generación. En el capítulo V aparece Raimundo Alcázar y su entorno social: el mundo de la clase media tradicional, profesional, universitaria. En el capítulo VI, los "jóvenes salvajes" de la alta clase.

[2] En este caso, como en el itinerario seguido por Clementina en los capítulos I y II, el camino recorrido por el personaje se corresponde con la realidad urbana.

mármol blanco rodeada de una pequeña verja, y se detuvo. Permaneció algunos minutos inmóvil contemplándola. Sobre la losa estaba escrito con caracteres negros este nombre: ISABEL MARTÍNEZ DE ALCÁZAR. Debajo de él estas dos fechas separadas por un guión: 1842-1883, que indicaban sin duda las del nacimiento y la muerte de la persona allí enterrada [3]. Había sobre la losa algunas flores marchitas. Raimundo las recogió con cuidado, deshizo luego el ramo que traía, esparció las frescas flores sobre la tumba, y con la misma cuerda hizo otro ramo con las marchitas. Con éste en una mano y el sombrero en la otra, permaneció otra vez algún tiempo de pie contemplando con ojos húmedos aquella sepultura. Luego se alejó rápidamente y salió del cementerio sin echar una mirada de curiosidad en torno suyo [4].

Raimundo Alcázar había perdido a su madre hacía ocho o nueve meses. No había conocido a su padre, o, por mejor decir, no tenía recuerdo de él, pues desapareció de este mundo cuando sólo contaba él cuatro años. Llamábase también Raimundo, y era, al morir, catedrático de la Universidad de Sevilla. Cuando se casó con su madre nada más que un joven en espera de colocación. Por eso el padre de Isabel, comerciante en ferretería en la calle de Esparteros, se había negado a autorizar aquellos amores, los persiguió con tenacidad y sólo consintió en el matrimonio cuando Alcázar llevó por oposición la cátedra mencionada. Era hombre de excepcional inteligencia, publicó algunos libros de la ciencia a que se había dedicado, que era la Geología. Su muerte, acaecida cuando sólo contaba treinta y dos años de edad, fue llorada en la pequeña esfera en que los

---

[3] Se fijan las coordenadas temporales de la acción novelesca. La obra está escrita en 1890, pero la ficción comienza a fines de 1883 o, lo que es más probable, en 1884.

[4] El narrador hace una presentación naturalista del cementerio, bien distinta de las connotaciones habituales de las descripciones románticas. Aquí el recuerdo del capítulo final de *La Capital* de Eça de Queiroz se impone al lector.

hombres de ciencia viven en España. Isabel, con su hijo
Raimundo, se volvió a Madrid a la casa paterna, donde
tres meses después de fallecido su esposo, dio a luz una
niña que tomó el nombre de Aurelia.

Era Isabel una mujer singularmente hermosa. Como
hija única de un comerciante que pasaba por bien
acomodado, no le faltaron pretendientes. Rechazó todas
las proposiciones de matrimonio. Pasaba por romántica
entre las amigas, quizá porque poseía alguna más inteligencia y corazón que la mayor parte de ellas. Era
admiradora del talento: le repugnaban los seres prosai-
cos que constituían casi la totalidad de las relaciones de
su padre. Idolatraba la memoria de su marido a quien
había adorado en vida como a un hombre superior,
eminente. Conservaba como precioso tesoro todas las
frases de elogio que la prensa había tributado a sus
obras. El único deseo, el único afán de su vida era que
su hijo siguiese las huellas de su padre, fuese un hombre
respetado por su talento e ilustración. Dios quiso col-
mar sus votos. Primero comenzó a ver alzarse ante sus
ojos la imagen corporal de su marido reproducida en el
hijo. No sólo en el rostro, sino en los ademanes, los
gestos y el timbre de voz parecía una copia exacta.
Luego el niño, por su comportamiento en el colegio,
principió a causarle vivos placeres: era inteligente y
aplicado. Los maestros se mostraban de él muy satisfe-
chos. Cada frase de elogio que llegaba a sus oídos, cada
nota de sobresaliente que veía escrita debajo del nombre
de su hijo, producía a la pobre madre espasmos de
alegría. Ya no abrigaba duda alguna de que heredaba el
talento de su padre.

Alguna vez sentía remordimientos pensando que distribuía con poca equidad el cariño entre sus dos hijos.
Por más esfuerzos que hacía para mantener el equilibrio,
no podía menos de confesarse que amaba mucho más a
Raimundo. Su inmenso cariño se traducía en constantes
caricias, en nimios cuidados que enervaban y enmo-
llecían el temperamento del niño. Le criaba, en suma,
con demasiado mimo. Él, por su parte, le profesaba una

afición tan ardiente, tan exclusiva, que en ciertos momentos se convertía en verdadera fiebre. Cada vez que tenía que apartarse de sus faldas para ir al colegio le costaba lágrimas. Exigía que se pusiera al balcón para despedirle. Antes de doblar la esquina de la calle, se volvía más de veinte veces para enviarle besos con la mano. Era ya hombre y estudiante de Facultad, y todavía Isabel conservaba esta costumbre de salir al balcón para despedirle cuando iba a sus clases. Por su natural, o tal vez por esta educación un poco afeminada, Raimundo fue un niño tímido, retraído de los juegos de sus compañeros, luego un adolescente melancólico, por fin un joven serio y de pocas palabras. Apenas tuvo amigos. En la Universidad paseaba con sus condiscípulos antes de entrar en cátedra; pero en cuanto daba la hora tornábase a casa y no le gustaba salir sino acompañando a su madre y hermana[5]. Mucho antes de esta época, cuando contaba solamente diez años, había muerto su abuelo. Así que, en cuanto llegó a los diez y seis, comenzó a desempeñar el papel de hombre en la casa. Llevaba a su madre al teatro, la acompañaba a hacer visitas: algunas noches, cuando hacía buen tiempo, salía de paseo con ella por las calles, dándole el brazo como un marido o un galán. La belleza de Isabel no disminuía con la edad. Al verlos juntos, nadie imaginaba que eran madre e hijo, sino hermanos, cuando no esposos. Esto era causa para el joven de cierto malestar. Porque como en Madrid los hombres no se distinguen por un excesivo respeto a las damas, oía, a su pesar, frases de admiración, requiebros, lo que ha dado en llamarse *flores*[6], que los transeúntes dirigían a su

---

[5] El tema fundamental del capítulo es la presentación de Raimundo. Se da cuenta de su extracción social, de su carácter, de su situación familiar. Palacio Valdés está perfilando el tipo humano adecuado para el conflicto social que va a tener lugar: un tipo humano sin garra, débil, no preparado para la lucha.

[6] *Flores,* es decir, piropos. No es, obviamente, el plural de flor, sino que viene de florear. En plural y con esta acepción no aparece en el DRAE.

madre. Sentía, al escucharla, una mezcla extraña de
vergüenza y placer, de celos y de orgullo que le agitaba.

El viejo Martínez, después de retirado del comercio,
había tenido quiebras en su fortuna, consistente en
acciones de una fábrica de pólvora que sufrieron depre-
ciación, y en valores del Estado. Sólo les dejó una renta
de siete a ocho mil pesetas [7]. Con ella vivían los tres con
economía, pero sin faltarles lo necesario, en un cuarto
segundo de la calle de Gravina. Raimundo siguió la
carrera de ciencias. Quería ser catedrático como su
padre, y, dada la brillantez con que salía en los exáme-
nes, nadie dudaba que lo consiguiera pronto. Mostraba
también, como su padre, decidida afición a las ciencias
naturales; pero en vez de dedicarse a la Geología, fijóse
con predilección en la Zoología, y de ésta en aquella
parte que comprende el estudio interesantísimo de las
mariposas. Comenzó a hacer acopio de ellas, y desplegó
un afán y una inteligencia que pronto le hicieron posee-
dor de una rica colección. Antes de terminar la carrera,
era ya un notable *entomólogo* [8]. Se había hecho construir escaparates que cubrían las paredes de su habitación, donde estaban expuestos los cartones con las más
raras y preciosas especies. Estuvo ahorrando dos años
para comprar un microscopio, y por fin adquirió uno
bastante bueno que le proporcionó grato solaz al par
que utilidad. Porque si bien aquel estudio particular no
era suficiente para obtener una cátedra, le ayudaba
no poco, dado que no es posible profundizar cualquier
ramo de la ciencia sin estudiar las relaciones que mantiene con los demás, sobre todo con los más próximos.

---

[7] En mil doscientas pesetas de renta anual, fija el profesor Jover la
frontera económica entre las clases medias y las clases populares durante
la era isabelina. Aunque la obra se sitúe cuarenta años después de la ley
electoral de 1846 que sirve de referencia a Jover para establecer esta
línea divisoria, parece claro, teniendo en cuenta la evolución de los
precios, que Raimundo Alcázar pertenece a una clase media desahoga-
da, gracias a la herencia de su abuelo materno, el comerciante de la calle
de Esparteros.

[8] *Entomólogo*: persona que se dedica al estudio de los insectos.

El día que se hizo doctor, y fue justamente acabados de cumplir los veintiún años, la pobre Isabel experimentó una de esas alegrías sólo comprensibles para las madres. Le abrazó derramando un raudal de lágrimas.

—Mamá —le dijo Raimundo—. Estoy ya en aptitud de hacer oposición a una cátedra. Me voy a dedicar con ahínco a prepararme, y en cuanto la lleve, renuncio a lo que puedas dejarme en herencia para que hagas una dote a Aurelia. Yo tengo pocas necesidades y me bastará con el sueldo [9].

Estas palabras generosas conmovieron a la madre. Cada día hallaba más razones para adorar aquel hijo modelo.

Dedicóse Raimundo con ardor al estudio, profundizando las materias de algunas asignaturas, sin abandonar por eso sus aficiones entomológicas. Gracias a éstas y al nombre glorioso que su padre le había legado, se dio a conocer pronto entre los hombres de ciencia. Escribió algunos artículos, se puso en relación con varios sabios extranjeros y tuvo la satisfacción de recibir de ellos frases de elogio que le alentaron. Bien puede decirse que era un muchacho feliz. Sin deseos imposibles que le royeran las entrañas, sin amores tormentosos ni amistades molestas, disfrutando de la tranquilidad del hogar, del cariño de la familia y de los puros goces de la ciencia, deslizábanse sus días serenos y dichosos. A las amigas de su madre les sorprendía tanta formalidad. ¿No tenía novia Raimundo? ¿No le gustaban siquiera las muchachas? Isabel contestaba sonriendo y con transparente satisfacción.

—No sé: creo que hasta ahora no le ha dado por ahí. Está tan metido por mis faldas que parece un niño de tres años... La verdad es que le ha de costar trabajo hallar una mujer que le quiera tanto como yo.

---

[9] El personaje expresa admirablemente una mentalidad de amplios sectores de las clases medias que cifran su ideal —con vistas a lograr un ascenso social— en dar carrera al hijo y en conseguir unos ahorros para proporcionar una dote a la hija.

Y así era como ella lo decía. Teníale envuelto en una atmósfera de protección, de tibios y amorosos cuidados que le sería casi imposible hallar al lado de una esposa por tierna que fuese. Sólo las madres poseen esa abnegación absoluta, infatigable, sin esperanza ni deseo siquiera de reciprocidad. Todo lo que la vida material exige, lo tenía satisfecho Raimundo con un refinamiento que pocos hombres disfrutarían. Jamás se le había ocurrido pensar ni en su alimento, ni en su ropa o calzado, ni aun en aquellos menesteres de que las mujeres no suelen entender. Todo estaba previsto y regularizado perfectamente en su vida. Podía consagrarse con entera libertad al ejercicio de su inteligencia. Si se quejaba de mal sabor de boca, ya tenía a su madre por la mañana al lado de la cama con un vaso de limón y polvos laxantes: si le dolía la cabeza, con el agua sedativa o los paños de leche y adormideras. Si por la noche tosía, por poco que fuese, ya estaba intranquila y no paraba hasta que silenciosamente y en camisa iba a cerciorarse de que su hijo no se había destapado. Cuando Aurelia estuvo en edad de hacerlo, también comenzó a ayudar a la madre en esta tarea de ahuyentar todo dolor, de arrancar las espinas, por pequeñas que fuesen, del camino del joven entomólogo[10].

Desgraciadamente, mejor pudiéramos decir naturalmente, pues que la felicidad es imposible en este mundo, esta existencia dichosa tuvo pronto un término. Isabel cayó enferma con pulmonía. No quedó bien curada por

[10] Para entender la actitud de Isabel y de Aurelia hacia Raimundo, hay que partir de las pautas de comportamiento femenino vigentes en aquel momento. Los manuales de lectura para niñas constituyen una excelente vía de aproximación a esta mentalidad. *Vid.* G. Gómez-Ferrer Morant, "El trabajo doméstico en los manuales escolares. (Contribución al estudio de las mentalidades de las clases medias)", en *El trabajo de las mujeres: siglos XVI-XX.* (VI Jornadas de Investigación Interdisciplinaria sobre la Mujer). Madrid, Universidad Autónoma, 1987. Ahora bien, en el episodio novelesco, el carácter intelectual del protagonista explica que la mujer trate de redoblar sus cuidados. *Vid.* S. Ramón y Cajal, *Reglas y consejos sobre la investigación científica,* discurso de ingreso en la Academia de Ciencias Exactas, Físicas y Naturales del 5 de diciembre de 1897.

haberla quizá descuidado o por no haberse atrevido el médico a aplicarle ciertos remedios un poco crueles. Quedóle un catarro pulmonar que la debilitó bastante. Por consejo del médico fue a Panticosa en compañía de Raimundo, quedando Aurelia en casa de unos parientes. Se repuso un poco, pero fue para recaer pocos días después de llegar a Madrid. Descaeció notablemente, hasta el punto de que la gente de fuera vio con claridad que se moría. A Raimundo no se le pasó por la cabeza. Aquella existencia estaba tan ligada a la suya, que las dos no formaban más que una. Le pasaba como a casi todos los enfermos que no saben que se mueren. Aunque muy enferma, Isabel seguía con la misma diligencia gobernando la casa. Raimundo la había rogado, y luego, prevalido del inmenso ascendiente que sobre ella tenía, la había prohibido que se ocupara en ningún menester. Pero ella, burlando su vigilancia, arrastrada de esa inclinación invencible que sienten las mujeres hacendosas hacia el trabajo, no abandonaba sus tareas. Un día, cuando ya puede decirse que estaba moribunda, la sorprendió Raimundo de rodillas limpiando con un paño el pie de una mesa. Quedó estupefacto, y después de reñirla cariñosamente la levantó cubriéndola de besos.

Una amiga devota que vino a visitarla la insinuó que debía confesarse. Isabel se impresionó tristemente. Su hijo, que la encontró llorando, enfurecióse y prorrumpió en denuestos contra los beatos. A pesar de esto, la enferma, que iba ya penetrándose de su estado, exigió con dulzura y firmeza a la par que viniese el cura. Raimundo, disgustado, llamó en su apoyo, para negarse a ello, al médico. Este contestó al principio evasivamente. Por último, dijo que eso nunca estaba de más, que si los sanos se hallaban expuestos a una muerta repentina, con mayor razón los enfermos. Ni aun con eso entró la luz en el espíritu del joven. Después de confesada, Isabel siguió lo mismo, lo cual contribuyó a mantener su ilusión. Levantábase, comía a la mesa, paseaba del brazo de Raimundo por la sala y pasaba la mayor parte del día en una butaca. Estaba, sin embargo, tan demacrada, que los que la veían a intervalos largos quedaban sorprendidos. Lejos de perder con esto la belleza, parece que se había aumentado. Su tez era más fina y transparente; los ojos más brillantes.

Una mañana dijo que no tenía deseos de levantarse. Raimundo se sentó al lado del lecho y se puso a leerla una novela. Al cabo de un rato le dijo:

—Estoy mal a gusto. Incorpórame un poco, que no tengo fuerzas yo.

Fue a hacerlo y en el mismo instante su madre dejó caer la cabeza hacia un lado y se quedó muerta, sin un suspiro, sin una contracción que acusase dolor, como un pájaro, según la expresiva imagen del vulgo.

El grito desgarrador del joven atrajo a la gente de casa. Sacáronle de ella unos parientes y le llevaron a la suya, lo mismo que a su hermana. En el estado de estupor en que quedó, les fue fácil conducirlo adonde les plugo. Aquella tarde fueron unos amigos a verle. Le hallaron relativamente animado. No dejó de sorprenderles un poco, porque sabían el frenético cariño que profesaba a su madre. Habló de su ciencia con ellos, y habló largo rato, expresándose con verbosidad en él inusitada. Por donde vinieron a sospechar que estaba bajo una fuerte excitación. Esta sospecha se confirmó al oírle proponerles jugar al tresillo. Cumplieron su gusto, pero al poco rato el joven comenzó a desvariar tristemente.

—Oyes, mamá, ¿qué te parece de este juego? —dijo llamando a una señora que allí estaba.

Los circunstantes se miraron unos a otros aterrados y compadecidos. Y desde entonces no hizo ni dijo ya cosa con cosa. Su exaltación fue creciendo; empezó a reír de modo tan extemporáneo, que nadie dudó que aquello terminaría por una fuerte explosión nerviosa. En efecto, cuando menos se esperaba, alzóse repentinamente de la silla, corrió al balcón, lo abrió, y si no le hubieran sujetado a tiempo se hubiera precipitado a la calle. Al fin cayó con un fuerte ataque del que por fortuna salió pronto. Después vino el aplanamiento que le obligó a guardar cama tres o cuatro días. Por último, el tiempo fue ejerciendo su operación sedante. A los quince días estaba bueno, aunque bajo el peso de un abatimiento grande que en vano lucharon sus parientes y amigos por aliviar.

Propusiéronle sus tíos quedarse a vivir con ellos, dado que era demasiado joven para ponerse al frente de una casa, y sobre todo para guardar y autorizar a su hermana[11]. Él contaba entonces veintitrés años, y ella poco más de diez y ocho. Ni uno ni otro aceptaron el arreglo. Quisieron vivir solos y juntos. Tomaron un cuarto tercero en la calle de Serrano, muy lindo y alegre[12], trasladaron a él sus muebles, y después de instalados empezó a deslizarse su vida, triste sí por el recuerdo siempre presente de su madre, pero apacible y serena. Raimundo fijó su atención y cuidados en Aurelia. Penetrado de su papel de padre y protector de aquella niña huérfana, hizo con ella lo que su madre había hecho con él hasta entonces; la atendió y la mimó con un amor y un esmero que conmovía a los amigos que los visitaban. Aurelia no era hermosa ni tenía gran talento; pero sentía hacia su hermano, porque su madre se la había infundido, una adoración idolátrica. Sin embargo, aun en lo referente a la vida material, sintió el joven el vacío de su madre. Aurelia se esforzaba en que no echase de menos nada; pero estaba bastante lejos de alcanzar la suprema delicadeza de aquélla. Poco a poco, no obstante, se fue adiestrando en el gobierno de la casa. Además, Raimundo ya no exigía los refinamientos

[11] Conviene llamar la atención acerca de la posición de la mujer en la sociedad de la España finisecular. Aurelia, a pesar de sus dieciocho años, necesita la compañía de un hombre que la "guarde" y la "autorice", es decir, la tutele.

[12] La familia de los hermanos Alcázar, perteneciente a las clases medias profesionales, constituye, tal vez, el primer caso dentro de la obra novelesca de don Armando, en que las clases medias aparecen viviendo en las nuevas zonas del ensanche burgués de la capital. Nótese, sin embargo, que se trata de un tercer piso, bien expresivo de la estratificación social de la vivienda tan plásticamente reflejada en las fachadas de las casas de la época de la Restauración.

de antes. El sentimiento de protección, la conciencia de los deberes que tenía que llenar hacia su hermana, le hacía no pensar en sí mismo. Al contrario, cualquier atención de Aurelia le sorprendía, y la agradecía como si viniese de un niño. Ambas existencias se fueron compenetrando.

Vivían modestamente. El cuarto les costaba veinte duros. No tenían más que una criada. Así que la renta de ocho mil pesetas que poseían, les bastaba. Como procedía de papel del Estado y acciones de una fábrica, su administración era facilísima. Raimundo pudo dedicarse con más ardor que nunca al estudio. Deseaba cumplir, respecto a su hermana, la promesa que había hecho a la madre, de renunciar a su parte de herencia y constituirla una dote que la permitiese casarse bien. Después que salió de casa, fue dos veces por semana al cementerio a esparcir algunas flores sobre la tumba de su madre[13]. Los domingos llevaba consigo a Aurelia. Salía poco habitualmente. El estudio preparatorio para hallarse apercibido a una oposición, de un lado, y de otro su manía de colector y escrutador del mundo de los insectos, absorbían casi todo su tiempo. Por milagro entraba en los cafés, ni al teatro podía asistir por razón del luto.

Un día, hallándose en una librería de la Carrera de San Jerónimo, donde solía pasar algunos ratos hojeando las obras recién llegadas del extranjero, acertó a entrar en la tienda una hermosa dama elegantemente vestida. Al verla, los ojos de Raimundo se dilataron expresando el asombro; se posaron en ella con una intensidad que la obligó a volver la cabeza hacia otro lado. Mientras compraba unas novelas francesas la

[13] Llama la atención la actitud de Raimundo ante la muerte. El recuerdo hacia la madre muerta se materializa en unas flores y en visitas asiduas al cementerio; no se alude, sin embargo, a ningún componente religioso. Aunque no es fácil averiguar las causas, cabe preguntarse, ¿puede guardar alguna relación con la tensión ciencia-fe que se vive en aquel momento?, ¿resulta chocante que un intelectual siga en este punto las pautas religiosas tradicionales?, ¿es exponente de la crisis espiritual que vive el propio novelista en los años noventa?

estuvo contemplando extasiado, con señales de alteración en su fisonomía. El libro que tenía asido temblaba
ligeramente entre sus manos. Al salir ella, dejólo caer y
trató de seguirla; pero a la puerta estaba un carruaje
esperándola. El lacayo, sombrero en mano, le abrió la
portezuela, y los caballos arrancaron al instante con
velocidad.

—¿Qué es eso, D. Raimundo? —le dijo el dependiente, viéndole entrar de nuevo en la tienda—. ¿Le ha
hecho a usted impresión mi parroquiana?

El joven sonrió disimulando su turbación, y respondiendo con fingida indiferencia:

—A cualquiera le llamará la atención una mujer tan
hermosa. ¿Quién es?

—¿No la conoce usted? Es la señora de Osorio, un
banquero, hija de Salabert.

—¡Ah! ¿hija de Salabert? ¿Vive en aquel palacio
grande del paseo de Luchana?

—No, señor; vive en un hotel de la calle de Don
Ramón de la Cruz.

No quería saber más, y se despidió. Aquella dama se
parecía de un modo asombroso a su madre. La situación de su espíritu, todavía agitado y dolorido hizo que
tal semejanza adquiriese más relieve a sus ojos del que
realmente tenía, le produjese una viva impresión. Pocos
momentos después pasaba por delante del hotel de
Osorio tres o cuatro veces; pero no logró ver nuevamente a la señora. Al otro día fue al paseo del Retiro y allí la
halló [14]. Desde entonces espió y siguió sus pasos con
una constancia que revelaba el profundo sentimiento
que embargaba su espíritu. Aunque tenía bien presente
la fisonomía de su madre, el semblante de Clementina

[14] El Retiro y el Prado son los lugares de paseo preferidos por la alta
clase, que se exhibe en coche ante las personas de "a pie" pertenecientes
a las clases medias. El carruaje se convierte en un signo que pregona
el nivel social de los paseantes: la calidad y variedad de los coches, el
tronco que tira de ellos, la frecuencia con que éste se renueva, la manera
de ir vestidos los criados..., son buenos exponentes de la posición
socioeconómica de sus dueños.

Salabert se lo traía a la memoria con mayor energía.
Esto le producía vivo dolor, en el cual se placía, aunque
parezca paradójico. Bien lo entenderá el que haya visto
desaparecer de este mundo a un ser querido. Suele haber
cierta voluptuosidad en escarbar la llaga, en renovar la
pena y el llanto. Raimundo no podía contemplar mucho
tiempo el rostro de Clementina sin sentir las lágrimas
correr por sus mejillas. Por esto, quizá, era por lo que la
buscaba en todas partes. Sin embargo, había una dureza
y severidad en él que no había tenido jamás el de su
madre; pero cuando sonreía, al desaparecer esta dureza,
la semejanza era realmente maravillosa.

No se le ocultó a nuestro mancebo el enojo que la
dama recibía de su tenaz persecución. Y no podía menos
de reírse interiormente de aquel extraño error. Si supiese
esta señora —se decía cuando veía un gesto de desdén
en sus labios— por qué me gusta tanto, ¡qué grande
sería su asombro! Una corriente de simpatía y hasta, es
posible decir, de adoración le iba ligando a ella. Si no
fuese por aquel aspecto imponente que tenía, es fácil que
le hubiera dirigido la palabra, la hubiera hecho entender
qué gran consuelo le daba con su presencia. Pero Clementina estaba colocada en una esfera tan alta, que
temía su desdén. Por otra parte, habían llegado a sus
oídos rumores que la desacreditaban. No procuró con-
firmarlos, primero porque no le importaba, y después
porque una vez confirmados se vería obligado a despre-
ciarla, y no quería que una mujer que tanto se parecía a
su madre en la figura fuera un ser despreciable. Se
abstuvo de pedir noticias de ella. Contentóse con satisfacer siempre que podía aquel extraño deseo de renovar su dolor, de conmoverse hasta derramar lágrimas.
Como no frecuentaba la alta sociedad ni podía asistir al
teatro, para procurarse este placer necesitaba seguirla en
la calle o en el paseo cuando no iba en coche. También
averiguó que iba los domingos a misa de dos en los
Jerónimos; allí la pudo contemplar con más espacio y
sosiego.

Había dado cuenta a su hermana del hallazgo, pero

no hizo ningún esfuerzo para mostrárselo. Temía que
Aurelia no viese tan claro como él la semejanza y le
arrancase parte de su ilusión. Dos o tres veces a la
semana, Clementina solía salir a pie por la tarde, como
el día en que por vez primera la vimos, Raimundo,
desde el mirador de su gabinete de la calle de Serrano, convertido en observatorio, espiaba su llegada. En
cuanto la columbraba a lo lejos, se echaba a la calle para
seguirla hasta donde pudiese. A la dama le molestaba
esta persecución fuertemente, por ser la hora en que iba
a casa de su amante. No que le importase mucho que se
divulgasen sus nuevos amores, sino por un resto de
pudor que conservaba. Además, sabía, porque se lo
habían dicho recientemente, que los maridos, cuando
sorprenden a sus esposas en flagrante adulterio y las
matan, están exentos de responsabilidad. Como estaba
convencida de que el suyo la detestaba, temía que se
aprovechase de este recurso para deshacerse de ella.
Estos vagos temores, unidos al residuo de vergüenza que
le quedaba, fomentaban su irritación contra Raimundo.
Su carácter violento, caprichoso, despótico, se alteraba
con aquel obstáculo imprevisto. Ni siquiera había reparado bien en la fisonomía del joven. Le odiaba sin
dignarse hacerse cargo de su figura. Luego, el sosiego
con que recibía los gestos provocativos de desprecio que
no le escatimaba, le parecían una ofensa. Bien mirado,
aquel chicuelo se estaba burlando de ella: porque no era
creíble que un enamorado mostrase tanta serenidad y
cinismo. Sin duda, después que advirtió que la molestaba, se propuso mortificarla para vengarse. Y no cabía
duda que lo lograba cumplidamente. Las vueltas que se
veía precisada a dar para huirle, las visitas que hacía sin
gana, todas las zozobras que aquel muchacho le costaba, se lo hacían cada día más aborrecible y le iban
requemando la sangre. Ideó salir en coche, meterse en
las Calatravas[15] y despedirlo allí; pero Raimundo, al

---

[15] Calatravas: iglesia barroca ocupada por monjas de esta orden
desde 1629. Situada al comienzo de la calle de Alcalá era muy frecuenta-

verse privado por varios días de verla, también dio en la
flor de tomar un coche de punto y seguir el suyo. Esto
hizo rebosar su enojo y se prometió a sí misma cortar
aquella impertinente y molesta persecución, aunque no
sabía cómo. Primero pensó en que Pepe Castro hablase
y amenazase al muchacho. Al ver la sangre fría con que
aquél lo tomaba, se indignó y no volvió a mentar el
asunto. Luego imaginó abordarle ella misma en la calle
y rogarle con pocas palabras frías y desdeñosas que no
la molestase más. Cuando llegó la ocasión no se atrevió
a hacerlo, aunque no pecaba de tímida: el trance le
pareció grave.

En estas dudas y vacilaciones se hallaba, cuando,
bajando por la calle de Serrano, al levantar los ojos
casualmente hacia arriba, acertó a ver en un mirador
bastante alto a su enemigo. Cruzóle entonces por la
mente la idea de averiguar su nombre y escribirle. Y en
efecto, con la violencia que caracterizaba todas sus
acciones, al pasar por delante de la casa entró en el
portal y se dirigió a la garita de los porteros.

—¿Tiene usted la amabilidad de decirme quién habita
el cuarto tercero de esta casa?

—Son dos señoritos muy jóvenes, hermano y hermana. Sólo viven aquí desde hace cuatro meses. Han
quedado huérfanos, al parecer, hace poco tiempo...

La portera, al ver una señora tan elegante, se mostró
locuaz y complaciente; pero Clementina la atajó en
seguida [16].

—¿Cómo se llama el señorito?

—D. Raimundo Alcázar.

—Mil gracias.

Y se alejó inmediatamente. Salió a la calle y dio unos
cuantos pasos. Mas de pronto, se le ocurrió que el
escribirle tenía sus inconvenientes, y que en realidad era

---

da por la alta clase madrileña. La intervención de Prim evitó que fuera
derruida en 1868, si bien el convento no logró salvarse en 1872.

[16] Obsérvese la seducción que la alta clase parece ejercer sobre las
clases populares.

preferible una explicación verbal de la cual nadie que la conociera podía enterarse en aquellos momentos. Detúvose un momento indecisa, y bruscamente dio la vuelta y se metió de nuevo en el portal. Cruzó sin decir nada por delante de la portera y subió con pie ligero las escaleras. Al llegar al piso tercero, a pesar del brío y entereza de su carácter, sintió un poco desfallecida la voluntad y estuvo a punto de dar la vuelta. Su temperamento orgulloso y obstinado la empujó, sin embargo, al pensar que el joven la había visto entrar y se enteraría de su arrepentimiento. En el piso tercero había dos cuartos, derecha e izquierda. Clementina había visto papeles en uno. Llamó sin vacilar en el de la derecha observando que tenía un felpudo para los pies delante de la puerta, señal evidente de que era el habitado.

Salió a abrirle una criada a quien preguntó por D. Raimundo Alcázar.

—Deseo verle —dijo después que se enteró de que estaba en casa.

La criada la introdujo en la sala, y como le pareciese rara aquella visita, le preguntó:

—¿Aviso a la señorita?

—No, no; avise usted al señorito, que es a quien deseo hablar.

Se hallaba éste, en tanto, en su despacho, presa de violenta agitación. Al ver a la dama entrar en el portal por primera vez, se había sobresaltado sin motivo preciso para ello. Tranquilizóse al verla salir, y otra vez se alteró cuando entró nuevamente. Cruzó por su mente la idea de que pudiese subir a su casa; pero al instante la desechó como inverosímil. Imaginó más bien que vendría a visitar a alguno de los inquilinos de los cuartos principal o segundo, que eran personas de calidad. No obstante, a despecho de su razón, no se tranquilizaba. Cuando oyó sonar el timbre de la puerta quedó aterrado. Apenas tuvo ánimo para dirigirse hacia la antesala. Antes que pudiese hacer una seña a la criada ya ésta había abierto, obligándole a retirarse vivamente a su despacho. Estuvo tentado a negarse, aunque ya estaba la dama en la sala. Al fin se decidió a salir, reflexionando que no había motivo racional para ello.

Raimundo no tenía mucho trato de gente. Las relaciones de su madre habían sido escasas; unos cuantos parientes, algunas familias conocidas. Por su parte, tampoco había hecho nada por ensanchar este círculo. Ya hemos dicho que no había estrechado amistad íntima con ninguno de sus condiscípulos. Menos había procurado la entrada en los casinos, tertulias y saraos de la corte. Su adolescencia y los días que llevaba de juventud se habían deslizado serenos en el seno del hogar, estudiando y coleccionando mariposas [17]. Conocía la vida por los libros. La naturaleza le había dotado, no obstante, de un claro y simpático ingenio, de fácil palabra y de cierta dignidad de modales que suplía bastante bien a esa elegancia y distinción que el roce continuado con la espuma de la sociedad engendra.

Entró en la sala tranquilo ya y aun con una vaga predisposición a la hostilidad que el estrambótico paso de aquella señora le infundía. Hízole una profunda reverencia. La situación era tan extraña, que Clementina, a pesar de su orgullo, su experiencia, su desenfado, y hasta bien puede decirse su desgarro, se encontró repentinamente cohibida. Tuvo necesidad de hacer un esfuerzo para adquirir brío.

—Aquí me tiene usted —le dijo en tono agrio que resultó inoportuno y descortés.

—Usted me dirá a qué debo el honor de esta visita —repuso Raimundo con voz un poco temblorosa.

—Pues... (la dama vaciló unos instantes) lo debe usted al honor que me hace siguiéndome hace dos meses como una sombra chinesca a todas partes. ¿Le parece a usted agradable traer un espantajo detrás en cuanto una sale a la calle? Ha conseguido usted ponerme nerviosa. Para

---

[17] El personaje parece vivir exclusivamente para la ciencia. ¿En qué medida, en la óptica de Palacio Valdés, puede guardar relación esta actitud de Raimundo con el desengaño de algunos intelectuales tras el Sexenio?

no enfermar como el lego de *Los Madgyares* [18], he dado
el paso ridículo de subir hasta aquí a rogarle que cese en
su persecución. Si usted tiene que decirme algo interesante, dígamelo de una vez y concluyamos.

Fueron estas palabras pronunciadas arrebatadamen-
te, como quien se encuentra en una situación falsa y
quiere salir de ella exagerando el enojo. Raimundo la
miró lleno de asombro, cosa que molestó a Clementina
y aun más la precipitó.

—Señora, siento en el alma haberla ofendido... Estaba muy lejos de mi ánimo... ¡Si usted supiera los
sentimientos que en mí despierta su figura!... (balbució
con trabajo).

Clementina le atajó diciendo:

—Si usted va a declararme su amor, pude ahorrarse la
molestia. Soy casada... y aunque no lo fuese sería lo
mismo.

—No, señora, no voy a hacerle una declaración
—repuso el joven entomólogo sonriendo—. Voy a explicarle a usted mi persecución. Comprendo bien que usted
se haya equivocado respecto a los sentimientos que me
inspira, y encuentro natural que le hayan ofendido. ¡Qué
lejos estará usted de sospechar la verdad! Yo no estoy
enamorado de usted. Si lo estuviese, es bien seguro que
no la seguiría como un pirata callejero... sobre todo en
las circunstancias en que ahora me encuentro...

Raimundo se puso serio al llegar aquí e hizo una
pausa. Luego dijo precipitadamente, con voz alterada
por la emoción:

—Señora, mi madre se ha muerto hace poco tiempo...
y usted se parece muchísimo a mi madre.

Al pronunciar estas palabras se quedó mirándola con
una atención ansiosa, húmedos los ojos, haciendo esfuerzos heroicos por no romper a sollozar.

Esta revelación produjo en Clementina asombro y

---

[18] *Los Madgyares*: zarzuela en cuatro actos en prosa y verso. La letra
es de Luis de Olona y la música de Joaquín Gaztambide; fue estrenada
en el teatro de la Zarzuela de Madrid el 12 de abril de 1857.

duda al mismo tiempo. Permaneció inmóvil y muda mirándole también fijamente. Raimundo comprendió lo que pasaba por su espíritu, y dijo empujando la puerta de su despacho:

—Vea usted, vea usted si no es verdad lo que le digo.

La dama avanzó dos pasos y vio en la pared fronteriza, sobre el sillón mismo de la mesa de escribir, el retrato en fotografía ampliada de una señora excepcionalmente hermosa, y que, sin duda, guardaba cierto parecido con ella, aunque no tan claro como el joven decía. Sobre el retrato, sujeto al marco, había un ramo de siemprevivas.

—Algo nos parecemos —dijo después de contemplar el retrato con atención—. Pero esa señora era más hermosa que yo.

—No; más hermosa, no. Tenía más dulzura en los ojos, y eso daba a su fisonomía un encanto indecible. Era su alma pura y bondadosa que brillaba en ellos.

Pronunció estas palabras con entusiasmo, sin reparar en la falta de galantería que estaba cometiendo. El orgullo de Clementina padeció aún más por la inocencia y sinceridad con que fueron pronunciadas. Ambos contemplaron el retrato en silencio algunos segundos. En los ojos de Raimundo temblaban dos lágrimas. La dama dijo al cabo:

—¿Qué edad tenía su mamá?

—Cuarenta y un años.

—Yo tengo treinta y cinco —replicó con mal disimulada satisfacción.

Raimundo volvió hacia ella la vista.

—Es usted joven aún y muy bella... Pero mi madre tenía la tez más fresca a pesar de llevarle algunos años. Su cutis era terso como el raso. En los ojos no se notaba cansancio alguno. Parecían los de un niño... Es natural. La vida de mamá fue suave y tranquila. Ni su cuerpo ni su alma se habían gastado[19].

[19] El narrador contrapone dos tipos femeninos pertenecientes uno al mundo de la alta clase y otro al de las clases medias. Palacio Valdés,

No observaba que indirectamente estaba diciendo algunas groserías a la señora que tenía presente. Ésta se sintió fuertemente picada; pero no osó mostrarlo porque el dolor del joven y la sinceridad con que hablaba le impusieron respeto. Lo que hizo fue cambiar de conversación, echando una mirada de curiosidad por el despacho.

—Parece que se dedica usted a coleccionar mariposas.

—Sí, señora; desde niño. He logrado reunir una cantidad de especies bastante respetable. Las tengo muy lindas y curiosas... Mire usted.

Clementina se acercó a uno de los armarios. Raimundo se apresuró a abrirlo y le puso en la mano un cartón donde estaban fijadas algunas lindísimas de vivos y brillantes colores.

—En efecto, son bonitas y originales. ¿Qué utilidad saca usted de coleccionarlas? ¿Las vende usted?

—No, señora —repuso sonriendo el joven—. Es con un fin puramente científico.

—¡Ah!

Y le echó una rápida mirada de curiosidad. Clementina no simpatizaba mucho con los hombres de ciencia, pero le infundían cierto vago respeto mezclado de temor, como seres extraños a quienes una parte del mundo concede superioridad.

—¿Es usted naturalista? —le preguntó después.

—Estudio para serlo. Mi padre lo ha sido...

Mientras le mostraba su preciosa colección con el gozo especial no exento de desdén con que los sabios enseñan sus trabajos a los profanos [20], le fue enterando

---

amigo de crear oposiciones en busca del contraste, establece una estrecha relación entre los valores naturales y morales, presentando estos últimos como patrimonio de su propio mundo, el mundo de las clases medias.

[20] Hay que anotar la actitud de la burguesía ante la "intelligentsia"; su criterio utilitario se desconcierta ante el quehacer intelectual y le ocasiona un distanciamiento que es una mezcla de desdén y de respeto. Por otra parte, es interesante también, observar la posición del intelectual: el aire de superioridad que adquiere Raimundo al hablar de su trabajo a Clementina, resulta altamente significativo.

de su vida sencilla. Al llegar a la enfermedad de su madre volvió a conmoverse y las lágrimas a brotar a sus ojos. Clementina le escuchaba con atención, recorriendo con la vista los cartones que le ponía delante, dejando escapar algunas palabras, ora de elogio a los matizados insectos, bien de compasión cuando Raimundo llegó a describirle la muerte de su madre. Afectaba desembarazo, distracción. No lograba, sin embargo, disipar la confusión en que la ponía el extraño paso que había dado, la situación anómala en que se hallaba. Salió de ella bruscamente, como hacía siempre las cosas. Se puso seria y tendió la mano al joven, diciéndole:

—Mil gracias por su amabilidad, señor Alcázar. Me voy, celebrando mucho que no haya sido el objeto de su persecución el que yo sospechaba... De todos modos, sin embargo, le ruego no continúe en ella... Ya ve usted; soy casada, y cualquiera podría pensar que yo la aliento o doy algún motivo...

—Pierda usted cuidado, señora. Desde el momento en que a usted le molesta me guardaré de seguirla. Perdóneme usted en gracia del motivo —respondió el joven apretándole la mano con naturalidad y afectuosa simpatía que lograron interesar a la dama. Pero no lo demostró. Al contrario, se puso más seria y emprendió la marcha hacia la sala. Raimundo la siguió. Al pasar delante de ella para abrirle la puerta, le dijo con franqueza seductora:

—No valgo nada, señora; pero si algún día quisiera usted servirse de mi insignificante persona, ¡no sabe usted el placer que me causaría con ello!

—Gracias, gracias —repuso secamente Clementina sin detenerse.

Al llegar a la puerta de la escalera y al tirar del pasador, el joven vio asomar la cabecita curiosa de su hermana en el fondo del pasillo.

—Ven aquí, Aurelia —le dijo.

Pero la niña no hizo caso y se retiró velozmente.

—Aurelia, Aurelia.

Bien a su pesar, ésta salió al pasillo y avanzó hacia ellos sonriente y roja como una cereza[21].

—Aquí tienes a la señora de quien te he hablado, que tanto se parece a mamá.

Aurelia la miró sin saber qué decir, sonriente y cada vez más ruborizada.

—¿No se parece muchísimo? Di.

—Yo no lo encuentro... —respondió la joven después de vacilar.

—¿Lo ve usted? —exclamó la dama volviéndose a Raimundo con la sonrisa en los labios—. No ha sido más que una fantasía, una alucinación.

Traslucíase un poco de despecho debajo de estas palabras. La presencia de Aurelia hacía más falsa aún su situación.

—No importa —repuso Raimundo—. Yo veo claro el parecido, y basta.

La puerta estaba ya abierta.

—Tanto gusto... —dijo Clementina dirigiéndose a Aurelia sin extenderle la mano, inclinándose con una de esas reverencias frías, desdeñosas, con que las damas aristócratas establecen rápidamente la distancia que las separa del interlocutor.

Aurelia murmuró algunas frases de ofrecimiento. Raimundo salió hasta la escalera para despedirla, repitiéndole algunas frases amables y cordiales que no impresionaron a la dama, a juzgar por su continente grave.

Bajó las escaleras descontenta de sí misma, embargada por una sorda irritación. No era la primera vez, ni la segunda tampoco, que su temperamento impetuoso la colocaba en estas situaciones anómalas y ridículas.

---

[21] El personaje de Aurelia, presentado superficialmente en este capítulo, se corresponde a un arquetipo femenino muy repetido por Palacio Valdés: recuerda a Marta, a Maximina, a Cecilia... Es todo un símbolo de la mujer de las clases medias, depositaria de unos *mores* que definen a este grupo social.

VI

DESDE EL "CLUB DE LOS SALVAJES" A CASA
DE CALDERÓN

Pintorescamente diseminados por los divanes y butacas de la gran sala de conversación del *Club de los
Salvajes,* yacen a las dos de la tarde hasta una docena de
sus miembros más asiduos. Forman grupo en un rincón
el general Patiño, Pepe Castro, Cobo Ramírez, Ramoncito Maldonado y otros dos socios a quienes no tenemos
el gusto de conocer. Algo más lejos está Manolito
Dávalos, solo. Más allá Pinedo con algunos socios,
entre los cuales sólo conocemos a Rafael Alcántara y a
León Guzmán, conde de Agreda, por haber sido los de
la fiesta nocturna en casa de la Amparo que tanto
disgustó al duque de Requena. Las posturas de estos
jóvenes (porque lo son en su mayoría) responden admirablemente a la elegancia que resplandece en todas las
manifestaciones de su espíritu refinado. Uno tiene puesta la nuca en el borde del diván y los pies en una butaca,
otro se retuerce con la mano izquierda el bigote y con la
derecha se acaricia una pantorrilla por debajo del panta-
lón; quien se mantiene reclinado con los brazos en cruz;
quien se digna apoyar la suela de sus primorosas botas
en el rojo terciopelo de las sillas[1].

Este *Club de los Salvajes* es más bien un arreglo que
una traducción del inglés (*Savage Club*). Por mejor

[1] Dada la frecuencia con que, en lo sucesivo se da el nombre de
"joven salvaje" a la juventud de la alta clase, es evidente que este
capítulo supone la presentación de la nueva generación de "la espuma".

decir, se ha traducido con una graciosa libertad que
mantiene vivo dentro de él el genio español en estrecha
alianza con el británico. A más del título, pertenece al
inglés todo el aparato o exterior de la sociedad. Los
miembros se ponen indefectiblemente el frac por las
noches si es invierno, el *smoking* si es verano; los criados
gastan calzón corto y peluca. Hay un elegante y espacioso comedor, sala de armas, gabinete de *toilette,* cuartos
de baño y dos o tres habitaciones para dormir. Tiene el
club, asimismo, servicio particular de coches y caballos
de silla. El genio español se manifiesta en multitud de pormenores internos. El que más lo caracteriza es el de la
ausencia de metal acuñado. Esto da origen a muchas y
extrañas relaciones de los socios entre sí y de los socios
con el mundo exterior, que constituyen una complicada
y hermosa variedad que no se hallará en ningún otro
pueblo de la tierra. Da lugar, sobre todo, a un desarrollo inmenso, inconcebible, de esa palanca poderosa con
que el siglo XIX ha llevado a término las más grandiosas
y estupendas de sus empresas, el *Crédito.* Realízanse
dentro del *Club de los Salvajes* [2] tantas operaciones de
crédito como en el Banco de Londres. No sólo se
prestan los socios entre sí dinero y juegan sobre su
palabra, sino que también realizan la misma operación
con el club, considerado como persona jurídica, y hasta
con el conserje en calidad de funcionario y como particular. Fuera del círculo, los salvajes, arrastrados de su
entusiasmo y veneración por el crédito, lo hacen jugar
en casi todas sus relaciones con el sastre, el casero,
el constructor de coches, el importador de caballos, el
joyero, etc., sin mencionar aquí otras grandes operaciones de la misma clase que de vez en cuando realizan con
algún banquero o propietario. Gracias, pues, a este

[2] *El Club de los Salvajes* guarda estrecho parecido con el *Sport Club*
que aparece en *La Montálvez, vid.* parte II, cap. I. No he podido
localizar este club en la realidad del momento, es sin duda una ficción
novelesca, posiblemente inspirada en otros centros muy similares, tal vez
en "El Casino del Príncipe", en la "Tertulia pública de la calle de la
Montera" o en el "Círculo de la Juventud".

inapreciable elemento económico, se había hecho casi innecesario, entre los socios del club, el numerario, reemplazándolo dichosamente por otro medio enteramente abstracto y espiritual, la palabra; la palabra oral o escrita. Vivían, gastaban lo mismo que sus colegas y modelos de Londres, sin libras esterlinas, ni chelines, ni pesetas, ni nada.

Es evidente, pues, la superioridad del club español sobre el inglés en este respecto. También lo es en cuanto a la franqueza y cordialidad con que los socios se tratan entre sí. Poco a poco se habían ido alejando de las formas correctas, ceremoniosas, que caracterizan a los graves *gentlemen* de la Gran Bretaña, dando a su trato cada vez más color local, acercándolo en lo posible al de nuestros pintorescos barrios de Lavapiés y Maravillas. El medio, la raza y el momento son elementos de los cuales no se puede prescindir, lo mismo en la política que en las sociedades de recreo.

El club empieza a animarse siempre después de las doce de la noche, llega a su período álgido a las tres de la madrugada, y desde esta hora comienza a descender. A las cinco o seis de la mañana se retiran todos santamente en busca de reposo. Durante el día suele verse poco concurrido. Sólo dos o tres docenas de socios van por las tardes, antes del paseo, a culotear sus boquillas. Embotados aún por el sueño, hablan poco[3]. Les hace falta la excitación de la noche para que muestren en todo su esplendor sus facultades nativas. Éstas parecen concentradas en la nobilísima tarea de poner la boquilla de un hermoso color de caramelo. Si los objetos de arte han sido en otro tiempo objetos útiles, si el Arte arrastra consigo la idea de inutilidad como algunos afirman, hay que confesar que los socios del *Club de los Salvajes,* en materia de boquillas obran como verdaderos artistas. Hácenlas venir de París y de

---

.[3] El ocio que parece presidir la vida cotidiana de esta joven generación de la elite, resulta más acorde con una sociedad estamental que con el mundo moderno.

Londres; traen grabadas las iniciales de sus dueños y encima la correspondiente corona de conde o marqués si el fumador lo es; guárdanlas en preciosos estuches, y cuando llega el caso de sacarlas para fumar lo realizan con tales cuidados y precauciones, que en realidad se convierten en objetos molestos más que útiles. Hay salvaje que se estraga fumando sin gana cigarro sobre cigarro, sólo por el gusto de ahumar la boquilla antes que alguno de sus colegas. Y si no es así, por lo menos, nadie se cuida de saborear el tabaco. Lo importante es soplar el humo sobre la espuma de mar y que vaya tomando color por igual. De vez en cuando sacan el fino pañuelo de batista, y con una delicadeza que les honra se dedican largo rato a frotarla mientras su espíritu reposa dulcemente abstraído de todo pensamiento terrenal. Graves, solemnes, armoniosos en sus movimientos, los socios más distinguidos del *Club de los Salvajes* chupan y soplan el humo del tabaco de dos a cuatro de la tarde. Hay en esta tarea algo de íntimo y contemplativo, como en toda concepción artística, que les obliga a bajar los párpados y a subir las pupilas para mejor recrearse en la pura visión de la Idea.

En este elevadísimo estado de alma se hallaba nuestro amigo Pepe Castro ahumando una que figuraba la pata de un caballo, cuando le sacó de su éxtasis la voz de Rafael Alcántara que desde lejos le gritó:

—¿Conque es verdad que has vendido la jaca, Pepe?

—Hace ya unos días.

—¿La inglesa?

—¿La inglesa? —exclamó levantando los ojos hacia su amigo con asombro y reconvención—. No, hombre, no; la cruzada.

—Chico, como no hace dos meses siquiera que la has comprado, no creía que te deshicieses de ella.

—Ahí verás tú —replicó el bello calavera adoptando un continente misterioso.

—¿Algún defecto oculto?

—A mí no se me oculta ningún defecto —dijo con orgullo.

Y todos lo creyeron; porque en este ramo del saber humano no tenía rival en Madrid, si no era el duque de Saites, reputado como el primer mayoral de España.

—Ah, vamos, falta de *luz* [4].

—Tampoco.

Rafael Alcántara se encogió de hombros y se puso a hablar con los que tenía cerca. Era un joven rubio, de fisonomía gastada, ojos pequeños y verdosos, malignos y duros. Como otros tres o cuatro de los que asistían a diario al club, entraba en él y alternaba con toda la alta aristocracia, sin derecho alguno. Alcántara era de familia humilde, hijo de un tapicero de la calle Mayor. En muy poco tiempo se había gastado la pequeña hacienda que le dejó su padre y después vivió del juego y a préstamo. A todo Madrid debía y hacía gala de ello. La condición que le mantenía abiertas las puertas de la alta sociedad era su valor y su cinismo. Alcántara era hombre bravo de veras, se había batido tres o cuatro veces y estaba apercibido a hacerlo por el más mínimo pretexto. Además, era un desvergonzado, hablaba siempre en tono despreciativo, aunque fuese a la persona más respetable, dispuesto a burlarse de todo el mundo. Estas cualidades le habían hecho adquirir gran prestigio entre los jóvenes salvajes [5]. Se le trataba como a un igual, se contaba con él en todas las francachelas; pero nadie preguntaba por su dinero.

—Mi general, le habrá a usted gustado ayer la Tosi, ¿eh? —dijo Ramoncito Maldonado dirigiéndose a Patiño.

—En la romanza solamente —repuso el guerrero sensible después de dirigir con destreza una larga bocanada de humo a su boquilla que representaba un obús montado sobre su cureña.

---

[4] En sentido figurado, significa dinero.

[5] Valor, cinismo, ociosidad, desprecio aparente del dinero, modales groseros..., parecen ser los avales requeridos para ser admitido en *El Club de pocos Salvajes,* suprema institución social para los jóvenes de la alta clase. El que Palacio Valdés anote este horizonte mental, es bien indicativo de la postura en que se sitúa el escritor asturiano.

—No diga usted que el dúo ha estado mal.

—¡Vaya si lo digo!

—Pues, señor, entonces declaro que no entiendo una palabra, porque me ha parecido sublime —replicó el joven con señales de hallarse picado.

—Esa declaración te honra, Ramón. Sabes hacerte justicia —dijo Cobo Ramírez, que no perdía ocasión de vejar a su amigo y rival.

—¡Ya lo creo, como que sólo tú eres el inteligente! —exclamó vivamente el concejal—. Mira, Cobo, aquí el general puede hablar porque tiene motivo, ¿estamos?... pero tú debes callarte porque me gastas una oreja como la de una cocinera.

—Pero hombre, ¿por qué se picará tanto Ramoncito, en cuando usted le dice algo? —preguntó el general riendo.

—No sé —repuso Cobo dando un chupetón al cigarro mientras sus facciones se contraían con una leve sonrisa burlona—. Si le contradigo se enfada, y si repito lo que él dice, lo mismo.

—¡Se entiende, chico, se entiende! Si ya sabemos que eres un guasón de primera fuerza. No necesitas esforzarte más delante de estos señores... Pero lo que es ahora, has dado una buena pifia.

—Yo sostengo lo mismo que el general. El dúo estuvo muy mal cantado —dijo con calma provocativa Cobo.

—¡Qué importa que tú sostengas uno u otro! —exclamó ya fuera de sí Maldonado—. ¡Si no conoces una nota de música!

—¡Alto! Tengo más derecho a hablar de música, puesto que no cencerreo como tú el piano. Por lo menos soy un ser inofensivo.

Siguió una disputa larga entre ambos, viva y descompuesta por parte de Ramoncito, tranquila y sarcástica por la de Cobo, que se gozaba en sacar a aquél de sus casillas. No poco se divertían también los presentes, poniéndose unos de parte del concejal y otros de su competidor para más prolongar el recreo.

—¿Sabéis que esta tarde se bate[6] Álvaro Luna?
—dijo uno cuando ya iban hastiados de los dimes y
diretes del concejal y Cobo.

—Eso me han dicho —respondió Pepe Castro cerrando los ojos con voluptuosidad, mientras chupaba el
cigarro—. En el jardín de Escalona, ¿verdad?

—Creo que sí.

—¿A sable?

—A sable.

—Vamos, un chirlo más —manifestó León Guzmán
desde su asiento.

—Con punta.

—¡Oh! ya es otra cosa.

Y los salvajes presentes mostraron entonces interés en
el duelo.

—Álvaro tira poco. El coronel debe llevarle ventaja.
Es más hombre, y además tira con energía.

—Con demasiada —dijo Pepe Castro sacando el
pañuelo después de haber arrojado la punta del cigarro
y poniéndose a frotar con esmero la boquilla.

Todos volvieron los ojos hacia él porque tenía fama
de habilísimo tirador.

—¿Crees tú?

—Desde luego. La energía es conveniente hasta cierto
límite. Pasando de él, muy expuesta, sobre todo cuando
los sables tienen punta. Si se las cortasen, todavía
redoblando los ataques sin descanso se puede hacer
algo. Por lo menos, es posible aturdir al contrario. Pero
cuando la llevan hay que andarse con ojo. Álvaro no

---

[6] Duelo: se trata de un combate entre dos personas, precedido de un
reto o desafío, con señalamiento del lugar, tiempo, arma y padrinos. Por
este medio el interesado trata de poner a salvo su honor que ha sido
vulnerado y se encuentra en entredicho. Hay que recordar que el honor
no es patrimonio de todos los ciudadanos. Sólo las altas capas de la
sociedad —alta clase media incluida— lo posee. En España el movimiento antiduelista se inicia en 1904; el 1 de junio de 1908, por iniciativa
del ministro de Gracia y Justicia se presentó a las Cortes un Proyecto de
Ley relativo a los delitos contra el honor y la supresión del duelo. El 2 de
junio debía presentarse al Senado; no llegó a discutirse y votarse
entonces, por los acontecimientos que provocaron la caída del gobierno.

tira mucho; pero es frío, tiene un juego cerrado y estira el pico que es un primor. Que no se descuide el coronel.

—¿La cuestión ha sido por la cuñada de Álvaro?

—Al parecer.

—¿Y a él qué diablos le importa?

—¡Ps... ahí verás!

—Como no esté enamorado, no comprendo...

—Todo podría ser.

—¡La niña es de oro! Este verano, en Biarritz, ella y el chico de Fonseca se ponían de un modo por las noches en la terraza del casino, que era cosa de sacar fotografías iluminadas.

—Allá Cobo, antes de irse, hizo también algunos cuadros disolventes en los jardinillos.

—¡Sí, sí; bien me ha comprometido esa chica! —manifestó Cobo en tono cómicamente desesperado.

—Ya no tenías mucho que perder. Desde el negocio de Teresa estás deshonrado —dijo Alcántara.

—Siempre va la desgracia con la hermosura —apuntó con tonillo irónico Ramoncito.

—¿También tú, Ramón? —exclamó con afectado asombro Cobo—. Vamos, llegó el momento de que los pájaros tiren a las escopetas.

—Pues, señores, confieso mi debilidad. No puedo estar al lado de esa chica sin ponerme malo —dijo León Guzmán.

—Ni esa niña puede tampoco estar al lado de un chico tan guapo y tan risueño como tú sin ponerse enferma también —dijo Rafael Alcántara.

—¿Me quieres seducir, Rafael?

—Sí, chico, para que me dejes mañana la llave de tu cuarto y no parezcas en toda la tarde por allá. Lo necesito.

—Es que tengo una colcha preciosa de raso.

—Se cuidará de la colcha.

—Y hay además un criado que se dedica, con gran afición, al dibujo por las tardes.

—Se le darán dos duros al criado para que vaya a dibujar a otro lado.

—Y una vecinita que pasa la vida acechando desde su ventana lo que hay y lo que no hay en mi habitación.

—Se la convidará... digo, se bajarán las persianas... Oye, Manolito, ¿te vas a pasar toda la juventud tirado en ese diván sin decir palabra?

Manolito Dávalos descansaba, en efecto, en actitud sombría y melancólica, sin que le hubiesen impulsado a levantar la cabeza los dichos de su amigo. Al oírse nombrar la alzó con sorpresa y mal humor.

—Si tú te encontrases en mi posición, qué poca gana tendrías de bromear, Rafael! —dijo exhalando un suspiro.

Hay que advertir que el joven marqués de Dávalos, que nunca había poseído una inteligencia muy clara, teníala de algún tiempo a esta parte bastante perturbada. Según la expresión vulgar estaba un poco chiflado o tocado. Sus amigos sabían todos que este trastorno procedía de la ruptura con la Amparo, que le había comido en poco tiempo su fortuna y de quien estaba aún profundamente enamorado. Tratábanle con cierta protección entre burlona y benévola; pero se abstenían, si no es muy embozadamente y con precauciones, de bromearle con su ex querida, porque alguna vez que se propasaron, Manolito fue víctima de ataques de cólera muy semejantes a la locura. Tenía poco más de treinta años; estaba calvo, la tez y los labios marchitos, los ojos apagados. Sus cuatro hijos habíalos recogido la suegra. Vivía en una fonda con la pensión que le pasaba una tía vieja de quien era presunto heredero. Sobre la esperanza de esta herencia algunos usureros [7] le prestaban dinero.

---

[7] La función económico-social del usurero en el siglo XIX es muy interesante y está necesitando la atención de los historiadores. En una sociedad llena de permanencias del Antiguo Régimen, el recurso al usurero para atender a las necesidades de la vida diaria resultaba frecuente. El préstamo se tomaba a cuenta de futuras cosechas, de inminentes herencias o incluso de valiosos objetos domésticos; el interés era muy elevado, y con frecuencia, el usurero acababa apropiándose de gran parte de los bienes de aquél a quien prestaba. Su presencia en la novela del último cuarto del siglo XIX no es insólita.

—Si no me encontrara en tu caso, ¿sabes lo que haría, Manolo?... Casarme con mi tía.

Los amigos rieron, porque la tía de Dávalos tenía cerca de ochenta años.

—Bueno, bueno —exclamó éste con acento doloroso. bien se conoce que no has tenido que luchar con indecentes usureros toda la mañana para concluir por dejarles algo... que es una infamia empeñar —añadió por lo bajo.

—¡A mí con ingleses!... ¿Tú no sabes, Manolito que todos los meses tengo que renovar el timbre de la puerta de mi casa porque lo gastan ellos de tanto tirar?... Pero yo lo tomo con más filosofía. Lejos de disgustarme, experimento una gran satisfacción cada vez que viene a visitarme un acreedor, porque es la prueba de que soy un buen hijo, de que cumplo la última voluntad de mi padre.

Los salvajes de los dos grupos le miraron con curiosidad, sonriendo.

—¿Cómo es eso, Rafael? —preguntó Pepe Castro.

—Habéis de saber que mi padre se murió diciéndome: "¡El deber, hijo! ¡el deber! ¡Ante todo el deber!"... Fueron sus últimas palabras. Yo, cumpliendo con este sagrado consejo, procuro deber todo lo posible.

Hizo gracia a sus compañeros este rasgo cínico; lo celebraron con algazara. Rafael, sustrayéndose modestamente a sus aplausos, se acercó a Dávalos, y pasándole una mano por encima del hombro le dijo, bajando la voz aunque no tanto que no pudiesen oírle los amigos:

—Pues sí, Manolito, no es broma. Yo me casaría con mi tía. ¿Qué se pierde con ello? Es una vieja... ¡Mejor! Así se morirá más pronto. Pero en cuanto te cases entras a manejar su fortuna y no tienes necesidad de aguardar los años que a ella se le antoje vivir. A ti lo que te hace falta como a mí es *guita*. Desengáñate; si la tuviéramos nos pondríamos más gordos que Cobo Ramírez... Además, en cuanto seas rico, le birlas la Amparo a Salabert, ¿no comprendes?

El marquesito levantó la vista hacia su amigo abriendo mucho los ojos, donde se reflejaba la duda de si hablaba en serio o en broma. No advirtiendo en el rostro imperturbable de Alcántara señal de burla, comenzó a enternecerse. Habló de su antigua querida con tal entusiasmo y veneración que haría reír a cualquiera. El proyecto ya no le pareció tan insensato. Se entretuvo en pensarlo largamente y estudiarlo por todas sus fases. Mientras tanto Rafael le escuchaba con afectada atención, animándole a proseguir con signos y frases de afirmación. Nadie pensaría que se estaba mofando de él, a no ser porque de vez en cuando, aprovechando los instantes en que el tocado marqués miraba a la punta de sus botas buscando alguna frase bastante expresiva para ponderar su amor, hacían guiños maliciosos a los amigos que los contemplaban con curiosidad burlona.

Abrióse la mampara del salón. Apareció Álvaro Luna. Los salvajes le acogieron con exclamaciones de afecto y burla.

—¡Bravo, bravo! Aquí está el reo en capilla.

—Mirad qué cara trae.

—¡Como que está al borde de la tumba!

El recién llegado sonrió vagamente y tendió una mirada escrutadora por el salón. Álvaro Luna, conde de Soto, era hombre de treinta y ocho a cuarenta años, delgado, de mediana estatura, ojos vivos y duros y rostro bilioso.

—¿Habéis visto a Juanito Escalona? —preguntó.

—Sí —dijo uno—. Aquí ha estado hace una media hora. Me ha dicho que le aguardases, que a las cuatro menos cuarto en punto vendría.

—Bueno, esperaremos —repuso avanzando con calma y sentándose al lado de ellos.

La broma continuó.

—Veamos, veamos cómo está ese pulso —dijo Rafael cogiéndole por la muñeca y sacando al mismo tiempo el reloj.

El conde entregó su mano sonriendo.

—¡Jesús, qué atrocidad! ¡Ciento treinta pulsaciones por minuto! Ningún condenado a muerte las ha tenido.

No era verdad. El pulso estaba normal. Así lo manifestó el mismo Alcántara a los amigos haciendo una seña negativa. Álvaro no se alteró por la mentira. Poseído de su valor y convencido de que no dudaban de él, siguió con la misma vaga sonrisa en los labios.

—Vaya, mañana a las cuatro de la tarde el entierro. Lo siento, porque tenía que ir de caza con Briones —dijo uno.

—¡Y que no es pequeña la carrera desde la casa mortuoria a San Isidro! —respondió otro.

—No, hombre, no —apuntó un tercero—; lo llevarán a la estación del Norte para conducirlo a Soto, al panteón de familia.

Las bromas no eran de buen gusto. Sin embargo, el conde no se impacientaba, quizá temiendo que el más pequeño signo de impaciencia, en aquella ocasión, hiciese dudar de su serenidad. Alentados con esta paciencia, los jóvenes salvajes cada vez le apretaban más con su vaya, repitiendo con variantes la misma idea del entierro. La verdad es que se iban haciendo pesados; pero no lograron ahuyentar su fría y vaga sonrisa. Respondíales pocas veces. Cuando lo hacía era con breves palabras displicentes. Al fin, sacando el reloj, dijo:

—Son las tres. Quedan tres cuartos de hora. ¿Quién quiere echar un tresillo?

Era un pretexto para librarse de aquellas moscas y al mismo tiempo un acto que confirmaba su sangre fría. Tres de los amigos se fueron con él a la sala de juego. No tardaron en rodearles los demás. La broma siguió lo mismo que en el salón.

—¡Miradle, cómo le tiembla la mano!

—Dentro de una hora ese hombre habrá dejado de existir.

—Oyes, Álvaro, debías de legarme la Conchilla.

—No hay inconveniente —repuso aquel arreglando sus cartas.

—Ya lo oyen ustedes, señores; la Conchilla es mía por testamento... ¿Cómo se llama este testamento, León?

—Testamento nuncupativo —dijo éste, que sabía algo

de leyes por andar en pleito hacía tiempo con unos primos.

—La Conchilla me pertenece por testamento nuncupativo. Gracias, Álvaro. Haré que vista luto y respetaremos tu memoria hasta donde se pueda. ¿Tienes algo que encargarme?

—Sí, que la sacudas el polvo cada ocho o diez días. Si no suelta algunas lágrimas todas las semanas se pone enferma.

—Corriente. Así se hará.

—¡Ah! y que sea con el bastón. Se ha acostumbrado a ello y no lo tolera con la mano.

—Perfectamente.

Cada vez era mayor la algazara. La imperturbabilidad del conde hacía muy buen efecto. Detrás de aquellas bromas se adivinaba que sus amigos le querían y respetaban su valor [8]. En esto apareció un criado y le presentó una carta en bandeja de plata. La tomó y la abrió con curiosidad. Al recorrerla volvió a sonreír y la pasó a los que tenía al lado. Era del dueño de la Funeraria ofreciéndole sus servicios y remitiéndole un prospecto con los precios. Alguno de aquellos chicos se había divertido en pasarle aviso. Tampoco se ofendió: parecía interesado en el juego.

Al fin entró en la sala Juanito Escalona en su busca. Después de ajustar cuentas se levantó de la silla. Todos le rodearon.

—¡Buena suerte, Álvaro!

—Me da el corazón que lo ensartas.

—No seas tonto; nada de ensartar. A concluir pronto, aunque sea en un rasguño.

En aquel momento terminaban las bromas y estallaba

---

[8] En la novela realista, el valor personal convertido en una categoría estética, aparece como un rasgo específico de la alta clase. Ahora bien, esta connotación adquiere a menudo perfiles caricaturescos y brutales; el autor al trasladar el tema a sus mundos de ficción emplea la ironía y deja entrever un talante en el que se advierte una mezcla de admiración y repulsa.

el compañerismo. El conde encendió un cigarro puro con toda calma y dijo con la mayor naturalidad:

—Hasta luego, señores.

Había una parte efectiva de valor en aquella actitud serena, imperturbable del conde; pero había también buena porción de esfuerzo y estudio. Los jóvenes salvajes, aunque poco dados en general a la literatura, recibían no obstante su influencia. Lo que entre ellos priva son los folletines y las novelas de salón. Estas novelas trazan la figura de un hombre ideal lo mismo que los libros de caballería. Solamente que en las antiguas novelas, el hombre dechado era el que por amor a las nobles ideas de justicia y caridad acometía empresas superiores a sus fuerzas. En las modernas es el que por temor al ridículo se abstiene de todo entusiasmo y de toda acción generosa. Al hombre que arriesgaba su vida en todos los momentos por una causa útil a sus semejantes, ha sustituido el que la arriesga por las nonadas de la vanidad o la soberbia. Al caballero ha sucedido el espadachín.

Quedáronse los contertulios comentando la serenidad del conde. Se le ensalzó aunque no muy vivamente ni por mucho tiempo. Es regla primera del buen tono no asombrarse jamás. La segunda hablar prolijamente de las cosas leves y con sobriedad de las graves. Deshízose al fin la tertulia vespertina. Salieron casi todos sus preclaros miembros y se esparcieron por Madrid a difundir sus doctrinas, las cuales pueden resumirse de este modo: "El hombre nació destinado a firmar pagarés y gastar bigotes retorcidos. El trabajo, la instrucción, el orden, son atentatorios al estado de naturaleza y deben proscribirse de toda sociedad bien organizada".

Ramoncito Maldonado, como siempre, se agarró a los faldones de su amigo Pepe Castro. El lector está enterado ya de la profunda admiración que le profesaba. Ahora le toca saber que Pepe Castro se dejaba admirar lleno de condescendencia, y que de vez en cuando se dignaba iniciarle en algunos inefables secretos referentes a sus altas concepciones sobre las yeguas inglesas y las boquillas de ámbar. Ramoncito iba poco a poco adquiriendo nociones claras, no sólo de estas cosas, sino también del modo más adecuado de combinar el idioma francés con el español en la conversación familiar. Pepe Castro poseía el don admirable de olvidar, en un momento dado, la palabra castellana, y después de algunas vacilaciones pronunciar la francesa con perfecta naturalidad. Ramoncito también lo hacía, pero con menos elegancia. Asimismo iba distinguiendo bastante bien las ostras de Arcachón de las que no son de Arcachón, el Château-Laffite del Château-Margaux, la voz de pecho, en los tenores, de la voz de cabeza, y la pasta dentífrica de Akinson de las otras pastas dentífricas. No obstante, Ramoncito, como todos los neófitos, mucho más si poseen un temperamento exaltado y entusiasta, exageraba la doctrina del maestro. Sean ejemplo de esta exageración los cuellos de camisa. Porque Pepe Castro los gastase altos y apretados ¿había razón para que Ramoncito anduviese por esas calles de Dios con la lengua fuera, padeciendo todo el día los preliminares de la pena del garrote? Y si Pepe Castro, por motivo de una enfermedad nerviosa que había tenido de niño, cerraba el ojo izquierdo con frecuencia, lo cual sin duda le agraciaba, ¿con qué derecho pasaba el día Ramoncito haciendo guiños a la gente con el suyo? Además, el joven concejal cargaba de perfumes no tan sólo el pañuelo y la barba, sino toda su ropa, de suerte que a los diez metros aún trascendía y de cerca producía mareos. Pues bien, después de examinada detenidamente, no hemos hallado en las ideas de su venerado maestro nada que justifique esta censurable tendencia. Los más bellos y elevados preceptos de los grandes hombres, degeneran y se pervierten al realizarse por sectarios y continuadores. Pepe Castro, aunque advertía estas deficiencias e imperfecciones de su discípulo, no se las echaba en cara. Antes, con la nobleza propia de los grandes caracteres, extendía sobre él su clemencia para perdonarlas y ocultarlas. Nadie osaba,

en su presencia, hacer burla de los cuellos ni de los
guiños de Ramoncito[9].

Eran poco más de las cuatro cuando entrambos
salvajes salieron del club abrochándose los guantes. A la
puerta estaba la *charrette* de Castro, que éste despidió
dando hora al cochero para el paseo. Antes debía hacer
una visita a ruego de Ramoncito. Caminaron por la
calle del Príncipe, donde el club está situado, a paso
lento, observando con fijeza a las mujeres que cruzaban.
Deteníanse a veces un instante para hacer algunas
indicaciones luminosas sobre su garbo y elegancia, no
como el tímido transeúnte que contempla y suspira, sino
como dos bajaes que entrasen en un mercado de esclavas y antes de elegir discutiesen las cualidades de cada
una. A los hombres arrojábanles una rápida mirada
despreciativa. Y por si esto no bastaba se envolvían en
una fuerte bocanada de humo para hacerles presente
que ellos, Pepe y Ramón, pertenecían a un mundo
superior, y que si caminaban por la calle del Príncipe era
sólo por capricho y momentáneamente. Siempre que se
dignaban pasear un poco a pie entre calles como ahora,
en la expresión de su rostro había cierto matiz de
sorpresa al ver que su paso no era acogido por la
muchedumbre con rumores de admiración.

Maldonado era más locuaz que su amigo. Sobre lo
que iba y venía expresaba su opinión levantando el
rostro sonriente hacia Castro. Éste permanecía grave,
solemne, respondiendo con monosílabos y adecuados
gruñidos. Digamos que Ramoncito era mucho más bajo
que su maestro, no sólo moral, sino también físicamen-

---

[9] Nótese la frivolidad, superficialidad y la falta de interés por la
realidad del país que se observa en estos jóvenes de la alta clase. Sus
ideales y pautas de conducta son enteramente ajenas a las preocupaciones de las elites de orientación de aquel momento, ya se piense en los
hombres de la Institución Libre de Enseñanza, ya en aquellos que
trataban de auscultar al país buscando la raíz de sus males. El lector
advierte con facilidad que no es precisamente esta joven generación de
"la espuma" la que puede arbitrar soluciones para "los males de la
patria". La ironía de don Armando no invalida este mensaje, sino que,
por el contrario, creemos que lo potencia.

te. Cuando paseaban a pie representaban verdaderamente, el uno al sabio profesor que va dejando caer gota a gota el raudal de su ciencia; el otro al ardoroso neófito ávido de enterarse y penetrar cuanto abarca su vista.

—¿Adónde vamos? —preguntó distraídamente Castro al llegar a las cuatro calles.

—Hombre, ¿no habíamos quedado en pasar por casa de Calderón? —dijo tímidamente y un poco despechado Ramoncito.

—¡Ah! sí: se me había olvidado.

El joven concejal guardó silencio, admirando en su fuero interno aquella singular facultad de olvidarlo todo, que poseía su amigo. Y siguieron por la Carrera de San Jerónimo hasta la Puerta del Sol.

—¿Cómo estás con Esperancita? —se dignó preguntar Castro, soltando una bocanada de humo y parándose a mirar un escaparate.

Ramoncito se puso serio repentinamente, casi casi pálido, y comenzó a balbucir a tropezones:

—Lo mismo, chico... Tan pronto arriba como abajo... Unos días la encuentro muy amable..., es decir, amable, no; pero al menos habladora. Otros con un hocico de tres varas: se marcha en cuanto entro: apenas contesta al saludo, como si la hubiese ofendido... Comprendo que alguna vez ha tenido motivos para estar enfadada. En el Real[10] suelo ir al palco de las de Gamboa, y pienso que se le ha metido en la cabeza que me gusta Rosaura... ¡Mira tú qué tontería! ¡Rosaura!... Pero hace lo menos un mes que no subo a saludarlas... y lo mismo:

[10] Las veladas del Real constituían un tópico en las conversaciones de la alta clase. Todas las familias distinguidas poseían su abono y asistían regularmente a las sesiones de la temporada. El espectáculo era lo de menos, pero constituía el pretexto para establecer relaciones sociales y manifestar la propia situación socioeconómica a través del vestido, las joyas, el carruaje, etc. Puede decirse sin lugar a dudas que era de buen tono entre los elegantes, estar al corriente de las últimas obras, ser partidarios de tal o cual compositor, mostrar preferencias por una u otra partitura, valorar a determinados cantantes, conocer sus defectos y admirar sus virtudes... Y todo ello basado, no en razones de cultura musical, sino en puras exigencias del buen parecer.

¡lo mismo, chico, lo mismo!... El otro día la pude pillar
sola en el gabinete unos momentos, y de prisa y corriendo le he dicho que deseaba saber en qué quedábamos.
Porque ya ves tú, no es cosa de estar haciendo el oso
eternamente... Me escuchó con paciencia... Te advierto
que yo estaba enteramente arrebatado y apenas sabía lo
que iba diciendo. Cuando concluí me dijo que no tenía
motivos para estar enfadado y se escapó a la sala.
Después de esto ¿quién no había de entender que estaba
el asunto arreglado? Vamos a ver, cualquiera en mi caso
¿no pensaría que íbamos a entrar en el terreno de la
formalidad?... Pues nada, a los dos días voy por allí,
intento hablarle aparte en calidad de novio y me da un
bufido que me dejó helado... Y así estoy. Ni sé si me
quiere o si deja de quererme, ni tengo tranquilidad para
dedicarme a mis quehaceres, ni hago otra otra cosa que
pensar en esa maldita chiquilla.

—Yo creo —respondió Castro sin dejar de contemplar con atención el escaparate frente al cual estaban—
que esa niña te ha cogido la acción.

Ramoncito le miró sorprendido y respetuoso a la vez.

—¿Cómo la acción? —se aventuró a preguntar.

—Sí; la acción. Lo importante, en cualquier combate,
es coger la acción al contrario. Si en el momento en que
él piensa atacarte atacas tú con decisión, es casi seguro
que llegas. Si vacilas eres perdido.

Al pronunciar las últimas palabras, dejó de contemplar el escaparate y siguió su marcha majestuosa por la
acera. Ramón hizo lo mismo. No había entendido bien
la aplicación que podía tener este símil arrancado a la
esgrima en su caso; pero se abstuvo de pedir explicaciones.

—¿De modo que tú opinas...?

—Opino que estás demasiado enamorado de esa niña
y que ella lo sabe.

—Pero vamos a ver, Pepe, ¿qué motivos puede tener
para rechazarme? —comenzó a decir sulfurado Ramoncito y como hablándose a sí mismo—. ¿Qué es lo que
espera esa chiquilla?... Su padre tiene dinero; pero serán

varios hermanos a repartirlo. Mariana es joven, y cuando menos se pensaba ha principiado otra vez a echar al mundo hijos. Además, ya sabes cómo es don Julián. Antes que soltar un cuarto le harán rajas. Y francamente, esperar a que se muera no me parece negocio. Yo no soy un potentado, pero tengo fortuna regular, que es mía ya, sin esperar a que se muera nadie... Puedo proporcionarla las mismas comodidades que tiene en su casa y el mismo lujo... mayor lujo —añadió sacudiendo la cabeza con plausible resolución—. Luego, tengo por delante una carrera política. ¿Sabe ella si el día menos pensado no seré subsecretario o director? Mi familia es mejor que la suya: mi abuelo no ha sido un tendero como el padre de D. Julián... Luego, no es una divinidad ni mucho menos, una de esas chicas que llamen la atención, ¿sabes tú? ¿Por qué hace tantos remilgos cuando yo soy quien le hago favor? ¿Sabes quién tiene la culpa? Pues Cobo Ramírez y otros babiecas como él, que la han llenado la cabeza de viento... ¡Sin duda espera la tonta que venga un príncipe de sangre real a buscarla!...

Ramoncito negaba belleza a su adorada. Es signo de hallarse profunda y sinceramente enamorado el hombre; no ser hija de la vanidad su afición. El exceso de amor le arrastraba a injuriarla.

Castro meditó que tal vez la circunstancia de ser un poco desgalichado y tener el cutis lleno de pecas, influiría para que su amigo no lograse éxito lisonjero en esta como en otras empresas que había acometido; pero se abstuvo de manifestar tal sospecha. Prefirió asentar, cerrando los ojos y soplando el humo del cigarro, esta verdad de carácter general:

—Las chicas son muy estúpidas.

Ramoncito, de acuerdo con ella en principio, insistió no obstante, en determinarla por medio de aplicaciones más o menos legítimas.

—¡Es una mentecata!... No sabe ella misma lo que quiere... ¿Crees que será posible llevarla al terreno de la formalidad algún día?

Esto del terreno de la formalidad era una frase a la cual profesaba marcada predilección el joven concejal. Siempre que hablaba de Esperancita brotaba de sus labios tres o cuatro veces, como si necesariamente fuera asociada a sus amores.

Pepe Castro sintió un malestar indecible, guiñó su ojo izquierdo infinitas veces. En realidad, nunca le había gustado anticipar ideas sobre los acontecimientos futuros. Era más caballista que profeta. Pero en este caso le repugnaba doblemente porque nada halagüeño podía anunciar a su amigo y admirador. Sacóle del compromiso la aparición de una joven hermosa y elegantemente vestida que venía al encuentro de ellos por la acera del Principal.

—Aquí está la Amparo —dijo con la gravedad displicente y desdeñosa que Ramoncito admiraba.

La querida de Salabert se acercó a ellos sonriente, saludándoles con efusión, particularmente a Pepe Castro. Éste le apretó la mano sin perder de su gravedad ni separar la boquilla de los dientes, lo mismo que a un camarada a quien se acaba de ver en el café.

—¿Adónde vais, granujas?

—Pues a casa de Calderón a pasar un rato.

—Venid conmigo. Voy a comprar un joyero. Me ayudaréis a elegirlo... y me lo pagaréis.

Hablaba en tono alegre y afectuoso: no parecía la misma criatura desabrida y malhumorada que hemos visto en su hotelito del barrio de Monasterio. Sin duda, todo el mal humor lo reservaba para Salabert.

—¡Esto es bueno! —exclamó Castro dignándose sonreír levemente—. ¿Nos pides joyas a nosotros cuando tienes en tu casa el bolsillo de Salabert? Mete la mano en él, tonta.

—Ya lo hago, hijo. Descuida.

—Pues bien podías proteger un poco al pobre Manolo, que anda a oscuras hace tiempo.

—¡Pobrecillo! ¿Pero de veras anda tan mal de guita? Yo creí que sólo era de la cabeza.

—Eso es; ríete después que le has desplumado.

—Oye, niño: yo no le he desplumado, por una razón muy sencilla: cuando vino a mi poder ya no tenía plumas —dijo la Amparo poniéndose seria.

—No es verdad eso. Manolo ha gastado contigo más de cuarenta mil duros.

—¡Eche usted duros! Así me lucía a mí el pelo cuando le puse a la puerta. Si tardo un poco más en hacerlo, voy a San Bernardino a la *grand Dumond*[11].

—Bien, pues no los ha gastado. ¿A mí qué? —repuso el gallardo Pepe alzando los hombros—. ¿Quieres venir a cenar hoy con nosotros a Fornos[12]?

—¿Con quién?

—Con éste y conmigo. Invitaremos también a León y a Rafael para que lleven a Nati y Socorro. ¿Tienes inconveniente en que vaya Manolo?

—¡Al contrario, hijo, si a Manolo le quiero más de lo que te figuras!

—Pues harías bien en darle de vez en cuando alguna conferencia íntima: si no, me temo que haya que llevarlo pronto al manicomio.

—No creas que está siempre en mi mano. El otro tío es muy escamón. Después del Real ¿verdad? No me llevéis más gente. El ruido no me conviene ahora que estoy bien colocada ¿sabéis? Hasta luego. Oye, tú, feo —dirigiéndose a Ramón—, ¿por qué no hablas? Ya me han dicho que quieres casarte con la chiquilla de Calderón... Pues hijo, tú horroroso y ella más fea que azotar a un Cristo, vais a echar unos nenes que habrá que enseñarlos en una barraca. Adiós, Pepe: no te olvides de los boquerones. Ya sabes que no ceno sin ellos. Hasta luego.

Ramoncito se había puesto rojo de ira al oír tratar con tal desprecio a su adorada, sin tener presente que un momento antes había hecho él lo mismo. Y hubiera

---

[11] *Grand Dumond*: se refiere al asilo situado en esta calle.
[12] *Fornos*: famoso café de la época situado en la calle de Alcalá, estaba admirablemente decorado y en él tenían lugar tertulias muy prestigiosas.

arremetido a la Amparo con alguna insolencia gorda, si
ésta no se hubiese alejado sin fijarse poco ni mucho en la
desazón que causaba. Contentóse con murmurar fatídi-
camente rechinando un poco los dientes:

—¡Me parece que voy a ponerte yo la vergüenza que
no tienes!

El encuentro con la querida de Salabert, en el momento en que se hallaba en lo más culminante de sus
confidencias, le había turbado, y por eso no había
despegado los labios. Apresuróse a anudar el hilo por
donde aquélla lo había roto, preguntando a su amigo y
maestro:

—Vamos a ver, Pepe: tú en mi caso ¿qué harías?

Castro caminó en silencio un rato mirando con fijeza
a los balcones de las casas, sorprendido sin duda de que
la gente no saliese a verle pasar. Luego, dando tres o
cuatro largos chupetones al cigarro y revistiendo un aire
reflexivo y grave, respondió:

—Hombre (pausa); yo, en tu caso, principiaría por no
estar enamorado. El amor es para los *fanciullos,* no para
ti y para mí.

—¡Eso es inevitable, Pepe! —exclamó el concejal en
un estado tan triste y miserable que daba pena verlo.

—Bien, pues si no puedes vencer esa *chifladura* [13], lo
mejor es no darla a conocer. ¿Por qué tratas de persua-
dir a Esperancita de que te mueres por ella? ¿Crees que
eso sirve para algo? Procura convencerla de lo contrario
y verás cuánto mejor es el resultado.

—¿Qué quieres que haga? —preguntó con angustia.

—Que no te manifiestes tan rendido, hombre. Que no
seas tan melón. No vayas tanto a su casa. No la mires

---

[13] A diferencia de la generación romántica, estos jóvenes de "la
espuma", se muestran escépticos ante el amor y, obsérvese, tanto más
escépticos cuanto más alta es su posición social. Este talante será un
buen punto de partida para abordar el matrimonio con una nueva
mentalidad, considerándolo como una especie de contrato en el que
cada miembro aporta algo sustancial. Ésta será la actitud de Pepe
Castro, el personaje que ahora califica el amor de "chifladuras": su
posterior matrimonio dará fe de la sinceridad de sus palabras.

con ojos de carnero a medio degollar. Llévale la contraria cuando diga alguna tontería: insinúala que hay mujeres que te gustan mucho más. Date un poco de tono, y ya verás cómo el asunto toma mejor aspecto...

—¡No puedo, no puedo, Pepe! —exclamó Ramoncito pasándose la mano por la frente en el colmo de la congoja—. Al principio todavía era dueño de mí; podía hablarle con desembarazo y coquetear con otras... ¡Hoy me es imposible! Así que la tengo delante me aturdo, me atortolo, no digo más que necedades. Si la encuentro de mal humor sobre todo. Cada contestación suya me deja helado. No puedes figurarte qué tono tan displicente sabe sacar esa chiquilla cuando quiere. Si trato de hablar con otra, basta que Esperanza me ponga la cara risueña para que la deje inmediatamente. He llegado a pasar un mes sin dirigirle apenas la palabra; pero al fin no pude resistir más y volvía a entregarme. Prefiero su conversación, aunque me maltrate, a la de todas las demás...

Ambos guardaron silencio como si caminasen bajo el peso de una grave desgracia. Pepe Castro meditaba.

—Estás perdido, Ramón —dijo al fin tirando la punta del cigarro y frotando la boquilla con el pañuelo antes de guardarla—. Estás completamente perdido. Todo eso que me cuentas no tiene sentido común. Si supieses conducirte no hubieras llegado a semejante estado. A las mujeres se las trata siempre con la punta de la bota: entonces marchan admirablemente...

Después de verter estas breves y profundas palabras, se paró delante de un escaparate.

—Hombre, mira qué collar tan bonito. Si le viniese bien al *Pert* [14] se lo compraba.

Ramoncito miró el collar sin verlo, enteramente absorto en sus tristísimos pensamientos.

—Pues, sí, Ramoncillo —continuó el distinguido salvaje echándole un brazo sobre el hombro—, estás perdido... Sin embargo, yo me comprometía a lograr que

---

[14] Alude a uno de sus caballos.

Esperanza te quisiera con tal que hicieses lo que te he dicho... Ensaya mi método.

—Ensayaré lo que quieras. Deseo salir a todo trance de esta situación —repuso el concejal conmovido.

—Pues mira, por lo pronto no irás a casa de Calderón sino cada ocho o diez días... Iremos juntos o nos encontraremos allá. No debes quedar solo: en un momento de debilidad echarías a perder toda la obra. Hablarás poco con Esperanza y mucho con las chicas que allí estén. Procura ensalzar a las rubias, a las altas, a las blancas, en fin, a las mujeres que tienen el tipo opuesto al de ella y no dejes de entusiasmarte bastante. Llévale la contraria, pero sin apurarte mucho. Eres muy testarudo y no conviene disputar demasiado. Un tono suave y despreciativo surte mejor efecto. Lo más conveniente es que me mires de vez en cuando. Yo te haré alguna seña con disimulo: de este modo irás siempre pisando en firme...

Todavía, antes de llegar a la puerta de la casa de Calderón, tuvo tiempo Castro para ampliar con otros valiosos datos esta gallarda muestra de su talento didascálico. Sólo una inteligencia maravillosamente perspicua unida a larga y aprovechada experiencia, sólo un espíritu refinado podía penetrar tan hondamente en el secreto conflicto que la resistencia de Esperanza a consagrar su corazón a Ramoncito, había creado. Al mismo tiempo era el único que podía darle una solución satisfactoria. El joven concejal llegó al domicilio de su adorada en un estado de relativa tranquilidad. En cuanto a sus propósitos íntimos, sólo podemos decir que iba determinado a revestirse de un gran aspecto de dignidad y a oponer abierta resistencia a las tendencias invasoras de la niña de Calderón.

Para comenzar juzgó oportuno meter las manos en los bolsillos y plegar los labios con una sonrisilla irónica y protectora. De esta suerte entró en el gabinete donde estaba reunida la familia del opulento banquero, balanceando la cabeza como si no pudiese con ella a causa del número incalculable de pensamientos que guardaba dentro. De los modales elegantes a los modales groseros no hay más que un paso, como de lo sublime a lo ridículo. Así que, no nos atrevemos a asegurar que Ramoncito, en la primera etapa de su conversación con Esperancita, se mantuviese siempre del lado de acá de la elegancia. Hay algún fundamento para pensar que no fue así. Lo que, salvando nuestra conciencia de historiadores veraces[15] podemos afirmar, es que Esperancita tardó bastante tiempo en advertirlo, y que después de advertirlo no causó en ella la honda impresión que debía esperarse.

En el gabinete costurero[16] donde los introdujeron, estaban bordando D.ª Esperanza, Mariana y Esperancita. O hablando con exactitud, las que bordaban eran doña Esperanza y Esperancita: Mariana se mantenía sentada en una butaca, mirando al vacío en perfecto estado de inmovilidad. Pepe Castro y Ramón eran amigos íntimos de la familia y se les recibía sin ceremonia y con agrado. Después de algunos efusivos apretones de manos, con la sola excepción del de Maldonado a Esperancita, que no llegó a realizarse porque aquél se distrajo intencionalmente para dar comienzo digno a la gran serie de desaires de todas clases con que pensaba atormentar a su adorada, acomodáronse en sendas sillas. Pepe al lado de Mariana; Ramón junto a D.ª Esperanza. Antes de hacerlo, el joven concejal tuvo ya un momento de debilidad. Viendo a Esperancita algo apartada de su madre y abuela, pensó que era propicia ocasión para mantener con ella conversación secreta, y

---

[15] Hay que destacar la afirmación del narrador calificándose como testigo de la realidad. Es sabido que la novela naturalista apela a la observación para crear sus universos. Ahora bien, con frecuencia la pretendida impersonalidad del relato aparece vulnerada por la irrupción del narrador.

[16] El gabinete-costurero era llamado también "la salita de confianza" en el mundo de las clases medias. Se trata de una pieza en la que se hace la vida diaria. El nombre de costurero, tal vez deba su origen al trabajo que en él realiza la mujer; conviene recordar que la labor constituye la más habitual de sus ocupaciones.

vaciló en llevar allá su silla. Una mirada expresiva de Castro le hizo volver en su acuerdo.

—Buenos ojos le vean a usted, Pepe —dio Esperancita clavando los suyos, risueños y nada feos, en el famoso salvaje.

—Preciosos son los que le están viendo ahora —se apresuró a decir Ramoncito.

Castro, antes de responder, le volvió a mirar severamente. El concejal, aturdido, dijo para amenguar un poco su torpeza:

—Porque ésta es la familia de los ojos bonitos.

—Gracias, Ramón. Ya empieza usted a ser falso como todos los políticos —manifestó Mariana.

—¡Siempre justiciero, Mariana! —exclamó aquél, rojo de placer, oyéndose llamar hombre público.

—¿Cuántos días hace que no he estado aquí? —preguntó Castro a la niña.

—Lo menos quince... Verá usted: ha estado la última vez, un lunes... Estaba aquí Pacita... Hoy es sábado... Trece días justos.

Nunca había tenido tan presentes los días en que Maldonado visitaba la casa. Castro acogió esta prueba de interés con indiferencia.

—Pensé que no hacía tantos días... ¡Cómo se pasa el tiempo! —añadió profundamente.

—¡Claro! A usted se le pasa volando, lejos de nosotros.

El joven sonrió bondadosamente y pidió permiso para encender un cigarro. Después dijo:

—No; aún se me pasa más de prisa al lado de ustedes.

—¿Más que en casa de tía Clementina? —preguntó la niña en un tono inocente que hacía dudar de su intención.

Castro se puso serio y la miró fijamente. Sus relaciones con la hija de Salabert se habían mantenido hasta entonces bastante secretas. El que se descubriesen en casa de la hermana del marido, le inquietó. Esperancita se puso como una cereza bajo la penetrante mirada del joven.

—Lo mismo —concluyó por decir con frialdad—.
Todos somos buenos amigos.

—¿Va usted hoy a casa de mi cuñada? —dijo Mariana
sin advertir lo que pasaba.

—Iremos Ramón y yo: ¿no es sábado hoy? ¿Y ustedes?

—Yo no tengo gana de recepción. Hace unos días que
me encuentro un poco molesta de la garganta.

—No digas que estás enferma, mamá. Di que te gusta
más meterte en la cama temprano —manifestó Esperancita con mal humor.

La madre la miró con sus ojos grandes, apagados.

—Tengo la garganta irritada, niña.

—¡Qué casualidad! —exclamó ésta en tonillo irónico—. No te he oído eso hasta ahora.

—Si es que tú tienes ganas de ir —repuso Mariana
acabando de adivinarlo—, que te lleve tu papá.

—Bien sabes que papá, no saliento tú, no quiere salir.
El tono de Esperancita revelaba despecho. Por los
ojos de Ramoncito pasó un relámpago de alegría legítima y dirigió una mirada de triunfo a su amigo Pepe. La
niña mostraba deseos de ir desde que supo que él asis-
tiría también.

La conversación comenzó a rodar sobre lugares comunes, deteniéndose con predilección en el más común
de todos en la corte, o sea sobre los artistas del teatro
Real. Se habló de la belleza de la Tosti. Ramoncito,
enternecido por el triunfo que acababa de obtener,
quiso negársela; maldijo de las mujeres altas, y sobre
todo de las rubias. A él no le gustaban más que los tipos
morenitos, carirredondos, de mediana estatura y de ojos
negros (en fin, el de Esperancita; no le faltaba más que
nombrarla). Su amigo Pepe, alarmado por este desahogo que daba al traste con todos los planes de asedio en
que habían convenido, le hizo una porción de guiños
disimulados hasta que consiguió traerlo al buen camino.
Pero lo hizo tan mal, esto es, comenzó a contradecirse
de un modo tan lamentable, que las señoras se lo
hicieron notar en seguida. Se aturdió y se hizo un lío, del
cual no hubiera podido salir sin un capote que muy a

tiempo le echó su amigo y maestro. Para reparar un poco la torpeza se puso a contarles lo que había pasado el día anterior en el Ayuntamiento, con tales pormenores, que Mariana no tardó en bostezar como una bendita que era, y D.ª Esperanza se enfrascó en su bordado y dio señales de estar pensando en cosas muy distintas. Esperancita terminó por hacer una seña a Castro para que se acercase. Éste obedeció trasladándose a una sillita cerca de la de ella.

—Oiga, Pepe —le dijo la niña en voz baja y temblorosa—. Hace poco le he visto a usted ponerse serio conmigo. No sé si habré dicho algo que le pudiera molestar. Si fue así, perdóneme.

—No sé a qué alude usted. A mí no puede molestarme nada de lo que me diga una niña tan linda y tan simpática como usted —manifestó el joven con su bella sonrisa de sultán.

—Me alegro de que haya sido únicamente aprensión... Muchas gracias por las flores, si es que usted las siente, que lo dudo... A mí me dolería en el alma causarle a usted un disgusto...

Al decir estas últimas palabras, la niña se ruborizó hasta las orejas.

—Pues tengo noticia de que es usted aficionada a darlos.

—¡Oh no!

—Eso dice mi amigo Ramón.

El rostro de Esperancita se oscureció al oír este nombre. Una arruguita severa cruzó su frente virginal.

—No sé por qué lo dice.

—¿No le remuerde a usted nada la conciencia?

—Ni pizca.

—¡Oh, qué corazón tan empedernido!

—¿Por qué? Si le he proporcionado alguna pena será que él se la habrá buscado.

—Eso mismo le he dicho yo... Pero, en fin, creo que el enfermo ya está en vías de curación y que no se pondrá más al alcance de sus dardos... Le veo bastante más alegre y despreocupado de algunos días a esta parte.

Castro trabajaba sinceramente y de buena fe por su amigo.

—Mucho me alegraría de que así sucediese —respondió la niña con perfecta naturalidad.

Castro hizo una defensa apasionada de su amigo, lo recomendó con toda eficacia a la benevolencia de Esperanza. Mas al verter en el oído de ésta algunas exageradas frases de elogio, el tono displicente con que las pronunciaba y la sonrisa burlona que no se le caía de los labios, las desvirtuaban bastante. Aunque así no fuese, la hija de Calderón las hubiera acogido con la misma hostilidad.

—¡Vamos, Pepe, usted tiene ganas de guasearse!

—¡Que sí, Esperancita, que sí! Ramón tiene un gran porvenir y no sería difícil que con el tiempo le veamos ministro.

El concejal, mientras tanto, explicaba con la fluidez que le caracterizaba, a Mariana y D.ª Esperanza, de qué modo había descubierto un fraude de consideración en los derechos de consumos. Trescientos cincuenta jamones se habían introducido, hacía pocos días, de matute con la anuencia de algunos empleados del municipio. Ramoncito pensaba llevar a estos empleados a la barra en brevísimo plazo. Mariana le suplicaba que no fuese excesivamente severo con ellos; serían tal vez padres de familia. Mas no lograba ablandarle. Indudablemente, sus principios de justicia municipal eran más inflexibles que sus músculos cervicales, a juzgar por el número incalculable de veces que volvía la cabeza hacia el sitio en que Esperancita y Pepe departían. No estaba celoso. Tenía confianza plena en la lealtad de su amigo. Pero le gustaba que su adorada le escuchase cuando pronunciaba las frases: *"a la barra", "yo pienso dictaminar en mal sentido", "la ley municipal exige que los aforos"*, etc., a fin de que el ángel de sus amores se fuera penetrando de los altos destinos a que la suerte la tenía reservada uniéndose a un hombre tan enérgico y tan administrativo. Todos aquellos discursos pronunciados en alta voz, no eran más que una continua y tierna invitación para que de una vez entrase "en el terreno de la formalidad".

Oyéronse en esto pasos en la habitación contigua, y una tos que los presentes conocían admirablemente. D.ª Esperanza, al escucharla, entregó con precipitación, mejor dicho, arrojó la labor que tenía entre manos en el regazo de su hija. Cuando Calderón entró, Mariana bordaba con afectada aplicación mientras su madre se mantenía mano sobre mano, como si hiciese largo rato que se hallase en tal postura. Ramoncito y Castro apenas se fijaron en esta maniobra. La razón de ella era que Calderón no perdonaba a su esposa la apatía, la pereza, juzgando estos vicios como verdaderas calamidades, considerándose muchas veces desgraciado por haberse unido a una mujer tan holgazana. No que el trabajo de ella importase poco ni mucho en su casa; pero su temperamento de trabajador infatigable se revelaba en presencia de otro tan diametralmente contrario. La flojedad, el abandono de Mariana crispaban sus nervios, daban lugar a agrias contestaciones y a reyertas frecuentes. Ella se defendía suavemente. Alegaba que sus padres no la habían criado para jornalera, porque tenían medios suficientes para hacerla vivir como señora. Con esto D. Julián se enfurecía aún más; gritaba que todo el mundo tiene el deber de trabajar, por lo menos de hacer algo. La completa ociosidad es incomprensible. La mujer está obligada a cuidar de que no se desperdicie la hacienda de la casa, ya que no contribuya a acrecentarla, etc., etc. [17]. En fin, que la causa de los disgustos domésticos era esta irremediable holgazanería de la señora. D.ª Esperanza era muy diversa de su hija. Temperamento activo, vigilante, tan avara o más que su yerno, no podía jamás estar un cuarto de hora sin tener algo entre manos. En los negocios interiores de la casa

---

[17] En esta época los manuales de lectura y libros de urbanidad orientados a la educación de las niñas, planifican con todo detalle la jornada femenina. El ocio aparece continuamente vituperado, la lectura ignorada y el perfecto desempeño de los trabajos domésticos positivamente valorado; el título de "buen ama de casa" es tal vez, el correlato —para la mujer— del título profesional del varón.

no tenía intervención muy señalada. Calderón se complacía en ordenarlo y manejarlo por sí mismo todo. Y esto significa una contradicción que debemos hacer resaltar para que se comprenda bien su carácter. Quejábase amargamente porque su mujer no servía para llevar el gobierno de la casa, porque él se veía obligado a hacerse cargo de él; y no obstante, sabiendo que su suegra servía muy bien para el caso, no quería entregárselo. Esto hace sospechar que, aunque Mariana fuese un prodigio de actividad y de orden, no consentiría tampoco en abandonar la dirección de los asuntos interiores como de los exteriores. Su carácter receloso y sórdido le hacía preferir siempre el trabajo al descanso. Quisiera tener cien ojos para ponerlos todos sobre los objetos de su pertenencia.

D.ª Esperanza también deploraba el carácter de su hija; marchaba muy de acuerdo con la ruindad de su yerno, ayudándole no poco en la vigilancia de la casa. Mas, aunque la reprendiese a menudo por su apatía, como al fin había salido de sus entrañas, le dolía que Calderón lo hiciese, sentía vivamente las reyertas matrimoniales. Por eso, siempre que podía las evitaba aunque fuese a costa de un sacrificio, tapando las faltas de Mariana, haciéndose ella misma voluntariamente culpable de ellas. Tal era la razón de haberle entregado con tanta premura el cojín que estaba bordando.

D. Julián entró con un libro en la mano, que no era el *Diario,* ni el *Mayor,* ni el *Copiador de cartas,* sino lisamente el folletín de *La Correspondencia,* que acostumbraba a recortar con gran esmero y luego cosía. Aunque parezca raro, D. Julián era aficionado a las novelas; pero no leía más que las de *La Correspondencia,* o las piadosas que regalaban a su hija en el colegio. Por impulso propio no había entrado jamás en una librería a comprar alguna. No sólo era aficionado a leerlas, sino lo que aun es más raro, se enternecía notablemente con ellas. Porque guardaba en su pecho un gran fondo de sensibilidad. Era una flaqueza de su organismo, lo mismo que el asma y el reuma. Las desgracias del prójimo, la miseria, le compadecían extremadamente. Si pudiesen remediarse de cualquier otro modo que no fuese con dinero, es seguro que las haría desparecer en seguida. Los rasgos de generosidad le hacían llorar de entusiasmo; pero se juzgaba, y con razón, impotente para llevarlos a cabo. Así y todo hacía esfuerzos supremos por violentar su naturaleza. En realidad, no era de los ricos menos limosneros que hubiese en Madrid. Tenía una cantidad fija destinada a los pobres y les llevaba la cuenta en sus libros como si fuesen acreedores. Una vez agotada la cantidad mensual, creemos que si viese morirse de hambre en la calle a un desgraciado, no le socorrería con una peseta, no por falta de sensibilidad, sino por las profundas raíces que tenían en su corazón los números. La idea de desprenderse de algo suyo por otro medio de enajenación que no fuese la compra-venta, era para él casi incomprensible. Sus limosnas tenían por esto un mérito muy superior a las de otras personas [18].

Cuando entró en el costurero manifestaba en el rostro señales de hallarse conmovido. Después de haber saludado a los forasteros, profirió sentándose en una butaca:

—Acabo de leer en esta novela un capítulo precioso... ¡precioso!... No pude resistir la tentación de venírselo a leer a éstas...

Se detuvo porque no se atrevía a proponérselo a Castro y Ramoncito, aunque lo deseaba. Era muy amigo de leer en alta voz, por lo mismo que lo hacía medianamen-

---

[18] La limosna aparece perfectamente reglamentada en la economía de la burguesía. El quinto mandamiento de la Iglesia —que mandaba entregar los diezmos y primicias de todas las cosechas—, se había practicado en la época del Antiguo Régimen. Y cabe preguntarse, ¿no puede obedecer el cuidadoso presupuesto dedicado a la caridad que tiene Calderón a una manera de entender y practicar —por la fuerza de la costumbre— el precepto eclesiástico, en una época en que la burguesía y la Iglesia están buscando la aproximación mutua? Por lo demás, el episodio viene a subrayar otra vez, por efecto acumulativo, la sordidez de Calderón.

258   ARMANDO PALACIO VALDÉS

te. Mariana se complacía mucho en oír leer. De modo
que, por este lado, marchaba bien el matrimonio.

—Léelo, hombre... Creo que a Pepe y Ramón no les
molestará —dijo aquélla.

Castro hizo un leve signo de aquiescencia, Ramoncito
se apresuró a manifestar con ademanes extremosos que
tendrían un gran placer... que él era muy aficionado a
los bellos capítulos, etc. ¡Pocas gracias! Viniendo del
padre de su amada, sería capaz de escuchar con atención
la lectura de la tabla de logaritmos.

D. Julián se caló las gafas y se puso a leer, con una
voz blanca de gola que tenía reservada para estas
ocasiones, cierto capítulo en que se describían los sufrimientos de un niño perdido en las calles de París. Al
instante comenzaron a arrasársele los ojos y a alterársele
la voz. Ramoncito se vio necesitado a tomarle el legajo y
a continuar la lectura hasta el fin [19]. Castro, en presencia de aquellas ridiculeces, ocultaba su sonrisa de hombre superior detrás de grandes bocanadas de humo.

Terminado el capítulo y comentado en los términos
más lisonjeros para todos los presentes, Mariana volvió
los ojos hacia su labor. Observó que iba a hacer falta un
pedazo de seda para el forro, pues estaba a punto de
terminarse. D.ª Esperanza, con quien comunicó este
pensamiento, fue de la misma opinión.

—Ramoncito —dijo la primera— hágame el favor de
oprimir ese botón.

El concejal se apresuró a cumplir el mandato. Al cabo
de un instante se presentó la doncella de la señora.

—Tiene usted que salir a comprar una vara de seda
—le dijo ésta.

La doméstica, después de enterarse de las particularidades del encargo, se dispuso a salir para darle cumpli-

[19] En contraste con el sentido utilitario y pragmático de Calderón, se
hace notar su gusto por las novelas de corte sentimental y romántico,
¿testimonio de las persistencias y aun de las resistencias de la alta clase
frente a la nueva forma de novelar de corte realista surgida tras la
revolución de 1868? Numerosos detalles en este sentido que aparecen a
lo largo de la obra, parecen apuntar por este camino.

miento. D. Julián, que había escuchado atentamente, la detuvo con un gesto.

—Aguárdese un momento... Voy a ver si por casualidad tengo yo lo que les hace falta.

Y salió con paso vivo de la estancia. No tardó tres minutos en regresar con un paraguas viejo entre las manos.

—A ver si os puede servir la seda de este paraguas —dijo—. Me parece que es del mismo color...

Castro y Maldonado cambiaron una mirada significativa.

Mariana lo tomó ruborizándose.

—En efecto, es del mismo color... pero está todo picado... No sirve.

Esperancita fingía estar absorta en su labor; pero tenía el rostro como una amapola. Tan sólo D.ª Esperanza tomó en serio el asunto y lo discutió. Al fin fue desechado, con disgusto del banquero, que quedó murmurando algunas frases poco halagüeñas acerca del orden y economía de las mujeres.

Ramoncito ya no podía sufrir más aquella pena de Tántalo a que la experiencia de su amigo le condenaba. No cesaba de mirar hacia el sitio donde éste y Esperancita departían. Principió por levantarse de la silla con pretexto de estirar un poco las piernas y dio unos cuantos paseos. Poco a poco fue acercándose a ellos: concluyó por detenerse delante.

—Qué tal, Esperanza... ¿Hace mucho que no ha visto a su amiga Pacita?

¡Qué pretexto tan burdo para detenerse! Él mismo lo comprendió así y se ruborizó al pronunciar estas palabras. Castro le dirigió una mirada fulminante; pero, o no la vio, o se hizo como que no la veía. Esperancita frunció el entrecejo y contestó secamente que no se acordaba con precisión.

Esto bastaría para que cualquiera se diese por advertido. Ramoncito no se dio. Antes quiso prolongar la conversación con frases absurdas o insustanciales. Hasta tuvo conatos de agarrar una silla y sentarse al lado de ellos: pero Castro se lo impidió dándole, al descuido, un feroz y expresivo pisotón en los callos que le hizo volver en su acuerdo. Continuó, pues, su paseo melancólico y no tardó en sentarse de nuevo junto a sus futuras suegra y abuela. Al poco rato estaba empeñado en una discusión animada con Calderón sobre si el adoquinado de las calles debía de hacerse por contrata o por administración. De buena gana hubiera cedido. Su interés estaba en hacerlo, porque al fin se trataba del hombre en cuya mano estaba su felicidad o su desgracia; pero aquel pícaro temperamento terco y disputón con que la naturaleza le dotara, le arrastraba a proseguir, aunque veía a su suegro encendido y a punto de enfadarse.

Afortunadamente para él, antes que llegase este punto, se presentó en la estancia un criado.

—¿Qué hay, Remigio? —le preguntó el banquero.

—Acaba de llegar un amigo del Pardo, el cochero de los señores de Mudela, y me ha dicho que el señorito Leandro se encontraba un poco enfermo...

—¡Claro! ¡Qué le había de pasar a ese chiquillo!... No está acostumbrado a tales juergas. Toda la vida en el colegio o pegado a las faldas de su madre. De pronto le sacan a esta vida agitada... ¿Y qué es lo que tiene?

Leandro era un sobrino carnal de D. Julián, hijo de una hermana que residía en la Mancha. Había venido a pasar una temporada a Madrid y la pasaba alegremente reunido a otros muchachos de la misma edad. Para cierta excursión de campo había pedido a su tío el carruaje. Éste, por no ofender a su hermana a quien por razón de intereses estaba obligado a guardar consideraciones, se lo había otorgado, aunque con gran dolor de su corazón.

—Me parece que le ha hecho daño el sol y la comida...

—Bueno, una indigestión... Eso pasará pronto.

—Yo creo que debías ir allá, Julián —manifestó Mariana.

—Si hubiese necesidad, claro que iría. Pero por ahora

no la veo... Di tú, Remigio, ¿no puede trasladarse aquí? ¿Se ha quedado en la cama?

—Ahí está el caso, señor —dijo el criado dando vueltas a la gorra y bajando los ojos como si temiese dar una noticia muy grave—. La cuestión es que una de las yeguas, la *Primitiva*, está enfosada.

Calderón se puso pálido.

—¿Pero no puede venir?

—No, señor, está bastante malita, según dice el cochero de Mudela... ¡Claro! como esos chicos no entiende, la han hartado de agua...

D. Julián se levantó presa de violenta agitación [20] y sin decir palabra salió de la estancia seguido de Remigio.

Castro y Ramoncito cambiaron otra vez una mirada y una sonrisa. Esperancita las sorprendió y se puso colorada.

—¡Qué a pecho toma papá estas cosas!

—¡Podría no tomarlo, niña! —exclamó D.ª Esperanza con voz irritada—. Un tronco que ha costado quince mil pesetas... ¡Pues digo yo si es una gracia de Leandrito!

Y siguió buen rato desahogando su furia, casi tan grande como la de su yerno. Castro y Ramoncito se levantaron, al fin, para irse. Mariana, que había tomado con mucha filosofía la desgracia, les invitó a comer.

—Quédense ustedes... Ya ha pasado la hora de paseo.

—No puedo —dijo Castro—. Hoy como en casa de su hermano.

—¡Ah! verdad que es sábado, no me acordaba. Nosotras iremos (si no estoy peor) a las diez, a la hora del tresillo.

—¿Come usted todos los sábados en casa de tía Clementina? —preguntóle por lo bajo Esperancita con inflexión extraña.

El lechuguino la miró un instante.

[20] Un perfil sórdido del banquero está trazado por acumulación, mediante un *crescendo* hábilmente calculado. En este caso, la atención preferente de don Julián hacia la yegua corona con éxito este propósito.

—Casi todos como en casa de su tío Tomás.

—Tía Clementina es muy guapa y muy amable.

—Esa fama goza —repuso Castro un poco inquieto ya.

—Tiene muchos admiradores. ¿No es usted uno de los entusiastas?

—¿Quién se lo ha dicho a usted?

—Nadie; lo supongo.

—Hace usted bien en suponerlo. Su tía es, a mi juicio, una de las señoras más hermosas y distinguidas de Madrid... Vaya, hasta otro rato, Esperancita.

Y le alargó la mano con un aire displicente que hirió a la niña. El despecho de ésta se manifestó llamando a Ramoncito, que se mantenía un poco alejado.

—Y usted, Ramón, ¿por qué no se queda? ¿Come usted también en casa de tía Clementina?

—No: yo no...

—Pues quédese usted, hombre. Ya procuraremos que no se aburra.

—¡Yo aburrirme al lado de usted! —exclamó el concejal, casi desfallecido de placer.

—Nada, nada: definitivamente se queda ¿verdad? Que se vaya Pepe, ya que tiene otros compromisos.

Ramoncito iba a decir que sí con todas las veras de su alma; mas por encima de la cabeza de la niña, Castro principió a hacerle signos negativos, con tanta furia, que el pobre dijo con voz apagada:

—No... yo tampoco puedo...

—¿Por qué, Ramón?

—... Porque... tengo que hacer.

—Pues lo siento.

El concejal estaba tan conmovido que apenas pudo murmurar algunas palabras de gracias. Salió de la estancia casi a rastras. Una vez en la calle, Pepe le felicitó calurosamente y le anunció que aquella firmeza daría buenos resultados. Pero él acogió las enhorabuenas con marcada frialdad. Se obstinó en guardar silencio hasta su casa, donde su amigo y maestro le dejó al fin llena la cabeza de lúgubres presentimientos y más triste que la noche.

VII

COMIDA Y TRESILLO EN CASA DE OSORIO [1]

Al día siguiente de haber subido a cada de Raimundo, Clementina estaba más avergonzada y pesarosa de haberlo hecho que en el momento de bajar la escalera. Los seres orgullosos [2] sienten remordimientos por una acción que en su concepto los ha humillado, como los justos cuando han faltado a la humildad. En su interior confesaba que había dado un paso en falso. La serenidad y la cortesía de aquel muchacho, a la vez que lo elevaban a sus ojos, irritaban su amor propio. ¡Qué comentarios no habrían hecho él y su hermana después de aquella ridícula y extemporánea visita! Al pensar en ello se le subían los colores a la cara. Por no ver ni ser vista de Alcázar desde su mirador, dejó de salir a pie. El joven cumplía su promesa: no halló rastro de él por ninguna parte.

Mas sin saber por qué causa, la imagen de éste flotaba siempre delante de sus ojos; con frecuencia acudía a su

[1] El desarrollo de un mismo tema a través de dos capítulos que forman un conjunto bien trabado, es un recurso muy utilizado por Palacio Valdés en esta novela. Recordemos los capítulos I y II, III y IV, V y VI, o incluso el bloque que forman el XI, XII y XIII en lo que se refiere al análisis de las actitudes de las distintas elites, o el XIV, XV y XVI en lo que afecta al desenlace.

[2] El orgullo aparece menos como rasgo del carácter de Clementina, es decir, individual, que como connotación de clase. Obsérvese que, cuando la protagonista se orienta hacia el mundo de las clases medias, pierde su altanería y su soberbia.

mente. ¿Era por aversión? ¿por resentimiento? Clementina no podía de buena fe afirmarlo. Su ex perseguidor no tenía nada en la figura ni en el trato que lo hiciese aborrecible. ¿Sería, por el contrario, que le hubiese impresionado demasiado favorablemente su presencia? Tampoco. Veía diariamente en sociedad muchos jóvenes más gallardos y de más agradable conversación. Así que, la sorprendía tanto como la irritaba encontrarse pensando en él. Nunca dejaba de protestar interiormente contra esta involuntaria inclinación, y de enfadarse consigo misma. Transcurridos algunos días después de la escena relatada, decidióse a salir una tarde a pie. El no hacerlo le iba pareciendo cobardía, conceder demasiado honor a aquel chiquillo. Cuando pasó cerca de su casa levantó los ojos y le vio como siempre al mirador con un libro en la mano. Bajólos instantáneamente y cruzó de largo seria y erguida. Mas a los pocos pasos sintió vago malestar como si no quedase satisfecha de sí misma. La verdad es que el no saludar o no haber siquiera esperado el saludo del joven, no había estado bien hecho después de sus francas explicaciones y de la amabilidad que con ella había usado mostrándole la rica colección de sus mariposas y ofreciéndosele tan finamente.

Al día siguiente salió también a pie y reparó la injusticia del anterior clavando con fijeza su vista en el alto mirador. Raimundo le envió un saludo tan respetuoso y una sonrisa tan inocente, que la hermosa dama se sintió halagada. No pudo ocultarse que aquel joven tenía singular dulzura en los ojos, que le hacía muy simpático, y que su conversación, si no repleta de donaires, revelaba firmezas de entendimiento y un espíritu culto. Estas observaciones debió de hacerlas a su debido tiempo; pero no las hizo por causas que ignoramos. Desde este día comenzó a salir como antes. Al cruzar por delante de la casa de Raimundo nunca dejaba de enviar su cabezadita amistosa al mirador, desde donde le contestaban con verdadera efusión. Y según iban transcurriendo los días, el saludo era cada vez más

expresivo. Sin hablarse una palabra parece que se establecía la confianza entre ellos [3].

Clementina no trató de analizar el sentimiento que le
inspiraba el joven Alcázar. Era poco aficionada a mirar-
se por dentro. Creía vagamente que hacía una obra de
caridad mostrándose cortés con él. "¡Pobre muchacho!
—se decía—. ¡Cómo adoraba a su madre! Y ella ¡qué
feliz debió de haber sido con un hijo tan bueno y
cariñoso!" Una tarde, cuando ya llevaba más de un mes
de estos saludos, le preguntó Pepe Castro:

—Oyes: ¿ha dejado de seguirte ya aquel chiquillo
rubio de marras?

Clementina sintió un estremecimiento raro: se puso
levemente colorada sin saber ella misma por qué.

—Sí... hace ya lo menos un mes que no le he visto.

¿Por qué mentía? Castro estaba tan lejos de pensar
que entre aquel perseguidor desconocido y su querida
mediase ninguna relación, que no advirtió el rubor.
Pasó en seguida a otra cosa con indiferencia. Mas, para
nuestra dama, aquel singular sacudimiento y aquel
calorcillo en las mejillas fue una especie de revelación
vaga de lo que en su espíritu acaecía. El primer dato
concreto de esta revelación fue que al salir de casa de su
amante, en vez de ir pensando en él, reflexionó que
Alcázar cumplía demasiado fielmente su palabra de no
seguirla. El segundo fue que al detenerse en un escaparate de joyería y ver un imperdible de brillantes en figura
de mariposa, se dijo que algunas de las que había visto
en casa de su amiguito rubio eran mucho más hermosas
y brillantes. El tercero lo adquirió al entrar en casa de
Fe a comprar unas novelas francesa. Ocurriósele al ver
tanto libro, que su amante Pepe Castro no había leído
ninguno de ellos, ni lo leería probablemente. Antes, le hacía gracia esta ignorancia: ahora la encontraba ridícula.

Transcurrían los días. La señora de Osorio, hastiada

---

[3] El autor prepara a su personaje para el guiño que va a dar; el
procedimiento de aproximación de Clementina a Raimundo es el típico
de las clases medias: pasear la calle, echar miradas al balcón...

de la vida elegante, habiendo agotado todas las emociones que ofrece a una dama ilustre por su hermosura y su riqueza, se iba placiendo extremadamente en aquel saludo inocente que casi todos los días cambiaba con el joven del mirador. Una tarde, habiéndose bajado del coche en el Retiro para dar algunas vueltas a pie, tropezó con Alcázar y su hermana en una de las calles de árboles. Dirigióles un saludo muy expresivo. Raimundo respondió con el mismo afectuoso respeto de siempre; pero Clementina observó que la niña lo hizo con marcada frialdad. Esto la preocupó y la puso de mal humor para todo el día, por más que nunca quiso confesarse que la causa de su malestar y melancolía era ésta. Poco a poco, debido a su temperamento irritable y caprichoso, aquella aventura amorosa que había muerto al nacer, iba ocupando su espíritu haciendo brotar en él un deseo. Los deseos en esta dama eran siempre apetitos violentos, sobre todo si hallaban algún obstáculo: como tales, pasajeros también.

Cierta mañana, después de haber saludado a Raimundo cerrando y abriendo la mano repetidas veces con la gracia peculiar de las damas españolas, y después de haber andado poco trecho, por un movimiento casi involuntario volvió la cabeza y levantó de nuevo los ojos al mirador. Raimundo la estaba mirando con unos gemelos de teatro. Se puso fuertemente colorada: apretó el paso embargada por la vergüenza. ¿Por qué habría hecho aquella tontería? ¿Qué iba a pensar el joven naturalista? Cuando menos, se figuraría que estaba enamorada de él. Pues a pesar de que estas ideas bullían alborotadas en su cabeza mientras caminaba de prisa para doblar la esquina y ocultarse a las miradas de aquél, no estaba tan irritada contra sí misma como otras veces. Sentía vergüenza, es verdad; pero luego que pudo caminar despacio, una emoción dulce invadió su espíritu, sintió un cosquilleo grato allá en el corazón como hacía ya muchísimo tiempo que no sentía. "¡Si volveré a mis tiempos de *fanciulla*!" se dijo sonriendo. Y comenzó a recrearse con su propia emoción considerándose feliz

con aquel retorno a las inocentes turbaciones de la
primera edad[4]. Tan embebida marchaba en su pensamiento, que al llegar a la Cibeles, en vez de tomar la
calle de Alcalá para ir a casa de Castro con quien estaba
citada para aquella hora dio la vuelta como si estuviera
paseando por aquel sitio. Cuando lo advirtió se detuvo
vacilante. Al fin se confesó que no tenía grandes deseos
de acudir a la cita. "Voy a ver a mamá —se dijo—. La
pobre hace ya días que no pasa un rato conmigo." Y
emprendió la marcha hacia el paseo de Luchana. Se
puso de un humor excelente. Un piano mecánico tocaba
el brindis de *Lucrecia*[5] por allí cerca y se paró a
escucharlo, ¡ella que se aburría en el Real oyéndolo a las
más famosas contraltos! Pero la música es una voz del
cielo y sólo se comprende bien cuando el cielo ha
penetrado ya un poco en nuestro corazón.

Por la acera de Recoletos bajaba Pinedo, aquel memorable personaje que vivía con un pie en el mundo
aristocrático y otro en la clase media-covachuelista a la
que en realidad pertenecía. Traía a su lado a una linda
joven que debía de ser su hija, aunque Clementina no la
conocía. Pinedo la tenía alejada de la sociedad que frecuentaba, la ocultaba cuidadosamente lo mismo que
Triboulet[6]. La esposa de Osorio siempre había tratado
a este personaje con un poco de altanería, lo cual no era

---

[4] Clementina aparece enamorada de Raimundo, y ello comporta su
conversión a los valores de las clases medias, de la "burguesía hogareña". En esta conversación juega, como elemento fundamental —no
único—, la "nostalgia de la inocencia perdida", que llega a la protagonista amasada con recuerdos de niñez. Este mito de la inocencia perdida
se encuentra desarrollado en la persona de Ana Ozores de *La Regenta,*
de donde tal vez lo tomó Palacio Valdés para convertirlo en ingrediente
de la personalidad de Clementina.
[5] *Lucrecia:* ópera de Donizetti estrenada en *La Scala* de Milán, el 20
de noviembre de 1840.
[6] Triboulet es un personaje histórico: fue un bufón de Luis XII y de
Francisco I; Rabelais lo convierte en personaje literario de *Gargantúa y
Pantagruel,* y posteriormente es retomado por diversos autores cómicos
y dramáticos. Es el protagonista de *Le Roi s'amuse* de Victor Hugo,
obra a la que Verdi pone música convirtiéndola en *Rigoletto* (1857). Al
personaje de esta ópera se refiere el narrador.

raro en ella como ya sabemos. Mas ahora el estado placentero de su espíritu la tornó expansiva y llana por algunos instantes. Como Pinedo cruzase grave dirigiéndole un sombrerazo ceremonioso según su costumbre, la dama se detuvo y le abordó con la sonrisa en los labios.

—Amigo mío, usted es hombre práctico; también aprovecha estas horas de la mañana para respirar el aire puro y tomar un baño de sol.

Contra su costumbre y naturaleza, Pinedo quedó un poco turbado, tal vez porque no le hiciera gracia presentar su hija a esta vistosa señora. Repúsose instantáneamente, sin embargo, y respondió inclinándose con galantería:

—Y a ver si Dios me concede unos tropezones tan desagradables como el que ahora he tenido.

Clementina sonrió con benevolencia.

—No debe usted echar flores aunque sea de este modo indirecto trayendo a su lado una joven tan linda. ¿Es su hija?

—Sí, señora... La señora de Osorio —añadió volviéndose a la niña.

Ésta se puso roja de placer al oírse llamar linda por aquella dama a quien tanto conocía de vista y de nombre. Era una muchacha alta y esbelta, de rostro moreno, con facciones menudas y bien trazadas y unos ojillos dulces y alegres.

—Pues había oído decir que tenía usted una niña muy bonita; pero veo que la fama se ha quedado corta.

La chica enrojeció aún más y apenas pudo murmurar las gracias.

—Vamos, Clementina, no siga usted que se lo va a creer... Esta señora, Pilar —añadió volviéndose a ella—, se complace en decir mentiras agradables como otros en decir verdades amargas.

—Ya lo veo que es muy amable —repuso la niña.

—No haga usted caso. Que es usted hermosa, está a la vista.

—¡Oh, señora!...

—Y diga usted, padre tirano, ¿por qué no la divierte

usted un poco más? ¿Está bien hecho que a usted se le
vea en todos los teatros, bailes y reuniones y tenga
encerrada a esta niña preciosa? ¿O es que se le figura que
tenemos más gusto en verle a usted que a ella?

El pobre Pinedo sintió un estremecimiento de dolor
que trató de ocultar. Clementina había tocado con
trivialidad en la parte más sensible de su corazón. Su
sueldo ya sabemos que no le consentía más que vivir
modestamente. Si entraba en una sociedad que no le
correspondía era precisamente para conservar el empleo, que era su único sostén y el de su hija. Ésta nada
sabía aún de aquel plan de vida. Pinedo esperaba
casarla con un hombre modesto y trabajador y que no
conociese jamás aquel mundo en que no podía vivir y
que él despreciaba en el fondo del alma, aunque tal vez,
por la fuerza de la costumbre, no pudiese ya vivir a
gusto en otro [7].

—Es muy joven aún... Tiene tiempo de divertirse
—repuso con sonrisa forzada.

—¡Bah, bah! diga usted que es usted un grandísimo
egoísta... ¡Y cuánto tiempo hace que no ha estado usted
en casa de Valpardo? —añadió la dama pasando a otra
conversación.

—Pues el lunes. La condesa me ha preguntado con
mucho interés por usted y se lamenta de que la haya
abandonado.

—¡Pobre Anita: es verdad!

Sobre los dueños de la casa y sobre sus tertulios,
Pinedo y Clementina comenzaron una conversación animada, inagotable. Pilar escuchó con atención al princi-

---

[7] La aparición de Pinedo —que cerrará también el capítulo— tiene
un alto valor significativo: supone la posibilidad de las clases medias de
integrarse formalmente en el estrato superior, manteniendo vivos por
dentro los ideales de la clase media tradicional. Pinedo alude a ellos al
expresar sus deseos respecto a su futuro yerno. El pasaje es un símbolo
de la ambigüedad social que Palacio Valdés nos presenta tanto en la
protagonista, "convertida" coyunturalmente a los valores de la clase
media tradicional, como de Raimundo, procedente de este grupo social,
pero formalmente integrado en el estrato superior.

pio; pero como no conocía a la mayor parte de aquellos personajes concluyó por distraerse paseando su vista por las inmediaciones, fijándola en los pocos transeúntes que a aquella hora acertaban a pasar por allí.

—Papá —dijo aprovechando un momento de pausa—. Ahí viene aquel joven amigo tuyo, que mantiene a su madre y a sus hermanas.

Clementina y Pinedo volvieron al mismo tiempo la cabeza y vieron a Rafael Alcántara, el célebre calavera que hemos conocido en el *Club de los Salvajes*.

—¡Que mantiene a su madre y a sus hermanas! —exclamó la dama con asombro.

—Sí, un joven muy bueno, amigo de papá, que se llama Rafael Alcántara.

Al volver la vista, cada vez más sorprendida, a Pinedo, éste le hizo una seña bastante expresiva. No sabiendo lo que aquello significaba, pero calculando que su amigo tenía interés en que no se calificase a Alcántara como merecía, Clementina se calló. El joven salvaje, al cruzar, les hizo un saludo entre familiar y respetuoso.

Pinedo alargó al instante la mano para despedirse.

—Ya sabe usted que hoy es sábado —dijo la dama—. Vaya usted a comer.

—Con mucho gusto. Recuerdos a Osorio.

—Y lleve usted a esta joven tan monísima.

—Ya veremos; ya veremos —replicó el covachuelista otra vez desconcertado—. Si hoy no pudiera, otro día será.

—Hoy ha de ser, padre tirano... Hasta luego, ¿verdad, preciosa?

Y le cogió el rostro a la niña y le dio un beso en cada mejilla, diciéndole al mismo tiempo:

—He tenido una gran suerte en conocerla. Hacen falta en mi salón niñas lindas y simpáticas.

Y cada vez más alegre, sin saber por qué, se despidió y siguió adelante diciéndose: "¿Qué diablo de interés tendrá Pinedo en convertir en santo a ese perdido de Alcántara?" El pie ligero, las mejillas rojas, los ojos brillantes como en los días de su adolescencia, llegó a la

verja del gran jardín que rodeaba el palacio de su padre.
El portero se apresuró a abrirle y a sonar la campana.
Entró en la mansión ducal y, contra su costumbre,
dirigió una leve sonrisa a dos criados de librea, que la
esperaban en lo alto de la escalinata. Pasó en silencio
por delante de ellos y fue derecha a las habitaciones de
su madrastra como quien ha recorrido aquel camino
muchos años.

La duquesa estaba, en aquel momento, de conferencia
con el médico director de un asilo de ancianas pobres,
que ella había fundado hacía poco tiempo en unión de
otras señoras. Al levantarse la cortina y ver a su hijastra,
sonrió con dulzura.

—¿Eres tú, Clementina? Pasa, hija mía, pasa.

Ésta sintió encogérsele el corazón al ver el rostro
pálido y marchito de su madre. Abalanzóse a ella y la
besó con efusión.

—¿Te sientes bien, mamá? ¿Cómo has pasado la
noche?

—Perfectamente... Tengo mala cara ¿verdad?

—¡No! —se apresuró a decir la dama.

—Sí, sí. Ya lo he visto al espejo. Me siento bien...
Solamente la debilidad me atormenta... Y como he
perdido enteramente el apetito, no puedo vencerla...
Vamos a ver, Iradier —dijo encarándose de nuevo con el
médico que estaba de pie frente a ella—, de manera que
usted se encargará de vigilar a las criadas y enfermeras
para que nunca dejen de guardar las debidas consideraciones a las viejecitas ¿no es cierto?

El médico era un joven simpático, de fisonomía
inteligente.

—Señora duquesa —repondió con firmeza—. Yo
haré cuanto esté de mi parte por que las asiladas no
tengan motivo de queja. Sin embargo, debo repetirle
que, a pesar de nuestros esfuerzos, es posible que siga
usted recibiendo alguna. No puede usted comprender
hasta qué punto son impertinentes y maliciosas ciertas
mujeres. Sin motivo alguno, sólo por placer de herir lo
mismo a mí que a mis compañeros, nos llenan a veces de

insolencias. Cuanto más atentos nos mostramos con ellas, más se ensoberbecen. Yo pruebo el caldo y el chocolate todos los días y no he hallado hasta ahora lo que esa mujer le ha dicho. Las horas son siempre fijas. Jamás he visto retraso alguno en sus comidas. Procure usted enterarse y se convencerá de que quien tiene motivo a quejarse, son las pobres criadas a quienes las asiladas tratan groseramente...

El médico se había ido exaltando al pronunciar estas palabras con acento de sinceridad. La duquesa sonrió dulcemente.

—Lo creo, lo creo, Iradier... Las viejas solemos ser muy impertinentes...

—¡Oh, señora, eso es según!...

—Por regla general lo somos... Pero esta impertinencia ya es por sí una enfermedad y debe excitar compasión en los que no padecen de ella. A usted no necesito recomendársela, porque tiene un corazón muy caritativo. A los que no lo tengan tan bondadoso suplíqueles usted, en mi nombre, la suavidad con las pobrecitas asiladas.

—Se hará, señora, se hará —respondió el médico, ganado por la singular dulzura de la fundadora—. El jueves la esperamos a usted ¿verdad?

—No sé si esta fatiga lo permitirá.

—Sí, sí, se lo garantizo yo.

Y comprendiendo que estaba ya de más, el joven cortó la conferencia, estrechando con afecto y respeto que se le traslucía en los ojos, la mano de la duquesa, y saludando ceremoniosamente a Clementina.

Luego que salió, ésta, que había estado contemplando con emoción reprimida el semblante descompuesto de su madrastra, conmovida por la bondad que respiraban todas sus palabras, se levantó del asiento y fue a arrodillarse delante de ella. Apoderóse de sus manos blancas y descarnadas y las besó con efusivo transporte de cariño. Esta mujer tan altanera con todo el mundo, sentía un goce especial, semejante al de los místicos, en humillarse ante su madrastra. La voz de ésta removía

como un conjuro mágico las débiles chispas de bondad y
de ternura que ardían en su corazón y les prestaba por
un instante el aspecto de incendio. D.ª Carmen le quitó
suavemente el sombrero, lo puso en un sillón contiguo y
se inclinó para besarla amorosamente en la frente.

—Hace cuatro días justos que no has venido a verme,
pícara.

—Ayer no he podido, mamá. Pasé casi todo el día
arreglando mis cuentas, haciendo números. ¡Oh, qué
horribles números!

—¿Y por qué los haces? ¿No está ahí tu marido?

—Pues, precisamente, por miedo a mi marido los
hago. ¿Usted no sabe que se ha vuelto un miserable, un
tacaño, lo mismo que su cuñado?

D.ª Carmen sabía que los negocios de Osorio no
andaban muy bien, que recientemente había experimentado fuertes pérdidas en la Bolsa; pero no se atrevió a
decir nada a su hija.

—¡Pobre hija mía! ¡Ocuparte tú en esas cosas cuando
sólo has nacido para brillar como una estrella de los
salones [8]!

—Ya no le faltaba más que eso para hacerse del todo
antipático, ¡odioso! ¡Si las cosas pudiesen hacerse dos
veces!

Bruscamente, la expresión de ternura había desaparecido de sus ojos, reemplazándola otra sombría y feroz.
Una arruga profunda surcó su tersa frente de estatua. Y
con voz sorda comenzó a exponer sus quejas, a descubrir los agravios que su marido le hacía diariamente. A
nadie en el mundo, más que a su madrastra haría tales
confidencias, que en ella no provocaban lágrima alguna.
D.ª Carmen era quien las vertía una a una de sus ojos
cansados.

—¡Hija de mi alma! ¡Yo que hubiera dado mi vida
por verte feliz! ¡Qué ciegos hemos estado, lo mismo tu
padre que yo, al entregarte a ese hombre!

---

[8] En buena medida, doña Carmen expresa aquí una de las imágenes
que la clase media tiene de la mujer de alta clase.

—¡Mi padre! ¡Otro que tal! ¡Un hombre que no ha
sabido jamás que tiene en casa una santa a quien debía
adorar de rodillas! La verdad es que cuando pienso...

—¡Calla, calla: es tu padre! —exclamó la duquesa
tapándole la boca con la mano—. Yo soy feliz. Si tu
padre tiene algunos defectos, yo tengo más aún: de
modo, que no hay mérito en perdonárselos, si él me
perdona en cambio los míos... No hablemos de tu padre,
hablemos de ti misma... No sabes lo que me duelen esos
apuros de dinero, a los cuales no estás acostumbrada.
Yo, si pudiera, los remediaría al instante... Pero bien
sabes que manejo poco dinero. Del que saco de la caja
tengo que dar cuenta a Antonio, y a éste no se le engaña
fácilmente. Algún puñadito de oro, sí, puedo poner
aparte para ti; pero mis ahorros no te sacarán de
pilancos. Sin embargo, confío en que tus apuros no
durarán mucho tiempo...

Hizo una pausa la bondadosa señora; quedóse mirando al vacío tristemente, y luego, abrazando a su hijastra
que aún permanecía de rodillas y acercando los labios a
su oído, le dijo en voz baja:

—Mira, hija mía, yo no tardaré en morir y pienso
dejarte todo cuanto tengo. La mitad de la fortuna de tu
padre es mía, según me ha dicho el abogado de la casa.

Clementina sintió una vibración en el alma que a un
psicólogo le costaría mucho trabajo definir. Fue una
mezcla de dolor, de asombro, y acaso también, de un
poquito de alegría. El dolor predominó, no obstante, y
abrazó a su madrastra y la besó cariñosamente repetidas
veces.

—¿Qué está usted diciendo ahí?... ¡Morirse! No: yo no
quiero que usted se muera. Usted me hace mucho más
falta que su dinero. Sin usted yo hubiera sido una mujer
muy perversa... Temo que el día en que usted me falte lo
sea. Los únicos momentos en que siento un poco de
blandura en el corazón son los que paso a su lado.
Parece, mamá, como si usted me transmitiera algo de
esa virtud tan grande que tiene...

—Basta, basta, aduladora —dijo D.ª Carmen ponién-

dole otra vez la mano en la boca—. Tú te tienes por
peor de lo que eres. Tu corazón es bueno. Lo que te
hace parecer mala alguna vez es el orgullo ¡el orgullito!
¿no es verdad?

—Sí, mamá, sí, es cierto... Usted no sabe lo que es el
orgullo y los tormentos que proporciona a quien lo
siente tan vivo como yo. Estar pensando constantemente en que nos hieren. Ver enemigos en todas partes.
Sentir una mirada como la hoja de un puñal en el
corazón. Escuchar una palabra y darle un millón de
vueltas en la cabeza hasta marearse y ponerse enferma.
Vivir con el corazón ulcerado, con el alma inquieta...
¡Oh, cuántas veces he envidiado a las personas virtuosas
y humildes como usted! ¡Qué feliz sería yo si no llevase a
cuestas este carácter triste y receloso, esta soberbia que
me consume!... ¡Y quién sabe —añadió después de una
pausa—, quién sabe si hubiera sido más dichosa en otra
esfera! Tal vez si fuera una pobre y me hubiera casado
con un joven modesto, trabajador, inteligente, sería
mejor mi suerte. Obligada a ayudar a mi marido, a
cuidar de la hacienda, a pensar en los pormenores de la
casa como las demás mujeres que trabajan y luchan, no
hubiera quizá llegado adonde llegué... Yo necesitaba un
marido afectuoso, dulce, un hombre de talento que
supiese dirigirme... Hoy mismo, mamá, acostumbrada
como estoy al lujo y a la vida de sociedad, me retiraría
con gusto de ella, me iría a vivir a un rinconcito alegre,
allá en el campo, lejos de Madrid. No me haría falta
más que un poco de amor y tenerla a usted a mi lado
para inspirarme buenos sentimientos [9].

El espíritu de Clementina, gratamente impresionado
por la niñería de la calle de Serrano, por aquella

---

[9] La charla de Clementina con su madrastra, la duquesa, viene a
subrayar lo que de conversión a los valores morales hay en el viraje
social de la protagonista que prepara el escritor. La duquesa es, por
encima de su condición social, y así termina el capítulo, "una santa y
generosa señora". Creo que la entrevista de Clementina con doña
Carmen supone la corporeidad de la inocencia perdida, un mito que
Palacio Valdés, transpone aquí socialmente.

inocente aventura de colegiala, se inclinaba a los sentimientos idílicos. La buena D.ª Carmen la escuchaba y
la animaba con sonrisa cariñosa. Las confidencias de la
hermosa dama se prolongaron largo rato. Recordaba
sus tiempos de niña, cuando contaba a su madrastra las
declaraciones de amor que le habían hecho en el baile de
la noche anterior y le leía los billetitos que le remitían
sus adoradores. Aquel retorno a los tiempos pasados la
hacía feliz. Tentada estuvo de hablarle de Pepe Castro y
de Raimundo y exponerle las emociones pueriles que
agitaban su alma aquella mañana: pero un sentimiento
de respeto la contuvo. La duquesa era tan excesivamente condescendiente que tocaba en los límites de la
estupidez. Es probable que si la hubiera hecho confidente de sus adulterios la hubiera escuchado sin escandali-
zarse. Almorzaron juntas y solas porque el duque lo
hacía aquel día con un ministro. Por la tarde, después de
aligerada y refrescada el alma con larga e íntima charla,
ambas se trasladaron en coche a San Pascual, rezaron
allí una estación al Santísimo, siempre expuesto en
aquella iglesia, y se trasladaron al paseo del Retiro.
Antes de oscurecer [10] porque el relente de la noche no le
convenía a la duquesa y Clementina necesitaba ir temprano a su casa, dieron orden al cochero de retirarse.

Era sábado, día de comida y tresillo en el hotel de
Osorio. Antes de subir a vestirse, Clementina dio una
vuelta por el comedor: contempló la mesa con deteni-
miento y ordenó algunos cambios en los canastillos de
frutos que sobre ella habían colocado. Se hizo traer el
paquete de los *menú* escrito en un papel imitación de
pergamino con las iniciales doradas del dueño de la
casa, llamó al secretario de su marido; le hizo escribir
sobre cada uno el nombre de los invitados y luego fue
por sí misma colocándolos sobre los platos. En el medio
ella y su marido, uno frente a otro; a la derecha e

---

[10] Obsérvense los símbolos de pudor —"temprano a su casa",
"retirarse"—, típicos de las clases medias con que el autor termina la
visita y charla de Clementina y su madrastra.

izquierda de Osorio los dos puestos de honor para dos
damas; a la derecha e izquierda de ellas dos puestos para
dos caballeros, y así sucesivamente según la categoría,
la edad o la afección particular que sentía por sus
invitados. Habló algunos minutos con el *maître d'hôtel*.
Después de dar las últimas disposiciones se fue. Al llegar
a la puerta se volvió, echó una nueva mirada penetrante a la mesa, y dijo:

—Quite usted esas flores con perfume que están cerca
del puesto de la señora marquesa de Alcudia y cámbie-
las por camelias u otras que no lo tengan.

La devota marquesa no podía sufrir los aromas a
causa de sus frecuentes neuralgias. Clementina, odián-
dola en el fondo del alma, le guardaba más consideraciones que a ninguna de sus amigas. La alta nobleza de
su título, su carácter severo, y hasta su fanatismo la
hacían respetada en los salones, a los cuales prestaba
realce su presencia [11].

Subió a su cuarto seguida de Estefanía, aquella doncellita tan enemiga del cocinero. Estrenaba un magnífico
traje color crema, descotado. Ordinariamente se ponía
para estas comidas de los sábados trajes de media
etiqueta, esto es, con las mangas hasta el codo. Ahora
quiso lucir su celebrado descote en honor de un diplomático extranjero que comía por vez primera en su casa.
Mientras se dejaba arreglar el pelo, su espíritu vagaba
distraído por los sucesos del día. No había acudido a la
cita de Pepe: de seguro vendría furioso. Su labio inferior
se alargó con displicencia y sus ojos brillaron maliciosamente como diciendo: "¿Y a mí qué?" Después se
acordó del saludo a su juvenil ex perseguidor, de aquella
inoportuna vuelta de cabeza. Un sentimiento de ver-

[11] Un complicado ritual, que Clementina demuestra dominar, preside
la organización y el desarrollo de estas comidas sociales. Diversos
manuales de la época daban normas muy pormenorizadas al respecto.
En la presente comida llama la atención las deferencias que la mujer
burguesa guarda hacia la aristocracia. Es una buena muestra de la
persistencia de los prestigios nobiliarios en el seno de la nueva elite
burguesa.

güenza volvió a acometerla. Sus mejillas lo atestiguaron
adquiriendo un poco más de color. Tornó a llamarse
para su fuero interno, tonta, imprevisora, loca. Por
fortuna, el chico parecía modesto y discreto. Otro cualquiera formaría castillos en el aire al instante. Pensó
bastante en él y pensó con simpatía. La verdad es que
tenía una presencia agradable y un modo de hablar
suave y firme a la vez, que impresionaba. Luego aquel
cariño entrañable a la memoria de su madre, su vida
retirada, su extraña manía de las mariposas, todo le
hacía muy interesante. Cuántas veces había pensado
Clementina esto mismo desde hacía dos meses no podre-
mos decirlo; pero sí que lo había pensado un número
bastante considerable. Su espíritu, embargado por dulce
somnolencia, volvió a inclinarse al idilio. Aquel cuarto
tercero, aquel despacho alegre, aquella vida dulce y
oscura. ¡Quién sabe! La felicidad se encuentra donde
menos se piensa. Un puñado de trapos, otro de joyas,
algunos platos más sobre la mesa no pueden darla a
nadie[12]. Pero un pensamiento lúgubre, que hacía algún
tiempo amargaba todos sus sueños, le cruzó por la
mente. Ella era ya una vieja; sí, una vieja; no había que
forjarse ilusiones. A Estefanía le costaba cada vez más
trabajo ocultar las hebras plateadas que en sus rubios
cabellos aparecían. Aunque se resistía tenazmente a
echar sobre su hermosa cabeza ningún producto químico, presentía que no iba a haber otro remedio. El amor
candoroso, vivo, feliz con que la aventura del joven
Alcázar le había hecho soñar, estaba vedado para ella.
No le quedaba ya, y eso por poco tiempo, más que los
devaneos vulgares, insulsos, de los tenorios aristócratas,
iguales unos a otros en sus gestos, en sus palabras y en
su inaguantable vanidad. ¿Qué relación podía ya existir
entre aquel niño y ella, como no fuese la de madre a

---

[12] Palacio Valdés traspone a Clementina, orientada hacia Raimundo,
los reflejos hogareños de este grupo social. Nótese la contraposición
entre el mundo interior de Clementina vuelta a la pequeña burguesía
—vergüenza, ingenuidad, atavismos de inocencia perdida— y el marco
exterior de alta clase, orientado hacia la desvergüenza y el cinismo.

hijo? Algunas veces dudaba si el sentimiento de Raimundo por ella fuese enteramente el que él había manifestado en su entrevista: mas ahora veía con perfecta claridad que hablaba ingenuamente, que entre un chico de viente años y una mujer de treinta y siete (porque tenía treinta y siete por más que se quitase dos) el amor era imposible, al menos el amor que ella apetecía en aquel momento. Estas reflexiones labraron una arruguita en su frente, la arruga de los instantes fatales. Hizo un esfuerzo sobre sí misma para pensar en otra cosa.

Mirando a su doncella en el espejo observó que estaba densamente pálida. Volvióse para mejor cerciorarse, y le dijo:

—¿Te sientes mal, chica? Estás muy pálida.

—Sí, señora —manifestó la doncellita algo confusa.

—¿Las náuseas de otras veces?

—Creo que sí.

—Pues, anda, vete y que suba Concha. ¡Es raro! Mañana avisaremos al médico a ver si te da algún remedio.

—No, señora, no —se apresuró a contestar Estefanía—. Esto no es nada. Ya pasará.

Algunos minutos después bajaba la dama al salón, deslumbrante de belleza. Estaba ya en él Osorio paseando con su amigo y comensal, casi cotidiano, Bonifacio. Era un señor grave y rígido, de unos sesenta años de edad, calvo, de rostro amarillo y dientes negros. Había sido gobernador en varias provincias y últimamente desempeñaba el cargo de jefe de sección en un ministerio. Hablaba poco, nunca llevaba la contraria, primera e indispensable virtud de todo el que quiere comer bien sin gastar dinero, y ostentaba eternamente en el frac una cruz roja de Calatrava, de cuya orden era caballero. Por cierto que lo primero que se veía en la sala de su casa era un gran retrato del propio Bonifacio en traje de ceremonia, con una pluma muy alta en la gorra y un manto blanco de extraordinaria longitud sobre los hombros. Este caballero de Calatrava, personaje misterioso del

cual decía Fuentes (otro personaje más alegre del cual
hablaremos) que era un hombre "con vistas al patio",
tenía una manía bastante original, la de coleccionar
fotografías obscenas. Guardaba en su casa dos o tres
baúles llenos hasta arriba. Pero esta afición no la
conocía nadie más que los libreros y fotógrafos, que
tenían buen cuidado de pasarle recado así que llegaba de
París, Londres o Viena alguna remesa. En un rincón
estaban sentadas Pascuala, una viuda sin recursos que
servía a Clementina mitad de amiga, mitad de dama de
compañía, y Pepa Frías que acababa de llegar. Al pasar
por delante de los dos hombres para ir a saludar a Pepa,
las miradas de los esposos se cruzaron rápidamente
como relámpagos tristes y siniestros. El rostro de Osorio, ordinariamente sombrío, bilioso, estaba ahora imponente de ferocidad. No fue más que un instante. En
cuanto las damas cambiaron algunas palabras, el banquero se acercó a ellas con Bonifacio y empezó a
embromar con acento cariñoso a su esposa sobre el
traje.

—¡Vaya un tallé que me gasta mi mujer!... Chica,
aunque no quieras oírlo te diré que te vas ajamonando a
pasos de gigante.

—No diga usted eso, Osorio, si precisamente Clementina es una de las mujeres que tienen el cutis más terso
en Madrid —dijo Pascuala.

—¡Toma! Buen dinero me ha costado el estucado que
se ha puesto en París esta primavera.

Clementina seguía también la broma; pero le costaba
más trabajo fingir. Al través de las sonrisas nerviosas
que iluminaban su rostro por momentos y de las cortadas frases enigmáticas, se percibía el malestar, la inquietud y hasta un dejo de odio.

Sonó la campana de la verja repetidas veces. El salón
se pobló en pocos minutos con las quince o veinte
personas que estaban invitadas. Llegó la marquesa de
Alcudia sin ninguna de sus hijas. Rara vez las traía a
casa de Osorio. Vino también la marquesa de Ujo, una
mujer que había sido hermosa: ahora estaba demasiado

marchita; lánguida como una americana, aunque era de
Pamplona, algo romántica, presumiendo de incomprensible y con aficiones literarias. La acompañaba una hija
bastante agraciada, más alta que ella y que debía tener
lo menos quince años, a pesar de lo cual su madre la
traía con faldas a media pierna porque no la hiciese
vieja. La pobre niña sufría esta vergüenza con resignación, poniéndose colorada cuando alguno dirigía la vista
a sus pantorrillas.

Llegó el general Patiño, conde de Morillejo: no faltaba ningún sábado. Vinieron también el barón y la
baronesa de Rag por primera vez. Clementina les dio la
preferencia colmándoles de delicadas atenciones. El barón era plenipotenciario de una nación importante. El
ministro de Fomento Jiménez Arbós, Pinedo, Pepe
Castro y los condes de Cotorraso entraron casi a la vez.
A última hora, cuando faltaban pocos minutos para las
siete, llegó Lola Madariega y su marido[13]. Esta señora,
mucho más joven que Clementina, era no obstante su
íntima amiga, el confidente de sus secretos. Comía tres o
cuatro veces a la semana con ella, y raro era el día que
no salían juntas a paseo. No podía llamársela hermosa;
pero su fisonomía tenía tal animación, sus ojos brillaban
con tanta gracia y su boca se plegaba con tal malicia al
sonreír dejando ver unos dientes de ratón blancos y
menudos, que siempre había tenido muchos adoradores.
De soltera fue una coquetuela redomada: trajo al retortero los hombres, gozando en acapararlos todos, prodi-
gando las mismas sonrisas insinuantes, idénticas miradas abrasadoras al hijo de un duque que a un empleadi-
llo de ocho mil reales, al viejo de venerable calva y nariz

---

[13] Los asistentes a la comida de Osorio componen un buen retablo
de las diversas elites del momento con excepción del clero: la nobleza de
viejo cuño, el político de segunda fila, el militar tenorio, el ministro
vanidoso, el diplomático desorientado por los usos habituales de "la
espuma", el amante de la dueña de la casa, diversos banqueros y
hombres de negocios... A partir de su mentalidad pequeño burguesa, el
novelista deja bien explícito, a lo largo del capítulo, su actitud crítica
hacia cada uno de estos personajes.

arremolachada que al mancebo de veinte años gallardo y apuesto, al rico como al pobre, al noble como al plebeyo. Su coquetería, parecida en esto al amor de Jesucristo a la humanidad, igualaba todas las castas, todos los estados, unía a los hombres en santa fraternidad para participar del fuego admirable de sus ojos negros, de unos hoyitos muy lindos que formaban sus mejillas al reír y de otra multitud de dones y frutos con que la providencia de Dios la había dotado. Después de casada, seguía mostrando la misma entrañable benevolencia hacia el género humano, si bien de un modo más sucesivo, esto es, un hombre después de otro o, a lo sumo, de dos en dos. Su marido era un mejicano rico con rasgos de indio en la fisonomía.

Poco después que éstos entró en el salón Fuentes, un hombrecillo vivaracho, feo, raquítico, bastante marcado por las viruelas. Nadie sabía de qué vivía: suponíansele algunas rentas. Frecuentaba todos los salones de algún viso de la corte y se sentaba a las mesas mejor provistas. Sus títulos para ello eran los de pasar por hombre de animada y chispeante conversación, ingenioso y agradable. Más de veinte años hacía que Fuentes venía alegrando las comidas y los saraos de la capital, desempeñando en ellos el papel de primer actor cómico. Algunos de sus chistes habían llegado a ser proverbiales; repetíanse no sólo en los salones sino en las mesas de los cafés, y hasta llegaban a las provincias. Contra lo que suele suceder en esta clase de hombres no era maldiciente. Sus chistes no tendían a herir a las personas, sino a alegrar el concurso y obligarle a admirar lo fácil, lo vivo y lo sutil de su ingenio. Todo lo más que se autorizaba era apoderarse de las ridiculeces de algún amigo ausente y formar sobre ellas una frase graciosa; pero nunca o casi nunca a costa de la honra. Estas cualidades le habían hecho el ídolo de las tertulias. Ninguna se consideraba completa si Fuentes no daba al menos una vueltecita por ella.

—¡Oh, Fuentes! ¡Oh, Fuentes! —gritaron todos viéndole aparecer.

Y una porción de manos se extendieron para saludarle. Apretando las primeras que llegaron a chocar con la
suya se dirigió desde luego a la señora de la casa, con
voz cascada que ayudaba mucho al efecto cómico,
diciendo:

—Perdone usted, Clementina, si llego con un poco de
retraso. Viniendo acá me cogió por su cuenta Perales, ya
sabe usted ¡Perales!, no tengo más que decir. Luego,
cuando pude desprenderme de sus manos, ahí en la
esquina del ministerio de la Guerra, caí en las manos del
conde de Sotolargo, y ése ya sabe usted que es pesado
con un cincuenta por ciento de recargo.

—¿Por qué? —se apresuró a preguntar Lola Madariaga.

—Porque es tartamudo, señora.

Los convidados rieron, algunos a carcajadas; otros
más discretamente. La frase venía preparada: se conocía
a la legua; pero así y todo produjo el efecto apetecido,
parte porque en efecto había hecho gracia, parte también porque todo el mundo se creía en el deber de
ponerse risueño en cuanto Fuentes abría la boca [14].

Un instante después un criado de librea abrió de par
en par las puertas del salón, diciendo en alta voz:

—La señora está servida.

Osorio se apresuró a ofrecer el brazo a la baronesa de
Rag y rompió la marcha hacia el comedor seguido de
todos los convidados. Cerrando la comitiva iba el barón
conduciendo a Clementina.

Los criados esperaban puestos en fila con la servilleta
al brazo, capitaneados por el *maître*. Osorio fue desig-
nando a cada invitado su puesto. No tardaron en
acomodarse todos. La mesa ofrecía un aspecto elegante,
armonioso. La luz, que caía de dos grandes lámparas
con reflectores, hacía resaltar los vivos colores de las
flores y las frutas, la blancura del mantel, el brillo del

---

[14] Fuentes pertenece a las clases medias, pero es admitido en el seno
de "la espuma" porque aporta ingenio, algo de lo que aquélla anda muy
necesitada.

cristal y la porcelana. Sin embargo, esta luz, demasiado cruda, hace daño a la belleza de las damas, las desfigura como un aparato fotográfico. Para templarla y producir una iluminación suave y normal, Clementina hacía colocar dos candelabros con numerosas bujías a los extremos de la mesa. Todas las señoras estaban más o menos descotadas: alguna, como Pepa Frías, escandalosamente. Los caballeros, de frac y corbata blanca.

La conversación fue en los primeros momentos particular: cada cual hablaba con su vecino. La baronesa de Rag, una belga de pelo castaño y ojos claros, bastante gruesa, preguntaba a Osorio los nombres de los objetos que había sobre la mesa. Hacía poco tiempo que estaba en España y apetecía con ansiedad conocer el castellano. Clementina y el barón hablaban en francés. Pepa Frías, que estaba entre Pepe Castro y Jiménez Arbós, le dijo al primero por lo bajo:

—¿Qué le parece a usted de la *jeta* del marido de Lola? ¿verdad que para gaucho no es del todo mala?

Castro sonrió con la superioridad que le caracterizaba.

—Sí, debió de haber *lazado* muchas vacas en la pampa.

—Hasta que al fin una vaca le *lazó* a él.

—Pero no fue en la pampa.

—Ya sé: en los jardinillos: no me diga usted nada.

El general Patiño, fiel a su naturaleza y a su tradición militar, se desplegó en guerrilla para atacar a la marquesa de Ujo, que tenía al lado.

—Marquesa, las perlas le sientan admirablemente. Un cutis suave y levemente bronceado como el de usted, donde se transparenta toda la savia y todo el fuego del mediodía, exige el adorno oriental por excelencia.

—Usted tan lisonjero como siempre, general. Me pongo las perlas porque es lo mejor que tengo. Si tuviese unas esmeraldas tan hermosas como Clementina, dejaría las perlas en sus estuches —respondió la dama, mostrando al sonreír unos dientes bastante devencijados donde brillaba en algunos puntos el oro del dentista.

—Haría usted mal. Las mujeres hermosas están en la

obligación de ponerse lo que les va mejor. Dios quiere
que sus obras maestras se manifiesten en todo su esplendor. Las esmeraldas sientan bien a las linfáticas; pero
usted es como la uva de Jerez, doradita por fuera y
guardando en el corazón un licor que marea y embriaga.

—¡Si dijera usted como una pasa!

—¡Oh, no, marquesa! ¡oh, no!...

Y el general rechazó con fuego la especie y empleó
toda su elocuencia en desbaratarla como si tuviese
delante un ejército enemigo.

Mientras tanto los criados comenzaban a dar vuelta a
la mesa presentando los platos. Otros, con la botella
en la mano, murmuraban al oído de los invitados: *Sau-
terne, Jerez, Margaux,* en un tono cavernoso semejante
al que emplean los cartujos para recordarse mutuamente
la muerte.

—Yo no bebo más que *champagne frappé* [15] hasta el
fin —dijo Pepa Frías al que tenía detrás.

—¡Cuánto calor, Pepa, cuánto calor! —exclamó
Castro.

—No lo sabe usted bien —repuso la viuda con entonación maliciosa.

—Por desgracia.

—O por fortuna. ¿Está usted ya cansado de Clementina?

Fuentes no se encontraba bien con aquel cuchicheo.
Le dolía desperdiciar su ingenio en conversación particular, para una sola persona. Asió la primera ocasión
por los cabellos para levantar la voz y atraerse la
atención de los comensales.

—Ayer le he visto a usted por la mañana en la carrera
de San Jerónimo, Fuentes —le dijo la condesa de
Coterraso que estaba tres o cuatro puestos más allá.

—Según a lo que usted llame mañana, condesa.

—Serían las once, poco más o menos.

—Entonces, permítame usted que lo dude, porque
hasta las dos estoy siempre en la cama.

[15] *Champagne frappé*: champán helado.

—¡Oh, hasta las dos! —exclamaron varios.

—Eso ya es una exageración, Fuentes —dijo la marquesa de Alcudia.

—Pero es una exageración aristocrática, marquesa. ¿Quién se levanta primero en Madrid? Los barrenderos, los mozos de cuerda, los pinches de cocina. Un poco más tarde encontrará usted a los horteras abriendo las tiendas, alguna vieja que va a oír misa, lacayos que salen a pasear los caballos, etc. Luego empiezan a salir los empleaditos de las casas de comercio y los escribientes de las oficinas del Estado que llevan todo el peso de ellas, las modistillas, etc., etc. A las once ya hallará usted gente más distinguida, oficiales del ejército, estudiantes, empleados de tres mil pesetas, corredores de comercio, etc. A las doce comienzan a salir los peces gordos, los jefes de negociado, los banqueros, algunos propietarios; pero sólo después de las dos de la tarde podrá usted ver en la calle a los ministros, a los directores generales, a los títulos de Castilla, a los grandes literatos... [16].

Los comensales escuchaban embelesados aquella ingeniosa defensa de la pereza y se creían en el caso de reír y decirse unos a otros por lo bajo:

—¡Este Fuentes! ¡oh! ¡este Fuentes tiene la gracia de Dios!

Y alguno, por el placer de oírle nada más, le llevaba la contraria.

—Pero hombre, ¿habrá nada más agradable que levantarse por la mañana a respirar el aire puro y bañarse con la luz del sol?

—Prefiero bañarme en agua tibia con una botellita de Kananga.

—¿Me negará usted que el sol es hermoso?

---

[16] La descripción de los hábitos de la vida madrileña, si bien un tanto caricaturizados, responden a un ideal de ocio en el que el levantarse tarde es considerado como signo de buen tono. Al margen de lo que ocurriera en la realidad, lo que aparece en este episodio es la persistencia de los prestigios de una sociedad ociosa.

—Es hermoso, pero un poco cursilón. Yo no digo que allá al principio del mundo no fuese una cosa asombrosa, digna de verse; pero ustedes comprenderán que ahora está anticuado. ¿Hay nada más ridículo en una época tan positivista como la presente que llamarse Febo y gastar cabellera de oro? Además, el sol no tiene mérito alguno intrínseco. Está ahí ardiendo porque Dios lo ha puesto. Pero la luz del gas, la luz eléctrica representan el esfuerzo de un hombre de genio, es el triunfo de la inteligencia, hace recordar nuestro poder sobre la materia, la soberanía del espíritu en todo el Universo... Luego —añadió bajando un poco la voz—, al sol se le puede ver sin que cueste dinero, y yo siempre he aborrecido los espectáculos gratis.

Los comensales no cesaban de reír. Fuentes, animado por aquellas risas, se desbordaba en paradojas, en frases ingeniosas y sutiles, cayendo a ojos vistas en el amaneramiento. Le pasaba lo que a los grandes actores demasiado aplaudidos. No sabía contenerse a tiempo y entraba al fin en el terreno de la extravagancia. De aquí a lo insulso no hay más que un paso, y Fuentes lo daba con frecuencia.

El conde de Cotorraso persistía en defender al astro del día para excitar el ingenio de su detractor. El sol era quien animaba la Natualeza, quien calentaba nuestro cuerpo aterido, etc.

—Eso de que el sol produzca animación, lo niego —replicaba Fuentes—; Madrid está mucho más animado por la noche que por el día, y para calentarme prefiero el cok, que no ocasiona tabardillos... Vamos a ver, conde, fíjese bien: ¿qué mérito puede tener una cosa que a la fuerza ha de ver siempre su lacayo primero que usted?

Como alguien dijera riendo que Fuentes tenía "buena sombra", éste replicó vivamente:

—¿Lo ve usted, conde? Hasta para decir que un hombre tiene gracia se dice que tiene buena sombra. A nadie se le ocurre decir que tiene buen sol.

Y con motivo de las sombras se habló de la del

manzanillo. La marquesa de Ujo preguntó al mejicano, marido de Lola, si en su país había manzanillos. Ballesteros, que así se llamaba, replicó que no, pero que había visto muchos en el Brasil. La marquesa se informó con viva curiosidad de las particularidades del árbol; pero quedó sumamente disgustada cuando el mejicano le dijo que la sombra no mataba y que sólo su fruto desprendía un agua corrosiva.

—¿De modo que durmiendo debajo de él no se muere?

—Señora, yo no he dormido ¿sabe?; pero he almorsado con varios amigos debaho de uno y no nos ha pasao ná [17].

—Entonces, ¿cómo se suicida Sélika en *La Africana* [18] acostándose a la sombra de ese árbol?

—Eso es una patraña, una invensión de los poetas ¿sabe? Será una cosa bonita, pero no tiene nada de verdá.

La marquesa, desencantada por aquel dato realista, no quiso salir de su poética creencia; arguyó que tal vez los manzanillos de la India fuesen distintos de los del Brasil.

Hablóse de las producciones de Méjico.

—¿Es verdad que usted posee ochocientas mil vacas, Ballesteros? —preguntó Clementina.

—¡Oh, señora; eso es una exageración! A lo sumo que llegará mi rebaño es a tresientas mil.

—Si fuesen mías —dijo Fuentes—, construiría un estanque mayor que el del Retiro, lo llenaría de leche y navegaría por él.

—Nosotro no utilisamo la leche, señor, ni la manteca tampoco. La carne alguna vese la convertimo en tasaho ¿sabe? y la esportamos. Mas por lo regulá sólo sacamo partido de las piele ¿sabe? Los cuernos también los vendemo para la fabricasión de los objeto de asta.

---

[17] El narrador utilizar un recurso muy naturalista para la caracterización de su personaje: su lenguaje peculiar; en este caso un castellano mejicanizado.

[18] La canción de Selika es uno de los fragmentos más conocidos de *La Africana,* ópera de Meyerber.

—¡Que te quemas! ¡que te quemas! —exclamó Pepe
Castro por lo bajo.

Pero no tanto que no lo oyese Jiménez Arbós, que
estaba del otro lado de Pepa Frías, y no le acometiese
un acceso de risa que procuró con todas sus fuerzas
sofocar.

—Anda, barbiana, alárgame ese frasquito de mostaza
—dijo Pepa Frías dirigiéndose a Clementina para disimular también la risa que le había acometido.

—Bajbiana, bajbiana... ¿Qué es que bajbiana? —preguntó la baronesa de Rag a Osorio en su afán de
aprender pronto el español.

Este se apresuró a explicárselo como pudo.

Pepa hablaba de vez en cuando por lo bajo con
Jiménez Arbós. Solían ser algunas frases rápidas que
probaban la inteligencia en que estaban y al mismo
tiempo el deseo de mostrarse prudentes. La conversación con Pepe Castro, que tenía a su izquierda, era más
animada.

—¿Por qué no aconseja usted a Arbós que coma más
carne? —le preguntaba el lechuguino al oído.

—¿Para qué?

—Para lo que se come carne generalmente; para
nutrirse y adquirir fuerzas con que soportar las fatigas
que nuestros deberes nos imponen.

—¡Ya! —exclamó la viuda con entonación irónica—.
Mire usted por sí y deje a los demás arreglar sus cuentas
como Dios le dé a entender.

—Ya ve usted que procuro nutrirme.

—Sí, pero que vaya un poco también al cerebro,
porque el día menos pensado se cae usted en la calle de
tonto.

—¿Se ha ofendido usted? —preguntó riendo el elegante como si hubiese dicho la cosa más descabellada del
mundo.

—No, hombre, no: es que lo creo así. No entiendo
cómo Clementina puede sufrir semejante narciso.

—¡Chis, chis!, prudencia, Pepa, prudencia! —exclamó
Castro con susto, levantando los ojos hacia su querida.

—¿Sabe usted que disimula muy bien? No la he visto dirigirle a usted una sola mirada hasta ahora.

Castro, que hacía días que estaba un poco despechado por la frialdad de su dueño, sonrió forzadamente frunciendo en seguida el entrecejo. A Pepa no le pasó inadvertido este gesto.

—Mire usted qué cara tan nublada tiene en este momento Osorio. ¡Inspira horror! Y toda la culpa la tiene usted, pícaro.

—¡Yo! Nada de eso. Deben de ser cuestiones de guita las que le ponen tan amarillo. Me han dicho que está arruinado o muy próximo a arruinarse.

Pepa se estremeció visiblemente.

—¿Qué dice usted? ¿Por dónde ha sabido usted eso?

—Pues me lo han dicho ya varios.

La viuda se volvió bruscamente hacia Jiménez Arbós sin ocultar su agitación y le preguntó en voz baja y alterada:

—¿Has oído algo de que Osorio esté arruinado?

—Sí, lo he oído. Osorio viene jugando a la baja hace tiempo y los fondos se empeñan en subir —respondió el estadista levantando la cabeza con gesto petulante de pavo real.

En el tono con que pronunció estas palabras se advertía satisfacción. Para un ministro, jugar a la baja es siempre un crimen digno de castigo.

—Yo no sé lo que tendrá comprometido en esta liquidación; pero si es mucho está perdido, porque el consolidado ha subido un entero. Y si se empeña en no liquidar inmediatamente, a fin de mes puede tener muy bien dos enteros de alza.

Todo el buen humor de Pepa había desaparecido de repente. Bajó la cabeza y dejó caer el tenedor sin ánimo para concluir el trozo de jamón de York que se había puesto. El ministro, observando su silencio y su tristeza, le preguntó:

—¿Tienes por casualidad fondos en su poder?

—Por casualidad, no... ¡por estupidez mía! Tiene en su mano casi toda mi fortuna.

Casa natal de Palacio Valdés.

Ilustraciones de la primera edición de *La espuma*.

—¡Oh diablo, diablo!

—Se me está haciendo rejalgar en el cuerpo lo que he comido. Creo que me voy a poner mala —dijo la viuda poniéndose realmente pálida.

Arbós hizo esfuerzos por tranquilizarla. Tal vez no fuese cierto todo. En las ruinas como en las fortunas improvisadas se exagera siempre mucho. Además, si algún compromiso había sagrado para Osorio, debía ser el de ella, una dama que le confía su dinero por pura amistad.

Aunque hablaban en falsete, sus fisonomías graves y sus ademanes decididos llamaron la atención del general Patiño, el cual, con admirable penetración, dijo a la marquesa de Ujo:

—Mire usted a Pepa y a Arbós. Hay nube de verano entre ellos. ¡Qué hermoso es el amor hasta en sus fugaces tormentas!

Mientras tanto, los condes de Cotorraso, Lola Madariega, Clementina y los barones de Rag hablaban del arsénico como medicamento para engordar y poner terso y brillante el cutis. Lola Madariega era la primera vez que lo oía y se mostraba llena de júbilo, y anunciaba que iba inmediatamente a ensayar la virtud milagrosa del veneno.

—¡Dios mío, Lolita! —exclamó Fuentes—. Si usted, como es ahora, causa tales estragos en los corazones masculinos, ¡qué va a suceder cuando lleve cuatro o cinco meses con un régimen de arsénico! Señor Ballesteros, no consienta usted que lo tome: es tratarnos con demasiada crueldad.

—Vamos, amigo Fuentes —repuso la graciosa morena dirigiendo una mirada insinuante a Castro, porque se le había metido en la cabeza arrancárselo a Clementina—, ¿me quiere usted tomar el pelo?

—¡Tomaj el pelo!... ¿Qué es que tomaj el pelo? —preguntó la baronesa de Rag a Osorio.

A esta baronesa la estaba desvistiendo con la imaginación Bonifacio, contemplándola desde lejos sin pestañear. Hacía días que había comprado entre otras

fotografías obscenas la de una mujer desnuda meciéndo-
se en una hamaca. Se le antojaba que la baronesa se
parecía mucho a aquella mujer, y trataba de averiguar,
por medio de un prolijo examen exterior, si interiormente guardaría la misma semejanza.

Terminó al fin la comida no sin dedicar, por supuesto,
un buen rato de conversación al teatro Real, a Gayarre
y a la Tosti. No la hubieran digerido bien si les faltase.
El café, como era costumbre en casa de Osorio, se sirvió
en el mismo comedor. Luego, las señoras con algunos
hombres se fueron al salón. Otros se quedaron fumando, pero no tardaron en ir a reunirse con los demás.
Hacía allí un calor insufrible.

Pepe Castro aprovechó la confusión de la salida para
preguntar a Clementina:

—¿Cómo no has ido esta mañana?

Clementina detuvo el paso, le miró con sonrisa protectora.

—¿Esta mañana?... No sé.

—¿Cómo no sabes? —dijo frunciendo su augusta
frente el real mozo.

—No sé; no sé —y dio un paso para alejarse sin dejar
de sonreír con leve matiz de burla.

—¿Y mañana irás?

—Veremos —respondió alejándose.

Castro sintió aquella sonrisa como un golpe en
medio del pecho. Se mordió el labio inferior y murmuró:

—¿Coqueteamos, eh? ¡Ya me la pagarás, hermosa!

En el salón había ya algunas personas, entre ellas
Ramón Maldonado y la hija de Pepa Frías con su
marido. En otro saloncito contiguo estaban preparadas
hasta seis mesas de tresillo. Algunos se sentaron desde
luego a jugar. Otros esperaron a que llegasen los compañeros de costumbre. No tardaron, en efecto, en poblarse entrambos salones. Llegó D. Julián Calderón con
Mariana y Esperancita, Cobo Ramírez con León Guzmán y otros tres o cuatro pollastres, el general Pallarés,
los marqueses de Veneros y otras varias personas, entre

las cuales predominaban los banqueros y hombres de negocios.

Uno de los últimos en llegar fue el duque de Requena, a quien se hizo la misma acogida ruidosa y lisonjera que en todas partes. Entró jadeando, fumando, escupiendo, con la seguridad insolente que su inmensa fortuna le había hecho adquirir. Hablaba poco, reía menos; emitía sus opiniones con rudeza y se dejaba adorar del corro de señoras que le rodeaba. Tenía las mejillas más amoratadas que nunca, los ojos sanguinolentos, los labios negros. Estaba tan feo, que Fuentes dijo a Pinedo y a Jiménez Arbós señalándole:

—Ahí tienen ustedes al diablo recibiendo a sus brujas en el aquelarre de los sábados.

Se le invitó a jugar al tresillo como siempre; pero rehusó. Había visto a dos banqueros a quienes quería pescar para su negocio de la mina de Riosa. Además le convenía hacer la corte a Jiménez Arbós algunos momentos. Ya había conseguido que la mina saliese a subasta con todos sus accesorios de montes y pertenencias. En la *Gaceta*[19] se había insertado el anuncio. La compañía para comprarla estaba ya formada. Pero entre los socios había desavenencia. Unos pretendían comprarla al contado (entre ellos estaba Salabert) y otros querían aprovechar los diez plazos que el Gobierno concedía. La diferencia en la tasación de una a otra forma, era enorme.

El duque se acercó a Biggs, el representante de una casa inglesa que entraba con parte muy considerable en la compañía y que capitaneaba el partido de la compra a plazos. Le echó familiarmente el brazo sobre el hombro y le llevó al hueco de un balcón, diciéndole con rudeza:

—¿Conque ustedes empeñados en que nos arruinemos?

[19] Se refiere a la *Gaceta Oficial de España,* llamada vulgarmente *Gaceta de Madrid.* Comenzó a publicarse en 1629; posteriormente se convirtió en diario y fue periódico oficial del gobierno. Por Real Orden de 6 de junio de 1909, se aprobó una instrucción para el régimen y administración de la Gaceta: se la declaraba órgano oficial de publicidad, propiedad del Estado y dependiente del Ministerio de Gobernación.

Y comenzó a tratar el asunto con una franqueza que desconcertó al inglés. Éste respondía a las salidas brutales del duque con razonamientos corteses y suaves, sonriendo siempre benévolamente. El duque acentuaba su rudeza, que en el fondo era muy diplomática.

—Yo no tengo gana de tirar mi dinero. Me ha costado mucho trabajo adquirirlo, ¿sabe usted? Probablemente, al fin y al cabo, me veré obligado a cortar por lo sano, separándome del negocio.

—Señor duque, yo no tengo culpa —respondía Biggs con marcado acento inglés—. He recibido instrucciones.

—Las instrucciones son dadas según los consejos de un zorro viejo que hay en Madrid.

—¡Oh, duque! —exclamó Biggs riendo—, no hay *sorro vieco*, no.

Y la discusión continuó sin que el banquero español pudiese obtener nada del inglés, pero dejándole bastante preocupado.

Pepa Frías, vivamente agitada, hablaba aparte con Jiménez Arbós, después de haberse enterado, preguntando a algunos banqueros, de que los negocios de Osorio no marchaban bien. No obstante, todos le suponían con medios de hacer frente a sus compromisos. Su capital era grande, y, aunque en las últimas liquidaciones de Bolsa había experimentado pérdidas fuertes, no creían que eran lo bastante para producir una quiebra. Hay que advertir que ninguno de aquellos señores operaba sobre diferencia como Osorio. Éste se había enviciado. A pesar de las advertencias de sus amigos y compañeros, no podía vencer aquella pasión del juego, que tarde o temprano había de conducirle a la ruina. Pepa le observaba disimuladamente, y con la penetración maravillosa de las mujeres adivinaba debajo de su exterior frío, tranquilo, mucha mar de fondo. Mientras Arbós procuraba tranquilizarla con frase correcta, atildada (ni aun hablando a su querida prescindía de las formas oratorias), la viuda meditaba un plan salvador. Este plan consistía en dar la voz de alarma a Clementina y arrancarla la promesa de librar sus fondos de la quema, si es que la había, apelando a su propia dote. Fiando mucho en su diplomacia y en el temperamento desprendido de su amiga, serenóse un poco. Arbós tuvo ocasión una vez más, viendo acudir la calma a su rostro, de penetrarse de las excepcionales dotes persuasivas con que la providencia de Dios le había favorecido.

Pepa tuvo ánimos para sentarse a jugar al tresillo con Clementina, Pinedo y Arbós. Al cruzar el salón grande vio sentados en un rincón a su hija y a su yerno en la actitud de dos tórtolas enamoradas. Acercóse a ellos. Como no había logrado barrer de su espíritu la preocupación, hablóles con cierta aspereza.

—¡Ayer os mandabais cartitas y hoy hay que traer agua caliente para despegaros! Por lo visto, hijos, tomáis el matrimonio a turno impar... Vamos, vamos, separaos que no está bien aparecer tan sobones delante de gente.

Emilio se sintió herido por aquel tono autoritario, y con las mejillas encendidas iba a responder una descantada a su suegra; pero ésta pasó de largo, entrando en la sala de tresillo. Así y todo quedó murmurando pestes, diciendo que él no había aguantado jamás ancas de nadie y que menos las aguantaría ahora de su suegra, con otra porción de frases igualmente enérgicas que derramaron la tristeza por el rostro de Irenita. Y hubieran concluido por hacerla llorar, si él, volviendo en su acuerdo, no le hubiera regalado un pellizquito en el brazo muy sentido y amoroso, rogándole al propio tiempo que le diese la mitad de la pastilla de menta que su linda mujercita tenía en la boca. Con esto volvieron a arrullarse como si estuvieran en una selva virgen y no en el hotel de Osorio.

Un grupo de cinco o seis niñas, entre las cuales estaba Esperancita, hablaba animadamente con algunos pollastres. Cobo Ramírez y nuestro inteligente amigo Raimundo Maldonado, eran dos de ellos. Difícil es exponer las ideas que entre aquella florida juventud se cambiaban. Todas debían de ser muy finas, muy alegres, muy

intencionadas, a juzgar por la algazara que producían.
Sin embargo, aplicando el oído, se observaba pronto
que los gestos de las niñas, aquel levantar de ojos, aquel
agitar la cabeza, aquel mirar picaresco, aquel romper en
sonoras carcajadas, no correspondían exactamente a las
palabras que se pronunciaban [20]. Decía un pollo verbigracia:

—Manolita; ayer la he visto a usted en San José
confesando con el padre Ortega.

La interesada reía con gozo extremado.

—¡No es verdad, Paco; no me ha visto usted!

Decía otro:

—Pilar, ¿dónde compra usted esos abanicos tan mo-
nísimos?

Pilar prorrumpía en carcajadas.

—¡Qué guasón! Y ¿dónde ha comprado usted aquel
perro tan feo que llevaba usted hoy en el paseo?

—Feo, sí; pero gracioso. Confiéselo usted.

Tales frases hacían desbordar la alegría de aquellos
pechos juveniles. Se hablaba recio, se reía más aún, se
gesticulaba. Las niñas, sobre todo, parecía que tenían
azogue, mostrando sin cesar las dos filas de sus dientes
cuando los tenían bonitos o tapándoselos con el abanico
cuando no eran presentables. Pero, sobre todo, lo que
alborotó al grupo y levantó más tempestad de carcajadas, fue una contestación de León Guzmán. Manolita,
una chatilla de ojos negros y boca grande con dientes
preciosos, preguntó a León qué hora es. Éste, sacando el
reloj, respondió que las diez y cuarto. El reloj del conde
estaba parado: eran ya cerca de las doce. Esta equivocación hizo gozar vivamente a las niñas. Manolita, sobre
todo, quería desvestirse de risa. Cuanto más hacía para
reprimir el influjo de sus carcajadas, con más ímpetu
salían a su boca fresca y húmeda.

Indudablemente, en las frases, en la apariencia vulgares y hasta estúpidas de los pollos, debe de existir un

---

[20] El narrador recurre al sarcasmo para subrayar la falta de ingenio y
de ideas de los jóvenes de alta clase.

fondo de humorismo tan profundo como vivo, que sólo las jóvenes de quince a veinte años son capaces de recoger y gustar.

Pero León Guzmán, una vez sosegada la risa, pudo con maña retirarse un poco y entablar conversación aparte con Esperancita. Esto llenó de dolor y sobresalto a Ramón. Hacía días que venía observando que el conde de Agreda miraba con buenos ojos a su dueño adorado. Considerábale más temible que a Cobo, por ser hombre de brillante posición. Cobo, según lo que veía, no adelantaba un paso, lo cual le tranquilizaba. Pero el asunto cambiaba ahora de aspecto. Por eso ya no tomaba parte en la alegría del grupo y dirigía a la pareja unos ojos de carnero que despertaban lástima. Sin embargo, la niña, a su gran satisfacción, no se mostraba demasiado amable con el conde. Parecía preocupada, triste, y dirigía frecuentes y rápidas miradas hacia el sitio donde el propio Ramón estaba. Verdad que detrás de él, en un diván, se hallaban sentados Pepe Castro y Lola Madariaga, charlando con gran animación. Pero el concejal no se hizo cargo de esto.

Cuando León se levantó, Ramoncito le llevó aparte a un rincón y le dio con frase sentida sus quejas. Debía de saber que él, Maldonado, hacía tiempo que obsequiaba a Esperanza, que estaba enamorado de ella perdidamente. Sentía en el alma que un amigo tan íntimo le viniese a hacer daño. Concluyó por suplicarle con voz entrecortada por la emoción que si no tenía un gran interés por Esperancita dejase de darle celos. León le escuchó entre impaciente y confuso. Por librarse de él prometió cuanto quiso. Luego, cuando se vio entre los amigos, contó la ridícula conferencia y se rio en grande a costa del desdichado concejal.

El duque de Requena, después que dijo a Biggs lo que se proponía, se sentó a jugar al tresillo con la condesa de Cotorraso, el mejicano, marido de Lola, y el general Pallarés. Poco después bufaba lleno de furia porque le venían malas cartas. A pesar de su opulencia jugaba siempre con el mismo afán que si le importase mucho la pérdida o la ganancia de unos cuantos duros. Si la suerte le era adversa se ponía de un humor endiablado, murmuraba y hasta llegaba a decir frases inconvenientes a los compañeros. Su hija se veía muchas veces obligada a templarle y a quitarle las cartas de la mano para ponerse ella en su lugar.

Ahora Clementina estaba de buen talante jugando en la mesa próxima: se reía de Pepa Frías porque se mostraba silenciosa y preocupada.

—Oiga usted, Pinedo, no me acordaba ya —dijo arreglando el abanico de cartas que tenía en la mano—, ¿por qué tenía usted interés esta mañana en hacer pasar por un santo delante de su hija al perdido de Alcántara?

—Es un secreto —respondió el gran vividor.

—¡Que se diga, que se diga! —exclamaron a un tiempo Pepa y Clementina.

Se hizo de rogar un poco. Al fin, obligándoles a prometer antes que lo guardarían fielmente, se lo dijo. Había observado en las niñas tendencia señalada a enamorarse de los calaveras, de los vagos, de los malvados, y a rechazar a los hombres laboriosos y formales. Para que su hija no cayera en poder de alguno de aquéllos invertía las referencias que le hacía de cada cual. Cuando pasaba a su lado un chico honrado y trabajador, le ponía de loco y de perdido que no había por dónde cogerlo; si, por el contrario, pasaba uno que mereciese en realidad tales dictados, como Alcántara, se hacía lenguas de él.

Pepa, Clementina y Arbós suspendieron el juego para escuchar sonrientes aquel singular relato.

—¿Y produce efecto el procedimiento? —preguntó el ministro.

—Hasta ahora admirable. Jamás se le ocurre a mi hija mentar en la conversación a los que yo le doy por buenos muchachos. En cambio, ¡cuántas veces me dice muy risueña!: "¿Sabes, papá que hoy he visto a aquel amigo tuyo tan *perdis*? No se puede negar que tiene gracia en la cara y que parece un chico fino. ¡Es lástima que no formalice!"

En aquel momento, Cobo Ramírez, que andaba por allí resoplando como un buey cansado, se acercó a la mesa y quiso saber de qué se reían. No le fue posible arrancarles el secreto. Pinedo les hizo una seña prohibitiva porque tenía mucho miedo a su lengua. También Pepe Castro, harto de dar celos a Clementina con su amiga Lola, sin que aquélla pareciese siquiera advertirlo, se levantó y se fue aproximando silenciosamente afectando melancolía. Se puso detrás de Pepa Frías y apoyó los brazos en el respaldo de la silla. La viuda estaba tan escandalosamente descotada que en aquella actitud se podía ver más de lo que la decencia permite.

—¡No vale mirar, Pepe! —exclamó Cobo con maligna sonrisa.

—Miro las cartas —respondió aquél.

—¡Vamos, no sea usted desvergonzado, Cobo! —dijo Pepa dándole con ellas en las narices y volviéndose a Castro.

—Quítese de ahí, Pepe. No quiero que se me contemple a vista de pájaro.

Fuentes se acercó para despedirse.

—¿No toma chocolate? —le preguntó Clementina dándole la mano.

—¿Cómo quiere usted que tome chocolate un hombre a quien le acaban de descerrajar un soneto a quema ropa?

—¿Mariscal?

—El mismo. En el comedor y a traición.

Mariscal era un joven poeta, empleado en el Ministerio de Ultramar, que hacía sonetos a la Virgen y odas a las duquesas.

—Pero ya me he vengado como un marroquí —siguió—. Le he presentado al conde de Cotorraso que le está dando una conferencia sobre los aceites. Miren uestedes qué cara de sufrimiento tiene el pobre.

Los tresillistas volvieron la cabeza. Allá en un rincón estaban, en efecto, los dos. El conde hablaba con calor y le tenía cogido por la solapa según su costumbre. El desgraciado poeta, con el rostro contraído, echando

miradas de socorro a todas partes, se dejaba sacudir
como un hombre a quien conducen a la cárcel.

—Arbós, ¿no cree usted que he llevado mi venganza
demasiado lejos?

Para no destruir el efecto de la frase se marchó
bruscamente. Todas las noches recorría dos o tres
tertulias, donde se celebraban su gracia y sus ingeniosi-
dades.

Los criados entraban con bandejas de chocolates y de
helados. Cobo Ramírez cogió una mesilla japonesa, la
llevó a un rincón, sentóse frente a ella y se apercibió a
engullir.

Pepa Frías echó una mirada en torno, y viendo al
general Patiño acercarse, le dijo:

—General, tome usted estas cartas: estoy cansada de
jugar. Dáselas tú a Pepe, Clementina; vamos un poco al
salón.

El general y Castro ocuparon el sitio de las damas.
Éstas se fueron al salón grande: mas antes de llegar a él,
dijo Pepa:

—Mira, tengo que hablarte de un asunto importante.
Vamos a otro sitio.

Clementina la miró con sorpresa.

—¿Quieres que vayamos al comedor?

—No; mejor es que subamos a tu cuarto.

Volvió a mirarla con más sorpresa aún, y, alzando los
hombros, dijo:

—Como quieras. ¡Cosa grave debe de ser!

Mientras subían la escalera, Clementina imaginaba
que su amiga iba a hablarle de Pepe Castro, de sus
amores. Y como en realidad el asunto no le interesaba
como antes, marchaba con cierta indiferencia no exenta
de aburrimiento. Cuando se encontraron frente a frente
en el *boudoir*, le dijo Pepa cogiéndola por las muñecas y
mirándola fijamente:

—Vamos a ver, Clementina, ¿tú sabes cómo andan los
negocios de tu marido?

Fue un golpe en medio del pecho. Clementina,
aunque sin precisión, tenía noticias de las pérdidas

de Osorio, de su creciente y febril afán de jugar. Él mismo, en una explicación que con ella tuvo, la había amedrentado para arrancarle la firma. Además le veía cada día más delgado y más sombrío. Pero aunque se preocupaba un instante de estas cosas, el tren complicado de su vida de mujer elegante, ayudado por el deseo de no pensar en asuntos enfadosos, se las apartaban de pronto de la memoria. Nunca se le pasó por la imaginación que tales pérdidas pudiesen afectar seriamente a sus comodidades, a su ostentación, ni a sus caprichos. La conducta de Osorio, que nada le había dicho de restringir los gastos, daba pretexto a perseverar en esta creencia. Pero el gusano permanecía vivo allá en el fondo. No había más que hostigarle como hizo Pepa, para que royese lindamente.

—¿Los negocios de mi marido? —dijo balbuciendo, como si no entendiese—. Yo nunca me entero... ni le pregunto.

—Pues me han dicho que ha tenido grandes pérdidas en estos últimos tiempos...

—Allá él —exclamó la dama reponiéndose y alzando los hombros con supremo desdén.

—Es que a ti también te puede chamuscar el pelo, hija mía... ¿Tienes asegurada tu dote?

—No sé lo que es eso... ¿No te he dicho que no entiendo de negocios?

—Pues en este asunto debieras procurar enterarte.

—Pues yo te digo que no me preocupa nada y te ruego que hablemos de otra cosa.

Clementina se mostraba más altanera y desdeñosa cuanta más insistencia veía en Pepa. Su orgullo, siempre alerta, le hacía suponer que ésta había preparado aquella conferencia para mortificarla.

—Es que... querida mía, debo advertirte que tu marido no especula solamente con su capital —dijo la viuda picada ya.

—¡Ah! ¡Ya pareció aquello! Vamos, tú tienes algunos ochavos en poder de Osorio y temes perderlos, ¿verdad?

—dijo Clementina con sonrisa sarcástica, reprimiendo su cólera con trabajo.

Pepa se puso pálida. Una ola de ira le subió también del corazón a los labios. Estuvo a punto de echarlo todo a rodar y ponerse a reñir como una verdulera, para lo cual tenía dotes especialísimas; pero un pensamiento interesado, un pensamiento de conversación la contuvo. Si rompía con su amiga, si la irritaba, las probabilidades de salvar su capital disminuían. Comprendió que el mejor partido era no excitar su naturaleza indómita, esperar que la amistad o su mismo orgullo la impulsasen a la generosidad. Hizo un esfuerzo para reprimir sus ímpetus ante la mirada altiva y provocativa de su amiga y dijo con abatimiento:

—Pues sí, Clementina, te lo confieso. Tu marido tiene en su poder lo poco que poseo. Si lo pierdo me quedo sin una peseta. No sé qué será de mí... Antes que depender de mi yerno, perfiero pedir limosna.

—Pedir limosna, no. Te traeré a casa para acompañarme en lugar de Pascuala —dijo con desdén la dama, en quien la soberbia aún no se había apaciguado.

Pepa sintió más este flechazo que el anterior, pero logró contenerse también.

—Vamos, chica —dijo volviendo a cogerla por las muñecas cariñosamente—, no me eches a la cara los millones. Si he venido a aburrirte con estas cosas, es porque te tengo por mi mejor amiga. Ya sé yo que se exagera mucho, y que la envidia anda suelta por el mundo. La mayor parte de lo que cuentan de las pérdidas de Osorio, probablemente no será verdad...

—Y si lo fuese, la cosa tiene poca importancia para mí. Figúrate que hoy mismo me ha dicho mi madrastra que me deja por heredera de toda su fortuna.

Pepa abrió los ojos con sorpresa.

—¿La duquesa? ¡Oh, pues no son más que cincuenta millones de pesetas! Creo que la pobre está muy enferma...

—Bastante.

La soberbia [21] se sobreponía en aquel instante a todo sentimiento afectuoso en el corazón de Clementina. Pronunció aquel bastante en un tono que daba frío.

Las dos amigas, al cabo de unos minutos, se entendían perfectamente. Pepa, afectando siempre desenfado, adulaba de todos los modos posibles a su amiga, como hermosa, como rica, como elegante. Clementina se dejaba adular, respiraba con delicia aquel tufillo de incienso. En cambio prometía que ni un céntimo perdería Pepa de su capital.

Bajaron la escalera cogidas por la cintura, charlando como cotorras. Al llegar a la puerta del salón, antes de soltarse se dieron un apretado y cariñoso beso. Ninguna de las dos pensó que lo que las tenía enlazadas no eran sus propios brazos, sino los de un cadáver: el cadáver de una santa y generosa señora.

[21] Nótese el retorno paulatino al comienzo del capítulo: marcado primero por la presencia de Pinedo, y más adelante, por el recuerdo a la visita a doña Carmen. Ahora bien, si éste comenzaba con la nostalgia de la inocencia perdida, al finalizar, Clementina aparece bien penetrada de la mentalidad de su grupo. La soberbia como rasgo que viene a connotar a la elite comienza y termina el episodio.

VIII

CENA EN FORNOS

Al salir del hotel de Osorio, Pepe Castro y Ramoncito se metieron en la berlina que esperaba al primero y se trasladaron a Fornos. Les costó trabajo desembarazarse de Cobo Ramírez, que había olido algo de cena y deseaba ser de la partida. Ramón dio un codazo a Castro para manifestar que no le veía con gusto en ella. Éste, a quien tampoco placía el carácter desvergonzado del primogénito de Casa-Ramírez, hizo lo posible por desprenderse de él engañándole.

El terror de los maridos estaba de muy mal humor. La indiferencia real o fingida que Clementina le había mostrado toda la noche le roía el corazón. Siempre habían sido prudentísimos en sociedad, sobre todo en casa del marido; pero nunca le faltó ocasión, hasta entonces, a la dama, con una mirada intensa, con alguna palabrilla fugaz, de expresarle su amor. Y como esto llovía sobre mojado, porque hacía ya bastantes días que la encontraba despegada, distraída, la picadura era más viva. Castro no estaba enamorado de la esposa de Osorio. Era incapaz de enamorarse. Pero tenía una idea extraordinaria de sus dotes de conquistador y, como consecuencia, un amor propio exagerado. Además, ya sabemos que Clementina era para él, no sólo la tórtola enamorada, sino el cuervo que le traía en su pico el sustento. Envuelto en su gabán de pieles y arrellanado en el rincón del coche, no despegó los labios en todo el camino. Era la una. La noche fría y despejada, una noche de Madrid, en que el ambiente produce cosquillas en los ojos y la nariz. Ramoncito, entregado también a sus melancolías, limpiaba con el pañuelo el cristal de la ventanilla para sumergir la mirada en las calles solitarias y en el cielo poblado de estrellas.

Cuando llegaron a Fornos vieron el coche de la Amparo, en espera.

—Llegamos un poco tarde. Nos va a sacar los ojos esa tía —dijo Castro apresurándose a entrar.

Un mozo les dijo que arriba, en el gabinete de la izquierda, les esperaban tres señoras y dos caballeros. Antes de subir dio las disposiciones necesarias para la cena que había encargado. En el gabinete, dispersos por las sillas, estaban Rafael Alcántara, Manolito Dávalos, la Nati, la Socorro y la Amparo, que los recibieron con *fueras* y silbidos[1]. Todos cinco venían del Real: hacía muy cerca de media hora que esperaban.

—¡Qué poca vergüenza tienes, hijo! —dijo la Amparo con el hermoso entrecejo fruncido—. Y menos aún los que toman en serio tus convites.

—Chica, me figuré que saldrías más tarde del Real.

—¡Eso! Di que estabas a gusto en casa de mi hijastra, y entonces puedes tener cierta disculpa.

Amparo solía llamar en broma su hijastra a Clementina.

—¡Qué hijastra, ni qué madrastra! —exclamó el lechuguino con gesto de mal humor—. ¡Si pensarás que hay mujer que me retenga a mí cuando no quiero!

El despecho, incubado toda la noche, rompía ahora con fuerza la cáscara.

—¡Olé mi niño! Así hablan los hombres —exclamó la Nati, una chulilla de Lavapiés que descubría el paño, no

---

[1] Una parte de los jóvenes asistentes a la comida-tresillo, desgajados de su marco social y de su marco familiar, forma aquí grupo con unas muchachas de extracción popular; la relación entre ellos es de prostitución: *do ut facies,* dinero a cambio de una sexualidad no satisfecha. Precisamente éste es el tema del capítulo: la degradación de un sector de la alta clase, presentado aquí en su relación con un conjunto parásito y prostituido.

sólo en la conversación, sino también en el peinado, en los andares, en todo.

—¡Qué simple eres, criatura! —dijo la Amparo volviéndose a ella—. ¿Te figuras que eso es cierto? Clementina le tiene más sumiso que un perillo de lanas. Si se le antoja, le hace lamer la planta de sus pies.

—¡Sí; lo mismo que tú a su papá! —respondió furioso Castro—. ¿Vosotras, por lo visto, os habéis llegado a figurar que soy un cadete de infantería? Pues ya veréis lo que me importa por esa señora...

—¿De veras? —preguntó Alcántara.

—De veras: me voy aburriendo ya.

Castro, previniendo una próxima ruptura con su amante, preparaba una cama blanda a su reputación de seductor para que no sufriese desperfecto.

—Os enfadáis conmigo —siguió— porque llego tarde... ¿Y León? ¿Dónde está León?

—León, aquí está —profirió una voz sonora detrás.

Y el propio León avanzó hasta el medio de la estancia y se puso a parodiar, con entonación y mímica de cómico de la legua, una zarzuela muy conocida:

> *Yo soy aquel conde de Agreda llamado,*
> *que en lides sin cuento probó su valor.*

—Oye, nene —dijo Socorro tirándole de los faldones del frac—, tengo que ajustarte una cuenta.

—¡Tú también! —exclamó con afectado espanto—. ¡Cielos! ¿Dónde me meteré que no me presenten cuentas?

Y se dejó llevar, fingiendo susto, a un rincón por su querida, que le preguntó en voz baja:

—Di, babieca, ¿por qué no me has dicho que era Amparo de la partida? ¿No sabes que estamos políticas hace ya días?

—¡Bah! ¡bah! —exclamó alzando la voz y apartándose—. En cuanto tengáis unas copas de Jerez en el cuerpo, se van a oír los besos que os deis, desde la calle.

Socorro quedó acortada mordiéndose los labios. Temía que Amparo hubiese advertido algo. Y en efecto, la querida de Salabert les había echado una mirada penetrante sospechando lo que hablaban, y arrugó el entrecejo: "¡Anda, anda! ¡A buena parte iban con recaditos! ¡Como la picasen un poco era capaz de agarrar por el moño a aquella pánfila y batirla contra la pared!"

La Socorro era una rubia linfática, de tez nacarada y ojos claros, un poco romántica y un mucho susceptible. Se decía hija de un comandante y se arrogaba el derecho de despreciar a sus compañeras nacidas del seno de la plebe. Era más instruida que ellas porque leía todos los folletines que le venían a las manos: cuidaba de no decir palabras feas: no solía emplear tampoco locuciones flamencas[2]. Tenía alguna más edad que la Amparo y la Nati.

—A la mesa, a la mesa —dijo Alcántara—. Estas óperas alemanas me excitan un hambre de lobo.

Levantáronse todos del asiento y se aproximaron a la mesa, mientras Castro hacía sonar el timbre para avisar al mozo. El conde de Agreda los detuvo con un gesto:

—Caballeros, hay aquí dos princesas que han reñido por cuestiones diplomáticas que no nos incumben. ¿Opinan ustedes que se den un beso antes que nos sentemos?

—Que se lo den: que se lo den —exclamaron los tres hombres y Nati, mirando a la Socorro y Amparo.

Ésta se encaró furiosa con León.

—¡Ja, ja!... Chico, no empieces ya a soltar gracias porque nos va a hacer daño la cena.

La Socorro se hizo la indiferente inspeccionando la mesa.

—Que se besen —volvió a decir el coro.

—Oíd, preciosos, ¿nos habéis traído para reíros de nosotras o a darnos de cenar? —dijo la Amparo cada vez más irritada.

Castro trató de calmarla.

—No hay motivo para enfadarse, Amparito. León, lo mismo que yo y todos los demás, desearíamos que los

[2] Este ambiente y lenguaje populares, poco frecuentado por Palacio Valdés, será retomado por el novelista seis años más tarde en *Los majos de Cádiz*.

que nos sentemos a cenar fuésemos buenos amigos. Si hay algún resentimiento debe olvidarse, sobre todo si, como presumimos, no ha sido por cosa grave.

—¡Que se besen! —gritaron con más fuerza los comensales.

No hubo más remedio. Castro y Alcántara se apoderaron de la Amparo, Ramón y el conde de la Socorro y las fueron aproximando casi a viva fuerza, no sin que ambas protestasen, sobre todo Amparo, que se defendía con energia. Al cabo concluyó por reírse.

—¡Pero esto es estúpido! ¿Qué mosca os ha picado?

Y acercándose con decisión a Socorro, le dio un beso sonoro con la mejilla.

—Besémonos, hija, porque si no temo que a estos chicos simpáticos les dé un ataque de nervios.

La Socorro le pagó el beso con otro más tímido, manifestándose reservada y circunspecta.

—Bueno, ahora dejadme calentar un poco, que estoy aterida —dijo sentándose al lado de la chimenea, tan cerca que, por milagro, no ardía.

Se tostó por delante y por detrás, en tal forma, que, cuando Rafael fue a coger la silla, quemaba.

—¡Qué atrocidad! Mirad, chicos, cómo ha dejado Amparo la silla.

Todos pusieron las manos sobre ella y se admiraron.

—¡Cómo tendrá esa mujer el cuerpo! Vamos a verlo —dijo Castro avanzando hacia ella.

—¡Eh, niño, alto! que yo soy de mírame y no me toques... Bueno, si queréis tocad la espalda —añadió generosamente.

Y uno tras otro fueron poniendo la palma de la mano en la espalda de aquel hermoso animal que, efectivamente, casi quemaba.

—Ahora vais a ver cómo me las compongo con los boquerones —dijo sentándose—. Porque supongo que te habrás acordado de mí —añadió levantando la vista hacia Pepe Castro.

Éste hizo una señal afirmativa y empujó suavemente a Manolito Dávalos para que se sentase al lado de su ex querida. Era curioso ver la extraña turbación que se apoderaba del tocado marqués cuando se ponía cerca de la Amparo. Esta mujer le fascinaba de tal suerte que se mostraba confuso, ruborizado, sin saber qué decir ni hacer. Los compañeros, que lo sabían, mirábanle con disimulo y enviaban sonrisas y guiños a la joven, la cual adoptaba un continente protector, maternal, con él. Se reía como los demás de aquella extraña y furiosa pasión; pero en el fondo se sentía halagada por ella.

Rafael Alcántara, que ya había pellizcado en todos los platos de entremeses, volvió a gritar:

—Señores, que venga por Dios esa cena, porque voy a pillar una indigestión de aceitunas [3].

Acomodáronse todos, al fin. Dos mozos comenzaron a servir los platos. Amparo desdeñó el *consommé*; pero cuando trajeron unos filetes de *boeuf macédoine* se colmó de tal modo el plato que los amigos comenzaron a darse de codo y a reír.

—¡Ah! ¿vosotros pensáis que soy una niña tísica de las que cantan *La Stella confidente*?... ¡Ya veréis, ya!

Rafael sacó la conversación del duque de Requena, pero la Amparo cortó las bromas.

—Vamos, dejadle en paz. Ya que paga, que se divierta el pobre como pueda.

Aunque todo el mundo sabía que tenía esclavizado al archimillonario, no gustaba que se rieran a su costa. Del duque pasaron a su hija. Rafael contaba pormenores terribles, repugnantes. Las mujeres se ensañaron con ella vengándose de su hermosura, su elegancia y su orgullo. Castro, en vez de acudir a la defensa, contentóse con sonreír discretamente y exclamar con negligencia:

—¡No sabéis lo que decís!

Aquella sonrisa, aquel tono superior y desdeñoso, querían sin duda significar que era ridículo hablar de la

---

[3] Conviene subrayar la ausencia de formas de estos jóvenes de la alta clase al verse fuera de su mundo social. Es importante destacar lo que en su actitud se advierte de "reverso del orgullo de sangre y de casta" que se afirma de cara a las clases medias y, en general, frente a cualquier grupo integrado en una concepción jerárquica de la sociedad.

interioridades de Clementina en presencia de él. Pusiéronse sobre el mantel las honras de otra porción de señoras y caballeros. Entre copa y copa de *borgoña*, entre bocado y bocado de salmón con mayonesa quedaron todas perfectamente arregladas. Manolito no terciaba en la conversación. Feliz con sentir el traje de Amparo rozando con sus piernas, echándole de vez en cuando miradas intensas de apasionado deseo, acudiendo a servirla con solicitud de esclavo medroso, se apretaba a veces más de la cuenta contra su ídolo, acometido de rabiosa pasión. Cuando esto sucedía, el ídolo le arrimaba por debajo de la mesa crueles taconazos y pellizcos que le volvían a la razón. Fuera de esto se mostraba amable con él, le trataba como a un niño, le daba bocaditos del plato en que ella comía y le hacía mimos cogiéndole la barba con la punta de los dedos. Pero el pobre, antes de terminar la cena, se vio acometido de un golpe de tos; se puso rojo; quería echar, con grandes esfuerzos de su cuerpo, algo que no acababa de salir. Este algo era nada menos que una sarta de rails de ferrocarril que al loco marqués se le antojaba que tenía dentro del cuerpo. Los demás, que sabían de esta alucinación, sonreían con expresión de lástima y burla. Rafael Alcántara exclamó cínicamente:

—¡Dale, dale, que es lagarto!

El pobre Manolo se volvió hacia él, sudoroso, encendido, y le dijo con acento de reproche:

—Si tú te encontrases como yo, no te reirías, Rafael.

—¡Tiene razón, tiene razón! —exclamó la Amparo indignada—. Vaya una gracia, burlarse de un amigo enfermo.

Y para indemnizarle de aquel agravio le ayudó a sentarse en un diván, le limpió el sudor con su pañuelo y le dio unos cuantos besos. Luego vino a sentarse de nuevo y siguió devorando lo que le ponían delante. Llegó el turno a los boquerones preparados expresamente para ella. Era uno de los gustos plebeyos que conservaba. Tantos engulló, que excitó la admiración y la risa de los comensales. Socorro dijo, sin embargo, por

lo bajo a su querido, "que daba asco verla comer".
Creía de buen tono padecer de dispepsia y comer poco.
Amparo remojaba los bocados con tantos y tan formidables sorbos de *borgoña,* que dejaba siempre la copa
temblando. Comía y bebía como un labrador en día de
boda, y hacía gala de ello.

Ramoncito no se hallaba en disposición de experimentar los goces de la nutrición animal. Dijo que había
tomado chocolate en casa de Osorio; pero no era cierto.
Lo que había tomado era veneno, con los obsequios que
su amigo, el conde de Agreda, tributó por más de una
hora a Esperanza.

—Oye, feo, ¿por qué no comes? —le dijo Amparo
volviéndose de repente hacia él—. ¿Es verdad que la
chiquilla de Calderón no te hace caso? Te doy la
enhorabuena, hijo, porque debe de tener mucho humor
herpético.

Maldonado, que estaba ya desabrido con ella desde la
frase de la tarde, se puso encendido. Conteniéndose a
duras penas le dijo con voz ronca:

—Lo que te prevengo seriamente es que no vuelvas a
ocuparte delante de mí de esa niña...

Amparo le miró fijamente con aire de desafío.

—¿Y por qué, rico mío?

—Porque las mujeres como tú no pueden hablar de
ciertas cosas sin profanarlas —dijo temblando de cólera
el concejal.

—¡Ja, ja! Abrid los balcones, chicos, porque este
chavó tiene calor —dijo con risa sarcástica; y enfure-
ciéndose de pronto—: ¡Mira, niño, no me vengas con
infundios! Tú eres un mamarrachillo y ella un saco de
pus. ¿Lo oyes bien?

La noble faz de Ramoncito se descompuso al escuchar estas pesadas palabras. Todo su cuerpo se estremeció de furor. No se sabe qué acto bárbaro e insano
hubiera realizado a no sujetarle Castro por la manga del
frac, diciéndole:

—Déjala, hombre. ¿No ves que tiene ya mucho al-
cohol en la cabeza?

Castro tenía del otro lado a la Nati. Sin saber por qué razón, pues nunca le había sido muy simpática, le dio toda la noche por servirla y requebrarla en voz baja. Cuando se puso un poco alegre, le dijo a Alcántara que estaba del otro lado:

—Con tu permiso, Rafael, voy a dar un beso a Nati.

Y se lo dio sin aguardar respuesta.

Rafael no hizo maldito el caso. Poco después volvió a decir:

—¿Permites, Rafael?

Y ¡zas! le encajó otro beso. La bromita le pareció tan bien, que no se pasaban cinco minutos sin que la repitiese. Nati la encontraba deliciosa; se reía, presentando la mejilla a los labios del hermoso salvaje. Rafael, al principio, también la encontró graciosa y respondía gravemente a la pregunta de su amigo:

—Lo tienes, Pepe, lo tienes.

Pero al cabo fue pareciéndole pesada, y entre bromas y veras concluyó por decirle:

—Basta, Pepe; no abuses del físico.

A los postres, el mozo les dijo que un señorito que cenaba en un gabinete próximo con una señora, bebía una copa de *champagne* a su salud.

—¿Quién es ese señorito? ¿Le conoces?

El mozo sonrió discretamente.

—Me ha prohibido decir su nombre.

—¿Es un amigo?

—Sí, señor conde: es un amigo.

—Pues allá voy —dijo León.

Y salió de la estancia. A los pocos instantes volvió a entrar con Álvaro Luna y su querida la Conchilla. Les hicieron una ovación. Rafael se adelantó con la copa en la mano y cantó:

—*Murió Alvarito,*
Dios le tenga en gloria;
Bebamos una copa a su memoria.

Hizo gracia la ocurrencia porque Álvaro se había batido por la tarde. Pepe Castro le abrazó.

—Ya sabíamos que habías salido bien. ¿Has pinchado al coronel?

—Sí, en un brazo.

—¿Cómo fue eso?

—Verás tú...

Y le contó los pormenores del lance. Todos se acercaron para escuchar. El coronel se había levantado los pantalones al llegar al jardín y se había remangado la camisa como un carnicero. Atacó furiosamente; pero se fatigaba en seguida, como hombre obeso que era y algo tocado del corazón. Descansaron seis veces. Al fin, harto ya de tanto bregar, le había tirado con decisión una estocada al pecho amagándole antes un tajo a la cabeza. No tuvo tiempo más que a poner delante el brazo izquierdo, que quedó atravesado.

—Creí que le había matado, porque cayó redondo al suelo.

—Así, así. No hay cosa más ridícula que andar dibujando tajos en el aire y haciendo ruido con los sables como en el teatro. Un buen golpe recto, partiendo de la inmovilidad, ¡ésa es la manera de concluir pronto!

> —*Murió Alvarito,*
> *Dios le tenga en gloria;*
> *Bebamos una copa a su memoria.*

volvió a cantar Rafael con voz engolada levantando la copa de *champagne*.

—Vamos, a este chavó ya se le ha subido San Telmo a la gavia —dijo la Amparo.

Pepe y Álvaro sonrieron y continuaron comentando el lance. Los demás, menos Conchilla, les fueron dejando; se pusieron a charlar con animación, trincando a la vez de lo lindo. Rafael estaba empeñado en que Ramoncito les contara sus amores. ¿Se había declarado ya a la hija de Calderón? ¿Le había dado esperanzas? La verdad es que la niña no encontraría, por mucho que buscase, partido tan ventajoso como el de Ramoncito, un muchacho formal, en buena posición, con un porvenir en la política...

Aunque Alcántara parecía que hablaba en serio y expresaba las mismas ideas que al propio Ramoncito le bullían constantemente en la cabeza, éste recelaba, y con razón, de su buena fe. Además, la presencia de aquellas mujeres, y más especialmente la de León, le molestaba mucho. Rechazó, pues, con mal humor todas las instancias que le hicieron para que abriese su pecho, y les rogó, muy fruncido y encrespado, "que hiciesen el favor de no romperle más la cabeza". Con esto desistieron de reírse a su costa y la emprendieron con Manolito Dávalos. El joven marqués, desde un diván donde yacía solitario, contemplaba sin pestañear en extática adoración a su ex querida.

—Ven acá, Manolito; acércate un poco, hombre —le dijo León.

—¿Para qué? —preguntó el marqués aproximándose con semblante avergonzado.

—Para que charlemos un poco... Y para que estés cerca de lo que más quieres... Haces bien en estar enamorado de esta barbiana. Todo se lo merece. No hay en Madrid una mujer que le ponga el pie delante en hermosura, en garbo, en salero... ¡Qué ojos! ¡qué cejas! ¡qué boquita de rosa!... ¡Hasta las orejas! ¡Mira qué primor de oreja!... Me las comería cada una de un bocado... ¡Uy! ¡uy! ¡uy!

Nati le había echado un feroz pellizco en el brazo.

—Para que no vuelvas a echar piropos a nadie delante de tu mujer —dijo medio en serio, medio burlando.

—Chico, si me hubieses dicho todo eso por la mañana me hubiera durado todo el día —le dijo Amparo riendo—. Pero ahora... ya ves, nos dormiremos en seguida...

—Pero vamos a ver, Amparo —manifestó Rafael afectando seriedad—. ¿Por qué has dejado a Manolo, un chico joven, simpático, de las primeras familias de España, por un tío asqueroso, viejo baboso como Salabert?

El chiflado marqués hizo un gesto de contrariedad.

—Déjanos en paz, Rafael.

Amparo, poniéndose seria también, le contestó:

—Yo no le he dejado. Nos hemos dejado mutuamente, por conveniencia de ambos. No dirá él que yo le he despedido...

Manolo asintió con la cabeza por no contrariar a su ídolo, aunque otra cosa le constase.

—Pues es una lástima, porque él sigue más chalao por ti que nunca... Y tú, aunque aparentes lo contrario, creo que algo te queda allá en el fondo.

León se mordió los labios para no soltar el trapo.

—Mira, tú, niño —expresó la Amparo con tono y ademanes persuasivos—: vosotros nos [4] juzgáis peores de lo que somos. Yo no diré que algunas veces no obremos por capricho, y que no seamos ligeras e interesadas... Pero hay ocasiones en que las circunstancias nos arrastran. Una mujer se pone en tren de vestir con elegancia, de tener palco en los teatros, de gastar coche, y llega a acostumbrarse a estas cosas como vosotros a fumar y tomar café. Llega un día en que si quiere dar gusto a su corazón, va a verse privada de todo esto, y a caer en la miseria. Tú comprenderás que se necesita mucha virtud y más amor que el de Romeo y Julieta para echarlo todo a rodar y sacrificarse a vestir de percal otra vez y a vivir en una buhardilla. Chico, por lo mismo que nosotras hemos conocido bien la pobreza, sabemos mejor que vosotros lo agradable que es. Yo me he comprometido con Salabert porque tiene mucho dinero y puede satisfacer todos mis caprichos. No necesitaba decírtelo... Por lo demás, si fuera a dar gusto a mi corazón demasiado sabéis, y demasiado lo sabe él, que yo nunca he querido a nadie de verdad más que a Manolo.

Escuchando estas palabras, al loco marqués se le arrasaron los ojos de lágrimas. Tomó la mano de su ex querida y la besó con la misma devoción y ternura que

---

[4] Obsérvese el "nos" del grupo de la mujer prostituida. Nótese también la actitud comprensiva del autor hacia ella, explicando y razonando su comportamiento a partir de la inmensa tentación que supone para cualquiera de ellas la posibilidad de salir de su miseria.

una reliquia. León se levantó de prisa porque no podía tener la risa en el cuerpo. Las mujeres, siempre compasivas con los extravíos de la pasión por ridículos que sean, le contemplaron con curiosidad y lástima. Sólo Rafael permaneció grave.

—Francamente, no puedo presenciar ciertas escenas sin conmoverme —dijo levantándose de la silla efectando una tristeza que hizo sonreír a la misma Amparo.

Justamente en aquel momento, Álvaro Luna se despojaba del frac para mostrar a Castro y a su querida una pequeña herida que el sable del coronel le había hecho. Rafael, León, Nati, Ramoncito y Manolo Dávalos se acercaron. El noble salvaje se remangó la camisa y dejó ver el antebrazo, donde había una señal roja bastante larga.

—Diablo; ha sido un golpecito regular —dijo Castro.

—Un planazo —manifestó Álvaro.

—No; más bien parece que ha sido con el corte. Lo que hay es que pegando enteramente a plomo y no tirando un poco del sable al mismo tiempo, el corte suele embotarse. Por eso no ha rajado la piel, y en vez de herida resultó contusión.

Conchilla, que miraba el brazo de su amante con tristeza y sobresalto, se precipitó al fin sobre él y le besó la cicatriz con transporte, sin importarle las risas y las cuchufletas que esto produjo.

Amparo y Socorro se habían quedado sentadas al lado de la mesa, una frente a otra. Si se ha de decir la verdad, Amparo, naturaleza violenta, irascible, sin pizca de imaginación y de inteligencia limitadísima, habíase olvidado enteramente del desabrimiento que con la Socorro había tenido; le dirigía la palabra con la misma confianza y desenfado que antes. Mas ésta, porque su carácter fuese más receloso y susceptible, o porque el vino la privase del juicio, o por ambas cosas a la vez seguía mostrándose taciturna y hostil hacia su amiga. Respondía con marcada frialdad a sus observaciones y hasta algunas veces se advertía en sus labios cierto gesto de desdén. La Amparo, que no tenía un temperamento observador, concluyó sin embargo por observarlo [5].

—Oyes, chica, ¿qué es lo que tienes? ¿Te dura todavía el enfado?

—¿A mí? ¡Ca! Yo no puedo enfadarme contigo.

Estas palabras parecían un testimonio de cariño y confianza. Sin embargo, las pronunció en un tono tan extraño, que la Amparo se la quedó mirando fijamente antes de replicar.

—Pues hija —dijo al cabo—, yo te confieso que puedo enfadarme con todo el mundo y contigo también si me llegases a hacer alguna ofensa.

—Pues yo, contigo, no —replicó con una sonrisa particular la Socorro.

Amparo volvió a mirarla fijamente y con sorpresa.

—¿Qué quieres decir con eso, que me desprecias?

—Lo que tú quieras —profirió con el mismo gesto de desdén.

Una arruga profunda apareció en el entrecejo de Amparo; señal de tormenta.

—Mira, chica, tengamos la fiesta en paz. Te vas haciendo muy picante y ya sabes que tengo muy poca paciencia —dijo con voz sorda.

—De lo que menos caso hago yo es de tu paciencia, hija mía. Te he venido a decir bien claramente que no quiero trato contigo. Al parecer, no quieres acabar de entenderlo. Tú y yo no hemos mamado la misma leche ni hemos tenido los mismos principios. Por eso no nos entendemos. Si algún resentimiento tienes conmigo, como yo jamás te he tenido miedo ninguno, podemos resolverlo cuando quieras. Mira, aquí traigo este juguete para castigar a los desvergonzados.

Al mismo tiempo sacó del bolsillo una llave inglesa y la puso sobre la mesa.

Verla Amparo, apoderarse de ella con ímpetu feroz y dar un terrible golpe en la cara a su dueño, fue instantá-

---

[5] Esta contraposición Amparo-Socorro no es social, sino individual; estrictamente novelesca.

neo. La Socorro cayó de la silla soltando cuatro chorros de sangre por los cuatro agujeros que los pinchos del instrumento la hicieron. El susto, para los que allí estaban fue grande, pues no habían advertido la disputa. Todos corrieron presurosos a levantar a la herida. Hubo unos instantes de confusión en que nadie se daba cuenta de lo que en realidad había pasado. La Amparo se había puesto terriblemente pálida y aún murmuraba sordamente denuestos. En cuanto León Guzmán averiguó, viendo en sus manos la llave, lo que había pasado, quiso arrojarse sobre ella, y lo hubiera hecho faltando a lo que se debe un caballero, si Pepe Castro y Rafael no le hubieran sujetado. No pudiendo realizar sus propósitos comenzó a increparla.

—¡Esto es una infamia! ¡Una vileza! ¡Es la acción de un asesino! Desde aquí debes ir a la cárcel, porque has cometido un delito.

Los mozos, que habían acudido a los gritos, viendo tanta sangre y oyendo las palabras del conde, se dispersaron. Alguno de ellos bajó al café a dar parte a un inspector de policía que allí estaba, el cual se presentó inmediatamente: otros corrieron a avisar a un médico. Subieron dos. La herida era de importancia y de consecuencias, porque quedarían señales en el rostro. Ordenaron que llevasen acto continuo a la enferma a la casa de socorro. Allí no disponían de medios para la cura. El inspector manifestó que se veía en la necesidad de conducir la agresora a la prevención y tomar el nombre de los presentes. Entonces todos intervinieron con ruegos para que dejase a la Amparo libre, respondiendo ellos de las consecuencias. El inspector se negó resueltamente. Lo único que podía hacer era conducirla al Gobierno civil en vez de la prevención y detener el parte al juzgado algún tiempo. Aunque casi todos pertenecientes a familias muy distinguidas, ninguno de los presentes era un personaje político (con paz sea dicho de Ramoncito) que pudiese desviar ni contener el curso de la justicia. Pero el duque de Requena sí lo era. Por eso Rafael le dijo en voz baja a la Amparo:

—Mira, chica, lo mejor que puedes hacer es pasar un aviso a Salabert. Si no, estás perdida.

—Ya se habrá acostado. ¿Te encargas tú de llevárselo?

El perdulario vaciló un instante, pero al fin se decidió a prestarle aquel servicio, contando sacar de él buen partido.

La herida fue conducida a la casa de socorro en el coche de Pepe Castro, acompañada por León y un guardia. Amparo fue al Gobierno civil en su propio carruaje, con el inspector y Manolito Dávalos, que se lo pidió a éste por favor con lágrimas en los ojos. Álvaro Luna, la Conchilla, Nati, Pepe Castro y Ramón les prometieron seguirlos inmediatamente y acompañar a la hermosa agresora en su odisea. Pero ya a la puerta de Fornos hubo deserciones. Álvaro declaró que le dolía un poco el brazo y que iba a curárselo. Conchilla, como es natural, le acompañó. La Nati, con Castro y Ramón, siguieron a pie hasta el Gobierno. Una vez allí, antes de entrar celebraron consejillo. Ramoncito presentaba algunas dificultades. Él era concejal y no podía "meterse en ruidos", máxime cuando las relaciones del Gobernador con el Ayuntamiento venían siendo un poco tirantes. Por su parte, Castro declaró lacónicamente que todo aquello era ridículo. Naturalmente, siendo ridículo ¿qué iba a hacer un hombre como él allí? Además, anunció que tenía sueño y éste era ya un argumento sobradamente poderoso sin necesidad del primero. La Nati tal vez hubiera desistido también de subir; pero se creía en la obligación de aguardar a Rafael.

En una habitación bastante sucia del Gobierno esperaban la Amparo y Manolito Dávalos cuando Nati se les juntó. El maníaco marqués estaba tan tembloroso, tan desencajado y lívido como si sobre él pesase una terrible desgracia. Su confusión y dolor se aumentaron cuando Amparo le ordenó marcharse. No convenía que le viese Salabert allí. Rogó con los mayores extremos que le permitiese aguardar el fin de la aventura; pero fue en vano. No pudiendo conseguirlo salió al cabo de la estancia, pero fue para rondar por los alrededores del edificio como un perro fiel. Pocos momentos después, la Amapro fue llevada al despacho de uno de los oficiales, que la recibió sin miramiento alguno, sin levantarse del sillón y hablándola en un tono autoritario que la produjo gran irritación[6]. La bilis se le revolvió en el estómago. En poco estuvo que no se desvergonzase con aquel mequetrefe; pero el temor de la cárcel la contuvo. Sin embargo, a pesar de su paciencia, no estuvo en mucho que fuese. Si no llegan a la sazón el duque de Requena y Rafael hubiera sido más que probable.

Salabert entró resoplando como de costumbre. A este resuello debía, quizá, parte del respeto que en todas partes inspiraba. Sólo un hombre con cien millones de pesetas de capital se podía autorizar tanto resoplido y escupitajo. El oficial se turbó un poco a su vista. El banquero, con la perspicacia que le caracterizaba, supo aprovechar este predominio.

—¿De qué se trata, eh? Disputas de chicas... Algunos golpes... Nada entre dos platos... Esto se arregla en dos segundos... Tú, chiquita, a la cama... Mañana le darás un beso; la regalarás un brazalete... Todo arreglado, todo arreglado —comenzó a gruñir con el desenfado del que está en su casa.

El oficial apenas tuvo valor para murmurar:

—Señor duque, tendría mucho gusto en complacerle... pero mi obligación...

—A ver, ¿dónde está Perico? ¿Anda por ahí Perico? —preguntó con el mismo despotismo.

—El señor Gobernador se ha retirado ya —manifestó el oficial.

—Pues el secretario... ¿Dónde está el secretario?... A ver, el secretario.

Condujéronle a su despacho y se encerró con él. Al

---

[6] Palacio Valdés subraya la falta de cortesía de la autoridad hacia Amparo. El narrador la contempla, al margen de toda consideración socio-moral, como persona, y como tal, digna de ser tratada con el máximo respeto. El novelista muestra su repulsa frente a la discriminación de que es objeto Amparo.

cabo de unos minutos salió con las mejillas un poco más amoratadas. El secretario le despidió a la puerta con una fina sonrisa burlona. La Amparo se acercó y le preguntó:

—¿Está arreglando el asunto?

—Por ahora, sí —respondió mordiendo el sempiterno cigarro.

—Pues quiero irme en tu coche —dijo, bajando la voz.

La fisonomía del banquero se oscureció.

—Demasiado sabes que no puede ser.

—¿Que no puede ser?... Ahora verás... Dame el brazo... En marcha.

Y cogiéndose con fuerza de su brazo le empujó hacia la escalera seguido de Nati y Rafael entre las miradas atónitas del oficial, del inspector y de los tres o cuatro empleados que allí había a tales horas.

Una vez en la calle, la hermosa tirana ofreció su coche a Nati y Rafael, y se metió sin vacilar en el del duque, que la siguió taciturno pero sumiso. Los nervios de la antigua florista se desataron así que se vio a solas con su querido. Las palabras más soeces del repertorio de los cocheros de punto brotaron a sus labios temblorosos. Pateó, juró, rechinó los dientes, profirió mil estúpidas amenazas. Por último, cogiendo al banquero por la solapa de su gabán de pieles, le dijo atropellándose por la ira:

—Por supuesto; esos dos puercos, el empleado y el inspector, quedarán a escape cesantes.

—Veremos, veremos —respondió el duque, inquieto y confuso.

—Ya está visto. Hasta que me traigas su cesantía no te presentes en mi casa, porque no te recibo [7].

---

[7] Se evidencia la corrupción del poder judicial: para el dinero no hay obstáculos. Ésta parece ser la lectura más correcta del episodio que pone fin al capítulo. ¿Hasta dónde quiere llegar el autor con su mensaje? ¿Trata de denunciar el caciquismo en la administración de la justicia?

IX

LOS AMORES DE RAIMUNDO

La nueva aventura amorosa de Clementina se desenvolvía de un modo tan pueril como grato para ella. Después de aquella inoportuna vuelta de cabeza, que tanto la había avergonzado, se guardó bien, durante algunos días, de mirar hacia atrás, aunque el saludo que enviaba a Raimundo fuese cada vez más expresivo y afectuoso. El capricho (por no darle mejor nombre, pues no lo merecía) fue echando, no obstante, tanta raíz en su imaginación, que concluyó por volverse otra vez; al día siguiente también; al otro igual, encontrando siempre los gemelos del joven clavados sobre ella. Por fin, un día se volvió desde la esquina y le hizo un nuevo saludo con la mano.

"Vamos, he perdido la vergüenza", murmuró después poniéndose colorada [1]. Y tan verdad era, que desde entonces no pasó otra vez sin hacer lo mismo.

Pero aquella situación, aunque graciosa y original, iba pareciéndole pesada. Su temperamento fogoso no le permitía gozar jamás con tranquilidad del presente, la impulsaba a buscar con afán un más allá, a precipitar

[1] ¿Por qué esta reacción ética, popular o mesocrática en una mujer de alta clase que tiene un amante y carece de moral familiar? La razón tal vez haya que buscarla en la conversión coyuntural de Clementina a los valores de las clases medias sobre la que el narrador ha insistido especialmente en el capítulo VII. Ahora, cuando se dispone a presentar su relación amorosa con un miembro de este grupo social, el narrador vuelve sobre este motivo.

los acontecimientos, aunque muchas veces, en lugar del placer apetecido, quedase envuelta en los escombros del alcázar que su fantasía había levantado. En esta ocasión, sin embargo, tenía mejores motivos que otras veces para desear salir de ella. Era tan falsa, que tocaba en los lindes de lo ridículo. A solas consigo misma solía confesárselo.

"La verdad es que, bien mirado, yo le estoy haciendo el oso a ese muchacho. Parezco una dama de la isla de San Balandrán" [2].

Mas, aunque todos los días se proponía dar un corte a aquella aventura no saliendo más a pie, o cruzando por delante de la casa de Raimundo sin levantar la mirada o, a todo más, dirigiéndole un saludo frío, es lo cierto que no tenía fuerza de voluntad para llevar a cabo su propósito. Ni siquiera para dejar de enviar el consabido adiós desde la esquina. Una cosa la preocupaba sobremanera. Y es que el joven, viendo las claras señales que ella daba de arrepentimiento, las pruebas un tanto humillantes de su simpatía hacia él, no se apartase de la obediencia, no la siguiese jamás ni buscase ocasión de encontrarse con ella en el paseo. Esto, a la larga, iba irritando su amor propio. Parecía que aquel señor tomaba con demasiada afición el papel contrario. Pensando en esto, algunas veces llegó a encolerizarse. Mas al cruzar de nuevo por delante de él le veía tan risueño, tan feliz, con tales deseos de saludarla, que el negro fantasma de la soberbia se desvanecía y entraban de nuevo en su pecho a torrentes la simpatía y el caprichoso deseo de amar y ser amada de aquel niño [3].

¿En qué pararía todo aquello? En nada probablemente. Sin embargo, hacía lo posible por que siguiese adelante y cuajase; no cabía duda. Al ver paralizado su

---

[2] Isla fabulosa de la que se habla en varios libros de viajes de la Edad Media y de principios de la Edad Moderna.

[3] Se describe el proceso psicológico de Clementina. Dos motivaciones parecen estar en la base de su inclinación hacia Raimundo: el amor propio y la necesidad de sentirse amada, que es, sin duda, una manifestación más de la nostalgia de la inocencia perdida.

deseo por causas que no podía definir claramente, crecía y se transformaba poco a poco en áspero apetito. Una tarde en que el desencanto y la amargura habían invadido su pecho, en que iba pensando seriamente, al caminar por la calle de Serrano, en abandonar por completo aquella ridícula aventura, al pasar por debajo del mirador después de haber saludado al joven, sintió caer sobre ella un puñado de flores deshechas. Levantó la vista y le envió una afectuosa sonrisa de reconocimiento. Aquella lluvia refrescó su alma, reanimó su desmayado capricho. Entonces se puso a buscar con afán un medio de acercarse nuevamente a Raimundo. Pensó en escribirle pidiéndole perdón de su visita y sus palabras severas; pero ya era tarde para ello. Después imaginó que acaso entre sus amigos, particularmente entre los periodistas, hubiese alguno que le conociera y por el cual le podía enviar un recado de atención. Lo desechó como peligroso. Hasta se le pasó por la cabeza hacerle seña para que bajase y darle una explicación de palabra; pero tampoco osó hacerlo. Era demasiado humillante.

La casualidad vino en su ayuda, resolviendo el asunto a su placer, cuando menos lo pensaba. Una noche se encontraron en el teatro de la Comedia. Raimundo, que transcurrido el año de luto[4] solía ir de vez en cuando, estaba con su hermana en las butacas. Ella ocupaba un palco bajo frente a ellos. Se saludaron cariñosamente, y durante largo rato hubo entre el joven y la hermosa dama un tiroteo de miradas y sonrisas que llamó extremadamente la atención de Aurelia.

—¿Pero qué es esto? ¿Has vuelto a hablar con esa señora?

—No.

—Entonces, ¿qué significa tanta sonrisa? Parecéis amigos íntimos.

---

[4] El luto constituye un uso social, perfectamente reglamentado, en la sociedad decimonónica. Afecta a la casa, al vestido y también a las prácticas sociales; en la alta clase solía extenderse también a la servidumbre.

—No sé —replicó el joven algo confuso—. Se manifiesta muy afectuosa conmigo. Quizá suponga que me ha ofendido cuando fue a casa y quiera desagraviarme.

En el primer entreacto Aurelia recibió un hermoso ramo de camelias que le trajo una florista.

—De parte de aquella señora que está en el palco número once.

La niña alzó los ojos y vio a Clementina que la miraba risueña. Los dos hermanos dieron las gracias con fuertes cabezadas. Aurelia se puso muy colorada.

—¿No te parece —le dijo su hermano— que debo subir a dar las gracias a esa señora?

Era natural. Raimundo, cuando bajó el telón por segunda vez, la dejó por unos instantes sola y subió al palco de la dama. Una sonrisa feliz iluminó el semblante de ésta al ver al joven en la puerta. Le recibió como a un antiguo amigo; le mandó sentarse a su lado; entabló con él plática reservada, dejando en completo abandono a su obligada compañera Pascuala. Por fortuna para ésta no tardó en llegar Bonifacio, que no tomaba jamás butaca cuando sabía que la familia de Osorio tenía palco en algún teatro.

—Veo con satisfacción que no me guarda usted rencor —le dijo en voz baja dirigiéndole una larga mirada insinuante—. Hace usted bien. Eso prueba que tiene usted corazón y talento. Le confieso con toda ingenuidad que me equivoqué de medio a medio en la apreciación de su conducta y su persona. Es tan cierto esto que cuando salí de su casa de buena gana me hubiera vuelto a pedirle a usted perdón... Si no de palabra, con los ojos y el gesto debió usted comprender que se lo he pedido después muchas veces...

Todavía le dio otros tres o cuatro pases superiores, de verdadero maestro, con los cuales arregló la cabeza al pobre Raimundo, esto es, le dejó inmóvil, confuso, fascinado, como ella le quería, en suma. Al mismo tiempo explicó con habilidad aquellas manifestaciones de simpatía un poco extrañas cuyo recuerdo la avergonzaba.

Sin dejarle tiempo a reponerse le preguntó con interés por su hermanita, por su vida, por sus mariposas. Raimundo contestaba a sus preguntas con sobrado laconismo, no por frialdad, sino por su falta de mundo. Pero ella no se desconcertaba. Seguía cada vez más cariñosa envolviéndole en una red de palabritas lisonjeras y de miradas tiernas. Cuando más embebida y aun puede decirse entusiasmada se hallaba reconquistando a su juvenil adorador, he aquí que aparece en el pasillo de las butacas Pepe Castro, correctamente vestido de frac, las puntas del bigote engomadas, finas como agujas, los bucles del cabello pegado coquetamente a las sienes, el aire suelto, varonil, displicente. Derramó primero su mirada fascinadora, olímpica, por las butacas, dejando temblorosas y subyugadas a todas las niñas casaderas que por allí andaban esparcidas: después, con arranque sereno como el vuelo de un águila, alzóla al palco número once. No pudo reprimir un movimiento de sorpresa. ¿Con quién hablaba Clementina tan íntimamente? No conocía a aquel joven. Le dirigió sus diminutos gemelos. Nada, no le había visto en su vida. Clementina, que advirtió la sorpresa de su amante, después de responder al saludo redobló su amabilidad con Raimundo, volviéndose enteramente hacia él, acercando el rostro para hablarle, haciendo mil monerías destinadas a llamar la atención del noble salvaje y a preocuparle. Sentía un goce maligno en ello. Castro había llegado a serle indiferente. Dirigió éste por largo rato los gemelos a Raimundo de un modo impertinente y hasta provocativo. Nuestro joven le pagó con algunas inocentes miradas de curiosidad, porque no tenía el honor de conocer al terror de los maridos [5].

Comprendiendo que su hermana estaría impaciente,

---

[5] Palacio Valdés no abusa del discurso, presenta los temas —siguiendo la técnica de Zola— en forma de imágenes, busca los contrastes y crea la oposición. En este episodio el contraste entre Pepe Castro y Raimundo Alcázar es el símbolo de la contraposición de la alta clase y las clases medias, tema fundamental de la novela.

aunque desde el palco no la perdía de vista, se alzó de la silla para despedirse.

—Seremos amigos, ¿verdad? —le dijo la hermosa dama reteniéndole por la mano—. Muchos recuerdos a su hermanita. Necesito darle una satisfacción de aquella brusca y extraña visita, y se la daré. Dígale usted que uno de estos días la voy a sorprender en medio de sus faenas caseras[6]... Me interesan ustedes muchísimo, dos hermanitos tan jóvenes viviendo solos... Adiós, Alcázar: lo dicho.

Cuando bajó del palco un poco aturdido y se sentó de nuevo al lado de Aurelia, le dijo ésta:

—¡Qué hermosa es esa señora!... Pero yo sigo creyendo que no se parece a mamá.

Raimundo, que no se acordaba en aquel momento de tal parecido, sintió un leve estremecimiento y balbució:

—Pues yo le encuentro un cierto aire...

Ahora ya no era más que aire. El joven comenzaba a sentir remordimientos. La impresión que Clementina le causaba no era la misma de respetuosa devoción que antes de haber trabado de tan singular manera conocimiento con ella.

Pepe Castro, así que le vio en las butacas, comenzó a mirarle con fijeza tratando sin duda de analizarle. Como quiera que aquel muchacho rubio no pertenecía a la elevada sociedad que él frecuentaba, pasósele por la imaginación (porque tenía imaginación y todo), que bien pudiera ser el mismo perseguidor de quien tanto se había quejado en otro tiempo Clementina. Como es natural, esta sospecha no le excitó a mirarle con más simpatía. Raimundo estaba tan atento a contemplar el palco de la señora de Osorio, que no reparó en la

[6] Si la mujer de la alta clase debe dominar unas prácticas sociales y la mujer de las clases populares tiene que compatibilizar muy a menudo el trabajo de la casa con otros fuera de ella, la misión fundamental de la mujer de las clases medias es atender cuidadosamente a las obligaciones domésticas —"faenas caseras"—, mereciendo, si las desempeña con esmero y acierto, el título máximo a que puede aspirar por sus propios méritos: el de "buena ama de casa".

provocativa insistencia del tenorio. Éste, cansado al fin, subió a saludar a su querida. Sentóse a su lado, en la misma posición que un momento antes había estado Raimundo, quien al verle de esta suerte sintió un extraño malestar, cierta vaga tristeza que no trató de definir. Sin embargo, observó que la dama estaba muy risueña y el gallardo caballero muy serio, y que a ella no le faltaba tiempo para echar frecuentes miradas a las butacas, lo cual ponía al otro cada vez más enfurruñado y sombrío.

—¿Has reparado cómo te mira esa señora? —preguntó Aurelia a su hermano—. Parece como si le gustases.

—¡Qué tontería! —exclamó él ruborizándose—. ¡Vaya un buen mozo que soy yo! Si fuese el caballero que ahora tiene al lado...

Aurelia protestó riendo. No; su hermano era más guapo que aquel soldado de cromo con rosetas en las mejillas como las bailarinas.

Cuando terminó la representación, Raimundo pudo ver, no sin cierto sentimiento de celos, a Clementina aguardando en el vestíbulo su landó en compañía del mismo caballero. Saludóle aquélla con tanto afecto, que Castro, cada vez más inquieto, volvió a dirigirle una larga e intensa mirada de análisis.

Por espacio de algunos días el joven entomólogo esperó con zozobra que Clementina se detuviese a la puerta de su casa y subiera a cumplir la promesa. Sus esperanzas quedaron defraudadas. La dama cruzaba como siempre con su pasito vivo y menudo, le saludaba cariñosamente primero, y desde la esquina volvía a hacerle el consabido adiós con la mano. Cada vez que salvaba la puerta, el corazón de Raimundo se encogía, se ponía de mal humor. "Vaya, se le ha olvidado, decía para sí: no volveré a hablar más con ella, como la casualidad no nos vuelva a juntar en algún sitio." Empezó a ayudar a la casualidad asistiendo con más frecuencia al teatro de la Comedia, pero no logró verla. Al teatro Real, donde seguramente estaba, no se atrevía a ir por el temor de que pensase que aún duraba la

persecución. Por qué se le había metido en la cabeza que
había de subir a su casa precisamente a aquella hora y
no a otra, no lo podemos explicar. Lo que sí afirmaremos es que fueron inmensos su asombro y turbación
cuando una mañana Clementina se dejó entrar por la
casa. Preguntó desde luego por la señorita. Aurelia
la recibió en la sala y pasó inmediatamente recado a su
hermano. Cuando éste se presentó, la dama se hallaba
instalada en el sofá charlando con el desembarazo de
una amiga que el día anterior les hubiese visitado.

—Conste que esta visita no es para usted —le dijo
sonriendo y tendiéndole su mano enguantada.

—No me atrevería yo a imaginarlo, señora —replicó
él apretándosela tímidamente.

—¡Por si acaso! No le creo a usted fatuo, pero las
mujeres debemos siempre vivir prevenidas.

En la soltura y en el tono jocoso que adoptaba se
podía advertir cierta afectación. Su voz estaba ligeramente alterada. Alrededor de los ojos había esa palidez
que denuncia siempre la emoción que embarga el espíritu. La visita fue corta, pero en ella tuvo tiempo para
lisonjear a la niña con muchas palabras delicadas, con
efusivos ofrecimientos. La hizo prometer que iría a verla
algún día. Si no le gustaba la sociedad, que fuese por la
tarde y charlarían un rato solitas. Le enseñaría su casa y
algunas labores. La orfandad y la juventud de Aurelia la
impresionaban. Ya que ella tenía la dicha de parecerse a
su madre un poco, como afirmaba Raimundo, se creía
con cierto derecho a su afecto.

—Nada; cuando usted se aburra aquí sola, se viene
usted a mi casa que está cerquita, y nos aburriremos
juntas, que siempre es más llevadero.

La pobre Aurelia [7], confundida por aquella amabili-

---

[7] ¿De dónde viene la indefensión de Aurelia, la denominación de
"pobre Aurelia"? ¿Del hecho de no frecuentar la sociedad por antono-
masia? Y, sin embargo, el episodio pone de manifiesto que funciona su
instinto defensivo de grupo. Tal vez el "pobre" no es más que una
indiscreción del narrador omnisciente que sabe que Aurelia será víctima
de la alta clase.

dad y charla mundanales, no hacía más que sonreír.
Cuando se levantó para despedirse, dijo:

—Queda usted encargado, Alcázar, de recordar a
Aurelia su palabra. En cuanto a usted puede hacer lo
que guste. Con los sabios no me atrevo a insistir porque
se les molesta cuando menos se piensa...

Habiendo recobrado por completo su aplomo les
hablaba en un tono amable, protector, un poco maternal. Todavía en la escalera les entretuvo unos momentos
con su conversación desenvuelta e insinuante a la vez y
les reiteró con gracia todos sus ofrecimientos. No consintió que Raimundo la acompañase. Se fue sola dejando una estela perfumada que éste aspiró con más placer
que su hermana. Porque Aurelia luego que cerraron la
puerta guardó silencio. A las frases de elogio que
Raimundo tributó calurosamente a la dama, asintió en
un tono lacónico que le apagó los fuegos.

Hay que confesarlo. La impresión primera de adoración filial que Clementina inspiró al joven entomólogo
se había ido desvaneciendo poco a poco o, por mejor
decir, confundiendo con otra inclinación menos santa,
aunque guardando algo de ella. Como en todos los
hombres alejados del trato de mujeres, dedicados exclusivamente al estudio, la visión del sexo y el reconocimiento de la ley divina del amor fueron vivos e intensos.
Al día siguiente de la visita de Clementina ya quería que
Aurelia se la pagase, manifestando por supuesto tal
deseo tímidamente y con palabras embozadas. Pero su
hermana le demostró la conveniencia de aguardar algún
tiempo y él se resignó. Al fin se realizó la visita. Aurelia
pasó una tarde en el *boudoir* de la señora de Osorio.
Raimundo, después de muchas vacilaciones, no se atrevió a ir con ella.

A los tres o cuatro días se presentó de nuevo Clementina en casa de los jóvenes a convidarles para ir por la
noche al Real. Fue un verdadero apuro para ellos.
Raimundo no tenía frac. Aurelia no poseía tampoco un
guardarropa muy provisto. Sin embargo, fueron. Un
pariente prestó al joven su frac: Aurelia se puso los

mejores trapitos del armario. Al día siguiente Raimundo
se encargó un traje de etiqueta en la mejor sastrería de
Madrid. No sólo hizo esto, sino que también, sin dar
parte a su hermana, fue a la contaduría del teatro Real y
tomó un abono de butaca cerca de la platea de Osorio,
en el mismo turno [8].

La intimidad creció pronto entre ellos, gracias a los
esfuerzos de Raimundo. Porque su hermana, aunque
elogiaba también la amabilidad de su nueva amiga,
oponía una resistencia sorda y pasiva a frecuentar su
trato [9]. Por más que hacía no lograba borrar de su espíritu la manera extraña de comenzar aquella amistad, ni
se le podía ocultar el fondo de falsedad que en ella
existía. Conociéndolo Raimundo procuraba con afán
desvanecer sus aprensiones, unas veces directa, otras
indirectamente. Era Aurelia una muchacha más bien fea
que linda, como ya hemos dicho, de buen sentido y de
honrado corazón. La adoración que sentía por Raimundo, inculcada por su difunta madre, no le impedía
conocer las partes flacas de su carácter, débil, impresio-
nable con exceso y pueril. Realmente en este aspecto ella
representaba el elemento masculino y él el femenino
dentro de la casa. Lloraba él con extremada facilidad;
ella difícilmente. Sentía él extrañas aprensiones, desfalle-
cimientos, a veces verdaderas alucinaciones; ella tenía el
sistema nervioso perfectamente equilibrado. Era sana y
maciza; él, enfermizo y lacio. En los meses que siguieron
a la muerte de la madre, Raimundo, sacando fuerzas de
flaqueza con la idea de proteger a su hermana, se había

---

[8] Comienza la capitulación de Raimundo, envuelto en el atractivo
femenino de Clementina, que ha dejado de ser "maternal". La capitulación comporta también, en paralelo con lo que le ocurre a Clementina,
una conversión a los valores de la alta clase y una traición a los propios;
se subraya su cambio de vida cotidiana.

[9] Aurelia significa la conciencia de la "burguesía hogareña" en
posición de alerta; aparece inhibida y pasiva ante el viraje de su
hermano. Y ello en razón de su propia mentalidad de grupo y en razón
del papel que el decoro y los miramientos imponen a una joven recatada
de las clases medias. Por lo demás, la repulsa ética de Aurelia constituye
el contrapunto de todo el capítulo.

332 ARMANDO PALACIO VALDÉS

mostrado más resuelto y varonil. Andando el tiempo el temperamento recobró sus derechos, cayó de nuevo en sus manías pueriles, en su impresionabilidad femenil, al paso que ella se crecía descubriendo un temperamento firme, equilibrado y recto [10].

No le costó mucho trabajo a Clementina someter, fascinar enteramente al joven naturalista. Unas veces yendo los chicos a su hotel, otras yendo ella a casa de los chicos o llevándolos consigo al teatro o al paseo, se veían la mayor parte de los días. Pepe Castro, la primera noche que encontró a Raimundo en el salón de Osorio comprendió perfectamente lo que pasaba, y se llenó de despecho.

—A esta grandísima... le da ahora por los bebés —murmuró rechinando los dientes—. Todas las perdidas concluyen por estas extravagancias.

Pensó en dirigirse al joven y provocarlo. No tardó en persuadirse de que este paso sería para él desastroso. ¿Qué iba ganando en ello? Absolutamente nada porque Clementina le detestaría. El escándalo pondría de manifiesto su derrota, tanto más vergonzosa cuanto que el vencedor era un chicuelo absolutamente desconocido. Determinóse, pues, prudentemente a no dar su brazo a torcer ante el mundo y a alejarse de su querida temporalmente, dejándola que satisficiese su capricho. Quizá más adelante, cansada de friscar con aquel corderillo, volvería la oveja al redil.

Raimundo no era tan niño como Castro le suponía, pues contaba veintitrés años cumplidos: pero tenía una figura infantil y delicada que no le dejaba aparentar más de diez y ocho. Su salud era vacilante y quebradiza. Padecía frecuentes ataques, sobre todo desde la muerte de su madre, en que perdía unas veces la vista, otras el

[10] El fondo enfermizo, infantil, un tanto femenino de Alcázar puede ser entendido como explicación "naturalista" de su capitulación. Es interesante la contraposición entre el débil carácter de Raimundo y la entereza —"buen sentido", "honrado corazón"— de su hermana, que se atiene, como ya he señalado anteriormente, al patrón de mujer tradicional, acuñado por Palacio Valdés.

habla, con otra variedad de fenómenos extraños que por
fortuna duraban poco tiempo. Además se veía acometido de profundas melancolías, crisis violentas que terminaban por un llanto copioso y prolongado como en las
mujeres histéricas. La vista de las arañas le producía
espasmos; el bisturí de un médico le estremecía. La
aprensión de volverse loco le hacía padecer horriblemente algunas veces: otras era el temor de suicidarse
contra su propia voluntad. Jamás tenía armas al alcance
de la mano, y por el miedo de arrojarse desde el balcón
llegó a cerrar de noche el de su cuarto con candado,
entregando la llave a su hermana, única testigo y confidente de estos desvaríos. Su temperamento y la educación afeminada que había tenido eran la causa de ellos.
Guardábalos, sin embargo, con cuidado como todos los
que los padecen, que son más de los que se piensa:
procuraba con grandes esfuerzos refrenarse comprendiendo el ridículo que cae sobre los hombres así consti-
tuidos.

Cualquiera se representará bien lo que pasaría por
este muchacho cuando una mujer tan hermosa, tan
coqueta y tan experimentada como Clementina se resolvió a hacer su conquista. Primero su extremada timidez
le impidió darse cuenta de la conducta de la dama.
Pensaba que aquellos saludos afectuosos, aquellas sonrisas no eran más que la expresión de una súbita simpatía
que su orfandad había excitado en ella. Todavía, cuando trabó amistad con ellos y se multiplicaron las señales
de su inclinación, y su hermana le dio la voz de alerta,
no pudo imaginarse que pudiera existir entre ambos
otra cosa que una amistad más o menos estrecha protectora y maternal por parte de ella, rendida y fervorosa
por la de él. Sin embargo, el elixir de amor que gota a
gota iba dejando caer Clementina en sus labios, llegó al
fin al corazón. Cuando menos lo pensaba se encontró
enamorado, loco. Pero al tiempo que hizo este descubrimiento le acometió una vergüenza inmensa: pensó que
jamás tendría el valor de declarárselo. Por un lado la
conducta de su ídolo con él, los constantes testimonios

de simpatía que le prodigaba, se prestaban a forjarse ilusiones. Pero le parecían tan extraño e inverosímil que un hombre tímido, inexperto, desprovisto de atractivos mundanos pudiese obtener los favores de señora tan rica y tan hermosa, que al instante las abandonaba o se mecía en ellas dulcemente a sabiendas de que eran pura quimera. Además, no podía librarse de los agudos remordimientos que de vez en cuando le asaltaban. Aquella señora se parecía a su madre, no cabía duda. Por esto sólo se había fijado en ella, y había sido su perseguidor callejero algún tiempo. ¿No era una verdadera profanación, una cosa abominable que la imagen de su madre le inspirase deseos carnales?

Pues a despecho de estos remordimientos, de su invencible timidez y de los clamores de la razón, Raimundo se sentía cada día más subyugado por aquella mujer. Verdad que Clementina puso en juego todas las armas de que disponía, que no eran pocas ni mohosas todavía. A medida que aumentaba la timidez de su juvenil adorador crecía en ella la osadía y el aplomo. En el amor esto pasa casi siempre; pero aquí, por las circunstancias especiales de ambos, adquiría mayor relieve. La timidez en él llegó a ser una enfermedad, una cosa extraña, de cuya ridiculez se daba perfecta cuenta sin que por medio alguno pudiese vencerla. Al contrario, cuantos más esfuerzos hacía para adquirir aplomo y desembarazo delante de ella, mejor se mostraba la emoción que le embargaba. Al principio la hablaba con cierta serenidad, se autorizaba alguna bromita o frase ingeniosa; después esta serenidad se fue perdiendo, las bromas cesaron. No se podía acercar a ella sin turbarse, no podía darle la mano sin un leve temblor. Si la dama le miraba fijamente, sus mejillas se encendían.

Clementina no podía menos de sonreír ante esta inocente alborada de amor. Gozaba con ella llena de curiosidad, alegre de sentirse aún bastante hermosa para inspirar a un niño tan rendida pasión. Unas veces se entretenía malignamente en atortolarle, en ponerle colorado, mostrándose viva y desenvuelta como una chula:

otras se placía en seguirle el humor apareciendo melancólica, dirigiéndole miradas tímidas como una colegiala: otras, en fin, le trataba con tierna familiaridad, enterándose de su vida, de sus actos y sus pensamientos, como una madre o una hermana cariñosas. Entonces era cuando Raimundo recobraba un poco de libertad y osaba mirar a la diosa cara a cara. Clementina le embromaba a menudo por sus aficiones científicas, entraba en su despacho y dejaba esparcidos por la mesa o por el suelo los cartones de las mariposas. Esto, que si otra persona lo ejecutase produciría en la casa una catástrofe, hacía reír al joven naturalista.

Comenzaba a susurrarse entre los íntimos de la dama algo sobre estos sus nuevos y extravagantes amores, adelantándolos, por supuesto, mucho más de lo que en realidad estaban. Una noche de comida y tresillo, decía Pepa Frías a tres o cuatro elegantes salvajes que estaban en torno suyo discutiendo el asunto:

—Desengáñense ustedes, Clementina concluye enamorándose de un perro de Terranova o de un periodista.

Cuando entraba Raimundo en el salón con su cabeza de querubín rubia y melancólica, con su aspecto humilde y embarazado, todas las miradas se posaban sobre él con curiosidad. Había sonrisas, murmullos, frases ingeniosos y estúpidas. Se le discutía. En general, entre los hombres sobre todo, juzgábase ridícula la conducta de la esposa de Osorio: pero algunas damas miraban con simpatía al mancebo, encontraban muy agradable su aire candoroso, y comprendían el capricho de Clementina. Hubo entre ellas quien procuró seducirlo.

Era ya nuestro joven considerado como amante oficial de Clementina, cuando aún no la había rozado con los labios la punta de los dedos ni soñaba con ello. Sin embargo, el amor iba haciendo tales progresos en su pecho, que temía caer el día menos pensado de rodillas ante ella como los galanes de comedia. Sufría horriblemente a la menor señal de desdén, y gozaba como un ángel cuando la dama le expresaba de cualquier modo su afecto. Clementina no tenía prisa en hacerle amante afortunado, aunque estaba decidida a ello. Le gustaba prolongar aquella situación, observando con secreto placer la marcha de la pasión y los fenómenos que ofrecía en el joven. Hastiadas de los devaneos cortesanos, encontraba vivo atractivo en ser adorada de aquel modo frenético y mudo, en desempeñar el papel de diosa. Una mirada suya hacía empalidecer o enrojecer a aquel niño; una palabra le alegraba o le entristecía hasta la desesperación.

Raimundo iba al Real todas las noches que le tocaba el turno a Clementina. Subía el palco a saludarla, y muchas veces, por exigencia de ella, se quedaba allí uno o dos actos. En estas ocasiones solía la dama retirarse al antepalco y charlar con él íntimamente a la sombra discreta de las cortinas. Cuando se cansaba, o en la escena se cantaba una pieza de empeño, guardaba silencio, volvía la espalda al joven y escuchaba un rato. Raimundo, guardando en los oídos el eco de su voz y en su corazón el fuego de sus miradas, quedaba también silencioso, más atento, en verdad, a la música que sonaba dentro de su alma, que a la que venía del escenario. Seguro de no ser observado, contemplaba con religiosa atención la alabastrina espalda de su ídolo, los finísimos y dorados tolanos de su cuello, acercaba la cabeza con pretexto de mejor escuchar y aspiraba el perfume que se desprendía de ella, cerrando los ojos y embriagándose durante unos instantes. Una noche, tanto pegó el rostro a la cabeza de la dama, que ¡oh prodigio! se arrojó a rozar con los labios sus cabellos peinados hacia abajo en trenza doblada. Después que lo hizo se asustó terriblemente y escrutó con anhelo si Clementina lo había sentido. La dama continuó impasible, extática, escuchando la música. Sin embargo, por sus claros y hermosos ojos resbalaba una leve sonrisa que el joven no pudo advertir. Alentado con este éxito siempre que ella traía el cabello peinado de tal forma con mucho disimulo y después de largos preparativos y vacilaciones osaba posar los labios sobre él. Aquella sensación era tan viva, tan deliciosa, que la guardaba muchos días en la boca y le hacía feliz. Pero una noche, o porque la dama estuviese de mal humor, o porque se gozase en mortificarle un poco, le trató con bastante despego mientras estuvo en el palco, le dejó abandonado a Pascuala mientras ella charlaba placenteramente con uno de sus jóvenes y aristocráticos amigos. El pobre Raimundo se abatió con este desprecio de un modo horrible. Ni siquiera tuvo fuerza para despedirse. Estaba pálido, demudado. Una arruga dolorosa surcaba su frente. Clementina le echaba de vez en cuando miradas furtivas. Cuando el joven aristócrata se levantó para irse, también quiso hacer lo mismo. La dama le retuvo por la mano.

—No: quédese un momento, Alcázar. Tenemos que hablar.

Y se retiró como otras veces al antepalco y comenzó a charlar con la amabilidad y franqueza de siempre.

El joven cobró aliento. Pero cuando ella le volvió la espalda para escuchar la ópera, estaba tan alterado aún y confuso que no se atrevió a besar el cabello, aunque el peinado era bajo y la ocasión más propicia que nunca.

Al cabo de un rato, Clementina se volvió de pronto y le dijo en voz baja:

—¿Por qué no besa usted hoy el pelo como otras noches?

La emoción fue inmensa, abrumadora. La sangre se le agolpó toda al corazón y quedó blanco como un cadáver. Después le subió al rostro y se puso como una amapola.

—¡Yo!... ¡El pelo! —balbució miserablemente.

Y tuvo que agarrarse con fuerza a la silla para no caer.

—¡No se asuste usted, hombre! —exclamó ella posando cariñosamente su mano sobre la de él—. Cuando yo lo he consentido es prueba de que no me desagradaba.

Pero viendo que le miraba con ojos extraviados, como si no comprendiese, añadió con desenfado y riendo:

—¿Acaso se figura que yo no sé que me quiere un poquito?

—¡Oh! —dijo el joven con un grito comprimido.

—Sí; lo sé hace tiempo —continuó bajando más la voz y acercando la boca a su oído—. Pero usted puede que no sepa una cosa, y es que yo también le quiero a usted...

Y echando una rápida mirada hacia fuera para cerciorarse de que no los observaban, se apoderó de sus manos, y le dijo caldeándose con su aliento las mejillas:

—Sí; te quiero, te quiero más de lo que te puedes imaginar. Ven mañana a las tres a casa.

Clementina no contaba con la femenil impresionabilidad de su adorador. La violenta emoción que acababa de experimentar unida a la dicha que estas palabras evocaron en su pecho le trastornaron de tal modo, que se echó a llorar como un niño. Entonces ella le empujó hacia un rincón y se alzó vivamente, tapando con su gallarda figura el espacio que la cortina dejaba descubierto. Su rostro hechicero resplandecía de felicidad. Si un pintor tuviese la fortuna de sorprender aquel momento y el don de fijarlo en el lienzo, podría representar, como nadie hasta hoy, a Dánae[11] recibiendo en su prisión la conocida lluvia de oro.

Fueron unos amores tiernos y poéticos, cándidos y voluptuosos a la par los de la hermosa dama y el joven naturalista. Para ella fue una resurrección de las impresiones dulces de la adolescencia maduradas de pronto, transformadas en felices realidades. Hasta entonces los devaneos que había tenido se parecían unos a otros tanto, que ya desde el comienzo llevaban dentro un ger-

---

[11] Se refiere al mito de Dánae, secuestrada por su padre, el rey de Argos, para evitar que se cumpliera el oráculo que vaticinaba que sería destronado por su nieto. El oráculo se cumplirá, sin embargo, ya que Júpiter, enamorado de Dánae, se transformará en lluvia de oro que descenderá por el techo de la prisión, la fecundará y la convertirá en madre de Perseo.

men de aburrimiento. Siempre le quedaba en el fondo
del corazón un sentimiento de despecho contra aquellas
relaciones que no le traían ninguna viva emoción, ni
siquiera nuevos placeres. La de ahora ofrecía una origi-
nalidad que la encantaba. Su amante era un niño a
quien casi doblaba la edad. Había comenzado a adorar-
la por el parecido que la hallaba con su madre. Aquel
respeto y amor filiales se transformaron con un soplo en
pasión y deseo. Todo esto era gracioso, original; tenía
un fondo estético que en ninguno de sus amores anteriores había encontrado. Además, no pertenecía a la raza
de los lechuguinos y petimetres con quienes tropezaba a
todas horas en los sitios que frecuentaba, seres cortados
por un patrón, sin espontaneidad alguna, con los mismos vicios, las mismas vanidades y hasta los mismos
chistes. Raimundo se apartaba de ellos, no sólo por su
posición modesta y vida retirada, no sólo por su ilustración y talento, sino también, particularmente, por su
carácter. ¡Qué alma tan adorable la de aquel chico! ¡Qué
inocencia, qué sensibilidad, qué delicadeza y qué fuerza
para amar al mismo tiempo! Acostumbrada a la mono-
tonía de los Pepes Castro, cada nueva fase psicológica,
cada sacudimiento de entusiasmo, cada desmayo o
alegría o pena que sucesivamente advertía en su enamorado doncel le producían una grata sorpresa. Escrutaba
su espíritu, se metía dentro de él con afanosa curiosidad
y a la vez con apasionado cariño. Le confesaba, le hacía
narrar y describir cien veces sus sentimientos, sus recuerdos, sus propósitos y sus esperanzas [12]. A veces le
acometían dudas sobre aquel extraño amor.

—¿Pero de veras estás enamorado? ¿No consideras
que soy una vieja?... ¿que puedo ser tu madre?

---

[12] Clementina encuentra en el amor de Raimundo la satisfacción
bastarda de la "nostalgia de la inocencia perdida". Obsérvese la clase de
atractivos que el joven de clase media ofrece a una dama de "la
espuma": amor, espontaneidad, talento, ingenio..., algo que, a fin de
cuentas, no ha encontrado en sus relaciones conyugales o extraconyuga-
les hasta aquel momento.

Raimundo respondía siempre con alguna caricia apasionada, con una húmeda mirada donde se leía el infinito de su pasión.

Desde el primer día, Clementina le había tuteado a solas, acostumbrada a aquellas transiciones y conciertos secretos de mujer galante, que ahora favorecía la diferencia de edad. Raimundo no podía acostumbrarse a darla el tú. Hacía esfuerzos por conseguirlo; pero a lo mejor volvía al usted y seguía la plática tratándola de este modo, hasta que la dama se irritaba y le reprendía ásperamente. "No; por más que lo negase, él la consideraba como una vieja. En todo se estaba echando de ver. Si continuaba de este modo perdería con él la confianza." Sin embargo, Clementina estaba equivocada en este punto. No tenía bastante penetración y delicadeza para comprender que el amor en Raimundo era, como en todos los seres verdaderamente sensibles, adoración extática más que deseo, esclavitud voluntaria, un enajenamiento de su propia vida para mejor vivir en la soberana de su corazón. Hay que hacerse cargo, además, de que hasta entonces no había experimentado jamás tal sentimiento. Alejado de la sociedad de las mujeres y sin echarlas de menos, quizá porque dentro de su casa tenía lo más grande y exquisito que ellas pueden dar, el cariño tierno, vigilante, la dulzura en la palabra, la abnegación en todos los momentos: dedicado en absoluto al estudio y a su magnífica colección de mariposas, el encuentro con Clementina fue para él la revelación de ese mundo encantado, poético, que a casi todos se aparece más temprano. Aquel primer suspiro de Venus al salir de la espuma del mar que repitió el Universo entero, sonó entonces en su alma y la estremeció dulcemente. Su alma, que estaba muda y triste como la Naturaleza antes que la diosa de la hermosura suspirase. Muy pocos hombres alcanzan una dicha parecida: poseer la primera mujer que se ama, llegar a tiempo para recoger el fruto sazonado del amor. Para Raimundo, esa inclinación tímida y anhelante del adolescente llena de zozobras y melancolías, se fundió con el amor

de la edad viril, apetitoso y sensual[13]. ¿Qué extraño,
pues, que absorbiera toda la energía de su ser, toda su
inteligencia y todos sus sentidos?

Desde aquella noche memorable no volvió a pensar
más que en Clementina. Para él, el Universo se redujo
de pronto al tamaño y a la forma de una mujer. No sólo
se creyó obligado a vivir y respirar para ella, sino
también a pensar en todos los instantes del día y hasta a
soñar con ella por la noche. En un principio la dama le
recibía en su casa. Esto le pareció en seguida peligroso y
feo, y alquilaron un cuarto en la calle del Caballero de
Gracia, un entresuelo pequeñito que amueblaron con
elegancia. La vida de Raimundo experimentó un cambio
radical. De aquel retiro absoluto en que vivía, pasó
súbito al bullicio del mundo aristocrático; teatros, bailes, comidas, carreras de caballos y partidas de caza.
Clementina le arrastraba sujeto a su carro, le exhibía en
todos los salones sin desdeñarse de él[14]. Porque nuestro
joven, de figura delicada y elegante, de carácter apacible
y clara inteligencia, se hacía simpático dondequiera que
entraba. A nadie le importaba gran cosa si era rico o
pobre, noble o plebeyo.

Aurelia le acompañaba algunas veces, pero siempre
contra su gusto. Aunque no osaba contrariar la marcha
adoptada por su hermano, era fácil de adivinar que la
condenaba en el fuero interno, que se hallaba fuera de
su centro en el hotel de Osorio. Se había hecho reflexiva
y taciturna. Su mirada, cuando la posaba en Raimundo,

[13] Raimundo encuentra en Clementina la mujer que satisface su
sueño romántico. Tal vez el narrador personifica en Alcázar el ímpetu
de la pasión amorosa y la fuerza transformadora que ésta encierra.
[14] La traición de Raimundo a los *mores* de su grupo es completa y
manifiesta. Tal vez convenga notar que el joven de clase media puede, en
la óptica de Palacio Valdés, mantener relaciones adúlteras con una
señora de la alta clase —cfr. *Riverita*— sin degradarse, y ello, porque la
relación es "de persona a persona", sin mediar integración parasitaria
pública en el estrato superior. Ahora bien, en el caso de Raimundo no se
trata del joven de clase media "listo", señor de sí, que se sabe mantener
en su esfera social, sino del hombre que va a desertar y traicionar los
ideales de su clase incluso formal y exteriormente.

era profunda y melancólica, como si temiese una catástrofe. Clementina la agasajaba cuanto podía; pero no
lograba entrar en su corazón. Al través de las sonrisas de la niña, de su modestia y rubor, creía observar
un sentimiento de hostilidad que a menudo la desconcertaba.

La esposa de Osorio continuaba desplegando el mismo boato, esparciendo profusamente el dinero a despecho de la ruina inminente de su esposo, que tanto había
alarmado a Pepa Frías. Esta ruina no había estallado
como se pensaba. El banquero logró conjurarla hábilmente, haciendo entender a los que tenían valores en sus
manos, que de nada les serviría arrojarse repentinamente sobre él, pues no salvarían ni un veinticinco por
ciento del capital. En cambio, si aguardaban lo recupe-
rarían entero y con su rédito. Su mujer iba a heredar
una fortuna inmensa en breve plazo. Los acreedores
entraron en razón; guardaron secreto acerca del estado
de sus negocios: sólo exigieron que Clementina firmase,
en unión con su marido, los pagarés renovados. Poco
después, la suerte favoreció un poco en la Bolsa a
Osorio y pudo aletear como antes, aunque bajo la
mirada recelosa de los hombres de dinero, que le pro-
nosticaban unánimemente la quiebra más tarde o más
temprano. Su esposa, viéndose en salvo, no volvió a
pensar en esos enojosos asuntos. Tan sólo cuando iba a
casa de su padre y veía el rostro pálido y demudado de
D.ª Carmen, sentía su corazón agitado por una extraña
emoción que ella misma huía de definir, apresurándose
a ahogarla con el ruido de los besos y las palabritas
cariñosas.

El amor de Raimundo le hizo gozar extremadamente.
Veíase envuelta, como nunca lo había estado, en una ola
de pasión devota y exaltada que la acariciaba dulcemente. El papel de diosa la seducía. Gustaba de mostrarse
unas veces amable y tierna, otras terrible, haciendo
pasar a su adorador por todas las pruebas posibles a fin
de cerciorarse bien, decía ella, de que era suyo, enteramente suyo. La costumbre de tratar con hombres muy

distintos, no obstante, la hizo incurrir en fatales equivo-
caciones que atormentaron mucho al joven. Un día,
después de haberse hecho servir el almuerzo en su
cuarto del Caballero de Gracia, le dijo sonriendo:

—Voy a hacerte un regalo, Mundo (así le llamaba por
más cariño).

—Se levantó a buscar su manguito y sacó de él una
cartera muy linda.

—¡Oh! Es muy bonita —dijo él tomándola y llevándo-
la a los labios—. La traeré siempre conmigo.

Pero al abrirla quedó consternado. Dentro había un
montón de billetes de Banco.

—Te has olvidado aquí el dinero —dijo alargándole
otra vez la cartera.

—No me he olvidado. Es para ti también.

—¿Para mí? —exclamó él poniéndose pálido.

—¿No lo quieres? —preguntó ella con timidez poniéndose encarnada.

—No; no lo quiero [15] —replicó él con firmeza.

Clementina no se atrevió a insistir. Tomó de nuevo la
cartera, sacó de ella los billetes y la volvió a entregar al
joven. Hubo unos instantes de silencio embarazoso.
Raimundo apoyó el codo sobre la mesa, puso la mejilla
sobre la mano y quedó pensativo y serio. Ella le observaba con el rabillo del ojo entre colérica y curiosa. Al fin
una sonrisa iluminó su rostro, levantóse de la silla, y
cogiendo el del joven entre sus dos manos, le dijo en
tono alegre:

—Bien; este acto te enaltece; pero de mí podías tomar
ese dinero sin desdoro. ¿No soy tu mamá?

Raimundo se contentó con besar las manos que le
aprisionaban. No se volvió a hablar de dinero entre
ellos.

Aquél conservaba en los modales y en las palabras,
a pesar de sus veintitrés años, un sello infantil que a

---

[15] El escritor recurre a la técnica del contraste —recuérdese la actitud
de Pepe Castro en el capítulo III— para subrayar la distinta ética que
alienta en el joven de "la espuma" y en el de las clases medias.

Clementina le placía sobremodo. La educación afeminada y solitaria que había tenido era la causa principal.
Engañábasele con suma facilidad y divertíasele lo mismo. No tenía esos aburrimientos negros de los hombres
gastados: no se le ocurría jamás una frase irónica,
incisiva, de las que aun entre enamorados suelen usarse.
Sus alegrías eran bulliciosas y pueriles hasta rayar en
ridículas. Divertíase en correr por las habitaciones del
pequeño entresuelo detrás de Clementina, o en escon-
derse de ella y asustarla. Otras veces la entretenía con
juegos de prestidigitación, en que era un poco inteligente. O bien jugaban ambos a los naipes con extraordinaria atención o empeño, como si disputasen algo de
provecho. O bien bailaban al son de algún piano mecánico que se paraba en las cercanías de la casa. Poníanse
a comer confites y hacían apuestas a quien engullía más.
En una ocasión quiso hacer sorbete de piña: se decía
muy perito en la fabricación de helados. Le trajeron
todos los enseres de un café vecino. Después de bregar
con afán bastante tiempo, salió al fin una quisicosa fea y
desabrida, lo cual le entristeció tanto, que Clementina,
para alegrarle, tomó sin deseo alguno una gran copa del
brebaje. Le gustaba imitar los gestos y las palabras de
las personas que veía en casa de ella, y lo ejecutaba tan a
la perfección que la dama reía con verdadera gana. A
veces le suplicaba por favor que cesase, pues le hacía
daño tanta risa. Raimundo poseía este don de observar
los más insignificantes modales de las personas y repro-
ducirlos después admirablemente. Se creía estar oyendo
a la persona que imitaba. Pero sólo en el seno de la
confianza le gustaba mostrar esta habilidad.

Algunas veces, cuando estaba de humor, inventaba
una recepción palaciega. Hacía sentar a Clementina en
un trono que armaba rápidamente en medio de la sala.
Los ministros, los altos personajes de la política desfila-
ban por delante de la reina y pronunciaba cada cual su
discurso. Clementina, que a todos los conocía, gozaba
en adivinarlos a las pocas palabras. Raimundo, que había asistido con frecuencia a las tribunas del Congreso,

les había cogido bastante bien, a casi todos, el acento, la
acción y los gestos. Particularmente imitando a Jiménez
Arbós, a quien trataba por verle en casa de Osorio,
estaba graciosísimo. Por supuesto, después de cada
discurso se inclinaba reverentemente y besaba la mano
de la soberana, volviendo a ponerse el tricornio de papel
que se había hecho para el caso. Estas niñerías alegra-
ban a la dama, dilataban su corazón, casi siempre
encogido por la soberbia o el hastío. De aquellas largas
entrevistas salía rejuvenecida, los ojos brillantes, el pie
ligero, saludando con afecto a personas a quienes en
otra ocasión hubiera dirigido una fría y desdeñosa
cabezada.

Luego Raimundo la llenaba de asombro, a lo mejor,
con algún acto inconcebible de candor infantil. En una
ocasión, habiendo entrado sin hacer ruido en el cuarto
de la calle del Caballero de Gracia (los dos tenían llave),
le sorprendió barriendo afanoso la sala. El muchacho
quedó confuso al verla delante; se puso colorado hasta
las orejas. Clementina, entre alegres carcajadas, le abrazó y le cubrió el rostro de besos, exclamando:

—¡Chiquillo, eres delicioso!

X

UN POCO DE DERECHO CIVIL

Era mañana de gran trajín en las oficinas de Salabert. Se hacía unos pagos de consideración. El duque había ido en persona a la caja a presenciarlos y ayudaba al cajero en la tarea de contar los billetes. A pesar de los años que llevaba manejando dinero, nunca le tocaba pagar una cantidad crecida que no le temblasen un poco las manos. Ahora estaba nervioso, atento, mordiendo crispadamente el cigarro y sin escupir. Tenía las fauces resecas. En varias ocasiones llamó la atención al empleado creyendo que pasaba dos billetes en vez de uno; pero se equivocó en todas [1]. El cajero era diestrísimo en su oficio. Cuando terminaron, el duque se retiró a su despacho, donde le estaba esperando M. Fayolle, el famoso importador de caballos extranjeros, proveedor de toda la aristocracia madrileña.

—*Bonjour, monsieur* —dijo rudamente el duque dándole una palmada en la espalda—. ¿Viene usted a encajarme algún otro penco?

—Oh, señor duque; los caballos que yo le he vendido no son pencos, no. Los mecores [2] animales que nunca he

[1] Además del uso del contraste ya señalado, Palacio Valdés recurre a la acumulación para producir el efecto deseado en el lector. Vuelve constantemente sobre los mismos temas, en un *crescendo* calculado, hasta lograr un cierto paroxismo. Caso típico de esta forma de novelar es el tratamiento que la avaricia y la mezquindad del duque de Requena reciben en este capítulo al que ya se aludió en la introducción.

[2] El novelista utiliza el lenguaje popular cuando la ocasión lo requiere, llegando incluso a poner en boca de sus personajes términos

tenido se los ha llevado usted —respondió con acento
extranjero, sonriendo de un modo servil M. Fayolle.

—Los desechos de París es lo que usted me trae. Pero
no crea usted que me engaña. Lo sé hace tiempo, *monsieur*; lo sé hace tiempo. Sólo que yo no puedo ver esa
cara tan frescota y tan risueña sin rendirme.

M. Fayolle sonrió abriendo la boca hasta las orejas,
dejando ver unos dientes grandes y amarillos.

—La cara es el especo del alma, señor duque. Puede
tener confiansa en mí, que no le daré nada que no sea
superior. ¿Es que *Polión* ha salido malo?

—Medianejo.

—¡Vamos, tiene gana de bromear! El otro día le he
visto por la calle de Alcalá enganchado al faetón [3]. Bien
de mundo se paraba a mirarlo.

Hablaron un rato de los caballos que el duque le
había comprado. Éste ponía tachas a todos. Fayolle los
defendía con entusiasmo de aficionado y de comerciante. En un momento de pausa dijo sacando el reloj:

—No quiero molestarle más... Venía a cobrar la
cuentesita última.

La faz del duque se oscureció. Luego dijo entre
risueño y enfadado:

—¡Pero, hombre; que no estén ustedes jamás contentos sino sacándole a uno el dinero!

Y al mismo tiempo echó mano al bolsillo y sacó la cartera. M. Fayolle sonreía siempre, diciendo que lo sentía,
porque el señor duque era un pobrecito y no le gustaba
echar a nadie a pedir limosna, etc., etc. Una porción de
bromitas que el banquero no parecía escuchar, atento a
contar los billetes. Contó siete de quinientas pesetas y se
los entregó, oprimiendo al mismo tiempo el timbre para
que un dependiente extendiese el recibo. Fayolle también los contó y dijo:

—Se ha equivocado, señor duque. El presio del caba-

---

coloristas o palabras degradadas si piensa que ello puede contribuir a
dar mayor verosimilitud al relato.

[3] *Faetón*: carruaje alargado con varios asientos en el costado.

llo era cuatro mil pesetas. Aquí no hay más que tres mil quinientas.

El duque no dio señales de oír. Con los párpados caídos, bufando y paseando el cigarro de un ángulo a otro de la boca, se mantuvo silencioso y guardó de nuevo la cartera después de haberla apretado con una goma.

—Faltan quinientas pesetas, señor duque —repitió Fayolle.

—¿Cómo? ¿Faltan quinientas pesetas? No puede ser... A ver; cuente usted otra vez.

El comerciante contó.

—Hay aquí tres mil quinientas...

—¡Ya lo ve usted! No me había equivocado.

—Es que el caballo cuesta cuatro mil: así lo hemos acustado.

La cara del duque expresó admirablemente el asombro.

—¿Cómo cuatro mil? No, hombre, no; el caballo cuesta tres mil quinientas. En esa inteligencia lo he comprado.

—Señor duque, está usted equivocado —dijo Fayolle poniéndose serio—. Recuerde usted que habíamos quedado en las cuatro mil.

—Recuerdo perfectamente. El que tiene mala memoria es usted... A ver (dirigiéndose al dependiente que vino a extender el recibo), uno de vosotros que baje a la cochera y pregunte a Benigno en cuánto se ha ajustado el *Polión*.

Al mismo tiempo, aprovechado el momento en que Fayolle miraba al empleado, le hizo un guiño expresivo.

El cochero respondió por boca del depediente que el caballo se había ajustado en tres mil quinientas pesetas.

Entonces el comerciante se irritó. Estaba segurísimo de que habían quedado en las cuatro mil. En ese supuesto lo había entregado. De otro modo nunca hubiera dejado salir el caballo de la cuadra. El duque le dejó hablar cuanto quiso, lanzando sólo algún gruñido de duda, pero sin alterarse poco ni mucho. Sólo cuando

Fayolle habló de quedarse otra vez con el caballo, le dijo con sorna:

—Por lo visto, ha encontrado usted quien dé las cuatro mil y quiere deshacer el trato, ¿verdad?

—Señor duque, juro a usted por lo más sagrado que no hay nada de eso... Solamente que estoy seguro de que es como digo.

Al banquero le acometió entonces oportunamente un recio golpe de tos. Se le pusieron los ojos encendidos, las mejillas carmesíes. Luego se limpió sosegadamente con el pañuelo la boca y las narices, y dijo con acento campechano:

—Hombre, no sea usted tacaño. No se altere usted por esas miserables pesetas.

Pero él no las soltó. El comerciante quiso llevarse el caballo. Tampoco pudo lograrlo. Hubo un momento de silencio. Fayolle estuvo a punto de echarlo todo a rodar y desvergonzarse; pero se reprimió considerando que nada adelantaría: menos con llevar el asunto a los tribunales. ¿Quién iba a pleitear por quinientas pesetas y más con un personaje como el duque de Requena? Resignado, pues, con las mejillas encendidas aún, se despidió no sin que el duque le llevase hasta la puerta muy cortésmente, dándole afectuosas palmaditas en la espalda.

Cuando el prócer volvió a ocupar su sillón frente a la mesa, por debajo de sus párpados fatigados brillaba una sonrisa burlona de triunfo. Al cabo de unos minutos apretó el botón del timbre otra vez:

—Vaya usted a ver si la señora duquesa está sola en su habitación o tiene visita —dijo al criado que se presentó al punto.

Mientras desempeñaban la comisión permaneció inactivo, con el cuerpo echado hacia atrás y las manos cruzadas, en actitud reflexiva.

—La señora duquesa está de visita con el padre Ortega —entró a decir el criado.

Salabert hizo un gesto de impaciencia y volvió a quedar sumido en su reflexiones. Estaba decidido a celebrar una conferencia con su esposa acerca de intereses. Ésta jamás le había hablado nada de dinero. Él no se creyó jamás en el caso de darle cuenta de sus especulaciones y negocios. D.ª Carmen tampoco entendería nada si se la diese. Creíase dueño absoluto de su fortuna sin que se le pasase por la imaginación los derechos que sobre ella tenía su mujer. Pero últimamente un amigo le abrió los ojos. Hablando de la enfermedad que aquejaba a la duquesa, le preguntó con naturalidad si tenía otorgado testamento. Este amigo, que era abogado, daba por resuelto que la mitad de la hacienda pertenecía a D.ª Carmen. Salabert quedó hondamente preocupado. Viendo a su esposa descaecer le entró miedo. A su muerte los parientes le exigirían la mitad de lo que él había adquirido, meterían la nariz en sus asuntos, hasta en los más íntimos... ¡Un horror! Consultó con su abogado. El medio más sencillo de desvanecer aquellos temores y dejar en la impotencia a los parientes de su esposa, era que ésta hiciese testamento a su favor. El duque lo encontró naturalísimo. En la conferencia que iba a tener con ella, se lo propondría del modo más diplomático que le fuera posible, a fin de no alarmarla respecto a su enfermedad.

Aguardó, pues, entretenido en revisar papeles hasta que creyó llegado el momento de enviar nuevamente el criado a saber si el padre Ortega había despejado. Mas cuando iba a hacerlo entraron a avisarle que estaban allí unos cuantos señores, entre ellos Calderón, que deseaba verle. El banquero frunció el entrecejo.

—¿Habéis dicho que estaba en casa?

—Como el señor duque no se niega nunca por la mañana...

—¡F...! ¡malditos seáis! —murmuró con horrible expresión de disgusto. Pero alzando la voz en seguida y adoptando las maneras campechanotas y bruscas que le eran peculiares, gritó:

—Que pasen, que pasen esos señores.

Se presentaron Calderón, Urreta y otros dos banqueros no menos importantes y conocidos en Madrid. La

expresión de todos ellos era seria y hasta hosca. Salabert, sin reparar en ello, empezó a repartir abrazos y
palmaditas en la espalda, haciendo un ruido formidable
con sus voces y risotadas.

—¡Buen negocio! Buen negocio secuestrar ahora a los
cuatro y exigir un millón de pesos por cada uno... ¡Oh!
¡oh! Se me han colado en el despacho los cuatro peces
más gordos que tiene Madrid... ¡cuatro tiburones!...
¿Cómo va de ese reuma, Urreta? Me parece que usted
también necesita una buena carena como yo... Y tú,
Manuel, ¿cuándo piensas reventar?... Ya ves que a tu
sobrino le corre mucha prisa.

Los banqueros se mostraron corteses y reservados,
procurando cortar con su actitud grave aquel flujo de
chanzonetas. El caso no era para menos. Hacía cosa
de un año que Salabert les había vendido la propiedad
del ferrocarril de B*** a S***, ya en explotación y con
todo su material. Aunque no se determinó en la escritura, convínose entre ellos que cuando saliese a subasta el
ferrocarril desde S*** a V***, como quiera que estaba
enlazado por el otro, material y económicamente, Salabert no presentaría pliego de licitación, dejándoles
el negocio a ellos. Pues bien; acababan de saber que el
duque, faltando a su palabra, se lo trataba de birlar
descaradamente: había presentado el correspondiente
pliego en la subasta. El primero que habló fue Calderón.

—Antonio, venimos a reñir contigo seriamente...

—No puede ser. ¿Reñir con un hombre tan inofensivo
como yo?...

—Recordarás muy bien que al realizar la compra de
tu ferrocarril se ha convenido, o por mejor decir, nos
has prometido solemnemente no presentarte en la subasta de la línea de S*** a V***.

—Ya lo creo que me acuerdo... ¡admirablemente!

—Pues hoy hemos visto con sorpresa que hay un
pliego tuyo...

—¡Cómo! ¿Un pliego? —exclamó lleno de asombro,
abriendo desmesuradamente sus grandes ojos saltones—. ¿Quién les ha contado semejante patraña?

—No es patraña: yo mismo he visto su firma de usted —dijo uno de ellos, el marqués de Arbiol.

—¿Mi firma? No puede ser.

—Amigo Salabert, le digo a usted que yo mismo he visto la firma: "Antonio Salabert, duque de Requena" —replicó Arbiol con firmeza y muy serio.

—¡No puede ser! ¡no puede ser! —repitió el duque poniéndose a dar vueltas por el despacho, presa al parecer de violenta agitación—. Me habrán suplantado la firma.

El marqués de Arbiol sonrió desdeñosamente.

—Traía el sello de su casa.

—¿Traía el sello? —replicó parándose de pronto—. Entonces me la han suplantado dentro de mi misma casa. ¡Sí, sí!... Aquí me la han suplantado... No sabéis entre qué canalla estoy metido. Necesito tener cien ojos...

Y cada vez más enfurecido fue a apretar el botón del timbre.

—¡Ahora verán! Ahora verán ustedes si me la han robado o no... A ver (dirigiéndose al dependiente que entró), que se presenten inmediatamente Llera y todos los empleados de la oficina... ¡Al instante!

Arbiol dirigió una mirada a sus compañeros y alzó los hombros con desprecio. Pero el duque, que vio perfectamente el ademán, no quiso hacerse cargo de él: siguió gruñendo, resoplando, dejando escapar interjecciones violentas y paseando furiosamente por la estancia. Hasta que se presentó Llera y con él un grupo de sujetos encogidos, mal trajeados, de fisonomía vulgar. Salabert se plantó delante de ellos cruzando los brazos con energía:

—Vamos a ver, Llera: es necesario averiguar quién ha sido el tuno que ha presentado un pliego en mi nombre, suplantando mi firma, para la licitación del ferrocarril de S*** a V***. ¿Tú sabes algo de este asunto?

Llera, después de haberle mirado fijamente a la cara, bajó la cabeza sin contestar.

—¿Y vosotros sabéis algo? ¿eh? ¿sabéis algo?

Los empleados le miraron también con fijeza. Luego miraron a Llera y también bajaron la cabeza al fin sin despegar los labios.

Salabert paseó varias veces sus ojos saltones por ellos con expresión teatral de cólera, y exclamó al fin dirigiéndose a los banqueros:

—¿Lo ven ustedes claro? Nadie contesta. Entre éstos se esconde el culpable ¡o los culpables! porque sospecho que ha de ser más de uno. Pierdan ustedes cuidado, que yo daré con ellos y haré un escarmiento... ¡Sí, un terrible escarmiento! No he de parar hasta que los mande a presidio... Retiraos vosotros (dirigiéndose a los empleados), y ya podéis temblar los delincuentes. Muy pronto caerá sobre vosotros el peso de la justicia.

Los criminales debían de ser bien empedernidos a juzgar por la absoluta indiferencia con que recibieron aquellas siniestras palabras pronunciadas con acento patético[4]. Cada cual se retiró sosegadamente a su departamento y reanudó su tarea, como si la terrible espada de Némesis[5] no estuviese aparejada a segarles el cuello.

Los banqueros se miraron entre risueños y coléricos. Al fin uno de ellos, mordiéndose los labios para no soltar la carcajada, le tendió la mano con ademán desdeñoso:

—Adiós, Salabert, hasta la vista.

Los demás hicieron lo mismo sin decir otra palabra del asunto. El duque no se desconcertó. Fue a despedirlos solícito[6] hasta la escalera, dirigiendo todavía al

[4] Palacio Valdés acude a la ironía y a la sátira para subrayar la falta de respeto de Salabert hacia las personas que dependen de él y le están subordinadas en razón de su trabajo. El escritor pone de relieve la instrumentalización de los empleados hecha por el duque. El talante un tanto indiferente con que éstos reciben los improperios del banquero, da idea de lo habitual del caso.

[5] *Némesis*: diosa de la venganza, hija de Júpiter y de la Necesidad, o del Océano y de la Noche. Entre los griegos era la personificación del sentimiento del derecho según el cual repartía la suerte y la desgracia.

[6] Hay que destacar en ambos casos el carácter histriónico de las despedidas: la cortesía como hipocresía.

pasar miradas iracundas a sus empleados que las recibieron con la misma punible indiferencia. Al volver a su despacho ya no les hizo caso alguno. Pasó por entre ellos como un actor que atraviesa los bastidores después de haber estado un rato en escena.

Unos minutos después tornó a salir bajando a las habitaciones de su esposa. Hallóla sola, entretenida en leer un libro devoto. D.ª Carmen, que siempre había sido muy piadosa, en los últimos tiempos se había entregado por completo a las prácticas religiosas. La enfermedad la separaba cada vez más de las ideas mundanas, la entregaba triste y sumisa a los curas. Salabert nunca había puesto obstáculo a esta devoción: la miraba con indiferencia compasiva, como una manía inocente. Pero en los últimos tiempos, algunas limosnas harto crecidas de la duquesa le alarmaron un poco y le obligaron a reprenderla paternalmente. Acostumbrado a hallar a su mujer sometida, apartada de toda ambición, ajena enteramente al éxito de sus especulaciones, la trataba como a una niña, si no como a un perro fiel a quien de vez en cuando se le pasa la mano por la cabeza [7]. Nunca le había estorbado aquella infeliz señora, ni en sus trabajos ni en sus vicios. Aunque sus queridas, sus extravagancias en el orden erótico eran conocidas de todo el mundo, D.ª Carmen o las ignoraba o fingía ignorarlas. Sin embargo, la última infidelidad del duque, la relación con la Amparo habíale acarreado disgustos. Aquella mujer dominante y soez se gozaba en vejarla de mil modos, cosa que no había hecho ninguna de sus antecesoras. En

[7] El dócil comportamiento de doña Carmen, bien distinto de la autonomía de la mujer de alta clase presentada por Palacio Valdés, puede responder a su propia extracción social —mundo de las clases medias—. Tal vez sea bueno tener presente, que esta actitud sumisa, comprensiva y ajena respecto al varón y a su vida profesional, era la norma entre la mujer de las clases medias, y venía aconsejada en diversos tratados de educación y libros de lectura destinados a las niñas. *Vid.* G. Gómez-Ferrer Morant, "Mentalidades y patrones de conducta femeninas en la España de la Restauración", en *Homenaje a los profesores V. Palacio Atard y J. M. Jover Zamora.* Cuadernos de Historia Contemporánea. Madrid, 1990.

el paseo, cuando iba con su marido en coche, el de la
Amparo se colocaba a su lado: con cínico descaro la ex
florista cambiaba con el duque sonrisas de inteligencia.
Cuando la buena señora se quejó suavemente de este
proceder, Salabert negó en redondo, no sólo sus miradas y sonrisas, sino toda relación con aquella mujer. No
la conocía más que de vista. Jamás había hablado con
ella. En el teatro Real lo mismo. Amparo se obstinaba
en mirar toda la noche al palco del duque. Luego en los
toros, en las carreras de caballos, ostentaba un lujo
escandaloso que llamaba fuertemente la atención pública [8]. Algunas amigas bien intencionadas, que nunca faltan, compadeciéndola muchísimo enteraban a D.ª Carmen de las cuantiosas sumas que aquella mujer costaba
al duque, de todas sus extravagancias y caprichos. Esta
serie de alfilerazos padecidos en secreto, sin confiarlos a
nadie más que a su confesor, habían labrado la salud de
la señora, reduciéndola a un estado de flaqueza tal que
por milagro se sostenía. Salabert tenía más que hacer
que reparar en tales sufrimientos. Pensaba que con el
título de duquesa, y tantísima riqueza acumulada en
aquel palacio, D.ª Carmen debía de ser la mujer más feliz
de la tierra.

—¿Qué hace la viejecita? ¿qué hace? —entró preguntando en tono medio brutal medio cariñoso, que revelaba bien la profunda indiferencia que su mujer le inspiraba.

D.ª Carmen levantó los ojos sonriendo.

—Hola ¿eres tú? Milagro, por aquí a esta hora.

—Antes hubiera venido a saber de ti, si no me
hubieran dicho que estaba el padre Ortega. ¿Cómo has
pasado la noche? Bien ¿eh? Ya lo creo... Tú no estás tan
mala como te figuras. ¿A qué viene eso de rodearte de
curas como si fueses a morirte?

—¿Los curas no hacen falta más que cuando uno se
muere?

[8] Estos cuatro lugares, más las conocidas tertulias, bailes y reuniones
religiosas constituyen fundamentalmente los lugares de encuentro de la
alta clase; son los centros que articulan su vida social.

356 ARMANDO PALACIO VALDÉS

—Sí, los curas son indispensables para dar respetabilidad a las casas —dijo repantigándose en una butaca y
extendiendo groseramente las piernas—. Sin un poco de
paño negro, los palacios recién pintados como éste
chillan demasiado... Sólo que a la larga se hacen muy
molestos: no se cansan de pedir. Tienen tantas tragade-
ras como las ballenas... Yo los compraría de buena gana
figurados, de cera o de cartón, y harían el mismo
efecto... [9].

—Calla, calla, Antonio; no empieces a soltar disparates. Cualquiera que te oyese te juzgaría un hereje, y
gracias a Dios no lo eres.

—¡Vaya una ganga el ser hereje! ¿Qué utilidad trae el
ser hereje?... —Y cambiando bruscamente de tema preguntóle—: ¿Cómo va ese aquelarre que habéis hecho en
los Cuatro Caminos?

Se refería al asilo de ancianas, del cual era D.ª Carmen
la principal protectora.

—Va muy bien. Sólo que la marquesa de Alcudia no
quiere continuar siendo tesorera. No sabemos a quién se
ha de nombrar.

—Por supuesto, los sábados se despoblará aquello.

—¿Pues? —preguntó inocentemente la señora.

—Porque se marcharán a Sevilla todas sobre escobas.

—¡Bah! ¡bah! No hagas burla de las pobres ancianas
—replicó riendo—. También tú y yo somos dos viejos...

—Verdad, verdad —dijo el banquero poniéndose
afectadamente grave y triste—. Somos un par de trampas que el día menos pensado nos escurrimos para el
otro barrio, sin sentirlo.

---

[9] La burguesía que sabe que carece de la respetabilidad que le
confiere el apoyo de la Iglesia —concedido por ésta tradicionalmente a
los nobles y a los humildes—, busca pragmáticamente esta consagración
social que le es necesaria. El acercamiento resultará fácil, porque
también la Iglesia, tras la caída del Antiguo Régimen, es consciente de
la importancia que tiene para ella conseguir una aproximación a la
burguesía. *Vid.* A. Mayer, *La persistencia del Antiguo Régimen.* Madrid,
Alianza, 1984, espec. 224 ss. F. García de Cortázar, *op. cit.*, pp. 167-175.

Había visto una entrada oportuna para la conversación que apetecía: se apresuraba a aprovecharla.

—No; tú estás fuerte y robusto. Aún puedes dar mucha guerra en el mundo... Pero yo, querido, ya tengo un pie en el estribo.

—Los dos lo tenemos, los dos. En pasando de los sesenta no hay día seguro...

—Si esos pensamientos te sirviesen para acordarte más de Dios y trabajar en su santo servicio, me alegraría de que los tuvieses.

—¿Te parece que no trabajo bastante por él, y me lleva todos los años más de cinco mil duros en misas y novenas?

—¡Vamos, Antonio, no hables así!

—Hija mía; bueno es pensar en lo de allá, pero es también prudente pensar en lo de acá... Mira, precisamente estos días estaba yo imaginando que si se muriese uno de nosotros, al que sobreviviese le quedarían bastantes enredos...

—¿Por qué?

—Porque el marido y la mujer no son herederos forzosos el uno del otro, y, como es natural, si nos muriésemos sin testamento, nuestros parientes vendrían a molestar al que quedase.

—Eso tiene fácil remedio. Con hacerlo se arregla.

—Precisamente es lo que yo pensaba —dijo el duque resollando mucho para mostrar indiferencia y aplomo, que no sentía—. Había imaginado que en vez de testar cada uno por su parte, hiciésemos un testamento mutuo.

—¿Qué es eso?

—Un testamento en el cual nos instituimos mutuamente por herederos.

D.ª Carmen bajó la vista al libro que traía en la mano y guardó silencio un rato. El duque, inquieto, la observaba con atención por debajo de sus párpados medio caídos, mordiendo con impaciencia el cigarro.

—No puede ser —dijo al cabo gravemente la señora.

—¿Que no puede ser? ¿Y por qué? —replicó con viveza incorporándose un poco en la butaca.

—Porque yo pienso en dejar por heredera de lo que tenga, poco o mucho, a tu hija. Así se lo he prometido ya.

No creía Salabert tropezar con aquel obstáculo. Juzgaba cosa hecha lo del testamento mutuo. Quedó tan sorprendido como turbado. Pero recobrándose instantáneamente, adoptó un continente grave y digno para decir:

—Está bien, Carmen. Yo no trato de imponer mi voluntad a la tuya. Eres dueña de dejar tus bienes a quien te parezca, por más que estos bienes hayan sido ganados por mí a costa de muchos trabajos. En los años que llevamos unidos, las cuestiones de intereses jamás han producido ninguna reyerta entre nosotros. Deseo que continuemos siempre lo mismo. El dinero, comparado con los afectos del corazón, no tiene ningún valor. Lo único que siento es que otra persona, por más que sea una hija queridísima, me haya perjudicado hasta tal punto en tu cariño, me haya desterrado de tu corazón...

Al pronunciar estas últimas palabras su voz se alteró un poco.

—No, Antonio, no —se apresuró a decir D.ª Carmen—; ni tu hija ni nadie puede arrancarte el cariño que te pertenece... Pero considera que tú eres bastante rico sin necesidad de mi fortuna, y que ella la necesita [10].

—No; no trates de desfigurarlo... El golpe está dado: lo siento en el fondo del corazón —replicó Salabert en tono patético llevándose la mano al lado izquierdo—. Treinta y cinco años de vida matrimonial, treinta y cinco años compartiendo pesares y alegrías, temores y esperanzas, no han bastado a conquistarme la primer plaza en tu cariño. Todo lo que se diga es inútil ya. Pensaba que nuestro matrimonio, la vida de felicidad y de amor que hemos llevado tantos años, debía cerrarse

---

[10] La actitud sumisa de doña Carmen ante su marido experimenta un giro de ciento ochenta grados cuando se trata de salvaguardar los intereses y derechos de su hija —hijastra en este caso—. Su postura es bien significativa de la mentalidad de la mujer de las clases medias, dócil ante el esposo, pero irreductible si ve en peligro los intereses de sus hijos.

por medio de un acto que la resumiese, instituyéndonos herederos de lo que juntos hemos ganado... El cariño de los esposos nunca se demuestra mejor que en la última voluntad...

El discurso de Salabert adquiría un tono de elevación moral que pareció preocupar por un instante a su esposa. Sin embargo, replicó al fin con dulzura y firmeza a la vez:

—Aunque no la he llevado en mis entrañas, yo quiero a Clementina como si fuese mi hija; la he mirado siempre como tal. Me parece una injusticia privar a una hija de su parte de herencia.

—¡Pero mujer! —exclamó con viveza el duque—: yo ¿para quién quiero lo que tengo sino para mi hija? Déjame por heredero, que yo te prometo transmitírselo íntegro y aun con aumento...

D.ª Carmen guardó silencio limitándose a hacer un signo negativo con la cabeza. El duque se levantó como si fuese presa de una violenta emoción.

—Sí, sí; bien lo comprendo. Tú no me perdonas algunos leves extravíos hijos del capricho y la tontería. Aprovechas la ocasión que se te presenta para vengarte. Está bien: satisface tu venganza; pero sabe que yo no he querido de veras a ninguna mujer más que a ti. En el corazón no se manda, Carmen, y si yo te quisiera arrancar del corazón, mi corazón diría: "No, no puedes arrancarla sin que yo me rompa..." Es triste, muy triste llevar al fin de la vida este terrible desengaño... Si mañana te murieses tú, lo que Dios no consienta, ¡cuántos disgustos, cuántas penas me esperan además de la pérdida de una esposa adorada! Acaso este pobre anciano se viera precisado a salir de la casa donde ha vivido, que ha fabricado con ilusión para morir en ella en brazos de su esposa.

La voz del duque se alteraba por momentos; sus ojos se arrasaban de lágrimas. Todavía siguió en este tono patético un rato. Al fin cayó como desfallecido en la butaca, llevándose el pañuelo a los ojos.

Pero D.ª Carmen, aunque caritativa y sensible, no dio

señales de hallarse conmovida. Antes, con firmeza, dijo:

—Bien sabes tú que nada de eso es cierto. Ni soy capaz de vengarme, ni sería fuerte venganza dejar cuanto tengo a una hija tuya, que sólo es mía por el cariño que la tengo.

El duque cambió de táctica. Miró un rato a su esposa con ojos compasivos. Al cabo dijo sonriendo con amargura.

—Tú quieres mucho a Clementina, ¿verdad?... Pues mira; lo mejor que puedes hacer para darle un alegrón es reventar cuanto más antes. El pobre Osorio está con el agua al cuello. Ahora me explico por qué sus acreedores no acaban de tragárselo. Sin duda, tú le has hablado a su mujer algo de testamento, y como estás un poquillo delicada aguardan tu muerte como agua de Mayo. Conque no te descuides.

D.ª Carmen se puso mucho más pálida de lo que estaba al oír estas sangrientas palabras. Necesitó agarrarse a los brazos del sillón para no desfallecer. Lo que decía su marido era horrible, pero muy verosímil. Él, que advirtió su emoción, se apresuró a ofrecerle todos los datos necesarios para confirmar la sospecha. Le expuso en un cuadro completo la situación económica de Osorio, insistiendo en lo raro de que sus acreedores aguardaran si no contasen con alguna esperanza positiva, que no podía ser más que la muerte de ella.

Entonces aquella infeliz mujer tuvo una frase sublime.

—Pues aunque Clementina desee mi muerte, yo la quiero lo mismo, con todo mi corazón. Para ella será cuanto tengo.

El duque salió de la estancia furioso, bufando como un toro con banderillas de fuego, o como un actor a quien acaban de propinar una silba.

D.ª Carmen permaneció inmóvil largo rato, en la misma postura que la había dejado, con los ojos clavados en el vacío. Dos lágrimas temblaron al fin en sus ojos y rodaron silenciosamente por sus mejillas marchitas.

BAILE EN EL PALACIO DE REQUENA [1]

Trascurrieron los días y los meses. Clementina pasó el verano, como siempre, en Biarritz. Raimundo la siguió, dejando a su hermana confiada a unos parientes, y regresó cuando aquélla a últimos de septiembre. Por la casa de los huérfanos soplaba un viento tormentoso que la había removido por completo. Raimundo, abandonando en absoluto sus estudios y costumbres metódicas, se había lanzado con ardor de neófito a los placeres mundanos [2]. Su hermana, aterrada por este cambio, le hizo suavemente algunas advertencias, sin resultado. El joven se enfadaba como niño mimoso. Cuando la represión era más dura, se echaba a llorar desconsoladamente, llamándose desgraciado, diciendo que no le quería, que más le hubiera valido morirse cuando su madre, etc., etc. Aurelia, en vista de esto, había determinado callarse, padeciendo en silencio, llena de aprensiones y presentimientos tristes [3]. Bien adivinaba la causa de

---

[1] La estructura del capítulo tiene tres planos fundamentalmente: la degradación de Raimundo; el encuentro de Salabert con Amparo que aprovecha el autor para insistir en la forma de ser del duque, y el baile propiamente dicho.

[2] Arno Mayer se ha referido a la inmensa seducción que la aristocracia ejerce sobre la burguesía; seducción que lleva a esta última a traicionar y a olvidar sus propios principios. La observación de Mayer puede aplicarse a la obra valdesiana, si bien en ella, el binomio se establece entre la clase media y "la espuma".

[3] El novelista subraya, a lo largo del capítulo, las resistencias menta-

aquel cambio; pero en sus conversaciones ninguno de los dos osó hacer referencia a ella: Raimundo, porque no podía dignamente declarar a su hermana las relaciones que sostenía con Clementina: aquélla, porque creía indecoroso darse por advertida [4].

Aquellas relaciones obligaron a nuestro joven a hacer gastos extraordinarios que no permitía su renta. Para seguir el carruaje de su amante entre la balumba de ellos en los paseos del Retiro y la Castellana compró un bonito caballo, después de dar previamente algunas lecciones de equitación. Los teatros, las flores y los regalitos a su ídolo, las francachelas con sus nuevos amigos del *Club de los Salvajes,* los trajes y las joyas, todo lo que constituye, en suma, el tren de un lechuguino en la corte, le hicieron desembolsar sumas enormes con relación a su hacienda. Para ello hubo necesidad de echar mano del capital. Éste consistía, como ya sabemos, en acciones de una fábrica de pólvora y en títulos de la Deuda. Unos y otros documentos guardábalos su madre en un cofrecito de hierro dentro de su armario. Cuando murió, el pariente de los chicos a quien correspondía la tutela vino a examinarlos y tomó nota de ellos. Pero como Raimundo gozaba tal fama de muchacho formal, de conducta intachable, como hacía ya tiempo que manejaba y cobraba los cupones, y como en fin no le faltaban más que tres años para llegar a la mayor edad, su tío no quiso recogerlos. Los dejó en el mismo cofrecito que estaban. Pues bien; Raimundo, necesitando a toda costa dinero, y no atreviéndose a pedírselo a nadie, faltó a esta confianza vendiendo poco

---

les y estructurales del artificial "cambio de clase" de Raimundo. El primer paso es la callada oposición de Aurelia.

[4] Otra vez el contraste. En esta ocasión para apuntar el distinto sentido de la dignidad y del decoro que existe en las clases medias y en la alta clase: la dama de "la espuma" no sólo carece de decoro, sino que hace gala de ello —el capítulo es una buena muestra—; la mujer pequeño burguesa, en cambio, debe atenerse a las más estrictas normas del recato y del buen parecer.

a poco algunos títulos [5]. Y es lo raro del caso que siendo
un chico hasta entonces tan puro de costumbres, tan
recto en el pensar y tan honrado de corazón, llevó a
cabo esta villanía [6] sin grandes remordimientos. Hasta
tal punto su desatinada pasión le había desequilibrado y
aturdido.

No sólo hizo esto sino otra cosa peor, si cabe. Su
curador, al enterarse de sus gastos excesivos y de la vida
que llevaba, se presentó un día en su casa, encerróse con
él en el despacho y le interpeló bruscamente:

—Vamos a cuentas, Raimundo. Por lo que me han
dicho y por lo que veo, estás haciendo unos gastos que
de ningún modo puedes sostener con tu renta. El caso es
grave. Yo, como curador, necesito saber de dónde sale
ese dinero, no sólo por ti, sino principalmente por tu
hermana...

Experimentó una violenta emoción. Se puso pálido y
balbució algunas palabras ininteligibles. Luego, viéndose apurado, comprendiendo rápidamente que de aquella
entrevista dependía su salvación, esto es, la salvación de
su amor, no tuvo inconveniente en mentir descaradamente.

—Tío, es cierto que hago gastos considerables, muy
superiores a los que podría hacer con mi renta... Pero
nada tiene que ver en ellos el capital que heredé de mis
padres.

—¿Entonces?

—Entonces... —dijo bajando la voz y como si le
costase trabajo hablar—, entonces... yo no puedo decirle

[5] El efecto inmediato de la traición de Raimundo a su propio grupo
es el deterioro de su economía. Obsérvese la detallada descripción de los
elementos que componen la vida cotidiana de "la espuma", y el
crescendo utilizado por el novelista para mostrar la imposibilidad de las
clases medias para convivir con la elite. El tren de vida de ésta se
encuentra en completo desacuerdo con los principios que aquélla invoca:
el ahorro y el decoro.

[6] Es significativo que el escritor utilice aquí la palabra villanía que no
ha empleado al referirse a la alta clase. La posible identificación de
Palacio Valdés con Raimundo en cuanto miembro de las clases medias
puede ser una pista para explicarlo.

a usted el origen de ese dinero, tío... Es una cuestión de honor.

El curador quedó estupefacto.

—¿De honor?... No sé lo que quieres decir; pero mira, chico, yo no puedo quedar conforme... Mi posición es delicada. Si no velo como debo sobre vuestros intereses, mañana se me puede pegar al bolsillo y no tiene gracia.

Raimundo guardó silencio unos momentos. Al fin, vacilando y tropezando mucho, dijo:

—Puesto que es necesario decirlo todo, lo diré... Usted habrá oído hablar quizá de mis relaciones con una señora...

—Sí, algo he oído de que haces el amor a la hija de Salabert.

—Pues ya tiene usted explicado el misterio... —dijo poniéndose fuertemente colorado.

—¿De modo que esa señora?... —replicó el tío haciendo resbalar la yema del dedo pulgar sobre la del índice.

Raimundo bajó la cabeza y no dijo nada, o, más exactamente, lo dijo todo con su silencio. Él, que había rechazado con indignación y tristeza los billetes de Banco de su querida, confesábase ahora culpable, sin serlo, de tal indignidad, bajo la influencia del miedo.

Su tío era un hombre vulgar, un almacenista de la calle del Carmen [7]. La confesión de su sobrino, lejos de sublevarle, le hizo gracia.

—¡Bien, hombre!... Me alegro de que hayas salido del cascarón y sepas lo que es el mundo. ¡Ah, tunante, qué callado te lo tenías!

Pero como todavía se quedase en el despacho adivinándose en su actitud un resto de inquietud, Raimundo, con esa audacia peculiar de las mujeres y de los hombres débiles en las circunstancias críticas, dijo con firmeza:

---

[7] El escritor subraya la heterogeneidad de las clases medias, y muestra —al igual que en el resto de su novelística— la escasa simpatía que le inspira el comerciante al que siempre presenta como un ser vulgar, pragmático y falto de sensibilidad. El caso límite viene significado por el protagonista de *El origen del pensamiento*, publicada en 1893.

—El capital de mi hermana y el mío está íntegro. Ahora mismo va usted a ver los títulos...

Y sacó la llave y se dirigió al armario. Su tío le detuvo.

—No hace falta, chico... ¿Para qué?

Así salió, casi milagrosamente, de aquel terrible compromiso, que de otro modo hubiera producido una catástrofe. Sin embargo, la victoria le costó muchos momentos de cruel amargura, un gran desfallecimiento físico y moral que por poco le hace enfermar. No es posible romper bruscamente con nuestras ideas y sentimientos, con lo que constituye nuestro carácter, sin que la ruptura produzca vivo dolor.

Por esta época vino a visitarle un caballero chileno, aficionado a la zoología y dedicado también a la especialidad de las mariposas como él. Venía de Alemania y se disponía a regresar a su país. Había leído algunos de sus artículos científicos, y teniendo además noticia de su colección, no quiso pasar por Madrid sin verla. Raimundo le recibió con alegría y un poco de vergüenza también. Hacía ya algunos meses que no se ocupaba poco ni mucho en asuntos de ciencia, que tenía su colección abandonada. A pesar de eso el chileno la halló muy notable y simpatizó extremadamente con él. Le dijo que tenía encargo de su Gobierno para llevar algunos jóvenes a valer que se pusiesen al frente de las cátedras recién creadas en Santiago de Chile. Si quería venirse, una de ellas sería para él. El sueldo que se le ofrecía era bastante crecido, la posición brillante en un país nuevo y ansioso de instrucción. En otras circunstancias, Raimundo, que ya no tenía más vínculo en España que su hermana, quizá se hubiera decidido a emigrar con ella. Mas ahora, enloquecido por el amor, encontró tan absurda la proposición que no pudo menos de sonreír con cierta lástima al rechazarla cortésmente, como si fuese un millonario o un hombre colocado en la cima de la sociedad española.

Para costear su viaje a Biarritz necesitó enajenar más papel de la Deuda. Llevó en metálico a Francia unas cinco mil pesetas, cantidad más que suficiente para pasar el verano. Sin embargo, a los pocos días, arrastrado del ejemplo de sus amigos, se le antojó jugar en el Casino a *los caballitos*. En dos sesiones perdió todo el dinero. No estando avezado a estos lances, lo único que se le ocurrió fue regresar precipitadamente a Madrid, vender más títulos y volverse otra vez. Su hacienda mermaba de día en día. Cuando empezó el inverno tenía ya de menos algunos miles de duros; mas esto no le impidió seguir gastando lindamente[8]. Aurelia, que tal vez por indicación de su tío y curador, o por propias sospechas, creía saber de dónde procedía aquel dinero, andaba melancólica, recelosa. No podía menos de mirar a su hermano con ojos donde se reflejaba la pena, la lástima y la indignación también.

Así continuaron las cosas hasta Carnaval. La duquesa de Requena había mejorado bastante en unos baños de Alemania[9], adonde su marido la había llevado. Desde que tenía hecho testamento a favor de su hijastra, éste la prodigaba extremados cuidados, sabiendo cuánto le importaba su vida. Los negocios del célebre especulador marchaban también prósperamente. La mina de Riosa se había comprado como él pretendía, al contado. Desde entonces, sordamente, había comenzado a hacer guerra a las acciones, vendiéndolas cada vez más baratas para despreciarlas. Llevaba buen camino para conseguirlo. En pocos meses habían bajado desde ciento

---

[8] El efecto acumulativo en la presentación de los costes de la traición de Raimundo es evidente: su divorcio de la honradez va acompañado de un distanciamiento del mundo intelectual que le había sido propio, y de un menosprecio de los deberes familiares.

[9] El verano entendido como un cambio de residencia durante unos meses del año es en uso generalizado entre la alta clase que empieza a ser imitado por las clases medias en este período. *La Época* que calcula, para 1886, unos 70.000 veraneantes madrileños, señala los lugares preferidos por éstos: La Granja, Galicia, San Sebastián, Biarritz, San Juan de Luz, Arcachón y los balnearios vascos. Obviamente los balnearios europeos se convertían en distinguidos lugares de encuentro de las elites del viejo continente. La novela realista recoge distintos testimonios, *vid.* espec. *La Montálvez, La de Bringas*...

veinte, a que se habían puesto poco después de la venta,
hasta ochenta y tres. Salabert esperaba de un momento
a otro, por medio de una gran oferta que tenía preparada, introducir el pánico en el mercado y hacerlas bajar a
cuarenta. Entonces, por medio de sus agentes en Madrid, en París y en Londres, se haría dueño de la mitad
más una, y por lo tanto del negocio [10].

Porque le interesaba para sus fines políticos y económicos y por satisfacer el genio fanfarrón que, a pesar de
su avaricia, habitaba dentro de él, resolvió dar un gran
baile de trajes en su magnífico palacio, invitando a toda
la aristocracia madrileña y a las personas reales. Los
preparativos comenzaron dos meses antes. Aunque el
palacio estaba espléndidamente amueblado, el duque
hizo desterrar de los salones algunos muebles demasiado
grandes y pesados y traer de París otros más sencillos y
ligeros. Se quitaron algunos tapices; se compraron muchos objetos de arte, de los cuales estaba un poco
necesitada la casa [11]. Veinte días antes del designado
para el baile, se enviaron las grandes tarjetas de invitación. Era necesario todo este tiempo para que los
invitados pudiesen preparar sus disfraces [12]. Exigíase
traje de capricho: a los caballeros, cuando menos, la
talmilla veneciana sobre los hombros. La prensa comen-

[10] Aparece descrito el *modus operandi* de la gran burguesía. Al igual
que años más tarde haría el cine —cine/ojo de Vertov—, Palacio Valdés,
siguiendo una técnica naturalista, comunica sus ideas por medio de
imágenes. Sin duda se le puede aplicar lo que años más tarde escribiera
Einseinstein: "de la imagen al sentimiento y del sentimiento a la idea".

[11] La burguesía recién ennoblecida carente de pasado debe adquirir
en poco tiempo lo que la aristocracia ha acumulado en una larga
historia. Por ello Salabert, en el momento de su gran triunfo, desea
convertir su palacio en un pequeño museo. En realidad, el buen gusto no
siempre acompañaba estas iniciativas burguesas, que solían plasmarse
en una decoración "apiñada" y ostentosa que trataba de remedar las
residencias de la vieja nobleza de la sangre.

[12] Era usual repartir invitaciones con quince días de antelación para
que los asistentes tuvieran tiempo de preparar los trajes adecuados. A
cada tipo de fiesta le correspondía un tipo de fórmula, de acuerdo con
unos patrones cuidadosamente reglamentados por los usos sociales.

zó a esparcir el anuncio del baile por todos los rincones de España.

Como su madrastra ni entendía mucho en estos asuntos, ni estaba en disposición, a causa de su quebrantada salud, de tomar parte activa en los preparativos, el alma de ellos fue Clementina. Pasaba el día en casa de su padre, robando sólo algunos ratos que dedicaba a Raimundo. Osorio tuvo la mala ocurrencia de traer a las dos niñas que tenía en el colegio de Chamartín, una de diez y otra de once años, a pasar unos días con ellos. Las pobrecitas tuvieron que marcharse antes de lo que les había prometido su padre, porque Clementina estaba tan ocupada que apenas podía fijar en ellas la atención. Esto indignó tanto a Osorio, que un día, sin que se despidiesen de su madre, las metió en el coche y las llevó él mismo al colegio [13]. Por cierto que a la noche, cuando Clementina regresó, hubo con este motivo una escena violenta entre los esposos. Raimundo también padecía con las ocupaciones de su amante. Pero no dejaba de gozar puerilmente con la perspectiva del baile, al cual pensaba asistir vestido de paje de los Reyes Católicos. Fue una idea que le suministró Clementina. El modelo lo sacaron de un célebre cuadro que había en el Senado. Ella estaba enamorada del retrato de D.ª Margarita de Austria, esposa de Felipe II, hecho por Pantoja. Se mandó hacer un traje igual de terciopelo negro muy ajustado al talle, con saya interior color de rosa recamada de plata. Este traje era muy a propósito para realzar la gallardía de su figura y la belleza majestuosa de su rostro.

El duque trabajaba también en la parte menos delicada de los preparativos, en la erección del estrado para la orquesta, que hizo colocar adosado a la pared medianera de los dos grandes salones de bailes contiguos,

---

[13] Obsérvese la contraposición de dos actitudes femeninas en el seno de la familia: solícita y afectuosa en las clases medias; despreocupada y fría en la mujer de "la espuma". El hecho de que el tema aparezca también en *Pequeñeces*, hace pensar que este talante no debía de ser insólito.

rodeándolo de plantas y arbustos, en el arreglo del
guardarropa, en la colocación de alfombras, en la trasla-
ción de muebles, etc. Salabert era un terrible sobrestante
para sus operarios, un verdadero mayoral de *ingenio*.
No los dejaba reposar; les exigía un cuidado incesante:
jamás se le daba gusto en nada. Se trataba un día de
trasladar cierto armario de ébano tallado, desde el salón
que iba a ser de conversación, a la sala destinada a
jugar. Los obreros, dirigidos por el maestro carpintero,
lo llevaban suspendido, mientras el duque los seguía
recomendándoles atención con una sarta de interjecciones que dejaba escapar oscuramente entre el cigarro y
sus labios sinuosos, nauseabundos.

—¡F..., despacio!... ¡Despacio tú, papanatas, el de las
narices largas!... Cuidado con esa lámpara... Baja un
poco tú, Pepe... ¡F..., no seas jumento, baja más!... ¡Eh!
¡eh! arriba ahora...

Al llegar al hueco de una puerta, el maestro, viendo
que era fácil lastimarse, les gritó:

—¡Cuidado con las manos!

—¡Cuidado con los relieves, F...! —se apresuró a
gritar el duque—. ¡Lo que menos me importa a mí son
vuestras manos, babiecas!

Uno de los obreros levantó la vista y le clavó una
mirada indefinible de odio y desprecio [14].

Cuando el mueble estuvo en su sitio, el duque mandó
enganchar y se dirigió a sus habitaciones a quitarse el
polvo. Poco después bajaba por la gran escalinata del
jardín y montaba en coche, dando orden que le conduje-
sen al hotel de su querida.

La pasión brutal del banquero por la Amparo había
crecido mucho en los últimos tiempos. Todavía fuera
conservaba su razón; pero en cuanto ponía el pie en la

---

[14] Es posiblemente la primera vez que en la novela realista encontramos el odio de clase; parece clara la intención valdesiana de sugerir que
la raíz de esta actitud puede encontrarse en el talante de la gran
burguesía que cosifica al obrero y hace alarde de su desprecio de la
dignidad humana.

casa de la hermosa malagueña, la perdía por completo, se transformaba en una bestia que aquélla hacía bailar a latigazos. Ni se crea que esto es enteramente figurado. Contábase en Madrid que el duque traía un aro de hierro con una argolla al brazo en señal de esclavitud, y que la Amparo le ataba con cadena cuando bien le placía. Algunos amigos, para cerciorarse, le habían apretado el brazo burlando y certificaban que era cierto. La ex florista, aunque de inteligencia limitadísima y de cultura más limitada aún, tenía suficiente instinto para remachar los clavos de esta esclavitud. Con su genio arisco y desigual, alimentaba el fuego de la sensualidad en aquel viejo lúbrico. El duque había llegado a persuadirse de que su querida, a pesar de las sumas fabulosas que con ella gastaba, era muy capaz de dejarle plantado si un día se atufaba. Esta convicción le tenía siempre sobresaltado y rendido, dispuesto a humillarse, a cometer cualquier bajeza por complacerla. Aunque muy sagaz, su lascivia[15] le cegaba hasta el punto de no comprender que la Amparo era más interesada y astuta de lo que él se figuraba.

Cuando llegó al hotelito de mazapán, serían las tres de la tarde. Amparo estaba conferenciando gravemente con la modista: de modo que se vio obligado a esperar un rato leyendo los periódicos. Al salir del gabinete, la joven exclamó:

—¡Ah! ¿Estaba usted ahí duque?

—Sí; no he querido sorprender secretos de Estado.

—¡Y que lo diga! ¿Verdá usté? —dijo la ex florista echando una mirada significativa a la modista.

Ésta sonrió discretamente y se fue. El duque abrazó por el talle a su querida y la llevó al gabinete.

—¿Cómo te va, chiquita? ¿Bien, eh?

[15] Don Armando, tal vez por su deseo de acentuar la denuncia del comportamiento de la gran burguesía, pone de relieve ante el lector, siempre que aparece Antonio Salabert, una serie de rasgos repugnantes de su carácter. Conviene llamar la atención sobre la acumulación de palabras pertenecientes al mismo campo semántico que el escritor recoge en este episodio para referirse al duque.

—¡Al pelo, hijo! ¿Cómo quieres que me vaya con un hombre tan retrechero?

Al mismo tiempo se colgó de su cuello y le dio un largo y sonoro beso en la mejilla. Los párpados del duque temblaron de placer; más por sus ojos pasó al mismo tiempo un reflejo de inquietud. Siempre que la Amparo se le colgaba del cuello era para darle un sablazo formidable, una entrada a saco en el bolsillo.

—¡Y que no tiene guita el gachó! ¡Y que no sabe lo que son mujeres! —siguió la hermosa contemplándole con admiración.

"¡Malo! ¡malo!" dijo para sí el banquero. Sin embargo, las caricias de su querida le hacían feliz.

—Mira, Tono, no hay cosa que más me guste que decirles por lo bajo a todas las sinvergüenzas que pasean por el Retiro: "¡Andad, andad, hambronas, que si a mí se me antoja os puedo enterrar en billetes de Banco!..." ¿Verdad tú, salao?

"¡Malísimo!" volvió a decir el duque en su interior; y en voz alta:

—Algunos hay, preciosa: algunos hay en casa.

Y llevando la mano al bolsillo para sacar la cartera, dijo brutalmente:

—¿Cuántos necesitas?

—¡Ninguno, canalla! —exclamó ella soltando a reír—. Pensabas que me estaba preparando para darte un sablazo, ¿eh?

—¡Claro! No te veo cariñosa sino cuando necesitas dinero.

—¡Habrá embusterazo, marrullero! Cualquiera que te oyese, pensaría que es cierto. Confieso que soy un poco bruta y testaruda, ¡pero no siempre, hijo, no siempre!... Además, no me sienta mal este geniecillo agrio, ¿verdá tú?

La hermosa odalisca se había sentado sobre las rodillas del duque y le daba fuertes palmadas con entrambas manos en sus carrillos de trompetero recién rasurados. Vestía una bata de color azul oscuro con adornos más claros, que le sentaba admirablemente. Su tez era cada

día más fina, más tersa, más nacarada. Era un milagro
de la naturaleza. Y sobre aquella tez lucían sus grandes
ojos negros sombríos, salvajes, con un fuego misterioso
y sensual. Sus cabellos, que daban en azules de tan
negros, caían ondeados sobre la frente ocultándola a
medias. Su garganta, amasada con leche y rosas, pedía a
gritos el homenaje de los labios. El duque estaba con-
tentísimo desde que había conjurado el peligro: se
derretía en caricias, que la Amparo aceptaba sumisa
contra su costumbre.

—Espera un poquito. Hoy quiero que tomes café
conmigo.

—Ya lo he tomado, hija.

—No importa, lo vas a tomar otra vez. Hace ya
muchos días que no lo tomamos juntos. ¡Claro, con ese
dichoso baile te van a saltar los sesos!

Al mismo tiempo se levantó y comenzó a maniobrar
con los enseres de hacer café, que estaban dispuestos
sobre la mesa.

—Yo mismita te lo voy a hacer para que te relamas,
so canalla: y voy a echar en él unos polvitos que me ha
vendido una gitana para ponerte blandito, ¿sabes?...
Porque tengo que pedirte una cosa.

Los ojos del duque volvieron a reflejar inquietud.
Pero se apresuró a disimularla riendo.

—¡Ya lo decía! ¿Qué tienes que pedirme, rubita?

—En tomando el café lo sabrás.

No pudo arrancarle antes el secreto. Arrimó una mesilla japonesa a la butaca donde estaba el duque. Para sí
trajo una sillita dorada. Y charlaron con animación o,
por mejor decir, charló ella mientras él la escuchaba
arrobado, con la cabeza echada hacia atrás, acercando
de vez en cuando con su mano trémula de hombre
gastado la taza a los labios.

—Oye, Tono —dijo ella cuando terminaron, poniendo con decisión los codos sobre la mesa y mirándole
fijamente—: ¿qué te parece de ir yo a tu baile?

Otro que no fuese Salabert hubiese dado un brinco al
oír semejante atrocidad. Él no hizo más que abrir los

ojos repentinamente, para dejar caer los párpados otra
vez quedando en la misma actitud soñolienta.

—No me parece mal.

—¿De modo que puedo ir?

—¡Ya lo creo que puedes ir! Lo que no podrás será
entrar.

—¿Pues? —exclamó ya encrespada la bella.

—Porque no te recibirían.

Amparo se levantó furiosa.

—¿Y por qué no me recibirían, di, por qué? —profirió
sacudiéndole un brazo y acercando su cara a la de él.

—¡Calma, chica, calma! Porque mi hija no puede
soportar a su lado una mujer más bonita que ella. Si te
presentases en mi casa, todas las miradas se irían tras de
ti: serías la verdadera reina del baile... Ya comprendes
que eso no le haría maldita la gracia.

Amparo miró al duque fijamente para averiguar "si se
estaba quedando con ella". La fisonomía de aquél
permanecía inalterable.

—Bien; pues de todos modos quiero ir —dijo con mal
humor y recelosa—. Me traerás una invitación.

—¿Qué más quisiera yo, querida, que traerte una
invitación? Si sabes de alguna persona a quien yo
deseara más ver en el baile que a ti, dilo... Pero mi mujer
y mi hija me sacarían los ojos, ¿sabes?

—¿Y qué tengo yo que ver con tu mujer y tu hija?
—preguntó la irascible malagueña—. Tú eres el amo.
Yo quiero una invitación y la tendré. Quedamos, pues,
en que mañana me la traerás...

—Dispensa, chiquita...

—¡Ah! ¿Conque no quieres? ¿Conque te niegas a
darme ese gusto? Entonces, grandísimo gorrino, embus-
tero, ¿por qué no hablas claro? Es decir que yo te estoy
aguantando, viejo sucio, te estoy siendo fiel como si
fueses el chico más guapo de Madrid, y cuando se trata
de complacerme en una cosa insignificante te llamas
andana. ¡Ay, qué tío! La tonta es una en guardar
consideraciones a quien no las merece. Y luego, ¿quién
me va a rechazar? ¡La de Osorio! ¡Olé mi vida!... Siento

mucho decírtelo, hijo, aunque bien debes saberlo. Clementina, en cuanto a conducta, vale tanto como yo... menos que yo, porque al fin y al cabo soy libre, y ella no... Pero tú tienes menos vergüenza que ella... ¡Qué se puede esperar de un hombre que se pone de rodillas delante de una p... y se deja abofetear por ella! Lo mismo que de todos esos pendones viejos que irán a tu baile y que nos pueden poner a nosotras escuelas de porquerías [16].

La bella soltaba o mejor vomitaba estos y otros insultos acompañados de interjecciones de cochero, paseando furiosa por la estancia. De pronto se paró delante del duque y le gritó hecha una hiena:

—¡Sal de aquí, so gorrino! Sal de mi casa. Me escupo yo en ti y en tus millones.

Salabert soltó una carcajada.

—Amparito, nunca te he visto tan enfadada, ni tan guapa tampoco... Aquí está la invitación —dijo sacando la cartera.

—Métela en... —exclamó la sultana con desprecio.

Fue preciso que el banquero se humillase a rogarle que la aceptara. Al cabo de muchas súplicas se dignó tomarla.

—Bien; déjala ahí y vete al pasillo por haberme puesto tan nerviosa.

Esto de mandarle al pasillo era un castigo que la Amparo había inventado últimamente. Cuando el duque la impacientaba o la aburría, echábale de la habitación y le tenía a veces horas enteras en la antesala o en el pasillo esperando como un perro. Ahora no tardó tanto en abrirle de nuevo. Estaba sonriente y serena y le abrazó cariñosamente.

---

[16] Es muy significativo que la denuncia de la ética familiar de la alta clase se ponga en boca de la prostituta; ello viene a subrayar la hipocresía de "la espuma" frente a estos grupos marginados, y a poner de manifiesto ante los lectores —en su gran mayoría pertenecientes a las clases medias—, lo cuestionable de sus actitudes ante estos dos grupos sociales. En todo caso, lo que resulta evidente, es la propia posición de Palacio Valdés.

—Oye, Tono, ¿estaría bien, disfrazada de María Estuardo?

—Estarías admirablemente. Creo que debes encargarte el traje en seguida.

Amparo sonrió maliciosamente.

—Ya está encargado y ya está hecho. Mira.

Y abriendo el cuarto guardarropa le mostró un maniquí vestido de reina de Escocia.

Llegó al fin el día del baile. Los periódicos lo anunciaron por última vez haciendo resonar fuertemente el bombo y los platillos. El duque de Requena había gastado en los preparativos más de un millón de pesetas, según contaban los revisteros a sus lectores. Decían además ¡oh caso inaudito! que las flores habían venido casi todas de París. Y era cierto. El duque, nacido en Valencia, el más hermoso jardín de Europa, para su baile hacía traer las flores de Francia. Un capital de algunos miles de duros en flores. Las camelias rodaban por el suelo sirviendo de alfombra en la antesala y los corredores. Centenares de plantas, casi todas exóticas, adornaban aquélla, el vestíbulo y los dos salones de baile. Legiones de criados con calzón corto y vistosas casacas aguardaban apostados estratégicamente en todos los puntos necesarios. Una pareja de guardias de caballería permanecía al lado de la verja del jardín manteniendo el orden en los coches, ayudada de algunos agentes de orden público. El guardarropa, construido nuevamente, era una estancia lujosa donde todo estaba prevenido para que los magníficos abrigos, sereneros o *salidas de baile*[17], como ahora se nombran, no sufriesen el más mínimo desperfecto. La gran escalinata estaba iluminada con luz eléctrica: el vestíbulo y el comedor con gas: los salones de baile con bujías. En la sala de conversación y en la de juego había algunas lámparas de petróleo con enormes y artísticas pantallas. En éstas

---

[17] *Serenero* o salidas de baile: elegantes capas que utilizaban las señoras para resguardarse de la humedad de la noche.

ardía además un fuego claro y brillante en las chimeneas [18].

Clementina recibía a los invitados en el primer salón, cerca de la antesala. Sustituía a su madrastra porque ésta, a causa de su debilidad, no podía mantenerse tanto tiempo en pie. La duquesa estaba en la sala de conversación rodeada de algunas amigas: allí recibía a los que iban a saludarla. El duque y Osorio, a la puerta de la antesala, ofrecían el brazo a las damas que iban llegando y las conducían hasta Clementina. El atavío de ésta realzaba, como había presumido bien, su espléndida belleza. Su gallarda figura parecía aún más fina y más esbelta con aquel traje ajustadísimo. Su linda cabeza rubia resaltaba sobre el terciopelo negro como una rosa blanca. El rey Felipe III hubiera trocado de buena gana su Margarita auténtica por ésta contrahecha. Un pormenor que comenzó a correr por los salones y que al día siguiente noticiaron los revisteros, era que había venido un peluquero de París en el *sud-exprès* exprofeso a peinarla.

La abigarrada muchedumbre comenzó a invadir los salones. Todas las épocas de la historia, todos los pueblos de la tierra mandaron su representación al baile de Requena. Moras, judías, chinas, damas godas, venecianas, griegas, romanas, de Luis XIV, del Imperio, etc., etc.; reinas, esclavas, ninfas, gitanas, amazonas, sibilinas, chulas, vestales, paseaban amigablemente del brazo o formaban grupos charlando y riendo entre caballeros del siglo pasado, soldados de los tercios de Flandes, pajes y nigrománticos. La mayoría de los hombres, no obstante, había limitado el disfraz a la talma veneciana. La orquesta había tocado ya dos o tres valses y rigodones; pero nadie bailaba. Se esperaba la llegada de las personas reales para dar comienzo.

[18] El conjunto de elementos que establecen la relación entre un personaje y su medio, aparece continuamente destacado por el novelista. En esta ocasión, las imágenes de lujo, ostentación y despilfarro presiden la descripción de los salones del duque de Requena, una de las primeras fortunas de la España de la Restauración.

Raimundo se deslizaba por todos los salones con cierta seguridad de favorito. Hablaba con los conocidos, sonriendo a todo el mundo con su especial modestia, que le hacía más extraño que simpático en una sociedad donde los modales fríos y levemente desdeñosos son signo de`elevación y grandeza. Vivía el joven entomólogo, desde hacía tiempo, en un delicioso aturdimiento, una especie de sueño de oro, como algunas veces suelen tenerlos las personas de condición más humilde. Su atavío de paje de los Reyes Católicos le sentaba muy bien. Más de una linda joven volvió la cabeza para contemplarle. De vez en cuando se acercaba al sitio donde Clementina se hallaba cumpliendo sus deberes, y sin dirigirle la palabra cambiaban algunas miradas y sonrisas amorosas. Una de las veces, al tiempo que lo hacían, se aproximó a la dama Pepe Castro, disfrazado de caballero de la corte de Carlos I.

—¿Qué es eso? —le dijo al oído—. ¿No te has cansado aún de tu *bambino*?

Cuando se encontraban solos, Pepe se autorizaba el tutearla y Clementina lo admitía [19].

—Yo no me canso de lo bueno —repuso ella sonriendo.

—Muchas gracias —replicó él irónicamente.

—No hay de qué. ¿Por qué me buscas la lengua?

—Porque me gusta. Ya lo sabes.

La dama alzó los hombros, hizo un mohín de desdén, y pugnando por no reír se dirigió a la condesa de Cotorraso que en aquel instante pasaba cerca.

Raimundo los había contemplado mientras hablaron. El tono confidencial en que lo hicieron le hirió. Permaneció un instante inmóvil. Por delante de él pasó, sin que lo advirtiera, la niña de Calderón, que acudía por vez primera a un baile. Traía un lindísimo traje de joven veneciana color carmesí, y escote bajo. Su madre otro riquísimo de dama holandesa; saya de color noguerado

[19] Nótese la medida en que la hipocresía aparece incorporada a la vida cotidiana.

recamada de oro y plata, voluminosa gorguera con puntas de encaje y doble collar de diamantes y perlas. ¡Cuánta hiel habían hecho tragar aquellos vestidos al bueno de Calderón! Al principio, cuando se habló del baile de trajes, pensó que con cualquier disfraz de mala muerte cumpliría y no tuvo inconveniente en otorgar su permiso. Cuando vio los trajes y la cuenta de la modista, quedó estupefacto: estuvo por gritar ¡ladrones! Maldijo de su colega Salabert, de la hora en que se le había ocurrido dar aquel baile y de todas las damas venecianas y holandesas que habían existido. Lo que más hondamente trabajaba su espíritu abatido era la consideración de que aquellos trajes costosos no servirían más que para una noche. Cuatro mil pesetas tiradas a la calle, como él dijo más de cien veces aquellos días [20].

Esperancita dirigió una mirada a Alcázar buscando su saludo; pero viéndole distraído volvió los ojos al grupo de Clementina y se hizo cargo inmediatamente de lo que ocurría. También por su frente pasó una nube de tristeza como por la de Raimundo. Mas, repentinamente, se iluminó; sus ojos brillaron; todo su rostro, que era asaz insignificante, se transfiguró adquiriendo cierto encanto indefinible. Era que Pepe Castro se acercaba a saludarla.

—¡Preciosa, preciosa! —dijo el adonis en tono distraído, inclinándose con afectación.

La niña se puso fuertemente colorada.

—¿Quiere usted bailar el primer vals conmigo?

Justamente en aquel instante se acercó a ellos un grupo de pollastres de los que revoloteaban en torno de los millones de Calderón, felicitando calurosamente a la niña. Entre ellos estaba Cobo Ramírez. Todos se apresuraron a pedirle bailes, apuntando en el primoroso

---

[20] Como en el caso de Antonio Salabert, se subraya también en el de Julián Calderón la tensión existente entre los gastos a que obliga la necesidad de aparentar y la sordidez congénita de la burguesía. La posición crítica en que se sitúa el escritor no ofrece fisuras a lo largo del relato.

librito de Esperanza la inicial de su preclaro nombre[21]. Ramoncito Maldonado, que se hallaba a unas cuantas varas de distancia, no se acercó al grupo, fiel a la consigna de no prodigarse, de hacerse desear, que hacía más de un año le había dado su amigo y mentor Pepe Castro. Hasta entonces de poco o nada le había servido aquella táctica. Esperancita permanecía insensible a sus asiduos y rendidos obsequios. Pero no lo atribuía él a deficiencia del método, sino a su falta de valor para seguirlo rigurosamente sin desmayos ni contemplaciones. En cuanto la niña le ponía los ojos dulces, le dirigía alguna palabra afectuosa, ¡adiós, plan estratégico! Ahora echaba miradas torvas al grupo contestando distraídamente al conde de Cotorraso, que desde hacía algún tiempo le mostraba una terrorífica predilección cogiéndole de la solapa dondequiera que le hallaba para explicarle su nuevo método de destilación del aceite. Con su lujosa casaca y peluca blanca de caballero del siglo pasado, el joven concejal no había ganado en dignidad. Parecía un lacayo.

Hubo gran agitación, de pronto, en los salones. Llegaban las personas reales[22]. La muchedumbre se agolpó en las inmediaciones de la puerta. El duque, la duquesa, Clementina y Osorio bajaron la escalinata del jardín para recibirlas. La orquesta tocó la Marcha Real. Los soberanos pasaron lentamente, sonriendo, por entre

[21] Las jóvenes debían llevar un pequeño libro o carnet prendido a la cintura donde apuntaban los bailes que iban comprometiendo. Si por confusión adquirían un compromiso que ya estaba previamente contraído, la muchacha debía de excusarse y abstenerse de bailar la pieza en cuestión.

[22] "Salvo en Francia, las dinastías ungidas y las cortes reales eran el fulcro y el ápice de la nobleza estratificada de Europa", ha escrito Arno Mayer. Desde esta perspectiva hay que valorar lo que de máximo refrendo social supone para el antiguo pícaro, la presencia de las personas reales en su palacio. El hecho no era insólito en el Madrid de los años ochenta. Melchor Fernández Almagro alude en *Cánovas. Su vida y su política,* a los bailes de disfraces celebrados en 1885 con asistencia de los monarcas, en los palacios de los duques de Cervellón, de Medinaceli y de Santurce. El compromiso de la realeza con "la espuma" de la Restauración resulta inequívoco.

las apretadas filas de los invitados, deteniéndose cuando veían alguna persona de su conocimiento para dirigirle una palabra afectuosa. Ésta se inclinaba profundamente y les besaba la mano con emoción, que se traslucía en la cara. Particularmente las señoras se humillaban con un deleite que no eran poderosas a disimular, con un sentimiento de ternura y adoración que las ponía rojas. Organizóse poco después el rigodón de honor. Clementina abandonó su puesto para tomar parte en él. El monarca bailó con la duquesa, que hizo un esfuerzo por contentar a su marido. Una triple fila de curiosos formaban círculo viéndoles bailar.

Salabert triunfaba. El granuja del mercadal de Valencia traía los reyes a su casa. Sus ojos saltones, mortecinos, de hombre vicioso, brillaban con el fuego del triunfo. La explosión de la vanidad hacía volar en pedazos las inquietudes sórdidas que aquel baile le había causado, la lucha a muerte que había sostenido con su avaricia. Mañana tal vez estos pedazos se volverían a juntar para darle tormento. Pero ahora, ebrio de orgullo, aspiraba a grandes bocanadas el aire de grandeza y de fuerza que sus millones le daban. Tenía las mejillas encendidas, congestionadas por la vanidad satisfecha.

—Mirad qué cara resplandeciente tiene Salabert en este momento —decía Rafael Alcántara a León Guzmán y a otros íntimos que formaban grupo—. ¡Qué felicidad respira por todos los poros! Gran ocasión para pedirle diez mil duros prestados...

—¿Los daría? —preguntó uno.

—Sí, al siete por ciento con buena hipoteca —replicó el perdis—. Mirad, mirad, ahí viene Lola Madariaga..., la mujer más graciosa y más remonísima que ha pisado el salón hasta ahora —añadió elevando un poco la voz para que lo oyese la interesada.

Lola le envió una sonrisa de gratitud. Su marido, el mejicano de las vacas, que también oyó el piropo, saludó al grupo con afabilidad. Aquélla estaba realmente muy linda disfrazada de dama de Luis XIV; vestido rojo recamado de oro, y manto amarillo, también bordado; el cabello empolvado, y al cuello una cinta de terciopelo negro con brincos de plata.

Terminado el rigodón de honor, los jóvenes comenzaron a bailar. Pepe Castro vino a recoger a Esperancita, que paseaba con su íntima la última de Alcudia. Ambas asistían por vez primera a un baile de importancia. Estaban alegrísimas contemplando con viva emoción el mundo bajo su aspecto más risueño, gorjeándose discretamente al oído sus dulces y recónditas impresiones. Paseó un instante con ellas, hasta que un pollo vino a invitar a Paz, y ambas parejas se lanzaron a la vez en la corriente del baile. El mundo desapareció para Esperancita. Un delicioso y vago sentimiento de dicha y libertad, como el que tendría un pájaro al volar si estuviese dotado de alma, penetró en su corazón y lo inundó de alegría. Era también la primera vez que Pepe Castro le apretaba la cintura. Sentíase arrebatada por él en medio del torbellino de parejas y se creía sola. ¡Ella y él!, y la música acariciando los oídos y el corazón, interpretando dulcemente las inefables impresiones que palpitaban en el fondo de su alma. Al descansar unos instantes, su rostro expresaba de tal modo intenso este divino sentimiento del primer amor, que su tía Clementina, al cruzar del brazo del presidente del Congreso, no pudo menos de sonreír dirigiéndole una mirada mitad cariñosa, mitad burlona que la hizo enrojecer. Pepe Castro se esforzaba por sacarle las palabras del cuerpo. Aquella noche, el exceso de la emoción la tenía semimuda. La dicha que embargaba su alma se traducía, como casi siempre acontece, en un sentimiento de benevolencia hacia todo el mundo. El baile le parecía encantador. Todos los hombres eran chistosos. Todas las mujeres estaban admirablemente vestidas. Hasta Ramoncito, que acertó a pasar por delante, pudo recibir algunas gotas de este rocío bienhechor.

—¿No baila usted, Ramón? —le preguntó con una sonrisa tan amable, que el ilustre concejal se sintió desfallecer de felicidad.

—Me ha entretenido el conde de Cotorraso hasta ahora.

—Pues a buscar pareja... Mire usted: allí está Rosa Pallarés que no baila.

El futuro estadista se apresuró a invitarla, pensando con su penetración característica que Esperancita le daba esa pareja porque era bastante fea. Mecido en este grato y dulcísimo pensamiento pasó un rato feliz bailando con la hija del general Pallarés, "uno de nuestros más bellos bacalaos", al decir de Cobo Ramírez. Creía estar cumpliendo con un mandato de su adorada, dándole un tetimonio irrecusable de que sus celos, si los sentía, eran infundados.

Cuando terminó el vals, vino, como un caballero de la Edad Media que sale del torneo, a recibir el galardón de las manos de su dama. Pero como no hay dicha completa en este mundo, al mismo tiempo que él se acercó a la niña Cobo Ramírez. Ambos se sentaron a su lado y la atosigaron a requiebros y atenciones. El uno le pedía el abanico, el otro el pañuelo. Los dos procuraban atraer su atención sacando conversaciones divertidas, lisonjeando su orgullo por todos los medios que podían. En honor de la verdad hay que confesar que, aunque Ramoncito era mucho más profundo y político, la conversación de Cobo era más amena. Sin embargo, por uno de esos caprichos inexplicables de las jóvenes, Esperancita mostrábase más afectuosa y deferente con Maldonado, contra su costumbre. Y los tres ofrecían un espectáculo curioso y divertido.

Los criados circulaban con bandejas llenas de sorbetes, jarabes, confites y frutas heladas. Ramón llamó a uno para ofrecer a Esperanza ciertas yemas a las cuales sabía que era aficionada. Al mismo tiempo invitó con empeño a su antagonista a que tomase un helado. Cobo lo rehusó. Le apremió con tal afán, que el conde de Agreda, Alcántara y otros varios que estaban cerca lo notaron.

—Mirad a Ramón qué empeño tiene en que Cobo tome un helado —dijo uno.

—¡Claro! Le ve sudando y quiere matarlo. Es lógico
—repuso León.

Pepe Castro, cuando vio acercarse a Cobo y Ramoncito, se había retirado discretamente. En el camino
tropezó con Clementina, que parecía multiplicarse.
Acudía a todos los sitios donde hacía falta, volviendo a
cada instante a los soberanos, que se habían retirado
con la duquesa, el duque y las personas de su servidumbre a una sala donde nadie osó entrar.

—Ya te he visto bailando con mi sobrinita —le
dijo—. ¿Por qué no le haces el amor?

—¿Para qué?

—Para casarte.

—¡Horror! Pero chica, ¿qué te he hecho yo para que
me aborrezcas tanto?

—Vamos, ven aquí. Has de ser formal —dijo ella
poniéndose grave, adoptando un aire maternal—. Esperanza no es hermosa, pero tampoco desagradable. Tiene
la frescura de la juventud y está enamorada de ti... me
consta...

—Sí; lo mismo que tú —manifestó el gallardo salvaje,
sonriendo con un poco de amargura.

Ella lo advirtió y quiso dejarle satisfecho.

—Lo mismo que yo... si te hubiese conocido a los diez
y seis años. Te digo que te quiere, y mucho. Nosotras las
mujeres cogemos al vuelo estas cosas. Cásate, no seas
tonto... Calderón es muy rico...

Cuando Pepe quiso contestar, la dama ya se había
alejado con pie rápido. Quedó unos instantes inmóvil y
pensativo. Luego, a paso lento, balanceándose, comenzó a dar la vuelta a los salones, deteniéndose ante las
mujeres hermosas, examinándolas con mirada impertinente, como un bajá en el mercado de esclavas.

Lola Madariaga se había apoderado de Raimundo.
Le tenía a su lado allá en un ángulo de la gran sala de
conversación, y desplegaba uno tras otro, con arte
infinito, todos los recursos de su coquetería para con-
quistarle. Ésta era la manía de la graciosa morena. No
podía cualquiera de sus amigas tener un galán sin que al

momento no se le antojase arrancárselo. Importaba poco que fuese guapo o feo, airoso o encogido. Para ella, lo interesante era satisfacer la violenta necesidad que siempre había sentido de ser idolatrada, de triunfar de todas las demás. Tenía unos ojos de mirar suave, inocente, que engañaban. Nadie creyera que detrás de aquella mirada se ocultaba una voluntad tan firme y tan astuta. Alcázar la encontraba linda y su conversación placentera; pero influía mucho en esta simpatía la consideración de ser amiga íntima de Clementina y la de versar la plática casi siempre acerca de ésta. No pudiendo bailar con su adorada ni hablar a solas, tanto por prudencia como por las muchas obligaciones que aquella noche pesaban sobre ella, se consolaba oyendo a Lola relatar pormenores referentes a su amiga. Todo le interesaba al mancebo; el vestido que había llevado al baile de la embajada francesa; los menudos accidentes que le habían ocurrido en la cacería de Cotorraso; las escenas que había tenido con su marido, etc. La linda morena seguía el plan de atraer primero su atención, captarse su simpatía a fin de ponerle blando.

Clementina llegó a la sala cuando más enfrascados estaban en la charla. Quedóse un instante a la puerta mirándoles sorprendida e irritada. Hacía tiempo que Lola cayera de su gracia. Aunque Pepe Castro ya no le interesaba, cuando su amiguita trató de birlárselo, se produjo cierto enfriamiento en sus relaciones. Luego observó que Lola miraba a Raimundo con buenos ojos y bromeaba con él en cuanto se le presentaba ocasión. Esto despertó en su pecho un odio, que le costaba trabajo disimular.

Les clavó una mirada intensa y colérica: avanzó hasta el medio de la estancia y dijo con voz un poco alterada:

—Alcázar, le necesitamos para bailar. ¿Está usted muy cansado?

—¡Oh, no! —se apresuró a decir el joven levantándose—. ¿Con quién quiere usted que baile?

No respondió. Lola le había enviado una sonrisita

sarcástica que acabó de exasperarla. Se dirigió a la
puerta.

—Siento mucho haberle molestado a usted —le dijo
fríamente cuando estuvieron lejos.

Raimundo la miró sorprendido. Cuando nadie los oía
acostumbraba a tutearle.

—¿Molestia? Ninguna.

—Sí; porque, al parecer, estaba usted muy a gusto al
lado de esa señora...

Y no pudiendo refrenar sus ímpetus más tiempo, le
dijo sordamente.

—Ven conmigo.

Le llevó al comedor donde las mesas estaban ya
esperando a los invitados. Allí, en el hueco de un balcón
desahogó su ira. Le llenó de insultos y dio por definitivamente rotas sus relaciones. Llegó a sacudirle violentamente por el brazo. Alcázar quedó tan estupefacto, tan
aterrado, que no supo contestar. Esto le salvó. Al ver su
rostro descompuesto donde se pintaban el dolor y la
sorpresa, Clementina no pudo menos de comprender
que la ira la engañaba. En Raimundo no había existido
intención de coquetear. Sosegándose un poco, admitió
las disculpas que aquél le dio al fin.

—Si precisamente, para hablar de ti es para lo que yo
me acerco a ella.

—¡Ah! ¿Para hablar de mí?... Pues mira, de aquí en
adelante no hables de mí. Basta con que me quieras.

Los criados, que por allí andaban, los miraban con el
rabillo del ojo y se hacían guiños maliciosos. Al salir
tropezaron con Pepa Frías. La frescachona viuda estaba
muy bien ataviada: había oído infinitos requiebros.
Vestía de princesa extranjera del tiempo de Carlos III,
de lama plata con recamos de oro, y manto de terciopelo azul. Un escote cuadrado dejaba ver con harta
claridad lo que Pepa debía de considerar más interesante en su persona, a juzgar por la predilección con que lo
mostraba.

—¡Chica, tengo un hambre de lobo! —entró diciendo—. ¿Cuándo acabáis de abrir el *buffet*? ¡Ah? ¿Conque

os vais por los rincones? ¡Prudencia, Clementina, prudencia!... Hija, yo no puedo aguardar más: dame algo de comer, o me caigo.

Clementina la llevó riendo a un rincón y le hizo servir algunas viandas. Alcázar se volvió a los salones muy alegre, pero tembloroso aún por la violenta emoción que su querida le había hecho experimentar. Nunca la había visto tan furiosa.

La amistad de ella con Pepa se había remachado desde la escena que hemos descrito más atrás. La viuda se había persuadido de que la salvación de su fortuna se fundaba en este cariño y procuraba fomentarlo. Gracias a él había rescatado ya, poco a poco, una gran parte de ella. El resto no le apuraba. Sabía que D.ª Carmen tenía hecho testamento a favor de su hijastra, y aunque esta señora había mejorado un poco, era segura su muerte en plazo breve. Los médicos habían descubierto en ella un tumor. No se atrevían a operarla a causa de su extremada debilidad.

A Clementina le hacía muchísima gracia el desenfado, mejor aún, el cinismo de Pepa. Ambas se entendían admirablemente. Ambas eran chulapas, dos manolas nacidas demasiado tarde y en condición social poco acomodada a su naturaleza. Por supuesto, Pepa lo era mucho más legítima que Clementina, quien no lo llevaba en la masa de la sangre: veníale de afición.

—Mira, Clemen, que te estás desacreditando —le decía aquélla, mientras engullía vorazmente un pedazo de pavo en galantina—. Deja a ese niño que no vale un perro chico... Para capricho ya ha sido bastante.

—¿Qué sabes tú lo que vale? —replicaba riendo Clementina.

—Por las trazas, hija... Parece hecho en la *Dulce Alianza*. Lleva más de un año en relaciones contigo, y todavía se pone colorado como un pavo cuando le miras.

—Pues eso es precisamente lo que a mí me gusta.

Pepa alzó los hombros con indiferencia.

—¿De veras? Para mí sería una calamidad, hija.

—Y Arbós, ¿qué tal se porta?

—Ése es un tonto de capirote, ¿sabes? —dijo con la boca llena—; pero al menos tiene fachada. En diciéndole que es un gran hombre se tira de cabeza al agua por ti... Tú no sabes... Me ha colocado en el Ministerio más de dos docenas de parientes... Luego da gusto tener cierta influencia en la política y que los diputados la mimen a una. Ayer, precisamente, tuve la visita de Mauricio Sala, que quiere a todo trance ser subsecretario... Al parecer, está seguro de que, siéndolo, Urreta le dará su hija[23].

—Yo detesto la política... ¿Sabes que Irenita está monísima con su traje de cazadora?...

—¡Ps! vistosilla...

—No, no, monísima. ¿Dónde anda su marido, que no le he visto más que al entrar?

—¿Su marido? ¡Valiente tuno está su marido! —exclamó levantando furiosa la cabeza—. ¡Ay qué disgustos, querida, qué disgustos tan grandes tengo sobre mí! —añadió con la boca llena.

—¿María Huerta? —preguntó Clementina en tono confidencial.

—La misma —dijo entre dientes la viuda, mirando fijamente al pavo. Luego encrespándose de pronto—: Es un bribón ¿sabes?, un sinvergüenza, que no sabe siquiera guardar el decoro de su mujer. La mayor parte de los días la espera a la salida de San Pascual y la acompaña a pie hasta su casa. En el teatro no le quita los gemelos de encima. ¡Una porquería! Aunque sea un mal marido, que tenga dignidad. Y la pánfila de mi hija, loca, perdida por él. ¡Has visto qué imbécil! No hace más que llorar y pedirle celos... ¡Qué más quiere ese monigotillo que verla humillada!... Si yo estuviera en su caso ¡ya le diría!... Le ponía en seguidita un armatoste en la cabeza que no cabía por esa puerta.

---

[23] La relación de Pepa Frías con el ministro le permite participar de cierto poder, lo que, evidentemente crea en torno suyo una corte parasitaria. El autor pone en evidencia la imbricación de las distintas elites de poder.

La exaltación de su espíritu no le impedía engullir lindamente.

—Dios te lo pague, hija —concluyó por decir levantándose—. A ver si este corazón se está quieto un rato.

Pepa pretendía padecer de cierto mal de corazón que sólo se le calmaba comiendo.

Pocos minutos después de salir ambas amigas del corredor, Clementina dio las órdenes oportunas y el *buffet* se abrió solemnemente. Las personas reales entraron primero acompañadas de su servidumbre y de los amos de la casa. Salabert había echado el resto en la cena. El gran comedor de techo artesonado parecía un ascua de oro. Las flores de vívidos colores, las frutas exóticas, la vajilla de plata, la cristalería, bajo las poderosas lámparas de gas titilaban como el cielo estrellado, producían un fuerte deslumbramiento. Los criados con casaca y peluca blanca, aguardaban inmóviles, pegados a la pared, tiesos y solemnes. En las dos cabeceras del salón ardían enormes troncos de encina dentro de sendas chimeneas con retablos de roble tallado, cuyos adornos casi llegaban al techo. Todos los manjares que estaban sobre la mesa habían venido de París acompañados de una comitiva de criados y marmitones. Se exceptuaba el pescado, que procedía del Cantábrico, y un *pudding* llegado por la tarde de Londres. Eran fiambres en su mayoría. No obstante, había *consommé* caliente para el que lo pedía[24].

Las personas reales estuvieron muy cortos momentos en el comedor. Así que salieron precipitóse en él la ola de la muchedumbre con harto poca ceremonia. Los salones quedaron silenciosos en poder de los criados, que con la regularidad y precisión de soldados cambiaron las bujías próximas a extinguirse por otras nuevas, mientras el comedor resonaba con el campanilleo de los platos y las copas, la charla y las carcajadas de los convidados.

[24] La opulencia de la fiesta de Carnaval aparece presentada en imágenes de acuerdo con la técnica naturalista.

Cobo Ramírez abandonó por un rato a Esperancita dejándola en poder de su rival, para sentarse en un rincón delante de una mesita volante y devorar algunos trozos de *boeuf d'Hambourg* y jamón. Naturalmente, Ramoncito aprovechó este desahogo para poner de manifiesto el contraste entre su parquedad poética y la glotonería prosaica de Cobo; hasta que Esperancita le paró los pies diciendo con mal humor a su amiguita Paz, que estaba del otro lado:

—Pues a mí me gustan los hombres que comen mucho.

—A mí también —repuso Pacita—. Al menos indica que no tienen enfermo el estómago.

—Yo no lo tengo tampoco —se apresuró a decir el concejal, sofocado y molesto por la actitud hostil en que las dos amiguitas se habían colocado.

Paz se contentó con sonreír desdeñosamente.

El general Patiño, fatigado de enviar mortíferos proyectiles a la esposa de Calderón sin que la plaza se diese siquiera por enterada, había levantado el cerco para sitiar a la marquesa de Ujo, que a las primeras granadas había capitulado abriendo las puertas al enemigo. Sin embargo, el general, como estratégico consumado, no perdía de vista a Mariana, esperando cualquier incidente favorable para caer de nuevos sobre ella. Se decía en los periódicos que iba a ser nombrado ministro de la Guerra [25]. Este cargo, sin duda, le daría más prestigio y autoridad para entrar a rebato en cualquier parte. La marquesa de Ujo vestía de turca y le sentaba tan bien, que, según Alcántara, apetecía soltarle un tiro. Su languidez era tanta aquella noche, que apenas tenía fuerzas para articular las palabras. A cada paso el ilustre general se veía en la necesidad de ayudarla en tan

[25] El hecho de que un militar como Patiño —que no ha pisado nunca el campo de batalla— pueda ser nombrado ministro de la Guerra, es significativo de la primacía del poder civil sobre el militar, que Cánovas ha buscado desde 1875. El tratamiento que Palacio Valdés hace del tema, pone de manifiesto el distanciamiento del escritor asturiano respecto del ideal de militar pretendido por Cánovas.

ímproba tarea. Mientras roía con sus dientes desvencijados algunas pastas, pues no admitía otra cosa su estómago, también un poquito averiado, disertaba, mejor dicho, exhalaba una serie de exclamaciones acerca de cierta novela recién publicada en Francia.

—¡Qué escena!... ¡Ah! ¡pero qué cosa tan linda!... Cuando ella le dice: "Entrad en el cuarto si queréis: podréis manchar mi cuerpo, pero no mi alma..." ¡Ah! ¡Y cuando va al lugar del duelo y recibe la bala que iba dirigida a su marido!... ¡Qué cosa más linda!... [26].

Pepe Castro caracoleaba (perdón por el símil) en torno de Lola Madariaga. Ésta le contaba con risa maligna lo acaecido hacía un rato, cuando Clementina se presentó de improviso donde ella estaba con Alcázar. Hablaba como si le hubiese arrancado el galán a su amiga, con acento protector y desdeñoso que hubiera hecho dar un salto a la orgullosa hija de Salabert si por ventura la hubiese oído.

—¡Pobre Clemen! Se está haciendo vieja, ¿verdad? ¡Qué figura tiene todavía! Claro que es a fuerza de apretarse, y esto tarde o temprano le va a hacer daño; pero de todos modos... La cara no corresponde a la figura, ¿no cree usted? Sobre todo ahora que se le está empañando el cutis de un modo horroroso. Siempre ha tenido la fisonomía muy dura.

Y al mismo tiempo sus ojos claros y suaves miraban a Castro con tal dulzura, que realmente era para empacharse. Le habían dicho siempre (y era cierto) que tenía el semblante muy dulce. Para dar más realce a esta cualidad ponía cara de idiota [27].

Castro asentía a todo, tanto por lisonjearla como por la mala voluntad que tenía a Clementina. No sentía

[26] Se subrayan una vez más las preferencias románticas de "la espuma" en lo que se refiere a las lecturas. El hecho no es nuevo; la Francia del Segundo Imperio había presentado fuertes resistencias al naturalismo de Zola.

[27] Conviene destacar que, para Palacio Valdés, la afectación de dulzura en la alta clase, a diferencia de lo que indica para las clases medias, reviste siempre visos de idiotez.

interés por Lola, pero a raíz de su ruptura con aquélla se había consolado un poco festejándola: aunque en ello había tenido no poca parte el deseo de no aparecer derrotado a los ojos del mundo.

—¿Y usted cree que está enamorada realmente de ese niño que parece una colegiala del Sagrado Corazón?

—¡Vaya usted a saber! Clementina presume mucho de original. Esta última aventura la acredita de ello... Mire usted qué miraditas tiernas le está echando el bebé desde lejos.

Raimundo, en pie, allá en el extremo de una de las mesas, no quitaba ojo a su amada, que iba y venía de un sitio a otro previniendo los deseos de aquellos invitados a quienes más deseaba complacer. De vez en cuando le enviaba una imperceptible sonrisa de inteligencia que transportaba al joven al séptimo cielo.

Pepa Frías, si no comía porque estaba ahíta, pellizcaba en las frutas y confites, teniendo detrás de su silla a Calderón, Pinedo, Fuentes y otros tres o cuatro caballeros maleantes que gozaban en tirarle de la lengua. No se la mordía, en verdad, la fresca viuda. Se defendía admirablemente de todos ellos parando y contestando los golpes con maestría.

—¿Dónde dice usted que tiene gota, Pepa?

—En los pies, Pinedo, en los pies... donde tiene usted el talento.

—Aunque usted me insulte, quisiera que me traspasase esa gota... ¡por tener siquiera una gota de usted!

—¡Pocas gracias! Sería una gota de esencia aromática —dijo un consejero de Estado harto dulzón.

—¿Y usted qué sabe, hombre, si no ha metido la nariz más que en el coro de ambos sexos?

El consejero se puso colorado. Todos rieron de la alusión.

—¡Pero qué cruel es usted, Pepa! —exclamó Fuentes riendo todavía—. Los que aquí estamos no sabemos nada... (digo, señores, yo hablo por mí), del olor, del color, ni del sabor de usted; pero no nos quitará el

derecho de figurarnos que es usted una cosa apetitosa y
tierna.

—¿Tierna?... Está usted en un error lamentable.

—Yo lo digo por lo que veo... —dijo acercando el
rostro al exuberante seno de la viuda—. Y a propósito: ¿qué lleva usted en ese alfiler? ¿es un retrato de familia?

El alfiler representaba un mono.

—No, Fuentes —replicó furiosa—, es un espejo.

De todo el grupo salió una carcajada espontánea que
hizo volver la cabeza a los que estaban cerca.

Fuentes quedó acortado un instante; pero como hombre de ingenio que era supo reponerse.

—Yo seré mono, Pepa, pero usted es monísima.

—¡Bravo, Fuentes, bravo! —exclamó Calderón, a
quien, como hombre exclusivamente de *debe y haber,*
causaba asombro cualquier frase oportuna.

El tiroteo siguió aun después de haber salido la mayor
parte de la gente a los salones. El grupo se había
reforzado con algunos pollastres. Ésta fue la razón de
que Pepa se levantase bruscamente al cabo, diciendo:

—Me voy. Por mi causa están ustedes escandalizando
a estos seres tiernos y candorosos.

Los pollos protestaron con algazara.

Poco después de poblarse nuevamente los salones de
baile se retiraron las personas reales. Hubo para despe-
dirlas el mismo ceremonial, esto es, las filas apretadas a
la puerta de la antesala, la Marcha Real por la orquesta
y la despedida de los dueños hasta la escalinata.

Clementina respiró con libertad. A paso lento, gozando el placer del que ha terminado una tarea difícil,
atravesó los salones dirigiendo sus ojos risueños a todas
partes, dejando fluir de sus labios palabritas amables a
los amigos con quien tropezaba. Aquel baile espléndido, quizá el más suntuoso que hubiese dado jamás un
particular en España, era obra suya casi exclusivamente.
Su padre había suministrado el dinero; pero ella la
actividad, el gusto, el artificio. Escuchaba la enhorabuena que todos al paso la murmuraban, mecida en una

embriagadora satisfacción del amor propio. La felicidad le hizo pensar en el amor, su complemento indispensable. Acometióle un deseo penetrante de cambiar con Raimundo, a solas, algunas tiernas palabras de cariño, algunas caricias fugitivas. Y buscóle con los ojos entre la muchedumbre.

Raimundo había vagado toda la noche por los salones casi siempre solo. Había esperado el baile con deseo pueril, prometiéndose vivos e ignorados placeres. Jamás había asistido a una de estas fiestas brillantes de la sociedad aristocrática. La realidad no correspondió a su esperanza, como siempre acontece. Toda aquella vana ostentación, el lujo escandaloso desplegado ante su vista, en vez de acariciar su orgullo lo hirió cruelmente. Nunca se sintió tan forastero en aquel mundo que hacía tiempo frecuentaba. Sus pensamientos, encaminados hacia la melancolía, representáronle su pobre hogar, donde por su culpa iba a faltar muy pronto lo necesario, la modestia de su santa madre, que no vacilaba en desempeñar las tareas más humildes de la casa, y la de su inocente hermana, que con ella había aprendido a ser económica y trabajadora. Un remordimiento feroz le mordió el corazón[28]. Observaba, además, que en los jóvenes salvajes que le rodeaban existía contra él cierta hostilidad latente. Tenía a muchos por amigos, le recibían agradablemente, jugaba con ellos, les acompañaba en algunas excursiones de placer: pero había llegado a comprender que para ellos no tenía otra personalidad que la que le daba el ser amante de Clementina[29]. En casi todos los que trataba, percibía, o su exagerada susceptibilidad le hacía percibir, un dejo desdeñoso que

---

[28] El novelista deja de lado las imágenes sensoriales y recurre a la psicología para expresar la reacción de un testigo de las clases medias frente a las formas de vida de la elite: es la resistencia de la propia conciencia de Raimundo la que se pone ahora de manifiesto.

[29] La integración de Raimundo en la alta clase tropieza: primero, con la resistencia de Aurelia; luego con la de la propia conciencia y finalmente, con la de "los jóvenes salvajes", reticentes a considerarlo uno de los suyos.

le humillaba horriblemente. El amor frenético que profesaba a Clementina le compensaba bien de esa tortura y hasta se la hacía olvidar muchas veces. Pero aquella noche su dueño adorado, aunque no le olvidase, andaba lejos. Y le pasaba lo que a los místicos cuando Dios no les tiende la mano: acometíale una gran sequedad, un tedio abrumador. Bailó por compromiso dos o tres veces; conversó un poco. Harto al fin de dar vueltas se retiró al más oscuro rincón de una de las salas, y sentándose en un diván quedó sumido en tristeza profunda.

Clementina le buscó en vano durante algunos minutos, hasta impacientarse. Cuando entró en la sala de juego le vio al fin venir hacia ella con la faz radiante. Toda su tristeza se había disipado al verla y al observar que le buscaba.

—Si quieres que hablemos un momentito, vente al despacho de papá. Saliendo al corredor lo hallarás a mano derecha —le dijo rápidamente y con acento cariñoso.

Y se fue. Raimundo, por disimular, se acercó a una de las mesas de juego: estuvo algunos instantes mirando.

Clementina se deslizó disimuladamente por los salones, salió al corredor y se dirigió al despacho del duque, una pieza regia que sólo tenía de respeto, pues siempre trabajaba arriba. Estaba profusamente iluminada, como todas las estancias del piso principal. Al poner el pie en él creyó percibir un sollozo ahogado, que la llenó de sorpresa y temor. Derramó la vista por todo el ámbito y percibió, allá en el fondo, a una señora tumbada en el sofá, ocultando el rostro con el pañuelo, en actitud de llorar. Acercóse, y por el traje la conoció en seguida. Era Irenita.

—¡Irenita! Hija mía, ¿qué tienes? —exclamó inclinándose sobre ella con solicitud.

—Ay, perdón, Clementina... Me he metido aquí sin saber lo que hacía... ¡Soy tan desgraciada!

Y las lágrimas brotaron con abundancia de sus ojos.

—Pero, ¿qué te ha pasado, criatura?

—¡Nada, nada! —replicó la niña sollozando.

Hubó unos segundos de silencio. Clementina la contemplaba con lástima.

—Vamos —dijo acercando la boca a su oído—. Emilio te ha dado algún disgusto esta noche.

Irenita no contestó.

—No te aflijas, tonta, con eso no adelantas nada. Procura, aunque sea haciendo un gran esfuerzo, aparecer indiferente. Ése es el medio mejor de que no te desprecie... Digo... el medio mejor es otro... pero no te lo aconsejo, porque no está bien aconsejar ciertas cosas... Si estás enamorada de él no des tu brazo a torcer, por Dios... Que no sepa estas penas tuyas, porque eres perdida... Déjale que satisfaga su capricho, que él volverá a ti.

Irenita levantó su rostro bañado de lágrimas.

—¿Pero ha visto usted lo que ha hecho hoy? ¡Es horrible!

En aquel momento Clementina oyó pasos en el corredor. Sospechando de quién era fue rápidamente a la puerta, diciendo:

—Espera un poco: déjame cerrar.

Fue bien a tiempo. En aquel instante llegaba Raimundo. La dama puso el dedo en los labios haciéndole seña de que se alejase. Irenita no advirtió nada. Cuando Clementina volvió a su lado le dio cuenta, entre lágrimas y suspiros, de los agravios que su marido le había inferido aquella noche. En primer lugar, Emilio se vistió de húngaro para venir al baile. Irene había observado en cuanto entró, que María Huerta vestía también de húngara. Debían de estar convenido, lo cual era una afrenta, que más de una persona había notado. Luego bailaron un vals y un rigodón. Mientras duró éste, Emilio no había cesado de hablarle al oído. Toda la noche la había estado sirviendo lo mismo que un criado, presentándole él mismo las fuentes de confites y frutas heladas. Una vez, al darle una de éstas, le había apretado los dedos; bien lo había visto. ¡Esto era una indecencia! Irenita quería suicidarse[30]. Prefería morir mil veces a padecer semejantes tormentos. Clementina la consoló como pudo. Emilio la quería muchísimo: le constaba. Sólo que los hombres tienen a lo mejor estos sofocos, lo que llaman los toreros, *extraños*. Como el corazón no está interesado, dejándoles sueltos un momento se hastían y vuelven a lo que verdaderamente aman.

Para arreglarse un poco y lavar los ojos no quiso llevarla al tocador del baile: subióla al de la duquesa. Al cabo de unos minutos bajaron ambas. Irenita prometió no dar a conocer su pena. En cuanto Clementina enteró a Pepa de lo que había pasado, se sulfuró de tal modo que tuvo necesidad de contenerla para que no fuese a arañar a su yerno.

—Bien, si no le araño ahora, le arañaré después —dijo alzando los hombros con indiferencia. Tan resuelta estaba a ello—. Suceda lo que suceda, yo no puedo consentir que ese *tití* mate a mi hija, ¿sabes?... Y en cuanto a esa pendona desorejada, no he de parar hasta que la escupa en la cara... y al cabronazo de su marido, lo mismo... ¡Pues estamos aviados!

—¿No será mejor que procures desembarazarte de ellos? Huerta está en el Ministerio. Mira a ver si le mandas de gobernador a cualquier parte...

—¡Pues es verdad! Ahora mismo voy a hablar a Arbós... ¡Pero lo que es a mi señor yerno no le perdono!... Esta noche me las ha de pagar, o no me llamo Pepa.

El duque, rodeado siempre de un grupo de fieles, se dejaba atufar a golpes de incensario, soltando a largos intervalos algún gruñido espiritual que los electrizaba, les hacía prorrumpir en exclamaciones de alegría. Las señoras eran las que más se distinguían por su entusiasmo. El genio especulador de Salabert les infundía vértigos de asombro, como si se pusiesen a calcular cuántos vestidos podrían comprarse con sus millones. Y él, tan

---

[30] Palacio Valdés recurre en esta ocasión a la zumba y la burla, para situarse ante lo que el juzga corrupción y cinismo de "la espuma".

flexible generalmente, que había llegado al puesto que
ocupaba, según propia confesión, a fuerza de puntapiés
en el trasero, al hallarse entre sus adoradores los maltra-
taba sin piedad. Sus chistes brutales, lo mismo caían
sobre los hombres que sobre las señoras. Gozaba en la
ostentación bárbara de su fuerza. Si aquellos sus devotos admiradores se dejaban humillar tan pacientemente
no dándoles nada, ¿qué no sucedería si repartiese entre
ellos sus millones, si el becerro de oro comenzase a
vomitar monedas?

En la sala de juego, adonde se fue después de haber
despedido a los soberanos, le tenían materialmente
bloqueado una porción de especuladores de segunda y
tercera fila.

—¿Cómo van las acciones de Riosa, duque? —se
atrevió a preguntarle uno.

—No me hable usted de eso —gruñó el prócer poniendo los ojos torvos.

El plan de Llera se estaba desenvolviendo puntual-
mente: esto es, el duque, después de haber tomado un
número crecido de acciones, se ocupaba en producir el
pánico entre los accionistas. Hacía ya algunos meses que
por medio de agentes secretos compraba acciones para
venderlas al instante con pérdida. Gracias a estas operaciones, el papel había bajado considerablemente. Ahora
preparaba el golpe definitivo, comprando mayor cantidad para lanzarlo repentinamente al mercado, aprovechar la baja que esto produciría y adquirir la mitad más
una de las acciones.

—No todos los negocios han de salir bien —replicó el
otro sonriendo con mal disimulada satisfacción—. Usted ha sido siempre afortunado.

—No es a la fortuna a quien debe sus éxitos el duque.
A su genio, a la habilidad inconcebible es a quien los
debe —manifestó un tercero arreándole una tufarada de
incienso.

—Sin duda, sin duda —se apresuró a decir el otro
tratando a su vez de apoderarse del incensario—. El
duque es el primer genio financiero que ha salido en

nuestro país. Yo no comprendo cómo no se le entrega la
Hacienda española. Si él no la arregla, no hay que
esperar salvación para nosotros...

—Pues si acierto a salvarla como he acertado en el
negocio de Riosa, aviados quedan los españoles —profirió estoposamente el duque con acento de mal humor.

—¿Pero ha salido tan malo el negocio?

—¡F...! para el Gobierno, no; pero para mí, que he
tomado a la par las acciones, me parece que no ha sido
bueno.

El duque echaba la culpa de haberse metido en él al
animal de su administrador, a Llera, que se lo había
metido por la cabeza contra todos sus presentimientos.

—Los hombres como usted no deben fiarse de nadie
más que de su instinto —le decían—. Cuando se tiene el
genio[31] de los negocios...

Y la palabra *genio* venía a cada instante a los labios
de los fieles idólatras del becerro.

Súbito apareció en la puerta de la sala Clementina
seguida de Osorio, de Mariana y de Calderón. Los
cuatro traían el semblante inquieto y asustado. Sus ojos
se clavaron a la vez en Salabert, hacia el cual avanzaron
precipitadamente.

—Papá, escucha una palabra —le dijo Clementina.

Salabert se destacó del grupo y fue a reunirse con los
otros en el opuesto rincón.

—¡Esa mujer está ahí!... —dijo aquélla con voz alterada, los ojos relampagueantes de ira.

—¡Es un escándalo! —manifestó Osorio.

—Algunas personas ya se han ido, y en cuanto se en-
teren, se irán todas —apuntó con más sosiego Calderón.

—¿Qué mujer está ahí? —preguntó el duque abriendo
mucho sus ojos saltones.

[31] El genio de las finanzas suplanta en la alta clase al genio del arte.
Nótese la insistencia con que aparece esta palabra referida a Salabert.
Tal vez el novelista desea insinuar el contraste entre este arquetipo de la
burguesía española falto de sensibilidad artística y cultural, y ciertos
sectores de la burguesía europea que practican el mecenazgo y gustan de
las nuevas corrientes culturales.

—¡Esa mujer!... esa Amparo la malagueña —replicó su hija buscando el tono más despreciativo.

—¡Cómo! —exclamó el duque con profundo estupor—. ¿Se ha atrevido esa z... a pesentarse en el baile? ¿Quién la ha dejado pasar? Mañana mismo despido al portero.

—No; a quien hay que despedir ahora mismo es a ella... ¡en seguidita! —dijo Clementina atropellándose por la cólera.

—¡Sí, sí... ahora mismo! ¿Cómo es eso? ¡Atreverse esa desvergonzada a poner los pies en esta casa y en un día semejante! ¿Ya no hay pudor? ¿Ya no hay vergüenza? ¿En qué país estamos? ¿Pero cómo ha podido pasar? ¡Una fiesta que había comenzado tan bien!

—Traía invitación, al parecer.

—Pues la ha robado o estará falsificada.

—Bien, bien; concluyamos pronto —dijo Clementina con voz irritada—. Está en los salones. Es necesario que vayas a allá y la notifiques que haga el favor de salir, del modo que mejor te parezca... ¡Pero pronto! antes que lo perciba la gente... y sobre todo, mamá...

—No, chica; yo no voy... Me conozco bien y sé que no podría contener mi indignación. No nos conviene llamar la atención en este momento... Ve tú, ve tú... y que se largue pronto...

Clementina, sin pronunciar otra palabra, se alejó con paso rápido, el rostro pálido y contraído, los labios trémulos. Lanzóse en el torbellino de los salones y buscó ansiosamente a la intrusa. No tardó muchos minutos en hallarla ¡oh vergüenza! del brazo del marqués de Dávalos.

Estaba espléndidamente hermosa la ex florista con su traje de María Estuardo. Llevaba un sobretodo acuchillado de mangas abiertas, color carmesí recamado de oro; un elegante prendido de encaje y menudas florecillas de esmalte y perlas. Su incomparable belleza irritó aún más la ira de Clementina.

La hermosa odalisca de Salabert, aunque de inteligencia limitadísima, había tenido tiempo a reflexionar que su presencia en el baile podría acarrear un conflicto. Pero su antojo era tan vivo y desordenado, que de ningún modo quiso dejar de satisfacerlo, de lucir su costoso vestido de reina de Escocia. Pensó que podría sortear aquella difícil situación yendo a última hora, dando un par de vueltas por los salones y retirándose en seguida. Hízose acompañar de una amiga vieja de aspecto venerable. Amargo desengaño debió de experimentar cuando al penetrar en los salones y tropezar con una porción de distinguidos salvajes a quienes trataba con intimidad, Pepe Castro, el conde de Agreda, Maldonado y otros, observó que todos le volvían la espalda y se apresuraban a alejarse. Tan sólo el fiel Manolo, el loco marqués de Dávalos, la reconoció y consintió en la mengua de ofrecerla el brazo.

Pocos minutos pudo disfrutar de su apoyo la malagueña. Cuando una sonrisa de triunfo plegaba ya sus labios y a paso lento y majestuoso iba dando su apetecida vuelta por los salones, se encontró repentinamente frente a Clementina. Sin previo saludo ni la más leve inclinación de cabeza, ni hacer caso alguno de su acompañante, ésta le puso la mano en el hombro, diciéndola:

—Tenga usted la bondad de escuchar una palabra.

María Estuardo empalideció, titubeó unos instantes, y por fin dijo con firmeza y ademán orgulloso:

—Nada tengo que hablar con usted. A quien deseo ver es al dueño de la casa, al duque de Requena.

Margarita de Austria le clavó una mirada iracunda, que la otra sostuvo sin pestañear. Luego, acercando la boca a su oído, le dijo con rabioso acento:

—Si usted no me sigue ahora mismo, llamo a dos criados para que la saquen del salón a viva fuerza.

La reina de Escocia se estremeció; pero tuvo aún ánimos para contestar:

—Deseo ver al señor duque.

—El señor duque no está visible para usted... ¡Sígame, o llamo!

Y al mismo tiempo echó una mirada en torno como en ademán de cumplir su promesa.

La Estuardo empalideció aún más. Desprendiéndose del brazo de Dávalos la siguió al fin [32].

Esta escena había sido observada por varias personas; pero nadie osó seguirlas si no es el demente Manolo, que lo hizo de lejos. La esposa de Felipe III se dirigió a la antesala y allí dijo a un lacayo:

—El abrigo de esta señora.

No se habló otra palabra. El lacayo entregó el abrigo. María Estuardo se lo puso sin ayuda de nadie, con mano temblorosa. Luego avanzó unos cuantos pasos, y volviéndose de pronto, dirigió una mirada de odio mortal a D.ª Margarita de Austria, que se la devolvió acompañada de una sonrisa de desprecio.

Estaba de Dios que la desgraciada reina de Escocia había de ser humillada siempre. Primero lo fue por su tía Isabel de Inglaterra. Ahora la reina Margarita la ponía sin miramientos de patitas en la calle. Donde encontró a su venerable amiga dentro ya del coche. Al ver el comienzo de la escena pasada se había escabullido prudentemente. Antes que partiesen, el marqués de Dávalos se juntó a ellas. No sabemos lo que los salones de Requena ganaron en su aspecto moral con la marcha de María Estuardo; pero sí podemos afirmar que perdieron mucho en el estético. Porque, a la verdad, estaba lindísima.

El baile tocaba a su fin. Comenzaron los preparativos para el gran cotillón. La muchedumbre se había aclarado un poco. Algunos se fueron antes de terminar el baile, viejos en su mayoría a quienes hacía daño al trasnochar. Entre las damiselas hubo la agitación y el movimiento que precede siempre al cotillón. En esta última etapa el baile adquiere un aspecto de recreo familiar muy grato. El arte y la imaginación intervienen para arrancarle sensualidad y hacerle un pasatiempo inocen-

---

[32] El supremo sarcasmo de Palacio Valdés es la presentación de la prostituta entre las elites de poder. Y ¿por qué no, parece decir el novelista? El pasaje es la réplica de la "Cena en Fornos"; es significativo de la intencionalidad del autor el hecho de igualar a las dos mujeres bajo el disfraz regio.

te, al estilo de las hermosas fiestas que en el siglo XIV se celebraban en los palacios de Inglaterra y Francia. Para las niñas casaderas suele ser también el momento en que termina el primer acto de la comedia amorosa que han empezado a representar.

Pepe Castro había recibido el consejo de su ex querida Clementina referente a la conveniencia de festejar a la niña de Calderón, con risa como ya hemos visto. Sin embargo, no le cayó en saco roto. Mientras bailaba y bromeaba con otras jóvenes, no dejó de acordarse más de una vez. Al llegar el cotillón se acercó a Esperancita preguntándole si quería ser su pareja, a sabiendas de que esto no podía ser, pues todos los pollastres se apresuran a pedir tal merced a las damas así que entran en el baile. Pero le convenía para el plan que comenzaba a desenvolverse en su cerebro, fecundo en abstracciones. La niña lo tenía, en efecto, comprometido con el conde de Agreda; mas al oír la demanda de Castro, sintió tales deseos de acceder a ella, que con sorprendente audacia respondió que sí.

La duquesa designó como dama directora a la condesa de Cotorraso, a la cual se unió Cobo Ramírez. Éste se imponía en todos los bailes como habilísimo director de cotillones. Tan era así, que muchos días antes del baile ya había celebrado largas conferencias con Clementina acerca de este punto esencialísimo.

Formóse el corro de sillas. Pepe Castro fue a sacar a Esperanza, que tomó su brazo de buen grado. Mas antes de dar un paso llegó el conde de Agreda.

—¡Cómo, Esperancita! ¿No me había usted concedido el cotillón? —preguntó sorprendido.

La audacia no abandonó a la niña, la audacia de la mujer enamorada.

—¡Ay, perdóneme usted, León! Cuando se lo concedí a usted no me acordaba que ya lo tenía comprometido con Pepe —respondió en un tono que podía envidiar la más consumada actriz.

El conde se retiró diciendo algunas palabras de cortesía, que no pudieron ocultar su mal humor. Cuando

Pereda, Galdós, Palacio Valdés y Menéndez Pelayo.

quedaron solos, Esperancita, asustada de aquel testimonio de interés que había dado a Castro, se apresuró a
disculparse ruborizada.

—La verdad es que no me acordaba de que lo tenía
comprometido con León... Y como ya había tomado el
brazo de usted... y además el conde baila de un modo
que me fatiga mucho...

Pepe Castro no abusó de su triunfo; se manifestó
modesto y sumiso. En vez de galantearla descaradamente, adoptó un temperamento más insinuante, colmándo-
la de atenciones delicadas, estableciendo mayor confianza entre ellos, mostrándola, en una palabra, mucho
cariño, pero sin hablarla de amor. La niña rebosaba de
dicha. Enpezaba a sentirse adorada. Creía que la simpatía y el afecto con que siempre se habían tratado Pepe
y ella se transformaban al fin en amor. Su corazón
empezó a saltar alegremente dentro del pecho.

También Ramoncito estaba satisfecho con aquel trueque. El conde de Agreda le era de poco tiempo atrás
muy antipático, casi tan antipático como Cobo Ramírez, porque empezó a sentir de él los mismos celos
que del otro. En cambio, a Pepe Castro considerábalo
como su mismo yo; otro concejal más esbelto. Las
atenciones que Esperancita le guardase, las tomaría
como dirigidas a su propia persona. Así que, al verlos
del brazo, se conmovió profundamente, y al acercarse a
ellos para decirles algunas palabras insignificantes no
pudo menos de ruborizarse. Pepe le hizo un guiño
malicioso como diciendo: "Has triunfado en toda la
línea". El joven concejal sintió que se acercaba a pasos
de gigante el logro de sus esperanzas y el apogeo de su
dicha.

El cotillón [33] fue digno remate de aquel baile brillantí-
simo. La fantasía de Cobo Ramírez, apretada por la

[33] Se trata de una danza de figuras —hay gran cantidad de modelos— a lo largo de la cual se reparten obsequios. La elegancia, la
experiencia y el don de gentes de la persona que lo dirige son muy
importantes para el éxito de un acto que es el colofón de la fiesta.

gravedad del caso, fascinó a los invitados con peregrinas
trazas y artificios delicados: los tuvo enajenados cerca
de una hora. Llamó la atención, y le valió unánimes aplausos, un juego de sortija que se organizó en el medio del
salón. Cobo dividió a los caballeros en dos cuadrillas,
que tiraron alternativamente flechas con unos primorosos arcos dorados a la sortija suspendida por una cinta
del techo. Los vencedores tenían derecho a bailar con
las damas de los vencidos, mientras éstos los habían de
seguir dándoles aire con el abanico. Organizóse después
otro juego de cintas para las damas. La vencedora salió
un momento del salón y apareció en seguida en un
magnífico carro tirado por cuatro lacayos vestidos de
esclavos negros: dió así una vuelta rodeada de todas las
demás, al compás de una marcha triunfal. Estas y otras
invenciones no menos famosas, dejaron para siempre
sentada sobre bases sólidas la fama del hijo de los
marqueses de Casa-Ramírez.

Terminado el cotillón, comenzó el desfile de la gente.
Fue una retirada estrepitosa. Toda aquella muchedumbre se agolpó en el vestíbulo y en la escalinata, charlando en voz alta, riendo, gritando alguna vez en demanda
del coche. El vasto jardín, iluminado por algunos focos
de luz eléctrica, ofrecía un aspecto fantástico, inverosímil, como los paisajes de los cosmoramas de feria.
Aquellas luces blancas, intensas, hacían aún más negro
y profundo el follaje, borraban los linderos del parque
extendiéndolo desmesuradamente. La noche era despejada. En el oriente azuleaba ya la aurora. Hacía un
frío intenso. Envueltos en sus gabanes de pieles, los
jóvenes salvajes quemaban los últimos cartuchos de su
ingenio en honor de las hermosas damas que tenían
cerca. Los costosos y pintorescos abrigos de éstas chilla-
ban debajo de las bombillas eléctricas. Los caballos
piafaban, los lacayos gritaban, y los coches, al acercarse
lentamente a la escalinata, hacían crujir la arena de los
caminos. Sonaban golpes de portezuelas, ruido de besos,
voces de despedida. La rueda de los coches, al pasar por
delante de la gran escalinata, iba arrebatando poco a

poco a los que allí estaban para dispersarlos por todo Madrid en busca de reposo.

Pepe Castro se había colocado al lado de Esperancita y la hablaba dulcemente al oído. La niña, embozada hasta los ojos, sonreía sin mirarle. Cuando su coche llegó al fin, se estrecharon las manos largamente.

—Supongo que no nos tendrá tanto tiempo olvidados como hasta ahora; que irá por casa más a menudo —dijo ella teniendo aún su mano entre las del gallardo salvaje.

—¿Usted quiere de verdad que vaya a menudo por su casa? —dijo mirándola fijamente como un magnetizador.

—¡Ya lo creo que quiero!

Al decir esto se ruborizó fuertemente debajo del embozo, y desprendiendo bruscamente su mano, siguió a su mamá que entraba en el carruaje.

Pepa Frías había dicho a su hija:

—Mira, chica, cuando nos vayamos, deseo que Emilio me acompañe. Estoy nerviosa y no podría dormir si no le ajustase antes las cuentas. No quiero más escándalos, ¿sabes? Le voy a dirigir el *ultimatum*. Si persiste, tú te vienes conmigo y él que se vaya al infierno.

Estaba furiosa. Su hija, aunque quisiera poner reparos a esto de la separación, pues adoraba a su infiel marido, no se atrevió. Bajó sumisa la cabeza. Cuando llegó el momento de marchar, Pepa se dirigió a su yerno:

—Emilio, haz el favor de acompañarme. Deseo hablar contigo.

"¡Malo!" dijo para sí el joven.

—¿E Irene?

—Que vaya sola. No se la comerán los lobos —respondió ásperamente.

"¡Malísimo!" tornó a decirse Emilio.

En efecto, Irenita, dirigiendo ojeadas de temor y ansiedad a su mamá y su marido, se metió sola en su berlina, mientras ellos subían a la de la primera.

Cuando el carruaje comenzó a rodar. Emilio, para desarmar a su suegra, quiso, como un chiquillo que era, desviar el rayo sacando una conversación que pudiese entretenerla.

—¿Ha visto usted qué audacia la de Amparo? La creía capaz de muchos desatinos, pero no de uno semejante.

Y habló de la Amparo con gran verbosidad sin conseguir que su suegra desplegase los labios. Lo mismo sucedió cuando principió a hacer comentarios acerca de la fortuna de Salabert, de los gastos del baile, del extraordinario honor que había merecido de los soberanos aquella noche, etc., etc. Pepa reclinada en su rincón, guardaba un silencio feroz que no anunciaba nada bueno. Pero Emilio, sin desanimarse, tocó con habilidad la tecla que responde en todas las mujeres.

—¿Sabe usted, Pepa (así la seguía llamando, lo mismo que cuando era novio de su hija), que en un grupo donde estaba el presidente del Consejo, oí, sin querer, grandes elogios de usted? Elogiaban mucho el traje; pero más aún la figura. Decían que no había ninguna niña en el baile que pudiera competir con la frescura de usted; que tenía usted un cutis como raso, cada día más terso y brillante.

—¡Jesús, qué tontería! Ésas son payasadas, Emilio. En otro tiempo, no digo...

—No, Pepa, no; el cutis de usted es proverbial en Madrid. Ya daría Irene algo por tenerlo como usted.

—¿Es mejor que el de María Huerta? —preguntó con tonillo irónico, donde no se adivinaba, sin embargo, gran irritación.

Pepa había cambiado de plan: pensó que sería mucho mejor adoptar la vía diplomática. A un chiquillo como Emilio, que no había sido indócil hasta entonces, era fácil atraerlo con el cariño. Aquél, en la oscuridad del coche, se había puesto colorado.

—El de María Huerta no vale nada.

—Por eso te gusta. Todos los hombres sois lo mismo en eso de cambiar las orejas por el rabo. Mira, Emilio —añadió cogiéndole una mano—, yo tenía que reñirte mucho, hablarte muy seriamente, decirte cosas muy amargas... pero no puedo, tengo un corazón tan estúpido que para todas las ofensas encuentra disculpas. Hoy has hecho una barrabasada de marca, lo bastante para que Irene se separase de ti; pero a mí se me antoja que no es tan grande como parece, porque eres un chiquillo aturdido. Estoy segura de que tú mismo no te explicas la gravedad de ella...

Pepa continuó su sermón en tono dulce y persuasivo. Emilio, que esperaba una rociada de injurias, quedó gratamente sorprendido. Escuchólo con sumisión, y después, con voz conmovida, empezó a disculparse. Verdad que había coqueteado un poco con María Huerta, pero juraba que no estaba interesado por ella. Era una cuestión de amor propio. Cuando él se había casado con Irene, esta María había dicho en casa de Osorio que no comprendía cómo Irene aceptaba por marido un chico tan feo y tan insustancial. Entonces juró que se tragaría aquellas palabras: ya estaba conseguido. Por lo demás ¡qué amor ni qué calabazas! Nunca había estado enamorado de María Huerta ni pensaba estarlo.

—Yo no podía creer que estuvieses enamorado, porque siempre has tenido buen gusto... Porque en resumen, esa mujer no es más que un paquete de trapos... Si vistes el palo de la escoba como ella, puede muy bien hacer sus veces... Pero ya ves, Irene lo cree y tienes la obligación de evitarla esos disgustos. Si yo estuviese en su caso no me los darías, monigote —añadió cogiéndole cariñosamente de la oreja—. Ya sabría yo tenerte bien amarradito a mis faldas.

—Lo creo —repuso el joven dirigiéndola una larga mirada que nada tenía de filial—. Usted tiene más recursos que Irene.

—¿Pues? —preguntó ella con una mirada poco maternal.

—Porque usted es una mujer más complicada; que necesita más estudio. Por lo mismo, no me dejaría tiempo a aburrirme seguramente.

—¿Qué sabes tú de eso, mamarrachillo? Hablas de mí
como si me supieses de memoria.

—¡Qué más quisiera yo!

—¡Vaya, Emilio, no seas payaso! Mira que me estás
faltando al respeto.

La conversación siguió en este tono alegre y cariñoso
mientras el carruaje rodaba por las calles sombrías. En
aquel rincón oscuro, sacudidos por el vaivén de los
resortes y aturdidos por el estrépito de las ruedas al
saltar sobre el pavimento, el cuchicheo se hizo cada vez
más íntimo, más insinuante, animado a cada momento
por risas ahogadas y palabritas dulces. De ambos se
había apoderado un suave enternecimiento; de Pepa por
haber hallado a su yerno tan dócil; éste por ver a su
suegra tan cariñosa y transigente, creyendo encontrarla
hecha una furia. Animado con su éxito, acariciado por
aquella dulce confianza que repentinamente se estableció entre ellos, no cesaba de piropearla. Pepa se enfadaba o fingía enfadarse, le daba pellizcos feroces, le llamaba
hipócrita, coquetón desvergonzado. Concluyó por decir:

—Todo eso que me dices es una farsa tuya. Si fuese
verdad me alegraría, porque así tendría cierta influencia
contigo para hacerte un buen marido.

Al salir del coche, con el rostro encendido, más
hermosa que nunca, le dijo:

—Sube un momento; tengo que darte el reloj de Irene,
que se le ha olvidado ayer.

Emilio la subió del brazo y entró con ella en su
gabinete.

Mientras tanto, Irenita llegaba a casa en un estado de
agitación fácil de comprender en una niña tan sensible y
enamorada de su marido. La conducta de Emilio aquella noche la había trastornado, la había puesto excesivamente nerviosa. Y para fin de fiesta, la escena violenta
que preveía entre su madre y su marido, de la cual tal
vez saldría su ruptura definitiva con éste, la llenaba de
espanto. Así que, apenas saltó en tierra delante de la
puerta, acometida súbito de un vivo e irresistible anhelo,
volvió a montar apresuradamente, diciendo al cochero:

—A casa de mamá.

Le abrió el sereno la puerta exterior; la del piso, el criado que había estado velando y que aguardaba la salida del señorito para irse a acostar.

—¿Dónde está mamá?

—En las habitaciones de adelante con el señorito Emilio.

Irenita se dirigió con precipitación a la sala. No estaban allí. Pasó luego al *boudoir*. Tampoco, ni se oía el más leve ruido. Entró en el gabinete. Nada. Entonces, sobrecogida de terror, de duda, de ansiedad, lanzóse hacia la alcoba oculta por cortinas de brocatel donde creyó percibir algún rumor. En aquel momento se alzaron las cortinas y apareció su marido agitado y descompuesto, contemplándola con ojos de espanto. Irenita dio un grito y se desplomó sobre el pavimento [34].

---

[34] A lo largo del capítulo se van acumulando datos sobre la frivolidad y corrupción de la elite. Este episodio marca, de alguna manera, el techo de su inconsciencia y de su cinismo.

XII

MATINÉE RELIGIOSA [1]

Pocos días después, a las once de la mañana de un viernes de Cuaresma, el salvaje más elégante de Madrid salía de un sueño tranquilo y profundo con el firme propósito de casarse con la hija de Calderón. Abrió los ojos, los paseó por los adornos hípicos que colgaban de las paredes de su cuarto, se desperezó con elegancia, bebió un vaso de limón que tenía sobre la mesa de noche y se preparó a levantarse. No afirmaremos que el mencionado propósito viniese a su espíritu durante el sueño; pero es innegable que debió de operarse en él una misteriosa labor que lo favoreció sensiblemente. Porque en el momento de acostarse, Castro sólo pensaba vagamente en esta unión provechosa. Al abrir los ojos, su decisión de lograr la mano de Esperancita por cuantos medios estuviese a su alcance era ya irrevocable. Felicitemos, pues, de todo corazón a la afortunada niña y sigamos atentamente al noble salvaje en la tarea de perfeccionar la obra primorosa que la Naturaleza había llevado a cabo al crearle.

[1] En el capítulo anterior —"Baile en el Palacio de Requena"— se han concentrado todas las elites de poder del país excepto una, la Iglesia. A señalar la forma de integración del clero en el estrato superior va dirigido este capítulo. Su acción se centra en el palacio de la marquesa de Alcudia; día: un viernes de cuaresma. La referencia al ciclo anual en el episodio anterior y en éste recuerda *La Regenta,* donde las grandes fiestas del año aparecen cargadas de simbolismo. El capítulo consta de dos partes complementarias: en la primera Pepe Castro resuelve casarse; en la segunda tiene lugar el acto religioso del viernes por la tarde.

El criado tenía ya el baño dispuesto. Después de dar un vistazo al espejo para observar el semblante del día, esto es, el suyo, cogió unas bolas de hierro e hizo con ellas algunos movimientos. Tomó un florete y se tiró a fondo unas cuantas veces. En seguida aplicó unas docenas de puñetazos rectos sobre la almohadilla de un dinamómetro. Hecho lo cual creyó llegado el instante de meterse en el agua. Dentro de ella se hallaba aún cuando apareció en la habitación, sin previo anuncio, Manolo Dávalos.

—Pepe, tengo que hablarte de una cosa muy seria —dijo el lunático marqués, con aparato de misterio, los ojos más extraviados que nunca.

—Aguarda un poco: déjame salir del baño.

—Sal pronto, que corre prisa.

El marquesito se levantó de la silla donde se había sentado y comenzó a dar vueltas por la estancia con cierta agitación estrambótica, a la cual ya estaban acostumbrados sus amigos. No podía estarse quieto cinco minutos. Si cualquiera hiciese al cabo del día la mitad de movimiento que él, caería rendido antes de llegar la noche. Castro seguía sus movimientos con ojos burlones y desdeñosos. Pero estos ojos se tornaron serios e inquietos al ver que su amigo se acercaba a la mesa de noche y se ponía a jugar con un precioso revólver que allí tenía.

—Mira que está cargado, Manolo.

—Ya lo veo, ya —respondió éste sonriendo; y volviéndose de pronto:

—¿Qué dirían en Madrid, si yo te matase ahora de un tiro?

Pepe Castro sintió cierto hormigueo en la espalda, que no era producido solamente por el agua, y rió de un modo extraño.

—Y que, hoy por hoy, lo podría hacer impunemente —siguió muy risueño el marqués—. Porque como todos dicen que estoy loco...

—¡Je, je!

El tenorio volvió a reír como el conejo. No era

cobarde: al contrario, tenía fama de quisquilloso y espadachín: pero, como casi todos los valientes, necesitaba público [2]. La perspectiva de una muerte oscura a manos de un loco, no le hizo maldita la gracia. Los ejemplos de Séneca, Marat, y otros hombres notables que murieron violentamente en el baño, no lograron darla ninguna amenidad, quizá porque no tuviese noticias de ellos. El marqués avanzó con el revólver amartillado, diciéndole:

—¿Qué dirían en Madrid? ¿eh? ¿qué dirían?

Castro se sintió penetrado de frío como si estuviese metido entre hielo y no en agua tibia. Pero tuvo aún serenidad para gritarle:

—¡Deja ese revólver, Manolo! Si no lo dejas no vuelves a ver en tu vida a Amparo.

—¿Por qué? —preguntó aquél bajando el arma con el desconsuelo pintado en los ojos.

—Porque yo no quiero; porque la aconsejaré que no te deje entrar más en su casa...

—Bueno, hombre, no te incomodes... Ha sido una broma —replicó apresurándose a colocar el revólver en su sitio.

Castro salió al instante del baño. Lo primero que hizo, cuando estuvo envuelto en el capuchón turco con que se secaba, fue coger el revólver y guardarlo bajo llave. Tranquilo ya, pero irritado por el susto que su majadero amigo le había dado, comenzó a hablarle en tono malhumorado y despreciativo, mientas delante del espejo prodigaba a su bella figura, con el respeto debido, todos los cuidados a que era acreedora.

—Vamos a ver, hombre, desembucha ese secreto... Será una gansada de las que tú acostumbras... Desen-

---

[2] El valor como estética del gesto es un rasgo que aparece en la pluma de Palacio Valdés un tanto desmitificado: necesita espectadores y por tanto es un elemento más de vanidad y de amor propio. Rasgos estos últimos que aparecen a lo largo de la novela como específicos del estrato superior, y son contemplados por el novelista en su vertiente más negativa.

gáñate, Manolo, que tú ya no estás para salir a la calle.
Debes ponerte en cura —decía mientras se frotaba los
brazos con una pomada olorosa que había tomado de la
batería de tarros y frascos de todos tamaños que tenía
delante.

El marqués echó mano al bolsillo, y sacando la
cartera y de ella un billetito de mujer, dijo con no poca
solemnidad:

—Amparo me acaba de escribir esta carta. Deseo que
te enteres de ella.

Pepe no volvió siquiera los ojos para mirar el docu-
mento que su amigo le exhibía. Absorto en la tarea de
atusarse el bigote con un cepillito de barba, repuso en
tono distraído:

—¿Y qué dice la Amparo?

El marqués le miró sorprendido de la poca importancia que daba a aquella preciosa misiva.

—¿Quieres que te la lea?

—Si no es muy larga...

Manolo la desdobló con el mismo cuidado y respeto
que si fuese un autógrafo de Santa Teresa de Jesús y
leyó con voz conmovida:

"Mi queridísimo Manolo: Hazme el favor de mandar-
me por el dador dos mil pesetas que necesito con
urgencia. Si ahora no las tienes, no dejes de traérmelas
esta tarde a casa. Tuya de corazón siempre:

"AMPARO."

—¡Sopla! ¡Qué voracidad la de esa chica! ¿No tiene
bastante con el bolsillo de Salabert? Supongo que no se
las habrás mandado.

—No.

—Has hecho bien.

—Es que no las tenía. Precisamente para ver si tú
puedes facilitármelas es para lo que he venido.

Castro se volvió hacia él y le contempló unos momentos entre irritado y sorprendido. Tornando luego la vista
al espejo, dijo con calma despreciativa:

—Querido Manolo; eres un melón de gran tamaño.
Estoy seguro de que si heredases ahora a tu tía, entre-

garías la herencia a la Amparito para que la engullese
como ha hecho con la de tus papás.

Manolo se enfureció al oír esto. Defendió con energía
a su ex querida. No era ella, no, quien le había arruinado, sino los tunos de los mayordomos. Amparo era una
chica de excelentes condiciones para ama de casa, un
portento de arreglo doméstico: al mismo tiempo generosa, capaz de acomodarse a cualquier vida por el cariño [3],
etc., etc.

El maníaco marqués se expresó con calor y elocuencia
haciendo el panegírico de su adorada.

—¿Sabes dónde está el mal de todo? —dijo sordamente después de larga pausa—. En que mi familia me
privó, sin razón, de casarme con ella. ¡Qué obstinación
tan estúpida! Se empeñaban en que yo estaba perdidamente enamorado de esa mujer. ¡Qué había de estar
enamorado!... Lo que yo quería era dar una madre a mis
hijos, ¿sabes? Nada más que eso. Ellos hubieran sido
felices y yo también.

Pepe Castro se volvió estupefacto. Por las pálidas
mejillas del marqués rodaban algunas lágrimas de enternecimiento. Hizo un mohín de lástima y siguió arreglán-
dose los bigotes. Al cabo de unos momentos de silencio,
dijo:

—Dispensa, chico. No tengo esas dos mil pesetas;
pero aunque las tuviera puedes estar seguro de que me
guardaría de dártelas si las ibas a emplear como dices.

El marqués permaneció silencioso y comenzó a pasear
de través por el espacioso dormitorio.

—¿A quién me aconsejas que se las pida? —dijo
parándose de pronto.

—A Salabert —respondió Castro sonriendo burlona-
mente al espejo.

Manolito se encrespó terriblemente al oírlo; sus ojos
llamearon siniestramente; se dirigió frenético, agitando

---

[3] Dávalos cuando tiene que ponderar a Amparo, se ajusta a los
patrones de la mujer de las clases medias.

los puños, hacia Pepe, que se volvió hacia él y dio un
paso atrás preparándose a rechazarle.

—¡Eso que me has dicho es una porquería! ¡Es una
infamia que merece una estocada o un tiro! Es una cobardía porque estás en tu casa...

Y se puso a crujir los dientes y a rodar los ojos que
daba espanto verle; pero no llegó a agredir a su amigo.
Haciendo un esfuerzo supremo por contenerse, desahogó su furor arrojando contra el suelo el sombrero, de tal
modo que lo destrozó. Castro quedó aturdido, hecho
una estatua. Mil veces había bromeado con él diciéndole
cosas mucho más fuertes, verdaderas insolencias sin que
jamás se le hubiese ocurrido enfadarse. Y ahora, por
una chanza sencillísima, montaba en cólera de aquel
modo extraño. Procuró calmarle con algunas palabras
de disculpa: pero Manolito no le escuchaba. Aunque
desistió de la primera idea de arrojarse sobre él, comenzó a pasear como una fiera enjaulada, murmurando
amenazas, moviendo los brazos y gesticulando vivamente. No tardó en enternecerse, sin embargo.

—Nunca lo creyera de ti, Pepe —concluyó por decir
con voz alterada—. Nunca pensé que el mayor amigo
que tengo me había de insultar, me había de clavar el
puñal hasta el pomo...

—¡Pero, hombre de Dios!...

—No me hables, Pepe... Me has matado con una
palabra... Déjalo tranquilo... Dios te perdone como yo
te perdono... Yo soy como un conejo a quien hiere el
cazador y corre a morir a su madriguera... No me
hurgues más... Déjame morir en paz.

Este símil del conejo le hizo tal impresión después de
haberlo proferido, que se dejó caer sollozando en una
butaca. Al mismo tiempo le acometió un fuerte golpe de
tos, en el cual soltó por la boca una cantidad prodigiosa
de rails: pero la locomotora que tenía atravesada en la
garganta, por más esfuerzos que hizo, en manera alguna
pudo arrojarla. Castro le hizo beber una taza de tila con
azahar.

Cuando el insensato marqués se fue al cabo, estaba

aquél terminando el aderezo de su persona. La cual salió a la calle correcta y severamente vestida en traje de ceremonia diurna. Almorzó en Lhardy, dio una vuelta por *Los Salvajes,* y a las tres de la tarde, poco más o menos, se dirigió a casa de su tía la marquesa de Alcudia [4], sita en la calle de San Mateo. Esta severísima señora era muy celosa de la religión como ya sabemos [5]. Lo mismo de su alcurnia, por no decir más. Castro era sobrino segundo de ella, y aunque con su vida de calavera la había disgustado bastante, siempre le había tratado con mucho afecto procurando atraerle al buen camino. Para la marquesa, los timbres nobiliarios imprimían carácter como el sacramento del orden. Por más vilezas que un hombre hiciese, siempre era un noble, como un sacerdote es siempre un sacerdote [6]. En esta devota señora pensó Castro para que le secundase en su empresa. Su instinto (que era mucho más admirable que su inteligencia) le dijo que si la marquesa se encargase de casarle con la niña de Calderón lo conseguiría seguramente. Era grande el prestigio que tenía en la sociedad aristocrática: mayor aún entre los que estaban agregados a ella por razón del dinero, como Calderón.

El palacio de Alcudia era una fábrica sombría levantada a principios del siglo pasado. Un piso bajo con grandes ventanas enrejadas, otro piso alto, y nada más; pero la casa ocupaba un perímetro inmenso y detrás tenía un vasto jardín bastante descuidado. El portal era

[4] Se explicita la vida cotidiana del joven noble: primero se alude al abundante tiempo que exige el culto y cuidado de su persona; luego se consigna su presencia en los centros de buen tono, y finalmente se sugiere su asiduidad a las tertulias de la alta clase.

[5] Obsérvese el afán del narrador por destacar la estrecha unión existente entre la nobleza de viejo cuño y el clero, valiéndose incluso de una irrupción personal: "como ya sabemos". Por otra parte, creo que estos dos estamentos, presentados con rasgos acomodaticios tienen dentro de la obra una función legitimadora.

[6] El autor subraya con una imagen de gran plasticidad, el sentimiento de casta y autoconfianza y seguridad que preside la mentalidad de la aristocracia, a diferencia de lo que le ocurre a la burguesía, ávida, por eso mismo, de signos que vengan a prestigiarla.

chato y poco decoroso: la escalera de piedra toscamente labrada y gastada por el uso. El difunto marqués estaba pensando en una reforma cuando lo arrebató la muerte. Su viuda abandonó este proyecto, no tanto por avaricia, como por el horror que le inspiraban toda clase de reformas aunque fuesen de cal y canto[7]. Por dentro, la mansión era suntuosa: los muebles antiguos y riquísimos. Tapices de gran valor vestían las paredes, cuadros de los mejores pintores antiguos adornaban las de algunas piezas, como el despacho y el oratorio. Éste era una maravilla de lujo. Ocupaba un rincón de la planta baja, pero su techo era el del principal: tan elevado por consiguiente como el de una iglesia. Tenía grandes ventanas con cristales de colores como las catedrales góticas: estaba alfombrado como un salón de baile; había una pequeña tribuna con su órgano: el altar era primoroso, de gusto francés, y en medio se veía un magnífico *Ecce-Homo* de Morales[8]. Era, en fin, una estancia agradable y elegante, calentada por una gran estufa subterránea[9].

En el salón de familia estaban solas las chicas con la labor entre las manos. La marquesa, según le dijeron, estaba en el despacho ocupada en escribir cartas. Se

---

[7] Inmovilismo, sentimiento de casta, defensa de la religión parecen ser las tres connotaciones con que Palacio Valdés define a la marquesa de Alcudia, el arquetipo de la nobleza más dignamente tratado, por otra parte, en toda la novelística del escritor asturiano.

[8] El arte acumulado por la nobleza contrasta con la ausencia del mismo en "los palacios recién pintados" de la burguesía: recordemos el acondicionamiento del palacio de Salabert en vísperas de la fiesta. Para Chueca, la demanda burguesa de prestigios históricos en la arquitectura y en el arte en general, puede ser una de las explicaciones del eclecticismo artístico del siglo XIX. La burguesía tuvo que copiar unos estilos que implicaban respetabilidad, a diferencia de la aristocracia —respetable por nacimiento— que, históricamente, tuvo una postura esencialmente renovadora en el terreno artístico. *Vid.* F. Chueca Goitia, *Breve historia del urbanismo.* Madrid, Alianza, 1970, p. 184.

[9] La técnica naturalista de Palacio Valdés resulta espléndida para conseguir la recreación de una atmósfera, valiéndose no sólo de imágenes plásticas, sino de sensaciones acústicas y táctiles.

dirigió allá después de bromear un instante con las primas.

—¿Se puede, tía?

—Adelante... ¡Ah! ¿eres tú, Pepe? —dijo la marquesa alzando los ojos y mirándole por encima de las gafas que se había puesto para escribir.

—Si la interrumpo me voy. Quería celebrar con usted una conferencia —dijo el galán sonriendo.

—Siéntate un instante. Estoy terminando una carta.

—Acomodóse en un sillón, y mientras la tía Eugenia hacía crujir la pluma con su mano seca y nerviosa, empezó a coordinar el exordio del discurso que pensaba dirigirla. Aquélla dio a los pocos minutos un gran plumazo estridente que debió corresponder a su rúbrica, y arrancándose vivamente las gafas, dijo:

—Ya soy tuya, Pepe.

Éste bajó los ojos al suelo en demanda, sin duda, de inspiración, se atusó el bigote, tosió ligeramente y al fin dijo con acento solemne:

—Tía, no sé si es que Dios me ha tocado en el corazón o es que me voy cansando de la vida que llevo; pero es lo cierto que de poco tiempo a esta parte me acuerdo mucho de los consejos que me ha dado muchas veces, que ando con deseos de formalizar, de romper con estos hábitos poco dignos que la falta de un padre y, sobre todo, de una madre como usted me han hecho adquirir. Friso ya en los treinta y me parece hora de acordarse del nombre que llevo. Debo cumplir con él, y también con mi cualidad de cristiano... Porque en medio de mis excesos yo no me he olvidado jamás de que pertenezco a una familia católica y que hoy en España nuestra clase es la encargada de velar por la religión, dando buen ejemplo como usted hace... El medio mejor para favorecer este cambio que siento en mi corazón es casarme...

No pudo el gallardo joven escoger mejor sus palabras para catequizar a la tía Eugenia. Tan buena impresión le hicieron, que levantándose del sillón vino a ponerle la mano sobre le hombro, exclamando:

—¡Cuánto me alegro, Pepito! ¡No sabes el placer que me has dado! ¡Y dices que no sabes si Dios te ha tocado en el corazón! ¿Cómo había de realizarse este cambio repentino en tu ser si Dios no lo moviese? Dios ha sido, hijo mío, Dios ha sido, y un poco también la buena sangre que tienes en las venas... ¿Tienes escogida ya esposa?

El joven sonrió haciendo un signo afirmativo.

—¿Quién es?

—He pensado en Esperancita Calderón. ¿Qué te parece?

—Perfectamente. Es una niña muy bien educada, muy simpática: además yo la quiero como una hija. Ya ves; ha sido siempre la amiga íntima de mi Paz... Has tenido una elección feliz...

Castro volvió a sonreír maliciosamente y repuso:

—Mire usted, tía, yo bien quisiera casarme con una mujer de nuestra clase... Pero usted bien sabe que estoy completamente arruinado... Las jóvenes de la nobleza, por desgracia, no suelen tener en el día fortuna. Las que la tienen, no me querrán a mí que no puedo ofrecerles más que lo que ellas poseen ya, esto es, un nombre. Por eso me he fijado en una que carezca de él y tenga dinero.

—Está bien pensado. Aunque sea transigiendo un poco, debemos salvar nuestros nombres de la ignominia... Pero Esperanza es una niña excelente. Se ha educado ya entre nosotros. Será una dama cumplida que te honrará [10].

El bizarro joven no abandonaba aquella sonrisa de ironía maliciosa. Guardó silencio un instante, y dijo al cabo:

[10] La nobleza monopoliza en buena medida el poder social en el seno de una sociedad que está en vías de modernización. Para mantenerlo y no perder su poder económico —amenazado en el proceso de cambio—, la aristocracia se sirve de distintos mecanismos. Uno de ellos es la labor de selección que lleva a cabo entre aquellos miembros de las nuevas elites que juzga más preparados y mejor dispuestos para dejarse asimilar. El enlace de Pepe Castro y Esperanza Calderón bajo la supervisión de la marquesa de Alcudia puede ser paradigmático.

—¿Sabe usted, tía, qué nombre damos entre nosotros al casarse de este modo?

—¿Cómo?

—Tomar estiércol.

La marquesa sonrió con el borde de los labios; pero poniéndose grave en seguida, replicó:

—No; aquí no se puede decir eso, Pepe. Te repito que esa niña merece un partido brillante. El que va ganando en este asunto eres tú... ¿Sois novios ya? Hasta ahora no tengo noticia...

—No le he dicho nada aún... Sé que no le soy antipático. Nos miramos con buenos ojos; pero de relaciones, nada. Antes de pedírselas he querido consultar con usted, la persona más caracterizada que hoy tengo dentro de la familia en Madrid.

—Muy bien hecho. Has procedido dignamente. Cuando se trata de contraer matrimonio, que al fin y al cabo es un sacramento de la Iglesia, hay que guardar circunspección y formalidad. En otros tiempos mejores que éstos, no se realizaba una boda entre nosotros sin escuchar antes la opinión de los mayores. Te agradezco mucho la confianza que haces de mí, y desde luego puedes contar con mi aprobación.

—¿Y con su ayuda puedo contar? Mire usted que temo que surjan algunas dificultades por parte de su padre... Es un hombre metalizado [11]... Francamente, no quisiera sufrir un desaire...

La marquesa quedó pensativa algunos instantes.

—Déjalo de mi cuenta. Haré lo posible por arreglarlo... Pero es necesario que me prometas no dar un paso sin consultarme. Es un negocio diplomático que hay que llevar con prudencia y habilidad.

—Prometido, tía.

—Sobre todo, con la niña mucho cuidado... No me la alarmes.

---

[11] La sátira del escritor hacia la alta clase resulta mordaz e inmisericorde, ¿no es una gran ironía que Pepe Castro critique en Calderón, precisamente en este momento, el ser un "hombre metalizado"?

—Haré lo que usted me mande.

Pocos momentos después salían ambos del despacho y entraron en el salón, donde ya había algunas personas de fuera. Durante la Cuaresma la marquesa de Alcudia recibía a sus amigos en las tardes de los viernes, dedicándose con ellos a la oración y a las prácticas religiosas. Estaban allí ya la marquesa de Ujo y su hija, siempre con las sayas a media pierna, el general Patiño, Lola Madariaga y su marido, Clementina Salabert con su dama de compañía Pascuala y otras varias personas, entre ellas el padre Ortega. Como en realidad a él le correspondían los honores de la tarde y era el director de la fiesta, todos le rodeaban formando grupo en medio del salón. Pero todos hablaban en voz más alta que él. La palabra del ilustrado escolapio era siempre suave, apagada, como si jamás saliese de la sala de un enfermo. Cuando él hablaba, sin embargo, establecíase el silencio en el grupo, se le escuchaba con placer y veneración. La marquesa, al acercarse, le besó la mano rendidamente y le preguntó con interés por el catarro que hacía días padecía.

—¿Pero está usted acatarrado, padre? —preguntaron a la vez muchas señoras.

—Un poquito nada más —respondió el sacerdote soriendo dulcemente.

—Un poquito, no; bastante. Ayer no cesaba usted de toser en San José —dijo la marquesa.

Y se puso a dar cuenta de la dolencia del padre con solicitud y minuciosidad, no omitiendo ningún pormenor que pudiese contribuir a esclarecer tan importante punto. El clérigo sonreía, con los ojos en el suelo, diciendo en voz baja:

—No la hagan ustedes caso. La señora marquesa es muy aprensiva. Verán ustedes cómo resulto en último grado de tisis.

—Padre, hay que cuidarse... hay que cuidarse... Usted trabaja demasiado... Por el bien mismo de la religión debe usted cuidarse.

Todos se apresuraban a aconsejarle con afectuoso

interés. Una señorita de treinta y siete años, muy correosa y espiritada, que se confesaba con él, llegó a decir entre burlas y veras:

—Padre, ¡qué sería de mí si usted se muriese!

Lo cual hizo reír a los circunstantes y pareció molestar un poco al correcto sacerdote. La marquesa quiso prohibirle que pronunciase aquella tarde la plática de costumbre; pero él se negó rotundamente a ello.

En esto fueron entrando otras muchas personas en el salón. Llegaron Mariana Calderón y su hija Esperanza, los condes de Cotorraso, Pepa Frías y su hija Irene. Esta última traía el semblante pálido y ojeroso: como que salía de la cama donde había estado algunos días retenida por una afección nerviosa. Ya que estuvo poblado, la marquesa les invitó a pasar al oratorio y así lo hicieron. Las señoras se colocaron cerca del altar, donde todas tenían preparados sendos y lujosos reclinatorios: los caballeros permanecieron detrás y sólo tenían un almohadón de terciopelo para arrodillarse. Comenzó la sesión rezando todos el Rosario detrás del padre Ortega. Las señoras lo hicieron con una compostura y un recogimiento que edificaba: las ebúrneas manos, donde los diamantes y esmeraldas lanzaban destellos, cruzadas humildemente; la hermosa cabeza hundida en el pecho. Estaban irresistibles. Aunque no fuese más que por galantería, el Supremo Hacedor estaba obligado a concederles lo que pedían. No era la menos humilde, la menos bella y edificante, Pepa Frías. La mantilla negra iba admirablemente a sus cabellos rubios y a su tez blanca y sonrosada. Lo mismo decimos de Clementina Salabert, que era más esbelta, más delicada de facciones y que no le cedía nada en la tersura y brillo de la tez. Aquellas actitudes lánguidas y artísticas que las damas adoptaban, debían de estar destinadas a mover la Voluntad Divina. Pero como un fin enteramente secundario también tenían por objeto la edificación de los fieles salvajes que las contemplaban. Y si por casualidad hubiese entre ellos algún librepensador ¡qué confusión y vergüenza se apoderarían de su ánimo al ver que el

Señor tenía de su lado a lo más distinguido y elegante de la *high life* madrileña [12]!

Terminado el Rosario, dos de las más espirituales tertulias subieron a la pequeña tribuna acompañadas de un salvaje barítono y de otro que tecleaba el piano y cantaron uno de los más preciosos números del *Stabat Mater* de Rossini. Al escucharles todas aquellas almas místicas sintieron la nostalgia del teatro Real, de la Tosti y de Gayarre. Se confesaron con dolor que si en el Paraíso celeste había tantos inteligentes como en el de la plaza de Isabel II, la *pita* que en aquel instante estaban dando a sus amiguitos debía de ser monumental. A seguida del canto vino la plática o conferencia del padre Ortega. Acomodóse el sabio escolapio en un rico sillón de ébano y marfil en el centro de la capilla. Rodeáronle las señoras sentadas en sillitas y cojines; acercáronse los caballeros formando en segunda fila. Después de meditar unos minutos para recoger las ideas, comenzó a exponer con voz suave y palabra lenta y solemne algunas consideraciones acerca de la familia cristiana. Ya sabemos que el padre Ortega era un sacerdote a la altura de la civilización contemporánea. Al hablar de la familia estuvo profundo y elocuente. Para el padre Ortega lo que constituía la familia era el respeto y el amor a la tradición el respeto y el amor a los antepasados. "La familia es una tradición; tradición de glorias, de nombres, de honores, de virtudes y de recuerdos; y todo eso significa una misma cosa; amor, estimación y respeto a los mayores, es decir, a lo más generoso y conservador que hay en la familia". Con este motivo el conferenciante tronó contra la revolución, contra ese viento que sopla del infierno para destruir todo lo antiguo y glorificar lo nuevo, contra ese desprecio bárbaro de las

---

[12] *La matinée* —forma de religiosidad de "la espuma" que también aparece en otras novelas de la época, *vid.,* por ejemplo, *La familia de León Roch,* parte II, cap. XII—, es una tertulia socio-piadosa frente a la que Palacio Valdés expresa su repulsa valiéndose de la fina y mordaz ironía de su pluma. El novelista denuncia con dureza el predominio de los aspectos sociales y decorativos en la religiosidad de la alta clase.

costumbres, de las leyes, de las instituciones, de las glorias de nuestros antepasados. "La revolución lleva escrito en su bandera: *desprecio a los mayores*. ¿Cómo no, si las creencias antiguas, las costumbres antiguas, las instituciones antiguas, las aristocracias antiguas, a pesar de lo que en ellas, como en todo lo humano, puede echarse de menos, representan el trabajo de nuestros antepasados, la inteligencia, la gloria, el alma, la vida y el corazón de nuestros padres? Y siendo así, ¿cómo la ciencia revolucionaria que lanza sobre todas las cosas antiguas sus estúpidos desdenes, no había de lanzar también sobre los antepasados sus groseros desprecios?" Un principio de disolución de la familia es el ataque que se dirige por las escuelas revolucionarias a la propiedad[13]. Esta agresión no sólo es un atentado directo contra la sociedad, sino que es un atentado todavía más directo contra la familia. "La propiedad, la herencia y el patrimonio, ¿qué son sino el culto de los antepasados y el amor a los hijos? La propiedad es el presente, el pasado y el porvenir de la familia; es el lugar donde crece y se dilata en el tiempo; es el suelo que aseguraron los abuelos que se van, puesto hoy bajo las plantas de la posteridad que se eleva bendiciéndolos".

Cerca de una hora estuvo el sabio escolapio asentando sobre sólidas bases la existencia de la familia cristiana. Estas bases no eran otras que la religión, la propiedad y la tradición[14]. Hablaba con autoridad, en un

[13] Conviene valorar el rechazo de la revolución hecho por el escolapio, en su propio contexto histórico. Recordemos que a fines de los años ochenta, con motivo del centenario de la revolución francesa, en un ambiente en el que ya están presentes distintos componentes de la crisis finisecular, se advierte claramente una crispación en los sectores conservadores de la sociedad española. *Vid. El Mensajero del Corazón de Jesús*, de 1889.

[14] Religión, propiedad, tradición son presentadas por el escolapio como triple baluarte que es necesario defender frente a la revolución. Queda bien patente que la propiedad y la tradición constituyen la base del consenso de la Iglesia con el estrato superior. Queda también clara la discrepancia del escritor ante esta actitud de la Iglesia que legitima con su presencia la corrupción más absoluta del Madrid de "los que

tono sencillo y persuasivo, con palabra atildada y correcta. El auditorio le escuchaba atento, sumiso, convencido de que era el Espíritu Santo quien por boca del venerable sacerdote les ordenaba tener mucho cuidado con la tradición, con la religión, y sobre todo con la propiedad. Este sublime pensamiento les edificaba de tal modo, que el conde de Cotorraso y algunos otros grandes propietarios que allí había, se sentían unidos eternamente al Ser Supremo por el vínculo sagrado de la propiedad territorial y se prometían combatir por ella heroicamente y oponerse en el Senado a toda ley que directa o indirectamente atentara a su integridad [15].

Al terminar el escolapio se le cumplimentó con sonrisas y reprimidas exclamaciones de entusiasmo. Todos hablaban en voz de falsete respetando el sagrado del recinto. La señorita correosa que había preguntado antes qué sería de ella si el padre Ortega le faltase, corrió a tomarle la mano y se la besó repetidas veces con arrebato que hizo cambiar algunas miradas de burla a los circunstantes. El padre se la retiró bruscamente con visible desagrado. Y otra vez subieron a la tribuna varias damas y caballeros, y *ejecutaron,* en toda la extensión de la palabra, algunas melodías religiosas de Gounod.

Al fin salieron del oratorio todas aquellas almas beatas y se dirigieron al salón.

La marquesa de Alcudia, cuya voluntad no podía

---

mandan". Porque ¿cómo puede entenderse o calificarse la apasionada defensa de la familia hecha por el padre Ortega ante un grupo de "la espuma" que desprecia y vulnera frívolamente esta moral familiar?

[15] El contraste entre la medianía de "la espuma" —minada por vicios y lacras que el escritor ha ido señalando a lo largo de doce capítulos—, y la tranquilizadora y tácita apología de aquélla en que estúpidamente convierte su plática cuaresmal el padre Ortega, es resaltado por Palacio Valdés como una interesada y cobarde deserción por parte de la Iglesia, como un gigantesco acto de hipocresía por parte de los asistentes. Hipocresía que ya sólo es posible entender a partir de una mentalidad en la que se dan la mano el egoísmo, la frivolidad interesada y el más absoluto cinismo.

estar jamás en reposo, se dispuso a cumplir lo que había prometido a su sobrino. Éste la vio llamar aparte a Mariana y salir con ella. Al cabo de un rato ambas volvieron. Castro comprendió que se había hablado de él, en la mirada tímida y afectuosa que la esposa de Calderón le dirigió al entrar. Luego observó que la marquesa se retiraba hacia un rincón con el padre Ortega y hablaban reservadamente. Sospechó que también él estaba sobre el tapete. El sacerdote le dirigió dos o tres miradas con sus ojos vagos de miope. No se había acercado a Esperancita en todo el tiempo, pero de lejos se miraban y se sonreían. La niña parecía sorprendida de aquella actitud reservada. Pepe la había festejado bastante en los últimos días. Comenzó a inquietarse. Al fin, ella misma vino hacia él.

—No ha estado usted anoche en el Real. ¿Guarda usted la Cuaresma?

—¡Oh, no! —dijo riendo el joven—. Es que me dolía un poco la cabeza y me acosté temprano.

—¡Claro! ¿qué había de suceder? Por la tarde montaba usted un caballo que no cesaba de saltar. Hubo un momento en que pensé que le tiraba.

Castro sonrió lleno de condescendencia. La niña se apresuró a decir:

—Ya sé que es usted un gran jinete; pero de todos modos, siempre puede suceder una desgracia.

—¿Qué hubiera usted hecho si me hubiese tirado? —preguntó él mirándola a los ojos fijamente.

—¡Qué sé yo! —exclamó la niña alzando los hombros y ruborizándose.

—¿Daría usted un grito? —insistió sin dejar de mirarla.

—¡Vaya unas preguntas extrañas que usted hace! —dijo Esperancita más ruborizada cada vez—. Lo daría quizá... o no lo daría...

En aquel momento se acercó la marquesa de Alcudia llamándola.

—Esperanza, tengo que decirte una cosa...

Y al pasar junto a su sobrino, murmuró muy bajo:

—¡Prudencia, Pepe! Esos apartes no están en el pro-grama.

Al verlas alejarse y salir de la estancia, otro hombre menos superior sentiría alguna inquietud, cierto anhelo por saber lo que iba a pasar en aquella conferencia memorable. Pero nuestro joven estaba tan por encima del vulgo en estas y otras materias, que se puso a bromear con las damas con la misma tranquilidad que si Esperancita y la marquesa se hubiesen ido a hablar de modas. Cuando al cabo de un rato tornaron a entrar, la niña de Calderón tenía la carita encendida, los ojos brilantes, con una expresión sumisa y dichosa a la vez, que si no temiéramos cometer una profanación en viernes de Cuaresma, compararíamos a la de la Virgen María cuando el ángel Gabriel le anunció que conce-biría del Espíritu Santo.

Continuó la reunión con un carácter semirreligioso. Aquellos espíritus ascéticos no podían olvidarse de que era un día consagrado por las penitencias de Jesús en el desierto. En su consecuencia, las niñas que se acercaron al piano abstuviéronse de cantar el vals de *La Bujía Elegante*. Sus gargantas piadosas no modularon más que el *Ave María* de Schubert, la de Gounod y otras piezas donde se exhala el amor divino. Se hablaba y se reía con discreción, bajando el tono. Si algún pollo se desmandaba un poco de palabra, las damas le llamaban al orden recordándole que en viernes de Cuaresma no se debe aludir a ciertas cosillas prohibidas. El espíritu de Dios estaba en la asamblea, a juzgar por la gran conformidad, por la dulce serenidad con que todos se resignaban a vivir en este valle de lágrimas. Una sonrisa feliz vagaba por los labios de ellas y ellos. Entre cánticos melodiosos, entre amenas pláticas y bromas delicadas se pasó la tarde. Los revisteros podían decir, sin faltar a la verdad al día siguiente, que los "viernes del Supre-mo Hacedor" eran deliciosos, y que la marquesa de Al-cudia hacía los honores en su nombre con exquisita amabilidad.

Al cabo, la piadosa reunión se dispersó. Todas aquellas almas bienaventuradas y temerosas de Dios salieron del palacio de Alcudia y se dirigieron a sus moradas, donde les aguardaba la sopa de tortuga humeante, el salmón con salsa mayonesa, las ricas ensaladas de col de Bruselas y las apetitosas *bouchées de crevettes*. La oración de quietud, aquellas horas de unión contemplativa con la Divinidad, les había abierto de par en par el apetito. No hay nada que vigorice el estómago como la convicción de tener de su parte al Omnipotente y la esperanza fundada de que más allá de esta vida, si hay fuego y tormentos eternos para los pelagatos y descamisados que se atreven a discutirle, para las familias cristianas, esto es, para las que tienen religión y propiedad y antepasados, no puede haber más que bienandanza, una eternidad de salmón con mayonesa y de *crevettes a la parisienne* [16].

XIII

VIAJE A RIOSA

El duque de Requena había dado la última sacudida al árbol. La naranja cayó en sus manos dorada y apetitosa. En un momento dado sus agentes de París, Londres y Madrid adquirieron más de la mitad de las acciones de Riosa. La gerencia vino pues a sus manos, o, lo que es igual, la mina. Algunos habían sospechado ya el juego; se resistían a vender, sobre todo en Madrid, donde el carácter del banquero era conocido. A no apresurarse a dar el golpe decisivo, seguramente las acciones hubieran subido. Llera olfateó el peligro y dio la señal de avance. ¡Qué día más feliz para el asturiano aquel en que se recibieron los telegramas de París y Londres! Su cara angulosa resplandecía como la de un general que acaba de ganar una batalla. Sus largas, descomunales extremidades se movían como las aspas de un molino, al dar cuenta del suceso a los hombres de negocios que había acudido a casa del duque en demanda de noticias. Fluían sonoras, homéricas carcajadas de su pecho levantado de esternón como el de un pollo: abrazaba a los amigos hasta asfixiarlos, y cuando el duque le dirigía alguna pregunta respondíale con cierto desdén desde la altura de su gloria. Y sin embargo, en aquel colosal negocio, él no llevaba ni un medio por ciento. Ni una sola peseta de tantos millones de ellas como iban a salir por la boca de la mina, vendría a caer en sus manos. ¡Pero qué importa! Sus cálculos se realizaban, aquella intriga seguida con sigilo, con perseveran-

cia, con maravillosa actividad y talento llegó al desenlace apetecido. Su alegría era la del artista que triunfa,
comparados con la cual todos los goces sórdidos de la
tierra no valen un comino.

Los del duque no fueron todos de esta especie.
También su vanidad se sintió halagada por aquel ruido-
so triunfo. Pensaba sinceramente que había llevado a
cabo una empresa maravillosa digna de ser esculpida en
mármoles y cantada por los poetas. Lo que en pura
verdad no pasaba de una estafa consentida por las leyes,
por una extraña aberración del sentido moral se transformaba en gloriosa manifestación de la inteligencia, no
sólo a sus propios ojos, sino a los de la sociedad [1]. Para
festejar el éxito y también para enterarse por sí mismo
de las reformas que debían llevarse a cabo a fin de que
la mina produjese lo que tenía pensado, proyectó una
excursión con los ingenieros y algunas personas de su
intimidad. Al principio no pensó en llevar consigo más
de ocho o diez. Poco a poco se fue ampliando el número, de suerte que al llegar el día de la marcha pasaban de
cincuenta los convidados. Este aumento era debido
principalmente a la iniciativa de Clementina, a quien
sedujo la idea de aquel viaje. Lo que en el pensamiento
del duque había sido una excursioncita modesta, familiar, en el de su encopetada hija adquirió el carácter de
un acontecimiento público, un viaje resonante y ostento-
so que preocupó algunos días a la sociedad elegante.

Salabert hizo poner un tren especial para sus convidados. Unos días antes había mandado los criados y las
provisiones. Todo debía estar preparado para recibirles
dignamente. Corría el mes de mayo. Empezaba a sentirse el calor. A las nueve de la mañana se veía en las
inmediaciones de la estación de las Delicias una multitud de carruajes de lujo, de los cuales salieron las damas
y los caballeros ataviados según las circunstancias; ellas

[1] Hay que subrayar la repetida insistencia con que el novelista
denuncia la ausencia de ética social en la gran burguesía y la falta de
sensibilidad en el mundo de las clases medias para tomar nota de ello.

con vistosos trajes de fantasía para las excursiones campestres, ligeros y claros; ellos de americana y hongo, pero imprimiendo en este sencillísimo traje el sello de su capricho, procurando, como es justo, apartarse de los hongos y americanas conocidos hasta el día. Quién llevaba un terno de franela blanca como el ampo de la nieve con guantes y sombreros negros; quién lo lucía de color de lagarto con un somberito azul de alas microscópicas; quién, por fin, había creído oportuno vestirse de *tricot* negro con guantes, botines y sombreros blancos. Muchos llevaban colgados de los hombros por correas charoladas magníficos gemelos para que no se les escapasen los mínimos detalles del paisaje [2]. Y abundaban asimismo los bastones alpestres como si marchasen a alguna expedición peligrosa al través de las montañas.

El tren especial constaba de dos coches-salón un *sleeping-car* [3] y un furgón. Con la algazara que el caso requería se fue acomodando en los primeros aquella crema delicada de la salvajería madrileña. Predominaban los hombres. Las damas se habían retraído por no hallar suficiente grata la perspectiva de visitar una mina. Pero aún había bastantes para amenizar la excursión, y entorpecerla también. Estaban allí las que de algún modo por sus padres o maridos se relacionaban con el negocio, como la esposa y la hija de Calderón, la chica de Urreta, la señora de Biggs, Clementina Salabert y otras. Al lado de éstas algunas que por amistad íntima con ellas se habían decidido a acompañarlas, como Pacita y Mercedes Alcudia, cuya amistad con Esperancita era notoria. Estaban también aquellas que no podían

[2] Tal vez en ningún pasaje de la novela valdesiana resulte más patente la función social del vestido; nada funcional y muy poco adecuado para la ocasión, es evidente que tiene, sin embargo, un objetivo principal: destacar y subrayar la alta posición de los asistentes.

[3] El narrador señala la concentración de elites, y la reacción que éstas suscitan en el mundo del trabajo: servilismo. Palacio Valdés, partiendo de esta realidad, se dispone en este capítulo a justificar el cambio de actitud que se está produciendo en el seno de las clases trabajadoras: del servilismo al odio de clase.

faltar dondequiera que hubiese jolgorio, verbigracia: Pepa Frías, Lola Madariaga, etc. Había hombres de negocios, personajes políticos, títulos rancios y nuevos. Al montar en el tren podía observarse la solicitud servil de los empleados de la estación, la extrema turbación[4] que en aquel recinto producían los poderosos de la tierra.

Al fin, el más poderoso de todos, el egregio duque de Requena sacó el pañuelo y lo agitó en la ventanilla. Sonó un pito, respondió la máquina con prolongado y fragoroso ronquido, y resoplando y bufando, el tren comenzó a mover sus anillos metálicos y a arrastrarse lentamente alejándose de la estación. Los convidados, desde las ventanillas, saludaban con los pañuelos a los que habían ido a despedirles. Gran agitación y algazara en los coches, apenas se encontraron corriendo por los campos yermos de la provincia de Madrid. Todo el mundo hablaba en voz alta y reía: esto y el ruido del tren hacía que apenas se entendieran. Poco a poco se fue operando, sin embargo, en aquella asamblea el fenómeno químico de la afinidad electiva. El duque se vio rodeado, en una berlina o mirador que había en la trasera del coche, de varios personajes de la banca y la política. Clementina, Pepa Frías, Lola Madariaga y otras damas formaban grupo conversando con los aficionados a la charla desenvuelta y picante, Pinedo, Fuentes, Calderón. Las niñas y los pollastres se decían mil frases espirituales que les regocijaba hasta un grado indecible. Una de las cosas que más alegría les causó fue la aparición de Cobo Ramírez en la ventanilla con la gorra galoneada de un empleado exigiéndoles el billete. Cobo estaba en el otro salón y había venido por el estribo, arriesgándose un poco, pues el tren llevaba extraordinaria velocidad. Se le acogió con aplausos. Las

---

[4] Las clases medias, Raimundo en este caso, pueden adaptarse a las formas de vida de la elite, pero es evidente, que en la óptica valdesiana, ello comporta una traición no sólo a los principios de su grupo social de procedencia —como ya advertíamos en el capítulo XI—, sino también una degradación de su propia persona.

chicas enviaron recaditos a sus vecinas las del otro coche. Los pollos escribieron cartas de declaración. De todo se encargó el primogénito de Casa-Ramírez, quien iba y venía de un coche a otro con gran firmeza a pesar de su obesidad. Esto les divirtió un rato. Los billetes amorosos escritos con lápiz se leían en voz alta y provocaban los aplausos y la risa.

Raimundo charlaba con el mejicano de las vacas y con Osorio. Éste había llegado a mirarle con cierta benevolencia. De los amantes de su mujer era el que había hallado más simpático y más inocente. Aunque niño en la apariencia, observaba que era inteligente, instruido, cualidades que hasta entre salvajes concede cierto prestigio a la persona... Nuestro joven había concluido por adaptarse bastante bien al medio en que hacía tiempo vivía. No sólo en su traje podían observarse los refinamientos de la moda secundada por la propia fantasía, sino que en su trato y en sus modales se iba operando un cambio visible. En sus relaciones con Clementina continuaba siendo el niño tímido, el mismo esclavo sumiso que vivía pendiente de un gesto o una mirada de su dueño. El amor echaba en su corazón cada vez más hondas raíces. Pero en el comercio social se había ido atemperando a lo que en torno suyo veía. Hizo lo posible por reprimir los ímpetus de su naturaleza expansiva y afectuosa: adoptó un continente grave, impasible, ligeramente desdeñoso: procuró burlarse de cuanto se decía en su presencia, como no tocase a los usos y fueros de la salvajería: adquirió un cierto tonillo irónico, semejante al de sus compañeros de club. Y sobre todo se guardó muy bien de emitir ninguna idea científica o filosófica, pues por experiencia sabía que esto era lo que no se perdonaba en aquella sociedad. Hasta procuró refrenarse cuando alguno de aquellos jóvenes le inspiraba más simpatía y afecto que los otros. El cariño es en sí ridículo y precisa guardarlo en el fondo del corazón. De otra suerte se exponía a que el mismo objeto de sus expansiones cariñosas le respondiese con alguna cuchufleta como le sucedió más de una vez. Gracias a estas diligencias y a tal aprendizaje [5] que fue para él rudo, logró que se le respetase algo más, que se le mirase como hombre *chic,* suprema felicidad a que no es fácil llegar en esta mísera existencia planetaria.

Cuando Cobo hubo realizado varios de aquellos viajes de un coche a otro, que no dejaban de ser peligrosos por la velocidad del tren, Lola Madariaga, fijando una mirada burlona, primero en Clementina, luego en Alcázar, dijo a éste:

—Alcázar, ¿se atreve usted a ir a pedir a la condesa de Cotorraso su frasco de sales? Me siento un poco mareada.

Raimundo era, como ya sabemos, un chico débil, que no había tenido la educación gimnástica de los jóvenes aristócratas, sus amigos. Aquel viajecito por el estribo, con la marcha rapidísima del tren, que para ellos era cosa baladí, para él, que sentía vértigos al atravesar un puente o subir a una torre, era realmente peligrosísimo. Así lo comprendió y vaciló un instante, pero la honrilla le hizo responder:

—Voy al momento, señora.

Y se dispuso a dar cumplimiento al encargo. Pero Clementina, que había fruncido el entrecejo al oír la exigencia de su amiga, le detuvo exclamando con energía:

—¡No vaya usted, Alcázar! Ya se lo encargaremos a Cobo cuando vuelva.

El joven vaciló todavía con la mano en la portezuela;

---

[5] Raimundo Alcázar y Ramoncito Maldonado son dos miembros de las clases medias incrustadas en la elite que aparecen continuamente en posiciones desairadas y son objeto de las reticencias de la alta clase. La actitud del novelista ante uno y otro es diversa: Ramoncito aspira por ambición a formar parte de la elite; Raimundo en cambio, se ve metido en ella por la ofuscación y el deslumbramiento que le produce Clementina, pero no se propone lucro alguno. Tal vez por ello, trata más duramente al futuro político a lo largo de la obra, pero lanza, sin embargo, su castigo más implacable contra el joven miembro de la *intelligentsia,* que abandona su proyecto, y se deja seducir por los prestigios de la alta clase.

pero Clementina repitió aún con más fuerza, y ruborizándose:

—No vaya usted. No vaya usted.

Raimundo manifestó sonriendo a Lola:

—Perdone usted, señora. Hoy no puedo ser lacayo sino de Clementina. Otro día tendré el honor de serlo de usted.

Ni la carcajada de Lola, ni la sonrisa burlona de las otras damas consiguieron extinguir la emoción gratísima que el vivo interés de su amada le hizo experimentar.

Ramoncito Maldonado se hallaba en el otro coche acompañando a Esperancita, a su madre y a otras damas y damiselas a quienes tenía el decidido propósito de encantar con su plática. Les contaba, esforzándose en dar a su palabra un giro parlamentario, ciertos curiosos incidentes de las últimas sesiones del Ayuntamiento. Manejaba ya perfectamente todos los lugares comunes de la oratoria municipal y conocía hasta lo más profundo el tecnicismo reglamentario. Hablaba de *orden del día, votos de confianza, particulares, nominales, secretos, proposiciones incidentales, previas, y de no ha lugar a deliberar, interpelaciones, preguntas,* etc., etc., como si fuese el inventor de este aparato maravilloso del ingenio humano. Conocía ya las Ordenanzas municipales como si las hubiese parido. Trataba las cuestiones de aforos, rasantes, alcantarillado, decomisos, etc., etc., que daba gloria oírle. Finalmente, como hombre desmedidamente ambicioso que era, se había metido en una conjuración contra el alcalde, de la cual pensaba sacar su nombramiento de individuo de la comisión de paseos públicos. Hacía ya tiempo que sostenía una lucha sorda, pero terrible, con Pérez, otro concejal no menos ambicioso, para obtener este puesto, en el cual sus grandes dotes de innovador podrían brillar espléndidamente. El Retiro, Recoletos, la Castellana, el Campo del Moro esperaban un redentor que les diese nueva y deslumbrante vida, y este redentor no podía ser otro que Maldonado. En el fondo de su cerebro, entre otros mil proyectos portentosos, había uno audacísimo que no se atrevía a comunicar a nadie, pero que incubaba con particular cariño, resuelto a luchar por él hasta el fin de sus días. Este proyecto era nada menos que el de trasladar la fuente de Apolo del Prado al centro de la Puerta del Sol. ¡Y que un mercachifle indigno como Pérez, de criterio estrecho, sin gusto y sin estética, se atreviese a disputarle el puesto!

Cuando más embebido estaba, dando cuenta de la habilísima intriga que habían urdido para dar un voto de censura al alcalde, Cobo ¡su eterno estripacuentos! acercóse al grupo, y después de escuchar un momento, le atajó diciendo:

—Vaya, Ramón, no te des tono. Ya sabemos que en el Ayuntamiento no representas nada. González te lleva por las narices adonde le da la gana.

Fue aquél un golpe rudo para Maldonado [6]. Considérese que estaba delante de Esperancita y de otra porción de señoras y señoritas. Tan rudo fue que le aturdió como si le hubiesen dado en la frente con una maza. Se puso lívido, sus labios temblaron antes de poder articular una palabra. Por fin, dijo con voz alterada:

—¿A mí González?... ¿Por las narices? ¡Estás loco!... A mí no me lleva nadie por las narices... y mucho menos González.

Pronunció las últimas palabras con afectado desprecio. Negó a González por la misma razón que San Pedro negó a su Maestro, por el pícaro orgullo. La conciencia le decía que faltaba a la verdad, anque no

---

[6] El lugar novelesco tiene posiblemente una doble inspiración: el nombre es el mismo que el de una mina perteneciente al municipio de Oviedo, y la ambientación hace referencia posiblemente a Almadén. Carecemos de documentación para afirmar esto último, pero una serie de indicios —el mercurio, el paisaje, la distancia de Madrid, las condiciones de trabajo, las tensiones sociales que hubo en Almadén en los años ochenta— nos permiten aventurar la posibilidad de que fuera este yacimiento de Ciudad Real el lugar de referencia del escritor. En cuanto al nombre, es muy probable que Palacio Valdés conociera las minas de carbón y cobre de Riosa, que precisamente se habían comenzado a activar en la década de los cincuenta, época en que el novelista vivía en el Principado.

cantase el gallo. González era el *leader* de la minoría municipal, y Ramoncito le tenía en el fondo del alma una gran veneración.

—¡Anda, anda! ¡si querrás negarme que González te maneja como un maniquí! ¡Estaríais buenos los disidentes si no fuese por él!

Raimundo recobró súbito el uso de la palabra, y tan plenamente que pronunció más de mil en pocos minutos, con ímpetu feroz, soltando espumarajos de cólera. Rechazó como debía aquella absurda especie del maniquí y explicó cumplidamente la significación que González tenía dentro del municipio y la posición que él mismo ocupaba. Pero lo hizo con tal exaltación y ademanes tan descompuestos que las damas le contemplaban sorprendidas y risueñas.

—¡Pero este Ramoncito qué genio tiene!... ¡Quién lo diría!... Vamos, Cobo, no le maree usted más, que puede ponerse malo.

La compasión de las señoras le llegó al alma al enfurecido concejal. Callóse de pronto, y crujiendo los dientes de un modo lamentable, se encerró lo menos por una hora en un silencio digno y temeroso.

En una estación secundaria, en medio de campos yermos y dilatados que formaban, como el mar, horizonte, se detuvo el tren para que los viajeros pudiesen almorzar. Los criados del duque, enviados delante, lo tenían todo preparado a este fin. Ramoncito se convirtió en caballero *servant* [7] de Esperancita. Ésta se dejaba obsequiar con semblante benévolo, lo cual le tenía medio loco de alegría. La razón de esta condescendencia era que Pepe Castro no había venido por mandato expreso de su tía la marquesa de Alcudia. Las negociaciones matrimoniales, llevadas con gran sigilo, exigían cada vez más prudencia. Como Maldonado era tan

[7] Obsérvese la distinción hecha por don Armando al referirse a la actitud de las clases trabajadoras: servilismo en el obrero madrileño de los ferrocarriles, y hostilidad manifiesta, aunque contenida, en los mineros de Riosa.

íntimo amigo del dueño de su corazón, Esperancita sentía cierto deleite teniéndole a su lado. Al mismo tiempo evitaba que le fuesen llevando cuentos sobre si hablaba con el conde de Agreda o con Cobo. ¡Pobre Ramón! ¡Cuán ajeno estaba de estas complicadas psicologías!

Montaron de nuevo en el tren. Siguieron caminando al través de llanuras interminables, amarillentas, sin que a ninguno se le ocurriese enderezar hacia el paisaje los magníficos gemelos ingleses. Y llegaron a Riosa[8] poco antes del oscurecer. Las minas de Riosa están situadas en el centro de dos cumbres poco elevadas, estribaciones de una famosa sierra. Rodéanlas por todas partes terrenos ásperos, lomas y colinas de escasa elevación, donde abundan, no obstante, las quebraduras y asperezas que le dan aspecto triste y siniestro. Entre aquellas dos cumbres hay una villa edificada desde la más remota antigüedad. Nuestros viajeros no llegaron a ella. Detuviéronse dos kilómetros más atrás, en un burgo denominado Villalegre, donde los ingenieros y empleados habían situado su domicilio para sustraerse a las emanaciones mercuriales y sulfurosas que envenenan lentamente, no sólo a los mineros, sino a los vecinos de Riosa. Se hallaba separado de ésta por una colina y ofrece, con la villa de las minas, notable contraste. Riega sus terrenos un riachuelo y lo fecunda y lo convierte en ameno jardín, donde crecen en abundancia los lirios silvestres, el jazmín y el heliotropo y sobre todo las rosas de Alejandría, que han tomado allí carta de naturaleza como en ninguna otra región de España. Los aromas penetrantes del tomillo y del hinojo embalsaman y purifican el ambiente. Lo mejor y más florido de estos terrenos pertenecía a la Compañía. Separada de la aldea

---

[8] Resulta mordaz la ironía del autor ante los principios que rigen la vida político-social de la Restauración: la igualdad de los individuos ante la ley y la soberanía popular recién consagrada por el sufragio universal. La España oficial y la España real asoman ya en estas páginas valdesianas.

como unos trescientos pasos y en el centro de un parque
se levanta soberbia fábrica de piedra. Es la habitación
del director y el centro administrativo de las minas. No
lejos, diseminados a uno y otro lado, hay unos cuantos
pabelloncitos con su jardín enverjado. Moran allí algunos empleados de la administración y algunos facultativos, aunque los más de éstos tienen su domicilio en
Riosa.

Villalegre no tiene estación. El tren se detuvo cerca de
la carretera que va a la capital de la provincia. Allí les
esperaban algunos coches que los condujeron en diez
minutos al palacio de la Dirección. A la puerta del
parque y en las inmediaciones había una muchedumbre
que saludó a la comitiva con vivas apagados. Eran los
obreros, los que no estaban de tarea, a quienes el
director había hecho venir desde Riosa con tal objeto.
Todos ellos tenían la tez pálida, terrosa, los ojos mortecinos: en sus movimientos podía observarse, aun sin
aproximarse mucho, cierta indecisión que de cerca se
convertía en temblor. La brillante comitiva llegó a tocar
aquella legión de fantasmas (porque tales parecían a la
luz moribunda de la tarde). Los ojos de las hermosas y
de los elegantes se encontraron con los de los mineros, y
si hemos de ser verídicos, diremos que de aquel choque
no brotó una chispa de simpatía. Detrás de la sonrisa
forzada y triste de los trabajadores, un hombre observador podía leer bien claro la hostilidad [9]. El cortejo de
Salabert atravesó en silencio por medio de ellos, con
visible malestar, los rostros serios, y con cierta expresión
de temor. Las damas se apretaron instintivamente contra los caballeros. Al entrar en el parque murmuraron
algunas: "¡Dios mío, qué caras!" Ellos respiran con

---

[9] Palacio Valdés pone de relieve en este episodio el divorcio existente
entre las clases dirigentes y las clases trabajadoras. Repudio y actitud
paternalista parecen ser las únicas propuestas de la elite. El narrador, sin
embargo, no se queda en la mera descripción de los hechos, sino que
penetra en la psicología de los visitantes y toma nota del malestar y la
inquietud que se advierte en ellos cuando se ponen en contacto con este
mundo lleno de miseria.

satisfacción al verse libres de aquellas miradas profundas y misteriosas. Sólo Rafael Alcántara se atrevió a responder con una chanzoneta:

—Verdad. El pueblo soberano no anda por aquí muy bien de fisonomía [10].

El director presentó a Salabert los empleados. Los facultativos eran casi todos extranjeros, tipos rubios y sonrosados que nada ofrecían de particular. Menos aún los administrativos. El único que llamaba un poco la atención entre ellos era un joven delgado y pálido, con fino bigote negro, cuyos ojos negros y duros se fijaban con tal decisión en los convidados que rayaba en insolencia. Sin saber por qué, los que cambiaban con él una mirada se sentían molestos y separaban prontamente la vista. El director lo presentó como el médico de las minas.

Los invitados tenían sus habitaciones preparadas, unos en el edificio de la dirección (los de más cuenta, por lo que pudo verse), otros en los pabelloncitos adyacentes. Cuando hubieron reposado un instante, todos se trasladaron al gran salón del director, y desde allí, en procesión solemne, las damas cogidas del brazo de los caballeros, a la vasta sala de oficinas que se había habilitado para comedor. Fue una comida espléndida la que el duque les ofreció. No se echó de menos ninguno de los refinamientos de los comedores aristocráticos, ni en el lujo de la vajilla, ni en el aderezo de los platos, ni en la corrección del servicio. Mientras comían, el vasto parque se iluminó a la veneciana. Al levantarse de la mesa todos corrieron a admirar desde los balcones el golpe de vista, que era magnífico, deslumbrador. Una orquesta, oculta en uno de los grandes cenadores, tocaba con brío aires nacionales. Lo mismo damas que

---

[10] Esta figura puede estar inspirada en algún intelectual krausista del Sexenio. El viraje de Peñalver se explica a partir del asalto que el positivismo ha supuesto para la metafísica; el acercamiento que se produce entre estas dos corrientes de pensamiento dará lugar a una positivación del krausismo. *Vid.* D. Núñez, *La mentalidad positiva en España: desarrollo y crisis.* Madrid, Túcar, 1975.

caballeros, empujados por el calor que era sofocante, atraídos también por la belleza del espectáculo, salieron de casa y se diseminaron por los jardines. Los pollos consiguieron llevar a algunas muchachas hasta las inmediaciones del cenador, donde estaba la orquesta, y se pusieron a bailar. Cobo Ramírez, acercándose al grupo, les gritó:

—¿Sabéis lo que parecéis, chicos? Viajantes de comercio en el soto de *Migascalientes* [11].

Este parecido debió de llegarles a lo más vivo del alma. El baile perdió su encanto para aquellos jóvenes ilustres, y no tardó en extinguirse. Pero como la inspiración de Terpsícore ardía en sus corazones, tomaron el acuerdo de trasladarse al salón y allí continuaron rindiéndole culto, libre la conciencia de aquel horrible peso que Cobo les había echado.

La fiesta nocturna no dejó de ser grata. Hubo muy lindos fuegos de artificio traídos de Madrid. Las damas y los caballeros discurrían por los caminos enarenados aspirando con delicia el fresco de la noche, embalsamado por los aromas de las flores. Sólo había un punto negro en aquella deliciosa velada. Al aproximarse a la verja vislumbraban a la muchedumbre de obreros, mujeres y niños que habían acudido de Riosa al ruido de la fiesta. Eran los mismos rostros pálidos, los ojos tristes, sombríos, que les habían saeteado al entrar. Así que, procuraban no llegar hasta las lindes, mantenerse en los caminos y glorietas del centro. Sólo Lola Madariaga, que se enorgullecía de ser muy caritativa y era presidenta, secretaria y tesorera de tres sociedades de beneficiencia, respectivamente, fue la única que se aventuró a hablar con ellos y aun esparció algunas monedas de plata. Pero de la oscuridad partieron al cabo frases

[11] La imagen del niño esquizofrénico y el eco de las risas y expresiones de los mineros son significativos de la situación en que se encuentra el mundo obrero en la óptica valdesiana. El escritor muestra aquí su punto de vista: el obrero explotado y oprimido, carece, sin embargo, de madurez para llevar a cabo su propia defensa. Por ello el novelista reservará este papel al médico de la mina.

obscenas, algunos insultos que la obligaron a retirarse.
El conde de Cotorraso montó en cólera al saberlo:

—¡Y piden libertades y derechos para estos beduinos!
Que los hagan honrados, agradecidos, decentes...[12] y
luego hablaremos.

Por la misma ley de afinidad electiva de que hemos
hablado más arriba, Raimundo se encontró paseando
con un personaje que se despegaba un poco del resto de
aquella sociedad. Era un caballero de cincuenta a sesenta años, bajo, delgado, con bigote y perilla canosos, ojos
saltones y distraídos, resguardados por gafas. Llamábase D. Juan Peñalver. Era catedrático de Filosofía en la
Universidad y había sido ministro. Gozaba fama de
sabio, con justicia, y de una respetabilidad que pocos
habían alcanzado en España. Por esta razón los jóvenes
salvajes le miraban con hostilidad y afectaban tratarle
con cierta familiaridad desdeñosa. Es evidente que no
hay nada que moleste tanto a los salvajes como la
Filosofía. Luego la superioridad intelectual, la gloria
que rodeaba a Peñalver hería su orgullo. Él no advertía
este desdén. Tenía un carácter jovial, afectuoso, y sobre
todo muy distraído. Era incapaz de fijarse en los diversos matices del trato social, que apenas cultivaba desde
que se había retirado de la política para consagrarse
exclusivamente a la ciencia. Había formado parte de
aquella excursión por complacer a su cuñado Escosura,
que poseía un número considerable de acciones en la
mina. Últimamente se había consagrado con ardor al

---

[12] Estamos en presencia de un tema sociopolítico, nuevo en la novela
realista española. Es lógico que aparezca: el proceso de industrialización
ha generado un proletariado que se siente oprimido por la burguesía,
que va tomando conciencia de sus problemas, y que a lo largo de los
años ochenta ha manifestado su incipiente organización y sus discrepancias con la situación en que se encuentran. La creación del partido
socialista, la celebración de los distintos congresos obreros en los años
ochenta, la manifestación obrera del 1 de mayo de 1890, son datos
indicativos de que el problema está en la calle. En esta coyuntura, es
lógico que Palacio Valdés, fino observador de la realidad, lleve el tema a
su novela y lo plantee desde su indecisa posición de intelectual de las
clases medias.

estudio de las ciencias naturales, de donde partían los
tiros más certeros contra la metafísica idealista a que él
había consagrado su vida [13]. Al tropezarse casualmente
con un joven tan entendido en ellas como Raimundo,
sintió un verdadero placer. Aquella sociedad le aburría
espantosamente. Tomóle del brazo, y sin reparar en si le
molestaba o no, se puso a charlar animadamente de
Fisiología.

Raimundo se hallaba en un momento de tristeza y
desmayo. Hacía tiempo que observaba que Escosura
tenía proyectos amorosos respecto a Clementina. La
festejaba con todo descaro donde quiera que la veía,
afectando desconocer sus relaciones, sin reparar siquiera
en él. Este Escosura era física y moralmente lo contrario
de su cuñado Peñalver. Alto y corpulento, de pecho
levantado y facciones pronunciadas, rico, hombre de
cuenta en la política, orador fogoso, de una voz tan
sonora y descomunal que, según sus enemigos, a ella
debía la mayor parte de sus éxitos parlamentarios.
Tendría unos cuarenta años. No había sido aún ministro, pero se contaba que lo fuese en plazo muy breve.
Clementina había rechazado repetidas veces sus instancias. Raimundo lo sabía y estaba orgulloso de este
triunfo. Sin embargo, no podía arrancar de sí cierta
inquietud cada vez que le veía hablando con ella como
en este momento. Estaban sentados en una de las
glorietas con otras varias personas y charlaban animadamente aparte. Cada vez que pasaba por delante de
ellos con Peñalver, su corazón se encogía: apenas entendía ni escuchaba siquiera las sabias disquisiciones
que su ilustre compañero le iba vertiendo en el oído.
Clementina comprendió por sus miradas angustiosas lo
que estaba sufriendo, y después de aguardar malignamente un rato (que en esto todas son iguales), se levantó
al cabo y vino hacia ellos sonriente:

[13] Se alude a un hecho frecuente en la época: la erección de estatuas a
los benefactores del lugar. La transposición de esta costumbre a Riosa
—para premiar las relaciones duque/minero— es un recurso más de
Palacio Valdés para potenciar su sátira mordaz y su indignada denuncia.

—¿Qué conspiran los sabios?

—Hágamelo usted bueno —respondió con sonrisa modesta el joven—. Aquí no hay más sabio que el señor.

—Pues el señor se va a poner cátedra a la condesa de Cotorraso, que desea hablar con él, y usted se viene conmigo a ver una catedral gótica que el pirotécnico va a quemar ahora mismo —dijo colgándose con desenfado del brazo de su amante.

Alcázar se sintió feliz. No quiso informarla de la pena que había sentido hacía un momento, porque otras veces que lo hizo padeció doblemente: Clementina le respondía en un tono ligero y burlón que le hería en lo vivo del pecho. Contemplaron la maravillosa catedral de fuego hasta que se extinguió. La dulce presión del brazo de la hermosa, aquel suave perfume, siempre el mismo, que exhalaba de su gentil persona, enajenaban al joven entomólogo, ya predispuesto a enternecerse por la prueba de cariño que su amada acababa de darle. Ésta, que le conocía perfectamente, al sentir que le oprimía con más fuerza el brazo, le miró a la cara con fijeza, segura de encontrar lágrimas en sus ojos. En efecto, Raimundo lloraba silenciosamente. Al verse sorprendido sonrió avergonzado.

—¡Siempre tan chiquillo! —exclamó ella riendo y dándole un cariñoso tironcito—. Razón tiene Pepa en decir que pareces una colegiala del Sagrado Corazón. Vamos a pasear, que pueden fijarse en ti.

Dieron una vuelta por las calles más solitarias del jardín. Desde uno de los rincones se veía un trozo de paisaje bastante singular. La luna iluminaba de lleno la crestería de la colina más próxima, la que separaba a Villalegre de Riosa y la hacía aparecer como las ruinas de un castillo. Clementina quiso cerciorarse de la verdad. Salieron por una de las puertas de atrás, despejadas de gente, y se aproximaron lentamente a la colina. Ésta en la cumbre se hallaba desnuda de vegetación, erizada en cambio de pedruscos de formas caprichosas que le daban aspecto de un montón de ruinas. Necesitábase estar muy cerca de ella para no equivocarse. Cuando la

dama hubo satisfecho su capricho, dieron la vuelta al
parque para entrar por la puerta contraria. Por aquella
parte ya se veían algunos grupos de personas. Antes de
llegar a la verja, en un rincón del camino oscurecido por
la sombra de algunos árboles, los pies de Clementina
tropezaron con un objeto que por poco la hace caer.
Dio un grito: se le figuró que el obstáculo era el de un
cuerpo humano. Raimundo sacó un fósforo, y en efecto,
reconocieron que era un chico de diez a doce años el que
allí estaba tirado. Pusiéronle en pie. El muchacho abrió
los ojos y les miró con espanto. Luego, como por súbita
inspiración, se apoderó del bastón que Alcázar traía en
la mano y comenzó a moverlo cadenciosamente a un
lado y a otro como si desempeñase una tarea difícil.
Clementina y su amante le contemplaban llenos de
asombro sin poder darse cuenta de lo que aquello significaba. Algunos obreros se acercaron. Uno soltó la carcajada exclamando:

—¡Si es uno de los chicos de la bomba! ¡Dale, dale,
niño, que está duro!

Los otros también soltaron a reír brutalmente y
comenzaron a animar al pobrecito sonámbulo.

—¡Duro, duro!... ¡Anda con ello!... ¡Más fuerte, chico,
que no sube el agua!

El desdichado niño, con las voces, redoblaba sus
esfuerzos imaginarios moviéndose cada vez con mayor
velocidad. Era una criatura enteca, de rostro pálido: con
el sueño estaba desencajado. Sus cabellos negros revueltos, erizados, le daban aspecto de aparecido. La alegría
salvaje de los obreros ante aquel cuadro lastimoso
produjo penosa impresión en Raimundo. Cogió al niño
entre los brazos, lo sacudió un poco hasta que logró
hacerle despertar, le besó en la frente con afecto, y
sacando un duro del bolsillo se lo entregó, alejándose
después con Clementina. Cesó la algazara de los obreros. Uno dijo con tonillo de envidia:

—¡Anda, que hoy poco trabajo te ha costado ganarte
el jornal!

A la una de la noche los convidados de Salabert se

retiraron a descansar. Estaba en el programa que a las
nueve de la mañana se reuniesen todos en el salón para
ir desde allí a visitar los trabajos y la mina. Y se
cumplió, no estrictamente, porque en España esto no
puede suceder, pero sí con una hora de diferencia. A las
diez salió la comitiva, bastante mermada por supuesto,
en coche para Riosa. Apeáronse a la entrada de la villa
y la atravesaron por el medio, produciendo, como es
consiguiente, no poca turbación en ella. Las mujeres
salían a las puertas y ventanas contemplando con ansia
y curiosidad aquel brillante cortejo de damas y caballeros ataviados con trajes que no habían visto en su vida.
Lo mismo que sus esposos, hijos y hermanos, el color de
aquellas mujeres era pálido, enfermizo, sus facciones
menudas, su mirada lánguida, sus manos y sus pies
pequeños. Al pasar vieron también algunos hombres
atacados de fuerte temblor.

—¿Qué es eso? ¿Por qué tiemblan así esos hombres?
—preguntó asustada Esperancita.

—Son *modorros* —le respondió un empleado.

—¿Y qué son modorros?

—Los que enferman por trabajar en la mina.

—¿Y enferman muchos?

—Todos —dijo el médico que había oído la pregunta—. El temblor mercurial ataca a cuantos bajan a la
mina.

—¿Y por qué bajan? —preguntó cándidamente la
niña.

—Por manía —repuso el médico sonriendo—. Yo
creo que vale mucho más respirar el aire fresco, que no
el de allá abajo.

—¡Claro! Yo sería cualquier cosa antes que minero.

Desembocaron al fin en una plaza o plazoleta, en el
centro de la cual trabajaban algunos obreros levantando
un artístico pedestal de mármol.

—Es el pedestal para la estatua del señor duque
—dijo el director de las minas en voz alta.

—¡Ah! ¿Conque van a colocar ahí su estatua, duque?
—exclamaron unos cuantos rodeando al prócer.

Éste se encogió de hombros haciendo un gesto de desprecio.

—No sé. Es una payasada que se le ha ocurrido al casino de los mineros.

—¡Oh, no, señor duque! —exclamó el director, a quien realmente correspondía la iniciativa, aunque por encargo de Llera sugestionado a su vez por el duque—. ¡Oh, no! El pueblo de Riosa quiere dar una prueba de respeto y gratitud a su decidido protector, al que en circunstancias críticas no ha vacilado en exponer un enorme capital comprando este desacreditado establecimiento y salvándolo de la ruina.

—¡Que hermoso es hacer bien! —exclamó Lola Madariaga con voz conmovida, posando en Salabert con admiración sus dulcísimos ojos.

Todos le felicitaron, aunque muchos de ellos sabían a qué atenerse respecto a aquel admirable desprendimiento. Examinaron un momento las obras y siguieron después su marcha hacia el establecimiento minero.

Éste se halla situado a la salida misma de la villa. Al exterior ofrecía el aspecto de una pequeña fabricación con algunas chimeneas que despedían humo negro. No daba idea de su importancia colosal. La comitiva entró y recorrió los cercos donde se ejecutan los trabajos auxiliares de la minería, donde se hallan además la mayor parte de las dependencias, carpintería, cerrajería, sala y gabinete de los ingenieros, etc. Lo que les llamó vivamente la atención fue el aspecto triste, enfermizo, de los operarios. Todos estaban marcados con un sello de decrepitud, que obligó a la condesa de Cotorraso a decir de pronto:

—Aquí, al parecer, no trabajan más que los viejos.

El director sonrió.

—Parecen viejos; pero no lo son, señora.

—¡Pero si todos tienen la piel arrugada, los ojos hundidos y apagados!...

—No importa; ninguno de ellos llega a cuarenta años. Los que trabajan aquí son mineros que ya no pueden bajar. Los empleados en el exterior, aunque con menos sueldo.

—¿Y se necesita estar mucho tiempo en la mina para ponerse así [14]? —preguntó Ramoncito.

—Poco, poco —murmuró el director; y añadió después—: Ahí donde ustedes les ven, todavía se me escapan al menor descuido a la mina... ¡El jornal de fuera es tan pequeño!

—¿Cuánto ganan?

—Una peseta... El máximum una cincuenta [15].

Penetraron en seguida en el cerco de destilación. El duque iba delante con los ingenieros ingleses encargados de proponerle las reformas necesarias para dar impulso al establecimiento. En este cerco se encuentran los hornos y grandes depósitos de cinabrio. Visitaron los almacenes de azogue y el sitio donde se pesa. Todos los operarios temblaban más o menos y ofrecían las mismas señales de decrepitud.

El director les propuso ir a ver el hospital. Algunos mostraron repugnancia; pero Lola Madariaga, que no perdía ocasión de exhibir sus sentimientos benéficos, rompió la marcha y la siguieron la mayor parte de las señoras y algunos caballeros. Otros se quedaron. El duque prescindió por un rato de sus convidados, escuchando atentamente a los ingenieros, que le iban apuntando lo que pensaban acerca del negocio.

El hospital de mineros estaba fuera de los cercos, muy

[14] Parece evidente la intencionalidad del autor de subrayar el divorcio existente entre el mundo de la política y el mundo de la realidad. El hecho de que sea Maldonado el que formule la pregunta no me parece casual; el futuro político que aparece a lo largo de la obra muy preocupado por dominar los resortes que le abran las puertas de su carrera, muestra ahora su desconocimiento e ignorancia respecto a los problemas laborales del país.

[15] Las cifras dadas parecen ajustarse a la realidad. No disponemos de una tabla completa de los salarios de los yacimientos de Almadén en ese momento, pero sí contamos con el dato —vid. *Reformas Sociales. Información oral y escrita publicada de 1889 a 1893*, ed. de S. Castillo. Madrid, Ministerio de Trabajo, 1985—, de que un peón minero en la superficie —en Linares—, ganaba de 1,75 a 2,25 pesetas.

próximo al cementerio, sin duda para que los enfermos
se fuesen acostumbrando a la idea de la muerte y
también para que si no fuesen poderosos a matarles los
vapores mercuriales, les secundasen en la tarea las
dulces emanaciones cadavéricas. Era un caserón viejo,
agrietado, húmedo y sombrío. Las damas no retrocedie-
ron, al poner las delicadas plantas en él, de vergüenza.
El médico, que se había encargado de demostrarlo, las
introdujo en las salas, y puso ante su vista el cuadro
espantoso de la miseria humana. La mayor parte de los
infelices enfermos estaban vestidos y sentados, unos
sobre las camas, otros en sillas. Sus rostros cadavéricos,
desencajados, daban miedo: su cuerpo se estremecía con
incesante temblor, cual si estuviesen acometidos de
terror pánico. En los semblantes de las damas, sonrosados y frescos, se dibujó el miedo y la angustia. El médico
sonrió de aquel modo extraño que lo hacía, mirándolas
con sus grandes ojos negros, insolentes.

—No es un cuadro muy agradable, ¿verdad? —les dijo.

—¡Pobrecillos! —exclamaron varias—. ¿Son todos
mineros?

—Sí, señoras; la atmósfera viciada por vapores mercuriales, la insuficiencia del aire respirable engendra
fatalmente, no sólo los temblores, el hidrargirismo cró-
nico o agudo, que es lo que más les llamará a ustedes la
atención, sino también los catarros pulmonares cróni-
cos, la disentería, la tuberculosis, la estomatitis mercurial y otra porción de enfermedades que concluyen con
la existencia del obrero o le dejan inútil para el trabajo a
los pocos años de bajar a la mina.

—¡Pobrecillos! ¡pobrecillos! —repetían las damas pasando revista con sus ojos aterrados a aquellas fisonomías tristes y demacradas que se volvían hacia ellas
sin expresión alguna, ni siquiera de curiosidad.

—¿Y no habría medio de remediar estos efectos tan
desastrosos? —preguntó Clementina con arranque.

—De remediarlos en absoluto, no; pero de aliviarlos
bastante, sí —repuso el joven clavando en ella su mirada
penetrante—. Si los mineros trabajasen tan sólo dos o

tres días a la semana y esos pocas horas; si se les hiciese vivir alejados del establecimiento minero, en Villalegre por ejemplo; si se prohibiesen esos trabajos a los niños menores de diez y seis años; si se cambiasen la ropa inmediatamente que salen de la mina; y sobre todo si se alimentasen bien, pienso que los estragos del mercurio disminuirían notablemente. Hoy, para alimentarse malamente, necesitan bajar a la mina todos los días y permanecer allí un número considerable de horas. A los cuatro o seis años se inutilizan. Hay que sacarlos al exterior, y entonces el jornal es tan exiguo que ni patatas con agua y sal pueden comer: de modo que en vez de curar empeoran. El único medio para mejorar la condición del minero es disminuir las horas de trabajo y elevar el jornal... Pero entonces —añadió bajando un poco la voz y sonriendo frente a Clementina—, la mina de Riosa no sería un negocio para su señor padre[16].

A Clementina le hirió aquella sonrisa como una bofetada.

—Ni para usted tampoco —repuso procurando sonreír—. ¿No es usted el médico de las minas?

—Sí, señora. Mi negocio consiste en dos mil quinientas pesetas al año y en una mijita de temblor que he logrado en los tres años que aquí llevo[17].

En efecto, las manos del joven tenía un ligero estremecimiento que se hacía visible cuando se atusaba su fino bigote negro. El grupo de convidados le contempló unos instantes con atención no exenta de hostilidad. Adivinaban en él un enemigo. La seguridad familiar que tenía

---

[16] El escritor asturiano transmite su mensaje en forma de imágenes. En presencia de las condiciones de vida y trabajo a que se ve sometido el obrero, se entiende que surjan el resentimiento y la rebeldía. El autor había tomado nota de la hostilidad, ahora parece dar un paso más. La justificación ética de la futura rebeldía. Una rebeldía que ya tenía, en aquel momento, su proyección en la realidad española.

[17] El novelista subraya la marginación de las clases medias de los beneficios de los negocios de la burguesía, aunque aparentemente, se encuentren muy cercanas a los mismos: recuérdese la figura de Llera, ahora la de Quiroga. Palacio Valdés insiste a lo largo de la obra en una misma idea: la indefensión de las clases medias frente a la clase dirigente.

para hablarles les molestaba. Pagóles él con otra mirada de impenetrable expresión y siguió diciendo sin embarazo alguno:

—En otro tiempo los jornales eran un poco mayores; la alimentación era, por lo tanto, más sana y más abundante. Pero desde que los azogues han comenzado a bajar... no sé por qué causa (*aquí bajó la voz y tosió*), el salario, como es natural, sufrió igualmente una baja considerable. Han llegado al *mínimum*. Con lo que hoy ganan los mineros no se mueren materialmente de hambre en un día o en un mes; pero al cabo de cuatro o cinco años, sí. La mayor parte de los que aquí sucumben son víctimas, en realidad, del hambre. Bien alimentados podrían resistir el hidrargirismo. Además, como los salarios son tan insuficientes, se ven precisados a dedicar a sus hijos, cuando apenas tienen ocho o diez años, a estos trabajos peligrosos (porque todos los son cuando se anda sobre mercurio). Los niños, por su menor resistencia orgánica, son los que primero se intoxican. Perecen muchos, y los que consiguen salvar, a los veinte años son viejos...

Las damas y los pocos caballeros que con ellas habían venido le escuchaban con atención y con pena. Jamás habían visto un cuadro tan espantoso. El trabajo, que es por sí un castigo, aquí se complicaba con el envenenamiento. Y con el corazón enternecido, llenas de buen deseo, proponían medios para aliviar a aquellos desgraciados. Unas pretendían que debía fundarse un buen hospital; otras hablaban de una tienda-asilo donde los obreros encontrasen los alimentos más baratos; otras aspiraban a que se prohibiese trabajar a los niños; otras a que los operarios trabajasen una horita al día nada más.

El médico sacudía la cabeza sonriendo.

—Está muy bien eso: yo lo creo así también... Pero vuelvo a decirles a ustedes que entonces no sería un negocio [18].

---

[18] El autor llama la atención acerca de la hipocresía y la falta de operatividad de las soluciones propugnadas por la elite, y subraya hasta

Distribuyeron algunas monedas entre los enfermos, visitaron la capilla, donde dejaron también algún dinero para hacer un traje nuevo al niño Jesús. Al fin abandonaron aquel recinto lóbrego. Al respirar el aire fresco sintieron una alegría que no procuraron disimular. Hablando y riendo fueron a juntarse con el resto de la comitiva.

Los ingenieros explicaban a Salabert un nuevo método de destilación que podía introducirse, con el cual no sólo se elevaría enormemente la producción, sino que podría utilizarse el *vacisco,* o sea la parte menuda del mineral. Se trataba de unos condensadores formados de cámaras de ladrillos, de paredes delgadas en el primer trozo de recorrido de los humos y de cámaras de madera y cristal en lo restante hasta la chimenea. El horno con ellos podía estar encendido y en marcha constantemente. Escuchábales el duque con atención, tomaba notas, hacía objeciones, procurando ponerse al corriente de aquel negocio, en el cual su fina nariz olfateaba cuantiosas ganancias. Al llegar las damas quiso ser galante; suspendió la plática.

—¿Cómo van mis enfermos, señoras? No han tenido hoy poca suerte —les dijo.

—Mal, duque, mal... El hospital deja mucho que desear...

Y aquellas damas se pusieron todas a lamentarse de las deficiencias que ofrecía el asilo, a pintarlo con negros colores, a proponer reformas en él para dejarlo confortable.

El duque las escuchaba con risueña indiferencia, con la atención un poco burlona que se presta a un niño mimoso.

—Bien, bien; ya arreglaremos eso; pero antes déjenme ustedes poner el negocio en marcha, ¿verdad Regnault?

El ingeniero asintió con la cabeza, sonriendo también con galantería.

---

qué punto, el desmedido afán de lucro de la burguesía, motiva la infrahumana situación de las clases trabajadoras de Riosa.

—Además es necesario, duque, que los operarios trabajen menos horas —dijo la condesa de la Cebal.

—Y que se les aumenten los jornales —manifestó Lola Madariaga.

—Y que se hagan casas para ellos en Villalegre —añadió la marquesa de Fonfría.

—¡Oh! ¡oh! ¡oh! —exclamó el duque soltando una sonora y bárbara carcajada como las de los héroes de la Iliada—. ¿Y por qué no les hemos de traer a Gayarre y a la Tosti para recrearles por las noches? Deben ser muy aburridas aquí las noches.

Las damas sonrieron avergonzadas.

—Vamos, duque, no bromee usted, que la cosa es seria —dijo la condesa de la Cebal.

—¡Y tan seria, condesa! ¡Como que me ha costado ya quince millones de pesetas! ¿Le parecen a usted poco serios estos millones?

Las señoras le contemplaron con admiración, fascinadas por el caudal enorme que aquel hombre manejaba.

—¿Pero a esos millones no piensa usted sacarles un rédito? —dijo Lola que presumía de entender algo de negocios.

El duque volvió a soltar otra carcajada.

—No, señora, no, ¡qué rédito! Pienso dejarlos aquí para el primero que pase.

Y poniéndose grave de pronto:

—¿Quién diablos les ha metido por la cabeza esas ideas? Crean ustedes, señoras, que lo que hace aquí falta ¡pero mucha falta! es moralidad. Moralicen ustedes al obrero y todos estos estragos que ustedes han visto desaparecerán. Que no beban, que no jueguen, que no malgasten el jornal, y esos efectos del mercurio no serán para ellos funestos... Pero, claro está —añadió volviéndose hacia los caballeros que se habían acercado—: ¿cómo ha de resistir en la mina un cuerpo que en vez de alimento, sea el que sea, tiene dentro un jarro de aguardiente amílico? Estoy convencido de que la mayor parte de las enfermedades que aquí hay son borracheras crónicas. Sepan ustedes, señores, que en Riosa se desconoce por completo el ahorro... ¡el ahorro! sin el cual "no es posible el bienestar ni la prosperidad de un país..."

Esta frase la había oído el duque muchas veces en el Senado. La repitió con énfasis y convencimiento.

—Pero duque, ¿cómo quiere usted que ahorren con una o dos pesetas de jornal? —se atrevió a puntar la condesa de la Cebal.

—Perfectamente condesa. El ahorro es ante todo una idea (*esto lo había oído a un economista amigo suyo*), la idea de separar algo del goce de hoy para evitarse el dolor de mañana. Dos pesetas para un obrero son lo mismo que dos mil para usted. ¿No puede usted separar algo de las dos mil? Pues ellos pueden de igual modo separar algo de las dos. Considere usted que se trata de quince céntimos, de diez... aunque sean cinco céntimos. La cuestión es ahorrar algo. El que ahorra algo está salvado.

—¡Oh, Dios mío! —exclamó por lo bajo la condesa dando un suspiro—. Lo que yo no comprendo es cómo se puede vivir con dos pesetas, cuanto más ahorrar.

Los ingenieros les invitaron a visitar su sala de estudio y laboratorio. En éste había un magnífico microscopio, que fue lo que les llamó la atención. El médico era quien más lo manejaba por dedicarse con mucha afición a los trabajos de histología. El director le invitó a que mostrase a aquellos señores algunas de sus preparaciones. Vieron una porción de diatomeas: las señoras se entusiasmaron con sus caprichosísimas formas. También vieron el gusano que había concluido con el célebre puente de Milán. No se cansaban de admirarse de que un bicho tan pequeñísimo pudiese demoler una fábrica tan inmensa.

—Calculen ustedes los millones de estos seres que habrán tenido que trabajar en la demolición [19] —dijo un ingeniero.

---

[19] El carácter simbólico del episodio es evidente. Millones de gusanos unidos han sido capaces de demoler la espléndida fábrica de ingeniería que era el puente de Milán, ¿se alude con esta imagen a las posibilidades que puede tener un frente unido y organizado?

Quiroga (que así se llamaba el médico) concluyó
mostrándoles una gota de agua. Uno por uno todos
fueron contemplando el mundo invisible que dentro de
ella existe.

—Veo un animal mayor que los otros —manifestó el
duque, aplicando con afán uno de sus grandes ojos
saltones al agujerito del aparato.

—Observará usted que delante de él todos los demás
huyen —dijo el médico.

—Es cierto.

—Ese animal se llama el *rotífero*. Es el tiburón de la
gota de agua.

—Aguarde usted un poco... Me parece que ahora se
oculta detrás de una cosa así como algas...

—Algas se pueden llamar en efecto. Quizá se ponga
ahí para acechar una presa.

—¡Sí, sí! ¡Ahora se arroja sobre otro bicho más
pequeño!... El bicho desapareció; sin duda se lo ha
comido.

El duque levantó su rostro, radiante de satisfacción,
por haber tenido ocasión de observar aquella tragedia
curiosa.

Quiroga fijó en él sus ojos atrevidos, y dijo con su
eterna sonrisa irónica:

—Es la historia de siempre. En la gota de agua, como
en el mar, como en todas partes, el pez grande se traga
al chico [20].

La sonrisa del duque se apagó. Dirigió una mirada
oblicua al médico, que no apartó la suya fija y misteriosa, y dijo bruscamente:

—Creo, señoras, que deben ustedes ir aburridas de
ciencia. Es hora de almorzar.

El gran atractivo de la excursión, el que había arrancado a casi toda aquella gente de sus palacios para

---

[20] Es sabido que la tesis de Darwin transciende su propio campo y
encuentra aplicación en el mundo de las relaciones internacionales o en
el terreno social. En esta ocasión, el autor alude precisamente, a este
darwinismo social.

trasladarla a región tan áspera y triste, era un proyecta-
do almuerzo en el fondo de la mina. Cuando Clementina lo anunció a los tertulios en uno de sus tresillos, hubo
una verdadera explosión de entusiasmo—. "¡Qué cosa
tan original!... ¡Qué extraño!... ¡Qué hermoso!" Las
damas, sobre todo, mostraban deseo tan vivo, que bien
parecía antojo. A una indicación del duque, todas se
proveyeron de magníficos impermeables y botinas altas,
pues la mina destilaba agua por muchos sitios y formaba charcos. Sin embargo, la noche anterior, ante la
proximidad del suceso, muchas, atemorizadas, habían
desistido. El duque se vio precisado a dar órdenes para
que se sirviese el almuerzo en la dirección y en la mina.
Las valientes que persistían en bajar, no pasaban de
ocho o diez.

Toda la comitiva se dirigió a una de las bocas de la
mina llamada "Pozo de San Jenaro". Cerca de este pozo
hay un edificio destinado a la inspección y al peso,
donde las damas y los caballeros cambiaron de calzado
y se pusieron los impermeables. Al verlos de aquel modo
ataviados, un estremecimiento de anhelo y de entusiasmo corrió por el resto de los excursionistas. Acometidas
súbito de una ráfaga de valor, casi todas las damas
declararon que estaban dispuestas a bajar con sus compañeras. Fue necesario enviar inmediatamente a Villalegre por los impermeables.

La jaula, movida por vapor, estaba preparada para
recibir a los ilustres expedicionarios. Constaba de dos
pisos, en cada uno de los cuales cabían ocho personas en
pie. Se la había tapizado con franela y se le habían
añadido algunas argollas de bronce para sujetarse. Acomodáronse en ella el director, el duque y las damas
valientes que no habían vacilado nunca, para bajar los
primeros. Diose orden al maquinista para que el descen-
so fuese lento. La jaula se estremeció subiendo y bajando algunos centímetros con rapidez. De pronto se su-
mergió de golpe en el agujero. Las señoras ahogaron un
grito y quedaron mudas y pálidas. Las paredes del
agujero eran sombrías, desiguales y destilaban agua. En

cada departamento de la jaula un minero sujetaba, con
su mano trémula de modorro, una lámpara. Todos,
menos el director y los mineros avezados a subir y bajar,
sentían cierta ansiedad en el estómago. Un vago terror
les imposibilitaba de hablar y les crispaba las manos con
que se agarraban a las argollas.

—El primer piso —dijo el director al pasar por
delante de una abertura negra.

Nadie hizo observación alguna. Aquella suspensión
en el abismo, en lo desconocido, paralizaba su lengua y
hasta su pensamiento.

—El segundo piso —volvió a decir el director al
cruzar rápidamente otro agujero negro.

Y así fue dando cuenta de todos hasta llegar al
noveno. Allí percibieron ruido de voces y vieron iluminada la abertura.

—Aquí es donde vamos a almorzar. Antes visitare-
mos el onceno para ver los trabajos.

Después de pasar el décimo, gritó con toda su fuerza:

—¿Están echados los taquetes?

Se oyó una voz lejana en el fondo que decía:

—No.

—¡Echarlos ahora mismo! —gritó el director agitado.

—¡No puede ser! —respondieron de abajo.

—¡Cómo! ¡Cómo!... ¡Esos taquetes! ¡Echar esos taquetes!

Y con las mejillas inflamadas, agitado, convulso,
gritaba como un energúmeno mientras la jaula des-
cendía lentamente.

Un frío glacial penetró en el corazón de todos. En el
compartimiento de arriba algunas damas lanzaban chi-
llidos penetrantes. Las de abajo gritaban también y se
cogían con fuerza al brazo de los caballeros. Algunas se
desmayaron. Fue un momento de angustia indescripti-
ble. Creían llegado el fin de su vida.

Y el director no cesaba de gritar:

—¡Esos taquetes! ¡Esos taquetes!

Y las voces de abajo se oían cada vez menos distantes:

—¡No puede ser! ¡No puede ser!

Cuando ya se creían rodando por el abismo, la jaula se detuvo tranquilamente. Oyeron unas frescas carcajadas y sus ojos espantados miraron, a la trémula luz de los candiles, un grupo de mineros cuyos rostros risueños cambiaron repentinamente de expresión reflejando el temor y el asombro.

—¿Qué es eso? ¿Qué broma es ésta? —exclamó el director saltando furioso de la jaula y dirigiéndose a ellos.

Los obreros se despojaron del sombrero respetuosamente. Uno de ellos, sonriendo avergonzado, balbució:

—Perdone usted, señor director... Creímos que eran compañeros y queríamos darles un susto...

—¿No sabíais que bajábamos ahora nosotros? —volvió a decir con irritación.

—Señor director, nosotros pensábamos que se detenían en el noveno, donde han hecho preparativos estos días...

—¡Creíais, creíais!... Pues tened cuidado con creer estupideces. El duque recobró el uso de la palabra.

—¡Sabéis, hijos míos, que gastáis unas bromas ligeras con vuestros compañeros!... ¡Ponerles la muerte delante de los ojos!

—¡La muerte! —exclamó el minero que había hablado.

—No, señor duque —dijo el director—. Si no echan los taquetes nos hubiéramos bañado hasta la cintura.

—¿Nada más?

—¿Le parece a usted poco meternos en agua sucia?

—Hombre, no era plato de gusto; pero al verle a usted tan agitado y furioso, todos creíamos en un peligro de muerte, ¿verdad, señoras?

Las damas se deshacían en exclamaciones, llorando unas, riendo otras. Se prodigaron cuidados a dos que se habían desmayado, refrescándoles las sienes con agua y haciéndoles aspirar el frasco de sales de la condesa de Cotorraso. Volvieron por fin al sentido. Las demás se fueron calmando felicitándose con alegría de haber escapado de aquel espantoso peligro, pues no se resignaban a no haberlo pasado. Todas se proponían conmover

a sus amigas de Madrid con el relato de tan horrible
aventura. Creíanse ya heroínas de una novela de Julio
Verne.

El espectáculo que se ofreció a su vista cuando
tuvieron ojos para contemplarlo era grandioso y fantástico. Inmensas galerías embovedadas cruzándose en
todas direcciones e iluminadas solamente por la pálida
luz de algunos candiles colgados a largos trechos. Y por
aquellas galerías discurriendo con tráfago incesante una
muchedumbre de obreros, cuyas gigantescas siluetas allá
a lo lejos temblaban a la vacilante y tenue luz que
reinaba. Oíanse sus gritos unidos al chirrido de las
carretillas: parecían presa de un vértigo, como si tuvieran que cumplir su labor misteriosa en plazo brevísimo.
Las paredes de algunas galerías, tapizadas con los
cristales del mercurio, que en muchos puntos se presentaba nativo, brillaban cual si fuesen de plata. Escuchá-
banse detrás de aquellas paredes golpes sordos, acompa-
sados. Por ciertas aberturas que de trecho en trecho
tenían, caminando algunos pasos en la oscuridad, veíase
al fin una cueva iluminada, donde cuatro o seis hombres
desgreñados y pálidos agujereaban el mineral con barrenos. A poco que se reposasen, observábase en sus
miembros el temblor característico del mercurio.

Creíase uno transportado al hogar mismo de los
gnomos, al centro de sus trabajos profundos y misterio-
sos. El hombre roía aquella tierra con esfuerzo incesante
como un topo, llenándola de agujeros. Pero al morderla
se envenenaba. Sin ayuda de gato, los dioses se desem-
barazaban perfectamente del ratón humano.

Lola Madariaga dio un grito penetrante que hizo
volver la cabeza a todos. Luego soltó una carcajada. Un
hilito de agua que caía del techo se le había introducido
por el cuello. Hizo reír el suceso, pero sin espontaneidad. En el fondo, todos experimentaban un vago temor,
cierta ansiedad que trataban de ocultarse. La jaula trajo
de la superficie otro montón de gente. La tercera vez
llegó casi vacía. El resto de la comitiva había optado por
quedarse en el noveno piso: el trabajo de los mineros no

les interesaba. Los que habían descendido hasta allí también sentían vivos deseos de encontrarse en paraje más cómodo. Preguntaban a cada instante al director si aquello estaba seguro; si no había casos de hundimientos.

—¡Oh, no! —decía el director sonriendo—. Los hundimientos son de las minas particulares. Ésta perteneció al Estado, y todo se hace con lujo de seguridad.

—En ciertas minas donde yo he estado —apuntó un ingeniero—, tenía que ir una cuadrilla detrás de los mineros para desenterrarlos.

—¡Qué horror! —exclamaron a una voz todas las damas.

Acomodáronse al fin de nuevo en la jaula, y subieron al noveno piso. Aquí la decoración era distinta. En este piso no se trabajaba hacía tiempo. Habíase tomado en la galería más ancha un trozo; se había cerrado, tillado y luego alfombrado. De suerte que parecía el salón de un palacio. El techo y las paredes estaban tapizados con tela impermeable, adornados con trofeos de minería. Veíase una mesa espléndida en medio de él para cincuenta o más cubiertos. Estaba profusamente iluminado por medio de grandes arañas con centenares de bujías. Se habían prodigado, en suma, todos los refinamientos del lujo y la elegancia en aquel recinto. De tal modo que una vez dentro de él costaba trabajo representarse que se estaba en el fondo de una mina, a trescientos metros de la superficie.

Los convidados se sentaron en medio de una agitación entre placentera y angustiosa, que se revelaba en sus caras risueñas y pálidas a la vez. Los criados, correctamente vestidos, ocupaban sus puestos, como si se hallasen en el palacio de Requena[21]. Al empezar el

---

[21] Seguramente el episodio está inspirado en Zola. El lujo desplegado en la comida —tema naturalista sobre el que Palacio Valdés insiste en varias ocasiones— y el temor de los comensales, recuerdan un par de capítulos de *Germinal* (parte IV, capítulos I y II): el banquete ofrecido por el director de la mina de la "Voreux" que es interrumpido por la visita que le hacen los representantes obreros con el fin de comunicarle los motivos que han desencadenado su huelga. El problema de fondo es

servicio del primer plato, la orquesta, que estaba oculta en una de las galerías contiguas, empezó a tocar un precioso vals, cuyos sones, amortiguados por la distancia, llegaban dulces y halagüeños. Las damas, con las manos trémulas, los ojos brillantes, murmuraban a cada instante—: "Qué original es todo esto!... ¡Cuánto me alegro de haber venido!... Ha sido un capricho magnífico el de Clementina". Y todas procuraban encontrar el equilibrio de espíritu charlando de cosas indiferentes. Mas no lo lograban. La idea de tener encima tanta tierra pesaba sobre su pensamiento y lo turbaba. Con algunos hombres pasaba lo mismo. Otros estaban perfectamente serenos. Entre éstos, el que menos pensaba en su situación corporal era, sin duda, Raimundo, absorto por completo en la que ocupaba moralmente. Clementina, a despecho de su amor y de sus promesas, no dejaba de coquetear con Escosura. Estaban sentados en dos sillas contiguas, frente al asiento que él ocupaba. Veíalos charlar animadamente, reír a cada momento: veíale a él rendido, obsequioso, prodigándola mil atenciones galantes; a ella complacida, risueña, aceptando con gratitud sus finezas. Y aunque de vez en cuando le clavaba una larga mirada amorosa para indemnizarle, Raimundo la consideraba como una limosna, el mendrugo que se arroja a un pobre para que no se muera de hambre. ¡Qué le importaba a él en aquel instante hallarse en la superficie o en el centro de la tierra, ni aun que ésta se hundiese y le aplastase como un insecto!

Otro que tampoco se preocupaba poco ni mucho con la situación geográfica era Ramoncito, aunque por contrario modo. Esperancita estaba con él amabilísima, tal vez porque creyera con ello guardar mejor la ausencia a su prometido Pepe Castro. El concejal, ebrio, loco

---

idéntico: la miseria del obrero y la necesidad de que éste tome conciencia de su situación. Pero el desarrollo novelesco es distinto; en *Germinal* se opera la transformación por inducción de un obrero, en cambio en *La Espuma* la inducción, parece sugerir el novelista, debe venir desde las filas de las clases medias.

de alegría, no se apartaba de ella ni un milímetro más de lo que exige la decencia. *Pio, feliz, triunfador,* dirigía de vez en cuando al concurso vagas miradas de piedad y condescendencia. Y cuando sus ojos tropezaban con la faz rentística de Calderón, se enternecía visiblemente y le costaba ya trabajo no llamarle papá.

A medida que el almuerzo avanzaba, la tierra pesaba menos sobre ellos. Los ricos vinos enardecían su sangre, la charla los animaba. Todo el mundo se olvidaba de la mina, creyéndose, como otras veces, en algún comedor aristocrático. Rafael Alcántara se divertía en emborrachar a Peñalver. Animado por la risa de sus compañeros, que le contemplaban, hacía lo posible por burlarse del filósofo, tuteándole en voz alta, guiñando el ojo a sus amigos cada vez que profería una cuchufleta, abusando, en fin, groseramente del carácter benévolo y la inocencia del insigne pensador [22]. Era el encargado de vengar a todos aquellos ilustres *culoteadores* de pipas, de las altas dotes intelectuales que toda España reconocía en Peñalver.

Al llegar los postres levantóse a brindar Escosura. A éste le respetaban algo más los salvajes por su corpulencia, por su carácter fogoso y sobre todo por su dinero. Presumía de orador tribunicio. Con voz potente y campanuda hizo el panegírico del duque, a quien llamó "genio financiero" unas cuantas veces. Habló del trabajo, del capital, de la producción, pasando en seguida a la política, que era su fuerte. Escosura no vivía hacía tiempo más que para la política. Desde el fondo de aquella galería subterránea dirigió terribles dardos contra el presidente del Consejo de ministros, que no le había dado una cartera en la última crisis. Salabert contestó con palabra estropajosa dando las gracias, echándose por los suelos. Para llegar al puesto que ocupaba no tenía otros méritos que el trabajo y la honradez. (*Murmullos de aprobación.*) La nación, el

---

[22] No creo que sea dislocar el texto afirmar que, en la óptica de Palacio Valdés, el intelectual es incapaz de oponerse a la elite.

soberano, al ennoblecerle a él había ennoblecido a un hijo del trabajo. Luchando toda su vida contra infinitos obstáculos había logrado reunir un puñado de oro. Este oro le servía ahora para alimentar a algunos miles de obreros. Era su mayor satisfacción[23]. (*Aplausos.*) Brindaba por las hermosas damas que con tal valentía habían llegado hasta aquel agujero, dejando en él un perfume de caridad y alegría que no se borraría jamás del corazón de los mineros.

En aquel instante, al destaparse algunas botellas de *champagne,* se oyeron en la mina algunas detonaciones estruendosas que hicieron empalidecer a los comensales.

—No hay que asustarse —dijo el director—. Son los barrenos. Ha llegado la hora de darlos.

Momento grandioso e imponente a la verdad. El estrépito de cada uno, centuplicado por los mil ecos y resonancias que las galerías producían, no podía menos de infundir alguna chispa de pavor hasta en el corazón de los más bravos. Todos guardaron silencio. Por algunos segundos escucharon con recogimiento y ansiedad aquellos ecos formidables que hacían retemblar la tierra. La mesa se estremecía y el cristal de la vajilla y el de las arañas cantaban con agudo repiqueteo.

En tal momento se alzó de su silla el médico de las minas, y después de pasear su negra mirada agresiva por los comensales, alzó una copa y dijo:

—El egregio duque de Requena nos acaba de decir, con una modestia que le honra, que el secreto de su fortuna estaba simplemente en el trabajo y la honradez. Permitidme que lo dude. El señor duque de Requena representa algo más que estas cualidades vulgares; representa la fuerza ¡la fuerza!, único sostén del Universo. Esta fuerza está repartida desigualmente entre los orga-

---

[23] El procedimiento naturalista de acumulación de imágenes para transmitir un mensaje o para poner de manifiesto una realidad, se muestra altamente eficaz en este episodio que insiste en el cinismo de la burguesía y presenta la versión que ésta ofrece a la sociedad acerca de su propio comportamiento.

nismos. A unos les ha tocado una parte mayor, a otros menor. Y en esta batalla incesante que sostienen los unos contra los otros perecen los más débiles; se salvan los más aptos y los más fuertes. Adoremos, pues, en nuestro ilustre anfitrión, a la fuerza. Merced a esta fuerza de que la Naturaleza le ha dotado, ha podido someter y aprovechar el esfuerzo particular de millares de hombres que inconscientemente sirven a sus planes. Merced a esta fuerza ha podido reunir su inmenso capital. Al tender la vista por esta distinguida asamblea, observo con júbilo que todos los que la componen han sido dotados también de una buena parte de esta fuerza nativa o acumulada por la herencia. Por ello les felicito con toda mi alma. Lo esencial en este mundo que habitamos es nacer aptos para la lucha. Para no ser aplastados es menester aplastar. Y yo me felicito, repito, de encontrarme entre los elegidos de los dioses, aquellos que su providencia ha marcado con el sello de la felicidad...

—Oye, chica —dijo Pepa Frías acercando su boca al oído de Clementina—: esto parece el brindis de Mefistófeles.

Clementina sonrió ligeramente.

En efecto, en el rostro pálido y fino del médico, en sus cabellos negros y revueltos, y sobre todo en sus ojos que, aunque pretendían aparecer inocentes, estaban cargados de ironía, había algo de mefistofélico.

—En todos los tiempos ha existido en una u otra forma la esclavitud. Ha habido hombres destinados a vivir en el refinamiento de los goces espirituales, en el cultivo de las artes, en el lujo y la elegancia, en los placeres que proporciona el comercio entre personas inteligentes y cultas, y otros hombres también dedicados a proporcionarles los medios necesarios para vivir de tal modo con un trabajo rudo y doloroso. Los parias trabajaban para los bramanes, los ilotas para los espartanos, los esclavos para los romanos, los siervos para los señores feudales. ¿Y hoy no sucede lo mismo? ¿Qué importa que en las leyes esté abolida la esclavitud? Los

que trabajan en el fondo de esta mina y absorben el
veneno que les mata, si no son esclavos por la ley lo son
por el hambre. El resultado es idéntico. Es ley de la
naturaleza, y por lo tanto santa y respetable, que para
que unos gocen padezcan otros... [24]. Vosotras, hermosas
señoras, sois las herederas de aquellas ilustres damas
romanas que enviaban a estas minas sus esclavos a
arrancar el bermellón para embellecer su rostro, y de
aquellas otras árabes que lo hacían traer para decorar
sus minaretes en los alcázares de Córdoba y Sevilla. Por
vosotras brindo, pues, embargada el alma de admiración y respeto, como representantes en la tierra de lo
que hay en ella más sublime, el amor, la belleza, la
alegría.

El brindis, aunque galante, pareció estrambótico.

Algunos de los más avisados murmuraron. Creció la
hostilidad que contra el joven médico [25] existía. Hubo
quien dijo por lo bajo que aquel quídam había querido
"quedarse con ellos".

Rafael Alcántara tuvo conatos de decirle alguna frase
provocativa; pero advirtió en sus ojos que no la soltaría
sin proporcionarse un serio disgusto y prefirió quedarse
con ella en el cuerpo. Las damas le miraron con más
benevolencia. Le encontraban muy original.

De todos modos el brindis produjo cierta penosa
impresión que no logró desvanecer Fuentes, aunque
soltó el chorro de sus paradojas más graciosas.

---

[24] Es significativo que sea Quiroga, médico, buen conocedor, pues,
de las ciencias naturales, el encargado de explicitar la aplicación del
biologismo darwinista a las relaciones sociales. A primera vista puede
parecer incoherente el discurso de Quiroga con las ideas socialistas que
el narrador le ha atribuido anteriormente; ahora bien, la ironía de los
ojos del propio personaje indica su desacuerdo con respecto a unos
argumentos que parecen justificar el triunfo de los fuertes sobre los
débiles; argumentos por lo demás, que estaban muy en boga en aquel
momento.

[25] Es muy posible que don Armando al elegir a Quiroga para
formular la denuncia del sistema capitalista, tuviera presente el Informe
a la Comisión de Reformas Sociales redactado por el también médico
Jaime Vera.

—Señoras, yo no brindo —decía a las que tenía cerca—, porque no soy orador. Espero que pronto será esto una distinción honorífica en España; que no tardará en decirse con respeto al pasar un individuo por la calle: "Ése no es orador", como ya se dice: "Ése no tiene la gran cruz de Isabel la Católica..."

Las damas reían y celebraban los chistes. Pero en el fondo, sea por el discurso del médico o porque la mina volviera a inspirarles temor, sentíase un vago malestar. Todos los ojos brillaron con alegría cuando se anunció que la jaula les esperaba. Los últimos que ascendieron oyeron poco después de comenzar la ascensión un canto lejano que rápidamente se fue aproximando, sonó muy cerca de ellos como si cantaran a su lado y rápidamente también se alejó perdiéndose allá en el fondo sin que hubiesen visto a nadie. Fue de un efecto fantástico. Lo que oyeron era una playera andaluza cuya letra decía:

> *Río arriba, río arriba,*
> *nunca el agua subirá;*
> *que en el mundo, río abajo,*
> *río abajo todo va.*

Un ingeniero manifestó con indiferencia:

—Es una cuadrilla de mineros que baja en la jaula que sirve de contrapeso a ésta.

—¡Lo ve usted, condesa! —exclamó Salabert en tono triunfal dirigiéndose a la condesa de la Cebal—. Cuando tienen humor para cantar, no serán tan desgraciados como usted supone.

La condesa calló un instante, y dijo al cabo sonriendo tristemente:

—La copla no es muy alegre, duque.

Esto se hablaba en el compartimiento superior. En el inferior, Escosura decía con tono desdeñoso al director de las minas:

—¿Sabe usted que ese jovencito médico ha estado bastante imprudente al emitir sus ideas materialistas?

—Materialista no sé si es. Lo que hace gala de ser, y por eso le adoran los operarios, es socialista [26].

—¡Peor que peor!

—La verdad es —dijo Peñalver dando un suspiro— que del fondo de una mina se sale siempre un poco socialista.

A las nueve de la noche, después de comer en Villalegre, partió el tren especial que debía conducirlos a Madrid. Todos volvían muy contentos de la excursión. Esperaban extasiar a sus amigos con el relato del banquete subterráneo. El único que padecía entre ellos era Raimundo. Las alternativas de alegría y dolor por que Clementina le hacía pasar con su coquetería le tenían destrozado el corazón.

Últimamente, viéndole tan triste, tan fatigado, la hermosa había tenido piedad, le había hecho sentar a su lado en el coche, y sin escándalo del concurso (porque estaban curados de espantos) había charlado casi toda la noche con él y al fin se había dormido dejando caer la cabeza sobre su hombro.

Aunque el tren arastraba un *sleeping-car,* pocos habían hecho uso de él. Sólo al amanecer, el sueño los fue rindiendo a todos y se quedaron transpuestos en su asiento adoptando posturas caprichosas, algunas de ellas poco estéticas.

Ramoncito Maldonado estaba en el pináculo de su gloria y fortuna. Esperancita, a juzgar por todas las apariencias, le amaba. Encontrábase despegado, por

[26] El tema de correlación entre socialismo y materialismo interesó vivamente a los intelectuales; muchos de ellos se sintieron atraídos por el primero pero incapaces de asumir el segundo. Blanco Aguinaga —*vid. Juventud del 98.* Barcelona, Crítica, 1978, pp. 78 ss—, lo ha puesto de manifiesto en el caso de Unamuno. Respecto a Palacio Valdés, nos consta su incompatibilidad con el materialismo: lo afirma claramente en su *Testamento literario.* En cuanto se refiere a su proximidad al socialismo carecemos de datos suficientes para hacer cualquier afirmación en este sentido, si bien, creemos que estuvo muy cercano por aquellas fechas a la utopía del pensamiento socialista, *vid.* G. Gómez-Ferrer Morant, "La clase dirigente madrileña en dos novelas de 1890" en *Madrid en la sociedad del siglo XIX.* Madrid, 1986, pp. 533-556.

decirlo así, de la tierra, no sólo a causa de la elevación natural de su alma, sino por la voluptuosidad del triunfo. Su faz municipal resplandecía como la de un dios. ¡Atrás para siempre todas las luchas, todos los obstáculos que amargaran su preciosa existencia hasta entonces! Exento para siempre de la servidumbre del dolor, como los inmortales, gozaba sereno, majestuoso, de su apoteosis.

También se habían sentado al lado de la amada de su heroico corazón, y le habló durante algunas horas, con dulce sosiego, de las jacas inglesas y de las grandes batallas que a la sazón se libraban en el seno de la corporación municipal, en las cuales él tomaba una parte tan activa. Hasta que, mecida por aquella plática suave, insinuante, la cándida niña quedó dulcemente dormida con la cabeza reclinada en el almohadón.

Ramoncito Maldonado velaba. Velaba y meditaba en su suerte feliz. La aurora divina, escalando las alturas de la sierra lejana, cruzando con vuelo raudo la llanura, levantaba con sus rosados dedos las cortinillas del carruaje y esparcía una tenue y discreta claridad, sin que él hubiese dejado de pensar en su dicha.

Esperancita abrió los ojos y le dirigió una tierna sonrisa de amor, que hizo vibrar hasta las últimas cuerdas de su alma poética.

La alondra cantó en aquel instante. Entonces, en Ramoncito, el dios se fue separando cada vez más del hombre. Ebrio de amor y felicidad también, cantó en el oído de la niña, con voz temblorosa, una porción de frases incoherentes, hijas de su locura divina. La niña cerró los ojos para escuchar mejor aquella música armoniosa.

Cuando hubo agotado los superlativos del diccionario para pintar su amor, el sublime concejal quiso terminar su obra de seducción desplegando ante la hermosa todas las grandezas que podía proporcionarle, como hizo Satanás con Jesús. "Era hijo único: sus padres tenían ciento diez mil reales de renta: en las próximas elecciones a diputados a Cortes se presentaría candidato por

Navalperal, donde tenía familia y hacienda, y saldría con poco que el Gobierno le ayudase: como el partido conservador estaba necesitado de jóvenes de valor, creía que en breve plazo podría ser subsecretario: y ¡quién sabe! acaso más tarde, en una combinación, podría obtener siquiera la cartera de Ultramar..."

La niña escuchaba siempre con los ojos cerrados. Ramoncito, cada vez más inflamado, al terminar esta brillante enumeración se inclinó hacia su adorada y le preguntó en voz baja y conmovida:

—¿Me quieres, preciosa, me quieres?

La niña no contestó.

—¿Me quieres? ¿me quieres? —volvió a preguntar.

Esperancita, sin abrir los ojos, respondió al fin secamente:

—No.

XIV

UNA QUE SE VA [1]

Algunas semanas después, la enfermedad de D.ª Carmen se agravó extremadamente. Ya no cabía duda a los médicos de que su fin estaba muy próximo. La postración era absoluta. No le quedaba en el rostro más que la piel y sus grandes ojos tristes y benévolos que se fijaban con extraña intensidad en cuantos se acercaban a ella, cual si tratase de leer en las fisonomías el terrible secreto de su muerte. Con tal motivo asomaban la cabeza mil pasiones sórdidas en el alma de los que más debieran tenerla atribulada. Salabert pensaba con disgusto en la herencia que revertía a su hija. Hizo nuevos esfuerzos para que su esposa revocase el testamento, pero inútilmente. Por primera vez en su vida D.ª Carmen daba señales de gran firmeza de carácter. Aunque incapaz de vengarse había tal vez en su empelo cierto deseo de terminar la existencia con un acto de justicia. Una vida de completa sumisión, sin oponer el más mínimo obstáculo a la voluntad de su marido, a sus planes económicos, ni a sus pasiones ilícitas, bien merecía que a la hora de la muerte reivindicase su libertad para satisfacer los impulsos del corazón. Osorio espiaba silenciosamente, con disimulada ansiedad, los progresos de la enferme-

[1] El tema del capítulo es la muerte de la duquesa de Requena. Su estructura está integrada por los siguientes puntos: la muerte de doña Carmen; la aparición del pleito entre Salabert y Clementina con motivo de la herencia; la orientación de Clementina hacia una nueva relación de conveniencia, y el inicio de la locura del duque.

dad, cuyo desenlace arrastraría consigo a la vez el
término de sus apuros. D.ª Carmen se desprendería de su
envoltura carnal y él de sus acreedores. La misma
Clementina, objeto predilecto de la ternura de la angeli-
cal señora, no podía menos de gozar con la perspectiva
de tanto millón como iba a caer en sus manos [2]. Procuraba sofocar sus deseos, apagar la impaciencia; mas a
despecho suyo un diablo tentador hacía brincar su
corazón de gozo cada vez que tal pensamiento le acudía
al cerebro.

Con astucia infernal, Salabert hacía lo posible por
introducir la desconfianza en el ánimo de su esposa.
Unas veces de un modo solapado, otras cínico y brutal,
vertía en su alma el veneno de la sospecha, Clementina y
Osorio esperaban su muerte como agua de Mayo. ¡Qué
desahogados quedarían cuando pagasen todas sus trampas! Y hasta otra: ¡a vivir, a gozar con el dinero de la
infeliz señora! Esta permanecía muda, indignada ante
las malévolas insinuaciones de su marido. Pero en su
alma entristecida y debilitada por la enfermedad, la
punta de aquella acerada flecha se revolvía causando
vivos dolores que procuraba ocultar. Cada vez que
Clementina venía a visitarla, y últimamente lo hacía dos
veces cada día, los ojos de su madrastra se fijaban en
ella con muda interrogación, procurando leer en los
suyos las ideas que le pasaban por el cerebro. Esta
atención anhelante embarazaba a la esposa de Osorio, le
hacía experimentar una turbación que, aunque leve, no
dejaba algunas veces de ser visible.

A medida que la enfermedad avanzaba, este afán de
D.ª Carmen fue aumentando hasta convertirse en manía.
Clementina representaba en la soledad moral en que

[2] Si en el momento de la conversión de Clementina a los valores de
la clase media —capítulo VII—, la entrevista cálida y afectuosa con la
duquesa tiene un alto valor como hito y como símbolo, ahora, cuando
Clementina lanza definitivamente por la borda este episodio de su vida,
sacrificándolo todo a la ambición, la muerte de la duquesa tiene, a su
vez, un carácter de premonición, de tema que inicia el desenlace.

vivía el único lazo de amor que la unía a la tierra[3]. Por lo mismo que su hijastra había sido siempre fría y altanera con todos, menos con ella, jamás había dudado de la sinceridad de su cariño. Estaba con él satisfecha y orgullosa. Le bastaba para compensarle de la indiferencia despreciativa que observaba en cuantos se acercaban a ella. La horrible sospecha que a viva fuerza había penetrado en su corazón lo llenaba de amargura. Un espíritu bondadoso y amante como el suyo necesitaba creer en la bondad y en el amor. Al arrancarle esta última creencia sangraba de dolor.

Una tarde se hallaban juntas y solas. La duquesa, inmóvil en la butaca, con la cabeza echada hacia atrás, escuchaba a su hijastra leer una historia devota, la aparición de la Virgen de la Saleta. Su pensamiento no estaba en el asunto: teníalo agitado, como siempre, por aquella duda fatal que acibaraba aún más que la dolencia corporal sus míseros días. Con la mirada fija y zahorí del que se acerca a la tumba, atravesaba la hermosa frente de Clementina inclinada sobre el libro y deletreaba confusamente allá dentro sin lograr adquirir la certidumbre que ansiaba. Más de una vez, al levantar aquélla la cabeza, se había encontrado con esta mirada opaca y desconsolada: había bajado prontamente la suya, acometida de súbito malestar. En el alma de la enferma había nacido un deseo, un capricho más bien, vivo y abrasador como los que sienten los moribundos. Quería que su hijastra le refrescase con alguna palabra dulce la horrible quemadura que su duda le causaba. Varias veces temblaron sus labios para formular la pregunta. Una vergüenza invencible la detenía.

---

[3] También doña Carmen es un símbolo de la frustración y del fracaso de ciertos sectores de las clases medias que, aún permaneciendo fieles a los principios de su grupo social de procedencia, viven enquistadas en la alta clase. Hasta su último asidero, Clementina, flaqueará en su lealtad hacia ella. La incertidumbre y la angustia que atenazan a la duquesa en los últimos meses de su vida, dan buena cuenta de lo imposible que resulta —en la óptica de Palacio Valdés— la unión entre las clases medias y la alta clase, o mejor dicho, del riesgo que corren aquéllas.

—Deja el libro, hija mía: estarás fatigada —dijo al cabo. Y su voz salió de la garganta temblorosa como si hubiese pronunciado alguna frase grave.

—Lo estará usted de oír. Yo no: a Dios gracias, tengo sana la garganta.

—Dios te la conserve, hija mía, Dios te la conserve —repuso la señora con acento de ternura mirándola fijamente.

Hubo unos instantes de silencio.

—¿Sabes lo que me han dicho? —se atrevió a pronunciar después. Y su voz salió tan apagada que las últimas sílabas casi no se oyeron.

Clementina, que se disponía a continuar la lectura, levantó la cabeza. Las pocas gotas de sangre que D.ª Carmen tenía ya en su arruinado cuerpo le subieron de golpe al rostro y lo tiñeron levemente de rojo.

—Me han dicho... que estabas deseando mi muerte.

A su vez la rica sangre de Clementina acudió atropelladamente a sus mejillas y las encendió con vivos colores. Ambas se miraron un instante confusas. La joven exclamó con energía al fin frunciendo la tersa frente:

—Ya sé quién se lo ha dicho a usted.

Y su sangre, al proferir estas palabras, huyó del rostro nuevamente como una marea de reflujo instantáneo. La de su madrastra también se concentró en su lastimado corazón. Inclinó la blanca y fatigada cabeza, diciendo:

—Si lo sabes, no pronuncies su nombre.

—¿Y por qué no? —exclamó la hijastra enfurecida—. Cuando un padre, sin motivo alguno, sólo por unos miserables ochavos injuria a su hija y martiriza a su mujer, no tiene derecho a que se le quiera ni a que se le respete... Lo diré con todas sus letras... ¡Eso es una infamia!... Papá es un hombre que no tiene más Dios ni más amor que el dinero. Sabía que el testamento de usted me había enajenado su cariño... (si es que me lo ha tenido alguna vez...).

—¡Oh!

—Sí; lo sabía muy bien. Pero nunca creyera que llegaría a cometer semejante vileza, a calumniarme de ese modo... A usted le consta que la he querido siempre más que a él... ¡sí, sí, más que a él! no tengo ningún reparo en decirlo... Diré más: yo no he querido de veras a nadie más que a usted y a mis hijos... Si ese testamento es la causa de que usted dude de mi cariño, rómpalo usted... Rómpalo, sí: su tranquilidad y su afecto me importan mucho más que su dinero...

La voz de la dama vibraba de indignación al pronunciar estas palabras. Sus ojos se clavaban en el vacío con dureza, cual si quisieran ver levantarse delante de ella la figura de su padre para pulverizarlo. En aquel momento hablaba con sinceridad.

Los ojos opacos de D.ª Carmen, a medida que hablaba, iban brillando con alegría. Al fin se nublaron de lágrimas, y exclamó:

—¡Te creo, hija mía, te creo!... ¡Ah, no sabes el bien que me haces!

Al mismo tiempo se apoderó de sus manos y las besó con efusión. Clementina dio un grito de vergüenza.

—¡Oh, no, no, mamá!... yo soy quien debo...

Y le echó los brazos al cuello con ternura. Quedaron largo rato abrazadas, llorando silenciosamente. Fue una de las pocas veces en que Clementina lloró de enternecimiento y no de despecho.

Pero en los días siguientes, aunque subsistió vivo en ambas el recuerdo de esta escena tierna, también quedó el del motivo que la había producido. Clementina sentíase avergonzada al presentarse delante de su madrastra. Sus atenciones, sus frases de cariño, eran exageradas unas veces: quería borrar con ellas el pensamiento que claramente leía en los ojos de aquélla. Otras veces, imaginando que podrían servir para que sospechase de su sinceridad, las atajaba de golpe y tomaba una actitud indiferente y fría. De todos modos existía entre ambas una corriente de inquietud que las hacía padecer, por diverso modo, los ratos en que estaban juntas.

D.ª Carmen cayó al fin en la cama para no levantarse.

Clementina pasaba allí todo el día. El terrible momento se acercaba. Al fin una madrugada, entre dos y tres, llamaron con alarma en el hotel de Osorio dos criados del duque. La señora agonizaba. Preguntaba por su hija con insistencia. Ésta se levantó del lecho apresuradamente, y a todo el escape de sus caballos voló al palacio de Requena. Osorio la acompañaba. Al entrar en la habitación de la enferma tropezaron con el duque, que les miró con semblante hosco.

—¡Llegáis a tiempo! ¡llegáis a tiempo! —gruñó sordamente. Y se alejó sin decir más.

Clementina creyó notar en estas palabras una intención malévola y se mordió los labios de ira. La tristísima escena que se ofreció a su vista, apenas se aproximó al lecho de D.ª Carmen, consiguió apagar su odio breve instante. La infeliz señora presentaba ya en su rostro los signos de la muerte, la palidez cadavérica, el afilamiento de la nariz, los ojos vidriosos y en torno de ellos un círculo oscuro, amoratado. A su lado y en pie estaba el sacerdote que la exhortaba a arrepentirse. (¿De qué [4]?) A los pies del lecho, Marcela, su antigua doncella, lloraba ocultando el rostro con el pañuelo. Otras dos criadas contemplaban de más lejos con rostros asustados, más que doloridos, aquel cuadro lastimoso. Allá en un rincón el médico de cabecera escribía una receta.

Al divisar a su hija, la duquesa volvió los ojos hacia ella con expresión de ansiedad y extendió una mano para llamarla.

—Acércate, hija mía —dijo con voz bastante clara. Y luego que se acercó tomándole una mano entre las dos suyas amarillas, descarnadas, exclamó mirándola con fijeza terrible a los ojos:

—¡Me muero, hija, me muero! ¿No es verdad que lo sientes?... ¿por lo menos que no te alegras?

—¡Oh, mamá!

[4] Nótese la irrupción del narrador en un párrafo que quiere atenerse por el tema y por la forma, a la más pura técnica naturalista.

—Di que no te alegras —insistió con ansiedad sin apartar su mirada de los ojos de la joven.

—¡Mamá, por Dios! —exclamó ésta aturdida y aterrada a la vez.

—¡Di que no te alegras! —repitió con más energía aún levantando a costa de grandes esfuerzos la cabeza, mirándola con dureza.

—¡No, mamá del alma, no! Si pudiera conservar su vida a costa de la mía, le juro a usted que lo haría.

Los grandes ojos opacos de la moribunda se dulcificaron. Volvió a dejar caer la cabeza sobre la almohada, y después de breve silencio dijo con voz apagada y vacilante:

—Serías muy ingrata... sí, muy ingrata... ¡Tu pobre mamá te ha querido tanto!... Dame un beso... No llores... No siento dejar el mundo... Lo que me dolería es que tú, hija de mi corazón... que tú... ¡Qué pensamiento tan horrible! ¡Cuánto me ha hecho sufrir!

El sacerdote se interpuso en aquel momento invitándola a dejar los pensamientos mundanos. La enferma le escuchó con humildad, repitió devotamente las oraciones que le leía en alta voz. El médico y el duque se acercaron para ponerle un revulsivo; pero observando que comenzaba el estertor, el médico hizo un gesto y cogió por el brazo al duque para sacarlo fuera de la estancia.

D.ª Carmen paseó una mirada extraviada, vidriosa, por todos ellos, y deteniéndola en Clementina le hizo seña otra vez de que se aproximase.

—Adiós, hija mía —dijo sin mirarla, con los ojos fijos en el techo—. Haces bien en alegrarte de mi muerte...

—¡Qué dice, mamá! —exclamó aquélla con un grito de espanto.

—Yo también me alegro... Me alegro de que mi muerte te sirva de algo... Si hubiera podido darte en vida lo que me pertenece... todo te lo hubiera dado... Es triste ¿verdad?... Tener que morir para hacerte feliz... ¡Hubiera gozado tanto viéndote feliz!... Adiós, hija mía, adiós... acuérdate alguna vez de tu pobre mamá...

—¡Madre de mi alma! —gritó la dama cayendo de rodillas deshecha en sollozos—. ¡Yo no quiero que muera, no!... He sido muy mala... pero siempre la he querido... y la he respetado...

—No seas tonta —dijo la moribunda haciendo un esfuerzo para sonreír y acariciándole la cabeza con su mano de esqueleto—. Ya no me duele que te alegres... ¡Qué importa!... Muero satisfecha sabiendo que vas a deberme un poco de felicidad... Te recomiendo a las ancianitas del asilo... Protégelas, hija mía... y a esta buena Marcela, también... Adiós, adiós todos... Perdonadme el mal que os haya hecho...

El estertor crecía, sonaba más estridente y más lúgubre por momentos. Los sollozos de Clementina y Marcela cortaban por intervalos las notas de aquel ronquido fatal. El duque, trémulo, alterado, se dejó al fin arrastrar de la habitación.

D.ª Carmen no volvió a hablar. Tenía los ojos cerrados, la boca entreabierta, el cuerpo tranquilo. De vez en cuando levantaba un poco los párpados y dirigía una mirada afectuosa a su hijastra arrodillada. El sacerdote leía con voz nasal, quejumbrosa, las oraciones de su libro.

Así murió la duquesa de Requena. ¡Dejadla, dejadla partir!

Algunos días después, Clementina y su marido, a pesar del odio inextinguible que se profesaban, celebraban largas y frecuentes conferencias. La magna cuestión de la herencia los unía momentáneamente. Clementina visitaba mañana y tarde a su padre. Osorio también iba con frecuencia al palacio de Requena. Uno y otro prodigaban al viejo mil atenciones, compadecían su soledad, le mimaban. Había en su comportamiento cierta familiaridad afectuosa que cuadraba muy bien a unos hijos que van a proteger la venerable ancianidad de un padre. El duque se dejaba venerar observándolos con mirada más socarrona que enternecida. Cuando volvían la espalda para irse, seguíalos con los ojos, bajaba los párpados lentamente, revolvía entre los labios la breva americana y se iba bosquejando en su rostro una sonrisa burlona que duraba todavía algunos segundos después de perderlos de vista.

Las cosas siguieron en el estado de antes. A pesar de que el testamento de la duquesa era terminante, Salabert no se dignó hablarles una palabra de intereses. Continuó disponiendo en jefe de su caudal, entregado a los negocios con absoluta tranquilidad. Su hija y su yerno la perdieron al ver esta actitud. Comenzaron a vivir agitados, a comunicarse a cada instante con violencia sus impresiones, a formar planes para provocar una explicación. Clementina pretendía que Osorio le hablase. Éste creía que era ella quien debía pedirle cariñosamente una explicación antes de formular ninguna queja. Después de algunos días de vacilación, al fin se decidió la esposa a dirigir algunas palabras a su padre, si bien con cierta indecisión y embarazo, pues conocía bien el carácter de éste y mejor aún el suyo propio.

—Vamos a ver, papá —le dijo, hallándole solo en el despacho, con afectada jovialidad—. ¿Cuándo me hablas de dinero?

—¿De dinero?... ¿Para qué? —respondió el duque con sorpresa, mirándola con rostro tan inocente que daba ganas de darle una bofetada.

—¿Para qué ha de ser? para enterarme de lo que me concierne. ¿No soy la única y universal heredera de mamá? —replicó sin abandonar el tono jovial, pero con con cierta alteración en la voz bien perceptible.

—¡Ah, sí! —exclamó el duque haciendo con la mano un ademán de indiferencia—. De eso hablaremos más adelante... ¡mucho más adelante!

Clementina se puso pálida. La ira hizo dar un salto a toda su sangre. Sus labios temblaron y estuvo a punto de decir un disparate.

—Sería bueno, sin embargo, que nos entendiésemos... —murmuró con voz débil.

—Nada, nada; no hablemos ahora. Cuando tenga humor y tiempo ya me ocuparé de esas cosas.

Hablaba con tal seguridad e indiferencia no exenta de

desdén, que su hija tenía que optar entre dar rienda
suelta a la lengua, romper con su padre de un modo
violento, o marcharse. Decidióse, después de un instante
de vacilación, por esto. Giró sobre los talones, y sin una
palabra de adiós salió de la estancia y se metió en el
coche, en un estado de excitación que hacía temblar
todo su cuerpo.

Cuando llegó a casa corrió a encerrarse en su habitación y dio salida al furor que la embargaba. Lloró,
pateó, desgarró sus vestidos, rompió una porción de
cachivaches. Osorio también montó en cólera y dijo que
iba a hacer y acontecer. De todo ello no resultó, sin
embargo, más que una carta en que aquél, con bastante
respeto, invitaba a su suegro a que le manifestase el
estado de su hacienda, a fin de dar comienzo a las
primeras operaciones del inventario. Salabert no contestó a esta carta. Se escribió otra. Tampoco. Dejaron de
visitarle. Clementina no quería ir "por no armar un
escándalo". Osorio no se consideraba con fuerza moral
suficiente, dado el estado de sus relaciones matrimoniales, para reclamar con energía el caudal de su mujer. En
tal aprieto hablaron con algunas personas de respeto
amigas del duque, y se las enviaron como medianeras.
Cumplieron éstas su cometido: hablaron con el viejo, y
después de varias entrevistas se resolvieron a provocar
una reunión amistosa a fin de que el asunto no fuese a
los tribunales. Efectuóse ésta, después de alguna resistencia por parte de Clementina, en el palacio de su
padre. Asistieron a ella, a más de las partes interesadas,
el padre Ortega, el conde de Cotorraso, Calderón y
Jiménez Arbós. Este último (que había dejado de ser
ministro y estaba en la oposición) dio comienzo a la
sesión espetándoles un discurso "de tonos conciliado-
res" excitándoles a la concordia para que no diesen al
público el espectáculo de una disputa entre padre e hija
por cuestiones de dinero, espectáculo que, dada su
altísima posición en el mundo, no podía menos de ser
repugnante. Siguióle en el uso de la palabra el padre
Ortega, que con el acento persuasivo y untuoso que le

caracterizaba, después de darles, lo mismo al duque que a sus hijos un buen jabón de elogios disparatados para ponerlos suaves, apeló a sus sentimientos cristianos, les hizo presente el mal ejemplo que darían, les pintó las dulzuras del cariño y del sacrificio mutuo y concluyó prometiéndoles la gloria eterna.

Clementina respondió la primera, que ella no tenía otro deseo que continuar manteniendo con su padre las mismas relaciones de cariño y respeto que hasta entonces, y que para conseguirlo estaba dispuesta a hacer todo lo que fuera posible. El acento seco y duro con que pronunció estas palabras y el gesto ceñudo con que las acompañó no daban testimonio muy claro de su sinceridad. Sin embargo, el duque se manifestó muy conmovido.

—¡Arbós! ¡padre! ¡vosotros, hijos míos! Todos conocen perfectamente mi carácter... Para mí, fuera de la familia no hay felicidad posible... Después del golpe terrible que acabo de sufrir, lo único que me queda en el mundo es mi hija... En ella tengo concentrado todo mi cariño, mis esperanzas y mi orgullo... Para ella he trabajado, he luchado sin descanso, he reunido el capital que poseo... Puedo decir que nunca he sentido la necesidad del dinero más que por mi mujer (que en gloria esté [5]) y por mi hija...; por verlas a ellas felices rodeadas de bienestar y de lujo... A mí me han bastado siempre cuatro cuartos para vivir, bien lo sabéis. Hoy que soy viejo, con mayor razón... ¿Para qué quiero ya los millones? Dentro de poco me veré obligado a tomar el tren para el otro barrio, ¿verdad, Julián? Y tú lo mismo. Por consiguiente, ¿a quién puede ocurrírsele que voy a reñir por cuestión de ochavos con la hija de mi corazón?... Aquí no ha habido más que una equivocación. Yo necesitaba tiempo para poner en claro mis asuntos... Eso es todo... Pero si es que has podido suponer otra

---

[5] El autor insiste en uno de los grandes temas de la obra: el engaño con ribetes de cinismo como *modus operandi* de este arquetipo de la gran burguesía.

cosa, hija mía, sólo puedo decirte esto... Lo que hay en esta casa es tuyo y siempre lo ha sido. Tómalo cuando se te antoje... Tómalo, hija, tómalo... A mí me basta con nada...

Al pronunciar estas últimas palabras visiblemente enternecido, quisieron arrasársele los ojos de lágrimas. Todos dieron muestras igualmente de enternecimiento y prorrumpieron en frases de conciliación. El padre Ortega empujó suavemente a Clementina hacia los brazos de su padre, y aunque ella era la menos conmovida, al fin se dejó abrazar por él, que la tuvo un buen rato apretada. Cuando la soltó se llevó el pañuelo a los ojos y se dejo caer en una butaca, vencido por el peso de tanta emoción.

Después de esta escena conmovedora nadie osó acordarse de intereses. La reunión se disolvió apretándose todos las manos cordialmente y felicitándose con calor por el éxito lisonjero de sus gestiones. Pero Osorio y Clementina se metieron en su coche serios, cejijuntos, y no se hablaron en todo el camino una palabra. Sólo al llegar a casa murmuró la esposa con acento colérico:

—¡Ya veremos en qué para la comedia!

Osorio se encogió de hombros y respondió:

—Yo lo doy por visto.

Ni uno ni otro se equivocaron.

El duque ni les dio una peseta ni volvió a hablarles para nada de la herencia. Estaba muy cariñoso con ellos: les hacía comer muchos días en su casa, quejándose de su soledad; hasta les hablaba algunas veces de los negocios que tenía pendientes; pero nada de liquidar la parte que les correspondía.

Clementina llegó a irritarse tanto que dejó bruscamente de ir a su casa. Volvieron a mediar cartas. No pudieron sacar más que respuestas ambiguas, vagas esperanzas. Al fin se decidieron a entablar la demanda, y comenzó un pleito que hizo estremecer de gozo a la curia.

Cesó para Clementina toda felicidad. Desde entonces

vivió en un estado de perpetua irritación, siguiendo con afanoso interés los incidentes del litigio, apurando al procurador, a los abogados, buscando influencias que contrarrestasen las poderosas del duque. Éste conducía el asunto con mucha más calma, lo enredaba con habilidad desesperante, aprovechándose de la violencia que ella mostraba para hacerla aparecer a los ojos de la sociedad como ambiciosa y desnaturalizada. Esto no obstaba para que entre sus íntimos soltase de vez en cuando alguna de sus frases burlonas y cínicas, que al llegar a oídos de ella la hacían estallar de furor. La lucha [6] se fue haciendo cada día más encarnizada. Por otra parte, los acreedores de Osorio, defraudados en sus esperanzas, empezaban a revolverse contra él y amenazaban dejarle arruinado. Es fácil representarse la agitación, la violencia, el malestar que reinarían en el hotel de la calle de Don Ramón de la Cruz.

De este malestar, y aun puede decirse desdicha, participaba el hasta entonces afortunado Raimundo. El espíritu y el cuerpo de Clementina, alterados por el tumulto de otras pasiones, no podía reposarse en las dulzuras del amor. Los momentos que aquélla le concedía eran cada vez más cortos y sin sosiego. Se extinguieron las pláticas alegres, bulliciosas, que en otro tiempo mantenían. La hermosa dama ya no gustaba de embromar a su juvenil amante. No se acordaba siquiera de aquellas gozosas y pueriles escenas en que se deleitaban, ora haciendo ella de reina que recibe en corte a sus ministros, ya jugando besos a los naipes o en otras mil niñerías que la tornaban a la adolescencia. Ahora apenas sabía hablar de otra cosa más que de su pleito. Tenía los nervios tan excitados, que con la palabra más insignificante se le disparaban y montaba en furiosa cólera. Además, por el interés vehementísimo de triun-

---

[6] Novelísticamente, el pleito por la herencia de la duquesa es importante, porque este acontecimiento inicia el proceso de distanciamiento de Clementina respecto a Raimundo. Será la necesidad de ganar este pleito lo que precipitará su traición a Alcázar.

far de su padre, crecían sus coqueterías con Escosura, recién nombrado ministro. Esto era, como debe
suponerse, lo que más desgraciado hacía al joven entomólogo.

Un día, en que estaba más cariñosa que de costumbre,
teniéndole sentado a sus pies y acariciándole los cabellos
con sus hermosos, delicados dedos cargados de sortijas,
le dijo con acento meloso:

—Tú sigues con tus celos de Escosura, ¿verdad,
Mundo?... Pues haces muy mal... No me gusta poco ni
mucho ese hombre...

—Sí: eso me has dicho muchas veces... pero...

—No hay pero que valga, niño díscolo —repuso
alegremente tirándole de la oreja—. Ni he querido, ni
puedo querer a nadie más que a ti. Todos los hombres
me parecen feos, tontos y presuntuosos a tu lado... Pero
(¡aquí viene mi pero) desgraciadamente tú no eres ministro, aunque lo mereces más que todos los que conozco...
Bien sabes que mi fortuna está hoy en manos de la
justicia, que de la noche a la mañana puedo quedar sin
una peseta. Acostumbrada como estoy a las comodidades y al lujo, ya comprenderás que no sería un plato de
gusto. Mi amor propio también padecería mucho: tengo
infinitos envidiosos, gente que me odia sin saber por
qué... En fin, que sería el hazmerreír de ellos, ¿entiendes?
Y yo no quiero que eso suceda. Mi padre cuenta con
muchos amigos... se esperan de él favores (aunque sea
incapaz de hacer uno solo), se le tiene miedo... Yo,
aunque trato a casi todos los políticos de Madrid,
carezco de un verdadero amigo que se interese por mi
asunto como si fuese propio, que se atreva a ponerse
frente a mi padre... Y como no lo tengo necesito
buscarlo, ¿sabes?... Figúrate ahora que ese amigo es
Escosura, quien por su posición política y por su dinero
es independiente por completo... Figúrate que estoy en
relaciones con él... Figúrate que es mi amante a los
ojos del mundo... Y figúrate también que rompo contigo en apariencia, aunque sigas secretamente siendo mi
verdadero amor, el único querido de mi corazón...

¿Qué te parece del arreglo? ¿Lo encuentras aceptable? [7]

Raimundo se puso encendido ante aquella singular y humillante proposición. Tardó unos instantes en contestar y al fin dijo entre colérico y desdeñoso:

—Me parece sencillamente una infamia y una asquerosidad.

La arruga, aquella arruga fatal que cruzaba la frente de Clementina cada vez que la cólera agitaba su alma turbulenta, apareció honda y siniestra. Levantóse bruscamente, y después de mirarle con fijeza, entre airada y desdeñosa, le dijo con acento glacial:

—Tienes razón. Ese arreglo no puede convenirte... Mejor será que cortemos de una vez nuestras relaciones.

Y se dispuso a marchar. Raimundo quedó anonadado.

—¡Clementina! —gritó con desconsuelo cuando se hallaba ya cerca de la puerta.

—¿Qué hay? —dijo ella, con la misma frialdad, volviendo la cabeza.

—Escucha, por Dios, un momento... Te he dicho eso arrebatado por los celos, pero sin intención de herirte... ¿Cómo he de ofenderte yo a ti cuando te quiero, te adoro como a un ser sobrenatural?...

A éstas siguieron otras muchas palabras fogosas empapadas de cariño, mejor aún, de devoción. Clementina las escuchó en la misma actitud altanera. No se dejó ablandar hasta que le contempló bien humillado, pidiéndole de rodillas, como precioso favor, aquel mismo arreglo que hacía un instante había calificado de infamia y asquerosidad.

Por aquellos días la dama experimentó una rabieta tan viva que estuvo a punto de enfermar. Y no le faltó motivo. El duque, su padre, cuyas relaciones con la

---

[7] El fracaso de la utopía de Raimundo se hace a partir de la dialéctica del estrato superior. Obsérvese la conexión más o menos expresa entre la traición a la duquesa —alegrarse de su muerte, dar más valor al dinero que a su memoria...— y la traición a Raimundo. Es evidente que estamos ante la reversión de aquella actitud de la protagonista —nostalgia de la inocencia perdida— a que se aludió en el capítulo VII.

Amparo eran cada día más públicas y descaradas, llevó
su cinismo o su servidumbre humillante hasta traerla
a su palacio y hacer vida marital con ella. No se hablaba de otra cosa en la alta sociedad madrileña. Todo
el mundo consideraba que Salabert tenía perturbado el
cerebro, por no decir, como en otro tiempo, que estaba
hechizado por su querida. Ésta, con su estupidez invete-
rada, en vez de disimular su poder y hacerse perdonar
del mundo aquella inaudita usurpación, la pregonaba a
son de trompeta en los teatros y paseos, donde se
presentaba colgada del brazo del duque. Poco después
comenzó a circular por Madrid la noticia de que se
casaban. El asombro y la indignación que produjo
fueron vivísimos.

Un acontecimiento imprevisto vino a deshacer o por
lo menos a aplazar aquella boda. En cierta reunión de
accionistas de las minas de Riosa, a Salabert, como
presidente, le tocó dar cuenta de su gestión y proponer
las modificaciones necesarias en la marcha de la sociedad. Ordinariamente lo hacía con mucha concisión y
claridad. Era, ante todo, hombre de negocios y no
gustaba de andarse por las ramas o decir más palabras
de las indispensables. Mas con sorpresa de la asamblea,
donde se hallaban muchos banqueros y algunos personajes políticos, comenzó a pronunciarles un discurso
por todo lo alto. Abandonando el asunto por completo,
entró dándoles amplias explicaciones de su conducta
como hombre público; trazó una verdadera biografía de
su persona, deteniéndose en pormenores del todo impertinente; cantó con la mayor impudencia sus propias
alabanzas, ofreciéndose como el prototipo de la consecuencia política, del desinterés y la abnegación; pregonó
sus servicios al país, por haber prestado dinero al
Gobierno en momento de apuro, y a la causa de la
humanidad coadyuvando poderosamente a la erección
de hospitales, escuelas y asilos. Hasta tuvo la desvergüenza de decir que el asilo de ancianas de los Cuatro
Caminos era obra suya.

Los circunstantes se miraban unos a otros con estupor y se murmuraban al oído juicios poco lisonjeros sobre el estado intelectual del orador. Cuando apuró la lista de sus méritos y se proclamó *urbi et orbi* el primer hombre de la nación, principió a desatarse contra sus enemigos. Presentóse como víctima de una persecución tenaz, insidiosa, de mil intrigas urdidas para desacreditarle y en las que intervenían una porción de personajes de la banca y la política. En confirmación de este aserto leyó con voz campanuda y fogosa entonación ciertos artículos insertos en un periódico de provincia (la provincia en que estaban las minas de Riosa), en que según él se le atacaba "de un modo indigno y asqueroso". Lo que venía a decir, en resumen, el articulista, era que Salabert no era acreedor a que se le erigiese una estatua.

Los circunstantes, cada vez más cansados y aburridos, se decían ya en voz baja:

—¡Esto es ridículo! ¡Este hombre está loco!

A medida que leía se iba enardeciendo. Su rostro, ordinariamente un poco amoratado, se oscureció de tal modo que parecía el de un estrangulado. Al fin, sin terminar la lectura, cayó en el sillón presa de un ataque que le privó del sentido[8]. Y por entrambas vías su naturaleza pletórica comenzó al instante a desahogarse de tan formidable manera, que sólo un médico que asistía a la reunión en calidad de socio osó acercarse a él.

[8] El episodio sirve de transición al capítulo siguiente. Este último párrafo recuerda el final del banquete que aparece en *La Montálvez* —parte I, cap. XIII—, cuando la megalomanía del marqués desemboca en un ataque cerebral.

XV

GENIO QUE SE APAGA

Después de aquel ataque, las facultades mentales del duque experimentaron una merma considerable, al decir de cuantos a él se acercaban. Padecía extrañas distracciones. Su palabra era perezosa y más confusa que antes. Tenía caprichos fantásticos. Se contaba que había entregado ya a la Amparo sumas enormes o las había puesto a su nombre en el Banco; que se enfurecía por livianos motivos y gritaba y gesticulaba como un demente, llegando sus arrebatos hasta maltratar de obra a los criados o dependientes, que comía vorazmente y sin medida, y que decía de su hija horrores inconcebibles, imposibles de repetir entre personas decentes. Su genio socarrón y maligno se había trocado en adusto y violento.

Sin embargo, en los negocios no dio señales de faltarle la cordura. La rueda de la avaricia no se había gastado aún en su organismo. Verdad que la mayor parte de ellos marchaban por sí mismos. Además tenía consigo a Llera, cuyas dotes de especulador astuto y audaz habían llegado al apogeo. Donde se mostraba en realidad la perturbación, o por mejor decir, la flaqueza de su inteligencia, era en el seno de la vida doméstica. No se contentó con hacer reina y señora de la casa a su querida, pero admitió en ella también a la madre y los hermanos de ésta, gente ordinaria y soez que la tomó por asalto, dándose harturas de esclavos en saturnal, viviendo en perpetua orgía. El dominio de la Amparo se hizo absoluto [1]. Ella fue quien comenzó a ordenar, o por mejor decir, a desordenar los gastos ostentando un lujo escandaloso en sus vestidos, joyas y trenes. Y como no faltan en Madrid hambrones de levita y de frac, al instante tuvo una corte de parásitos que cantaron sus alabanzas. Dio tés y comidas; se jugó al tresillo. Se hizo, en suma, lo que en todas las casas opulentas, menos bailar. Y aunque el personal por dentro dejaba mucho que desear, por fuera parecía tan pomposo y brillante con el de los demás palacios. Hasta había títulos de Castilla que honraban la tertulia con su presencia, entre ellos el marqués de Dávalos, tan loco y enamorado como siempre. La Amparo, a quien lisonjeaba este amor frenético conocido de todo Madrid, lo desdeñaba en público y lo alimentaba en secreto. Por donde flaqueaban más los saraos de aquélla era por el lado femenino, si bien no faltaban tampoco algunas señoras de la clase media que, a trueque de pisar regios salones y verse servidas por lacayos de calzón corto, consentían en alternar con la querida de Salabert. Verdad que acallaban sus escrúpulos diciéndose que Amparo muy pronto sería la duquesa de Requena [2] en cuanto terminase el luto de la anterior esposa.

Seguía el pleito entre el duque y su hija, más empeñado cada día y encendido. La Amparo se declaraba parte de él entre sus amigos; gozaba soltando contra Clementina el odio mortal que la profesaba en palabras tabernarias. Salían a relucir en su tertulia todos los devaneos

---

[1] Novelísticamente el personaje comienza a ser castigado. Por una parte la terrible enfermedad, por otra el despilfarro de su fortuna. Si a lo largo de la obra, Palacio Valdés deja bien claro que la lujuria es uno de los portillos por el que se quiebra la avaricia de Salabert, ahora es precisamente Amparo, el objeto de su lujuria a lo largo de la obra, la que va a sembrar el desorden en su economía.

[2] Al terminar su novela, el escritor insiste en un tema que le preocupa y que tiene un lugar central en alguna de sus obras anteriores: el mimetismo de ciertos sectores de las clases medias y la seducción que la alta clase ejerce sobre las mismas; sugiere los riesgos que les acechan, y pone en evidencia la hipocresía de la moral social existente.

de la dama, corregidos y aumentados por los parásitos;
se contaban anécdotas que harían ruborizar a un guardia civil; se atacaban hasta sus prendas corporales,
diciendo que los dientes eran postizos, que tenía una
cadera torcida y otras calumnias por el estilo. Cierta
noche tuvo éxito prodigioso un muchachuelo al manifestar que Clementina, según datos irrecusables, gastaba
pantalones de franela a raíz de la carne.

Algunos de estos dichos llegaban a oídos de la interesada y la hacían empalidecer de ira, amargaban extremadamente su agitada existencia. El pleito era ya para
ella una lucha personal con la Amparo. Lo que más
temía, y Osorio también, era que se realizase el anuncia-
do matrimonio de su padre. Si esto sucedía no había
más remedio que ver a la ex florista ostentando la
corona ducal, tratando de potencia a potencia con ellos.
Aunque al principio la sociedad la rechazase, como con
el tiempo todo se olvida, quizá aquella vil mujer llegaría
a ser una verdadera duquesa. Afortunadamente para
ellos, aunque Salabert estaba sometido en todo a su
voluntad, les constaba que se oponía tenazmente a
casarse, que la Amparo hacía inútiles esfuerzos para
decidirle, que había habido escenas violentas entre ellos.
La ex florista, al principio, lo había tomado por la
tremenda. Se contaba que en un arrebato había herido
al duque con unas tijeras, que los criados escuchaban
frecuentemente gritos descompasados de la bella inju-
riando al viejo, llenándole de denuestos. Uno juraba que
la había oído gritar:

—¿Por qué no te casas? ¡di, canalla!... ¿Crees que te
deshonras con eso? ¿No sabes que por ahí todo el
mundo dice que eres un ladrón? ¿que tus iniciales
significan *¡a ese!...*? Seré una p... pero una p... ¿no vale
tanto como un ladrón?

Ciertos o no estos horrores, lo que constaba de un
modo indudable era la resistencia de él y el afán de ella.
Alguien le hizo entender que no era éste el mejor sistema
y que corría riesgo, por quererlo todo, de perderlo todo.
Cambió de técnica. Se dedicó a sacar de su querido todo

el dinero que pudo y a empujarle suavemente, pero con tenacidad, al matrimonio. Mas aunque por lo que se refiere a esto último sus asaltos continuaban siendo infructuosos, Clementina y Osorio estaban con el alma en un hilo. Decíase que el duque se hallaba realmente enfermo, que sufría una parálisis progresiva. En vista de ello se determinaron, después de escuchar el parecer de algunos célebres abogados, a pedir ante los tribunales su inhabilitación o la incapacidad para administrar sus bienes.

Por estos días se dijo que aquél había experimentado un nuevo ataque y que de resultas había quedado casi enteramente imbécil. Confirmaba este rumor el que no salía de casa y el que sus amigos íntimos no conseguían verle cuando iban a visitarle.

En tales circunstancias, bien por un arranque de su temperamento impetuoso o porque no faltara entre sus íntimos quien se lo aconsejara, Clementina se resolvió a dar un golpe decisivo que de una vez zanjase el litigio y todos los problemas a él anejos. "Mi padre está secuestrado —dijo—. Yo voy allá y arrojo a esa mujer de casa". Osorio trató de disuadirla, pero inútilmente.

Una mañana se hizo trasladar en su coche al palacio de Requena. Pasmo del portero al abrir la verja y encontrarse con la señora Clementina, y visible alegría también. Porque, aunque no era tan llana como la ex florista ni tan pródiga, el sentimiento de justicia obligaba a los criados del duque a despreciar a ésta y respetar a aquélla [3]. La orgullosa dama se contentó con decir, sin mirarle: "Hola, Rafael", y se dirigió rápidamente a la escalinata.

—¿Cómo está papá? —preguntó al criado que halló en el recibimiento.

Tan aturdido quedó que no pudo responder inmediatamente.

—¡Vamos, hombre! —repitió con impaciencia—. ¿Qué tal papá? ¿Está en las oficinas o en sus habitaciones?

---

[3] Testimonio novelesco de la realidad de una sociedad jerarquizada.

—Dispense V. E... el señor duque está bueno... Me parece que aún está en su gabinete...

En aquel momento una doncella, que desde el fondo del corredor la vio y escuchó sus preguntas, corrió toda azorada a avisar a la señora. Clementina también subió con pie rápido la escalera del piso principal. Antes de llegar a la puerta del gabinete de su padre, la Amparo se interpuso delante de ella, pálida, mirándola fijamente, con ojos agresivos.

—¿Dónde va usted? —preguntó con voz ligeramente ronca por la emoción.

—¿Quién es usted? —respondió la dama alzando la cabeza con soberano desdén y mirándola de arriba abajo.

—Yo soy la señora de esta casa —repuso la malagueña poniéndose aún más pálida.

—Querrá usted decir la secuestradora. No tengo noticia de que aquí haya señora alguna.

—¡Ah! Viene usted a insultarme a mi misma casa —exclamó la ex florista poniéndose en jarras como en la plazuela.

—No; vengo a arrojarte de ella antes que llegue la policía a hacerlo.

—¡No me tutee usted o me pierdo! —gritó la Amparo arrebatada de furor, presta a arrojarse sobre su orgullosa enemiga.

—Repito que vengo a echarte de esta casa y del puesto que usurpas —repuso ésta con tranquilidad amenazadora, desafiándola con la mirada.

La Amparo hizo un movimiento de arrojarse sobre ella, pero deteniéndose súbito se puso a gritar con voces descompasadas:

—¡Pepe, Gregorio, Anselmo! A ver, que vengan todos. ¡Pepe, Gregorio! ¡Echadme esta tía de casa, que me está insultando!

A los gritos acudieron algunos criados, que se detuvieron confusos, atónitos, contemplando aquella escena extraña. También se abrió la puerta del gabinete y apareció en ella la figura del duque, de bata y gorro. En poco tiempo había envejecido de un modo sorprendente. Tenía los ojos apagados, el color caído, las mejillas pendientes y flácidas.

—¿Qué es eso? ¿qué pasa aquí? —preguntó con torpe lengua. Y al ver a su hija dio un paso atrás y todo su cuerpo se estremeció.

—Esta mujer, que después de pedir que te declaren loco viene a insultarme —gritó Amparo con voz chillona de rabanera colérica.

—Papá, no hagas caso —dijo Clementina yendo hacia él.

Pero el duque retrocedió, y extendiendo al mismo tiempo sus manos convulsas, exclamó:

—¡Fuera! ¡Fuera! ¡No te acerques!

—¡Escucha, papá!

—¡No te acerques, ingrata, perversa! —repitió el duque con voz temblorosa y tono melodramático.

—Fuera de aquí, sinvergüenza. ¿Tiene usted valor para presentarse después de lo que ha hecho con su padre? —chilló la malagueña animada por la actitud del viejo.

Clementina quedó petrificada, lívida, mirándoles con ojos donde se pintaba más el espanto que la cólera. Hubo un instante en que estuvo a punto de perder el sentido, en que todo comenzó a dar vueltas en torno suyo. Pero su orgullo hizo un esfuerzo supremo y permaneció clavada al suelo, inmóvil como una estatua de yeso, y tan blanca. Luego giró lentamente sobre los talones por miedo a caerse y dio algunos pasos hacia la escalera, que comenzó a bajar con pie vacilante. Su padre, excitado por los gritos de la Amparo, avanzó hasta la barandilla y siguió repitiendo, cada vez más colérico, extendiendo su mano trémula como un barba de teatro:

—¡Fuera! ¡Fuera de mi casa!

Mientras, su querida vomitaba una sarta de injurias acompañadas de movimientos de caderas, risas sarcásticas y tal cual interjección del repertorio antiguo.

Cuando llegó a poner el pie en el jardín, las mejillas

de Clementina comenzaron a echar fuego. Se apoyó un
instante en la columna de uno de los faroles, y en
seguida se dio a correr como una loca hacia su coche.
Montó en él de un salto y cayó en un ataque de nervios.
La sacaron en malísimo estado y la subieron a su cuarto
entre dos criadas. Cuando Osorio se presentó no pudo
enterarle más que con palabras sueltas e incoherentes de
lo que había acaecido. Ocho o diez días estuvo postrada
en la cama. Al fin salió de ella con un deseo tal de vengarse, que algunos pensaron que se había vuelto loca.

El pleito, con el hábito de venganza que ella sopló
sobre él, encendióse de un modo imponente. Llegó a ser
en Madrid un acontecimiento público. Acerca de la
locura del duque hubo pareceres encontrados de los
médicos más insignes, españoles y extranjeros. Los unos
le ponían de idiota, degenerado y embrutecido que no
había por dónde cogerlo. Los otros declaraban que su
inteligencia brillaba cada día más clara, que era un
portento de penetración y buen sentido. Pero todos
coincidían en exigir, por sus dictámenes, disparatados
honorarios. La prensa intervino en favor de una u otra
de las partes. Clementina subvencionaba a algunos
periódicos. La Amparo (porque el duque, en realidad,
ya no se hallaba en estado de dirigir el asunto) tenía
comprados otros[4]. Y desde las columnas de ellos se
decían, más o menos veladas, mil insolencias; se sacaban
a relucir en cuentos alegóricos muchas historias escan-
dalosas.

En esta guerra la hija llevaba la peor parte: no podía
ser tan liberal como la querida. Amparo distribuía los
billetes de Banco a manos llenas. En cambio, a Clementina le ayudaban los acreedores de su marido, sus
amigas Pepa Frías, que no cesaba un momento de ir y
venir visitando a los médicos, a los magistrados, a los
periodistas, la condesa de Cotorraso, la marquesa de

---

[4] El autor denuncia, valiéndose de la ironía, la manipulación de la ciencia —por los "médicos más insignes"— y la manipulación de la prensa.
Palacio Valdés señala una vez más, la corrupción y el soborno.

Alcudia, su cuñado Calderón, sus amigos el general Patiño y Jiménez Arbós, y más que todos ellos, como quien más obligación tenía, su amante Escosura. Éste, por el alto puesto que ocupaba, ejercía considerable influencia en la marcha del litigio.

¡Qué agitación! ¡qué vida afanosa y miserable! Clementina no comía, no dormía: siempre en conferencias con el abogado, con el procurador, siempre escribiendo cartas. Hasta en sus tertulias o comidas no sabía hablar de otra cosa. De suerte que algunos, los indiferentes, murmuraban e iban desertando de su casa. Pero a otros logró comunicarles su fuego: eran sus parciales apasionados y traían y llevaban cuentos y daban consejos y prorrumpían en exclamaciones de indignación cada vez que en cualquier parte oían nombrar a la Amparo. Aunque Clementina, en general, no era simpática a la sociedad madrileña por su carácter altanero, como al fin representaba el derecho y la moral, su causa era la popular [5]. Contribuyó a hacerla más la estupidez de su enemiga, que se presentaba en todas partes queriendo deslumbrar con su lujo, llevando a su lado aquel viejo imbécil y degradado.

Porque el duque de Requena se desmoronaba a ojos vistas. Después del período de exaltación y violencia en que parecía un loco furioso, vino el aplanamiento de los nervios. Poco a poco se acercaba al completo idiotismo. Perdió la vivacidad del espíritu y hasta la facultad de comprender los negocios. Quedaron en manos de Llera.

---

[5] Es significativo que el escritor, a pesar de la comprensión mostrada hacia la prostituta —capítulo XI—, y a pesar de la denuncia de la vejación y de la explotación de que son objetos las clases trabajadoras, cuando tiene ocasión de invertir los papeles no lo hace. El pueblo, que de alguna manera podría haber encarnado Amparo, no es capaz de asumir el papel de las elites. En la ficción no sabe comportarse, y el narrador no duda en señalar la impopularidad de su causa carente de base jurídica y moral. Novelísticamente el papel desempeñado por Amparo en estos últimos capítulos, pudo haber sido distinto, ¿por qué el escritor la hace jugar de mala?, ¿no es también una muestra de las contradicciones a que se ve sometida la pequeña burguesía de la época finisecular?

Esto no era malo; pero sí que la Amparo se ingiriese en ellos con autoridad, porque no hacía más que disparates. Se daba, sin embargo, bastante maña para ocultar la locura de su querido. Los días en que le veía sobrexcitado o incoherente en sus palabras teníale encerrado. Sólo cuando estaba más tranquilo y racional se aventuraba a salir con él en coche y procurando que no hablase con nadie.

Mas a la postre tales precauciones resultaron inútiles. Salabert se escapó de casa en distintas ocasiones y dio públicas señales de su enajenación. Una vez se le halló a las cuatro de la mañana cerca de Carabanchel. Otra vez entró en una joyería, y después de ajustar algunas alhajas sustrajo otras creyendo que no le veían. El joyero lo advirtió perfectamente, pero no le dijo nada porque le conocía. Lo que hizo fue enviar la cuenta de las alhajas robadas a la Amparo. Ésta se apresuró a pagarlas y vino en persona a rogarle que no divulgase el hecho.

Pronto se persuadió el público de que, a pesar de los pareceres encontrados de los médicos, la locura del duque era evidente. Comenzó a susurrarse que el fallo del tribunal así lo declararía. Dos días antes de que se publicase, la Amparo abandonó el palacio de Requena después de haberlo puesto a saco. Se llevó multitud de objetos de gran valor. Su hacienda ascendía ya a una porción de millones. En previsión de lo que podía suceder la había sacado del Banco de España y la tenía en valores extranjeros. Pocos días después se marchó a Francia. Algunos meses más tarde circuló por Madrid la noticia de que se casaba con el marqués de Dávalos.

La misma tarde del día en que la Amparo huyó (porque huida se puede llamar) de la casa de Requena, entró Clementina con su marido y se posesionó de ella. Halló a su padre en un estado tristísimo, completamente idiota. Hablaba como si la hubiera visto el día anterior y no hubiera pasado nada; le preguntaba con mucho interés por la Amparo y hasta algunas veces la confundía con ella. El corazón de la hija, hay que confesar-

lo, no padeció gran cosa. Aquella desgracia no apagaba
por entero el rencor que despertaba en su alma el recuerdo de los amarguísimos días que acababa de pasar.
Su venganza no estaba satisfecha porque veía a la
Amparo rica y feliz. Quería a todo trance perseguir-
la criminalmente, mientras su marido, satisfecho con la
fortuna colosal que caía en sus manos, no se preocupaba poco ni mucho de semejante cosa.

El duque de Requena, el célebre banquero que tuvo
atentos y admirados durante veinte años a los negociantes españoles y extranjeros, el hombre que había dado
tanto que decir al público y a la prensa, pasó muy
pronto a ser en el palacio de Osorio un trasto inútil y
despreciable. Por no dar que murmurar, o por asegurar-
se mejor de su persona, o quizá por un vago temor de
que pudiera curarse, los esposos Osorio no le enviaron a
un manicomio: tuviéronle guardado en casa. Salabert se
había convertido en niño. No se preocupaba ya de otra
cosa que del alimento. Hablaba poco. Pasaba horas y
horas mirándose las uñas o frotándose una mano con la
otra, dejando escapar de vez en cuando gritos extraños,
inarticulados. Tenía cerca un criado que, cuando se
mostraba desobediente y se enfurecía, le castigaba. Pero
a quien más respeto tenía, y aun puede decirse verdadero temor, era a su hija. Bastaba que Clementina le
mirase ceñuda y le dirigiese una seca represión para
que el loco se sometiese repentinamente. En cambio, no
hacía caso alguno de su yerno.

Cuando el criado que le cuidaba, viéndole tranquilo
iba a recrearse un poco con sus compañeros, el loco
acostumbraba a vagar por las habitaciones del palacio
mirándose con atención a los espejos. Su manía principal era la de recoger los pedacitos de pan que hallaba y
amontonarlos en un rincón de su cuarto hasta que allí se
pudrían. Cuando el montón era ya demasiado grande,
los criados venían a recogerlos en cestos y lo tiraban al
carro de la basura. Al entrar en su habitación y echarlo
de menos se enfurecía. Necesitaba su guardián hacer uso
de algún medio violento para volverle el sosiego.

Cierta tarde, poco después de almorzar los señores (el loco almorzaba en su cuarto), se hallaban reunidos tres o cuatro criados en el gran comedor del palacio limpiando la vajilla y colocándola en los aparadores. Estaban de buen humor y retozaban cambiando latigazos con los paños que tenían en la mano, corriendo en torno de la mesa y soltando sonoras carcajadas. La señora no podía escucharles porque estaba arriba. En esto apareció el loco en la puerta con una bandeja en la mano, la bandeja en que acostumbraba a transportar los mendrugos, como preciosa mercancía, a su habitación. Vestía una bata grasienta ya y traía la cabeza descubierta. Pero aquella cabeza, a pesar de sus blancos cabellos, no era venerable. Las mejillas pálidas, terrosas, los labios amoratados y caídos, la mirada opaca sin expresión alguna, no reflejaban la ancianidad que tiene su hermosura, sino la decrepitud del vicio siempre repugnante y la señal de la idiotez, aterradora siempre.

Permaneció un instante indeciso al ver tanta gente. Al fin se resolvió a entrar; fue derecho a los cajones de los aparadores y comenzó con afán a registrarlos sacando todos los mendrugos que había y colocándolos en su bandeja. Los criados le contemplaban sonrientes con mirada burlona.

—Busca, busca —dijo uno—. ¿Cuándo nos convidas a gazpacho, tío lipendi?

El viejo no hizo caso: siguió afanoso en su tarea.

—Gazpacho, no —dijo otro—. Mejor será que nos convides a un billete de cien pesetas.

—A ti no te convido. A Anselmo, sí —dijo el duque tartamudeando mucho y mirándole airado.

—¡Toma! ya sé por qué convidas a Anselmo; porque te anda con el bulto. Descuida, que si es por eso ya me convidarás.

Los otros soltaron la carcajada. El más joven de ellos, un chico de diez y seis años, al verle con la bandeja colmada y dispuesta a marcharse, se fue por detrás, y dándole un manotazo hizo saltar todos los mendrugos, que cayeron esparcidos por el suelo. El duque se enfureció terriblemente, y lanzando gritos de cólera, y echándoles miradas de fiera acosada, se tiró al suelo y se puso a recoger de nuevo los mendrugos, mientras los criados celebraban con algazara la gracia de su compañero. Cuando ya los tenía todos en la bandeja y corría hacia la puerta para librarse de sus burlas, el mismo rapaz se fue tras él y otra vez se los tiró. El furor del loco no tuvo límites. Convulso, rechinando los dientes, con los ojos encendidos, se arrojó sobre el burlador; pero los demás le sujetaron. El pobre demente comenzó entonces a lanzar bramidos que nada tenían de humanos [6].

En aquel instante se oyó en el corredor la voz irritada de Clementina.

—¿Qué es eso? ¿Qué hacen ustedes a papá?

Los criados soltaron al loco y se dieron a correr desapareciendo del comedor.

---

[6] *La Espuma* ha sido calificada por algunos críticos como la novela más naturalista de Palacio Valdés; este episodio es uno de los más paradigmáticos al respecto. Con gran concisión, pero con enorme fuerza plástica, el narrador da cuenta de la degeneración del duque de Requena. El escritor no presenta como Zola —en *Los Rougon-Macquart*— la degeneración de una familia, sino la de un grupo social del que, el duque de Requena es, en cierto modo, la figura más arquetípica. En la obra valdesiana no será la fuerza de la herencia, sino la del medio la que tenga un papel decisivo.

XVI

AMOR QUE SE EXTINGUE

Los amores de Raimundo estaban presos por un hilo. En los últimos tiempos, Clementina, enteramente embargada por su anhelo de triunfo y venganza, apenas hacía caso de él. Veíanse a menudo, porque el joven no dejaba de frecuentar la casa; pero sus citas amorosas eran cada día más raras. Cuando aquél se quejaba tímidamente de su abandono, la dama se disculpaba con los celos de Escosura. Por más que hacía no lograba convencer a éste de que se hallaban rotas sus antiguas relaciones; la vigilaba con disimulo, espiaba sus paseos; el día menos pensado averiguaría la verdad. "Ya ves, el engaño sería muy feo: tendría razón para ponerse furioso".

El pobre Raimundo estaba tan perdido que aceptaba como buenas estas razones o aparentaba aceptarlas. En medio de aquella abyección vivía feliz forjándose la ilusión de que su ídolo le prefería, le amaba en el fondo del alma; que sólo mantenía relaciones con el ministro por el interés del pleito. Contribuía a conservarle en ella el que de vez en cuando Clementina, por arrancarse quizá momentáneamente a sus afanes y enojos, le escribía una cartita diciéndole: "Hoy a las cuatro", o bien: "Ve por la tarde a la Casa de Campo". Y en estas entrevistas, acometida de súbito capricho, recordando las primeras y gozosas etapas de su amor, se mostraba tierna y cariñosa, le juraba eterna fidelidad. ¡Oh, Dios! ¡qué infinita, qué celestial felicidad experimentaba el joven entomólogo oyendo tales juramentos de aquellos labios adorados!

Pero toda felicidad es breve en este mundo. La de él, brevísima. Al día siguiente de aquel deliquio amoroso, encontraba a su dueño frío como el mármol, displicente, y, lo que es peor, en largas y reservadas pláticas con Escosura allá por los rincones del salón. Creía inocentemente que al terminar el pleito cambiaría su suerte, que Clementina, no necesitando ya al ministro, volvería de nuevo a ser enteramente suya, sin aquel odioso reparto que le entristecía aún más que le avergonzaba[1]. Sus esperanzas se desvanecieron como el humo. Terminóse el pleito del modo más feliz para ella; y no obstante, lejos de despedir a su amante oficial, cada día se mostraba hacia él más respetuosa y enamorada.

Cierta mañana, dos meses después de haberse fallado el litigio, recibió un billetito que decía: "Voy esta tarde a las dos". Le dio un salto el corazón. Hacía más de quince días que su adorada no parecía por el entresuelito del Caballero de Gracia. A la una ya estaba aguardándola. Y en cuanto la columbró de lejos, corrió a abrirla con la misma emoción que si fuese una reina y con mucha mayor ternura. Mostróse ella reconocida, afectuosa; recibió con agrado sus vivas y apasionadas caricias.

Al cabo de una hora, hallándose los dos sentados en el pequeño sofá donde tantos coloquios amorosos habían pasado, ella le dirigió una larga mirada compasiva y le dijo con sonrisa triste.

—¿Sabes una cosa, Mundo?... Que hoy es el último día que nos vemos así solos y juntos.

El joven la miró con estupor, sin comprender, o sin querer comprender.

[1] A partir de la ingenua relación de las clases medias con "la espuma", subrayada repetidamente en el comienzo de este capítulo, el autor se dispone a encarar el desenlace de la obra, que es precisamente el aniquilamiento de Raimundo, castigado por haber traicionado los principios de su grupo social de procedencia.

—Sí;... no puedo continuar manteniendo estas relaciones secretas contigo... Escosura ya está advertido y se ha ofendido mucho con razón... Además, me parece feo el tener dos amantes... Eso queda para Lola Madariaga. Hasta ahora he pasado por ello porque comprendo que me has querido y que me quieres mucho... Yo también te he demostrado siempre amor verdadero. No puedes quejarte. Si a algún hombre he querido de corazón es a ti... La prueba de ello es lo que han durado nuestras relaciones... Pero nada es eterno en el mundo... Puesto que ya nuestros amores están desde hace tiempo medio deshechos (porque el amor es exclusivo y no admite repartos), lo mejor es que lo rompamos por completo... Así como así me voy haciendo vieja, Mundo... Tú eres un muchacho. Si yo no diese la voz de separación, tarde o temprano la darías tú. Ésta es la vida... Hoy, todavía me encontrarás bonita: son las últimas llamaradas. Necesito despedirme de las muchas locuras que hemos hecho... Pero siempre las recordaré con placer, te lo juro... Tú representarás en mi vida, tal vez la época más feliz... Seamos de aquí en adelante buenos amigos. Tendría un placer inmenso en poder serte útil, en que me debieses algún favor de importancia, ya que te debo yo tantos momentos de dicha...

El joven escuchó todas esas infamias inmóvil, atónito. Una densa palidez iba cubriendo sus facciones.

—¿Pero hablas de veras? —concluyó por preguntar con voz temblorosa.

—Sí, querido, sí; hablo de veras —respondió la dama con la misma sonrisa triste y protectora.

—¡Eso no puede ser!... ¡no puede ser! —profirió él con energía, levantándose del asiento y mirándola colérico y espantado al mismo tiempo.

Aquella mirada bastó para remover la soberbia de Clementina.

—¡Vaya si puede ser! —replicó en tonillo irónico que resultaba en aquella ocasión de una crueldad feroz.

Quedó helado. Permaneció en pie unos instantes mirándola con indefinible expresión de angustia y terror: por fin se dejó caer a sus pies exclamando con las manos cruzadas:

—¡Oh, por Dios, no me mates! ¡no me mates!

El semblante de Clementina se dulcificó y la voz también.

—Vamos, no seas niño, Mundo... Levántate... Tenía que suceder... Tú hallarás mujeres que valgan mucho más que yo...

Pero el joven se había abrazado a sus rodillas con fuerza y se las besaba con transportes frenéticos, y lo mismo los pies, sacudido su cuerpo por los sollozos.

—¡Esto es horrible! ¡es horrible! —repetía—. ¿Qué te hice para que así me mates?

—Vamos, Mundo, vamos... Arriba... Seamos formales —decía ella dulcemente, acariciándole los cabellos—. ¿No comprendes que es ridículo?

—¡Qué me importa el ridículo [2]! —replicaba el desgraciado entre sollozos, con el rostro pegado a la seda de su vestido—. Por ti me pondría en ridículo delante del mundo entero.

Clementina hacía esfuerzos por calmarle, pero sin apiadarse. No hay fiera más cruel que una mujer hastiada. Le dejó desahogarse un rato, y cuando le vio más sosegado, se levantó del sofá.

—Te agradezco muchísimo ese sentimiento, Mundo... Yo también he tenido que luchar bastante tiempo con mi corazón para resolverme a separarme de ti...

—¡Mientes! —dijo él de rodillas aún, con los codos apoyados sobre el sofá—. Si me hubieses querido no serías tan cruel, ¡tan infame!

La dama permaneció un instante silenciosa mirándole por la espalda con ojos irritados. Al fin, venciendo la compasión, dijo:

—Te perdono esas groserías por el estado de exaltación en que te hallas. Por mucho que me injuries no

[2] Para el novelista, el amor en la clase media es una pasión absorbente y noble, bien diferente del carácter pragmático, vanidoso o mezquino con que se manifiesta en el seno de la alta clase. El tema se repite a lo largo de la novelística del escritor asturiano.

lograrás que deje de recordarte siempre con cariño...
Algún día cuando tú ya me hayas olvidado por completo, todavía tu imagen y los dichosos momentos que
hemos pasado juntos estarán grabados en mi corazón...
Pero ahora conviene formalizarse —añadió cambiando
de tono—. Concluyamos de un modo digno, Raimundo... Me vas a hacer el favor de tomar un coche, ir a tu
casa y traer todas las cartas que te he dirigido para que
las quememos. Yo no conservo ninguna tuya. Ya sabes
que las rompo en cuanto las recibo.

Raimundo no se movió. Después de esperar unos
momentos. Clementina se acercó a él por detrás, se
inclinó silenciosamente y le puso las dos manos en las
mejillas, diciéndole con acento dulce:

—¡Retonto! ¿no hay más mujeres que yo en el mundo?

Raimundo se estremeció al contacto de aquellas manos delicadas. Volvióse bruscamente y apoderándose de
ellas las besó repetidas veces con frenesí, las llevó a su
corazón, las puso sobre su frente.

—No, Clementina, no; no hay más mujeres que tú... o
si las hay, yo no lo sé, ni quiero saberlo... Pero ¿es cierto
eso que me has dicho?... ¿Es verdad que ya no me
quieres?

Y su mirada húmeda se alzaba con tal expresión de
angustia, que ella, sonriendo confusa, se vio obligada a
mentir.

—Yo no te he dicho que no te quería... sino que
conviene que cortemos nuestras relaciones.

—¡Es igual!

—¡No, chiquillo, no! no es igual... Puedo quererte, y
sin embargo, por circunstancias especiales, no convenir
que tenga contigo entrevistas secretas... No todo lo que
uno quiere se puede hacer en el mundo...

Y se perdió en un laberinto de razones especiosas, de
cuya falsedad ella misma se daba cuenta turbándose un
poco al decirlas. Daba vueltas a unas mismas ideas,
vulgarísimas todas, supliendo la fuerza y el peso de que
carecían con lo vivo y exagerado de los ademanes.

Raimundo no la escuchaba. Al cabo de unos momentos se levantó bruscamente, se enjugó las lágrimas y salió de la estancia sin decir palabra. Clementina le miró alejarse con sorpresa.

—Te aguardo —le gritó cuando ya estaba en el pasillo.

Veinte minutos después se presentó de nuevo con un paquete entre las manos.

—Aquí tienes las cartas —dijo con aparente tranquilidad.

Su voz estaba alterada. Una palidez densa cubría su semblante. Clementina le dirigió una penetrante mirada de curiosidad donde se pintaba asimismo la inquietud. Pero dominándose le dijo con naturalidad:

—Muchas gracias, Mundo. Ahora las quemaremos si te parece... Iremos a la cocina...

El joven no replicó. Se dirigieron a esta pieza del cuarto fría y desmantelada, poque nadie la usaba, y Clementina colocó por su mano el paquete sobre el fogón. Mas de repente, cuando ya tenía entre los dedos el fósforo encendido que el joven le había dado, se detuvo. Quedó suspensa un instante y dijo sonriendo:

—¡Sabes que esto es muy prosaico! ¡Quemar mis cartas de amor en un fogón [3]! ¡Uf!... Me parece que debemos concluir con ellas de un modo más poético... ¿Quieres que nos vayamos a quemarlas al campo?... De este modo daremos juntos un último paseo; nos despediremos dignamente.

—Como gustes —articuló el joven en voz apenas perceptible.

—Bueno, ve a buscar un coche.

—Lo tengo abajo.

—Salgamos entonces.

Volvió a coger el paquete Raimundo. Ambos dejaron aquel cuartito donde nunca más habían de reunirse. Montaron en coche y éste les condujo camino de las Ventas del Espíritu Santo. Era una tarde de primavera,

---

[3] Obsérvese la insistencia del autor, a lo largo de la obra, acerca de las pervivencias románticas en los gustos de la clase dirigente.

nublada y fresca. Clementina había echado los cierres de
las ventanillas para no ser vista de algún conocido; pero
en cuanto salieron de la Puerta de Alcalá pidió Raimundo que los bajase; por cierto con tan poca oportunidad,
que en aquel momento cruzó a su lado una carretela
abierta donde iban Pepe Castro y Esperancita Calderón,
recién casados. No tuvo tiempo más que para echarse
hacia atrás y llevar una mano a la cara. Quedóle la duda
de si la habían reconocido.

Raimundo, a costa de grandes esfuerzos, había conseguido dominarse, pero sólo a medias. Clementina hacía
lo posible por distraerle. Le hablaba, como una buena
amiga, de asuntos indiferentes, de sus conocidos, dando
por supuesto que seguiría frecuentando su casa. Cuando
pasaron Castro y su mujer, emprendió una conversación
animada acerca de ellos.

—Ya ves, Mundo; sucedió lo que yo decía. No hace
tres meses que se han casado y ya andan a la greña Pepe
y su suegro por cuestión de la dote... Nadie conoce a
Calderón mejor que yo... Si no lo entierran pronto, los
pobres se han de ver muy apurados, porque lo que es
dinero han de tardar en sacárselo...

Raimundo respondía a sus observaciones, afectando
serenidad; pero su voz tenía un timbre especial que la
dama no dejaba de advertir. Parecía que llegaba húmeda, como si hubiese atravesado una región de lágrimas.

Al fin, en un paraje que vieron más solitario, hicieron
parar el coche y se bajaron.

—Aguárdenos usted aquí. Vamos a dar un paseo
—dijo Raimundo al cochero.

Mas creyendo observar cierta inquietud en los ojos
del auriga, se volvió a los pocos pasos, sacó un billete de
cinco duros y se lo entregó diciendo:

—Ya me dará usted la vuelta. Hasta luego.

Abandonaron la carretera y se pusieron a caminar
por los campos áridos y tristes del Este de Madrid. El
terreno ofrecía leves ondulaciones y se extendía rojizo y
desierto, cortando a lo lejos el horizonte con una raya

bien pura. Ni un árbol, ni una casa[4]. Los finos zapatos de Clementina se hundían en la tierra y quedaban manchados. Caminaban silenciosos. Raimundo ya no tenía fuerzas para hablar. Ella también se sintió dominada por la tristeza de la situación, a la cual ayudaba la del paisaje, y tuvo la delicadeza de no desplegar los labios. De vez en cuando volvía la cabeza para cerciorarse de si podían ser vistos desde la carretera. Cuando se convenció de que estaban bastante lejos se detuvo.

—¿Para qué andar más?... ¿No te parece buen sitio?

Raimundo se detuvo también y no respondió. Dejó caer el paquete al suelo y dirigió la vista a lo lejos, a los confines del horizonte. Clementina deshizo el paquete. Después de echar una ojeada de curiosidad a sus cartas, esmeradamente conservadas en los sobres, hizo con ellas un montoncito. Aguardó un instante a que Raimundo volviese la cabeza, y viendo que no lo hacía, le dijo:

—Dame un fósforo.

El joven sacó el fósforo y se lo entregó encendido, con el mismo silencio. Volvió de nuevo la cabeza y siguió mirando fijamente el horizonte, mientras Clementina pegaba fuego al montón de cartas y las veía arder poco a poco. Tardaron algunos momentos en consumirse: necesitaba arreglar con sus manos enguantadas el montoncito para que el fuego no se apagase. De vez en cuando dirigía una mirada entre inquieta y compasiva a su amante, que se mantenía inmóvil y atento como un marino que contempla el cariz de la mar.

Cuando no quedaron más que las cenizas negras, Clementina que estaba en cuclillas, se alzó. Estuvo un momento indecisa sin atreverse a turbar la profunda distracción de Raimundo. Al fin, pasando por su hermoso rostro una ráfaga de ternura, después de mirar rápidamente a todos lados, se acercó a él, le pasó un brazo por la espalda y le dijo con acento cariñoso:

---

[4] El paisaje que sirve de marco al episodio —"árido", "triste", "desierto"— está en perfecta sintonía con el paisaje interior del protagonista.

—Y ahora que estamos solos por última vez y que nadie nos ve, ¿no nos despediremos de un modo más efusivo?

—¿Cómo quieres que nos despidamos? —respondió él mirándola y haciendo un esfuerzo supremo para sonreír.

—¡Así! —replicó la dama vivamente.

Y al mismo tiempo le echó los brazos al cuello y le cubrió el rostro de fuertes y apasionados besos.

Raimundo se estremeció. Dejóse besar por algunos instantes como un cuerpo inerte. Al fin, doblándosele las piernas, exclamó con acento desgarrador:

—¡Oh, Clementina, me estás matando!

Y cayó al suelo privado de sentido[5]. El susto de ella fue grande. No había nadie que la auxiliase. No había siquiera agua. Alzó la cabeza del joven, la puso sobre su regazo, le dio aire con su sombrero y le hizo oler un pomito con perfume que traía. Al cabo de pocos minutos abrió los ojos: no tardó en ponerse en pie. Estaba avergonzado de su flaqueza. Clementina se mostraba con él afectuosa y compasiva. Cuando vio que estaba ya sereno y en disposición de marchar, se cogió a su brazo y le dijo:

—Vamos.

Y procuró distraerle, mientras caminaban, hablándole de una *sauterie*[6] que proyectaba y a la cual le pedía con insistencia que no dejase de asistir.

—Y lo mismo los sábados ¿verdad? Cuidado con abandonarme. Uno es uno y otro es otro... Tú serás en mi casa el amigo de siempre, y en mi corazón ocuparás, mientras viva, un lugar de preferencia.

Raimundo se contentaba con sonreír forzadamente.

Así llegaron otra vez al sitio donde estaba el coche. Dentro, la dama siguió locuaz. Él, a medida que se

---

[5] El fondo débil, enfermizo y hasta pueril de Raimundo está presente a lo largo de la novela como explicación de su degradación y de su comportamiento. Este desmayo final, viene a remachar la misma idea.

[6] *Sauterie*: baile de confianza que se ofrece a un grupo reducido de amigos.

acercaba a Madrid, se iba poniendo más pálido. Ya no sonreía.

Viéndole de tal modo, con la desesperación impresa en el semblante, Clementina dejó al cabo de hablarle en aquel tono. Movida de piedad comenzó de nuevo a besarle cariñosamente. Pero él rechazó sus caricias; la apartó con suavidad diciendo:

—¡Déjame! ¡déjame!... Así me haces más daño.

Dos lágrimas asomaron a sus pupilas y estuvieron largo rato allí detenidas. Al fin se volvieron otra vez, sin caer, al sitio misterioso de donde brotan.

El coche llegó a la Puerta de Alcalá. Clementina lo hizo detener delante de la calle de Serrano.

—Conviene que te bajes aquí. Estás cerca de tu casa.

Raimundo, sin decir palabra, abrió la portezuela.

—Hasta el sábado, Mundo... No dejes de ir... Ya sabes que te espero.

Al mismo tiempo le apretó la mano con fuerza.

Raimundo, sin mirarla, murmuró secamente:

—Adiós.

Se bajó de un salto, y la dama le vió alejarse con paso vacilante de beodo sin volver la vista atrás [7].

---

[7] Palacio Valdés condena a su personaje por su traición a las clases medias. Buena expresión de la soledad y frustración de Raimundo es esta imagen final "con paso vacilante de beodo".

VARIANTES DEL TEXTO *

CAPÍTULO I

75-12 vestida, dejando tras sí // 75-14 aspiraban con delicia siguiendo extasiados con la vista // 75-22 con los ociosos mancebos // 77-7 desdén, a lo cual contribuía // 77-17 pasiones entre las cuales quizá // 77-22 hasta los labios. // 78-8 calle de Villanueva // 78-23 Villanueva. [La repetición de estas calles en la edición de 1902 se debe, tal vez, a un doble motivo. En 1890, el tramo de la calle de Serrano contiguo a la de Conde de Aranda estaba poco urbanizado —sabemos que las primeras manzanas que se construyeron en esta calle fueron las comprendidas entre Villanueva y Jorge Juan, y entre ésta y Goya—, y el trazado del tranvía coincidía con la calle de Villanueva. En 1902, la calle de Serrano está mucho más urbanizada en su primer tramo y el itinerario del tranvía ha variado. Ello obliga a don Armando, siempre meticuloso en las descripciones, a la rectificación apuntada.] // 78-25/26 y subió sin ser advertido. Y procurando que la dama no echase de ver su presencia // 80-20 el dependiente de la tienda le fue exhibiendo. // 81-11/12 largas patillas negras, despojose de su gorra galoneada // 82-1 la había acrecentado extraordinariamente, // 82-23 gruesa, de facciones correctas, // 83-2 en otra butaquita, // 83-9 movilidad, antes permanecían rígidas // 83-13/14 la hija de los señores de Calderón, una niña // 84-7 Cerca de él estaba sentada // 84-22 conmovió: todos se alzaron // 85-5 exclamó aquélla contestando // 86-21 que permanecían con los ojos // 87-24 Nadie sabía // 88-10/11/12 representación; esto es como frecuentaba una

* La primera cifra indica la página y la segunda la línea o las líneas correspondientes a esta edición.

509

sociedad muy superior a la que, dada su posición le correspondía, necesitaba // 89-26/27 llevaba... ¿Sabes dónde estaba
empeñado en darme un beso el otro día? / Esperanza la miró
sonriente y curiosa. Pacita le metió la boca en el oído y le dijo
unas palabras. / —¡Jesús!— exclamó la niña de Calderón
poniéndose roja. [El cambio de texto es significativo para
tomar nota de la voluntad del escritor de suprimir un pasaje
naturalista que, a la altura de 1902, ya no se justifica en función
de la teoría novelística, y que, en cambio, podía resultar harto
chocante en aquel entonces.] // 91-4 cuarenta y tantos años; //
91-23 atenerse respecto a su carácter, lo tomaban a broma y
reían. // 94-25, 95-1 la música: era // 95-27/28 aptitudes es lo
que ha caracterizado // 95-34 Mas como la fortuna, // 96-38
que este delicado instrumento le ha ayudado // 97-36 preciosa
que trae al cuello. // 98-20 dándoles la mano // 99-9/10
queriendo mostrar // 102-5 y penas: la piedra de toque de éste
está en el sacrificio y la constancia; mientras tanto es muy
difícil confundirlo. // 102-30 ganas que yo,

CAPÍTULO II

106-13 aunque esto // 108-24 decía también // 109-22/23
siempre unos criados // 110-12 razón su hermana menor // 111-
5 con mal humor. // 111-23 serio y éste // 114-7 amor a // 115-9
Tampoco yo estoy // 115-20 Ramón... // 115-25 concejal
lisonjeado // 115-30 ella conteste que sí... y si no // 116-6 la
mano // 116-17 criar y cuidar // 116-37 Pues mire V., Clementina, // 117-4 riendo mucho // 117-6 ¡Ps!... eso será // 117-10 Pues
la verdad // 117-15 penetrante y singular // 117-28 dijo // 118-
27 dijo // 119-14/15 masticando // 119-17/18/19 implacable
aprovechando todas las ocasiones que se ofrecían para dirigirle
indirectamente alguna pullita // 120-8 mas que «señor duque»,
«señor duque». «¡Oh, señor duque!» // 120-13/14 Los labios
eran // 120-28 f. // 121-16 cuatrocientos millones de reales. //
121-22 consigue subir // 122-25 Pepa Frías. Era un hombre //
122-29/30 cara algunas cosas // 123-19/20 respondía muchas
veces // 124-17 sus modales // 125-3 pecho, que era // 125-9
Osunas // 126-16/17 dijo Pepa en voz alta a Mariana, aludiendo
al joven matrimonio // 126-21 dijo // 127-5 coger // 127-7/8 Los
tertulianos se volvieron todos hacia los jóvenes esposos sonriendo beatíficamente. // 127-17 y con él // 129-5 menos era que
// 129-28 servilismo que a cualquiera sorprendería mucho más,
// 131-9 que parecía que iba a hacerle // 132-2 del portier.

CAPÍTULO III

133-4 aquí quizá vino // 134-3/4 También se // 134-20 diciendo // 135-1 al lado de ella // 140-9 extraño, no adquiría // 140-23 dado, andaba // 146-34 como una intrusa // 147-3 las // 147-12 el dolor: la azotaba con correas y luego lavaba sus tiernas carnes rotas con vinagre, la ponía de rodillas horas enteras sobre guisantes duros, la obligaba a traer zapatos que la apretasen, la privaba de agua, la restregaba con ortigas... [Al interés y al deseo de don Armando por estar en sintonía con la corriente literaria de comienzos de siglo obedece seguramente la supresión de este texto de sabor naturalista, que a la altura de 1902 resulta anticuado y fuera de lugar. Como puede observarse, se trata de una nota sádica en el tratamiento de los niños, cosa que no es insólita en Palacio Valdés, y que, a menudo, se encuentra en estrecha relación con el tema sexual; cfr. *Riverita* o *El Maestrante*.] // 147-26/27/28 ¡ay de la desgraciada niña! / Algunas etapas de este repugnante martirio fueron horribles. En cierta ocasión, Clementina fue a la fuente por agua y rompió el jarro. Era el tercero que hacía pedazos en el mes. La niña no quiso venir a casa y se refugió en la de una vecina. Esta la llevó a su madre, pero no se la dejó sino después de hacerla prometer que no la castigaría. Y en efecto; no la castigó por los medios que antes empleaba: sus lamentos podían atraer a la protectora y producir una reyerta. Se le ocurrió la idea diabólica de tenerla con la cabeza metida en el agujero del retrete hasta que, medio asfixiada, se desmayó. Los días más aciagos para nuestra criatura eran aquellos en que el cansancio la rendía a la hora del rosario. La cruel inglesa era fanática: para el delito de dormirse rezando no había perdón. Una vez, al tiempo de acostarse, por repetir medio dormida las oraciones que le hacía pronunciar, de tal manera la golpeó, que el carpintero, que cenaba tranquilamente en la cocina, harto de oír tanto gemido subió al dormitorio ¡y se la arrancó de las manos, sin lo cual acaso hubiera muerto entre ellas! / Aquella serie // 149-2 con estas propiedades enteramente determinadas o fueron // 149-29 mas para determinar su existencia, para hacerlos vibrar, // 151-23 servían, // 151-24 señorita, de algazara // 151-35 etc. // 152-6 tenían // 152-20 vivas y calurosas // 153-3 inusitada // 153-31 Es muy // 154-2 salones extranjeros. Las damas y los caballeros, abrumados bajo el peso de tanto miramiento, se convierten en seres artificiales, en maniquíes cuyos actos y dichos están atentamente trazados en un programa. Excluir la libertad y la familiaridad de las relaciones sociales atenta a la misma naturaleza humana. Prohibir la franqueza en el trato es destruir el encanto que debe tener toda reunión de hombres civilizados. Además, en la inclinación mencionada, existe un sentimiento igualitario que no podrá menos de ser simpático a los amantes de la naturaleza y la verdad. Una dama no es un manojo de trapos brillantes, de preocupaciones y frases hechas, es ante todo una mujer, donde la educación puede y debe templar las impetuosidades del genio y los alardes de la vanidad, pero no destruir su carácter nativo, transformándola, mientras se halla en sociedad, en un ser frío, seco, sin gracia y sin iniciativa. Y no es que en Madrid se desconozcan la exquisita finura y la corrección propias de los sitios donde se reúnen las clases elevadas; las señoras españolas las practican casi siempre escrupulosamente: mas por dicha, a esta práctica va unida la viveza, la gracia, la espontaneidad del genio español, haciendo de ellas, según atestiguan observadores imparciales, las damas más cumplidas, más graciosas y más agradables de la sociedad europea, si se exceptúan las francesas. / Clementina exageraba. [La supresión del párrafo se debe, posiblemente, al declive de la tendencia al lenguaje desenvuelto —llamado flamenquismo en lenguaje de la época—, que estuvo de moda en los últimos lustros del siglo XIX. Esta moda tuvo sus partidarios y sus adversarios, y se decantó finalmente por el uso del lenguaje correcto y circunspecto. Ciertos pedagogos así lo aconsejan en textos escolares de comienzos del siglo XX; véase, por ejemplo, M. A. Ossorio y Gallardo, *Las hijas bien educadas. Guía práctica para el uso de las hijas de familia.* Barcelona. Soc. General de Publicaciones, S. A., pp. 65-66.] // 156-3 de que la naturaleza // 156-12/13/14 manera, que aunque algo la pronunció después de casada, nunca llegó // 156-17/18 semejaba al aparecer en los salones una hermosa estatua que llegaba // 157-10/11 Modista: pero se // 158-12/13 el pobre, al cabo de dos meses, cayó en un gran abatimiento. // 159-27 algunos daban, puede decirse que // 160-7 primeramente. // 161-25 con una librea // 162-16 esos largos coloquios // 162-23 mandil color // 162-29 con un // 162-36 Escobar? // 163-3 ¡Tururú! Para // 163-21 enrojecidos, como de llorar. // 163-37 tío // 164-1 mande // 164-14 en un plazo // 166-74/5 Estefanía, que, contra lo que debía de presumirse, tenía // 167-30 recibito // 170-25 dicha

CAPÍTULO IV

171-7 conseguir // 171-15/16 dice lo mismo. // 172-28 cinco mil reales. // 173-1 los corpulentos árboles, // 173-6 de la Inclusa. // 174-22 trescientos millones de reales // 174-38/39 poniéndose muy serio // 175-31 audacia que era // 176-2 Esta audacia // 176-9 años, es regla sin excepción que el pesimismo // 177-24 ponérseles el signo // 178-4 famoso entre // 178-10 lo suavizaba // 180-18 cheque // 180-23 pájaros. Bien se // 181-3 que se le // 181-23 banquero bastante distinto // 182-34 en las curas, // 183-9/10 doméstica: pero ella juzgábalo muy natural, // 183-35 Sabía muy bien // 186-5 al papel // 186-6 fuéramos // 186-34 caer // 187-5 papel y todas // 187-19 el gran capital // 187-37 trabajándolo con constancia, // 188-33 cheque, // 189-14 mandar // 190-7 barrio de Monasterio // 191-4 divididos // 191-12 chocolate todo él. // 191-15/16 chucherías. Había otro armario de ébano con luna. En uno de los lienzos de pared había dosoleografías, no del todo malas, que representaban dos etapas de una escena. Un cazador pone las manos en las dos barandas de un puertecito rústico impidiendo el paso a una hermosa aldeana y exigiéndole el tributo de un beso: debajo decía: *Le péage*. En el otro cuadro, el mismo cazador, satisfecho ya el capricho, sigue su camino fumando con indiferencia, mientras la aldeana vuelve la cabeza para contemplarle con vivo interés: el rótulo decía: *Déjà passé*. / Observábase // 191-25 En un primoroso // 191-32 corrió // 192-13 pronto // 192-20 masculló // 193-8 medio // 193-37/38 locura. Déjame siquiera el pie. / La joven, sin decir palabra, con el mismo semblante hosco, sacó el pie por entre las sábanas. Valía más que la mano: era un pie meridional, pequeñito y bien formado. El duque se apresuró a cogerlo devorándolo a besos con la glotonería de los hombres voluptuosos. / Poseía // 193-39 puedan // 194-12 tenía // 194-33 en una forma más positiva, // 195-11 fue durante // 195-20 sus sombreros // 195-32 Grecia o como las *cocottes* francesas, al decir de los viajantes de comercio. Hoy // 195-38 menguando energía // 196-29/30 silencio, mandando pequeñas nubes de humo al techo, mientras el duque seguía en la honrosa tarea de besar su pie. De pronto // 196-37/38 distraído, todos los movimientos // 197-30 hizo al mismo tiempo una fingida // 197-32/33 que me revienta. / —Señorita, es hoy el único que se tira de verdad. / —¡Pa chasco! Es un chancleta que no sabe lo que hace. Con ese c... que se trae, ¿cómo ha de torear ni hacer nada de provecho? / —Pues // 198-18 antoja, chavó // 200-30/31 extraña en quien // 201-20 tomas a mí por

CAPÍTULO V

205-23 madre no era nada más // 205-24/25 de la calle // 206-18 del padre, // 206-23 era una copia // 208-2 agitaba. La situación de un hijo en estos casos es bien excepcional y embarazosa. / El viejo // 208-12 conseguiría // 208-28 no poco, teniendo presente // 210-25 Desgraciadamente, y aun mejor // 210-28 pulmonía, de la cual no quedó // 212-3 aumentado: la tez // 212-18/19 verle y lo hallaron relativamente animado lo cual no dijo // 212-32/33 de un modo // 212-34 concluiría // 213-16 y sus cuidados // 214-9 treinta mil reales // 214-30 sobre ella // 215-1 dando señales // 215-3 en sus manos. // 216-2 producía un vivo // 216-25 desacreditaban, los cuales no procuró // 217-3 arrancase, por esto, parte // 217-11 porque le importase // 217-13 conservaba. A ninguna mujer, por desvergonzada que sea, le gusta que la vean entrar en casa de su querido. Además // 217-25 que éste recibía // 218-3 hacer concluir // 218-6 muchacho; pero al ver // 219-1 preferible tener una // 219-13 uno: por lo mismo, llamó // 219-26 una violenta // 220-1 la señora en la sala: pero al // 220-17 con la nata y la flor // 220-26 en un tono // 220-33 que es agradable // 224-27/28 abrirla la puerta, le dijo sonriendo con una franqueza seductora:

CAPÍTULO VI

226-0 Desde el Club de los Salvajes a casa de Calderón // 227-13 acuñado, lo cual // 227-15 esa complicada // 228-13 gentleman // 229-21/22/23 y a subir las niñas de los ojos para mejor recrearse en la pura visión de la Idea que reside en toda boquilla de ámbar y espuma de mar. / En este // 230-8 fisonomía gastada, de ojos pequeños // 230-10 la aristocracia // 230-19 estaba siempre dispuesto // 230-22 respetable y estaba dispuesto // 232-10 dijo // 232-17 con mucha energía. // 233-7 enamorado de ellas, // 233-16 dijo // 233-35 Se tendrá cuidado con la colcha, // 234-10 ¡Si tú te encontraras // 238-24 muy interesado // 239-14 fuerzas, mientras en // 239-21 tertulios // 239-23 tiempo porque es // 239-26/27 vespertina, saliendo casi todos sus preclaros miembros y esparciéndose por Madrid // 241-27 Castro, que permanecía // 242-25/26 enfadada porque en // 243-3 la he dicho // 244-3 niños además // 244-5 parece un negocio. // 244-22 adorada, lo cual es // 245-1/2 frase que miraba con marcada // 245-37 —¡Ay, pobrecillo! // 246-1

—Oyes tú, niño: // 246-8 *grande* // 250-12 gabinete-costurero // 250-27 un poco // 251-8 contestar, // 252-12 —Si tengo // 253-21 ningún disgusto... // 255-20 suavemente, alegando que // 258-33/259-1 cumplimiento, cuando D. Julián, // 260-29 una excursión // 261-33/34 con una inflexión // 262-5 más entusiastas?

CAPÍTULO VII

263-2 Clementina se sentía aún más // 263-5 les ha humillado, // 263-8/9 le elevaban // 264-17 cruzó de largo muy seria y espetada. // 264-18 malestar interior como si no quedase contenta de // 265-1 decirse // 265-13 sacudimiento // 266-6 unas vueltas // 266-9 contestó // 266-14 debido más que a nada a // 272-35 ella y apoderándose de // 273-2 prestaban // 274-12 manejo muy poco // 276-2 idílicos. Toda dama cursada y aun baqueteada en los encuentros amorosos guarda en el último rincón de su cerebro una égloga que de tarde en tarde sale a la superficie. La buena // 277-2 de ella otros dos // 277-5/6 Habló luego algunos minutos con el *maître d'hôtel* y después de dar algunas últimas // 278-14 por una dulce // 278-23 hacerse // 280-2 con vistas al patio, // 280-5 arriba de ellos. Pero // 280-22 aunque tú no // 280-32 percibía bien el malestar, // 281-27/28 redomada, trayendo al retortero // 282-5 uniendo // 283-7 Viniendo hacia acá // 283-10 en las del // 284-1 porcelana: pero esta luz, // 284-13 Hacía muy poco // 286-9 los caballos, etcétera, etc. // 286-22 reírse // 287-34/35 buena sombra, // 290-22 petulante propio de // 290-37 —¿Tendría, usted, por // 291-8 debía de ser // 293-6 insolente de ser respetado que // 293-21 *Gaceta* había salido el anuncio. // 293-23 desavenencia porque unos // 293-29 con una parte // 294-14 —¡Oh señor duque! // 295-20 contestar // 296-10 con un gozo // 297-30/31 prometió todo lo que quiso. // 298-18/19 fielmente, les dijo habiendo observado // 300-28 —Como tú quieras // 302-32 la cosa tiene muy poca

CAPÍTULO VIII

304-20 Osorio porque era // 305-7 la Amparo que Pepe conocía, en // 305-22 estabas muy a // 305-24/25 Clementina, como querida que era de su padre. // 305-28 cuando yo no quiero! // 306-8 ¿Pero vosotras, // 306-10 me importa a mí por

// 306-18 dijo una voz // 307-22 dijeron // 309-20 *Estella* // 312-15 contestaba // 313-25 engolada y grotesca levantando // 317-31 como quieras // 318-26 de socorro porque allí

CAPÍTULO IX

322-6 mandaba // 323-25/26 encolerizarse: pero al // 324-9 vista comprendiendo que era él quien se lo arrojaba y // 326-14 la mirada // 329-8 estaba // 333-9 tenía ninguna arma // 333-12 hermana, que era la única // 333-38 declarárselo. Si por // 334-2 ilusiones, parecíale tan extraño // 335-22/23 aire humilde // 337-37 le // 338-13 imaginar... // 339-32 que yo soy // 340-1 contestaba // 341-10 casa; pero esto // 343-17 con alguna timidez // 345-8 dilatando

CAPÍTULO X

346-8 escupir porque tenía // 348-35 mil pesetas y en ese // 349-20 dos mil reales // 351-1/2 hosca, pero Salabert, // 351-37 ¿Un pliego mío? // 352-1 patraña, pues yo // 354-27 acarreado más disgustos que ninguna otra. Aquella // 355-16 pinchazos // 355-25/26 revelaba muy bien // 359-6 parecía // 359-7/8 y con firmeza

CAPÍTULO XI

361-11 mimoso maltratándola de palabra, o bien, cuando la // 362-8 querida // 362-12 amante, // 363-12 veo, tú estás // 366-19 hijastra Clementina, éste // 366-26 Llevaba muy buen // 368-11 ellos, pero las pobrecitas // 370-3 No // 370-9 ex-florista // 370-26 joven al verle exclamó: // 372-24 reflejar la inquietud. // 379-8 Pero esto no // 379-16 por la solapa // 383-1 Lo ve // 383-6 Acudiendo // 384-8/9 conversación muy placentera; // 384-19 que allí había // 384-26/27 birlando esta acción produjo // 384-32 y avanzando // 384-39 No contestó. Lola la había dirigido una sonrisita // 385-18 supo qué contestar. // 389-32 palabras viéndose a cada // 390-16 con un acento // 390-25 una fisonomía // 390-29 una fisonomía muy dulce. Por dar // 394-2 compensaba muy bien // 394-6 les tiene de la mano: // 395-24 tiempo porque en // 397-17 eso, señor // 397-33 el señor duque.

// 397-38/39 el señor duque // 400-20 Clementina, la cual sin //
401-18 su acompañanta dentro // 401-31/32/33 cotillón, última
etapa en la cual el baile adquiere un aspecto de recreo familiar
muy grato en que el arte // 402-12 preguntándola // 403-18 muy
contento // 405-35/36/37 En efecto, al partir Irenita dirigiendo
ojeadas de temor y ansiedad a su mamá y su marido, se metió
sola en el landeau mientras ellos subían al de la primera. // 406-
3 de la Amparo? // 406-28/29 con cierto tonillo // 407-24
tenido muy buen // 408-32 marido como ella. La conducta

CAPÍTULO XII

411-34 modo muy extraño. // 416-13 orden: por // 417-16 tenía
una pequeña // 418-37 la // 419-4 le // 419-19 chicas // 422-
32/33 tez. Sin duda aquellas // 423-22 contemporánea, que
seguía con ojo avizor los progresos de la ciencia racionalista
para caer de improviso sobre ella y desbaratarla. Positivismo,
transformismo, sociología, pesimismo; todos estos términos no
eran para él extraños ni le amedrentaban como a la mayor
parte de sus colegas: los conocía íntimamente y sabía hacer uso
de ellos para confundir a los pretendidos sabios modernos. En
lo que estaba más fuerte el ilustrado escolapio era en la
demostración de la perfecta compatibilidad entre la ciencia y la
fe, la harmonía (con h, por supuesto) entre la religión y la
filosofía. Al hablar // 423-33/424-1 bárbaro de las creencias, de
las costumbres,

CAPÍTULO XIII

431-23 entorpecerla un poco también. // 432-15 despedirlos. //
432-28 los // 433-29 adquirió para hablar un cierto // 435-22
etcétera, // 438-11 Las célebres minas // 438-13/14 sierra,
rodeadas por todas partes de terrenos ásperos, de lomas // 438-
24 Se halla // 439-7 puesto que // 440-6 a Salabert todos los
empleados. // 440-17 Todos los invitados // 441-23 columbra-
ban // 444-12 contestaba // 444-38 daban el aspecto // 445-7
grito porque se le // 445-29 daban un aspecto // 448-10 seis
reales. // 448-15 cinabrio y los almacenes de mercurio. Los
hornos están compuestos de un depósito donde se coloca el
combustible y el cinabrio destinado a la calcinación: de este
depósito parten unas cañerías de barro compuestas por alude-

les que encajan los unos con los otros. En estas cañerías los vapores mercuriales que se desprenden de la calcinación, pasan al estado líquido por el descenso de la temperatura y en ellas queda depositado el azogue que sale por unos agujeritos que tienen los aludeles en su parte inferior. Pero como también queda una gran cantidad de hollines con partículas de él, preciso es levantarlas y limpiarlas a menudo. Esta limpieza la llevan a cabo niños de diez a quince años, que pasan seis y ocho horas respirando una atmósfera cargada de mercurio que les envenena. Visitaron [Estas líneas, suprimidas en la edición de 1902, son muy indicativas de la evolución estilística y hasta ideológica del propio escritor.] // 449-13/14 con su continuado temblor, // 449-34 ni siquiera la de la curiosidad. // 456-13 sirviese almuerzo // 456-15 diez. Estas habían hecho traer sus impermeables y calzado. // 457-38 más // 458-1 en // 466-20 *Nunca el agua subirá;* | *Que en el mundo río abajo,* | *Río abajo todo va.* // 467-23 trasbolados // 468-16 traspuesta // 468-29/30 temblorosa y conmovida, una porción de frases incoherentes y fervorosas, hijas // 468-33 agotado todos superlativos

CAPÍTULO XIV

470-14 de una gran // 473-32 insulta // 473-35 infamia y una porquería! Papá // 473-36 Sabía muy bien que // 476-12 de un breve // 476-18 terrible! // 479-5/6 su coche // 480-11 hasta que le fuera // 481-1 mía, yo tan sólo // 483-23 mucho, porque tengo // 484-5 y dijo al fin entre // 486-5 Presentándose

CAPÍTULO XV

490-34 contestarle // 493-32 la // 495-5 teníalo // 495-16 mandar // 495-17 Amparo que se // 496-11 que tanto había // 496-16 mandaron // 496-19 Hablaba muy poco. // 496-30 se iba a recrear // 497-19/20 gente pero al fin

CAPÍTULO XVI

499-9 estaban // 501-21/22 amigos. Yo tendría // 502-6 Levántate... Esto tenía // 505-12 distraerle hablándole

ÍNDICE DE LÁMINAS

ESTE LIBRO
SE TERMINÓ DE IMPRIMIR
EL DÍA 18 DE FEBRERO DE 1991